Christoph Meckel
Ein roter Faden

Gesammelte Erzählungen

Carl Hanser Verlag

ISBN 3-446-13810-2
Alle Rechte vorbehalten
© 1983 Carl Hanser Verlag München Wien
Umschlag: Klaus Detjen unter Verwendung
einer Radierung von Christoph Meckel
Gesamtherstellung: Kösel, Kempten
Printed in Germany

für Helene

I

Schneetiere

Ich hörte, daß Schneetiere, ausgehungert, in die Wohnungen der Menschen vordringen, über kilometerbreite Meerstraßen auf schneearme Inseln kommen, die ihnen ergiebiges Weideland versprechen. Ich hörte von Armut und Unwirtlichkeit ihrer Wohnplätze und daß es schwierig sei, sie zu Gesicht zu bekommen, unmöglich, sie zu erlegen. Man sagte mir: über der Schneegrenze, wenn überhaupt, wirst du sie finden, schnelle weiße Schatten vor dem Schnee, Lebewesen wie Schneeflocken, spurlos.

Ich mietete eine Hütte im Gebirge, ließ Nahrungsmittel kommen, Holz für die Schneezeit, tausend Schuß Munition und zwei gute Gewehre. Meine Absicht war, die Schneetiere zu beobachten, doch behauptete ich, meine Absicht sei die Jagd. Es leuchtet immer ein, wenn einer mit dem Gewehr über der Schulter an Gebirgshöfen vorbeikommt und behauptet, er sei auf der Jagd nach Schneetieren. Man wird ihm zwar sagen, davon verstünde er nichts und sei hier fremd (das Schneehuhn zum Beispiel sei kein Schneetier), aber man wird ihn in Ruhe lassen.

Ein paar Wochen lang war ich im Gebirge unterwegs, suchte liegenden und fallenden Schnee, verhängten und offenen Himmel nach Schneetieren ab, hoffte, daß sich ein Schneetier durch Bewegung verrate, bekam aber keins zu Gesicht. Ich ging geräuschlos durch tiefen und flachen Schnee, hielt Ausschau von Felsen und Halden, saß horchend in Mulden und ließ mich verschneien. Ich stieß das Gewehr ins Unterholz, verbreitete Lärm mit Schüssen und Rufen, ohne Ergebnis. Ich dachte: sie sind scheu, sie sind vielleicht neugierig. Man muß wissen, wie sie reagieren, man muß zunächst ein Schneetier gesehen haben (kein Mensch schien jemals ein Schneetier gesehen zu haben), um sich ihm gegenüber richtig zu verhalten. Man muß erreichen, daß sie aus ihren Verstecken kommen, absichtlich oder zufällig. Man muß erreichen, daß die weiße Grenze von ihnen durchbrochen wird, Geräuschlosigkeit, Schneetarnung, denn sie sind nicht unsichtbar.

Wo immer sich ein Tier durch Bewegung verriet, aus dem Gestrüpp flog oder aufgeschreckt über eine Halde lief – es handelte sich in keinem Fall um ein Schneetier. Ich erlegte Hasen und Füchse, Krähen und Murmeltiere, die Jagd ernährte mich, brachte aber kein Schneetier zum Vorschein.

Wie leben sie denn, überlegte ich. Wo würde ich mich an ihrer Stelle verbergen.

Im dichten Schnee, in der Wurzelhöhle des Baums, in der Mulde unter dem Fels würde ich mich versteckt halten und durch wachsende Schichten Schnee einen Rest von Licht im Auge behalten. Ich würde vorbeigehen lassen, was geht, Schuh oder Pfote, vorbeifliegen lassen, was fliegt, Schrot oder Vogel. Ich würde sein und bleiben unter dem Schnee. In der Gewißheit, unauffindbar zu sein, wäre ich zufrieden im Schnee, der mir den Namen gab.

Meine Gedanken brachten mich nicht weiter. Lawinen, Schneefall und Schneeschmelze halfen nicht. Ich entdeckte kein Schneetier. Nach ein paar Wochen gab ich die Suche auf und fing etwas anderes an.

Ich verbrachte die Tage in meiner Hütte vorm Feuer und versuchte, mir vorzustellen, wie sie aussehen und was sie tun (außer im Schnee zu sein und dort zu bleiben), wovon sie sich ernähren und wie sie sich zueinander verhalten. Waren sie Vierbeiner oder Vögel? Alles schien möglich und weniges treffend, nichts war gewiß.

Ich kam zu dem Ergebnis, daß es ihren Namen, nicht aber sie selber gab. Es gab keine Schneetiere, jedenfalls keine, die ein Jäger als Beute vorweisen konnte. Doch gab es Schneetiere insofern, als ihr Name vorhanden war, Vorstellungen erweckte und Jäger und Forscher ins Gebirge zog. War nicht die Tatsache, daß ich mich ein paar Wochen lang mit Schneetieren, nichts als Schneetieren beschäftigt hatte, ein Beweis für ihr Vorhandensein! Wo immer Schnee fiel, wurden Schneetiere lebendig. Man sprach ihren Namen aus und versuchte sich vorzustellen, wer sie waren und wo sie lebten. Und wer wußte denn, ob nicht in schneelosen Ländern gerade Schneetiere glaubhafter waren als Gürteltiere und Feuerfliegen.

Ich verstand, daß das Unsichtbare ein Reichtum ist, der nicht zerstört, nur vermehrt werden kann.

Ich verließ die Hütte und kehrte heim. Auf die Frage, wo ich gewesen sei, antwortete ich mit Berichten vom Schneetier. Ich trug dazu bei, wie viele vor mir, daß von Schneetieren die Rede war. Und ich werde dafür sorgen, daß, solange ich lebe, das Schneetier lebendig bleibt. Was immer ausstirbt, dem Vergessen anheimfällt – das Schneetier nicht. Wir sind viele.

Der Löwe

Nachts kam ein Löwe in mein Haus und legte sich neben mich. Ich wußte nicht gleich, daß es ein Löwe war. Ich hörte ein Tappen und Tasten durch mein Haus, dessen Türen offen standen, ich sah eine Gestalt, die breit und dunkel in mein Zimmer kam, an mir schnupperte und sich neben mich legte. Im Halblicht erkannte ich später einen Löwen. Er schnaufte laut und gleichmäßig und schien bald eingeschlafen zu sein. Aus seiner Mähne strömte Geruch von Moder und Laub, nasser frischer Erde und ein wilder Tierduft, der mich betäubte. Ich spürte, daß der Löwe naß war, es tropfte aus seinem Fell. Er verbreitete Kühle um sich. Er mochte, um zu mir zu kommen, über den nahen Fluß geschwommen sein.

Es war Herbst, kühle Winde liefen über die Ebene und durch mein vom Sommer noch warmes Haus. Sie kamen von den Hochebenen oder vom Meer, und man hörte sie laut in den Nächten. In dieser Nacht schlief ich gut. Auch der Löwe schien ruhig und gut zu schlafen, gegen Morgen strömte sein Körper Wärme aus. In der Morgendämmerung wurde ich wach; der Löwe hatte sich schon erhoben und stand vor meinem Haus, wo er, als ich Stunden später mein Zimmer verließ, immer noch stand und auf den großen Fluß blickte.

Ich winkte ihn heran und fütterte ihn mit Fleisch, das ich im Haus hatte. Ich hoffte, der Löwe werde jetzt ein paar Worte an mich richten, aber er schwieg beharrlich; er blickte mich zwar gelegentlich aus schwarzen Augen an, schien mir aber nichts mitzuteilen zu haben. Schließlich wartete ich nicht mehr darauf, daß er mich ansprache. Ich redete oft in meiner Sprache auf ihn ein und glaubte zu beobachten, daß er mich verstand.

In den folgenden Nächten schlief der Löwe wieder neben mir. Die Tage verbrachte er in der Nähe des Hauses. Ich sah ihn im Gegenlicht schwarz auf einem Hügel stehen und mit gesenktem Kopf in das strömende Wasser schaun. Gelegentlich trottete er durch mein Haus oder lag in der Sonne an den Wänden meines Hauses oder auf der Türschwelle, er bewegte sich langsam und leise. Ich ging meiner gewohnten Tätigkeit nach und begegnete ihm öfter am Tag.

Einmal, als ich das Haus für längere Zeit verließ, sagte ich dem Löwen: Du mußt dich entscheiden, ob du während meiner Abwesenheit, die viele Tage dauern kann, innerhalb oder außerhalb des Hauses bleiben willst, denn ich will es abschließen. Anstatt einer Antwort legte sich der Löwe auf die Türschwelle, und ich wußte, daß ich mein Haus nicht abschließen mußte. Ich ging fort und wußte es sicher. Als ich während der Regenfälle des späten September wiederkam, lag der Löwe mit offenen Augen hinter der Tür. Als er mich bemerkte, trat er vor das Haus. Im Haus war alles, wie ich es verlassen hatte. Ich bedankte mich bei dem Löwen und legte ihm viel Fleisch vor, das ich mitgebracht hatte.

Oft saß der Löwe bei mir, wenn ich am Fluß stand und angelte. Er beschnupperte die geangelten Fische und sah mir aufmerksam zu. Er begleitete mich in den Wald, wenn ich Holz schlagen ging (es gab hier nirgends Löwen) und schlief in allen Nächten neben mir.

Dann verließ mich der Löwe. Der erste Schnee hing in der Luft. Eines Morgens im Zwielicht streifte er mich, während er sich erhob, um mich zu wecken, und blickte mich an. Ich nahm das als Zeichen seines Abschieds, begleitete ihn zur Tür meines Hauses, sah ihn im Regen zum Fluß gehen, sah ihn über den Fluß schwimmen und im Regenvorhang der Ebene kleiner werden und verschwinden.

Dies war die einzige Begebenheit in jenem Jahr in meinem Haus am Fluß. Anderer Begebenheiten entsinne ich mich nicht, es sei denn solcher, die meine Tätigkeit betrafen, nebensächliche Dinge. Der Winter kam und ging. Die Kälte hing grünlich rauchend über dem Fluß, der seiner großen Strömung wegen eisfrei war. Der Himmel stand gläsern klar und hing voller Schnee. Ich besuchte einige Leute in der nahen und fernen Nachbarschaft, andere Leute besuchten mich in meinem Haus. Den Löwen sah ich nicht während dieser Zeit.

Im Frühjahr reparierte ich das Dach meines Hauses, ersetzte die Hälfte des Dachgebälks durch neue Balken, erneuerte die Bretterböden und Steinfliesen und ging meiner Tätigkeit nach, wie ich es gewohnt war. Die Flöße zogen den großen Fluß hinunter zum Meer. Ich hoffte immer noch, daß der Löwe noch einmal mein Haus besuchen käme, aber ich wartete nicht darauf. Zu Beginn des Sommers sah ich einen vermummten Eselreiter jenseits des Flusses die Ebene entlangkommen. An einer langen Schnur schwebte ihm eine gewaltige rote Eule voraus, die hoch im Wind ihre Kreise zog. Der Reiter ritt flußaufwärts. Wir riefen uns über den Fluß Grüße und Fragen und Antworten zu, die wir gegenseitig nicht verstanden, der beträchtlichen Entfernung wegen. Mir kam der Gedanke, der Reiter stünde in einem Zusammenhang mit dem Löwen. Als er weg war, vergaß ich ihn schnell. Mehrere Wochen geschah nichts, ich verrichtete meine Arbeit. Eines Abends im Sommer stand ein Esel am anderen Flußufer und hielt einen schwarzen Fisch im Maul. Er mochte den Fisch beim Trinken geschnappt haben, ohne Zweifel. Als der Esel mich sah, machte er mit schnellen Sprüngen kehrt und lief in die Ebene. Den Fisch trug er mit sich im Maul. Die Dämmerung kam, und ich verlor den Esel aus den Augen. Wieder ereignete sich lange nichts. Der Sommer leuchtete über der Ebene. Ich ging meiner Tätigkeit nach, wie ich es gewohnt war, und hatte mein Behagen an Wärme und Licht. Nachts standen die Fenster und Türen meines Hauses weit offen, damit sich ein Luftzug bilden und die Hitze, die sich während des Tages in den Zimmern gesammelt hatte, vertreiben konnte. Ich dachte gelegentlich an den Löwen und dachte mit Freude an ihn. Aber ich sah ihn nicht wieder.

Im Spätsommer sah ich, als der Mittag heiß über der Ebene zitterte, den vermummten Reiter flußabwärts kommen nahe meinem Haus. An eine Schnur gebunden folgte ihm der Löwe, der einmal in meinem Haus gewesen war. Auf dem Rücken des Löwen saß die ungeheure rote Eule, die sehr viel größer als der Löwe war. Sie hielt den schwarzen Fisch im Schnabel. Der Löwe schien schwer an der Eule zu tragen. Er setzte die Tatzen langsam und ging mit hängendem Kopf. Die kleine Karawane kam ganz nahe an meinem Haus vorbei. Löwe, Eule und Maultier sahen mich an, ich stand in der Tür meines Hauses. Der Vermummte drehte den Kopf und sah mich aus weißen Augenschlitzen lange an. Am längsten blickte der Löwe nach mir. Ich hoffte, die Gruppe würde an meinem Hause haltmachen, etwa um nach frischem Wasser zu fragen, aber sie ging vorbei und verschwand langsam flußabwärts in der Ebene. Ich sah dem Zug lange nach. An jenem Tag versäumte ich meine Tätigkeit.

Ich habe keinen der Gruppe wiedergesehen. Nachbarn, die Kilometer entfernt in den Hügeln am Fluß ihre Häuser haben, erinnerten sich auch, den Zug an jenem Tag gesehen zu haben. In dieser Begebenheit geschah nichts weiter. Gelegentlich erinnere ich mich an sie, und an den Tagen, da ich an den Löwen denke, versäume ich meine gewohnte Tätigkeit.

Die Krähe

Ich durchquerte die Wälder im Sommer, es waren dichte Wälder, die kein Ende nahmen. Und an einem Morgen traf ich einen Mann, der mit zerfetzter Jacke und schmutzigen Stiefeln im Unterholz stand; er schrie und pfiff durch die Finger (das hatte mich auch von meinen Wegen gelockt) und rief viele Namen in die endlosen Wälder voller Gemurmel und Gebalz, Geknister und grünem Schweigen. Als ich in seine Nähe kam, winkte er mich heran und sagte, er suche einen Tiger.

Es gab in diesen Wäldern keine großen Tiere und keine Raubtiere, aber ich fragte nicht lange, denn ich hatte Neugier genug und viel Zeit, ließ mir die Namen sagen und half dem Mann den Tiger suchen. Ich lief durch Gestrüpp und hohes, schneidendes Gras und rief die Namen des Tigers umher in der Windstille und hörte, wie der Mann sich entfernt vor mir durch das Dickicht arbeitete, pfeifend und schreiend, und nach langer Zeit vergeblichen Suchens in den Wäldern traf ich ihn wieder, und er sagte: Wir müssen jetzt einen Bären suchen, ich habe auf den Waldhügeln einen Bären gesehen, das heißt, daß der Tiger sich verwandelt hat, es gibt keinen Tiger mehr.

Und wir machten uns von neuem auf in die Wälder, gingen getrennte Wege und riefen in das viele Zwielicht alle die Namen, und ich hörte Tappen und Knistern, Holz knacken und schwere Tritte auf Laub und Stein in Nähe und Ferne, und als ich den Mann im schwarzen Innersten der Wälder wiedertraf, sagte er: Ich habe einen weißen Elefanten durch die Büsche gehn sehn, es gibt jetzt keinen Bären mehr. Und wir trennten uns wieder und kämpften uns durch Wald und wieder Wald, endlos und kühl, riefen viele Namen und suchten den Elefanten und fanden ihn nicht. Und nach Stunden sagte der Mann: Von jetzt ab müssen wir einen Wolf suchen, und wir suchten nach dem Wolf, und am Nachmittag fand ich den Mann erschöpft auf einem Baumstumpf sitzend, und er sagte: Ich habe den Wolf sich nahe vor mir verwandeln sehn, jetzt müssen wir einen schwarzen Fuchs suchen. Mit Ästen und Stecken stießen wir in die Sandgruben und

Baumwurzelschächte, in die ungangbaren Dickichte und Tümpelinseln, und ich kletterte auf einen Baum, saß hoch über den Waldböden, sah weit über die Wälder und in den durchlichteten Himmel, stieg wieder ab, kroch über die Moose und durch die Farnfelder, aber ich fand keinen schwarzen Fuchs.

Was soll ich mit dem Fuchs machen, wenn ich ihn finde, fragte ich den Mann. Du mußt mich rufen, sagte er, du mußt ihn festhalten, bis ich komme. Also lief ich von neuem durch die Wälder, jetzt sehr müde, und traf gegen Abend eine mannsgroße Krähe im Unterholz, reglos stehend, und ich verhielt im Laufen und fragte: Bist du es, Krähe, die hier gesucht wird?

Die Krähe nickte und humpelte auf mich zu.

Weiß der Mann schon, daß du eine Krähe bist, fragte ich, hat er dich schon gesehen?

Nein, sagte die Krähe, er sucht den schwarzen Fuchs, jetzt noch. Die Krähe schien sehr erschöpft zu sein.

Ich helfe suchen, sagte ich, das weißt du vermutlich, oder?

Ja, ich weiß, sagte die Krähe, ich sah dich an mir vorbeilaufen, als ich Bär war und hinter einem Steinhaufen verschnaufte.

Da hättest du mich leicht zerreißen können, sagte ich.

Ja, sagte die Krähe, das hätte ich leicht tun können, aber es lag mir nicht viel daran. Jetzt könnte ich dich zerhacken, falls du mir nicht zuvorkommst und deinen Stecken in meinen Schnabel stößt oder sonst etwas tust, aber es liegt mir nicht viel daran.

Ich wußte nicht recht, was ich mit dem Tier anfangen sollte. Ich sagte: Wenn du willst, erzähl ich dem Mann nichts davon, daß ich dich als Krähe getroffen habe. Du kannst hierbleiben, ich werde den Mann von dir fernhalten. Ich weiß ja eigentlich gar nicht, was hier vorgeht. Du kannst verschnaufen, aber du mußt wach bleiben. Ich komme wieder.

Die Krähe trat von einem Bein auf das andere.

Was wird der Mann mit dir tun, wenn er dich findet, fragte ich, was hat er vor?

An die Kette legen oder in einen Verschlag stecken, antwortete die Krähe, ich vermute es nur. Ich weiß es nicht genau. Er kann mich auch schlachten und auffressen, es kommt darauf an, was ihm einfällt, wenn er mich als Krähe findet.

Hat er ein Recht auf dich, fragte ich, ich meine, hat er dir einen schönen Verschlag gebaut, als du Tiger warst, hat er dich gefüttert?

Er hat mich schon gejagt, bevor ich Tiger war, sagte die Krähe, er ist ein großer Jäger.

Ich fragte: Hast du noch einmal vor, dich zu verwandeln, Krähe?

Sie antwortete: Ich kann es noch einmal tun, ein einziges Mal noch.

Gut, sagte ich, ich werde also den Mann weiterhin nach dem schwarzen Fuchs suchen lassen. Und ich ging durch die Wälder, traf den Mann heiser vom Brüllen und müde, und wir verabredeten uns, weiter nach dem schwarzen Fuchs zu suchen.

Ich habe den Tiger gejagt und alle Tiere davor, sagte der Mann. Ich habe den Bären gejagt und den Elefanten, jetzt jage ich den schwarzen Fuchs. Ich bin Jäger, davon lebe ich, und ich brauche das Tier, ich will es besitzen. Und sollte es als Papagei auf den Türmen Pekings hocken, ich werde es jagen.

Was hast du mit ihm vor, fragte ich.

Was ich mit ihm vorhabe? Das ist doch ganz gleich, rief der Mann ungeduldig, haben muß ich es, besitzen will ich es; und nun geh und such den schwarzen Fuchs!

Und wir trennten uns, und während der Jäger nach dem schwarzen Fuchs in den Wäldern brüllte, lief ich zu der Krähe. Ich war jetzt selber besessen, die Krähe zu haben.

Sie stand noch am alten Fleck. Willst du mit mir kommen, fragte ich sie, du gefällst mir, du würdest nicht mehr gejagt werden.

Die Krähe sah mich an und nickte mit dem großen Kopf. Wir gingen nun, torkelnd die Krähe und schläfrig an meiner Seite, den Ausgang der Wälder suchen, fanden ihn spät am Abend, als die Dämmerung den Wald schon finster machte, und gingen hinaus in die Ebene.

Der Jäger wird die Wälder nicht verlassen, sagte ich, hier kannst du verschnaufen.

Und die Krähe legte sich ins Gras, ich legte meinen Kopf unter den Flügel der Krähe, die Nacht über schliefen wir in der Ebene nahe den Wäldern, aus denen es schrie und brummte, und am nächsten Morgen standen wir auf und gingen zusammen fort.

Und wir liefen durch den heißen Tag, der auf der Ebene leuchtete. Am Rand des flachen Landes verschwanden die Wälder klein und grau, um uns war spärliches Gras, das im Wind sich bewegte. Und nach Stunden des Laufens durch die Ebene fragte ich die Krähe, ob sie nicht auffliegen könne, um nachzusehen, wo wir uns befänden.

Ich kann nicht fliegen, sagte die Krähe.

Ich bat die Krähe, es wenigstens zu versuchen. Sie schüttelte ihre Flügel, schlug um sich, hupfte, sie drehte sich schwerfällig, zog die Füße ein, schleifte mit den Flügeln am Boden, daß es staubte, aber es kam nicht mehr zustande als ein paar meterhohe, kurze, ungeschickte Sprünge. Die Krähe atmete rasselnd und hatte wilde Augen.

Ja, du kannst wirklich nicht fliegen, sagte ich, laß es sein. Und wir gingen weiter in der großen Hitze. Nach Stunden kamen wir in ein Dorf. Dort waren Bäume, in deren Schatten wir uns ausruhten. Wir wuschen uns an einem Brunnentrog. Die Krähe sprang, nachdem ich getrunken hatte, in das Wasser, schlug mit den Flügeln, schüttelte sich, stäubte Wasser umher, zog Wasser durch den Schnabel in großen lauten Schlucken. Es versammelten sich viele Leute in den Haustüren und um den Brunnen, zeigten mit Fingern auf die Krähe und lachten, umringten sie ohne Vorsicht, aber die Krähe merkte es nicht oder achtete nicht darauf. Ich erklärte den Leuten, daß ich das Tier zu einem Zirkus in die Stadt brächte. Ich verspreche mir eine Menge Geld, sagte ich. Nach kurzer Zeit verließen wir das Dorf (die Leute wichen nur widerwillig vor der Krähe zurück), und ich entschuldigte mich bei der Krähe: Du mußt mich nicht falsch verstehn, Krähe, sagte ich, ich brauchte die Ausrede für die Leute.

Das habe ich verstanden, sagte die Krähe. Sie schien nicht besonders verlegen zu sein.

Und wir gingen weiter in der Ebene, kamen durch leichte

Hügel, und es wurde Nachmittag. Ich will dir einen Vorschlag machen, sagte ich, du hast doch noch eine Verwandlung übrig, du hast es gesagt.

Ja, sagte die Krähe, warum willst du es wissen?

Was für eine ist es, fragte ich weiter, ist es eine auffällige?

Ist es unbedingt nötig, daß du es weißt, fragte die Krähe.

Siehst du, Krähe, sagte ich, das wäre ein Vorschlag, hör ihn dir an: Wir werden jetzt durch viele Dörfer kommen und gelegentlich in eine Stadt. Wir werden viele Leute sehn, tausend und mehr an einem Tag, du verstehst. Es wäre einfacher, wenn du dich noch einmal verwandelst, falls dich das unauffälliger machen würde.

Warum, fragte die Krähe, ich bin eine Krähe, jeder kann sich mit einer Krähe sehen lassen.

Das schon, sagte ich, aber hast du mal eine richtige Krähe gesehn?

Nein, sagte die Krähe, ich weiß sehr wenig von Krähen. Ich erfahre von dir zum erstenmal, daß ich Krähe bin und Krähe heiße.

Siehst du, das ist es, sagte ich. Die richtigen Krähen sind klein, du bist dreißigmal, vielleicht vierzigmal so groß wie eine gewöhnliche Krähe. Und du bist die einzige Krähe, die je so groß gewesen ist. Deshalb bist du, wenn wir länger unter die Leute kommen, als Krähe ungültig. Als Hund zum Beispiel fällst du kaum auf, denn es gibt hunderterlei Hunde, sehr große, sehr kleine. Aber es gibt nur eine Krähensorte, jeder kennt sie.

Die Krähe lief neben mir her und grübelte lange. Ich verstehe dich nicht, sagte sie dann. Ich will mir meinen letzten Teil noch aufheben, verstehst du, weil er der letzte ist. Früher habe ich schnell und unbedenklich gewechselt, aber jetzt muß ich mir lange überlegen, ehe ich etwas aufgebe. Das ist das eine. Das andere ist: warum soll ich nicht die Krähe bleiben, die ich bin. Ich bin gern Krähe, wie ich zum Beispiel gern Elefant war und nur ungern Wolf nach dem Elefanten wurde. Ich möchte schon am liebsten Krähe bleiben, auch in den Städten, durch die wir kommen werden, wie du sagst.

Du könntest wieder gejagt werden, sagte ich.

Daran habe ich nicht gedacht, sagte die Krähe.

Es wäre aber gut, daran zu denken, sagte ich. Wir übernachteten in einer Hütte in der Nähe eines Flusses, in der Nacht kam Regen nieder, der leis auf dem Blechdach der Hütte dengelte. Und am Morgen sagte mir die Krähe: Du mußt mich nicht falsch verstehn, ich habe auch meinen Stolz als Krähe, ich möchte Krähe bleiben, auch wenn wir in eine Stadt kommen, in der man so große Krähen nicht kennt. Ich bleibe Krähe.

Gut, sagte ich, du sollst Krähe bleiben. Wenn ich könnte, würde ich dich zur Verwandlung zwingen, aber ich kann es nicht. Und dein Stolz macht mir auch Freude. Ein paar Tage gingen wir durch Gras und Ebenen flußabwärts.

Wir kamen später in eine Stadt, es war Frühherbst und die Nächte waren kühl geworden. Ich führte die Krähe über die Plätze und großen Straßen. Sie war noch nie in einer Stadt gewesen, schien aber nicht besonders verwirrt, sondern lief mit hellen, ruhigen Augen neben mir her. Am Abend des ersten Tages warf man Steine auf uns; die Krähe zuckte zusammen. Wir waren bald von vielen Menschen eingekreist, wurden schneller und schneller durch die Straßen getrieben. Ich wurde bald festgehalten.

Ich kenne die Stadt nicht, Krähe, sagte ich, als die Leute näher kamen, ich weiß nicht, wo du dich verkriechen könntest.

Die Krähe blieb schweigsam und unruhig in meiner Nähe.

Verwandle dich jetzt, sagte ich, als die Leute mich wegdrängten, verwandle dich, schnell!

Nein, sagte die Krähe. Ich sah, daß sie anfing zu zittern. Ihre Flügelspitzen zuckten. Sie versuchte mit den Flügeln zu schlagen. Es flogen nun schon viele Steine auf die Krähe. Ihr Schnabel stand weit offen.

Verwandle dich doch, schrie ich, los, verwandle dich!

Aber die Krähe lief und hupfte schwerfällig weiter die Straße entlang, die Menge wich vor ihr zurück, so weit sie konnte. Es folgten der Krähe immer mehr Leute und immer schneller, und immer mehr Steine prasselten auf die Krähe, die unter den Steinschlägen schwankte und torkelte.

Da sah sich die Krähe nach mir um. Sie suchte mit ihren

kleinen wilden, ratlosen Augen, bis sie mich in der Menschenmenge gefunden hatte. Dann verwandelte sie sich. Es ging
sehr langsam, sie räkelte sich qualvoll, schwarze Krähenfedern wirbelten über der Menge, die entsetzt zurückschreckte
und sich zu einem Knäuel zusammenstaute. Die Krähe
veränderte sich lautlos, beulte sich ein und aus, dann war sie
fertig. Eine riesige schwarze blinde Katze stand allein gegen
die Menge mit nassen, leeren Augenhöhlen und gesträubten
Haaren, in denen Krähenfedern hingen. Sie fauchte in lauten,
heiseren Stößen, bewegte sich nicht vom Fleck, tastete nur ein
wenig am Boden um sich her.

Ich verstand die Krähe jetzt besser. Die Leute warfen nun
wieder Steine auf die Katze, immer mehr Steine. Die Katze
drehte sich fauchend um sich selber auf einem Fleck, bis sie
umfiel. Es flogen immer noch Steine und Krähenfedern
herum. Man hatte mich längst losgelassen. Und ich lief davon
durch die fremde Stadt.

Zillmeiers Anwesen

– unmittelbar an der Eisenbahnlinie gelegen, vom Bahndamm getrennt durch einen Zaun, dessen Latten verrußten Efeu tragen. Oben am Signal und unten – dorfauswärts – am Feldweg schwenkt der Zaun im rechten Winkel zur Landstraße ab, die das Anwesen auf der Südseite begrenzt. Sowohl auf der Westseite als auch auf der Ostseite befindet sich eine Umzäunung aus Stacheldraht (der Lattenzaun wurde vor Jahren abgerissen), mit Ausnahme einer Stelle an der Ostseite, wo die Garagenwand in die Umzäunung einbezogen wurde. Dort wächst Unkraut um das Wrack eines Opel, den Zillmeier früher gefahren haben soll. Efeu hängt von der Garage auf Grundstück und benachbartes Ödland (trotz Verbotsschildern wird dort Müll hingeschafft, und Qualm von brennenden Matratzen treibt über die Straße, hängt in Schlieren über Wiesen und Bahndamm). Zur Landstraße hin wird das Anwesen von einer zwei Meter hohen, mit Glasscherben versehenen Mauer zusammengehalten. Zwischen Mauer und Straße verläuft ein Wassergraben. Die Kanalröhre unter der ursprünglich mit Ziegeln gepflasterten Zufahrt ist verstopft oder eingebrochen, der Graben an dieser Stelle versumpft, die fehlenden Ziegel wurden nie ersetzt, man schüttete hin und wieder Feldsteine auf. Seit Jahren ist weder hier noch an anderer Stelle etwas repariert worden. Die Zufahrt stellt heute ein beinahe natürliches Hindernis aus Steinen, Schlamm und Ziegelscherben dar und ist zu Fuß kaum zu überwinden.

Das Anwesen ist ein quadratischer Bezirk, in dessen Mitte sich das Zillmeiersche Haus befindet, eine zweistöckige Villa aus rotem Backstein, mit Ecktürmen und angebauten Veranden, die heute leer stehn. Die Dachfenster tragen Kuppeln in Zwiebelform, die Parterrefenster sind mit bauchigen Eisengittern gesichert. Die ebenfalls vergitterte Haustür öffnet sich auf bemooste Steinplatten. Die Villa macht einen geräumigen Eindruck (man könnte ein Dutzend Räume in ihr vermuten), ist jedoch verhältnismäßig eng, weil ein ungewöhnlich hohes und kahles Treppenhaus das Gebäude zur Hälfte ausfüllt. Neben Keller, Speicher, Küche und Bad haben nur vier mittelgroße Zimmer Platz, von denen zwei nicht mehr bewohnt sein sollen. Die Räume wirken trübe, fast dunkel, weil Baumäste an die Hauswand stoßen und die Fenster verschatten. Auf der Rückseite der Villa befinden sich eine mit Koffern und Gartenmöbeln vollgestellte Veranda, ein steinerner Brunnen ohne Wasser und zusammengefallene Holzstöße. Obstspaliere führen in gerader Linie zum Bahndamm, sind aber von Schlinggewächs erstickt oder völlig verrottet. Die Verwilderung greift überall um sich, das Unkraut schießt zu Meterhöhe auf und berührt die Baumäste. Holunder und Haselsträucher überwachsen das Anwesen und machen die Wege unkenntlich. Buchen und Tannen verdunkeln eine ovale, mit Moos und Unkraut durchwachsene Kiesfläche auf der Rückseite des Hauses. Die über das Anwesen verteilten Tierfallen, kistengroße Käfige aus Eisen, sind seit Monaten oder Jahren nicht mehr kontrolliert worden. Hinter geschlossenen Gittern verfaulen Eichhörnchen und Katzen.

Die Villa wird von ihren Besitzern, dem Ehepaar Zillmeier bewohnt. Man sieht sie selten. Im Ort ist die Rede von einem Vermögen und von zwei oder drei im Ausland lebenden oder verstorbenen Kindern. Fest steht, daß Zillmeier zwei Fahrzeuge besitzt, einen Volvo und einen BMW. Seine Frau ist seit Monaten oder Jahren nicht mehr im Ort gesehen worden, doch scheint sie nicht krank, sondern nur in Apathie verfallen und außerordentlich dick geworden zu sein. Auch Zillmeier ist ungewöhnlich korpulent. Ein Arzt wird offenbar nicht hinzugezogen. Die Einkäufe erledigt Zillmeier mit dem Wagen. Seine ständige Mißgestimmtheit fällt auf, er ist wortkarg und scheint sich auf Kontakte nicht zu verstehen. Daß das Ehepaar ausfährt oder Besuch erhält, ist seit Monaten oder Jahren nicht mehr bemerkt worden. Außer einer lokalen Wochenzeitung erhält es so gut wie keine Post. Hausmädchen haben nie länger als ein oder zwei Monate in der Villa ausgehalten. Das Anwesen wird, wie gesagt, seit Jahren nicht mehr gepflegt. Wie es im Innern der Villa aussieht, kann nur vermutet werden. Gartenarbeiten, Erneuerungen oder Umbauten haben sich als aussichtslos erwiesen, da ständig alles weiter verfällt. Das Anwesen steht seit Jahren zum Verkauf. Es kann auch gemietet oder gepachtet werden.

Denn der außergewöhnliche Zustand, dem das Anwesen unterworfen ist (es wäre verfehlt, von einer Tragödie zu sprechen), läßt alle Verbesserungen sinnlos erscheinen.

Es handelt sich um den Regen.

Auf das Anwesen geht Tag und Nacht, fortwährend und ununterbrochen Regen nieder, seit die Villa vor etwa hundert Jahren errichtet wurde. Seit diesem Zeitpunkt regnet es auf das Anwesen (das früher gewöhnliches Weideland war), seither stehen die umliegenden, vom Zillmeierschen Regen mitbetroffenen Grundstücke erfolglos zum Verkauf. Ein Turm aus Wolken und Nässe, eine sehr hohe Regensäule steht über der Villa und läßt sie in klebrigem Zwielicht versinken, so daß sie zeitweise weder von der Landstraße noch vom Bahndamm aus zu sehn ist. Bei Wind werden die Regenmassen weit über Straße und Bahngleis und auf die umliegenden Grundstücke getrieben. Bei Windstille fällt der Regen senkrecht und hält sich ungefähr innerhalb der Grenzen des Anwesens.

Die Türen und Fenster der Villa sind, solange man sich erinnern kann, immer geschlossen gewesen. Da das Haus der Nässe wegen Tag und Nacht geheizt werden muß (es enthält einen Küchenherd und vier alte Öfen), vermischt sich die Nässe mit dem Rauch, was das ohnehin mühsame Atmen noch erschwert. An heißen Sommertagen kann man Dorfkinder unter den Bäumen spielen sehn. Bei Frost verwandelt sich das Anwesen in ein bizarres, arktisch anmutendes Gelände, das auf Kosten Zillmeiers von Angestellten der Gemeinde freigeschaufelt werden muß.

Das Anwesen versinkt zunehmend in Fäulnis. Einmal im Jahr läßt Zillmeier ein Dutzend gestürzter Bäume wegtransportieren, außerhalb seines Grundstücks trocknen und als Brennholz in die Villa schaffen. Das Rauschen und Wimmern des ungleichmäßigen, oft nur sprühenden oder rieselnden, dann wieder wolkenbruchartigen Regens, das jahrhundertalte Echo des Wassers in den Winkeln des Hauses, muß einen ständigen Verdruß hervorrufen (Zillmeiers Physiognomie gibt ihn zu erkennen, auch seine Kleidung, die immer schlechter wird). Während des Tages brennt Licht in den bewohnten Räumen. Soweit bekannt, hält Zillmeier keine

Tiere. Niemand kann sagen, womit er sich seit seiner frühen Pensionierung beschäftigt.

Warum das Ehepaar die Villa bewohnt, seit fünfunddreißig Jahren fast ununterbrochen bewohnt hat, ist allen ein Rätsel. Wenn es stimmt, daß Zillmeier über Vermögen verfügt, wird die Tatsache noch rätselhafter. Bewohnt er die Villa, weil er sie besitzt? Hat sich das Ehepaar an den Regen gewöhnt? Gefallen ihm die Dunkelheit und der Verfall? Ist Zillmeier gleichgültig gegen die eigene Person, gegen das Befinden seiner Frau? Ist Zillmeier trübsinnig, geizig, träge oder geistig krank? Seine Person, vor allem seine Frau, ist den Auswirkungen der Nässe in zunehmendem Maß unterworfen, und doch unternimmt Zillmeier nichts, bis auf eine Verkaufsannonce, die seit Jahren im Bürgermeisteramt aushängt.

Es wäre interessant zu erfahren, ob sich im Fall eines Besitzwechsels am Zustand des Anwesens, das heißt an dem Regen, etwas ändern würde. Angenommen, Zillmeier zöge fort und der Regen ginge mit ihm. Das Haus könnte als Werkstätte hergerichtet, einer Genossenschaft zur Verfügung gestellt, vielleicht an einen Club verkauft werden. Die Lage am Ortseingang ist ungewöhnlich günstig. Falls Zillmeier und der Regen bleiben, ist das Anwesen zu restlosem Verfall bestimmt. Alles spricht dafür, daß Zillmeier bleibt und der Verfall sich endlos in die Länge zieht. Deshalb ist der Vorschlag eingebracht worden, das Ehepaar Zillmeier zu evakuieren, dann abzuwarten, wozu sich der Regen entschließt, und gegebenenfalls die Villa niederzureißen. Sollte von offizieller Seite nichts unternommen werden, ist man entschlossen, auch ohne offizielle Einwilligung (und ohne Einwilligung des Ehepaars) vorzugehn, und zwar im August dieses Jahres, wenn ein längerer Aufenthalt im Regen nichts ausmacht.

Wo das Ehepaar Zillmeier untergebracht werden kann, ist ganz ungewiß. Wenn es sich weigert, hat es keine Chance.

Mein König

Nach einer anstrengenden Konferenz, in deren Verlauf mein König zwei seiner Staatsräte erschoß, weil er sich durch ihre offenherzigen Proteste in einer Sache gekränkt fühlte, lud mich mein König zu einem Spaziergang durch die Parkanlagen der Residenzstadt ein. Wir waren beide erschöpft, hatten das Bedürfnis, uns die Köpfe zu kühlen, und da der Nachmittag schön war, widerstrebte ich nicht und begleitete meinen König.

Wir gingen ziemlich ungesprächig durch die Parkanlagen und kamen schließlich an einem inmitten von weitläufigen Wiesenanlagen errichteten Gegenstand vorbei, der die Aufmerksamkeit meines Königs auf sich zog.

Sieh mal an, Kanduze, sagte mein König halb zweifelnd, halb belustigt, was für ein amüsanter Kiosk in meinen Parkanlagen! Ich habe ihn noch nie bemerkt; was hältst du davon?

Er ist vor kurzem errichtet worden, mein König, antwortete ich.

Warum hat man mich nicht zur Einweihung eingeladen, fragte mein König und sah mich mißtrauisch an.

Mein König möge verzeihn, antwortete ich, es hat keine Einweihung stattgefunden.

Wir gingen um die Anlage herum, in deren Mitte der beachtete Gegenstand, der größere Ausmaße hatte, seinen Platz einnahm. Mein König schien sich sehr für ihn zu interessieren, denn er bemerkte nach einer Weile:

Was meinst du, Kanduze, könnte man nicht trotz der Verbotsschilder die Wiesenanlagen betreten, sich diesem... diesem Kiosk nähern, um ihn ein wenig aus der Nähe zu betrachten?

Mein König möge bedenken, sagte ich, daß sich noch andre Spaziergänger im Park befinden und daß es Befremden und Empörung erregen könnte, wenn sich mein König, der die Verbotsschilder am Rand der Parkanlagen aufzustellen befahl, selbst und als erster darüber hinwegsetzen würde. Wie mein König weiß, werden die Übertreter des Verbots geköpft.

Du magst recht haben, sagte mein König verstimmt.

Meinetwegen, betrachten wir uns den Kiosk aus der Entfernung.

Mein König möge verzeihn, sagte ich, aber im allgemeinen hält man diesen... diesen Kiosk nicht nur für einen Kiosk, wie mein König sich ausdrückt, sondern man neigt dazu, in diesem Kiosk, in diesem Bauwerk ein Kriegerdenkmal zu sehen.

Ein Kriegerdenkmal? Mein König war bestürzt. Aber sieh doch nur, Kanduze...

Gewiß, antwortete ich, aber ich selbst, mein König, neige dazu, dieses Bauwerk unter Umständen für ein Kriegerdenkmal zu halten.

Das ist... das ist jedenfalls ein Kiosk, sagte mein König heftig, ich sehe deutlich, daß dies ein Kiosk und nichts andres als ein Kiosk...

Mein König möge versichert sein, unterbrach ich meinen König, daß es sich hier ebensogut um ein Kriegerdenkmal handeln kann. Mein bestimmter Ton schien den König zu verwirren, er antwortete nicht sofort und erst nach einer Weile, während wir in Gedanken versunken und wohl zum vierten oder fünften Male um die Anlage liefen, sagte mein König:

Und ich behaupte, daß es sich hier um einen Kiosk handelt und keinesfalls um ein Kriegerdenkmal. Ein Kriegerdenkmal also, sagst du, Kanduze?

Mein König sagt es, antwortete ich.

Ich glaube dir nicht, sagte mein König mit kurzem Seitenblick.

Nun, Glauben oder Nichtglauben ist Sache meines Königs, antwortete ich.

Und du bestehst darauf, fragte mein König.

Möglicherweise, antwortete ich.

Hm, sagte mein König, wollen wir nicht weitergehn?

Wir setzten unsern Weg fort, liefen durch andere Teile des Parks und kamen auf dem Rückweg wieder an dem Gegenstand vorbei.

Um noch einmal darauf zurückzukommen, sagte mein König, du bist also nach wie vor der Ansicht, es handle sich um ein Kriegerdenkmal?

Allerdings, mein König, antwortete ich. Und ich bin, falls mein König erlaubt, inzwischen, und bei längerer Betrachtung des Gegenstandes, sogar geneigt, den Kiosk meines Königs für ein Wasserhäuschen zu halten, ohne damit freilich mein Kriegerdenkmal ohne weiteres zu bestreiten.

Aber wie kommst du auf die Idee, es könnte ein Wasserhäuschen..., rief mein König aufgebracht und mit starker Stimme.

Von einer Idee kann hier nicht die Rede sein, antwortete ich höflich, ich möchte auch die Ansicht, es handle sich um einen Kiosk, keineswegs bestreiten, sondern nur, wie gleichfalls mein Kriegerdenkmal, in Frage stellen. Wie jedermann weiß, ist das ein Unterschied.

Aber so halt dich doch an das, was du siehst, du ... zum Donnerwetter, brüllte mein König.

Mein König möge verzeihn, antwortete ich ruhig, das tue ich. Aber was ich sehe, schließt keine der angedeuteten Möglichkeiten aus. Das Volk ist ebenfalls geteilter Meinung. Die einen sprechen von einem Musikpavillon, die andern von einem Bildstöckl, andre wollen darin eine moderne Kultstätte erkennen. Es gibt sogar freche Zungen, die von einer Bedürfnisanstalt sprechen. Ich möchte aber, wenn es meinen König nicht allzusehr ermüdet, noch eine weitere, und wie ich glaube, wesentliche Möglichkeit in Betracht ziehn ...

Nein, sagte mein König gereizt, ich bin ohnehin überzeugt, wirklich, ich glaube nun, ich sehe, freilich, ich sehe doch ...

Schweigend setzten wir unsern Weg fort, und ich empfand das Verhalten meines Königs als etwas störend für mein Wohlbefinden.

Am nächsten Tag ließ mir mein König durch einen Vertrauten das Mittagessen in meine Gemächer schicken. Der Vertraute hatte die Weisung erhalten, nach angemessener Zeit das Geschirr wieder abzuholen. Ich aß vorsichtig, da ich mich noch sehr deutlich eines Vorfalls entsann, der, mein Leben äußerst gefährdend, auf einer Jagd stattgefunden hatte, zu der mein König mich vor ein paar Wochen eingeladen, das heißt: befohlen hatte. Ich stellte den Wein auf das Tablett zurück, denn er hatte einen fremdartigen Geruch. Das übrige roch und schmeckte, wie es riechen und schmecken mußte. Der

Vertraute kam wieder und nahm das Geschirr mit sich fort samt dem Wein. Wenig später meldete mir mein Diener, daß der Vertraute unsres Königs mit dem Geschirr die Treppe hinuntergefallen sei, alles liege in Scherben und der Vertraute unsres Königs selbst sei soeben mit Schaum vor dem Mund zur ewigen Ruhe eingegangen.

An meinen König schrieb ich, bevor ich, zur selben Stunde noch, das Land verließ, folgende Adresse:

Ich bedaure, daß mein König seinem Vertrauten eine so mangelhafte Erziehung gegeben hat, ihn so schlecht ernährt oder kurz hält, daß, wie soeben vorgefallen, der Vertraute meines Königs den Wein, den mein König mir, Kanduze, zu übersenden sich veranlaßt sah, während des Wegtragens im Treppenhaus austrank. Ich bedaure den Vorfall, denn der Vertraute verschied an den Folgen, die mir, mein König, gegolten haben. Gegolten haben offenbar wegen der freimütigen Ansichten, die ich bezüglich des bewußten Gegenstandes zu äußern mir erlaubte. Und wenn ich meinem König auch schwerlich empfehlen kann, daraus andre Konsequenzen zu ziehen als die, die mein König gezogen hat, so sehe ich mich doch meinerseits verpflichtet, mich aus Gründen meiner Erhaltung und Selbstachtung unverzüglich zu empfehlen.

Man erzählte mir später, er habe getobt und sechs Spiegel zerschlagen. Ich halte das durchaus für möglich, bezweifle aber, daß außerdem etwas Nennenswertes in ihm vorgegangen ist.

Die Geschichte des Negers

Ich sage, ich war Jäger und jagte allein. Ich hatte eigene Wege in den Wäldern und teilte mit niemandem. Ich sage, ich ging oft von zu Hause weg ohne Nachricht zu hinterlassen, ich verschwand für ein paar Tage und Nächte und hörte: er sucht seine Schlange, er sucht seinen Affen. Ich sage weiter: in den Wäldern lebte ein Panther. Der Panther war älter als das Gedächtnis der Leute und konnte nicht erlegt werden. Es stand fest, daß Kugeln nicht in ihn eindrangen, ich sage, er lief durch alle Feuer und kroch unbemerkt aus jeder Falle. Ich sage: ein Panther. Es gab gute Jäger, die ihn gesehn hatten und andere, die glaubten, ihn gesehn zu haben und es gab sehr gute Jäger, die überzeugt waren, ihre Kugeln hätten ihn so schwer verletzt, daß er sich für immer verkrochen habe. Aber keiner brachte den Panther aus den Wäldern, oder auch nur ein Barthaar, einen Knochen. Ich so wenig wie jeder andere. Zwanzig Jahre hatte ich hingehn lassen und mir gesagt: es kann kein lebendes Wesen geben, das ein Jäger, der geduldig vorgeht, nicht eines Tages erlegen oder stark verletzen kann. Ich sage, ein Panther ist nicht unsterblich, und ich sage: es fehlt mir nicht an Geduld. Einmal bemerkte ich, daß ich älter wurde. Da wartete ich nicht länger und rüstete mich aus. Ich nahm Schlafsack, Gewehr, Munition, Messer, Streichholz, Salz und etwas Brot. Ich machte keinen Abschied. Ich sage: meine Leute werden eines Morgens bemerkt haben, daß ich mit meiner Ausrüstung verschwunden war. Ich ging jetzt die Wege, die ich früher ausgehauen hatte und benutzte die Wege anderer Jäger und drang leicht in die Wälder vor. Ich war stark und ermüdete nicht schnell und kam bald in Gegenden, wo das Gestrüpp auseinanderstand und das Dickicht offen war zwischen Sümpfen und Wasserläufen. Die Nächte verbrachte ich in den Windbrüchen und Lichtungen. Ich schoß Vögel und briet ihr Fleisch an den Abenden und schlief an kleinen Feuern, die gegen Morgen herunterbrannten. Ich sage, ich durchsuchte die Wälder viele Tage lang, ohne daß ich den Panther zu Gesicht bekam. Ich wurde ungeduldig, aber ich gab nicht auf. Ich war müde vom leichten Schlaf am Feuer, aber ich kümmerte mich nicht mehr um mich selbst, als erforderlich war, um bei Kräften zu bleiben. An einem Morgen, nach langer Geduld, sah ich den Panther nah vor mir im Unterholz, ein großes und altes Stück Tier mit hängendem Fleisch und zerfetztem Kopffell. Ich zielte sorgfältig, schoß mehrmals und erwartete, der Panther werde sich um sich selbst drehn und im Todessprung zusammenbrechen, aber der Panther war unverletzt und lief davon. Ich folgte ihm durch das Dickicht und der Panther hielt sich in immer gleicher Entfernung vor mir. Am Nachmittag dieses Tages befiel mich eine starke Müdigkeit und es fiel mir schwer, den Panther im Auge zu behalten. Als ich für einen Augenblick stehenblieb, um zu Kräften zu kommen, bemerkte ich, daß der Panther gleichfalls stehen blieb und in einiger Entfernung auf mich wartete. Das erstaunte mich und ich war überzeugt, den Panther in nächster Zeit zu erlegen. Aber bevor die Nacht kam, war meine Müdigkeit so schwer geworden, daß ich mich hinlegte und einschlief. Ich sage, die Müdigkeit war stärker als mein Wille, und so legte ich mich hin. Als der Panther feststellte, daß ich ihm nicht mehr folgte, kehrte er um, suchte mich und sah, daß ich schlief. Ich sage, er ging um mich herum, stieß mich an und legte sich schließlich neben mich. Während der ganzen Nacht lag der Panther neben mir im Unterholz und bewachte meinen Schlaf. Er verließ mich erst, als ich wach wurde, gegen Morgen zu. Ich merkte, daß der Schlaf mich nicht erfrischt hatte, aber ich stand auf und war entschlossen, den Panther noch einmal zu suchen. Als ich mich umsah, bemerkte ich den Panther. Ich sage, der Panther stand in meiner Nähe und sah mich an. Er setzte sich in Bewegung (er schien jetzt immer schneller zu laufen) und ich feuerte viele Schüsse auf ihn ab, ohne Ergebnis. Ich sage, der Panther blieb unverletzt. Meine Müdigkeit war schon am Vormittag wieder da und wurde nach ein paar Stunden so stark, daß ich mich hinlegte und einschlief. Der Panther kehrte um, legte sich neben mich und wartete, bis ich ausgeschlafen hatte. Das wiederholte sich an vielen Tagen und Nächten und meine Erschöpfung nahm zu und eines Morgens konnte ich nicht mehr aufstehen. Ich lag mit offenen Augen auf einem Haufen Laub und verfluchte meine Erschöpfung und verfluchte den Panther, der neben mir lag und mich ansah. Mach ein Ende, sagte ich zu dem Panther, du siehst doch, ich komm nicht mehr hoch. Aber der Panther blieb neben mir liegen und sah mich an. Und ich sagte: worauf wartest du! Ich kriege dich nicht, ich habe nichts von dieser Erschöpfung gewußt. Der Panther rührte sich nicht. Er lag und wartete und sah mich an. Ich sage, er ging morgens und abends um mich herum, leckte meinen Schweiß weg und versuchte, mir aufzuhelfen. Aber ich konnte nicht mehr aufstehen. Was wäre denn, wenn ich dich einmal erlegt hätte, sagte ich. Der Panther gab keine Antwort und rührte sich nicht von mir weg. Nach drei Tagen war ich tot. Da sprang der Panther auf und zerriß mich. Er riß mich auseinander, verzweifelt und wütend, ich sage, er warf meine Knochen durch das Gestrüpp und brüllte. Er brüllte viele Tage und Nächte und meine Leute hörten sein trauerndes Gebrüll und wußten, daß ich tot war.

Die Geschichte der Geschichten

Ein alter Mann und ein Junge saßen auf einer Kiste und sahen über lange grüne Hügel in den Sommer. Ein weißer Nachmittag ging langsam über den Himmel, und um sie herum war nichts zu hören als ein leises entferntes Brausen von Autostraßen, Bienenschwärmen und tremolierenden Hähnen. Ihre Schuhe standen tief im Sand, und ihre Rücken lehnten gegen die Bretterwand eines verschlossenen Geräteschuppens. Der alte Mann rauchte eine Zigarre, und der Anblick nachmittäglichen Sommers machte seine Augen ruhig und zufrieden. Der Junge bewegte sich unruhig auf der Kiste.

Erzähl mir eine Geschichte, bat er den alten Mann.

Was für eine Geschichte, fragte der Alte und wandte schläfrig den Kopf.

Unsere alte Geschichte, bat der Junge, erzähl sie noch einmal.

Ich weiß nicht, was du für eine Geschichte meinst, antwortete der alte Mann.

Du weißt doch, die Geschichte, die wir schon so oft erzählt haben, sagte der Junge.

So, die Geschichte, die alte Geschichte, sagte der alte Mann, auf seine Zigarre blickend.

Der Junge nickte.

Meinst du die Geschichte vom Raben, fragte der alte Mann, oder die vom weißen Elefanten? Vielleicht meinst du die Geschichte vom hohlen Stein, oder die vom Hirten der Steine?

Die Geschichte vom Raben, sagte der Junge.

Der alte Mann begann lautlos zu lachen; damit er besser lachen konnte, nahm er die Zigarre aus dem Mund. Seine Augen verengten sich vor Nachdenklichkeit und Behagen. Die Geschichte vom Raben haben wir oft erzählt, sagte er, sie ist eine gute Geschichte, freilich, und gut zum Anfangen ist der Rabe. Er drehte die Zigarre zwischen den Fingern und spuckte aus.

Also, ein Rabe..., sagte der Junge.

Ein Rabe, bestätigte der alte Mann. Da war ein Rabe, von

dem die Geschichte weiß. Stell dir also vor: Da war ein
Rabe...

Ein Rabe, bestätigte der Junge.

Ein Rabe, fuhr der alte Mann fort, der ein großer, dicker,
schwarzer Rabe war, ein Wüstenrabe, ein hungriger Steppen-
rabe mit verstaubten Flügeln und harten, kleinen, klugen
Schlüsselloch-Augen. Ein weitgereister, moderner, vom Ra-
benherrgott gut und groß und dauerhaft erschaffener Rabe.
Aber auch räuberisch war der Rabe! Und so verfressen, daß er
die Steine auf den Feldern verschluckte, bis er so schwer war,
daß er nicht mehr vom Boden auffliegen konnte. Ja, ein
besonderer Rabe war der Rabe, ein großer Bruder von einem
Raben, ein Königsrabe...

Ein Papageienrabe, sagte der Junge. Ein Unkraut- und
Brennesselrabe, ein großer Magier von einem Raben!

Ja, sagte der alte Mann, ein finsteres, hintersinniges,
widerborstiges Luder von einem Höllenvogel und lang-
schnäbligen Nachtvieh, ein Weinfaß von einem Raben...

Der Junge nickte.

Und er war schön! Der alte Mann hob die Augenbrauen
und sah den Jungen streng und bedeutsam an.

Schön war er! Und hatte rote, schlanke Füße wie...

Wie Spinnfäden und Streichhölzer, rief der Junge.

Und seine Krallen waren spitz wie Stecknadeln und scharf
wie Rasierklingen, und seine Nasenlöcher waren klein wie
Erbsen.

Klein wie Erbsen? fragte der Junge.

Jedenfalls klein wie Kirschkerne, sagte der alte Mann, klein
wie Sieblöcher und Kaffeebohnen, wie Zehennägel von
Zwergen, wie Fischpupillen und Grillenaugen, wie Sand-
körner.

Mit einer Trompetenstimme, sagte der Junge, so laut, daß
zehn Kilometer weit jeder erwachen mußte, wenn der Rabe
schrie!

Der alte Mann nickte, und beide schwiegen.

Aber, fuhr der alte Mann fort und sah den Jungen an,
eigentlich war der Rabe kein Rabe, wie wir glauben, er war
in Wirklichkeit...

Der alte Mann dachte nach.

Ein Berg, sagte der Junge schnell. Der Rabe war ein Berg.

Ein Berg, bestätigte der alte Mann. Der Rabe war natürlich ein Berg. Ein großer, breiter, buckliger Berg zwischen sieben Hügeln, auf denen Gras wuchs so lang wie Sonnenstrahlen und so kühl und fest wie Eierschalen. Ein Berg voll von großen, stacheligen Ginsterpflanzen und Rosenunkraut, an dessen Stacheln tote Vögel aufgespießt waren, Hagelwolken und blaue kleine Frühjahrsmonde, aus denen nasses Licht auf die Steine tropfte. Da standen würdige Blütenbäume in einem himmlischen Wind, und die Blüten dufteten nach..., sie dufteten nach...

Nach Pfeffer und Tinte, sagte der Junge.

Sie dufteten, sagte der alte Mann, vielleicht nach Pfeffer und Tinte, vielleicht aber auch nach Kirschen und Mäusedreck. Tausenderlei Salamander liefen im Gestein spazieren, mit Augen aus Glas und Feuerfunken, das wissen wir, und Schnecken gab es, riesig wie Weinflaschen und Brotlaibe –

Wie Kürbisse, sagte der Junge, wie Regentonnen und Badewannen!

Es war, sagte der alte Mann stolz, ein Trumm von einem majestätischen Kardinalsgebirge. Auf seinen Spitzen lag Schnee auf Schnee, weiß, tief und leicht, der süß nach Zucker schmeckte –

Und salzig nach Salz, rief der Junge.

Das war ein Berg! Ganz ausgefüllt mit singenden Steinen, auf denen die dreiäugigen Bergengel saßen und über die Welt blickten mit einem fröhlichen, einem bösen und einem gleichgültigen Auge. Und zwischen ihren Füßen kamen die Quellen aus den Steinhaufen des großen Berges gelaufen.

Mit grünem Wasser, mit dünnem und dickem Wasser, sagte der Junge. Und die Fische kamen aus den Quellenlöchern gesprungen, denn es gab haufenweise Meere und Ozeane in dem Berg, zum Überlaufen voll. Und in der Nacht wurde der Schnee immer schwarz wie Teer und Sumpfwasser, wie..., wie Kohle und zehnmal schwarze Tinte!

Wie Kohle, wie Teer? Nein, sagte der alte Mann, schwarz wie Tabak und schwarz wie das Auge am Hinterkopf Gottes, schwarz wie die klebrige Finsternis von Rabenblut und das Innere der Sonne. Und der Berg war so hoch wie neunstöckige Wolken, hoch wie der Aussichtsturm des Paradieses, aber ...

Aber, sagte der Junge.

Der alte Mann nickte kleinlaut, und seine Stimme wurde tief und leise: Wenn ich dir sage, der schöne Berg, glaub mir, er war ...

Er war wohl ein Haus, sagte der Junge, oder ein Wascheimer?

Ein Wascheimer? Der alte Mann schüttelte den Kopf. Vielleicht ein Haus? Du hast ganz recht, der große Berg war ein Haus. Aber nein, korrigierte er schnell, der Berg war natürlich kein Haus, obwohl, fügte er hinzu, der Berg gut hätte ein Haus sein können. Aber der Berg war schließlich ..., er war, ich weiß es, ein Fluß!

Ein Fluß! bestätigte der Junge.

Ein Fluß, ein langer, breiter, durch Riesenwälder hinabziehender Fluß, dessen Ufer, wenn man in seiner Mitte auf einem Fisch reiste, nicht zu sehen waren, mit keinem Auge. Ein langsamer, alter, würdevoller Strom, mit Raddampfern und Flößen voll fremder und bekannter Leute, mit Musikschiffen für Delphine und dickbauchigen Schleppkähnen, die mit höllischen, graulichen Nebelhörnern brüllten, wenn am Abend der Nebel aus dem Fluß gestiegen kam, mit rotbemalten Fähren und schwimmenden Steinen, auf denen die uralten, vom Winter erschöpften Vögel in das Frühjahr reisten, mit vielen Ertrunkenen, die der Fluß in das Meer brachte zu den Sägefischen und verfaulten Schiffen, den ertrunkenen Glocken und Meerkönigshäusern ...

Mit fliegenden Fischen, sagte der Junge, die eigentlich Esel und Habichte waren, mit viel schwarzem Treibholz, auf dem die Engel, die in die Ferien reisten, in Regenmänteln, Filzstiefeln und Zylindern saßen und Karten spielten.

Und mit Regenwasser, Schneewasser, sagte der Junge, mit numerierten Wellen und Salzschollen.

Ach, das war ein Fluß, sagte der alte Mann. Da standen weiße Hotels am Ufer und hölzerne Mühlen, da waren schwimmende Eisenbahnen und weite, im Wind hin und her schlagende Schilffelder und herrliche Enten darin, die im Morgengrauen kleine, goldene, viereckige Eier legten, die ihnen das Wasser unterm Hinterteil fortschwemmte, ins Meer hinunterschwemmte, ins Meer ...

Der alte Mann und der Junge versanken in Nachdenklichkeit. Der große Fluß rauschte durch ihre Köpfe. Doch war der Fluß, sagte der Mann nach einer Weile, genaugenommen ein ... Buch! Ja, ein Buch. Mit honiggelbem Papier, zehn doppelte Bibeln dick und breit, und mit Gedichten und Geschichten darin, in vielen Sprachen ...

In allen Sprachen, sagte der Junge.

In allen Sprachen, du hast recht. Und außerdem in russisch und babylonisch, in chinesisch, orientalisch, europäisch und satyrisch, in sanskritisch ...

In türkisch, sagte der Junge.

In klassisch, sagte der Alte, in bibliofilisch und filomenisch. Jawohl, so ein reiches Buch war das. Und es enthielt Verse, Verse, sage ich dir! Kein Mensch, kein Fisch und kein Vogel hat solche Verse je gelesen. Der liebe Gott? Er hat keine Ahnung davon. Gereimte und ungereimte, kurze und lange Gedichte, von Dichtern, die wir alle fast nicht kennen, und außerdem von Tante und O-Meer! Von Okolle und Fudschi und Matatschi, Sapantschi, Sapuntschi und allen anderen Dichtern.

Von allen Dichtern überhaupt, sagte der Junge.

Von allen, sagte der alte Mann. Und trotzdem, sagte er, war das Buch, streng betrachtet ..., ein Garten. Du magst das glauben oder nicht, aber ich weiß, das Buch war ein Garten. Wer wüßte das besser als ich!

Der alte Mann lachte.

Der Junge überlegte. Dann sagte er: Mit Apfelbäumen, darin hingen Äpfel groß wie Riesenköpfe und Luftballone, mit Pfauen und Waschbären, die darin herumliefen, und allem anderen ...

Ein wilder, weiter Garten, sagte der alte Mann. Da wuchsen Schneepflaumen und Feuerbirnen. Da standen Bienenhäuser im Gras und goldene Holzpaläste mit Portalen, in denen Bienenportiers standen in kleinen, braunen Flügelfräcken. Da hingen Zuckerflaschen voll ertrunkener Wespen in den Ästen, da brannte die Blüte weiß im Frühjahr, da gespensterten Wiesel und Füchse in der Nacht, da lag das rote und schwarze Laub zehn Meter hoch im Herbst, da konnte man ganz verirrt werden, denn es gab keine Wege im Garten, sondern nur Grillen und Mondpfeifer...

Essigsäuferchen, Störche, sagte der Junge, schöne Meereulen, Hasenschnäbler und Hornäuglein, singende Hurnellen und Wasserigel...

Ja, sagte der alte Mann, und ein dicker weißer Wind ging durch den Garten, und unter jedem Nußbaum stand ein Bierlokal.

Aber, sagte er nach einer Weile, der Garten war...

Der Junge sah den Alten fragend an.

Der Garten, das kannst du nicht leugnen, sagte der Alte, war ein dicker, fetter Menschenkerl. Ein Tamerlan, ein Räuber und Blutsauger, ein Schweinebursche von Eselreiter und Jesuit, ein Brandstifter! Er schnappte nach Luft.

Mit stinkenden Füßen, rief der Junge, mit grünen Triefaugen auf Gummistielen, mit abstehenden Ohren!

Ein Glatzkopf, sagte der alte Mann wütend, mit Zahnlücke und Ziegenbart, mit krummen Holzknochenbeinen und Hängebauch. Ein grindiger Iwan. Ein bärenwinkliger Löffelschmied.

Eine Kröte im Nabel, rief der Junge.

Ein rülpsender, schafsnasiger Umstürzler, ein Perückenanbeter, sagte der alte Mann atemlos, ein Räuber!

Ja, flüsterte der Junge, ein Menschenfresser.

Ein Filou, hauchte der alte Mann.

Sie saßen bewegungslos und sahen sich betroffen an.

Ja, flüsterte der alte Mann, ein ganz gewöhnlicher, schweinemäßiger Menschenkerl.

Traurig und schweigsam saßen sie auf der Kiste und wagten nicht aufzustehen. Der alte Mann zog zwei Zigarren aus der Kitteltasche, prüfte sie, steckte die schlechtere in die Tasche zurück, zündete die ausgesuchte an und machte eine hilflose Armbewegung. Was sollen wir nun mit so einem Menschenkerl anfangen? sagte er. Nichts, sagte er, die Geschichte gefällt mir nicht.

Mir gefällt sie auch nicht, sagte der Junge.

Was willst du machen, sagte der Alte, das ist nun so herausgekommen, wir können es nicht ändern.

Erzähl eine andre Geschichte, bat der Junge.

Ich hab keine Freude an Geschichten, wenn sie so ein Ende nehmen, sagte der Alte. Hätten wir das gewußt, hätten wir nicht erzählt. Der alte Mann stand auf und ging vor dem Jungen auf und ab.

Eine andere Geschichte, bettelte der Junge.

Der alte Mann schüttelte den Kopf.

Vom Elefant? fragte der Junge, ein wenig unsicher. Vielleicht vom schwarzen Regen, vielleicht die Geschichte vom Floh im Salzfaß?

Der alte Mann gab keine Antwort.

Von den wandernden Bahnhöfen, sagte der Junge.

Meinetwegen, brummte der Alte. Er setzte sich wieder auf seinen Teil der halb im Sand versunkenen Kiste.

Freilich könnte ich dir alle Geschichten der Welt erzählen, sagte er, die meisten sind mir, glaube ich, bekannt. Sie würden dich, eine wie die andre, in Erstaunen versetzen. Aber das würde niemals ein Ende nehmen, und nähme es schließlich ein Ende, wäre das Ende vielleicht nicht gut. Es wäre vielleicht sogar – fürchterlich! Und noch ein schlechtes Ende können wir uns nicht leisten. Aber vielleicht wissen wir etwas, das uns ein wenig fröhlich macht.

Ich weiß doch, sagte der Junge, der Menschenfresser war eigentlich ein Walfisch, ein alter, frommer Walfisch...

Ein Walfisch! Der alte Mann sah den Jungen zufrieden an. Natürlich, ein Walfisch. Er schlug sich, plötzlich wieder fröhlich, mit den Fäusten auf die Knie. Wir haben es! Er war natürlich ein Walfisch. Der floß von einem Meer in das andere, den breiten, fetttropfenden Bauch voller singender, flötender, jubilierender Jonasse. Er hatte einen Schwanz wie ein Strauß uralter Zypressen, der schlug einen mächtigen Schaum hinter dem Walfisch her. Seine Augen waren geädert von zahllosen blauen, züngelnden Blitzen, und die weiße Feuchtigkeit darüber spiegelte, was ihm vor Augen kam, Wasser und Himmel, Wasser und Himmel...

Aus seinem Buckel, sagte der Junge, kam ein kochend heißer Wasserstrahl gesprungen, der ging bis in den Himmel, das machte den Engeln die Füße naß, und sie schimpften auf den Walfisch...

Der alte Mann nickte zufrieden.

Und seine Haut war so dick, daß Kanonenkugeln natürlich darin steckenblieben, sagte der Junge. Er schob die Eisberge mit dem Kopf beiseite und fraß die Wurzeln der Inseln durch, bis sie ganz lose waren und auf dem Meer herumschwammen.

So ein Wal war das, sagte der alte Mann. Aber, sagte er, der Wal...

Der Wal? fragte der Junge.

Er war, sagte der alte Mann, natürlich ein Wal, aber er war außerdem auch ein König. Er war ein blinder Passagier, ein Friedhof, ein Ölkännchen, ein Brunnenhaus, vor allem aber war er ein Gemischtwarenladen. Das war er. Ein schöner großer Krämerladen. Da hing der Speck in dicken braunen verschnürten Klumpen von der Decke, die Schinkenbolzen und Wurstketten schwitzten in der Sonne. Da gab es Rosinenbrote, Honigkuchen, glänzende Schwarzbrote, Butterberge und Findlinge von gelbem Käse unter ofengroßen Glasglocken und Füllhörner voller Schokoladen, Kognakflaschen, Kaviarbüchsen, Bierfässer, zum Schwindligwerden viele Zigarren, Bananen und Pflaumen.

Der Junge nickte stumm.

Und vor allem gab es da einen Ladenbesitzer, ein zauberhafter Menschenkerl, ein dicker lachender Engel von Weintrinker und Schokoladenmaul, ein Wanst von einem lieblichen Gastgeber. Alles, was du dir wünschen kannst, wurde dir kostenlos ausgegeben.

Dir und mir? fragte der Junge.

Uns beiden, das steht fest, sagte der alte Mann. Das war der beste Menschenkerl, den du dir denken kannst. Er hatte immer ein Lachen auf seinem Mund, und seine Augen waren fröhlich.

So einer war das, sagte der Junge.

Ein Liebling und ein Held, sagte der Mann.

Ein Liebling und ein Held, flüsterte der Junge.

So ist es, sagte der alte Mann nach einer Weile und stand auf. Der Junge folgte ihm und kippte den Sand aus den Schuhen. Sie entfernten sich quer durch das feuchte Gras. Es war Nacht geworden, und die Landstraße, die sie schließlich erreichten, war dunkel und leer. Geraschel von Tieren und

Bäumen klang zwischen den Hügeln. Und sie gingen auf der Straße tiefer und tiefer in die braune Nacht, die warm und lautlos hinter ihnen zusammenschlug.

Eine unangenehme Geschichte

Ich erhielt die telegrafische Nachricht, daß mir soeben ein
großer und ehrenvoller Kunstpreis zuerkannt worden sei: die
Preisverleihung solle in Berlin stattfinden, meine Anwesenheit sei unbedingt erforderlich, Voraussetzung zur Entgegen-
nahme des Preises sei ferner, daß ich meinen gesamten Besitz
mitbrächte und persönlich vorzeigte. Trotz dieser Bedingung
sagte ich zu und reiste nach Berlin.

Die Preisverleihung fand im Festsaal eines öffentlichen
Gebäudes statt. Ungeheurer Beifall setzte ein, als ich die
Bühne betrat und mich verbeugte. Ein mir unbekannter
Redner hielt eine Laudatio, er sprach eine Stunde oder länger,
doch konnte niemand verstehn, was er sagte, da ununterbro-
chener Beifall seine Rede übertönte. Er verbeugte sich
schließlich, deutete mit großer Geste auf mich, trat unter
tosendem Beifall ab und ich blieb allein auf der Bühne zurück.

Mein gesamter Besitz war in einem kleinen Lastwagen
herbeigeschafft worden (ich besaß nicht sehr viele Dinge) und
wurde Stück für Stück auf die Bühne getragen. Ich trat vor,
hob meine Besitztümer der Reihe nach in die Höhe und zeigte
sie nach allen Seiten: Bücher, Klassikerausgaben, Flaschen
voller Terpentin und Salpetersäure, Mäntel, Socken, Blechschere und Teekanne, Walzen, Messer, Holzstöcke und
Kupferdruckpapier, eine Schreibmaschine, eine Decke, ein
paar Flaschen alten Wein, auch Briefe, Fotografien und
Manuskripte. Der Beifall war so ungeheuerlich und verstärkte sich mit jedem vorgezeigten Ding, daß ich abwinkte und
durch den Lautsprecher bekannt gab, man möge mit Beifall
etwas zurückhaltender sein. Diese Äußerung verstärkte den
Beifall noch und jede meiner Bewegungen, ein Lächeln,
Kopfschütteln, Schulterheben, das Aufnehmen oder Absetzen eines Gegenstandes bewirkte nur eine Verstärkung des
Beifalls. Ein riesiger Saal voll Händeklatschen, Getrampel
und Geschrei, weit aufgerissenen Mündern und von unsinni-
ger Begeisterung hin und her gerissenen Köpfen, ein Sum-
men, Schnalzen, Pfeifen, Knallen, Tosen – ich streckte die
Zunge heraus, machte lange Nase, zeigte Zähne, spuckte aus,
warf Bücher, Farbstifte, Farbtuben in den Saal und kehrte der

Menge den Rücken; der Beifall steigerte sich weiterhin und nahm so haarsträubende Ausmaße an, daß ich meinen Besitz zusammenlas, Stück für Stück hinter den Vorhang schaffte und unter immer noch zunehmendem Beifall verschwand.

Während hinter mir immer dröhnender, ungeheurer und fataler ein durch nichts mehr begründeter, an nichts mehr orientierter Beifall tobte, lief ich durch die schlecht beleuchteten Gänge hinter der Bühne und suchte einen Ausgang. Ich sah, daß mein Besitz in den Gängen verstreut herumlag (Arbeiter, die mir anfangs behilflich gewesen waren, zeigten sich jetzt nicht mehr). Bücher fallen gelassen, Werkzeuge hingeworfen, Papiere zertrampelt, zerknüllt, zerrissen, Kleider und Bilder auf Haufen zusammengekehrter Papierdekorationen geworfen, ich bat vorübereilende Personen – Redner, Stadträte, Jurymitglieder oder dergleichen –, mir beim Zusammensuchen meiner Dinge zu helfen, erhielt aber weder Antwort noch Hilfe. Während ich, so gut ich konnte, den Rest meines Besitzes zusammenlas und aus dem Gebäude schaffte, betrat eine Gruppe von Herren den Ausgang (oder Eingang), in ihrer Mitte bewegte sich eine Gestalt, man stützte sie und griff ihr unter die Arme, schob sie in Richtung des Festsaales vorwärts, sie schien sich nicht aus eigener Kraft bewegen zu können, ihre Beine baumelten kraftlos über den Boden, es folgte eine Gruppe von Arbeitern, die Kisten und Körbe voller Gegenstände trugen, Bücher vor allem, Trinkgläser, ein Spinett, Bilder, Kleider und gebündelte Manuskripte, offenbar der Besitz eines neuen Preisträgers. Einen Augenblick lang sah ich den vornübergesunkenen Kopf, das von weißem Kragen fast verdeckte, ungewöhnlich bleiche und abwesende Gesicht eines Mannes und erkannte in ihm einen befreundeten Dichter, der vor kurzem gestorben war. Ich verließ das Gebäude so schnell ich konnte, stellte mich neben meinen Besitz auf das Trottoir und sah mich nach einem Taxi um. Es dauerte eine Weile, bis eines kam und hielt. Der Chauffeur half mir, die Reste meines Besitzes im Taxi unterzubringen. Es war ein kalter, leuchtender Nachmittag im Oktober, meine Kleider waren verschmutzt und zerrissen, ich kroch in das Taxi und zündete mir eine Zigarette an, der Chauffeur versprach, mich zum Flugplatz zu fahren.

Der Zünd

Der Großbäcker von Milis hat eine gute Tat getan, so scheint es, denn er hat dem Zünd eine feste Arbeit verschafft. Das hat noch kein anderer Geschäftsmann in Milis getan. Zünd, von jeher arbeitslos, hat immer nur Gelegenheitsarbeit verrichtet, Gepäck zum Omnibus und Steine zu den Baustellen getragen, hat sommerüber im Heu geholfen, Bierkisten transportiert und Holz gehackt. Eine gleichermaßen flüchtige und hart-näckige Erscheinung, in Gasthäusern sitzend, an der Omni-bushaltestelle herumlungernd, kleinköpfig, stumpfäugig, lal-lend und lächelnd, wenig mitteilsam und ziemlich lästig, am Rand eines alten Kirschgartens ein Gartenhaus bewohnend, das er heizen und abschließen kann – Zünd hat vor einigen Wochen einen neuen Geschäftszweig der Großbäckerei übernommen: er trägt einen Brotkasten durch das Gebirge. Die Großbäckerei von Milis besitzt zwei Lieferwagen, die die Gemischtwaren, Handlungen und Filialen in der Umgebung mit Brot und Kuchen versorgen. Das ist eine Einrichtung. In das Gebirge ist schwer mit Lieferwagen zu kommen, daran hat sich seit Jahren nichts geändert. Tiefe, verschattete, von Holzfuhrwerken breit ausgefahrene, von Regengüssen oft aufgeweichte Sandwege führen in Kehren hinauf in die entlegenen Hochtäler und enden plötzlich in nichts als Wald und sumpfigem Brachland. Im Bau befindliche Schotterstra-ßen sind vorerst noch nicht zu befahren, die kleinen Ortschaften sind verstreut und abgelegen, die Gemischtwa-ren klein und kaum lohnend für regelmäßige Lieferungen von Kuchen und Brot. Es gibt dort Weiler, die ihre eigenen Backöfen haben. Und so kann der Großbäcker weiter nichts tun, als einen Brotträger in das Gebirge schicken. Er hat den Zünd in die Bäckerei kommen lassen und mit ihm wegen Arbeit und Bezahlung bei einer Zigarre verhandelt. Zünd hat in alles eingewilligt, er hat auch weiter keine Fragen gestellt, man hat ihm genau gesagt, welchen Weg er durch das Gebirge nehmen soll, er kennt, so scheint es, die Gegend von früher her, die Namen der Ortschaften sind ihm geläufig, und der Großbäcker glaubt, daß der Zünd sich eignen wird. Ein alter Brotkasten wird vom Dachboden geholt, auf der Innenseite der Brotkastentür wird eine Preisliste mit Reißnägeln festgemacht; der Großbäcker selbst hat sie, im Hinblick auf den Regen, der eindringen könnte, mit schwarzer Tusche in Druckschrift schöngeschrieben. Zünd weiß, was er zu tun hat. Vor Morgengrauen kommt er in die Bäckerei und packt den Brotkasten voll mit schwarzen und weißen Broten, Spitzwecken, Rosinenbrötchen und kleinen, marmeladegefüllten Kuchen. Eine Stunde, bevor die Lieferwagen losfahren, verläßt er Milis auf der Landstraße in Richtung Norden. Nach einer Viertelstunde verläßt er die Straße, quert ansteigende Kirschbaumwiesen bis zur Höhe des großen Waldes, hier wird es gewöhnlich hell, die frühe Dämmerung läßt Wald und Gebirge erkennen, Zünd kann den Rauch aus den Kaminen der Großbäckerei in den grauen Himmel fliegen sehen. Er hört die Lieferwagen des Großbäckers anfahren, vor ihm erscheint das Innere der Wälder voller Vogelgeräusche und kühler Dunkelheit; er steigt nun bergauf durch die Wälder, eine Stunde vergeht, das Licht dringt unter die Bäume, gleichmäßig und braun und verteilt sich zwischen den Stämmen. Verwurzelte enge Kehren steil abkürzend steigt er weiter und höher in die Berge, in einer Lichtung trifft ihn der erste Sonnenstrahl, er nimmt ihn wahr und bleibt eine Weile stehn oder läuft, den ersten Sonnenguß kühl auf dem Rücken, bergaufwärts weiter. Etwa um acht Uhr wird er, wenn er gut und gleichmäßig ausgeschritten ist, die ersten Gemischtwaren erreichen. Hier wird er bereits erwartet, er betritt den Laden durch die niedere bretterne Klingeltür, setzt den Brotkasten auf den Ladentisch, öffnet die Brotkastentür und wartet ab. Man entnimmt dem Kasten Brot und Brötchen, an Samstagen auch ein paar Marmeladekuchen, Zünd weist mit kurzen, verhornten Fingern auf die Preisliste, die Ware wird an Ort und Stelle verrechnet, bares Geld wird vor ihn auf den Ladentisch gezählt, Zünd wischt es mit den Handflächen in seinen Geldbeutel und lächelt. Man hilft ihm, den Brotkasten wieder auf seinen Rücken zu setzen, er verläßt den Laden und läuft weiter, nach zwei Stunden hat er die Hälfte des Brotes an Häusern, Gehöften und Weilern abgesetzt, die höher und entfernter längs der Wege verstreut liegen. Gegen Mittag hat er drei weitere Läden versorgt, sein Kasten ist leichter und reibt ihm die schweißnassen Schultern. Sein Gang ist langsamer und aufrechter, und seine Füße sind schwerer geworden. Nach ein Uhr am Mittag erreicht er, lächelnd und das rotkarierte Taschentuch feucht in den Händen, eine kleine Gastwirtschaft auf der Hochebene. Hier kennt man ihn schon, er kommt, um Speck, Spiegeleier oder Kartoffelsuppe zu essen. Dazu nimmt er ein paar Brötchen aus seinem Brotkasten; das steht ihm zu, hat der Bäcker gesagt. Er wird auch einen Kaffee und ein paar Pflaumenschnäpse trinken wollen; das geht auf eigene Rechnung, hat der Bäcker anfangs bestimmt. Hier hält er sich gewöhnlich eine Stunde auf, an Regentagen in der dunklen, nach Bier und Rauch duftenden Gaststube sitzend, an hellen Tagen auf der Kiesterrasse im dichten dunklen Schatten großer Kastanien. Am frühen Nachmittag wird er sein letztes Brot in einer abgelegenen Krämerei los, er versorgt den Geldbeutel in der Gesäßtasche, der Rest des Tages gehört ihm. Er wird nun, langsamer, einen andern Weg nach Milis zurücklaufen, durch unzugänglichere Waldgegenden absteigen, hier und dort am Wegrand sitzen bleiben, lächeln und mit sich selber reden, nachdenklich den Schmutz unter seinen Fingernägeln mit kleinen gespitzten Stöcken hervorholen, einmal wird er den Brotkasten an einen Wegstein schlagen, da werden die Krümel und Brotrindensplitter herausfallen, eine kleine durchsichtige Mehlwolke wird durch den Farn fliegen und sich auf Blätter, Nadeln und Steine herabsenken. Er wäscht seine Füße an einer Viehtränke, schüttet Sand und Steine aus seinen Schuhen, wirft sie in den Brotkasten und läuft barfuß weiter. Er trägt den leeren Brotkasten durch einige Orte, die sein Brot nicht kaufen, denn sie kaufen anderes von anderen Bäckereien oder haben eigenes. In der Dämmerung, an manchen Tagen auch später, wird der Zünd südlich von Milis wieder auf die Landstraße kommen und gleich in die Bäckerei gehn, vor der die Lieferwagen schon abgestellt sind. Er übergibt dem Großbäcker oder seinem Geschäftsführer den vollen Geldbeutel, stellt den Brotkasten im Ladenraum neben die Kasse oder lehnt ihn, wenn es geregnet hat, an die warme Ofenwand. Er packt, das ist ihm zugesagt, ein paar Wecken in seine Tasche und verläßt den Laden. Im Dunkeln geht er nach Hause, gelegentlich trinkt er, meistens allein, ein paar Gläser Bier in einem Gasthaus, das am Weg liegt. Während der Nacht ist er unsichtbar.

Diese Arbeit hat der Zünd zur Zufriedenheit des Großbäkkers ein paar Monate getan. Es ist September geworden, auf der Hochebene steht ein voller goldener Glanz, das Innere der Wälder ist trocken und kühl, in den Obstbaumgärten werden Äpfel, Birnen und Pflaumen geerntet. An einem Morgen in jener Zeit kommt Zünd wie gewöhnlich in die Bäckerei, füllt den Brotkasten und verläßt den Laden. Alles weitere ist ungewiß. Gewiß ist nur, daß die Gemischtwaren, die Zünd zwischen acht und neun Uhr morgens gewöhnlich erreicht, an diesem Tag auf ihn warten, vergeblich auf ihn warten, vergeblich auf ihn warten bis in den Nachmittag und dann nicht mehr. Alle andern Handlungen, Gemischtwaren, Häuser und Gehöfte warten zur gewohnten Zeit auf den Zünd und sein Brot, warten vergeblich bis in den Nachmittag oder Abend und dann nicht mehr. An keinem der Orte, durch die er kommen muß, ist an diesem Tag etwas von Zünd, seinem Brot oder seinem Brotkasten gesehen worden. Kein Wetter kann ihn, so überlegt man hier und dort, vom Brottragen abgehalten haben, denn der Tag ist ein vollkommener Tag im September. Man telefoniert auch nicht gleich zur Großbäckerei nach Milis, denn ein Versehen oder dergleichen kann vorkommen, und so rechnet man fest mit dem Zünd für den folgenden Tag. Um Mitternacht dieses Tages schließlich wird man in der Großbäckerei unruhig. Einer der Lieferanten wird ausgeschickt, um den Zünd in seinem Haus zu suchen. Das Gartenhaus ist verschlossen, es rührt sich nichts, Zünd ist nicht zu Hause, so scheint es, und der Lieferant kommt unverrichtet zurück. In den Gasthäusern spricht sich herum, daß der Zünd im Gebirge verschwunden ist, und man sagt, das sei auch einmal zu erwarten gewesen. Eine Krämerei des Verkaufsweges wird nach Mitternacht angerufen. Zünd ist hier nicht gesehen worden, wird ausgerichtet. Die ganze Nacht brennt Licht in der Bäckerei für den Fall, daß der Zünd während der Nacht zurückkommen sollte. Und der Großbäcker hat den ärgerlichen Gedanken, daß er an den falschen Brotträger geraten ist.

Wo treibt sich der Zünd herum? Unsichtbar ist ihm die Geschichte gefolgt, die als einziges dem Brotträger folgen kann, ein Irrlicht verschollener, abgestiegener Poesie, eine namenlose Geschichte mit Namen Zünd, die ihm anhängt auch abseits seines Verkaufsweges; was über Zünd zu erfahren ist, ist einzig durch sie zu erfahren, und stünde ihr ein Erzähler zur Verfügung, so würde sie lauten: Zünd – er hat jetzt die Landstraße verlassen, er geht den gewohnten Weg durch die Kirschbaumwiesen, er betritt die Wälder, es ist dunkel, er verläßt den Verkaufsweg, ohne Willen ihn zu verlassen, und geht quer durch die Wälder ohne den Gedanken, er könnte sich verirrt haben. Das ist noch früh am Tag, und kühl und feucht geht ihm die Morgenluft auf die Haut. Er stopft seine Mütze zu den Broten in den Brotkasten und sieht sich um. In seinem Kopf, so scheint es, ist kein Gedanke an Brot und Gemischtwarenläden, die sind ihm in anderen älteren Wäldern abhanden gekommen. Hinter den Bäumen und hoch darüber kommt eine große Bläue herauf, das ist so ein Tag, denkt der Zünd, ich erkenn ihn doch gleich, das ist so ein Licht, das gleich am Anfang in den Tag hineinkommt. Da liegen weiße Wolken auf dem Himmel herum, das kann der Zünd auch später am Tag noch bemerken, wenn der Tag von dem Licht schon ganz voll ist, Zünd die Augen aufmacht und den Kopf zurücklegt. Über den Wald weit hinaus und höher als die Bäume, weiße Wolken, denkt er und sieht er, Zünd. Und weiter noch vom Weg abkommt der Zünd, das geschieht, so scheint es, beim Herumschaun, und wenn ein Auge und noch eines sich festsetzen an Steinen, Holzstößen und weißen Wolken. Zünd sieht den eignen Schuhspitzen zu, wie sie laufen. Auch setzt er einmal den Brotkasten ab, riegelt auf, blickt hinein, drückt die Nase an das Brot, räumt aus das Brot und zählt es Stück für Stück auf den Waldboden, zählt es Stück für Stück zurück in den Brotkasten Brotkasten. Er nimmt wohl auch ein Brot, ein kleines, beiseite, zerdrückt es zahnlos und langsam und schluckt es schnell. Das schmeckt mir, denkt ein Wohlbehagen in seinem Mund. Das ist so eine braune Wolke in meinem Bauch, denkt der Zünd. Weiße Wolke, denken die Augen von Zünd. Brotkasten Brotkasten Holz, denkt der Rücken von

Zünd. Ich fliege ein Weilchen Brot in dem Wald herum, denkt der Brotkasten Brotkasten. Wir werden fremden Füßen bekannt, denken die unbegangenen Wege im Wald. Wind, Wind himmlisches Kind, denken die windstill stehenden Bäume am Berg. Ein Zünd trägt einen Brotkasten in die Welt, denken die begangenen, unbegangenen Wege am Berg. Da geht nun, so scheint es, eine große leichte besondere Wolke durch den Zünd, da regnet ein wildes Wetterchen Fröhlichkeit bis in die Haare und Fußnägel; ungewohnt, ein Gewitterchen Fröhlichkeit. Satansheiland, denkt kichernd der fröhliche Zünd. Das läuft kopfüber durch Zünd und Zünd hindurch. Das macht ihm die Handflächen heiß und feucht, daß er stehenbleibt und sie ableckt, Zünd. Das kitzelt, denkt ein kleines Kichern im atemlosen unruhigen Kopf, der von Schweiß tropft und beim Laufen hin und her rückt. Das zieht den Füßen die Schuhe ab, denken die feuchten Hände von Zünd. Daß mehr solche Fröhlichkeit an den Zünd herankommt; da schleifen die Blätter und Nadeln viel neue Fröhlichkeit über seine Füße. Satansheiland, ächzt der entzückte Zünd. Zuviel von der Fröhlichkeit, zuviel solche Wetterchen. In einem Bach kann man stehn und fortwaschen lassen, denkt der Zünd. Kann man Wasser auch in den Mund nehmen, denkt er, kann man, denkt er, Brot und Brot abwaschen. Wäscht der Zünd die Brote ab. Wäscht Rosinenbrote und Spitzwecken ab. Wäscht kleine Kuchen und Brotkasten Brotkasten ab. Auch weitergehn kann man und Brotkasten Brotkasten tragen. Wald ist das, ein Tag voller Bäume, denkt Zünd. Zum Durchlaufen sind sie, zum Drinbleiben sind sie, zum Schattenfangen und Brotkasten Brotkasten tragen. Zum Bergeverstecken sind sie, denkt listig der Zünd. Und weitergehen kann man, die Schuhe auch fortwerfen kann man. Satansheiland, den Brotkasten Brotkasten kann man. Zünd kann man sein und Brotkasten Brotkasten tragen. Und da bin ich wohl in eine Menschengegend gekommen, denkt der Zünd. Da haben Gemischtwaren Hunger auf Brot von Zünd, daß das Brot im Brotkasten Brotkasten Sprünge macht. Da kann man, wo keine Gemischtwaren sind, den Brotkasten absetzen, Rücken am Baumstamm reiben, den Brotkasten reiben, Hände am

Brotkasten reiben. Daß der Brotkasten aufwacht, das Brot im Brotkasten aufwacht. Daß Zünd ihm ein Wetterchen Fröhlichkeit abgeben kann. Brot; Rosinenbrot, kann man rufen, denkt der Mund, und so hört es der Zünd. Brot, Rosinenbrot, Satansheiland, so scheint es. Wir werden ausgerufen, denkt das Brot. Kann man auch weitergehn weitergehn, denkt der Zünd, den Brotkasten wieder abriegeln, denken die Hände. Weil Brot nicht verkauft wird, alles schon satt ist, Spitzwekken genug hat, Großbäcker genug hat. Kommt der Brotkasten wieder auf Zünd obenauf. Wird die Fröhlichkeit auf seinem Rücken zu einem Fladen Schweiß zusammengedrückt. Wird das Brot durch Wald und Wald getragen, durch vielmal mehr als einen Wald getragen, bis neue Gemischtwaren am Weg sind und das Brot kopfüber Spitzweckensprünge macht. Kommt ein Kopfschütteln aus fremden Gemischtwaren, so scheint es, wird Zünd und Brotkasten Brotkasten abgewiesen. Verbeugt sich Zünd vor den brotlosen Bäumen, so scheint es. Und es trauert ihn plötzlich, daß er die Füße nicht ablecken kann von soviel lästiger Fröhlichkeit. Kann er aber die fröhlichen Hände ablecken. Wo wären Schuhe gegen zuviel Fröhlichkeit, denken die Füße. Man kann das Brot, denkt Zünd, auch weitertragen. Da ist der Brotkasten-Zünd, denkt die weiße Wolke, denkt der Himmel, denkt Zünd, daß der Himmel denkt. Ich bin ein Brotkasten, denkt die Fröhlichkeit. Satansheiland, denkt Zünd und leckt die Hände. Ich führe einen Zünd durch große Wälder, denkt die Geschichte . . .

Am Nachmittag setzt Zünd den Brotkasten am Rande eines weißen Sandweges ab. Er ist erschöpft, und viel ermüdete Fröhlichkeit klebt und kitzelt auf seiner schweißnassen Haut, läuft langsam und übelkeiterregend durch seinen Körper und setzt sich lärmend und schmerzhaft in seinem Kopfe fest. Sein grünes Hemd zeigt einen dunkeln Schweißfleck, der auf die Rückwand des Brotkastens abgefeuchtet hat. Er riegelt den Brotkasten auf und zählt die Brote, streut weißen Sand über die Brote und lächelt. Er folgt dem Sandweg und erreicht ein dichtes Gehölz. Er dringt ein, seine nackten Füße verbrennen an wuchernden Brennesselsträuchern, er lacht erschreckt, und seine Zehen verkrampfen sich. Auf einem Grasplatz bleibt er stehen und schüttet den Inhalt des Brotkastens vor seine Füße. Der Anblick des herumliegenden Brotes versetzt ihn, so scheint es, in Wut. Er bleibt, den Brotkasten über den Kopf haltend, stehn, und seine Augen verengen sich vor Erregung. Nach einer Weile knicken die durchgedrückten Knie ein, sein Gesicht wird nachdenklich, er wirft den Brotkasten in das Gebüsch, hockt sich zwischen die im Gras verstreuten Brote und beginnt mechanisch und langsam zu essen. Nach einer Weile schlingt er die Bissen eilig und achtlos herunter. Als es Nacht wird, sucht er, auf allen vieren kriechend, und mit gekrümmten Händen durch das Gras tastend, nach den im Gras noch verstreuten Broten. Er stopft sie heftig und ächzend in seinen Mund. Ein wenig später schläft er unruhig ein. In der Nacht erbricht er mehrmals und wälzt sich, halbschlafend gegen Astwerk und Baumstämme stoßend, durch das Gehölz. Auf dem Bauch liegend, schläft er schwer und betäubt gegen Morgen ein. Am folgenden Vormittag wacht er auf und weiß nicht, was er mit sich anfangen soll. Er scheint sich zu erinnern, daß er gestern oder heute oder zu sonst einer Zeit einen Brotkasten getragen hat, denn er beginnt im Gras zu tasten und zu wühlen. Er findet den Brotkasten später in einem Brennesselbusch, packt ihn ungeduldig auf den Rükken und arbeitet sich aus dem Gehölz ins Freie. Er erreicht einen Feldweg, dem er ohne Besinnen folgt. Als er den Brotkasten einmal absetzt, stellt er fest, daß die Kastentüre hin und her schlägt und daß der Brotkasten leer ist. Er schüttelt den Kopf und denkt nach. Ein Unbehagen, eine undeutliche, flüchtige Angst scheint sich seiner zu bemächtigen. Sein Gesicht verzieht sich zu vagen, jäh wechselnden Grimassen. Er geht weiter und kommt am Mittag in einen Wald, gelangt dort an einen klaren, über Laubgrund springenden Bach. Während er sich Kopf und Füße wäscht, entdeckt er im feuchten Laub des Bachrandes einen Frosch. Er nimmt ihn vorsichtig auf und setzt ihn in den Brotkasten. Als der Frosch aus dem Brotkasten springt, fängt er ihn hastig noch einmal im schwarzen Laub und tötet ihn, indem er ihn mehrmals auf einen Stein schleudert. Er nimmt den toten Frosch, setzt ihn in den Brotkasten, verriegelt die Brotkastentüre und läuft lächelnd und ohne Eile bachabwärts weiter. In den Ortschaften, durch die er an diesem Nachmittag kommt, öffnet er den Brotkasten und zeigt auf den toten Frosch. Es mag Zufall sein, daß er später in eine Krämerei seines gewohnten Verkaufsweges gerät. Sein Verhalten zeigt, daß er niemanden wiedererkennt; was er anzubieten hat, läßt an ihm zweifeln. Man fragt ihn nach Schwarzbrot und Weißbrot, Spitzwecken und Kuchen, er deutet mit offenem Mund lachend und eindringlich nickend auf den toten Frosch. Man hält ihn fest, eine Zigarette wird ihm angeboten, man nimmt, ohne an den Frosch zu rühren, den Brotkasten beiseite, und während ihn Ladenbesitzer und zusammengelaufene Kundschaft unterhalten, wird im Treppenhaus des Ladens zur Großbäckerei nach Milis telefoniert. Dort rät man, ihn freundlich aufzuhalten, man wird, sobald das möglich ist, ein paar Leute schicken. Der Laden hat sich innerhalb weniger Minuten gefüllt; Zünd ist ausgelassen und erzählt, so scheint es, eine Geschichte, die jedermann lachend oder mit ernstem Gesicht zu verstehen vorgibt. Man stellt nun auch fest, daß Zünd ohne Schuhe angekommen ist. Zünd lächelt und lallt und leckt seine schmutzigen Hände. Anderthalb Stunden später fährt ein Lieferwagen der Großbäckerei vor. Die beiden Lieferanten und ein Polizeigehilfe aus Milis betreten den Laden; im Nebenzimmer wird ihnen der Brotkasten und der tote Frosch gezeigt. Der Polizeigehilfe, ein älterer Mensch, wirft den Frosch, wohin man ihn zu werfen angewiesen hat, aus dem Küchenfenster. Die beiden Lieferanten, die der Zünd nicht wiedererkennt, nehmen den Lächelnden in ihre Mitte und weisen ihn an, in den Kasten des Lieferwagens zu steigen, was Zünd auch fröhlich und ohne Widerstreben ausführt. Währenddessen wird im Laden über den Zünd geredet. Er hat wohl nicht herpassen wollen, wird gesagt. Warum? Er hat wohl kein gutes Verhältnis zu seinem Herrgott gehabt oder der nicht zu ihm. Warum? Er ist wohl so ein Alleinseliger gewesen, wird gesagt. Der Polizeigehilfe trägt den Brotkasten aus dem Laden und schiebt ihn hinter Zünd in den Lieferwagen. Vor zwanzig oder dreißig Zuschauern fährt der Lieferwagen in Richtung Milis davon.

Jetzt geht der Zünd nicht mehr durch das Gebirge. Der

Großbäcker hat ihn abholen lassen; es ist, so scheint es, dafür gesorgt, daß der Zünd nicht mehr zurückkommen wird. Sein Gartenhaus ist ausgeräumt und vermietet worden. Dort, wo der Zünd hingekommen ist, mag er noch eine Weile leben oder auch nicht. Vorläufig wird auch kein Brot in das Gebirge gebracht. Man hat dort den Zünd schon fast vergessen und den Brotkasten Brotkasten auch.

Gullivers Tod

»Mir scheint, ich hätte früher mehr Hafer gefressen – stimmt das?«

»Stimmt das?« ruft er mit brüchiger Stimme, seine Ohrläppchen beben, er schielt ärgerlich über die Schulter in das Zimmer und horcht, ob ihm Antwort gegeben wird, aber niemand antwortet; an seinen Blicken schwimmen Möbel vorüber, Vasen, Stühle und Seekarten in der grauen Luft; im Hause rührt sich nichts. Er kann seinen Atem hören, ein wenig Speichel gurgelt in seinem Hals.

Man hat seinen Lehnstuhl an das Fenster gerückt und den alten Mann allein gelassen. Man weiß, daß er es liebt, die Nachmittage hinter dem Fenster zu verbringen, eine Decke über den Knien, und unbeschäftigt. Man hat ein Tischchen in seine Reichweite gestellt, eine Klingel steht darauf, eine Tasse Tee. Man respektiert seinen Wunsch allein zu sein, im übrigen wird man auf diese Weise am besten mit ihm fertig. Der Herr ist früher gereist, seine Reiseberichte wurden bekannt, er hat sie veröffentlichen lassen, und man hat überall, auch in Oxford und London, über ihn und seine Prosa gesprochen, mit Erstaunen, Mißtrauen, Respekt, und zuweilen in einem Ton, der dem Alten nicht zu Ohren kommen dürfte. Doktor Hogard, sein Leibarzt und langjähriger Freund, hat sie eine Lästerung wider die christliche Vernunft genannt. Vor ein paar Jahren noch war ein Kommen und Gehn von Besuchern, Gelehrten, Seeleuten, Literaten und Mitgliedern dieser und jener Akademie – er warf sie kurzerhand aus dem Haus. Die Besucher konnten, im Treppenhaus wartend, die hohe meckernde Stimme Gullivers vernehmen, wenn er Weisung gab, das *Gesindel* zu vertreiben, notfalls mit Hunden. Seit einiger Zeit nun hat er Ruhe, und die Tage sind still. So will er es haben. Er hat jetzt Zeit genug, sich mit sich selbst und seinen Erinnerungen zu beschäftigen. Den Vormittag verbringt er gewöhnlich hinter geschlossener Stalltür bei Clamys, seinem Hengst. Überläßt man ihn sich selbst, ist er duldsam wie ein Schaf. In letzter Zeit allerdings hat sich sein Widerwille gegen Menschen stärker als je zuvor bemerkbar gemacht. Sein Ton ist grob, seine Antworten, Anweisungen und Forderungen lassen jeden Takt vermissen. Der Anblick von Menschen verursacht ihm Übelkeit. Er gerät leicht ins Schreien und starrt die Leute an, als seien sie Ratten. Man vermeidet also, ihm unter die Augen zu kommen, selbst seine Frau sieht ihn nur, wenn der Doktor Visite macht. Die Verbindung zu ihm hält James, der Pferdeknecht. So kann es dunkel werden, ohne daß Gulliver an die Klingel rührt. Die Nacht ist ein angenehmes Element. Der Duft von Regen und Pferdemist weht durch das angelehnte Fenster, das der frischen Luft wegen Tag und Nacht einen Spalt breit geöffnet bleibt. Gulliver sitzt im ungeheizten Zimmer, es ist Dezember, und ein feuchter Windstoß streift sein eingefallenes Gesicht. Was von draußen an seine Ohren dringt, ein Schritt, ein Knarren von Kutschenrädern, ein Türenschlagen von dort, wo der Pferdeknecht haust, ist wohltuend fern, gehört der Stille der Nacht an und hat mit Menschen nichts gemein. Der Wind geht um, dem hört er gern zu.

Gelegentlich kommt seine alte Schwäche, zu räsonieren, über ihn; er zupft gereizt an den Fasern des Sessels und schüttelt den Kopf. Hat Gott es wirklich gewollt, daß wir Weißbrot essen und Tee trinken? War nicht vielmehr im Anfang gedacht, daß der Mensch ein Pferd sei, und also Hafer fresse und Wasser saufe? War nicht im Anfang die menschliche Stimme gedacht als ein Pferdewiehern, das, stolz und schön, die Herrlichkeit seiner Schöpfung preist? War nicht die Erde allein den Houyhnhnms bestimmt? Gulliver lächelt schief und preßt die zahnlosen Kinnbacken zusammen. Was für ein abscheulicher Witz, daß ich klug bin, doch offenbar nicht klug genug, und so wenig imstande, mich selbst und meinen Schöpfer zu vergessen. Nach dessen lächerlichem Bilde ich geschaffen sein soll! Man hat mir gesagt, ich liebe die Menschen nicht und hätte sie nie geliebt, einschließlich meiner selbst. Was soll das heißen. Ist das ein Vorwurf? Daß ich nicht lache: fehlende Menschenliebe! Meinetwegen. Ich habe an meiner Verachtung festgehalten. Sie war das einzige, das mich den Menschen, diesen Menschen da, unähnlich werden ließ. Aber – was bin ich geworden, und wem ähnlicher als mir selbst. Und was bin ich? Lächerlich. Seine zierliche Faust stößt gegen das Tischchen, die Klingel gibt einen leisen Ton, der Tee schwappt über. Dieses ganze Theater! Doktor Hogard. Und kommt immer wieder, obwohl ich ihn, wie oft schon, hinausgeworfen habe. Tee und Baldrian, sagt er. Tee und Baldrian, und was man alles bedenken soll, um dieses Leben noch eine Weile hinzuhalten. Yahoo! Und ich? Nachdenklich reibt er den Rücken an der Sessellehne und schielt zu der Teetasse hinüber. Bleibt die Frage, ob ich früher mehr Hafer gefressen habe.

Nachdenklich, aber das kommt nicht mehr häufig vor. Gewöhnlich sitzt er ruhig im Sessel in der Annahme, er sei ein Houyhnhnm. Wenn er ganz still sitzt und Geräusche ihn nicht ablenken, gelingt ihm die Täuschung vollkommen. Seine Blicke fixieren einen Punkt an der Wand oder schweifen ausdruckslos durch Regen und Winterdämmerung da draußen vorm Fenster. Er ist ein Schimmel und träumt Hafer und Stroh. Oder er bewegt sich, von James am Halfter geführt, auf einen Punkt im Dunkeln zu, wo ihn Houyhnhnms, er kann sie erkennen, in würdevoller Parade erwarten, um ihn in ihre Paläste zu führen, damit er, vielleicht für immer, ihr Gast sei und an ihren Gesprächen teilhabe. Dies sind die glücklichen Stunden seines Alters. Und die Stille der Nacht begünstigt seinen Traum, den er mit entspannter Kinnlade und geöffneten Fäusten träumt.

Nach Mitternacht kommt James in das Zimmer, durchquert es mit geräuschlosen Schritten und rührt an den Arm seines Herrn. Gulliver schreckt hoch und reißt den Kopf zur Seite. Sein Ellenbogen stößt James in die Hüfte, aber der ihm anhangende Geruch von Stall und Pferdeschweiß beruhigt Gulliver und er fällt in den Sessel zurück.

»Yahoo, hast du Hafer gebracht?«

»Hafer, Sir?«

»Habe ich nicht gesagt, du sollst mir Hafer bringen?«

»Sie müssen zu Bett gehen, Sir«, sagt James, »es ist bald ein Uhr.«

»Zu Bett, zu Bett«, äfft Gulliver, »bring mich zu Clamys.«

»Das ist nicht recht, Sir«, sagt James, »Sie sollten zu Bett gehen, schlafen.«

»Tu, was ich sage, Yahoo, also hilf mir auf.«

James entzündet eine Kerze, hilft Gulliver aus dem Sessel

und führt ihn das dunkle Treppenhaus hinab. Nachts zu dem Pferd gehn, das ist neu, denkt James; Hafer, ich weiß nicht, was will er mit Hafer; soll er Hafer fressen und dran ersticken.

»Bleiben Sie stehen, Sir, ich hole Ihren Mantel.«

Klein und mager steht Gulliver in der Tür seines Hauses. Hinter ihm huscht das Licht der Kerze über die Wand und wischt das Dunkel in die Ecken des Flurs. Er tastet nach dem Türrahmen und stützt sich auf. Kurzatmig zieht er die kalte Regenluft durch Mund und Nase. Finster liegen die Höfe des Gutes vor ihm. Seine Beine zittern. Steife Knie. Das kommt vom langen Sitzen, denkt er, keinen Hafer gefressen, nur Tee und Weißbrot.

»Ihr Mantel, Sir.«

Mit kurzen Schritten eilt der Alte, von James gestützt, über den Hof. Die Kerzenflamme liegt, vom Nachtwind gebogen, flach auf der Kerze und leuchtet spärlich. Die Silhouette einer Kutsche verschiebt sich vor den Bretterwänden des Schweinestalls. Bäume, sinistres Ödholz hinter den Dächern, vor der schmutzigen Gräue des Himmels, der Wind rauscht in ihnen. Der Wind reißt am Laub, das naß am Boden klebt. Er wirft ein paar fette Regentropfen in sein Gesicht.

»Eine Pfütze, Sir.«

Mürrisch schlappt Gulliver geradewegs durch das stehende Wasser. Hauspantoffeln, Nässe, Dummkopf, Yahoo! Meinen alten Hufen schadet das nicht.

Im Pferdestall ist dunstige Wärme und der herrliche Duft von Clamys. Schwer tritt der Hengst beiseite und läßt Gulliver heran. Er klopft den warmen, festen Hals des Tieres und streicht ihm über das Fell. James stellt die Kerze auf einen Schemel. »Wann soll ich Sie holen kommen, Sir?«

»Geh schlafen«, sagt Gulliver, »ich bleibe noch, bis – hm, ich bleibe...« Er reibt sich ungeduldig die Nase. »Worauf wartest du, ich gehe allein zu Bett.«

»Das ist nicht recht, Sir«, sagt James, »ich sollte Sie holen kommen, es ist Nacht.«

»Yahoo«, sagt Gulliver und schluckt ein wenig Speichel, »was soll das, du widersprichst mir?«

»Ich widerspreche nicht«, antwortet James, »wohin wollen Sie den Hocker gestellt haben?«

»Ich hole ihn selbst.«

»Gute Nacht, Sir.«

Die Kerze flackert, die Stalltür hat sich hinter James geschlossen. Mißtrauisch horcht Gulliver auf die sich entfernenden Schritte des Knechtes. Das Stroh knistert. »Clamys«, sagt er leise und klopft dem Hengst auf den Hals, »wo waren wir stehengeblieben?«

Er stellt die Kerze auf den Backsteinboden und zieht den Schemel neben Clamys in das zertretene Stroh. Langsam und breitbeinig läßt er sich auf ihm nieder. Sein Mantelsaum schleift über die schwarzen Pferdeäpfel.

»Wo, sagtest du, waren wir stehengeblieben?«

»Ich weiß, ich weiß«, sagt Gulliver, »du magst diese Gespräche nicht. Wie? Sie ermüden dich. Reden ist eine scheußliche Schwäche, wenn man redet wie ein Yahoo. Genug, lassen wir das Reden heute sein.«

»Hörst du«, sagt Gulliver nach einer Weile; er horcht angestrengt, seine Ohrläppchen beben, er wendet das Gesicht der Stalltür zu und fingert an seiner Gürtelschnalle.

»Hörst du das?«

»Du hörst nichts...«

»Du hörst nichts«, sagt Gulliver zufrieden, »wir hören nichts. Keine Schritte, kein Geschrei, keine Dummheiten; nichts, was uns an sie erinnert. Sie schlafen.«

Gulliver sitzt vornübergebeugt und schiebt die Kinnbakken hin und her. Der Wind prallt in Stößen gegen die Stallwand und saust im Dach.

»Sie schlafen«, sagt Gulliver, »wie angenehm. Aber in ein paar Stunden ist alles wieder zum Teufel. Sie wachen auf und wälzen sich wie die Schweine, sie grunzen, laufen herum, tun dies und tun das, du kennst sie. Sie vergewissern sich, daß sie am Leben sind und sorgen dafür, daß sich nichts und niemand ihren Geschäften entzieht. Was für ein ungeheurer Aufwand an Langeweile und Dummheit! Was für eine gemeine Lautstärke. Gestank und Geschäfte machen, und das alle Tage. Abscheulich. Ich muß Weißbrot fressen, du ziehst die Kutsche. Jetzt aber ist alles still, und sie sind friedlich wie gefütterte Kaninchen. Ich bin gekommen, um Hafer zu fressen.«

»Warum ich Hafer fressen will?«

Er hebt sich vom Schemel, steht wacklig auf den Beinen und macht eine unsichere Bewegung auf den Futtertrog zu. Der Schwanz des Hengstes fegt über sein Gesicht. Gulliver schwankt, seine Beine knicken ein, und hart fällt sein knöcherner Steiß auf den Schemel zurück. Die Kerze flackert und jagt die Schatten von ihren Plätzen über die Backsteinwand.

»Das solltest du nicht, Clamys, solltest mich Hafer fressen lassen ... wie?«

Er bückt sich, taumelt und fällt auf die Hände. Der Schemel kippt um. Langsam kriecht Gulliver unter dem Hengst hindurch. Speichel rinnt aus den Mundwinkeln und tropft auf seine Hände, die Ohrläppchen beben, Schweiß kommt unter den dünnen Haaren hervor, er hält im Kriechen inne und zerreibt ihn mit den Fingern. Diese Menschen! Haben Clamys ganz durcheinandergebracht. Auch mich durcheinander. Was soll das. Erkennt er mich nicht? Natürlich, er kennt mich doch, er erkennt mich. Hm, Hafer. Das will er wohl nicht. Warum. Als wäre ich ... wäre ich ...

»Warum ich Hafer fressen will? Du fragst, fragst mich, warum ich ...?«

Gulliver schüttelt den Kopf.

»Tee und Weißbrot! Wie könnt ich ein Mensch sein, Kapitän verschiedener Schiffe. Der Doktor will das. Ich sage ihm: Ich will das nicht. Entsetzlich. Genug, genug! Diese Menschen begehen einen Irrtum, mich mit Weißbrot zu füttern.«

Gulliver leckt den Speichel aus seinen Mundwinkeln, und zieht sich am linken Vorderbein des Pferdes in die Höhe. Er tatscht Clamys auf das feuchte Maul, der Hengst, unruhig, wendet mit jäher Bewegung den Kopf und versucht, Gulliver auszuweichen. Gulliver fällt mit dem Gesicht ins Stroh. Er schüttelt sich und stellt sich auf alle viere neben Clamys. Ein geräuschloses Lachen. Wo waren wir stehengeblieben? Gulliver senkt den Kopf und küßt den linken Vorderfuß von Clamys; der Hengst zittert.

Nach einiger Zeit richtet Gulliver sich auf, stützt sich gegen den Leib des Pferdes und versucht, den Futtertrog zu erreichen. Seine ausgestreckte Hand bekommt ein wenig Hafer zu fassen. Er stopft ihn, zitternd vor Gier, in den Mund; seine Kinnbacken malmen. Er läßt sich auf Hände und Knie nieder, kriecht langsam um das Pferd herum, an seinem Mantel haftet Stroh und Pferdemist. Im Augenblick, da er, kniend, den umgekippten Schemel aufrichten will, versetzt ihm Clamys einen Tritt an den Kopf. Gulliver fällt über den Schemel, rollt seitwärts in das Stroh und bleibt liegen. Immer noch zitternd senkt Clamys den Kopf, taucht das Maul tief in den Futtertrog und steht bewegungslos und ohne zu fressen.

Gulliver, Kapitän Seiner Majestät, des Herrschers der Houyhnhnms, begibt sich an Bord des königlichen Schiffs. Ein Pferdekopf ist seine Galionsfigur, und die Segel sind aus den braunen Häuten der Yahoos verfertigt. Gulliver galoppiert über das glänzende Deck und wirft einen Blick über die ruhige See. Die Diener des Königs, zwei Fuchshengste, verbeugen sich vor ihm und reißen die Flügeltüren der Königskajüte auf. Gulliver tritt ein und verbeugt sich vor dem König. Der König nickt und lädt ihn ein, Platz zu nehmen. Die See ist ruhig, sagt Gulliver, Wasser und Hafer für wenigstens sieben Jahre sind an Bord; wenn Eure Majestät befehlen wollen, aufzubrechen. Der König nickt freundlich und Gulliver verbeugt sich. Wir werden nun, sagt der König mit wohltönender Stimme und mustert die Gesichter der ihn umgebenden Houyhnhnms, in das Land der Menschen reisen. Wie wird man uns empfangen, Kapitän? Die Menschen, Majestät, antwortet Gulliver, sind durchaus in der Lage, Euch zu verstimmen und Pein zuzufügen. Wenn Ihr das Unglück fürchtet, nehmt Abstand von dieser Reise. Der König wiegt den Kopf und antwortet: Wir werden ihnen mit Freundlichkeit entgegentreten. Ich zweifle nicht, daß Ihr auch dem niederträchtigsten aller Schurken Höflichkeit widerfahren laßt, antwortet Gulliver, aber, ich sagte es schon, Majestät: In den Ländern, die Ihr betreten werdet, sind weder Vernunft noch Toleranz bekannt. Wir rechnen doch damit, sagt der König mit einem Lächeln, daß sich alle Lebenden zu gegebener Zeit voreinander verbeugen, nicht wahr? Gulliver verneigt sich und begibt sich an Deck, um die Abfahrt des Schiffes zu befehlen. Das Wetter ist klar, und die Weiten des Meeres schimmern im Glanz der aufsteigenden Sonne.

Am Morgen betritt James den Pferdestall. Clamys steht mit hängendem Kopf. Neben ihm, zusammengekrümmt, liegt Gulliver. Der Schemel ist umgekippt, die Kerze heruntergebrannt und das Wachs am Boden zerlaufen. Gesicht und Hände Gullivers sind voll von getrocknetem Blut. Aus seinem halboffenen Mund hängt Hafer.

Eine Erzählung

Wir begleiteten eine Ladung Affen nach Alamandango.

Den Job hatten wir bei einer afrikanischen Company ergattert und es war unsere Aufgabe, die Tiere gut genährt und vollzählig in Alamandango abzuliefern. Wenn wir an windstillen Tagen in unsern Hängematten lagen, hörten wir das Gebrüll der Affen unter uns, widerhallend in großen Laderäumen, und wir wälzten uns in den Hängematten, hielten uns die Ohren zu und verwünschten den Job. Nachts kletterten wir in das Schiff hinunter und fütterten die Affen, doch Gestank und Gebrüll der gereizten, vom Seegang beunruhigten Tiere trieb uns bald wieder weg und wir waren froh, wenn eine Fütterung vorbei war.

Tagüber lagen wir in Hängematten an Deck, rauchten, dösten, schlugen die Zeit tot. Langeweile nahm bald überhand, es fehlten uns Frauen und Zeitungen, und die immer gleiche Grammophonmusik, der immer gleiche Schnaps, die immer gleichen Würfel- und Kartenspiele reizten uns mehr als sie uns zerstreuten. Wir warfen leere Flaschen nach Vögeln und Delphinen, später bewarfen wir das Grammophon. Als die Schallplatten kaputt waren, hörten wir nur noch den Wind und das Brüllen der Affen. Die Nächte verbrachten wir der starken Hitze wegen an Deck, lagen, meist schlaflos, in den Hängematten, sahen in den Himmel und rauchten. Wir redeten von nichts anderem als von Frauen, die wir kannten und solchen, die wir nicht kannten. Das können Männer tun, wenn sie sich langweilen.

Manchmal sahen wir zu, wenn einer von uns Affen heraufholte und tötete. Das geschah in der Frühe, wenn mit dem Erscheinen des Kapitäns nicht zu rechnen war. Die Tiere wurden erschossen, der Schiffskoch schwenkte die Kadaver im Meer, schnitt ihre Köpfe ab, das Blut löste sich im Wasser auf, die Köpfe flogen über Bord. Wir lagen in den Hängematten und hatten keine Lust, etwas dagegen zu unternehmen; es war uns ziemlich gleichgültig, was mit den Affen passierte. Das Fleisch schmeckte bitter, doch man konnte es essen, wenn es in Öl mit rotem Pfeffer gebraten war.

Wir fuhren nicht weit von der Küste entfernt nach Norden

und beobachteten, was sich an Land abspielte. Wir besaßen Ferngläser, aber es gab nichts Besonderes zu sehen. Urwälder reichten bis ans Meer, dahinter stieg der Himmel weiß und senkrecht in die Höhe. In den ersten Tagen sahen wir nichts als Urwald und flache Streifen hellen Sandes hinter der Brandung. Vogelschwärme, vermischt mit vom Wind abgerissener Blüte flogen auf, wenn wir, um uns etwas Abwechslung zu verschaffen, mit der Bordkanone in die Wälder feuerten. Ab und zu zeigte sich eine Rauchsäule über den Wäldern. Es gab fremdartige Vögel mit weiter Flügelspanne, sie kreisten über der Küste, doch wir machten uns nur selten die Mühe, sie abzuschießen. Die Tage waren klar und heiß und das Licht des Südens zermürbte uns von Tag zu Tag mehr.

Nach Wochen langsamer Fahrt traten die Urwälder zurück; Ebenen und Hügel wurden sichtbar, Landhäuser, Gärten, verstreute Siedlungen, wir beobachteten Menschen und Fahrzeuge in Bewegung, es gab Festungen und kleine Häfen und wir konnten durch unsere Ferngläser die Namen von Strandhotels und Tabakhandlungen entziffern. An einem Morgen beobachteten wir einen Konvoi von Kutschen in unmittelbarer Nähe des Meers; sie fuhren in gleicher Höhe mit unserem Schiff nach Norden, die auslaufende Brandung schäumte um Kutschenräder und Pferdebeine. In den Kutschen befanden sich Personen, die uns winkten. Wir erkannten Frauen – Kleider, Haare, entblößte Arme. In ihrer Begleitung befanden sich Männer, die die Frauen vom Winken abzuhalten und die Vorhänge der Kutschenfenster zu schließen versuchten. Es mußten sich jedoch sehr viele Frauen in den Kutschen befinden oder nur sehr wenige Männer, denn es gelang den Frauen zu winken, so oft sie wollten. Nach und nach wurden die Vorhänge von den Kutschenfenstern gerissen; sie flatterten, dem Wind überlassen, zu Boden und fielen in die Brandung oder blieben an Bäumen hängen. Wir lagen in den Hängematten, winkten, schrien vor Vergnügen und ermunterten die Frauen. Der Krach, den wir machten, beunruhigte die Affen, ihr Brüllen wurde stärker und hallte in den Laderäumen. Wir konnten jetzt in das Innere der Kutschen sehn, die Kleider der Frauen schimmerten in der Sonne. Wir stellten fest, daß es den

Frauen gelungen war, die Männer im Innern der Kutschen festzuhalten; das freute uns und wir riefen und schrien heftiger und gaben unsinnige, herausfordernde und obszöne Zeichen. Wir kletterten aus den Hängematten, tanzten an Deck herum und feuerten in den Himmel. Die Frauen winkten mit hellen Tüchern und beugten sich aus den Kutschenfenstern; Schultern und Brüste in offenen Kleidern. Wir schwitzten. Wir hopsten und taumelten über das Schiff und unser Geschrei und was immer wir riefen, steigerte das Brüllen der Affen.

In den Nächten setzten die Kutschen ihre Fahrt fort und hielten auch im Dunkeln gleiche Höhe mit uns. Licht schaukelnder Laternen ließ die Umrisse von Kutschen und Pferden erkennen und spiegelte sich auf den Kleidern der Frauen und auf der Brandung. An manchen Abenden spannte man die Pferde aus, schlug Zelte auf und machte Feuer. Unter irgendeinem Vorwand gelang es uns in solchen Fällen, den Kapitän zu einer Unterbrechung der Fahrt zu bewegen. Wir lagen vor Anker und beobachteten durch Ferngläser die Vorgänge im Nachtlager der Reisenden. Man schlug Zelte in unmittelbarer Nähe des Meers auf. An Bäumen und Kutschen hängende Laternen sowie große Holzfeuer beleuchteten die sich entkleidenden, badenden, essenden und trinkenden, auf hellen Teppichen lagernden Personen und die im Halbdunkel stehenden Pferde. Wir hatten gleichfalls Laternen aufgehängt, hockten, standen, lagen auf dem Schiff, starrten an Land und hörten durch die Geräusche der Brandung Gelächter und Musik aus beleuchteten Zelten. In solchen Nächten wälzten wir uns schlaflos in den Hängematten.

Wenn es morgens im Lager der Reisenden lebendig wurde, setzten wir die Fahrt fort. Mehrere Tage lang fuhren die Kutschen in gleicher Höhe mit unserem Schiff nach Norden und der Anblick der Frauen brachte uns fast um den Verstand. Um uns abzulenken, holten wir Affen herauf, legten sie an Ketten, sahen ihren Spielen zu und warfen sie ins Meer. Es war uns gleichgültig, ob wir die Affen ablieferten oder nicht. Wortlos stimmten wir darin überein, den Affentransport nicht länger als verpflichtenden Job zu betrachten. Wir fütterten sie nur noch selten und achteten nicht länger auf ihr Gebrüll.

An einem Morgen sahen wir, daß ein Mann aus einer Kutsche geworfen wurde, sich überschlug, in die Brandung rollte und verschwand. Die Frauen rissen sich Kleider vom Leib und winkten mit Tüchern und Röcken. Wir verfielen in einen Zustand völliger Besinnungslosigkeit, hantierten mit Flinten und Messern, betranken uns, kauten Nägel, vergaßen zu winken. Unruhig und erschöpft lagen wir im Licht und starrten mit entzündeten Augen an Land.

An einem Abend beobachteten wir, daß die Reisenden, wie üblich, ihr Nachtlager aufschlugen. Wir sahen uns an. Plötzliches Lachen. Als es dunkel geworden war, schwammen wir, ungeachtet der Haie vor dieser Küste, an Land. Zurück blieben Laderäume voll ausgehungerter, brüllender Affen und der seit Tagen unsichtbare Kapitän. Wir hatten unsere Habseligkeiten auf dem Schiff zurückgelassen und der Gedanke, daß wir ohnehin nichts zu verlieren hatten, machte uns über alle Maßen lustig. Wir lachten, als wir über den Strand liefen und in die Zelte einbrachen.

Wir fanden schlafende Frauen vor, rissen Moskitonetze weg und legten uns zu ihnen. Die Männer versuchten, uns von den Frauen wegzuhalten, aber wir wurden schnell mit ihnen fertig, banden sie schließlich an Bäumen und Zeltpfosten fest. Sie heulten vor Wut, wie die Affen, denn sie konnten sehn, was wir mit den Frauen machten. In dieser Nacht holten wir eine ganze Menge nach und es freute uns, daß die Frauen mitmachten. Am folgenden Morgen erst sahen wir uns ihre Gesichter an.

Keiner hatte Lust, auf das Schiff zurückzukehren. Wir blieben bei den Frauen, lagen im Baumschatten und betrachteten unser Schiff, das draußen im Mittag vor Anker lag. Wir sahen den Kapitän – und das steigerte noch unser Vergnügen – auf und ab rennen und nach uns, seinen Leuten, rufen. In Augenblicken der Windstille hörten wir, undeutlich, das Brüllen der Affen und es freute uns, daß die Frauen darüber lachten wie wir und es freute uns, daß sie keine Umstände machten, wenn wir was von ihnen verlangten. Und wir freuten uns am Schatten der Bäume und am Licht des Südens, das wir verflucht hatten, solang wir an Bord waren. Die Männer hatten eingesehen, daß gegen uns nichts zu machen war.

In Baumschatten und Zelten verbrachten wir die folgenden Tage und Nächte. Wir beobachteten, daß der Kapitän hin und wieder auf dem Schiff auftauchte und schließlich verschwand. Später kamen die Affen. Sie rannten mit peitschenden Schwänzen über das Schiff und kletterten haufenweise in den Mastkorb. Den Kapitän sahen wir nicht wieder. Vielleicht hatten die Affen ihn überwältigt, getötet oder in die Laderäume gesperrt. Gut möglich, daß er, verzweifelt oder von Sinnen, Trost bei den Affen gesucht und sie freigelassen hatte.

Wir kümmerten uns nicht mehr um das von Affen wimmelnde Schiff. Im Gepäck der Reisenden fanden wir Vorräte an Brot, Fett, Fleisch, Kaffee, Wein und Kognak. Wir brieten Fische und aßen und tranken viele Tage lang und vergnügten uns mit den Frauen, packten schließlich zusammen, zwängten uns in die Kutschen und fuhren nach Alamandango.

Fliegen im Bernstein

Erzählung für zwei Stimmen

(Erstes Hotelzimmer. Nacht.)

Er: Immer dieselben Nächte, dasselbe Schweigen, dieselbe Dunkelheit, in der wir liegen und zu schlafen versuchen oder so tun, als schliefen wir. Der Regen kommt und geht, Regentropfen zerspringen auf dem Blechdach des Bungalow, den wir für ein paar Nächte gemietet haben. Der Ventilator funktioniert nicht. Von der Autobahn kommt das Geräusch vorüberfahrender Lastwagen, durch Nässe zischende Reifen. Im Anbau des Nachtrestaurants schälen Neger Kartoffeln und singen im Halbschlaf.

Sie: Dieselben Nächte, dasselbe Schweigen, dieselbe feuchte faulige Finsternis, in der wir nebeneinander liegen und zu schlafen versuchen oder so tun, als schliefen wir. Die Regenzeitnächte dampfen, der Regen kommt aus dem Golf von Alamandango, Regentropfen klimpern auf der Metalltreppe, pladdern in das Gehölz vor der Tür, die Autobahn rauscht, im Nachtrestaurant hinter den Mangobäumen schälen Neger Kartoffeln und drehen an einem Kofferradio.

Er: Halbschlaf. Unruhe. Schweigen. Im Traum bewegen wir uns und Schweiß wird spürbar, wo unsere Körper sich berührt haben. Der Wind reißt am Fliegengitter, Blätter und Regentropfen klatschen im Dunkeln. Die Straßenlaterne wirft Licht in den Raum und beleuchtet unsere am Boden herumliegenden Koffer und Kleider.

Sie: Wenn ich wach bin, sehe ich im Zwielicht, daß die Fliegengitter durchlöchert, die Aschenbecher überfüllt und die Kognakflaschen leer sind. Am Tag ist mir das nie aufgefallen. In allen Hotels, in allen Zimmern, in denen wir schliefen, sah ich nachts, daß die Fliegengitter durchlöchert, die Aschenbecher überfüllt und die Kognakflaschen leer waren.

Er: Dieselben Nächte, dasselbe Schweigen, dieselbe Dunkelheit, in der wir liegen und uns fragen, wie wir leben und wo wir sind.

Sie: Dieselbe feuchte, faulige Dunkelheit, in der wir nebeneinander liegen und uns fragen, wer wir sind, warum wir uns lieben und wo wir hinkommen werden, eines Tages.

Er: Wenn Hitze und Schlaflosigkeit sich in Fieber verwandeln, klettert Ana über mich hinweg und tastet sich zum Fenster. Ihr nackter Körper erscheint im Licht der Laterne und ich kann ihre Brustspitzen erkennen. Ihre Brüste sind klein und ihr Oberkörper ist schlank und fest wie der eines dreizehnjährigen Mädchens. Sie schien manchmal zu bemerken, daß ich wach lag und sie betrachtete, denn sie lief schnell zum Bett zurück und beugte sich über mich.

Sie: Jaques?

Er: Ja.

Sie: Küß mich.

Er: In hundert Nächten habe ich ihren Kopf zu mir heruntergezogen und ihr Gesicht geküßt.

Sie: Nicht mein Gesicht.

Er: In hundert heißen Nächten habe ich ihre Brustspitzen geküßt, während sie neben mir am Bettrand kauerte und meinen Kopf festhielt.

Sie: Meine Brüste sind so klein. Macht es dir was aus?

Er: Nichts macht mir was aus.

Sie: Es macht dir eben doch was aus. Einem Mann muß das doch was ausmachen.

Er: Ich liebe dich.

Sie: Sag, daß du sie magst.

Er: Ich mag sie.

Sie: Wiesehr?

Er: In hundert heißen Nächten habe ich Anas Brustspitzen geküßt, während sie sich neben mir ausstreckte und einschlief oder so tat, als schliefe sie ein.

Sie: Würdest du mich vermissen, wenn ich nicht hier wäre? Ich möchte, daß du mich immer vermißt.

Er: Immer wäre schrecklich.

Sie: Wenigstens abundzu.

Er: In jeder Nacht, und bei jeder Erinnerung.

Sie: Wir haben viele Erinnerungen, an viele Nächte.

Er: Sie sind das einzige, was wir besitzen.

Sie: Erzähl mir, was wir sonst noch haben.

Er: (schweigt)

Sie: Warum sagst du nichts?

Er: Was soll ich sagen.

Sie: Sag, daß wir von Luft und Liebe leben und nichts anderes brauchen.

Er: Wir leben von Luft und Liebe und brauchen nichts anderes. Stimmt das?

Sie: Wir könnten das Auto verkaufen.

Er: Den Klapperkasten und ein paar Kleider von dir. Mehr haben wir nicht. Darüberhinaus haben wir unsere Körper und Namen. Darüberhinaus haben wir nichts.

Sie: Sag mir, was du denkst.

Er: Ich wüßte gern, was DU denkst.

Sie: Ich liebe dich.

Er: Das ist keine Antwort. Wir können nicht sagen ICH LIEBE DICH, wenn unser Leben gefährlich wird. Wir können nicht einfach immerwieder sagen LIEBE UND NICHTS SONST!, wenn wir nicht weiter wissen.

Sie: Wir haben sonst nichts.

Er: Nichts zu verlieren. Wir haben nichts.

Sie: Ich liebe dich, das ist das einzige. Es war das erste und es ist das letzte, und ich werde es aussprechen, weil es alles ist, was wir haben. Ich werde es immerwieder laut aussprechen, auch wenn du dir die Ohren verstopfst.

(Zweites Hotelzimmer. Nacht.)

Sie: Jaques?

Er: Hm.

Sie: Erzähl mir etwas.

Er: Was soll ich dir erzählen.

Sie: Irgendetwas.

Er: Irgendetwas weiß ich nicht.

Sie: Dann erzähl mir, wie wir uns kennengelernt haben.

Er: Das ist lange her.

Sie: Genau zwei Jahre. Willst du dich nicht erinnern?

Er: Ich brauche mich an nichts zu erinnern. Du bist da. Zeit spielt keine Rolle, hat nie eine Rolle gespielt.

Sie: Warum sagst du dann: Es IST LANGE HER.

Er: Weil wir die eigene Geschichte kennen. Weil wir sie immerwieder erzählt haben und weil sie darüber alt geworden ist.

Sie: Unsere Geschichte ist schöner geworden, seit wir sie erzählen. Sie scheint mir wirklicher als alle Großstädte, Autobahnen, Tankstellen, Picknicks und Restaurants. Wirklicher als alle Hotels, in denen wir geschlafen haben.

Er: Ich frage mich, welche Wirklichkeit die unsere gewesen ist; ob wir überhaupt eine Wirklichkeit gehabt haben. Oder ob wir die lange Zeit in einer Täuschung verbracht haben, und wie wir aufwachen werden, eines Tages.

Sie: Du darfst von uns nicht in der Vergangenheit sprechen.

Er: Jedenfalls haben wir ein paar Erinnerungen.

Sie: Erzähl mir, wie wir uns kennengelernt haben, und wo die Erinnerungen anfangen.

Er: Sie fangen an in einem pompösen Hotel am Atlantik. Ein muffig-gemütliches, völlig verlebtes Haus, das jeden Augenblick in die Brandung zu kippen schien. Die vom Salzwind zerfressenen Terrassensäulen waren Triumphbögen für Einzug haltende Amerikanerinnen mit gefärbten Pudeln und Schubkarren voll Geld. Es war Mittag und du wolltest nicht mit mir heraufkommen, weil du angeblich mit jemandem verabredet warst. Du wolltest nur eine Zigarette mit mir in der Bar rauchen, dich versuchsweise bewundern lassen und gleich wieder gehn.

Sie: Bin ich gleich wieder gegangen?

Er: Du bist gleich wieder gegangen, aber ich wußte oder glaubte zu wissen, daß du mit niemandem verabredet warst. Ich traf dich wie zufällig wieder; in der Bar unter den Platanen am Corso Mirabel, wo du die Nachmittage vertrödeltest bei Kognak und English Tea. Ich hatte dich schon seit ein paar Tagen spazierengehn sehn, in Regenstiefeln, mit schwarzem Ledertäschchen, immer allein.

Sie: Es stimmt, daß ich auf jemanden gewartet habe.

Er: Ja, es stimmt. Du hast auf irgendeinen Kerl gewartet, der dir versprochen hatte, dich in eine märchenhafte Zukunft zu entführen und für sich zu behalten. Du wartetest auf ihn, als der Termin längst vorbei war. Du wartetest acht Tage später immernoch.

Sie: Du hast das natürlich gleich rausbekommen.

Er: Ich würde sagen: du hast es mir in der zweiten Minute unserer Bekanntschaft anvertraut.

Sie: Ich habe das so gesagt.

Er: Nein, du hast es mir ANVERTRAUT, und es lag an mir, das zu respektieren oder nicht.

Sie: Hast du es respektiert?

Er: Nein. Am zweiten Abend saßen wir auf meinem Balkon und warteten auf ein Gewitter, und als es zu pladdern anfing und die Kellner mit Gartenmöbeln durch den Kies rannten, gingen wir in mein Zimmer.

Sie: Wielange?

Er: Du bliebst bei mir.

Sie: Erzähl mir von unserem Zimmer.

Er: Das Zimmer war ein alt- und ehrwürdig getäfeltes Vorzugs-Grab in der sechsten Etage. Der Balkon war von Karyatiden flankiert, die eigentlich gepfählte Sirenen waren. Die Zimmerdecke war ein verzweigter Schnörkel aus nachgedunkeltem Stuck. Du kamst dir ziemlich verloren vor zwischen den breitbeinigen Möbeln und dicken Samtvorhängen, die den Tag verleugneten. Dem Fenster gegenüber hing ein Gobelin, mottenzerfressen und reißbar wie Kreppapier. Er war nachweislich von Flöhen bewohnt. Dieser Großmannskasten war eines der drei Hotels, in denen ich Flöhe gefangen habe.

Sie: Und die beiden andern?

Er: Für Menschen ungeeignete Flohparadiese in Paris.

Sie: Warum bist du in dieses Hotel gegangen?

Er: Ich hatte gerade etwas Geld und folglich das Bedürfnis, es möglichst schnell wieder loszuwerden. Ich wollte HANS IM GLÜCK spielen. Wollte so tun, als sei es ganz natürlich für einen Menschen, Krawatten zu tragen und es an nichts fehlen zu lassen. Ich wollte den Dreck

meiner Reisen und Hungerleider-Jahre auf die feinste
Weise loswerden. Als du zu mir kamst, war ich
herausgeputzt wie ein Rennplatz-Enthusiast aus Fi-
nanzkreisen, und du hast dich in mir getäuscht.

Sie: Ich hielt Ausschau nach einem Hans im Glück und fand
eine Fliege im Bernstein.

Er: Die Fliege war arm und der Bernstein undurchsichtig.

Sie: Plötzlich warst du da. Mir fehlte nichts.

Er: Damals die Nacht war voll von Gewittern, die sich
gegenseitig in Grund und Boden donnerten. Die Brandung stürmte das Hotelfundament. Wolken schoben
einander aufs Meer und pufften sich über den Horizont
hinaus. Blitze blieben in den Gardinen hängen. Das
Zimmer summte von imaginären Uhrwerken. Der
Regen klatschte auf den Balkon, spritzte durch die
offene Tür auf den Teppich und machte uns taub für
Schritte und Türenschlagen im Hotelgang. Fahrstühle
brummten hinter der Zimmerwand, und irgendwann
nach Mitternacht stellten wir fest, daß unser Zimmer
sich in eine Fahrstuhl-Kabine verwandelt hatte, denn es
setzte sich in Bewegung und wir fuhren los.

Sie: Wir fuhren los?

Er: In diesem Augenblick begann unsere Reise.

Sie: Wohin fuhren wir.

Er: Zunächst durch das Hotel, die Etagen hinunter. Die
Parkettbrettchen knisterten und sprangen aus den
Fugen. Durch die halbvolle Kognakflasche liefen Wellen. Unser Bett fing zu schaukeln an, gepolsterte Gondel
auf einer Teppichwelle. Eine Fliege flüchtete aus dem
baumelnden Gobelin, suchte Halt auf einer Tapetenrose
und kroch unsicher durch den öden Tapetengarten über
unserem Bett. Das Zimmer ging langsam in die Tiefe
und setzte im Parterre auf.

Sie: Was taten wir?

Er: Wir stiegen aus dem Bett und zogen uns an. Wir ließen
alles zurück, Mäntel, Koffer, Herbstkleider, Hüte,
Autoschlüssel, Schuhe. Du schnapptest dein Ledertäschchen und wir verließen das Zimmer, lautlos.

Sie: Neben unserer Zimmertür befand sich der Hinterausgang des Hotels.

Er: Wir wateten durch tiefen Kies auf den Corso Mirabel. Die Nacht war warm und es regnete nicht mehr, aber am Gebirge hatten sich Gewitter festgesetzt, die Donner gegen die Felsen jagten und sich Blitze wie Stafetten weiterreichten. Die Platanen drehten sich schwindelfrei um sich selbst und warfen Blätter im Kreis herum. Die langen leeren Straßen waren mit Wolkensäcken verbarrikadiert. Die Dunkelheit: mit Wolken ausgestopft. Triefäugige Wolken langweilten sich auf dem Meer.

Sie: Du hattest deinen Mantel vergessen.

Er: Wir hatten alles zurückgelassen.

Sie: Wir besaßen nichts mehr.

Er: Es mußte schon gegen Morgen sein, denn wir beobachteten, daß der Schlaf am Hotel abgeholt wurde.

Sie: Der Schlaf? Welcher Schlaf.

Er: Der Hotelschlaf. Ein am Hinterausgang abgestellter Sack, dessen Inhalt sich bewegte, als ob der Sack voller Mäuse sei. Ein Fuhrwerker schleppte ihn durch den Kies und warf ihn auf seinen Wagen. Die Räder des Wagens waren mit Stroh umwickelt. Der Fuhrwerker klemmte die Deichsel zwischen die Beine und fuhr geräuschlos den Corso hinab. Wir liefen hinter ihm her, weil wir wissen wollten, was mit dem Sack und seinem Inhalt geschehen würde. Der Wagen verließ die Stadt und blieb auf der Steilküste stehn. Wir sahen, wie der Fuhrwerker den Sack öffnete und über dem Meer ausschüttelte; heraus flog das gesammelte und vermischte Gähnen, Schnarchen, Seufzen, Röcheln, Atmen, Näseln, Grunzen und Nasenpfeifen der Hotelgäste. Das flatterte aus dem Sack und aufs Meer hinaus, das wurde vom Wind in alle Winde zerstreut, bis nichts mehr zu hören war.

Sie: Und der Fuhrwerker?

Er: Der Fuhrwerker legte sich auf seinen Wagen und schlief.

Sie: Was geschah weiter?

Er: Wir hätten jetzt gern, auf der Stelle, ein Bett gehabt. Wir wollten uns lieben, egal wo, aber der Boden war voller Pfützen. Wir liefen über den Strand und suchten einen Platz, fanden schließlich die am Boden liegende Tür einer kaputten Badekabine und legten deinen Mantel darüber. Der Sand war kalt und der Wind kroch an deinen nackten Beinen herauf und stülpte deinen Rock über uns.

Sie: Mein Rock war unser Zelt.

Er: Wir wärmten es mit unserem Atem, bis es heiß wurde wie eine Skihütte an Silvester, und ich sagte dir, daß ich dich liebte.

Sie: Ich glaubte dir jedes Wort.

Er: Ich schlug deinen Rock zurück und suchte deinen Körper unter den Kleidern, suchte ihn Stück für Stück zusammen, mit kalten Händen; ich verirrte mich in deinen Kleidern.

Sie: Du sagtest mehr als einmal, ich sei schön, mein Körper gefalle dir, er lasse dir keine Ruhe. Ich glaubte dir jedes Wort.

Er: Das Zwielicht stünde dir gut.

Sie: Ja.

Er: Dein Geruch –

Sie: Ja.

Er: Dann sagten wir nichts mehr.

Sie: Nein, wir sagten nichts mehr.

Er: Wir standen bald wieder auf, denn deine Hände waren kalt geworden, dein Hals, deine Schultern kalt. Wir froren und gingen weiter. Deine Knie waren feucht und klein, zittrig wie Kälberknie, und deine Haare waren in Unordnung und voll Sand. Wir blieben alle paar Meter stehn und schüttelten Sand aus Kleidern und Schuhen. Wolken und Wetterleuchten vermischten sich über dem Horizont. Wir gingen zurück in die Stadt und setzten uns auf nasse Stühle vor ein Café – außer uns war niemand unterwegs – und du fragtest, ob ich nicht etwas von mir erzählen wolle, eigentlich kannten wir uns noch nicht.

Sie: Wir hatten uns geliebt, bevor wir uns kannten.

Er: Was erzählte ich dir?

Sie: Du nahmst den Arm von meiner Schulter und hieltest mir eine Rede. Du sagtest, dein Name sei Anonymus von der Windrose und dein Wahrzeichen, das Wahrzeichen aller Gammler und Strauchdiebe, sei die Fliege im Bernstein. Du sagtest, du seist der geduldige Untermieter, der unbekannte Bewohner von Wartesälen, Hotelzimmern und Autoreparaturwerkstätten. Du seist der Gern-Gefangene aller garantiert wanzenfreien Etablissements zwischen Spitzbergen, Kapstadt und Vancouver.

Er: Meine Lektüre bestünde aus Landkarten und hotelüblichen Nachttisch-Bibeln.

Sie: Stadtpläne, Fahrpläne und Speisekarten hätten dir die nötige Bildung verschafft, die es dir erlaube, dich selbst zum Ehrendoktor der Zugvogelwissenschaft zu ernennen.

Er: Fahrkarten, Bahnsteigkarten, Strafzettel, Schuldscheine sowie Hotel- und Benzinrechnungen seien meine gesammelten Werke.

Sie: Ich glaubte dir jedes Wort.

Er: Ich war sozusagen der Held dieser Nacht.

Sie: Deine Rede dauerte ziemlich lang, sie gefiel dir.

Er: Aber du hörtest mir zu und glaubtest mir jedes Wort.

Sie: Deine Rede war schön, aber endlos.

Er: Was geschah weiter?

Sie: Ich weiß nicht. Dein Leben gefiel mir und ich wollte dich nicht wieder hergeben. Ich wollte zu dir in den Bernstein kriechen und tot oder lebendig bei dir sein.

Er: Wir gingen weiter, ohne darauf zu achten, wohin wir gingen. Jedenfalls kehrten wir nicht in das Hotel zurück. Wie alle Liebenden sich einig sind in den Nächten, daß ihre Liebe in Paradiesbüchern aufgezeichnet wird, waren auch wir uns einig, daß diese Nacht ein besonderes Kapitel in einem Paradiesbuch sei.

Sie: Worüber hätten wir uneinig sein können!

Er: Wir waren uns einig. Wir wußten jetzt, daß wir –

Sie: Wir wußten überhaupt nichts.

Er: Wir wußten mehr als vor ein paar Stunden.

Sie: Nein. Wir wußten weniger als vor ein paar Stunden. Wenn wir wirklich zu unserer Reise aufgebrochen waren, hatten wir alles zurückgelassen und wußten nichts mehr.

Er: Wir wußten nichts mehr.

Sie: Wir besaßen nichts mehr.

Er: Wir besaßen nichts mehr außer uns selbst. Was länger als zwei Tage zurücklag, ging uns nichts mehr an. Wir fragten nichts und brauchten keine Antwort. Wir orientierten uns an unseren Namen und an unserem Atem. Wir waren frei.

Sie: Was machten wir weiter in dieser Nacht?

Er: Wir gingen durch morgengraue Landschaften und stießen auf einen ländlichen Bahnhof. Wir setzten uns auf eine Bank, aber der Morgen war kalt und so standen wir wieder auf und gingen auf leeren Bahnsteigen spazieren. Wir sprachen miteinander.

Sie: Erinnerst du dich, wovon wir sprachen?

Er: Nichts Besonderes. Wir waren uns einig. Wir sagten vielleicht: Erkälte dich nicht!

Sie: Sag, wenn du frierst.

Er: Hast du noch eine Zigarette.

Sie: Leg deinen Arm um mich. Ganz fest. Ja, so.

Er: Gib mir einen Kuß.

Sie: Noch einen!

Er: Und noch einen. Jetzt noch einen.

Sie: Ja.

Er: Wir sprachen nicht davon, daß unsere Reise aufhören oder einer den anderen je verlassen könnte.

Sie: Es war nicht nötig, davon zu sprechen.

Er: Nein, es ist niemals nötig gewesen.

Sie: Wir sind seit dieser Nacht immer zusammen gewesen.

Er: Was beweist das?

Sie: Ich weiß nicht.

Er: Ich auch nicht.

Sie: Wußtest du, daß wir zusammenbleiben würden.

Er: Nein.

Sie: Ich auch nicht.

Er: Wir liebten uns.

Sie: Ja, wir liebten uns.

Er: Es wurde Tag und wir stellten fest, wo wir waren. Auf dem Land, zwischen Platanen und nassen Weingärten. Zur Bahnstation gehörte ein Zypressengarten, eine jener verrußten Bahnwärter-Idyllen mit Marmeladentöpfen voll Blumenerde und wildem Wein. Meer und Meergeruch waren verschwunden. Eine steinige Landstraße wartete auf den ersten Radfahrer.

Sie: Der Bahnbeamte kam in Pantoffeln und Hosenträgern aus seinem Büro. Als er uns sah, verschwand er und kam in Dienstjacke wieder zum Vorschein.

Er: Er stellte uns Büro und Dienstraum als DURCHGANGS-PARADIES zur Verfügung.

Sie: Er sah, daß wir uns liebten. Er muß gemerkt haben, daß wir uns in dieser Nacht geliebt hatten. Er sah mich an und sagte nichts.

Er: Er bot uns Kaffee aus einem Fünflitertopf an, den ein Gaskocher eben zum Singen brachte.

Sie: Er sah mich an und lächelte und sagte nichts.

Er: Wir wollten Fahrkarten kaufen nach – wie hieß der Ort?

Sie: Vergessen.

Er: Aber er bestand darauf, uns die Fahrkarten zu schenken. Er sah dich an und sagte nichts.

Sie: Er hätte mich gerne geküßt.

Er: Dann läutete die Klingelanlage.

Sie: Eine rostige Haubenglocke schellte, der Ton vermischte sich mit Windstößen und Vogelrufen über den Gärten. Wir verabschiedeten uns, der Bahnbeamte sah mich an und sagte nichts.

Er: Er drückte uns an seinen braven Bauch.

Sie: Er küßte uns mit feuchtem Barthaar.

Er: Er ließ seine Pfeife fallen und du hobst sie auf und stecktest sie ihm in den Bart.

Sie: Er war überzeugt, wir würden zwanzig dicke rosige Kinder kriegen.

Er: Er half dir in den Zug.

Sie: Wir bedankten uns.

Er: Er blickte uns nach, fassungslos, ein im Gebirge ausgesetzter Seehund. Wir hingen aus dem Fenster und ruderten mit den Armen, bis er so klein geworden war, daß wir ihn von Bäumen und Signalen nicht mehr unterscheiden konnten. Wir zogen die kalt gewordenen Arme wie Fahnenstangen ein und setzten uns dicht nebeneinander auf die schmutzige Holzbank und ruhten aus.

Sie: Die Sonne kam kalt und dick hinter dem Gebirge hoch und tünchte das Meer.

Er: Wir fuhren in einem D-Zug mit Schneckentempo –

Sie: – in einem rasenden Bummelzug.

Er: Die Abteile waren leer. Nur ein paar Frauen vom Land, die aussahen, als hätten sie bunte Bettücher angezogen und sich mit Kopfkissen ausgestopft.

Sie: Sie stiegen nach drei Stationen umständlich aus.

Er: Wir reichten ihnen die Obstkörbe aus dem Fenster, die zusammengebundenen Hühner –

Sie: und Regenschirme, breit und fettgrün wie tropische Blätter.

Er: Wir fuhren weiter als alle anderen, weiter hinein in den offenen Morgen.

Sie: Wir fuhren in unseren ersten eigenen Tag.

Er: Der Zug las Städte, Bahnhöfe, Farmen, Kanäle auf und ließ sie zurück in taghellen Gärten. Wir saßen mal auf der Landseite, mal auf der Meerseite und hielten unsere Gesichter in die Sonne. Ich fand Tabakkrümel und Zigarettenpapier in der Tasche und drehte eine Zigarette, wir rauchten sie gemeinsam, eine pappige, krümelnde Hülse, die nach Stroh und Anis schmeckte.

Sie: Dann stiegen wir aus.

Er: Irgendwann, aus dem Halbschlaf gerissen. Irgendwo. Eine Stadt mit Platanenplätzen, singenden Müllkutschern und kleinen Jungen am Kaugummi-Automaten hinter dem Bahnhof. Es war ein früher Mittag Anfang Oktober.

Sie: Stunde aus Rauch und Silber.

Er: Laubwälder hingen von den Bergen, Obstgärten, begraben unter meergrünen, purpurnen, birnengelben Blättern. Wir mieteten das erstbeste Zimmer, das wir fanden. Die Tür hatte weder Schloß noch Riegel, und die Fensterläden öffneten sich in einen Ahorn.

Sie: Das schönste Zimmer, das wir je hatten.

Er: Es war ärmlich und dunkel; wir brauchten nicht viel.

Sie: Wir waren uns einig.

Er: Wir lebten in Untermiete bei zwei zurückgezogenen alten Damen, die wie gleichgestellte Uhren funktionierten. Ein Doppelschritt auf der Treppe, ein doppeltes Klopfen an der Tür, und vierhändig wurde uns Tee gebracht. Doppeltes Lächeln dankte für unsern einsilbigen Dank. Doppelt schwarz gekleidet und doppelt klein geisterten die käuzchengesichtigen Jungfern oder Witwen im Trippelschritt durch ihr totenstilles Haus. Ihre doppelte Neugier teilte sich unser Schlüsselloch und ihrer perfekten Doppelhaftigkeit entsprechend, stand ein Doppelbett in unserem Logis, zwei Nachttische auf schiefen Beinen, zwei Porzellankrüge, zwei verstaubte Obstschalen und zwei Waschschüsseln, in denen wir unsere Kognakflaschen kühlzuhalten versuchten.

Sie: Was machten wir in dieser Stadt?

Er: Wir besaßen alle Zeit der Welt und verschwendeten sie. Wir ließen den Morgen leuchtend durch den Ahorn in unser Zimmer kommen und erlaubten ihm, uns zu wecken. Dann gingen wir frühstücken. Die alten Damen hätten uns gern ein Doppelfrühstück aufs Zimmer gebracht, aber wir verlangten mehr als Dörrbrötchen aus der Altweiberküche und pfützenfarbenen Kaffee. Wir gingen am frühstückfragenden Doppelblick der Alten mit Guttagwünschen vorbei und über den Platanenplatz ins Café AMBASSADOR. Unter Platanenästen und rotweiß gestreiften Marquisen nahmen wir das Frühstück aus den Händen einer Kellnerin entgegen, die von vorn ein Marzipan-Schweinchen in Sonntagsschürze, von hinten eine Stoffpuppe mit Zierschleife war. Sie brachte uns heißen Kaffee in versilberter Schnörkelkanne –

Sie: Konfitüre und Butter, die in der Sonne schwamm –

Er: Zu hart gekochte Eier in fingerhutgroßen Bechern und ein Schüttelglas voll Meersalz –

Sie: Frisch geerntete Brötchen vom hauseigenen Frühstücksbaum, mit warmen Nußknackerschalen –

Er: Nüsse, Orangen und Knackwürste für unausgeschlafene Männer.

Sie: Wir frühstückten bis spät in den Vormittag, rauchten die erste Zigarette, bauten Schiffe aus Streichhölzern und Zuckerpapier und ließen sie auf einer Kaffeepfütze schwimmen.

Er: Wir verglichen vorübergehende Leute mit anderen, die wir kannten oder zu kennen glaubten.

Sie: Wir beobachteten einen Bruder King Olivers in Holzschuhen und kaftanähnlichem Hausrock; er trug einen Korb voller Rettiche ins AMBASSADOR.

Er: Ein Mittelding zwischen Mussolini und Al Capone fuhr pfeifend auf einem Motorrad vorbei, das mit seinem Benzinschwanz wedelte.

Sie: Du erkanntest deinen Vater, der sich als Bierfahrer verkleidet vor dem Autospiegel kämmte.

Er: Die Sonne stand über den Platanen und brannte auf die Marquisen. Dein Gesicht war heiß von Kaffee und Liebe. Wir wollten den Tag nicht länger auf uns warten lassen und verließen das AMBASSADOR.

Sie: Wie ging unser Tag weiter?

Er: Unsere Tageszeiten dauerten lang, Zeitlupen-Zeiten, Schneckentempo-Zeiten, und die langen Mittage dauerten am längsten. Wir trieben den lichtlangen Tag hinunter, bummelten, rauchten, tranken, hatten nichts zu tun und vergaßen die übrige Welt.

Sie: Nichts wartete auf uns als Licht, Luft und Liebe an allen Tagen.

Er: Wir verglichen die Speisekarten der Restaurants, standen lange vor Kochlöffel schwenkenden Köchen aus Sperrholz und überlegten, was wir essen wollten.

Sie: Wir taten, was jeder für sich nie getan hätte: wir besichtigten die Sehenswürdigkeiten der Stadt.

Er: Kathedralen, Kapellen, Bethäuser, Baptisterien und Klöster, Kreuzwege laubverschüttet und Bildstöckl unter wildem Wein. Sankt Mauskätzl und Sankt Backpfeifenpeter, der Heilige Siebensach hinter verstaubtem Glas.

Sie: Wir klauten Kerzen am Kirchenportal, zündeten sie in einer dunklen Ecke an und sagten:

Er und sie: Liebe und nichts sonst, Luft und Liebe!

Sie: Wir besichtigten den Palast einer Geschlechtertragödie, mit Fenstersturzfenster und Selbstmörderbalkon, auf dem Gießkannen und Kaninchenställe standen.

Er: Ein Brunnen mit Kopfstand übendem Delphin.

Sie: Aus seinem moosbärtigen Maul floß kaltes Wasser von den Bergen.

Er: Wir gingen durch Arkadenbögen, in denen kühl der Mittag summte über alten Männern und zusammengekehrtem Laub.

Sie: Laub wie Haufen Goldpapier in meiner Kindheit.

Er: Kleine Tuchläden und Apotheken dösten hinter beschrifteten Fenstern, in denen Katzen auf Blechkästen schliefen.

Sie: Schuhgeklapper und Kinderstimmen in Treppenschluchten, die unter Weinlaub und Glyzinien zum Meer hin abfielen.

Er: Ein dicker Automechaniker winkte mit dem Schraubenschlüssel unter der Motorhaube eines Lastwagens hervor und rief: (mit verstellter Stimme): KINDER, IHR BEFINDET EUCH AUF HISTORISCHEM BODEN! HIER WAR DIE ZWEIHUNDERTACHTUNDFÜNFZIGSTE ETAPPE DER MONGOLISCHEN PFERDEPOST!

Sie: Fallendes Laub rutschte in die Gänge und schlug an salpeterfarbene Mauern.

Er: Weinkeller, Alkoholdunst, berauschte Hühner knickebeinig zwischen Rotweinpfützen und umgeworfenen Korbflaschen.

Sie: Im überlasteten Korbstuhl ein Weinhändler, der sich beschwerte, daß in den D-Zügen keine Marmeladen-Sandwichs verkauft würden.

Er: Und Obstläden, bunte Kisten-Burgen bis zum Rinnstein. Platanenschatten und grüne Sonne über Orangen, Nüssen, Zitronen und Artischocken.

Sie: Wir kauften Orangen und ließen uns zeigen, wie man Zeitungspapier zu haltbaren Tüten zusammendreht. Die größte Pflaume kam unten in die Spitze. Was kleiner als eine Pflaume war, drückte durch und rollte unter die Platanen.

Er: Wir sahen alles, was es zu sehen gab.

Sie: Wir sahen nur, was wir sehen wollten.

Er: Wir machten uns die Tage gegenseitig zum Geschenk und schenkten sie gemeinsam unserer Erinnerung.

Sie: Kein Mensch wußte, wer wir waren.

Er: Unbekannt.

Sie: Wir hätten hinsterben können und keiner hätte sich um uns gekümmert.

Er: Die Leute blieben stehen und sahen dir nach.

Sie: Sie sahen dir nach.

Er: Nein, dir!

Sie: Sie sahen uns beiden nach. Ein alter Mann winkte uns in seinen Laden und schenkte uns Orangen, soviel wir tragen konnten.

Er: An den Abenden gingen wir aus. Du machtest dich schön in der Dämmerung hinter den Fensterläden, während ich im AMBASSADOR auf dich wartete. Du zogst das weiße Kleid an. Dies und ein Koffer war das einzige, was wir uns angeschafft hatten.

Sie: Wir fuhren auf die Dörfer und tanzten auf Kneipen-veranden und in ausgeschmückten Turnhallen.

Er: Wohltätigkeitsveranstaltungen unter Platanen, die voll bunter Glühbirnen hingen.

Sie: Feuerwehrfeste, wo man Flaschenhälse mit Ringen bewerfen und große, ferkelfarbene Puppen gewinnen konnte.

Er: Niemand wußte, wer wir waren.

Sie: Aber die Feste schienen nur für uns stattzufinden.

Er: Wir schoben über bretterne Tanzflächen, bis unsere Beine sich mechanisch wie Stelzen bewegten.

Sie: Oder wir saßen im Halbdunkel und tranken kalten Wein, betranken uns.

Er: Spät in der Nacht hockten wir auf leeren Holzbänken und sahen zu, wie die Paare auf Motorrädern davonfuhren und die Lichter ausgeschaltet wurden.

Sie: Der letzte Autobus schaukelte uns in die Stadt zurück und wir schliefen ein, obwohl Gesangvereine mitfuhren und Lieder im Straßenkurven-Rhythmus sangen.

Er: Die Männer trugen Papphüte schief auf den Ohren und waren lustig –

Sie: – und stießen uns an, auch lustig zu sein.

Er: Oder sie waren melancholisch und forderten uns auf, auch melancholisch zu sein.

Sie: Platanenäste scheuerten über das Autobusdach.

Er: Am Bahnhof war Endstation. Morgens drei Uhr. Der Wind schob Laub über leere Plätze.

Sie: Wir flogen an Betrunkenen vorbei und an Liebespaaren, die nicht wie wir ein Zimmer hatten.

Er: Wir flogen im Halbschlaf hinter unserem Schlüssel her in das doppelt verschlossene Altdamen-Haus und schliefen ein, wie wir waren, in Kleidern, verschwitzt.

Sie: Es ging uns so gut, Jaques!

Er: Wir nahmen, was kam, und was kam, war das richtige.

Sie: Keine Wünsche.

Er: Wir vertrödelten Tage und Nächte und ließen den Herbst und die langen Frühstücke hinter uns.

Sie: Wir blieben nicht länger?

Er: Wir wollten weiter und reisten ab.

Sie: Ich will nicht!

Er: Wir waren uns einig. Wir glaubten, dies alles könne immer so weitergehn, Liebe und nichts sonst, an allen Orten, zu jeder Zeit. In Wirklichkeit war unser Geld fast verbraucht. Dein schwarzes Ledertäschchen, früher ein Füllhorn, war leer. Wir hatten auch nicht weiterhin immer ein Zimmer, wie wir es gebraucht hätten. Wir liebten uns, wo wir waren, auf Parkbänken, Waldböden und in versteckten Mulden voll Laub, die sich am Mittag erwärmten. Wir wagten nicht, uns vollständig auszuziehn.

Sie: Unsere Liebe war unbeholfen und flüchtig, wir ließen ihr keine Zeit. Wir lagen im feuchten Laub und sagten: Erkälte dich nicht.

Er: Dein Haar ist schmutzig, voll Erde.

Sie: Deine Hände sind kalt.

Er: Wir lagen in billigen, lauten Hotels und sagten: Es ist November geworden. Ich legte mich auf dich, wenn dir kalt wurde gegen Morgen und du lagst frierend still und sagtest, dir wäre nicht kalt.

Sie: Du lagst wach in den Nächten, rauchtest und blicktest zur Decke.

Er: Mit dem Geld war auch unsere Sorglosigkeit ver-
schwunden, die für ein Leben aus LIEBE UND NICHTS
SONST unentbehrlich war. Wir sagten: GEDULD, und:
WIR LIEBEN UNS, ES KANN NICHTS PASSIEREN.

Sie: Wir waren uns einig.

Er: Und wir hielten an unserem Traum fest, der uns
vorschrieb: Ihr seid ein Leib und dürft euch nicht
trennen. Ihr dürft keiner Gewohnheit nachgeben und
keine Wirklichkeit besitzen außer der, die die Liebe
euch gibt. Ihr dürft euch nicht einlassen auf Alltag,
Geschäfte, Gesellschaft, Trennung und Briefe aus dem
Zettelkasten eurer Erinnerung. Wenn eure Liebe nichts
als Liebe sein soll, habt ihr dem Traum bis an das Ende
eurer Hoffnungen zu folgen.

Sie: Waren wir uns immernoch einig?

Er: Immernoch einig. Wir liebten uns und waren überzeugt,
daß die Liebe ein Recht habe, uns mit Verzicht zu
belasten. Wir glaubten, hofften, liebten – und blieben
tagüber im Hotel, lagen in unserem Bett und warteten
auf den Abend.

Sie: Am Abend wird uns besser, sagten wir. Wenn es dunkel
wird, stehn wir auf, besorgen uns Zigaretten und
organisieren eine billige Suppe.

Er: Wir wechselten unsere Zimmer immer zögernder. Sie
ähnelten sich in ihrer Schäbigkeit, aber es kam nicht
mehr darauf an, wo wir waren.

Sie: Wir lagen schlaflos in schmutzigen Betten und horchten
auf die Geräusche in den Hotelgängen.

Er: Dröhnende Wasserleitungen.

Sie: Liebespaare in Nebenzimmern.

Er: Quietschende Betten, stille Mittage, Erschöpfung.

Sie: Wir waren nicht glücklich.

Er: Die Tage waren stürmisch und kalt. Regen schüttete an
das Fenster. Wenn wir kein Geldstück für die Gashei-
zung fanden, wärmten wir uns mit unserem Atem, mit
unseren Händen.

Sie: Wir sahen anders aus als vor ein paar Wochen. Niemand
wäre auf den Gedanken gekommen, uns Orangen zu
schenken.

Er: Wir versuchten zu schlafen, und wenn wir nicht schlafen konnten, versuchten wir zu träumen. Wir träumten jetzt, was wir vor ein paar Wochen gelebt hatten.

Sie: Tanzfeste, warme Nächte, Laub und Betrunkenheit. Eisenbahnfahrten am Meer und endlose Frühstücke unter Platanen.

Er: Wir sagten: Weißt du noch, wie es war, als wir dein weißes Kleid kauften und der Verkäufer uns fragte, ob wir honigmondene Leute wären; honigmondene Leute.

Sie: Und wie wir lachten, als ich mit GNÄDIGE FRAU angeredet wurde.

Er: Es kam eine Zeit, und sie kam schnell, in der wir nicht mehr viel miteinander sprachen, weil wir alles durchgesprochen hatten oder weil wir merkten, daß wir an einen Punkt gekommen waren, wo Worte gefährlich werden.

Sie: Wir wußten nichts mehr.

Er: Einmal hörten unsere Worte auf, weil . . . ich weiß nicht warum, sie hörten auf. Wir sagten nichts mehr. Wir sahen noch, daß Herbst war vorm Fenster, Regen und Wind, wir sahen und hörten die Welt hinter den Scheiben fortbestehn, aber nicht mehr für uns. Wir unterschieden noch Tag und Nacht und bemerkten eines Morgens frisch gefallenen Schnee auf den Bäumen. Und wären wir guter Dinge gewesen, sorglos und leicht wie in der Zeit unserer ersten Berührung, als wir noch nichts für die Liebe zu tun brauchten, hätten wir die Fenster aufgerissen und gerufen:

Sie: EIN ENGEL LÄSST FEDERN, ER WIRD GERUPFT! SIEH MAL, GOTTES WEIHNACHTSBRATEN WIRD VORBEREITET!

Er: Aber wir ließen die Fenster geschlossen. Was jenseits unseres Bettes und unserer Erschöpfung geschah, ging uns nichts mehr an. Wir wußten nichts über den Schnee zu sagen. Wir flüsterten: SCHNEE, SCHNEE, und horchten, ob das Wort ein Echo gebe. Wir sagten: TAG und NACHT und MORGEN, ABEND, SCHLAFEN, ESSEN, FRIEREN, SCHLAFEN. Unser Leben zerfiel in einzelne Wörter, die nichts miteinander zu tun hatten. Dein Körper war schwach geworden. Er lag hell, leicht und

fremder werdend an meiner Seite, als hätten ihn
unbekannte Hände zu mir unter die Decke geschoben.

Sie: Dein Körper war fremd und nicht mehr zuständig für
die Liebe. Deine Hände waren nicht mehr zuständig für
meine Haut. Mein Mund war nicht mehr zuständig für
deinen Mund. Wir küßten uns nicht mehr.

Er: In dieser Zeit fielen selbst unsere Namen von uns ab.
ANA! JAQUES! Unsere Namen riefen kein Echo in uns
hervor. Sie glichen den Worten SCHNEE und WIND. Man
klopfte noch an unsere Tür, verlangte Miete und wollte
wissen, wie lange wir das Zimmer behalten würden. Wir
riefen: BIS MORGEN! und: GEDULD!, damit man uns
nicht für tot halte und bei uns eindringe. Wir hatten
Hunger und Durst und sprachen das Wort LIEBE nicht
mehr aus. Einmal richtetest du dich auf, sahst mich an
und sagtest:

Sie: Ich erinnere mich nicht. Was könnte ich gesagt haben?

Er: Du sagtest: Wenn wir noch ein paar Tage so weitermachen, ist von uns nichts mehr übrig. Und ich fragte dich:
sei ganz ehrlich, willst du umkehren? Aber du wolltest
nicht zurück. Du fragtest mich dasselbe, aber auch ich
wollte nicht aufgeben.

Sie: Wir waren uns einig.

Er: Einmal stand ich auf, rasierte mich und ging weg.

Sie: Ich dachte: der Punkt ist gekommen, du verläßt mich.

Er: Ich suchte Arbeit. Ich gab meinem Stolz einen Fußtritt
und bettelte um Arbeit, aber das Betteln bewirkte nur,
daß die Türen zugeschlagen wurden. Ich fand keine
Arbeit, keine Wohnung, ich lief herum und wußte nicht
weiter. Kein Wort mehr von LUFT UND LIEBE UND
NICHTS SONST. Es waren, glaube ich, schöne Gegenden
im Gebirge. Bäche, Teiche, Kastanienwälder an weiten
Hängen, Weideland und Schnee auf der Höhe. Wer hier
lebte, wie wir gelebt hatten, und ein eigenes Haus besaß,
konnte sorglos auf seiner Liebe reiten und in den Wind
rufen: LIEBE UND NICHTS SONST! LUFT UND LIEBE!

Sie: Jaques?

Er: Ja.

Sie: Was wurde aus uns.

Er: Wir waren immernoch überzeugt, daß die Liebe ein Recht habe, uns zugrunde zu richten und daß wir um ihretwillen zu leben hätten, bis an das Ende. Wir lebten wie Fliegen im Bernstein, eingeschlossen in unserer Vorstellung von der Liebe. Wir träumten. Träumten, als flögen wir davon. Erinnerst du dich? Wir sammelten die wenigen Worte, die wir in unserm Gedächtnis noch finden konnten, und flogen mit ihnen davon. Nocheinmal, in einem Wetterleuchten aus Worten und Atemzügen erkannten wir unsere Körper, Gesichter und Namen. Wir sahen jetzt, daß wir über dem Regen reisten, eine Traumeslänge vor der Zeit und hoch über unserem Schatten. Wir zeigten uns die Orte, an denen wir vor hundert oder zweihundert Jahren gelebt hatten, wir erkannten das Haus unter Ulmen, das Sommerhaus unter Ulmen an der Flußbiegung, wo wir einst einen Sommer hatten hingehn lassen. Wir sahen die Landstraße zwischen Kirschgärten, die wir nachmittags auf geliehenen Rädern um die Wette hinuntergefahren waren, und wir sahen den Holzschuppen, in den man hineinfahren, und von dem aus man in die Küche und weiter ins Haus gehn konnte. Wir glaubten deutlich zu sehn, daß dies alles uns gehört hatte. Es genügte zu sagen: ANA, STRECK DIE HAND AUS UND DU WIRST KIRSCHBÄUME BERÜHREN, MEERWASSER, KASTANIEN! Überall und immerwieder, zwischen unbekannten Bildern und fremden Zeiten, erblickten wir uns selber, glaubwürdiger als das Glück, und lebendig, Liebe, sorglos, mit Händen zu greifen, so hatten wir gelebt. Und wir sahen die Tage und Nächte der Erde wechseln, als stünden wir ihnen auf einem Feldweg gegenüber, Wintergewitter, Tagmond und Schnee, Westwind, Nachtwind und das Licht der Herbstabende, in dem wir so unbedenklich und wie für immer gegangen waren, und wir sahen den Morgen kommen, dunkel und rauchend vor Kälte, und hörten Geschrei von Vögeln, und Wind, und sahen Meerufer, Flüsse, Städte –
(leiser werdend)
– und das Licht der Herbstabende, in dem wir so

unbedenklich und wie für immer gegangen waren, und hörten den Regen und sahen den Morgen, dunkel und – – –

(Drittes Hotelzimmer. Nacht.)

Sie: Immer dieselben Nächte, dasselbe Schweigen, dieselbe Dunkelheit, in der wir liegen und zu schlafen versuchen oder so tun, als schliefen wir. Kälte dringt durch die Türe und unter die Kissen, Schneesturm drückt gegen das Fenster. Von den Güterbahnhöfen kommt das Geräusch rangierender Züge, Pfeifen von Lokomotiven, klappernde Signale. Die Häfen dröhnen; dort wird in den Nächten gearbeitet. Rollende Fässer, scheppern- des Eisen ist hörbar die ganze Nacht. Fremde Städte im Ostwind, im Schnee, im Benzinrauch. Wir wissen nichts von diesen Städten. Wir wissen, daß hier Flüsse zusammenkommen, wir haben öliges Wasser bemerkt an den Abenden, und Brücken, die in unbekannte Gegend hinüberführen, und Flugplätze, wir sind früher oft auf Flugplätzen gewesen. Die Heizung funktioniert nicht. Feuchte Bettücher.

Er: Dieselben Nächte, dasselbe Schweigen, dieselbe Dun- kelheit, in der wir liegen und zu schlafen versuchen oder so tun, als schliefen wir. Winterregen pladdert gegen das Hotel. Vorm Fenster staut sich der Ausfallverkehr. Von den Autobahnen kommt das Geräusch zischender Reifen auf nassem Asphalt. Manche Nächte sind lautlos im fallenden Schnee. Die Häfen lärmen. Dort wird in den Nächten gearbeitet. Lastwagen und quietschende Krähne sind hörbar die ganze Nacht. Wir wissen nichts von diesen Städten, in die wir durch Zufall geraten sind. Wir wissen, daß hier Flüsse zusammenkommen, wir haben öliges Wasser bemerkt an den Abenden, wir sind früher oft in Häfen und auf Schiffen gewesen. Die Luft im Zimmer ist kalt. Geruch von Tabakasche. Ana scheint zu schlafen. Sie schläft. Keine Ahnung, wie spät es ist.

Sie: Im Halbschlaf bewegen wir uns, und Kälte wird

spürbar, wo unsere Körper sich berührt haben. Jeder verpackt in die eigene Gänsehaut. Gänsehaut, Gänsehaut. Eine Coca-Cola-Reklame vorm Fenster wirft scharfes rosiges Licht in den Raum und beleuchtet die auf dem Boden herumliegenden Koffer und Kleider.

Er: Wenn ich wach bin, sehe ich im Zwielicht, daß die Gardinen durchlöchert, die Aschenbecher überfüllt und die Kognakflaschen leer sind. Am Tag ist mir das nie aufgefallen. In allen Hotels, in allen Zimmern, die wir bewohnten, sah ich nachts, daß die Gardinen durchlöchert, die Aschenbecher überfüllt und die Kognakflaschen leer waren.

Sie: Dieselben Nächte, dieselbe Dunkelheit, in der wir liegen und uns fragen, wie wir gelebt haben und wo wir sind.

Er: Dieselben Nächte, dieselbe kalte Dunkelheit, in der wir schlaflos herumliegen und uns fragen, wohin wir kommen werden am Ende.

Sie: Gegen Morgen, wenn Schlaflosigkeit sich in Fieber verwandelt, klettert Jaques über mich hinweg, vorsichtig, weil er vermutet, daß ich schlafe. Er tritt ans Fenster und zündet sich eine Zigarette an. Seine schmale Gestalt erscheint im Licht der Coca-Cola-Reklame und ich kann den Zigarettenrauch vor seinem Gesicht sehn. Er schien manchmal zu bemerken, daß ich wach war und ihn betrachtete, denn er drehte sich plötzlich um und setzte sich zu mir auf den Bettrand.

Er: Ana?

Sie: Ja.

Er: Was soll aus uns werden.

Sie: Wir werden leben, wie du erzählt hast.

Er: Ich weiß nicht, wie wir leben werden. Ob wir überhaupt leben werden. Ob es einen Sinn hat, zu leben, wie ich erzählt habe.

Sie: In hundert kalten Nächten habe ich seinen Kopf zu mir heruntergezogen und sein Gesicht geküßt, seine Schultern, ratlos.

Er: Deine Brust ist warm. Da könnte ich immer liegen.

Sie: Meine Brüste sind so klein, macht es dir was aus?

Er: Nein.

Sie: Sag die Wahrheit.

Er: Es macht mir nichts aus.

Sie: Einem Mann muß das doch was ausmachen.

Er: Ich liebe dich. Mehr läßt sich nicht sagen.

Sie: LIEBE UND NICHTS SONST, LUFT UND LIEBE.

Er: Luft und Liebe zu spät.

Sie: In hundert kalten Nächten hat sein Mund meine Brust geküßt, während ich ihn festhielt und einschlief oder so tat, als schliefe ich ein.

Er: Würdest du mich vermissen, wenn ich nicht hier wäre.

Sie: (schweigt)

Er: Würdest du mich vermissen?

Sie: Du willst mich verlassen.

Er: Nein.

Sie: Warum willst du mich verlassen. Warum jetzt.

Er: Ich will dich nicht verlassen. Ich frage nur, ob du mich vermissen würdest.

Sie: Ich würde dich vermissen.

Er: Vielleicht stünde es besser mit uns, wenn jeder allein lebte. Jeder allein wäre vielleicht gerettet.

Sie: Ich, verloren.

Er: Du hast deine Erinnerungen und ich hab meine. Unsere Erinnerungen sind teilbar.

Sie: Sie sind nicht teilbar!

Er: Ich will nichts auseinanderreißen.

Sie: Ich liebe dich.

Er: Das ist keine Antwort, auf keine Frage.

Sie: Es ist das einzige. Hörst du! Es war das erste und es ist das letzte. Ich liebe dich!

Er: Ich glaube dir jedes Wort.

Sie: ICH GLAUBE DIR JEDES WORT. Wie du das sagst. Ich weiß so wenig wie du, was wir tun sollen. Ich weiß nicht, warum uns die Liebe auffrißt in jeder Nacht. Ich weiß nichts mehr.

Er: Sei ruhig.

Sie: Nein. Ich bin nicht ruhig. Wir sind nicht ruhig. Wir sind unruhig und wir sind nicht glücklich. Wir sind arm. Wir sind uns nicht einig –

Er: Du bist müde.

Sie: Sag mir nichts. Ich weiß doch, wir sind uns nicht einig. Aber ich liebe dich! Zu jeder Zeit, ohne Bedingung, ich liebe dich zugrund, ich zerstöre mich!

Er: Ana!

Sie: Ja, ich zerstöre mich, das ist richtig! Das ist alles! Ich bin mit mir einig, ich liebe dich! Ich liebe dich, das ist alles! Es ist alles! Danach wird nichts mehr sein. Danach ist nichts mehr.

Glück und Unfug

I

Wenn ich adieu sage, spät am Morgen, bleibt die Dachwoh-
nung zurück und das von Regentropfen fleckige, spaltbreit
geöffnete Fenster hinter Gardinen, die wie Trachtenröcke
sich falten und schwingen
der nie benutzte, dreibeinige Großvater-Ofen mit Kacheln
aus Blattornamenten und meergrünem Hochglanz
und die Mäntel im fensterlosen Flur, der eng und lichtlos wie
ein Kleiderschrank ist und den Kleiderschrank ersetzt, im
Winter nach Regen und Seife, im Sommer nach Gewürz-
nelken duftend
Ninas vogelverscheuchender irischer Regenmantel und ihre
GEWAGTEN VORZEIGEKLEIDER auf gestohlenen Bügeln,
ihre Wildlederjacke, die Fingerabdrücke von Umarmungen bewahrt
Ninas umgekippte, oder aufrecht aber durcheinanderstehen-
de Schuhe, hochhackige Stöckelschuhe, Strohbürsten,
tingeltangelnde Pappsohlen für Sommernachtspartys und
Beatschuppen, RUDERBOOTE und Latschen, polierte Gala-
stiefel zwischen Töpfen und Kognakflaschen, winterfeste
Laut- und Leisetreter, Schneeschieber, über den großen
Onkel schief gelaufene Ausflugsschuhe, Badeschuhe mit
kirschroten Roßhaarbommeln und Sandalen, in die sich
Reißnägel und Laubreste eingetreten haben
und das Bett bleibt zurück, Staub zwischen den Beinen,
einziges feststehendes Möbel in Ninas Weltplunderkram,
kissenfeste Burg für Lesestunden und tagträumende Co-
lumbusreisen über die seit Jahren nicht mehr getünchte
Zimmerdecke voller Ozeane aus Regenflecken und Inseln
aus erschlagenen Fliegen
und die orangenen Teebüchsen in der Dreh-dich-nicht-um-
Küche, die Schwarzwälder Holzlöffel und der herkunfts-
lose Bauernkalender mit Wetterprognosen von 1902 und
eselsohrigen Buntbildern von den Lofoten
und die Bücher bleiben zurück, Ladenhüter und Jessenins,
Adys, Radnótis Gedichte, ungelesene Goldschnittschmö-
ker im Lexikonformat, die als Kopfstütze, Fliegenklatsche

und Tablett Verwendung finden, von Kochbüchern zer-
drückte Groschenhefte, die ein Mieter von Anno Habe-
nichts zurückließ
und die katholische Kerze im Eierbecher und das Grammophon, auf dem man Teetassen Karussell fahren läßt an
Stubenhocker-Abenden im November, die Schallplatten-
kiste voll tipptopp Ohrenschmeichler und Ninas Tequila-
Sauza-Flasche voll Hustensaft
und die leeren Schnapsflaschen mit bunt etikettiertem Em-
bonpoint, die überall ohne Nina herumlaufenden Socken,
die Mäuse aus Lakritze, die Lavendelfläschchen, die
Bänder, die Kämme, die Zweck- und Zierschleifen im
Bastkorb und die unausgewaschenen Weingläser
die Ansichtskarten aus Mexico City, Catania und Quaken-
brück, das zerknitterte Briefpapier mit der Handschrift:

Glück und Unfug
hast du mir gestohlen
weil mein Mund in deinen Mund verirrt ist
weil der Abschied alle Lust verscherzt hat
Küsse, Stöckelschuh
und Sherry Brandy.

Und mein Mund
küßt Luft von deinen Lippen
und mein Auge schwimmt in Sherry Brandy
meine Stimme redet Glück und Unfug
kurz, zu kurz
die Eintagsnacht der Liebe.

Deine Stöckelschuh
und meine Raubgier
deine grauen Augen, nicht zu fassen
weil ich Glück und Ungestüm verscherzt hab
weil ich trinke, trinke und nichts lerne
aus dem Unfug, und weil ich dich liebe
Küsse, Eintagsnacht
und Sherry Brandy.

und die Zigarrenkiste voller Ketten, Ringe, Lazuligeleucht,
die Shawls aus schottischer Wolle und die Shawls aus
bengalischer Seide

die Puderdosen, die Handspiegel, die angeknabberten Blei-
stifte, Mädchenkrims und Damenkram und was von Ninas
privatem Einmaleins zusammengerechnet wird.

2

Wenn ich die Wohnung betrete, lasse ich Lift und Korridore
zurück, lärmend von Reklameonkeln, Klinkenputzern
und Liebespaaren ohne Zeit und Bett

die holländisch blitzblanke Vortreppe und den Betonplatten-
weg, in dessen Ritzen Ninas Absätze steckenbleiben

das zertrampelte Vorgartengras und die kanonenkugelver-
wandten Steinkugeln auf den Zaunpfeilern, das Trottoir
mit Kreideportraits von Nina und NINA IS DOOF in
wackliger Schultafel-Schrift

das Zeitungsgefängnis in der Astoriastraße, die von neuesten
Nachrichten verhängte Bretterbude mit dem Ofenrohr in
der Drahtschlaufe und dem Kleingeld schluckenden,
Zeitung spuckenden Schiebefenster

dahinter Antonios enge Stehbierkneipe und TANTENHAUSERS
GEMÜTLICHES ECK mit Garderobenhaken aus Messing und
im Tabakqualm aufgehängten Aktentaschen der Stamm-
kundschaft

und die immer wieder verlegte, nie wirklich vorhandene, von
jedermann gesuchte Bushaltestelle und die eingestaubten
Kastanien in kniehohen Schutzgittern an der König-Edu-
ard-Promenade

die schwach beleuchteten Bars am Allianz-Platz, Cafe
Istambul, Cafe New Orleans voll von Sägmehl, Musikboxen und mit Nina verabredeter Eintagsjäger

um die Ecke ein Museum, in dem Nina das Wasserrad einer
alten Spielzeug-Mühle entdeckte

die nach Friedhof riechenden, kalten Blumenläden, wo der
Sommer in Wassereimern beigesetzt und teuer verkauft
wird

der Käsekönig, der Weinkaiser, die brombeerblaue Apotheke
und der mit vergoldeten Fallada-Köpfen geschmückte

Pferdefleischer und der Pferdefleischer selbst, dessen
Schürze ein Bild von Jackson Pollock ist
und die unter Seifenreklamen verschwindenden Autobusse
und der portugiesisch sprechende Negerschaffner der
Linie 81
und die Taxis an der Ecke, deren Chauffeure aus dem Schlaf
geklopft werden müssen, wenn Nina die Bushaltestelle
nicht gefunden hat
überm Französischen Platz der Himmel des Junimorgens, ein
glatt gestrichenes Blau aus verdünntem Meerwasser
und die Parks mit müden, einäugigen Teichen, in denen die
Anstreicher des Sommerhimmels ihre Bürsten auswaschen
und der Alte Friedhof mit gleichgültig Trauer tragenden
Steinen und Schneebeerbüschen unter hundertjährigen
Platanen
weiter weg die Touristenlokale am Fluß und der Fluß selbst,
lautlos fließendes Selbstmörderwasser und ungewaschene
Möwen
und die Schleppkähne, unter Kapitänswäsche segelnd, vor
und hinter den Brücken tutend, nach Westen grommelnd,
mit Kohle und Rotwein beladen
und die hohen Kaimauern mit den herausgefallenen Steinen
und den verlassenen Schwalbennestern
und die Kais mit den gestorbenen Platanen am Wasser und die
Liebespaare auf numerierten Bänken
und die Müllhaufen am Kai, die jeden zweiten Tag von der
städtischen Müll-Kommission besichtigt, aber nie beseitigt
werden
ein paar Kilometer weiter die Vorstädte, verräucherte Ödnis
aus Schutthalden und Kohlenlagern hinter Stacheldraht,
die seit Menschengedenken auf Reparatur wartenden
Mietskasernen, in denen Nina nicht zu leben braucht, die
weiten Bauplätze voll nie trocknender Pfützen und die im
Himmel steckengebliebenen Kräne
und Flohkinos, vor denen das lebendig begrabene Wochenende Schlange steht für einen Fünf-Mark-Ausflug nach
Wildwest und Monte Christo
und Ausfallstraßen schnurgerade in den Himmel, im Wind an
Eisenstangen schlagende Tankstellenschilder und die letz-

ten rußüberschütteten Gärten mit Gartenlauben aus dem
    neunzehnten Jahrhundert
Kanäle, die von Anglern instand gehalten werden
Landstraßen, vorüber an Restaurants, die im Sommer knall-
    bunt bewimpelt, im Winter von zusammengeschobenen
    Gartenmöbeln verbarrikadiert sind
später die Autobahn an einem Morgen aus Rauhreif, als Nina
    erstmals mit dem Wagen ihres Vaters ins Blaue fuhr
Nina allein unterwegs in der eigenen Klapperkiste, tuckernd
    durch märchenlose Wälder und geräuschlose Dörfer, die
    der Mittagsschlaf überwältigte, Tage aus Staubfahnen und
    Libellen
und die Ebene, randvoll mit Ninas Ausflugszielen, vom Wind
    hin und her geschobene Berge, Gewölk eines weißen
    Oktobertags und andere Ebenen, Flüsse, Brücken und
    Nebenstraßen nach Cocacola-Town und Pepsicola-City
und die Hügel, in denen die Mohnblumengärtner wohnen
und Kirschgärten überall, Kirschgärten im grünen Juni, die
    Nina liebt, weil Gott die Kirsche aus einem Blutstropfen
    schuf, als er sich den kleinen Finger verletzte
und schließlich das Meer, das sich allen Erklärungen entzieht,
    Meer genannt sein und in Ruhe gelassen werden will, noch
    immer lebendig
die Salzluft, die Ausflugsdampfer, die Molen, die verschäm-
    ten Badehütten und der Himmel, der jedes Auge überfor-
    dert, die Augen der Möwen und Ninas Suchbilder-Blick
und die Brisen, die Brandung, die Vogelschreie, das tagtolle
    Licht und die raumlose Stille, der ganze Erdball und ein im
    Sand steckengebliebener Stöckelschuh.

3

Ich wache auf an einem Morgen im Juni, die Kleider liegen auf
    den Boden geworfen, im Weinglas des Vorabends trocknen
    purpurne Reste
die Sonne sticht durch den Vorhang und sucht Ninas Gesicht,
    findet es schlafend und läßt es schlafen, wir lassen Nina
    schlafen, ich und die Sonne da oben
bis sie von selber wach wird, uns beide entdeckt und ruft:
    warum laßt ihr mich schlafen, wenn soviel zu leben da ist!

Hinweise für den Gast des Hauses

1

Im Herbst wirst du frieren, das ist nicht zu ändern. Wir haben seit Jahren kein Holz mehr verheizt. Es gibt kein Holz mehr. Da die Öfen nicht geheizt werden können, übersiehst du sie am besten. Wir haben uns an die kalten Zimmer gewöhnt, wir sagen: heute müssen die Öfen mal wieder übersehen werden.

Die Bäume nicht anrühren! Keinen Ast abbrechen! Aber du kannst das Laub unserer beiden Ahorne trocknen lassen und verfeuern. Das Laub gehört zu den wenigen Sachen, die bisher nicht unter die Kontrolle fallen. Das Laub gehört UNS. Nichts gehört uns so sicher wie das Laub.

2

Vergiß nicht, den Blechteller in der Küche täglich mit frischem Wasser zu füllen für den Fall, daß die Singel kommen.

Wir haben nie herausfinden können, wie sie in unser Haus gelangen. Julia behauptet, sie kämen durch ein Loch unter dem Bücherschrank, aber ich habe nachgesehen: Unter dem Bücherschrank ist kein Loch. Sie sind die einzigen Lebewesen, die im Haus keinen Schaden anrichten (sie sind viel vorsichtiger als wir). Sie schlafen auf dem Teppich und ziehen sich zurück, wenn sie ausgeschlafen haben. Soweit ich mich erinnere, sind sie früher nie in die Häuser gekommen, erst seit dem DATUM suchen sie Häuser auf. Sie lieben menschliche Geräusche und Bewegungen. Es beruhigt sie offenbar, uns mit Besteck klappern zu hören (achte bitte besonders auf die kleinen silbernen Teelöffel, es sind nur noch zwei, sie gehören Julia). Unsere Gespräche schläfern sie ein; wir unterhalten uns manchmal nur, um sie einschlafen zu sehen. Vielleicht ist unsere Anwesenheit ihr Glück.

Wenn sie auf ihren plumpen Patschen im Zimmer herumstehen und wie einbeinige Kröten aussehen, tiefäugig und fettgrün, wenn sie dich anstarren, als wollten sie dich verschlingen, dich ununterbrochen anstarren, dann denk dran, daß sie bescheiden und ganz harmlos sind. Sie sind dir dankbar, wenn du ein bißchen im Haus herumläufst und pfeifst. Und mach in ihrer Gegenwart kein unglückliches Gesicht! Unglückliche Gesichter erschrecken sie furchtbar, sie verlieren die Balance und klappen zusammen, werfen den Blechteller um und verkriechen sich, und du mußt sie suchen, um sie nicht zu zertreten. Wir haben uns angewöhnt, freundliche Gesichter zu machen, wenn die Singel im Haus sind. Sobald sie freundliche Gesichter sehen, hopsen sie wie sackhüpfende Kinder, und wir müssen lachen. Daß wir lachen, ermuntert sie, und sie hüpfen zwischen den Möbeln herum und finden kein Ende (das hört sich an, als würde pausenlos auf Papier gestempelt). Wir sind oft sehr lustig, auf diese Weise. Du wirst dich natürlich fragen, was das soll, aber du wirst bald selbst mit den Singeln spielen und über sie lachen –

3

– eben fällt mir ein, daß wir vergessen haben, dich wegen der Bettler zu informieren. Sie kommen einmal in der Woche, oft alle siebenunddreißig zusammen, manchmal in kleineren Gruppen und an verschiedenen Tagen, manche kommen einzeln, weil sie sich mehr davon versprechen.

Gib ihnen nichts! Laß sie nicht ins Haus! Es klingt nach Menschenverachtung, es ist grausam, aber gib ihnen nichts. Bring uns nicht in Schwierigkeiten. Du wirst dich – wie wir auch – an diese Maßnahme nicht gewöhnen können, aber du mußt eisern sein, denn letzten Endes sind sie hartnäckiger als wir. Wenn wir die Bettler kommen sehen, verschließen wir Fensterläden und Türen und entsichern die Gewehre. Du mußt das auch tun. Und du wirst verstehen, daß uns nichts anderes übrigbleibt, allein schon der Kontrollen wegen, niemandem bleibt etwas anderes übrig. Sie sind etwas früher, wir sind etwas später verloren. Vielleicht wird einer von uns der vierzigste oder fünfzigste Bettler sein – trotzdem, gib ihnen nichts. Und paß auf, daß nicht eingebrochen wird. Wenn sie draußen brüllen wie das Vieh und das Haus steinigen, darfst du nicht den Kopf verlieren. Es gehört zu ihrer Methode, also laß dich um Gottes willen nicht beeindrucken. Hauptsache, die Fensterläden sind geschlossen, die Gewehre geladen. Du wirst vermutlich keines gebrauchen müssen (es sei denn für einen Warnschuß), aber achte trotzdem darauf, daß die Gewehre immer geladen sind.

Besucher laß klingeln oder klopfen. Wir machen seit Jahren keinem Besucher mehr auf. Wenn du Leute sprechen willst, mußt du versuchen, sie auf der Straße zu treffen. In Häuser hineinzukommen, ist seit dem DATUM nicht mehr möglich. Am besten, du mißt alldem keine zu große Bedeutung bei.

4

Ich weiß nicht, ob ich dir die Sache mit den Kontrollen richtig erklärt habe. Sie ist außerordentlich wichtig, und du mußt dich mit ihr abfinden.

Jeden Montag werden mehrere Leute von der Kontrollkommission unser Haus vom Keller bis zum Dachboden durchsuchen (du mußt also montags immer zu Hause sein). Am besten, du läßt sie kontrollieren und stellst keine Fragen, wenn sie Schränke durchwühlen und Knöpfe an Mänteln und Schlafanzügen zählen. Sie kontrollieren sämtliche Häuser, es handelt sich also nicht um eine Maßnahme, die gegen uns oder gegen dich gerichtet wäre. Sie selber haben kein besonderes Vergnügen an diesen Kontrollen. Im Schreibtisch liegt das Verzeichnis aller im Haus befindlichen Gegenstände; du übergibst es ihnen zu Beginn der Kontrolle und bekommst, wenn alles in Ordnung ist, den Wochenstempel links unten auf das Papier. Achte bitte darauf, daß sie den Stempel nicht vergessen! Sie vergessen ihn manchmal, und wir müssen dann beweisen, daß sie ihn tatsächlich vergessen haben.

Da das DATUM fast alle Gegenstände vernichtet hat und keine neuen mehr angefertigt werden, ist es klar, daß wir zusammenhalten müssen, was da ist. Wir müssen wirklich höllisch aufpassen, daß alles in gutem Zustand erhalten bleibt. Was wir jetzt noch besitzen, ist unersetzbar, und die Kontrollen beweisen, daß unser Besitz uns nicht mehr gehört, sondern von uns nur noch erhalten und verwaltet wird. Jedenfalls müssen wir über die Gegenstände in unserm Haus jederzeit Rechenschaft ablegen können (ich glaube, ich sagte dir schon, daß man die Toten unmittelbar nach Verscheiden abliefern muß; aber das ist eine andere Sache). Sie werden auch die Sträucher im Garten, die Zaunpfähle und Gartengeräte überprüfen, obwohl es doch selbstverständlich ist, daß wir jetzt keine Sträucher mehr ausreißen, keine Zaunpfähle mehr verbrennen oder verkommen lassen. Du mußt wirklich sehr achtgeben, daß du keinen Teller zerschlägst usf. Sollte dir etwas kaputtgehn oder abhanden kommen, mußt du das umgehend auf der Gegenstandsverwaltung melden, sonst bekommst du Scherereien, die unsinnig und entsetzlich sind. Man beschuldigt dich unter Umständen, eine verschwundene Landkarte für Privatzwecke entwendet, ein fehlendes Buch nicht abgemeldet, sondern ohne Genehmigung ins Ausland geschafft zu haben, und verhaftet dich auf der Stelle, und kein Mensch kann dir helfen, solange der betreffende Gegenstand verschwunden bleibt. Also achte darauf, daß alle Gegenstände im Haus – ich glaube, es sind siebenundvierzig bewegliche und achtundzwanzig unbewegliche – vollzählig und unbeschädigt an ihren Plätzen sind, wenn die Kontrolle kommt. Auch uns zuliebe achte darauf. Wir können nichts von dem entbehren, was uns geblieben ist. Beklemmender Zustand, du wirst das bald merken. Selbst bei sparsamstem Gebrauch der Gegenstände, bei größter Vorsicht im Umgang mit ihnen läßt es sich nicht vermeiden, daß sie sich im Laufe der Zeit abnutzen. Was soll man tun. Die Zerstörung ist schnell zu haben, vor allem bei Schuhen, Kleidern und Dingen, die täglich gebraucht werden. Wenn übrigens die Kontrolle beanstanden sollte, daß Kleider fehlen, zeig ihnen den Zettel, der im mittleren Schubfach des Schreibtischs liegt. Auf ihm steht, daß uns erlaubt ist, einige unserer Kleider für zwei Monate und sieben Tage mitzunehmen, und daß wir uns verpflichten, sie wieder zurückzubringen.

Wie schäbig werden wir noch leben, wie unsrer unwürdig wird da vieles sein. Verödung – ich fürchte dieses Wort, weil es zu bezeichnen scheint, was uns bevorsteht. Die Vorstellung, mein spanisches Feuerzeug könne kaputtgehn, die gelbe geflochtene Lunte könne einmal ganz verbraucht sein, kein spanisches Feuerzeug mehr im Haus – der Gedanke macht mich ganz verrückt. Sicher übertrieben, aber es ist so. Die Gegenstände sind unser empfindlichster Punkt. Wir sind von ihnen besessen in einer Weise, die uns schon selber lächerlich vorkommt. Du ahnst nicht, wieviel uns die beiden Ahorne hinter der Garage bedeuten und das kümmerliche mexikanische Salzfäßchen auf Julias Kommode und die Regenstiefel, in denen wir früher durch die Wälder gingen, und das englische Lexikon mit den gepreßten Motten auf der Seite, wo Conrad abgebildet ist. Daß es Dinge dieser Art nicht mehr geben wird, daß es überhaupt keine Dinge mehr geben wird, weder alte noch neue, hat *irgendwas in unserm Bewußtsein verwüstet* (sagt Julia). Wer hätte gedacht, daß wir die Form eines einfachen Wasserglases, den Geruch eines Misthaufens vermissen könnten! In Gesprächen versuchen wir, die Dinge noch einmal in unsern Besitz zu bringen. Unsere Gespräche, Erinnerungen und Erzählungen sind nur mehr genaue Beschreibungen dessen, was wir besessen und verloren haben. Die Schilderung von Julias Handtäschchen (es war aus Bast) entzückt uns bis zur Unerträglichkeit. Wir verzehren uns nach den Dingen, die zerstört sind, unwiderruflich –

5

– noch etwas: Der eine oder andre unserer Winde hat – nicht erst seit dem DATUM – die Eigenschaft, unter das Dach zu kriechen (eine Ritze zwischen den Ziegeln genügt ihm als Einlaß) und eingerollt zwischen Koffern und Kisten zu warten, bis alles still ist.

Wenn die großen Winde abgeklungen und an die Küste zurückgefedert sind (du wirst bemerken, wie elastisch sie sind; als wären sie an Gummibändern befestigt), entrollt er sich, pumpt sich auf, drückt von innen gegen das Dach und bringt die Ziegel zum Klappern, bis sie sich gegenseitig zerschlagen haben. Ein kaputtes Dach, schon der Verlust einiger Ziegel wäre ein Unglück. Er macht das gewöhnlich im Frühjahr, aber es kann vorkommen, daß er an kühlen Herbstabenden kommt und so tut, als sei er die Sechs-Uhr-Brise aus dem Golf. Wenn du also merkst, daß die Abendbrise sich in die Länge zieht und an den Ziegeln herumschiebt, mußt du alles stehn und liegen lassen, Speichertür und Dachluken öffnen und unsere Windmaschine in Gang bringen. Sie steht gleich links neben der Speichertreppe und sieht wie eine kleine Nähmaschine aus. Dann mußt du oben bleiben, bis die Maschine sich durchsetzt – sie setzt sich immer durch – und der Wind sich im Trillerpfeifenton durch die Luken davongemacht hat. Er vergißt immer wieder, daß wir einen eigenen Wind im Haus haben. Aus Rache hält er sich an den Bäumen schadlos und zerknautscht die Blätter, als wären sie Altpapier.

6

Möglich, daß dir das alles als Beeinträchtigung, vielleicht als Belastung deines Aufenthaltes bei uns erscheinen wird, aber es sind nur Belastungen, die jedem zu schaffen machen. Es sind die Bedingungen, unter denen wir seit dem DATUM gelebt haben und unter denen wir weiterleben werden in einem sonderbaren Zustand von Glück. Wir haben ja ein Recht, von Glück zu sprechen, seit unsere Verhältnisse so schwierig geworden sind. Seit wir die Gegenstände entdeckt haben und ihren Wert ermessen können, sind wir erstmals in der Lage, von Glück zu sprechen, ohne uns des Wortes schämen zu müssen. Wir haben jetzt ein Recht auf dieses Wort. Vielleicht daß der Umgang mit den Gegenständen das einzige Glück ist, das wir vertragen und uns zu eigen machen können.

In der linken unteren Schublade meines Schreibtischs, hinter benutzten Papieren und Bleistiftstummeln ganz in der Ecke, wirst du verschiedene Sachen finden, die ich –

Jedenfalls, wenn du mal Lust hast, sieh sie dir an, berühre sie aber vorsichtig und schreib uns, daß du uns um diese Sachen beneidest, daß sie dich entzücken (die Kontrolle weiß übrigens nichts von ihnen, also kein Wort darüber). Du wirst uns gewiß um diese Sachen beneiden, du mußt uns einfach beneiden, da sie doch die letzten Spielzeuge sind.

Die Gestalt am Ende des Grundstücks

17. Februar

Seit einigen Tagen in Kleibers Haus, es ist herrlich hier. Mehr als zum Leben notwendig. Bequemlichkeit, Fliegengitter, Aircondition, Hängematte, gepflegter Rasen. Ein kleiner Tennisplatz unter Bäumen, der, wie auch der Rasen, jeden Morgen gesprengt wird. Kleibers Bibliothek. Die Garage. Das mit Blech ausgeschlagene Bad. Weitläufiges Grundstück, dahinter gleich der Wald. Überwältigende Ruhe. Ungewohnt der Widerhall meiner Schritte in leeren Räumen. Wundervoller Gedanke, hier ein paar Monate bleiben zu können, ohne Verpflichtungen, allein. Unruhige Jahre, die von mir abfallen an einem geräuschlosen Nachmittag. Vogelschreie am frühen Morgen. Die Zeit nimmt Geräusche an; als hauche man in eine leere Flasche. Ich höre sie, ich höre mein Leben, ich kann es anfassen, es ist da.

Gestern abend wurden riesige Viehherden am Grundstück vorbeigetrieben. Knochige Tiere, Treiber in Jeeps mit fuchsartigen kleinen, unglaublich schnellen Hunden. Der Boy stürzte aus dem Anbau, um mich zu beruhigen. Es handle sich um Herden, die nach Alamandango in die Schlachthäuser getrieben würden. Der Staub flog schwefelgelb über Haus und Grundstück in den Wald. Er hatte sich kaum gelegt, als der Boy den Rasen und die Bäume sprengte. Er spritzte sogar die Hausmauern ab. Die nassen Bäume rochen nach verfaultem Heu. Die Feuchtigkeit war nach kurzer Zeit verdampft.

18. Februar

Der Boy scheint in Ordnung zu sein; heißt Luis. Er erledigt alles, ich habe nichts zu tun. Bringt morgens Tee in die Veranda, putzt Schuhe, besorgt alle Einkäufe und stellt die gelesenen Bücher in die Regale zurück. Es ist ihm sogar gelungen, Rauchtee und französische Gewürze zu besorgen. Immer wieder: die Lautlosigkeit des Hauses und seiner Umgebung. Die außerordentliche Bequemlichkeit. Ab und zu die Schritte des Boys in einem anderen Raum oder sein Schatten, der sich hinter einer Gardine verflüchtigt. Bin erstaunt, wie wenig seine Neugier mich stört. Wir lachen, wenn wir uns – meist zufällig – begegnen. Kleiber scheint ihn auf mich vorbereitet zu haben, er verwöhnt mich. Mehr als das, er liest mir die Wünsche von den Augen ab, obwohl ich eigentlich keine Wünsche habe, denn alles ist da, und die Stille ermöglicht es, zwischen mir und der Welt einen angemessenen Zustand herzustellen.

20. Februar
Morgens Vogellärm, der gewöhnlich im Lauf des Vormittags aufhört. Hitze. Luis erklärt mir alles, er scheint zu glauben, daß ich mich vor unbekannten Geräuschen fürchte. Das Pfeifen der Aircondition, Türklingel und Telefon. Ich versuchte, ihm zu erklären, daß das keine ungewohnten Geräusche für mich sind. Luis lachte, er schien mir nicht zu glauben. Ich bin schon zehn Tage hier, und nichts ist geschehen. Das ist das Unglaubliche: es geschieht nichts. Die Zeit ist mein Eigentum, und es geschieht nichts.

21. Februar
Elf Tage hier.

Bemerkte einen Mann am Ende des Grundstücks, wo der Wald anfängt. Er hielt sich den ganzen Tag im Schatten der Ulmen auf. Ich konnte ihn wegen der großen Entfernung nicht genau erkennen; er sieht von weitem wie ein Viehtreiber aus. Ich fragte Luis, aber er sagte, das sei auch ein Mensch, und gab weiter keine Erklärungen.

22. Februar
Meine Koffer sind gekommen, nachdem ich tagelang ein Gespinst aus Telefonaten über Bahnhöfe, Omnibusstationen und Hotels ausgebreitet hatte, in dem sich meine Koffer gestern tatsächlich verfingen. Fünf Träger, drei Koffer. Man berechnet das Trinkgeld nach Trägern, nicht nach Koffern. Aber ich brauche hier meine Sachen nicht. Weder Kleider noch Bücher. Ich vermisse nichts. Fehlendes besorgt Luis, es ist wenig. Eine Art von Glück.

Heute übrigens wieder diese Gestalt am Ende des Gartens. Er kam nachmittags mit einer Flasche und holte Wasser am

Wasserhahn neben der Veranda. Ich fragte Luis, ob der Mann zum Haus gehöre, aber er schüttelte den Kopf. Das wundert mich, da er sonst bereitwillig Auskunft gibt.

24. Februar

Heute immer noch dieser Mann. Vielleicht ein Nachbar oder ein Arbeiter, irgendeine Art von Gärtner? Luis verneint das. Ich habe mir den Mann angesehn, als er morgens – wie immer geräuschlos – unter dem Fenster der Bibliothek vorbeiging, um Wasser zu holen. Schätze ihn auf etwa vierzig. Keine besonderen Merkmale. Ruhiger Gang, Sandalen, Khakihosen. Alles in allem unauffällig. Unrasiert, fast bärtig, die Gesichtszüge dahinter nicht zu erkennen. Ruhig blickende Augen, überhaupt etwas Ausgeruhtes, Ruhevolles. Er bewegt sich, als gehöre das Grundstück ihm. Ich sollte mich nicht um ihn kümmern, da auch Luis sich nicht um ihn zu kümmern scheint. Eigenartig, daß ich mir trotzdem Gedanken mache.

Ich sehe ihn auf das Haus zukommen, unterbreche beim Lesen oder Schreiben, horche, wenn er unter dem Fenster vorbeigeht, stehe auf, sehe ihn mit gefüllter Flasche um die Hausecke biegen, langsam über den weiten Rasen fortgehn und zwischen den Bäumen verschwinden. Ich sehe ihm nach, erwarte, daß er zurückkommt, ich *beobachte* ihn, wie ich allenfalls ein Gürteltier beobachten würde. Ich sehe ihn im Schatten sitzen, schlafen oder dösen, gelegentlich zum Haus herüberblicken, offensichtlich ohne Neugier (ja, ganz gewiß ohne Neugier, denn er sitzt fast immer mit dem Rücken zum Haus). Das Haus scheint keine Bedeutung für ihn zu haben, seine Bewohner scheinen ihn nicht zu interessieren. Wäre Kleiber hier, würde sich die Sache ohne Umstände aufklären lassen. Er scheint auch die Nächte am Ende des Grundstücks zu verbringen, denn ich sah ihn heute morgen dort liegen und rauchen, das Gesicht zur Hälfte von einem Hut verdeckt.

Ich beobachte ihn. Was ist los mit mir.

25. Februar

Heute morgen ging ich in die Küche, während Luis das Frühstück zubereitete. Setzte mich zu ihm an den Tisch, aber er läßt sich auf kein Gespräch ein. Betonte Gleichgültigkeit dem Mann gegenüber. Er schien auch verstimmt darüber, daß ich mich in der Küche aufhielt.

26. Februar

Luis sagt, man wisse nichts. Es gäbe viele Menschen. Dieser sei, wie wohl alle, nur vorübergehend dort, er werde schon wieder verschwinden. Das sei ganz gleichgültig.

Ob er wirklich wieder verschwinden werde?

Ob er verschwinden werde oder nicht, sei ganz gleichgültig. Gleichgültig, ob er dableibe. Er sei ein Mensch und habe kein Haus bei sich, also werde er wieder verschwinden.

Es sei denn, er krepiere. Wenn er krepiert, schafft Luis ihn weg, sagte Luis und lachte. Ein Mensch störe erst, wenn er tot sei.

27. Februar

Gleich am frühen Morgen wieder dieser Mensch. Ich bin nun überzeugt, daß er sich am Ende des Grundstücks niedergelassen hat. Mit einem Wort: Er wohnt dort. Er scheint nichts zu besitzen außer der Flasche. Falls er wirklich im Gebüsch oder unter den Bäumen wohnen sollte, sind die Verhältnisse von nun an klar: Luis wohnt im Anbau, ich wohne in Kleibers Haus, und er wohnt dort. Man braucht sich nicht ins Gehege zu kommen. Kein Grund zur Beunruhigung. Wer auch immer dieser Mann sein mag: er ist diskret. Ich sage mir: Ein vereinzelt auftauchender Mensch ist kein Grund, sich den Kopf zu zerbrechen. Seine selbstverständliche Art, sich hier zu bewegen, mag Gründe haben, die mir nicht bekannt sind. Sie gehn mich persönlich auch gar nichts an. Es wäre natürlich richtiger, er käme von sich aus, um seine Anwesenheit zu begründen und Luis oder mich um Erlaubnis zu bitten und so weiter. Besäße er ein Messer, einen Koffer, ein Fahrrad, meinetwegen ein Schmetterlingsnetz, irgendeinen Gegenstand, aus dem man Schlüsse ziehn könnte, wäre seine Anwesenheit weniger beunruhigend. Aber er besitzt nichts außer dieser Flasche.

1. März

Ich frage mich, wovon er lebt. Hat er zu essen? Ist jemand da, der ihn versorgt, mit dem er in Verbindung steht? Gibt es Leute im Hintergrund, Freunde, Komplizen?

Er ist immer allein, aber er macht nicht den Eindruck eines einsamen Menschen. Er besitzt nichts, aber es scheint ihm an nichts zu fehlen. Er bewegt sich in der Stille, als sei er ihr Geschöpf. Die Schwierigkeit ist: er erweckt in mir weder Verachtung noch Mitleid. Könnte ich Mitleid mit ihm empfinden, wäre die Sache einfach. Ich würde ihn bemitleiden und dabei durchaus zufrieden sein. Ich verstehe seine Unabhängigkeit nicht. Sie verwirrt mich. Seine Gleichgültigkeit. Ich weiß nicht Bescheid, und das reizt mich; ich möchte Bescheid wissen. So einen kann man töten, aber man kann ihn nicht zwingen, seinen Namen zu nennen.

Als ich am Fenster der Bibliothek stand und ihn beobachtete, erschien Luis mit dem Tee. Er lachte, als er mich am Fenster stehn sah. Er schien mich auslachen zu wollen.

Seltsamer Zustand.

2. März

Er tut nichts, absolut nichts. Er sitzt im Schatten und raucht. Seit fünf oder sechs Tagen beobachte ich, daß er im Schatten sitzt und raucht und schläft.

3. März

Mir ist klargeworden, daß er nichts braucht. Er besitzt etwas anderes. Aber was? Mit welcher Sache ist er im Einklang? Woher die Ruhe?

4. März

Es ist richtig: er tut nichts, aber wer könnte sagen, womit er sich beschäftigt. Seine Hände und Beine liegen im Gras, aber in seinen Kopf kann ich nicht hineinsehn. Was hat er vor? Er hat Augen und Ohren, er riecht, er denkt. Er hat mich vielleicht eines Morgens aus den Augenwinkeln wahrgenommen (er geht gewöhnlich sehr langsam am Haus vorbei) und im Gedächtnis behalten. Jetzt sitzt er im Schatten und verarbeitet mich in seinem Kopf.

Übertrieben? Ich bin durch den Ort gegangen, um auf andere Gedanken zu kommen. Ich kaufte Zeitschriften,

Nüsse, Zigaretten und Wein. Umsonst. Ich kam nach Hause und stellte mich an das Fenster der Bibliothek, bevor ich die Jacke ausgezogen hatte. Er saß unterm Baum und rauchte. Woher hat er den Tabak?

6. März

Heute mittag bat ich Luis, dem Mann eine Flasche Bier zu bringen, aber Luis weigerte sich.

Wenn der Mensch etwas brauche, solle er kommen. Er, Luis, sei nicht für ihn zuständig. Der Mensch befände sich außerhalb. Wenn er um ein Bier bitte, werde man ihm ein Bier geben, sich jedenfalls überlegen, ob man ihm eines geben solle.

Später fügte Luis hinzu: Man könne ihm ja eine Flasche Bier vor das Haus stellen. Ich antwortete, daß der Mann nicht wissen könne, ob man ihm das Bier auf diese Weise anbiete oder ob es zufällig vorm Haus stünde, dort vielleicht vergessen worden sei. Sofern er ein ehrlicher Mensch sei, werde er die Bierflasche nicht anrühren. Luis sagte, wenn man ihm einen Teller Reis neben den Wasserhahn stelle, werde der Mann doch wissen, daß der Reis für ihn bestimmt sei. Ich antwortete, daß man ihm nicht Essen vors Haus stellen könne, der Mensch sei kein Hund. Luis gab mir recht. Er scheint grundsätzlich nichts dagegen zu haben, dem Mann etwas zu geben, aber er möchte es ihm nicht bringen, er will nicht zum Ende des Grundstücks gehn. Er weigert sich, den Bereich seiner Zuständigkeit zu überschreiten. Er möchte den Mann gern kommen und betteln sehn. Dann möchte er geben. Er möchte betonen dürfen, daß er das Recht hat zu geben. Der andere soll bitten.

Davon abgesehen, hat Luis natürlich recht; der Mann kann ja kommen, wenn er was braucht. *Er hat doch Beine.*

7. März

Ich habe mich überwunden und dem Mann am Ende des Grundstücks einen Besuch abgestattet. Er saß unter einem Baum und sah mir entgegen, ganz unbekümmert, und rührte sich nicht von der Stelle. Ich setzte mich neben ihn und bot ihm eine Zigarette an. Er nahm sie, nickte, zog sie unter der Nase vorbei, hob die Augenbrauen, offenbar um auszudrük-ken, daß der Tabakgeruch ihm zusage, ich gab ihm Feuer, anschließend rauchten wir. Wir sprachen nichts. Nun bin ich gewiß kein schüchterner Mensch, aber es kam zu keiner Unterhaltung. Da der Mann von sich aus nichts äußerte, war kein Grund zum Reden vorhanden. Ich fragte ihn schließlich, ob es ihm hier gefalle. Er sah mich auf zurückhaltende Weise freundlich an und lachte. Ich schloß daraus, daß ihm der Platz unter den Bäumen gefalle.

Ihn durch weitere Fragen zu belästigen, vielleicht ins Unrecht zu setzen fiel mir nicht ein. Es ist gewiß richtiger, einem unbekannten Menschen nicht zu nahe zu treten, auch wenn man schließlich auf klare Verhältnisse verzichten muß. Meine Unbeholfenheit in dieser Situation.

Der Mann ist dort unter den Bäumen auf so selbstverständ-liche Weise anwesend, daß ich beinahe bereit bin, mich mit ihm abzufinden. Er hat jedenfalls kein schlechtes Gewissen, nichts Verdrücktes oder Gehetztes, das beruhigt mich. Es zieht mich sogar an. Ich muß mich wohl an die Gegenwart eines Menschen, der grundlos dazusein scheint, wie an die Gegenwart eines Baumes gewöhnen. Wie an einen Baum! Das leuchtet mir ein.

Warum soll er nicht am Ende des Grundstücks leben, wenn er sich wie ein Baum oder ein Stein verhält.

Als es dunkel wurde, stand ich auf und verabschiedete mich (wieder diese Unbeholfenheit). Er blieb sitzen und nickte.

Luis war unfreundlich heute abend. Er hat mich am Ende des Grundstücks bemerkt und mir zu verstehen gegeben, daß ich dort nicht hingehöre.

Aber warum eigentlich nicht?

Wie ein Baum, wie ein Stein.

8. März

Wie versöhne ich mich mit Luis? Es ist klar: indem ich mich nicht länger um den Mann kümmere. Das ist unmöglich. Als er heute morgen am Wasserhahn stand, rief ich ihm durch das Fenster zu, ob er nicht für einen Augenblick ins Haus kommen wolle. Der Mann schüttelte den Kopf und verschwand um die Hausecke. Luis war böse.

Ich weiß nicht mal, wie er heißt.

10. März

Heute mit einem Teller Reis und etwas Brot zum Ende des Grundstücks gegangen. Der Mann schien sich zu freuen und aß, während ich nicht wußte, ob ich stehen bleiben und ihm zusehn oder mich neben ihn setzen solle, den Teller leer, aber ohne Eile, in der gewohnten Ruhe, die mich so sehr anzieht. Er wischte das Fett mit einem Stück Brot aus dem Teller und stellte den Teller neben sich auf den Rasen. Ich fragte ihn, ob es ihm geschmeckt habe. Er nickte freundlich. Nein, er nickte nicht nur, er sagte: Ja! Er sprach! Sein Verhalten zeigt, daß die Mahlzeit ihn freute, aber es zeigt auch, daß er den Reis nicht braucht. Was ich tue, ist also überflüssig. Ich verköstige keinen Bettler, das darf ich keinesfalls außer acht lassen.

Ihn bringt nichts aus der Ruhe. Ihm fehlt nichts. Er verzichtet auf nichts. Unmöglich, den Mann in irgendeine Art von Abhängigkeit zu bringen. Ihm nahetreten zu wollen wäre Zeitverschwendung.

Ein mit nichts verbundenes Lebewesen. Ein Mensch, der sich nicht zu verwirklichen braucht, weil er da ist, das bloße Dasein ihm genügt. Man kann vielleicht nichts mit ihm anfangen, seine Unabhängigkeit ist vielleicht ganz sinnlos, jedenfalls für andere, da sie keine gewollte, sondern eine natürliche zu sein scheint. Aber seine Erscheinung zieht mich an. Er ist nicht höflich. Eine ferne Freundlichkeit.

Seltsam.

12. März

Das Verhältnis zwischen Luis und mir wird schwieriger, je mehr ich mich an den Mann gewöhne, das heißt: ihn einzubeziehen bereit bin. Das aber verlangt Luis von mir wie vermutlich von jedem, der dieses Haus bewohnt (also auch von Kleiber?): Gleichgültigkeit gegen jedes Leben, das nicht festgesetzten Verhältnissen angehört. Er duldet keine Grenzüberschreitungen. Ich bin in seinen Augen nicht berechtigt, dem Mann einen Teller Reis zu bringen. Wenn Kleiber ihm dies befehlen würde, ginge er ohne Widerspruch, aber auch ohne Verständnis, nehme ich an. Ich hingegen, als der Gast Kleibers, habe das Haus zu bewohnen und mich von Luis bedienen zu lassen. Daß ich gestern mit einem Teller Reis draußen war, wird Luis mir nicht verzeihn. Die Art, wie er das Bierglas neben den Teller stellt oder meine Schuhe putzt, ist von aufsässiger Nachlässigkeit. Er wird noch mit Absicht den Reis versalzen. Ich sagte ihm: Das bißchen Reis hat dem Menschen nicht geschadet, ich habe es gerne hingebracht, wir haben Reis genug. Aber Luis schweigt. Weder Boy noch Freund.

13. März
Luis versteht die Welt nicht mehr. Ich war wieder am Ende des Grundstücks.

14. März
Als Luis heute das Essen servierte (wie immer behauptete er, schon gegessen zu haben), füllte ich einen zweiten Teller und ging mit zwei Tellern und zwei Bierflaschen zum Ende des Grundstücks. Wir aßen zusammen. Da trotz des dichten Schattens der Rasen heiß war, fragte ich den Mann, ob er mit mir ins Haus kommen wolle. Dort sei ein kühles Zimmer, man könne auf Stühlen an einem Tisch sitzen und mehr Bier aus dem Eisschrank holen. Der Mann sagte: Nein. Freundlich, aber entschieden. Nein: das zweite Wort, das er gesprochen hat. Eine rauhe, fast lautlose Stimme. Ich blieb nach dem Essen noch eine Weile sitzen. Wir rauchten. Trotz der Hitze sehr angenehm. Meine Zigaretten, er hat keine.

Als ich ins Haus kam, war Luis nirgends zu finden. Ich rief ihn, umsonst, und wusch die Teller selber ab.

15. März
Es geht mir sehr gut.

16. März
Luis weckt mich nicht mehr. Kein Tee mehr in der Veranda. Ich bereite mir mein Frühstück selbst, was mir, da ich es früher oft getan habe, nichts ausmacht. Es ist sogar gut, etwas

zu tun zu haben. Ich war schon morgens mit Tee am Ende des Grundstücks, wir frühstückten im Schatten, ich ging erst am späten Mittag ins Haus zurück. Der Mann läßt sich das gefallen, ohne besonderen Dank. Warum sollte er sich bedanken, er soll weder danken noch bitten. Als ich fragte, ob er etwas zu Mittag essen wolle, sagte er, das sei nicht nötig (*nicht nötig* – er hat zum drittenmal gesprochen).

Im übrigen habe ich mich getäuscht, wenn ich annahm, daß er sich mit mir oder mit Luis beschäftige; daß er mich, wie ich notiert habe, *in seinem Kopf verarbeite*. Möglich, daß er mich gleich zu Anfang wahrgenommen hat. Jedenfalls nicht mehr als wahrgenommen. Er wird mich am Fenster der Bibliothek bemerkt und gedacht haben: Im Haus am Ende des Grundstücks lebt ein Mensch, das hat seine Richtigkeit. Er setzt wohl voraus, daß ein Mensch das Richtige tut. Er selber tut das Richtige, ohne Zweifel. Das ihm Gemäße und Notwendige. Daher die Ruhe.

Wie ein Baum, wie ein Stein.

Wie ein Schlaf mit offenen Augen.

19. März

Täglich am Ende des Grundstücks. Er ist mitteilsamer geworden, aber seine Mitteilsamkeit äußert sich nicht in Worten. Sprachlosigkeit. Seine Augen und Hände bewegen sich. Er sieht mich an, wenn ich spreche, hört zu, lacht, beteiligt sich wortlos, tonlos aus einer unbestimmten Entfernung, die er nie verläßt. An seiner Ruhe ändert sich nichts.

Er hat mir zum erstenmal eine Zigarette angeboten. Glimmstengel. Er hat die Jackentaschen (eigentlich ein alter Kittel oder etwas Ähnliches) voll getrockneter Blätter. Nicht unbedingt Tabak. Irgendeine mir unbekannte Mischung. Echte Zigaretten besitzt er nicht; braucht er nicht.

20. März

Stellte heute fest, daß Luis stundenlang hinter dem Fliegengitter des Bibliothekfensters stand und mich – oder uns – beobachtete. Als ich gegen Abend das Haus betrat, lief er weg. Ein vorwurfsvoller Blick, eine traurige oder aufsässige Geste ist alles, was Luis für mich übrig hat.

23. März

Luis seit Tagen keine Einkäufe mehr gemacht. Suchte ihn im Anbau. Luis nicht zu finden.

25. März

Schwer zu sagen, auf welche Weise der Tag am Ende des Grundstücks vergangen ist. Eine Zigarette, eine zweite. Ein Wort. Etwas Schlaf. Der Mensch ist eine Sammelbüchse, in die die Zeit hineingeworfen wird.

Heiße Ausdünstung der Bäume, die Nähe des Waldes. Die tiefen Baumschatten. Die Geräusche der Vögel und die Stille, der Tabakgeruch, die immer halb geschlossenen Augen des Mannes. Es geschieht nichts. Wie ein Schlaf. Ich denke nach, versuche nachzudenken, aber in meinen Gedanken geschieht nichts. Lautlosigkeit. Man begreift, daß Zeit nichts bedeutet. Der ständig aufgewirbelte Bodensatz des Gedächtnisses kommt zur Ruhe. Er scheint zu dösen, aber das stimmt nicht. Er nimmt alles auf, und er nimmt alles an, sofern es sich nicht um Menschen oder Beeinträchtigungen irgendwelcher Art handelt. Dabei keine Menschenverachtung und nichts Feindliches. Eine Ruhe, die Menschliches ausschließt? Wie ein Baum, wie ein Stein. Die Welt kommt zu ihm. Sie ist da.

Luis sprengte den Rasen, hielt sich aber in weiter Entfernung und drehte uns den Rücken zu.

26. März

Er kam heute zurück und sagte, neben dem Wasserhahn stünde ein Teller voll Reis, er habe ihn stehenlassen. Als ich abends ins Haus ging, war der Teller nicht mehr dort.

Unglücklicher Luis.

29. März

Luis seit Tagen nicht mehr gesehn. Eisschrank leer, kein Bier mehr. Reis alle, überhaupt Kleibers Vorräte allmählich zu Ende.

Gestern fragte er mich, ob ich Hunger habe. Ich hatte Hunger und war so unbedacht, das zu sagen. Er ging weg und kam nach einer Stunde mit etwas Brot und ein paar Orangen zurück. Ich erkundigte mich nicht, woher er das habe. Brot und Orangen auf selbstverständliche Weise da.

2. April

Er organisiert (ich halte es für ausgeschlossen, daß er bettelt). Der richtige Ausdruck fällt mir im Augenblick nicht ein. Er beschafft. Er ist meinetwegen organisieren gegangen. Keine Erklärungen. Als ich heute fragte, woher er die Sachen habe, lachte er und schwieg. Wir essen wenig, man braucht wenig. Ruhe.

3. April

Den ganzen Tag draußen. Erst bei Dunkelheit ins Haus zurück. Luis hatte Licht gemacht, so daß ich mich am Fenster der Bibliothek orientieren konnte. Schlief im Bett. Warum im Bett?

5. April

Er organisiert wieder. Wir gehn abwechselnd zum Wasserhahn.

6. April

Nachts draußen.

12. April

Eben reingekommen, um Streichhölzer zu holen. Werde auch Kleibers Gin-Flaschen mitnehmen.

15. April

Bleibe draußen.

19. April

Ich erstmals im Ort, organisieren. Zwieback, paar Orangen.

27. April

Decke geholt, weil nachts ziemlich kühl.

29. April

Heute ein paar Decken geholt.

Ich bin vor acht Tagen zurückgekommen, schreibt Kleiber am 15. September, und es dauerte eine Weile, bis ich die Tatsachen übersehen konnte. Wenn ich meinem Boy glauben kann (und ich bin sicher, er sagt, was er weiß), tauchte eines Morgens ein unbekannter Mann auf und ließ sich am Ende meines Grundstücks nieder. Henri habe sich durch seine Anwesenheit sehr beunruhigt gezeigt. Er soll stundenlang am Fenster der Bibliothek gestanden und den Mann beobachtet haben. Er habe ihn schließlich angesprochen und am Ende des Grundstücks aufgesucht, habe ihm sogar zu essen gebracht. Mein Boy behauptet, den Mann nicht gekannt zu haben. Henri habe schließlich ganze Tage in Gesellschaft jenes Mannes verbracht und sei immer seltener in das Haus gekommen. Er habe einige seiner Kleider nach draußen mitgenommen, auch eine Decke und sämtliche Lebensmittel, aber keine Bücher und kein Papier, weder Gläser noch Töpfe noch irgendwelche Einrichtungsgegenstände. Er hat seine Koffer zurückgelassen, den größten Teil seiner Kleider und Schuhe sowie seine Papiere. Ich kann nicht feststellen, ob sie vollständig sind. Der Boy schwört, die Papiere und Privatsachen Henris nicht angerührt zu haben. Er habe sich, sagt er, bemüht, Henri von jenem Mann fernzuhalten, aber das sei ihm nicht gelungen. Er habe sich darauf gefaßt gemacht, den Inhalt meines Hauses verteidigen zu müssen, notfalls mit der Flinte, aber Henri habe kein Interesse am Haus gezeigt. Er habe es schließlich überhaupt nicht mehr betreten. Habe es wohl einfach vergessen. Er – der Boy – habe die beiden Männer Tag für Tag unter Bäumen sitzen und liegen sehen, offensichtlich mit nichts beschäftigt. Ihre Stimmen habe er der Entfernung wegen nicht hören können. Nach wie vor sei Henri oder der andere morgens zum Haus gekommen, um Wasser zu holen, aber keiner habe das Haus betreten noch eigentlich wahrgenommen. Der Boy habe anfangs Versuche gemacht, mit Henri zu sprechen, aber das sei nicht möglich gewesen, da Henri kaum reagiert habe. Auf nicht unfreundliche, doch entschiedene Weise habe Henri jede Erklärung vermieden oder von sich gewiesen. Der Boy habe sich übergangen gefühlt. Etwa zwei Monate lang hätten die beiden Männer sich am Ende des Grundstücks aufgehalten und wären dem Anschein nach zufrieden gewesen. Der Boy habe in allen Nächten Licht in der Bibliothek brennen lassen für den Fall, daß Henri doch noch zurückkomme. Eines Morgens wären beide verschwunden gewesen.

Das ist inzwischen sieben oder acht Wochen her. Sie sind nicht mehr gesehn worden, weder einzeln noch zusammen. Der Boy ist einmal zum Ende des Grundstücks gegangen, hat dort aber nur Zigarettenkippen und leere Bierflaschen gefunden. Ich selber habe mich an allen in Frage kommenden Stellen nach Henri erkundigt, aber nicht das geringste erfahren können. So kann ich nur mitteilen, daß Henri verschwunden ist.

Sintflutpiraten

Gut überlebt, dort oben, an den versalzten Hängen des Ararat! Das Büchsenbrot geht nicht aus und das Bier reicht bis zur nächsten Arche. Proviant der Archen häuft sich in schnell errichteten Vorratshäusern, die eigenen Reserven sind noch nicht angegriffen worden. Für wie viele am Spieß gebratene Ochsen reicht das Holz einer einzigen Arche! Das Holz geht nicht aus und das Fleisch reicht bis zur nächsten Arche.

Regengüsse, verspätete kleine Fluten, schwemmten das Salz aus Bäumen und Unterholz. Das Gras richtet sich wieder auf, gesättigte Männer sitzen in der Sonne und lassen die Beine von blankgewaschenen Felsen baumeln. Es ist alles da: Pelze und Häute von geschlachteten Tieren, Alkohol, Konserven, Fische und Tabak. Sie liegen im Moos und schloten vor sich hin. Gute Gewißheit, daß alles von nun an Existierende zu ihrem Gebrauch bestimmt ist. Teppiche! Man kann schlafen und Tage und Nächte vor sich her in einen neuen Kalender schieben. »Eines Tages werden die Tauben aller noch herumschwimmenden Archen in die gähnenden Münder der Ararat-Leute fliegen.«

In der Zwischenzeit macht man Kleinholz aus gekaperten Archen und errichtet eigene Unterkünfte: weiträumige Bungalows aus Holz und Blech, Herrschaftsgebäude mit Kaminen, Fliegengittern und überdachten Terrassen. Man richtet Bordelle ein (vorerst spärlich belegte) und stopft in die Salons, was sich an Sofas, Bademänteln, Nippes und dergleichen unter der Ausbeute findet. Man baut Kneipen, Vorratshäuser und Lagerschuppen (es haben sich Sachen eingefunden, die vorerst nicht zu verwerten sind, wie Pferdesättel, Brautkleider, Uniformen, halbe Fahrräder und kaputte Maschinen).

Menschenfresserische Monotonie der Tage und Nächte. Bleierne Wasserscheibe ringsum mit geschlossenem Horizont, den seit Wochen keine Arche durchbrochen hat; der sich oftmals vom Himmel nicht mehr unterscheidet und glauben macht, man stecke fest in einem heißen, immer dicker werdenden Brei aus Licht. Der Himmel hängt schwer auf die Spitze des Ararat durch. Die könnte den Himmel aufschlitzen und der ganze Kram von jenseits fiele herunter, das fehlte noch! Wer den Anblick des Wassers nicht erträgt (es gibt solche Leute), zieht sich in einen Schatten zurück und trinkt bis zur Dunkelheit. Es kommt vor, daß sich weit draußen Strudel bilden, Maelströme, in sich selbst drehende Wasserspindeln von riesenhaften Ausmaßen, die schmatzen, schäumen, saugen, sich hochstülpen und nach Stunden ein Haus in den Himmel spucken, das sofort wieder untergeht. Auf vorgeschobenen Felsen sind Aborte errichtet worden. Der Kot klatscht aus großer Höhe in die Dünung und wenn Wind gegen den Ararat steht, rieselt Urin über essende und schlafende Männer. Alte Bücher Toilettenpapier!

Das Geschäft heißt: warten, Flinten reinigen und schichtweise nüchtern oder betrunken die Meerfläche im Auge behalten für den Fall, daß eine Taube einfliegt, eine Arche den Horizont befährt. Fliegenwolken kreisen um schweißnasse Sintflut-Fischer und tote Wale. Fliegen überall, nach langer Magerzeit fett geworden von den Abfällen der ungeheuren Schlachtung. Fliegen: die einzigen Lebewesen, die in Mengen übrig geblieben sind. Warten und Fliegen erschlagen, während die Bärte wachsen, abgenommen werden, von neuem wachsen und die Kinnladen unter Barthaar und schnell angefressenem Fett verschwinden. Die Messer sind lange rostig, die Steine lange salzig gewesen. Jetzt hört man wieder Messerwetzen von Männern, die sich rasieren, weil sie für ihre Messer keine bessere Verwendung haben.

2

Was für ein Zeug ist mit den Archen auf den Ararat gekommen! Schnell zusammengepacktes Gerümpel der alten Welt, unverständlich, wenn die Zusammenhänge zerstört sind, Kram für unsägliche Bedürfnisse, Menschenklamott, man wirft das der abhanden gekommenen Erde hinterher ins dreckige Wasser: Geld, Servietten, Brillengestelle und Prothesen, Akten, Zeitschriften, Formulare und Bilder, Heringsfässer, Fässer voll Melasse und Lebertran, Einwohnerverzeichnisse verschiedener Städte, Götterbilder und Steine. Was sich als eßbar und trinkbar erweist und einmal Verwendung finden könnte, ist in Lagerhäusern sichergestellt worden. Die Köche und Handwerker suchen heraus, was sie brauchen, und Männer die nichts zu tun haben, flicken Ledersessel und konstruieren Laufräder für das Mäusepaar.

Die Mehrzahl der Tiere wurde ersäuft. Die Elefanten sackten weg mit gurgelnder Trompete. Ein paar Hunde, Katzen und Käfer wurden übrig gelassen zum Beseitigen der Abfälle und ein paar Vögel sind übrig, da sie niemandem im Weg sind. Ein paar Hasen und Maultiere sind übrig, und drei oder vier Wildsäue konnten sich rechtzeitig über die Baumgrenze absetzen. Fasanen, Bekassinen, Wildenten und Raubvögel garantieren zukünftige Jagden. Die Fleischfresser wurden ertränkt und weggeschwemmt. Keine Frösche und Schlangen mehr. Vielleicht, daß eines Tages Tiere zum Vorschein kommen, die man seinerzeit übersehn hat, und man läßt sie am Leben, weil sie nicht stören oder als Haustiere zu gebrauchen sind.

Wenn Verdruß über Enge und Ödigkeit des Insellebens überhandnimmt, ist es gut, sich daran zu erinnern, daß zwischen ihnen und dem Veranstalter der Flut nichts existiert als das Wasser und ein paar Archen, die man ihm zu gegebener Zeit wegschnappen wird. »Wir sind ganz groß in die Sache eingestiegen und wir werden ganz groß aus ihr herauskommen, zu unserer Zeit.«

3

Die letzte Taube fliegt ein und läßt sich auf dem Terrassengeländer der Küche nieder. Küchenjungen fangen sie ein, man beschlagnahmt sie und steckt sie in einen Käfig. Zum Abend wird eine Vollversammlung einberufen. Man erörtert die Frage, welches Ding man diesmal in den Schnabel der Taube tun soll: Ölzweig, Tannenzapfen, Unkraut, vielleicht ein Stück vorsintflutlicher Zeitung? Bis in die späte Nacht hinein verfaßt man einen Text im alten unschuldigen Flaschenpost-Stil: Position des Berggipfels, Zahl der Überlebenden, Zeitangabe und *Hier ist trockenes Land!*

Nach ein paar Tagen schiebt sich die letzte der verzeichneten Archen vor den Horizont, Großstadt-Arche, enormen

Schatten vorauswerfend. Sie stehen mit Ferngläsern auf ihren Terrassen und grunzen, es herrscht Zufriedenheit. Letzte Aktion vor Weltbeginn. »Wenn wir den Trumm erledigt haben, wird Gott sich vielleicht von uns erklären lassen, wie es dazu gekommen ist.«

Das turmhohe Schiff schrotet langsam um den Ararat. Eine harmlos erscheinende Gruppe von Ararat-Leuten lotst die Arche in eine günstige Position. Das Umsteigen der Besatzung in Rettungsboote erfolgt schnell. Aufatmen beim Anblick festen Landes und frische Hoffnung macht die Geretteten dumm. Sie steigen an Land und werden beseitigt, spurlos, außer Sichtweite der Arche. Man begibt sich an Bord, verschafft sich Überblick und sortiert schnell: die Frauen werden in die Boote verladen und sofort an Land gebracht. Die noch lebenden Männer haben Waffen, Wertsachen und Kleider abzulegen, man verabreicht Genickschläge und rollt sie ins Wasser. Pferde, Schweine, Rinder und Vögel an Land. Keiner kann verhindern, daß Ratten zu Hunderten die Arche verlassen und an Land schwimmen. Noch einmal Gerümpel der abgesoffenen Welt und einiges, was man übernehmen kann: Sternkarten und Seife, Hutschachteln, Tierfutter, Heu, Edelhölzer, Betten und Hängematten. Wer Raubfieber hat, plündert die Arche in eigener Sache, sichert sich ein Teil und schafft es in seinen Bungalow. An Ketten befestigt schaukelt die Arche neben dem Ararat, ein zweiter Gipfel, und ohne Fahne. Dieses eine letzte Utensil kann bleiben, bis es verfault oder abgetragen ist.

Es folgen lärmende Nächte, Feste und Feiern ohne Ende, anhaltende Berauschtheit. Trunksucht sabbert auf engem Raum und klammert sich an Flaschenhälsen und Frauenbeinen fest. Zertrümmerte Klaviere werden ins Wasser gestoßen. Scherben, Knochenbrüche, ausgeschlagene Zähne. Besinnungslose Bruderschaften. Umarmungen, blutig und endlos. Alles verläuft zur Zufriedenheit. Der neue Kalender tritt in Kraft, während die Männer schnarchend auf ihren Terrassen liegen oder mit Delirien zu kämpfen haben. Das Wasser scheint in unverminderter Höhe stehen zu bleiben, aber es wird fallen, es muß doch fallen.

Das Wasser wird fallen, es muß doch fallen, und sie steigen

ab; langsam, Bergschlitten und Lasttiere im Gefolge. »Wir sind die letzten und wir sind die ersten! Aus uns wird kommen, was in Zukunft lebt. Wir taufen, wir richten ein, wir diktieren Zeit, Religion und Legende. Unter dem Wasser eine neue Welt!«

Fieberzonen, Seuchen, Sumpfland, erstickte Wälder. Ödnis, Fischfäulnis und die Ertrunkenen, die Ertrunkenen eines ganzen Erdballs. Aber die Sonne frißt das auf, das Salz nagt es weg, und die Luft wird reinigen. Das Skelett der Arche baumelt am Gebirgshang, Vogelschnäbel rupfen an abgebrochenen Nägeln. Die Tiere, sich selbst überlassen, fliehen voraus oder folgen in weitem Abstand. Wind scheuert das Salz von den Steinen. Ein kleiner Regen schwemmt den Abfall bergab.

Heinrich, der Verunglückte

Mir ist immer wieder von Heinrich erzählt worden in einer
Weise, als handle es sich um meinen Bruder Heinrich.
Heinrich! Heinrich! als wäre ich zuständig für jeden, der
Heinrich heißt. Man berichtet mir von diesem und jenem
Heinrich und scheint zu erwarten, daß ich alles stehen und
liegen lasse, um mich seiner anzunehmen. Aber was geht mich
der jeweils besprochene Heinrich an. Zuviele Heinriche, die
benachteiligt und in ein Mißgeschick geraten sind. Ich kenne
den Namen, aber selten denjenigen, der in ihm gefangen sitzt.
Ich sage: was geht mich Heinrich an – nur weil er Heinrich
heißt und mit Schwierigkeiten zu kämpfen hat? Schwierigkeiten sind kein Grund, sich mit ihm abzugeben. Heinrich,
Heinrich, Heinrich ist einer vom Hörensagen, ich möchte
nicht mit ihm belästigt werden.

Es gelingt mir selten, herauszufinden, von welchem
Heinrich eigentlich die Rede ist. Ich erkundige mich, welcher
Heinrich gemeint sei, und erhalte zur Antwort: Nun, dieser
und jener, du kennst ihn doch. Heinrich ist leicht gesagt, und
es mag den Heinrich, von dem jeweils die Rede ist, tatsächlich
geben oder gegeben haben, aber ich kenne ihn nicht, kann
mich nicht erinnern.

Ich kenne Heinrich aus dem Staigwald und Heinrich, den
Holzhändler, das ist der weißhaarige alte Mann, der die
Fabriken an der Straße nach Furtwangen besitzt. Ich kenne
Heinrich, den Hausierer, und flüchtig auch den Kleinen
Heinrich, der in der Werkstatt des Druckers untergekommen
ist (soviel ich weiß, heißt auch der Drucker Heinrich) und den
man holt, wenn Tiere kuriert werden müssen und der nie
einen Pfennig verdient haben soll. Dann kenne ich noch
Heinrich, denjenigen also, der Heinrich heißt oder Heinrich
genannt wird und von dem keiner sagen kann, wer er ist und
auf welche Weise er sich durchschlägt. Es gibt mehrere
Männer mit Namen Heinrich, von denen nie die Rede war,
und es gab oder gibt einen anderen, der Heinrich ohne
Wohnung genannt wird, aber ich habe ihn nie kennengelernt.
Es ist ganz unmöglich, einen Heinrich vom anderen zu

unterscheiden, und es wird immer unmöglicher, je mehr Heinriche es unter Toten und Lebenden gibt. Ich weiß nicht und wußte im Grunde nie, welcher Heinrich gemeint war, wenn von Heinrich gesprochen wurde, und welcher es war, der am Hitzschlag starb, und welcher am Leben blieb und welcher seit Jahren lahm und welcher seit Monaten taub ist und welcher es ist, von dem immer wieder behauptet wird, er habe Glück gehabt und es gehe ihm besser.

Und nun Heinrich, der Verunglückte. Jeder mir bekannte oder unbekannte Heinrich kann verunglückt sein und nun der Verunglückte genannt werden.

Warum erzählt man mir überhaupt von ihm.

Muß ich wirklich herauszufinden versuchen, um welchen Heinrich es sich diesmal handelt. Gibt es denn außer mir niemanden, der sich um den Verunglückten kümmern könnte, niemanden, der ihm näher stünde als ich.

Ist denn sonst keiner da, sich der Heinriche im allgemeinen und besonderen anzunehmen, unter denen offenbar kein gesunder Heinrich, ein einziger pausbäckiger Heinrich zu finden ist. Heinrich der Gesunde, Heinrich der Zufriedene – das wären endlich welche, die man sich selbst überlassen und die man vergessen könnte. Aber Heinrich der Alte, Heinrich der Verfolgte, der Verrückte, der Verarmte, der Durstige, Heinrich der Verbogene – Heinrich zum Kuckuck! Heinrich Heinrich Heinrich – zuviel, kein Wort mehr von Heinrich.

2

Unter denen, die ich kenne, war der Verunglückte nicht zu finden. Aber ich gab die Suche nicht auf. In einem Haus an der Straße nach Furtwangen erkundigte ich mich nach dem Verunglückten. Man sagte mir: Du gehst jetzt geradeaus bis zum Sumpfhaus (das Sumpfhaus erkennst du an seinen vielen Brunnen), hinter dem Sumpfhaus biegst du rechts in einen von Steinmauern eingefaßten Fahrweg ab. Du folgst ihm bis zur neuen Ziegelei, dort verzweigt sich der Fahrweg. Du nimmst den äußersten rechten Hohlweg (er wird nur im Herbst von Jägern benutzt und steht voll Unkraut), nach einer halben Stunde erreichst du das Gasthaus zum Guttberger, dort hilft man dir weiter.

Im Gasthaus zum Guttberger Heinrich erkundigte ich mich nach Heinrich, dem Verunglückten. Zu Fuß unterwegs? Ja, zu Fuß. Der Gastwirt (Heinrich) besprach sich mit den Gästen, einer der Gäste sagte: Wir wissen hier nichts von einem Verunglückten (es habe im vergangenen Jahr einen Verunglückten namens Franz gegeben, ob ich den meine?) Man sagte mir: Du gehst jetzt immer geradeaus die Landstraße hinunter, vorbei am Friedhof, an den Nesselhalden, am Weberhansenhof bis zur Villa des französischen Offiziers (die Villa des französischen Offiziers erkennst du daran, daß die Läden geschlossen sind und die Zufahrt mit einer Schranke versperrt ist). Unmittelbar hinter der Villa biegst du in einen Privatweg ab, der Privatweg führt unter Nußbäumen hangaufwärts. Du folgst ihm bis zu den Holzstößen, dort biegst du wieder links ab in einen schmalen Fußweg, der die Kurven des Privatwegs abkürzt. Du überquerst den Privatweg und steigst über die Steinhalden bis Abenlich auf. In Abenlich erkundigst du dich nach Meyer, dem Advokaten. Er ist zwar selber nicht aus Abenlich, kennt aber die Leute der Gegend besser als jeder andere. Er hilft dir weiter.

Ich erreichte Abenlich und erkundigte mich nach dem Advokaten. Er sei seit ein paar Tagen verreist, worum es sich handle. Ich fragte, ob es in Abenlich oder in der Umgebung einen Verunglückten namens Heinrich gebe. Man führte mich zu einem Mann namens Heinrich, aber dieser Heinrich war niemals verunglückt gewesen, seines Wissens sei in Abenlich und Umgebung im Augenblick kein verunglückter Heinrich zu finden. Ob ich zu Fuß wäre. Ja, zu Fuß. Sie gehn jetzt die Landstraße weiter in Richtung Kaltwasser. Ungefähr nach zwei Kilometern kommen Sie an die Siedlung von den hinteren Sträuchern (Sie erkennen die Häuser daran, daß sie bis auf eines nicht mehr bewohnt sind). Hinter den Häusern überqueren Sie die Bahnstrecke, und an der Kreuzung hinter der Bahnstrecke biegen Sie ab in die Straße nach Werbach. Nach zwei oder drei Kilometern kommen Sie zur Gärtnerei. Vielleicht ist einer der Männer, die dort arbeiten und Heinrich heißen, verunglückt. Jedenfalls hilft man dort weiter.

Ich erreichte die Gärtnerei und erkundigte mich nach

Heinrich, dem Verunglückten, aber keiner der Männer, die dort arbeiten und Heinrich heißen, war verunglückt. Man wies mich weiter zum Althof, zum Wasserspiegler Heinrich und zum Hartbendler Heinrich, aber weder der eine noch der andere noch sonst einer der Männer, die Heinrich heißen, war jemals verunglückt. Heinrich der Verunglückte unbekannt. Ich gab es auf, nach dem Verunglückten zu suchen.

3

Ich werde mich nicht mehr um den Verunglückten kümmern. Weder um diesen noch um einen anderen. Ich werde niemals mehr herauszufinden versuchen, von welchem Heinrich jeweils die Rede ist. Auch wenn es niemanden sonst geben sollte, der sich des einen oder des anderen annimmt. Heinrich der Zufriedene, Heinrich der Dankbare, Heinrich der Dicke – das wären welche, die man sich selbst überlassen könnte, Heinriche nach meinem Sinn. Aber die anderen! Zuviele, um die man sich kümmern muß. Die ganze Welt heißt ein ums andere Mal Heinrich. Heinrich der Verrückte, der Verfolgte, der Blinde, der Durstige, der Geschundene, der Obdachlose, der Vergessene, Heinrich im Unglück, Heinrich zum Kukkuck. Heinrich, Heinrich, Heinrich bringt mich noch um, ich muß selber sehn, wo ich bleibe.

Kranich

Kram, Ersatzreifen und Alibi saßen unter dem Vordach einer Straßenbaubaracke und sahen Ozean beim Wasserlassen zu. Der Tag war grau und heiß und ein fauler Wind sauste durch die glaslosen Barackenfenster. Im Gras verstreut lagen Bierbüchsen, Zeitungen und zusammengeknüllte Zigarettenschachteln. Unkraut wuchs durch die Bretter vor der Tür. Die Baracke war ihrer vorteilhaften Lage wegen zum Treffpunkt erklärt worden. Man war unter sich und konnte die Straße nach Paol einen Kilometer weit überblicken. Wenn man Lust hatte, bat man vorübergehende Leute zu sich. Die Äste der Ulmen nickten im Wind.

Beeil dich, rief Alibi.

Langsam, langsam.

Ozean trödelte vom Straßengraben zurück, kletterte über zusammengerückte Knie und ließ sich auf den ausgeleierten Sprungfedern eines Autosessels nieder.

Erzähl mal, sagte Kram.

Was soll ich erzählen, sagte Ozean.

Hundertprozentigen Ohrenschmeichler, was sonst!

Mir fällt nichts ein, sagte Ozean.

Mir auch nicht.

Langsam, langsam, sagte Ozean. Irgendwas wird uns schon einfallen.

Langsam oder schnell, sagte Kram, uns fällt nichts ein.

Ersatzreifen gähnte.

Schlaf nicht schon wieder ein, sagte Ozean.

Ihr könnt mich ja wecken, wenn was Neues durchgesprochen wird, sagte Ersatzreifen, schloß die Augen und begann zu schnarchen. Sie rauchten, schwiegen und blickten auf die Straße, die zwischen Ulmen zum flachen Horizont hin abfiel.

Hut fehlt noch, sagte Ozean nach einer Weile.

Macht nichts.

Ohne Hut können wir nicht anfangen!

Lassen wir Hut mal beiseite, sagte Kram.

Unfair!

Deinen Ärger möchte ich sehn, wenn wir ohne dich anfangen, rief Ozean und zeigte mit dem Finger auf Kram.

Na und? Wenn Hut nicht kommt. Soll er sich ärgern.

Mir fällt nichts ein, sagte Ozean.

Wenn uns nichts einfällt, können wir nicht anfangen.

Wir sind schon mittendrin, sagte Kram.

Ersatzreifen öffnete die Augen und blickte über die Schulter.

Was Neues durchgesprochen?

Man möchte was tun, wovon selbst dem Teufel schlecht wird, sagte Ozean.

Na los, rief Kram, tu's doch!

Dem Teufel ist noch nie schlecht geworden, bloß immer mir.

Erzähl mal, wovon dir schlecht geworden ist.

Mir wird aus Langeweile schlecht, sagte Ozean, und wenn ich Ersatzreifen schnarchen höre.

Alibi stieß Ersatzreifen in die Rippen und rief:

Ozean sagt, du sollst nicht schnarchen.

Ersatzreifen lachte und gähnte mit Nachdruck.

Hör auf zu gähnen, sagte Alibi.

Wenn Ersatzreifen schläft, laß ihn doch schlafen.

Sie schwiegen und rauchten. Ein Flügelschwirren fiel in die Stille und verflüchtigte sich hinter der Baracke. Ich bin mal einem Mann begegnet, sagte Ozean, der fragte mich: wer bist du. Ich antwortete: ich bin Ozean, Spitzname, verstehst du. Das sagt mir nichts, antwortete er, erklär mal, was bist du. Ich bin Ozean, sagte ich. Ich wüßte nicht, was das sein soll, sagte der Mann. Er zeigte auf meine Arme: was ist das? Das sind Arme, sagte ich. Arme, was heißt das, fragte er. Arme, sagte ich, ich brauche sie, sie sind notwendig, es sind Hände dran, an den Händen Finger. Meine Antwort kam ihm sonderbar vor. Und was ist das? Er zeigte auf meine Beine. Das sind Beine. Arme für unten. Er lachte, als hätte ich einen guten Witz gemacht. Und das da, und das da? Das sind meine Ohren, sagte ich, meine Augen, meine Haare. Und alles zusammen, was ist das? Alles zusammen bin ich, Ozean, Spitzname, verstehst du. Du ödest mich an, sagte er, verschwinde.

Was soll das, sagte Kram.

Eine Geschichte, sagte Alibi.

Fällt euch was Besseres ein?

Durchgesprochen, murmelte Ersatzreifen und lachte boshaft.

Langsam, langsam, sagte Ozean.

Irgendwelche Neuigkeiten?

Die Köpfe wurden nachdenklich hin und her geschoben. Ersatzreifen bewegte den seinen im Halbschlaf. Die Köpfe wurden verneinend geschüttelt. Nichts Neues, wie üblich, sagte Kram.

Daß einer gestorben ist, ob man ihn kennt oder nicht, Neuigkeit, sagte Alibi. Daß einer lebt, ob man ihn kennt oder nicht, Neuigkeit. Daß der Speck seine Speckschwarte hat und der Schuh seine Schuhwichse und der Hut seine Hutschachtel –

– und die Asche ihren Aschenbecher, sagte Ozean, und das Bier sein Bierglas und der Hund seine Hundehütte –

Hör auf zu singen, sagte Kram.

Worüber sollen wir reden, sagte Ozean und lehnte sich bequem in die Sprungfedern zurück. Was schlagt ihr vor.

Einer von uns hat vergessen zu sagen, daß alles schon durchgesprochen ist, rief Alibi und pustete Ersatzreifen ins Gesicht.

Laß ihn, sagte Ozean, sei froh, daß er schläft.

Also, worüber reden wir.

Tippelbrüder, Tabakpreise, Hotelzimmer, kalte Füße, ich hab keine Ahnung.

Sie schwiegen und rauchten.

Vor ein paar Tagen, sagte Alibi, habe ich zum erstenmal einen Kranich gesehn. Ich glaube jedenfalls, es war einer. Ich bin dreißig Jahre alt geworden, ohne zu wissen, wie ein Kranich aussieht. Weiß nicht, ob ich nochmal einen sehen möchte.

Warum nicht, sagte Kram. Kraniche sind wie Mäuse, harmlos.

Er stand im Fluß, als ob er der letzte Kranich wäre, sagte Alibi. Als ob es bald keinen Kranich mehr geben würde, keinen Fluß mehr. Ein Kranich allein, in einem halbleeren Flußbett, spät im Sommer – kein lustiger Anblick.

Was du nicht sagst, murmelte Kram.

Seit ich den Kranich gesehen habe, muß ich dauernd an ihn denken.

Kraniche, sagte Ozean, Verkehrsunfälle, Choleraepidemien und was im allgemeinen Ärger macht –

Waldbrände, fuhr Kram fort, durchgelaufene Schuhe, Benzinschmuggel, Frauen!

Durchgesprochen, sagte Ersatzreifen mit geschlossenen Augen.

Was heißt DURCHGESPROCHEN, rief Alibi. Ich sage KRANICH und sofort behauptet einer: DURCHGESPROCHEN. Durchgesprochen. Sprich mal einen Baum durch, einen Kranich oder einen Menschen. Irgendein Stück Eisen. Nimm eine Wolke und sprich sie durch!

Erfahrungsgemäß durchgesprochen, sagte Ersatzreifen und versuchte zu gähnen.

Nehmen wir Kram und sprechen ihn durch, sagte Ozean.

Ja, versucht mal, mich durchzusprechen. Kram blickte kalt von einem zum andern. Ich bin noch nie durchgesprochen worden. Sprecht mich mal durch.

Zu gefährlich, sagte Alibi.

Was ist daran gefährlich. Ich schlag euch nicht die Zähne ein.

Hier wird niemand durchgesprochen, sagte Alibi. Kraniche, Wolken oder Menschen, na los, fangt an!

Kram ist ein Schweinehund, ohne Ausnahme, sagte Ersatzreifen und drehte sich auf die andere Seite. Das läßt sich durchsprechen.

Sie schwiegen und sahen sich an.

Und wenn ich nicht hier wäre, fragte Kram.

Was soll schon sein.

Wetten, daß ihr mich durchsprechen würdet?

Würde wohl keiner nach dir fragen, sagte Ozean. Weg ist weg. Kommt eben ein anderer.

Und wenn kein anderer kommt?

Wenn kein anderer kommt, bleibt die Stelle leer. Schöne Luft anstelle von dir und mir!

Feiglinge, sagte Kram und zertrampelte seine Zigarettenkippe.

Was hab ich gesagt? Durchgesprochen.

Alibi protestierte.

Erfahrungsgemäß durchgesprochen, sagte Ersatzreifen und gähnte in Alibis Gesicht.

Hallelujah Fliegenklatsche, rief Ozean. Er schlug sich auf die fetten Schenkel. Frauen!

Kennen wir.

Hm, Bräute in Spitzenkleidern, Frauenzimmer mit solchen Beinen und solchen, du weißt schon.

Weiter, rief Ozean.

Erwachsene Töchter, Witwen, Miesmuscheln!

Mistbienen und Gänse –

Immer das gleiche, sagte Alibi.

Niemand widersprach. Ersatzreifen äußerte sich nicht, da er eingeschlafen war.

Gentlemen, ich frage, woran das liegt, sagte Ozean.

Keine Ahnung.

Das ist keine Antwort, maulte Kram.

Ein Kranich weiß, was er tut, sagte Alibi. Immer unterwegs, den Schnabel vorneweg. Er hat den Himmel, und er hat die Erde, und er kann was damit anfangen.

Du mit deinem blöden Kranich, sagte Kram.

Lokalwechsel, rief Ozean, im Zweifelsfall immer Lokalwechsel!

Er erhielt keine Antwort. Die Gesellschaft versank in Nachdenken.

Wenn man wüßte, wo Hut bleibt, sagte Alibi.

Frag Gott.

Ja, frag Gott, sagte Alibi schläfrig, Gott ist so groß, so gut.

Frag ihn selber, sagte Ozean. Frag ihn, wo Hut sich rumtreibt.

Ich tu's! rief Alibi.

Na los.

Ich geh und frag ihn, sagte Alibi beinahe drohend.

Wir warten drauf. Erzähl mal, was erlebst du.

Ihr seid einverstanden?

Ersatzreifen blinzelte und begann zu schnarchen.

Geh jetzt und frag ihn, wo Hut bleibt, sagte Ozean.

Ich gehe los, ihr seid einverstanden, sagte Alibi. Ich stehe auf und – Er blickte sich um.

Ich gehe los und klettere auf die nächste Ulme!

Ozean rutschte auf seinem Sessel herum.

Was glaubt ihr, wie hoch eine Ulme in den Himmel wächst!

Hoch, sehr hoch, sagte Ozean, mit allem einverstanden.

Eine Ulme? Unvorstellbar. Aus allen Augen gewachsen. Also, ich fange zu klettern an. Hundert Meter, zweihundert Meter, erste Wolke. Dreihundert Meter, zweite Wolke. Es ist trübe dort oben. Regen. Dritte Wolke, ich bin schon ganz durchnäßt. Das Wasser läuft aus allen Jackentaschen, ich zieh die Jacke aus und häng sie in eine Astgabel, auf dem Rückweg nehm ich sie wieder mit. Vierte Wolke, ich seh euch nicht mehr, kann überhaupt nichts mehr erkennen.

Macht nichts, sagte Ozean, weiter!

Fünfte Wolke, der Regen wird immer stärker, klatscht auf den Kopf und fließt an der Ulme herunter. Meine Hände rutschen ab. So eine Kletterei, ich kann euch sagen. Sechste Wolke –

Alibi unterbrach sich und dachte nach.

Na los, sagte Ozean.

Ich bin verregnet, muß nach Luft schnappen, verstehst du, ausruhn.

Ersatzreifen schnarchte.

Soll einer dich ablösen, vielleicht, sagte Kram.

Alibi dachte nach. Ozean kaute auf seiner Zigarette. Na komm, wir sind keine Bananendampfer.

Gut, ich klettere weiter, fuhr Alibi fort. Sechste Wolke, die Ulme wird nicht dünner. Der Stamm ist dick wie eine Plakatsäule. Blätter wie Hüte auf dem Kopf. Kalte Luft. Saukalt wie mitten im Eis. Immer noch Regen. Vögel, die wegfliegen, wenn ich an ihren Nestern vorbeikomme. Ich sage: nun bleibt schon, ich komm ja hier nur vorbei, will gar nicht stören. Nichts zu machen, sie flattern weg. Kreisen um die Ulme und beobachten, was ich mache.

Was machst du, fragte Ozean.

Klettern, was sonst. Bist du mal eine Ulme raufgeklettert? Ich kann dir sagen! Neunte, zehnte, zwölfte Wolke – auf einmal kein Regen mehr. Ich stoße mit dem Kopf durch die letzte dicke Wolke. Alles klar. Blau und leer. Da – was seh ich?

Was siehst du, fragte Ozean.

Ich sehe den Eingang zum Himmel.

Du bist viel zu schnell da oben, rief Ozean. Kram spuckte in den Straßengraben, er war enttäuscht. Wenn ich mir überlege, was ich an deiner Stelle alles erlebt hätte!

Ich bin gut durchgeklettert, sagte Alibi, keine Zeit verloren. Ich springe von der Baumspitze auf die große Treppe. Türe offen, niemand da.

Was – niemand da? rief Ozean.

Was soll ich machen, niemand da. Bloß Wolken, wie Steine aufgeschichtet.

Himmel aus Wolkenmauern. Ich rufe: Hallooo? Jemand da? Keine Antwort.

Wieso. Keine Antwort?

Ersatzreifen wachte auf. Er wälzte sich auf die andere Seite und bemerkte Ozeans enttäuschtes Gesicht.

Irgendetwas durchgesprochen?

Er kriegt keine Antwort, sagte Kram.

Wer kriegt keine –

Ich kriege bisher keine Antwort, sagte Alibi. Gut, ich gehe weiter, bis zu den Knien in einer Wolke. Ich sehe mich um, was seh ich?

Ozean hielt im Kauen inne.

Alles ganz anders, als ich es in Erinnerung habe.

Du warst schon mal da oben?

Stimmt.

Na dann weiter, du kennst dich aus.

Das heißt, als ich das letzte Mal oben war, sagte Alibi und dachte nach, ich weiß nicht, kann mich nicht genau erinnern.

Gleichgültig, sagte Ozean, wie sieht es jetzt aus.

Ich muß mich ausruhn.

Unfair!

Du erholst dich nach jeder zweiten Wolke, sagte Kram.

Ich erhole mich, sagte Alibi, und komme schließlich an Gottes Büro. Ich klopfe an und gehe rein. Gott ist drin. Kein anderer Besucher. Offenbar nicht viel los, denke ich.

Wie sieht er aus, fragte Kram.

Ersatzreifen gähnte und blickte Alibi durch halb geschlossene Lider an.

Wie er aussieht? sagte Alibi. Ganz normal. Vielleicht ein bißchen überarbeitet oder so. Ich weiß nicht –

Er unterbrach sich und starrte Kram an.

Na hör mal, beschreib du mal Gott!

Ich bin hier unten, sagte Kram mit breitem Lachen, ich seh ihn nicht, DU siehst ihn.

Was heißt: ich seh ihn. Ich bin eben angekommen, hab noch gar keine Zeit gehabt –

Egal, wie er aussieht, ob er überhaupt nach was aussieht, sagte Ozean, mach weiter.

Ruhe! Er stieß den gähnenden Ersatzreifen an und nickte Alibi aufmunternd zu.

Also, Begrüßung undsoweiter. Ich stehe vor ihm herum, er bietet mir eine kleine Wolke an, zum Sitzen.

Ich sage: bei uns ist nicht viel los, alles durchgesprochen, die Welt ist durchgesprochen, Tag für Tag, langweiliger Zustand. Wir sind müde. Irgendwie lustlos, verstehst du. Wissen nicht, worüber wir sprechen sollen. Nicht möglich, sagt er. Dochdoch, sage ich. Soso, sagt er. Ja, sage ich. Hm, sagt er. Aber, sage ich, weshalb ich eigentlich raufgeklettert bin: da ist noch eine Kleinigkeit. Soso, noch eine Kleinigkeit, sagt er. Ja, sage ich, wir wissen nicht, wo Hut geblieben ist. Wir warten und machen uns Sorgen.

Weg ist weg, sagte Kram. Schöne Luft anstelle von Hut.

Nicht richtige Sorgen natürlich, sagte Alibi, ganz überflüssig, sich wegen Hut Sorgen zu machen, sage ich, aber wir fragen uns, was mit ihm los ist. Wer ist Hut, fragt Gott. Hut? sage ich, Hut ist einer von uns, er müßte schon hier sein. Also Hut heißt er, sagt Gott, wie sieht er denn aus?

Wie sieht Hut eigentlich aus, fragte Alibi.

Bart und Sandalen, soufflierte Ozean.

Richtig, Bart und Sandalen, sagte Alibi. Sandalen im Sommer und Winter, er hat keine anderen Schuhe.

Netter Kerl. Aber wir kennen ihn eigentlich nicht.

Haben ihn nie durchgesprochen –

Alibi schwieg und dachte nach. Was wißt ihr von Hut?

Daß er Hut heißt, sagte Kram.

Hut, Hut, sagt Gott und denkt nach; hm, sagt er und kratzt sich am Hals.

Ja, sage ich, er ist überfällig, er fehlt noch, sonst alle da. Kram da, Ozean da, Ersatzreifen sowieso. Und natürlich ich. Ohne Hut kann es nicht losgehn.

Was kann nicht losgehn, fragte Ozean.

Das erkundigt er sich auch, ich meine, ich antworte ihm, daß wir ohne Hut nicht vollzählig sind.

Sag ihm, daß Hut trinkt.

Um ehrlich zu sein, fuhr Alibi fort, er trinkt, sage ich, er trinkt ziemlich viel. Wenn du mich fragst: er trinkt wie ein Loch. So, sagt Gott, er trinkt, was trinkt er denn. Och, sage ich, er trinkt, was er kriegen kann, und was er kriegen kann, ist meistens Bier.

Gott denkt angestrengt nach und sagt nichts. Er trinkt also, sagt er nach einer Weile. Ja, sage ich, er trinkt, und Gott macht ein angestrengtes Gesicht.

Alibi sah sich unschlüssig um.

Schon wieder ausruhn? fragte Kram.

Daß Hut trinkt, hätte ich ihm nie gesagt, rief Ozean. So jedenfalls nicht! Gemeinheit ist das. Geht ihn doch gar nichts an. Ich hätte ihm gesagt: mit Hut, weißt du, das ist so eine Sache. Man weiß wenig über ihn, man weiß wenig über Menschen, vielleicht ist er nicht glücklich. Da greift er zur Flasche, hin und wieder. Irgendsowas in der Art. Nicht glücklich.

Er trinkt nun mal, sagte Kram, nichts zu machen.

Das sage ich ja! rief Alibi. Ich sage: kann einer wissen, was für Gründe ein Mensch hat, zu trinken oder zu schnarchen? Jeder hat ein Loch in seinem Innern, sage ich, er muß etwas hineintun. Bier oder Schlaf, Ärger, Gerede, Schweigen, Blödsinn, irgendwas. Die meisten haben gar nichts, womit sie das Loch zuschütten können, ein furchtbares Loch.

Alibi bemerkte, daß Ozean ihn mit einem gewissen Wohlwollen ansah und fuhr fort:

Wer bist du überhaupt, fragt er. Ich? sage ich, ich bin Alibi, mit dem Einverständnis meiner Freunde.

Und woher kommst du, fragt er. Ich komme aus der Stadt Paol. Er taucht seinen Zeigefinger in die nächste Wolke und schreibt es auf, er schreibt es direkt vor sich in die Luft, da bleibt es stehn, ziemlich leserlich sogar: Paol. So, Paol, sagt er, wo liegt denn das. Paol, sage ich, das liegt auf der Erde, wo denn sonst! Auf der Erde also, sagt er, hm, Erde heißt das? Ich bestätige, daß er das Wort ungefähr richtig in die Luft geschrieben hat. Was soll denn das sein, Erde, fragt er. Die Erde, sage ich, das ist –

Alibi dachte nach.

Erklär's ihm doch, sagte Ozean.

Von der Straße her näherte sich Musik. Sie drehten die Köpfe und bemerkten Hut, der mit laut aufgedrehtem Kofferradio am Straßengraben entlang auf sie zu kam.

Da kommt Hut, sagte Alibi, erstmal auf Hut warten.

Hut versuchte, über den Graben zu springen, rutschte aus und fiel in den Graben, blieb eine Weile unsichtbar, kroch dann auf den Grabenrand und ging zur Baracke. Er stellte das Kofferradio vorsichtig auf den Boden, klopfte die Hosenbeine ab und ließ sich in einen Autosessel fallen.

Ganz außer Atem!

Sieht aber gar nicht danach aus, sagte Kram.

Das täuscht, sagte Hut.

Stell doch das Ding ab!

Hut zögerte. Als er bemerkte, daß Kram und Ersatzreifen ihn unfreundlich anblickten, zog er das Kofferradio zu sich und stellte es ab.

Schlechte Laune, oder was ist.

Alibi erkundigt sich gerade nach dir, sagte Kram.

Sieht schlecht aus, sagte Ozean.

Was sieht schlecht aus.

Es sieht schlecht aus, mehr wissen wir noch nicht, sagte Ozean.

Langsam, langsam! Ich sage also: die Erde? Das ist dort unten, wo ich herkomme, unter der Ulme. Er schreibt das alles mit dem Zeigefinger in die Luft. DORT UNTEN, WO ALIBI HERKOMMT und UNTER DER ULME undsoweiter. Ich sage: also, falls du das gerade vergessen hast, da wachsen Bäume drin, Ulmen zum Beispiel, es gibt Flüsse und Brücken drüber und Städte und eine Menge Lastwagen auf den Landstraßen und Tiere und was es eben alles gibt, ist doch klar. Und Vögel!

Kraniche vermutlich, sagte Kram.

Ich mache ihm vor, was ein Kranich ist. Gott sagt, daß er

das interessant findet, ich soll das nochmal machen. Ich mache ihm einen Habicht vor. Scheint ganz neu für ihn zu sein. Als ob er sowas noch nie gesehn hat, nicht mal im Traum. Ich mache einen Habicht vor, wie er hoch in der Luft kreist und im Sturz runtergeht, Schnabel vorneweg. Er ist davon richtig begeistert. Ich denke, jetzt hab ich ihn, aber er fragt: und weiter? Und weiter, sage ich, was denn weiter, eben die Erde, ist doch klar, was denn sonst. Bist du der einzige von dort, fragt er. Was – ich? Ja, sagt er, oder gibt es dort noch ähnliche wie dich. Menschen, sage ich, ob es noch andere Menschen gibt? Na klar, sage ich, deswegen bin ich doch hier, davon haben wir doch die ganze Zeit geredet, die ganze Erde ist voll davon, schwarze, weiße, gelbe, rote, darum geht's doch, Hut undsoweiter!

Ich weiß gar nicht, was ihr wollt, sagte Hut, ich bin doch hier.

Misch dich nicht ein, sagte Kram.

Jedenfalls, fuhr Alibi fort, ich sitze immer noch auf der kleinen Wolke ihm gegenüber, und er fragt: was machen die denn alle, fragt er. Was die machen, sage ich. Sie müssen doch irgendwas – ich weiß nicht, sagt er, sie müssen doch irgendwas tun. Was sie tun? Erst leben, dann sterben, beides macht Ärger.

Vom Sterben wird er schon was wissen, sagte Ozean, und von dem, was danach kommt. Erzähl ihm, wie es hier aussieht. Den Ärger, mein ich!

Erzähl ihm, was für Schufte wir sind, sagte Kram.

Ersatzreifen gähnte. Als niemand gegen sein Gähnen protestierte, schloß er die Augen und drehte sich auf die andere Seite.

Sag ihm die Wahrheit!

Die Wahrheit, sagte Alibi. Er sah sich unentschlossen um. Wo soll ich denn anfangen mit der Wahrheit. Wo fängt die denn an.

Er dachte nach.

Ich sage: Hut zum Beispiel ist immer betrunken, das Leben läuft sich so ab, man wird müde dabei, man wird mutlos und kriegt zuviel, und das Loch im Innern wird größer und tiefer, und die Sachen zum Reinwerfen werden weniger.

Alibi schwieg.

Vor ein paar Tagen, fuhr er fort, habe ich zum erstenmal einen Kranich gesehn –

Ach was, Kranich, rief Ozean, sag ihm einfach: Elend! Elend! Elend! Ruf ihm das zu. In die Ohren, Mensch! Wie eine Trompete. Elend, Elend, Elend und kein Ende!

Tu ich ja, sagte Alibi, erzähl ich ihm alles. Elend undsoweiter, in der richtigen Tonart. Scheint keinen besonderen Eindruck auf ihn zu machen. Überhört haben kann er das nicht. Er sitzt da und sieht mich an. Hm, das ist ja nicht viel, sagt er, gibt es sonst noch was?

Ozean kletterte aus dem Sessel, fuchtelte mit der Faust vor Alibis Nase und rief:

Du mußt das anders machen! Du sitzt da einfach auf der Wolke und erzählst ihm was. Du mußt das ganz genau erklären. Beschreiben mußt du, nachhelfen. Fakten, verstehst du, Einzelheiten!

Hör doch erstmal zu, sagte Kram.

Ozean schüttelte den Kopf und setzte sich wieder hin.

Was ist mit dem Kranich, fragte Hut.

Halt den Mund!

Ersatzreifen gähnte.

Ich sehe, er ist ratlos, sagte Alibi. Ich sage: um nochmal darauf zurückzukommen: die Erde ist ein altes Ding. Dreht sich. Rund wie die Sonne. Ein rundes Ding mit Luft drumherum. Kein Mensch kann übersehen, was auf dem Ding passiert von morgens bis abends. Also alt ist die Erde, sagt er, älter als du?

Und ob, sage ich, kein Mensch kann so weit zurückdenken. Alt? Alt ist überhaupt kein Wort für das Alter der Erde. So alt ist die also, sagt er, ich merke, das imponiert ihm. Nach einer Weile sagt er, ich soll mal mitkommen.

Gehst du mit? fragte Ozean.

Na klar geh ich mit. Wir gehn auf einen Balkon gleich neben dem Büro, der Balkon ist auch eine Wolke, oben plattgetreten. Vor mir sind lauter Sterne, dicke, dünne, helle, trübe, alle eng beieinander und manche weit weg, je nachdem. Eine Sonne neben der anderen. Unmöglich, das alles auf einmal zu sehn. Zählen sowieso unmöglich. Zuviel.

Weltraum, rief Ozean.

Eins nach dem andern, sagte Alibi. Ich sehe, es gibt Himmelskörper wie Sand am Meer. Ich denke nach.

Wieder mal ausruhn? sagte Ozean.

Ich überlege: die Erde ist auch ein Himmelskörper, demnach ist die Erde da mittendrin oder irgendwo am Rand. Ich denke, sie muß eigentlich ganz nah sein, wenn ich bloß eine Ulme brauche, um raufzukommen. Jedenfalls ist alles voll von den Himmelskörpern, eigentlich ein schöner Anblick, so eine Art Lampionfest im Großen –

Kraniche und Lampionfeste, sagte Kram, was denn noch. Laß ihn doch!

Gott sieht mich groß an und wartet, daß ich was sage. Das ist der Himmel, sage ich. Was würdet ihr denn sagen –

Himmel ist richtig, bestätigte Ozean.

So, Himmel heißt das, sagt er, auch wieder so ein Wort. Er schreibt es neben sich in die Luft. Jetzt zeig mir mal, wo du herkommst, sagt er, dann sehn wir weiter. Ich sehe mich um. Unmöglich, rauszufinden, wo die Erde ist. Die Erde kann überall sein, ich sage ihm das. Ob ich nicht wenigstens die Richtung angeben kann, fragt er. Die Richtung mußt du doch selber wissen, sage ich, was ist denn hier eigentlich los! Was hier los ist, sagt er, was soll denn hier los sein. Na, wo die Erde ist, rufe ich. Woher soll ich wissen, wie dein altes Ding, die Erde, aussieht, sagt er. Woher soll ausgerechnet ich wissen, wo die Erde ist. Ich stelle fest, er wird allmählich nervös, schlechte Laune, ich auch. Wenn das so ist, sage ich, kann ich ja gehn, gleich wieder die Ulme runterklettern! Nicht so eilig, sagt er, laß uns doch erstmal überlegen. Überlegen, sage ich, überlegen, ich will hier weg! Wenn das so ist! Er sieht ganz resigniert aus. Manchmal hilft schon der kleinste Hinweis, sagt er, komm wieder, wenn du Bescheid weißt. Danke, sage ich, soll ich Informationen sammeln für dich, damit du sie in die Luft schreiben kannst? Soll ich wiederkommen, um dir Nachhilfeunterricht zu geben! Er schüttelt den Kopf, und ich merke – na, er will das nicht auf sich sitzen lassen. Bevor er was sagen kann, mache ich, daß ich wegkomme.

Ersatzreifen gähnte, er sah zufrieden aus.

Jemand kleinen Schluck für mich, fragte Hut.

Ja, er weiß nichts, sagte Alibi.

Nein, DU weißt nichts, schimpfte Ozean, DU hast alles falsch gemacht!

Wiedermal durchgesprochen, sagte Ersatzreifen.

Nichts ist durchgesprochen, rief Ozean, das nächste Mal geh ich!

Beruhige dich, sagte Kram. Geh erstmal pinkeln.

Ozean kletterte aus dem Sessel und marschierte zum Straßengraben. Alibi stand unschlüssig zwischen den Sesseln und versuchte zu lächeln. Durchgesprochen, sagte Ersatzreifen, ich weiß gar nicht, was ihr wollt.

Stimmt's, rief er und sah Hut boshaft an.

Wieso, sagte Hut.

Alles bloß wegen Hut, rief Ozean vom Straßengraben und knöpfte sich wütend die Hose zu. Ja, wegen dir!

Du hättest nicht zu spät kommen dürfen, sagte Kram.

Was ist denn eigentlich los, flüsterte Hut.

Nichts ist los, sagte Ozean, überhaupt nichts los. Was soll schon los sein. Ist hier irgendwas los?

Am besten, du gehst wieder nach Hause, sagte Ersatzreifen.

Nein, du bleibst hier! rief Alibi. Ich hab mir die Mühe gemacht und bin da raufgeklettert. JETZT BLEIBT HUT HIER!

Ersatzreifen sprang aus dem Sessel und lachte. Nichts ist durchgesprochen! Nichts! Nichts! Nichts!

Er trampelte auf den Boden und zeigte auf Hut.

Maul halten, sagte Kram.

Geredet, aber nichts durchgesprochen! Nichts! Nichts! Nichts!

Noch ein Wort, und es passiert was, sagte Ozean.

Wenn ich wüßte, murmelte Hut.

Ja, du! schrie Kram, ganz richtig, DU! DU!

Du mit deinem blöden Radio, sagte Alibi.

Sitz nicht so falschbescheiden hier rum, du – rief Ozean und rempelte Hut an.

Saufen und zu spät kommen, das hab ich gern! Alibi trat dicht vor Hut und hielt ihm die Faust vor die Nase. Und ich geh da rauf und hab Scherereien, und der Mensch sitzt hier herum und sagt: ich, ich. Weiß überhaupt nicht, worum es geht!

Zu spät kommen, sagte Kram. Saufen, saufen kann jeder. Zu spät kommen, verdammtnochmal!

Er versetzte Hut einen Stoß gegen die Schulter. Hut fiel vom Sessel und blieb auf den Brettern sitzen.

Sein Mund stand offen, sein Blick war leer.

Ja, du! rief Kram und versetzte ihm einen Fußtritt. Jetzt wird durchgesprochen, rief Ersatzreifen. Er trampelte auf die Bretter und lachte.

Ozean packte Hut von hinten und stellte ihn auf die Beine. Kram versetzte ihm einen Faustschlag in den Magen. Hut taumelte und sackte im Gras zusammen. Auf den Knien liegend, versuchte er zu sprechen, der Kopf fiel vornüber, die Kinnlade hing herunter. Er stöhnte. Ersatzreifen schlug ihn vor den Kopf. Hut fiel auf den Boden und blieb auf dem Bauch liegen. Alibi zog ihn von neuem in die Höhe, und Kram schlug ihn zu Boden. Hut warf einen Sessel um und rollte ins Gras.

Sie machten ihn fertig.

Er lag im Gras zwischen Straßengraben und Baracke und bewegte sich nicht. Ersatzreifen ging zu ihm hin und verpaßte ihm einen gezielten Fußtritt.

Sie setzten sich wieder in ihre Sessel.

Ich nehme an –, sagte Ozean nach einer Weile.

Was nimmst du an, fragte Alibi.

Ich seh mal eben nach.

Er ging zu Hut, hob ein Bein und ließ es fallen. Er hob den leblosen Kopf mit beiden Händen, sah in die Augen, ließ den Kopf ins Gras fallen und kehrte zu seinem Sessel zurück.

Jemand eine Zigarette?

Was nimmst du an, fragte Alibi.

Sieh selber nach.

Du wolltest sagen, daß Hut tot ist? fragte Kram.

Ozean schwieg.

Na und? Warum hast du es nicht gesagt.

Wenn sein Kofferradio noch geht, sagte Alibi.

Kofferradio! rief Ozean. Das Kofferradio, sagst du! Ob das Kofferradio noch geht? Da!

Er knipste das Kofferradio an und hielt es Alibi an den Kopf. Knipste es aus und stellte es auf seine Knie.

Wenn sein Kofferradio noch geht –, sagte Alibi.

Du hast das nicht begriffen, sagte Kram. Das Kofferradio geht, aber Hut geht nicht mehr. Tick tack. Tick tack. Tick tack. Bums. Aus.

Sie schwiegen. Die Landstraße war leer. Ulmenäste wippten im Wind und kratzten über das Dach der Baracke.

Hol ihn zurück, sagte Ozean zu Alibi.

Alibi sah ihn verständnislos an.

Hast du Dreck in den Ohren, Mann. Hol ihn zurück!

Was denn, zurückholen, stotterte Alibi.

Hol ihn zurück, sagte Ozean scharf. Erzähl mal, was erlebst du. Na los, erzähl schon, geh und hol ihn zurück. Zurückholen, Menschenskind! Hierherbringen, lebendig. Du hast das doch vorhin so gut gemacht. Zurückholen, los!

Ich sag dir: hol ihn zurück, sagte Kram.

Ersatzreifen lachte.

Damit du das richtig verstehst, sagte Kram, du gehst jetzt und holst ihn zurück. Wir schicken dich los.

Geh, sonst gibt's Ärger!

Zurückholen, sagte Alibi, zurückholen. Wohin kann man gehn, um ihn zurückzuholen. Er schüttelte den Kopf.

Du mußt dich erstmal ausruhn, was? sagte Kram.

Laß dir was einfallen, sagte Ozean.

Alibi schwieg. Sein Gesicht war fahl. Ersatzreifen hatte sich in seinen Sessel zurückgelehnt und war wieder eingeschlafen.

Ich gehe von hier weg, sagte Alibi langsam. Ja, ich gehe. Ich muß zu den Toten gehn –

Er zögerte.

Na klar, zu den Toten, sagte Kram, wohin denn sonst. In einer Säuferheilanstalt wirst du Hut nicht mehr finden.

Ich gehe zu den Toten, ich geh ja schon –.

Erzähl mal, was macht er da.

Ich weiß nicht.

Du weißt doch sonst immer alles, sagte Kram. Also los, was macht er da. Ist er schon angekommen?

Ich gehe und seh euch nicht mehr, sagte Alibi, sein Gesicht war naß von Schweiß. Ich gehe. Ihr lebt, ihr redet oder sagt nichts, ich höre euch nicht. Ihr lebt und wißt nichts von dieser

Kälte. Kälte auf einmal. Was soll man tun in dieser Kälte, plötzlich. Ihr sitzt in euren Sesseln, aber ich nicht. Hut nicht. Irgendein Kranich geht ihn nichts mehr an.

Laß deinen Kranich weg, sagte Kram.

Ich spreche von meinem Kranich, von meinem Lampionfest, von meinem Habicht. Ich sitze nicht bei euch im Sessel, das merkt euch.

Alibi wischte sich den Schweiß aus dem Gesicht. Ersatzreifen beugte sich vor, um ihn besser beobachten zu können.

Hut ist schon angekommen, fuhr Alibi fort. Ja, schon angekommen –

Er unterbrach sich und schrie: seid ihr denn verrückt!

Geh und hol ihn zurück, sagte Kram.

Kram und Ersatzreifen starrten Alibi an. Er wich ihrem Blick aus und fuhr fort:

Zuerst hat Hut protestiert, ihr kennt ihn ja: will raus hier, verdammtnochmal, macht doch keinen Blödsinn, wo seid ihr überhaupt, na los, sagt schon was. Aber als er keine Antwort bekommen hat, ist er nachdenklich geworden. Er hat sich gesagt: abwarten, nachsehn, was überhaupt los ist. Dieses Waschküchenlicht, ich will hier weg. Kann ja gar nicht wahr sein, hat Hut gedacht, diese Luft aus trockenem Regenpulver.

Erinnert er sich, fragt Ozean, ich meine, daß wir ihn –.

Sie schwiegen.

Daß wir ihn was, fragte Kram.

Ja, er erinnert sich. Er ist nicht besonders böse, glaube ich. War ja auch halb betrunken. Nein, er ist nicht böse, die Toten sind nicht nachtragend. Lokalwechsel, im Zweifelsfall immer Lokalwechsel, da hält er sich dran. Mit der Zeit sieht er lauter schattenhafte Gestalten durch die Ödnis treiben, alle in Bewegung, immer in Bewegung, kein Moment Ruhe, immer Bewegung. Als ob ein Wind sie vor sich her schiebt. So seh ich jetzt selber aus, denkt er, so verdammt undeutlich. Er macht, daß er weiterkommt. Das nehme ich jetzt in die Hand, denkt er, und zwar sofort. Die Toten treiben an ihm vorbei, wie Federn, wie verbranntes Papier. Er erkundigt sich, wie man hier am schnellsten rauskommt, aber die Toten geben keine Antwort. Kein Mund mehr zum Sprechen. Treiben weg wie vor einem Wind. Hut findet das übertrieben. Läßt sich aber

nicht entmutigen. Ist unterwegs und versucht, sich zu erinnern. Er versucht, rauszukriegen, was eigentlich passiert ist.

Was stellt er fest, fragte Kram.

Er stellt fest, daß ihr ihn totgeschlagen habt. Er stellt ganz
genau fest, daß Kram, Ersatzreifen und Ozean ihn totgeschlagen haben und daß Ersatzreifen ihm einen Fußtritt versetzt
hat, als er schon tot war. Er erinnert sich an dein Lachen.
Ersatzreifen. Das Lachen hat er noch in den Ohren. Dein
Lachen behält er bis zuletzt.

Hut hat keine Ohren mehr, sagte Kram, macht aber nichts.

Daß ich gelacht habe, nimmt mir keiner weg, rief Ersatzreifen. Daß ich gelacht habe!

Er versuchte, zu lachen.

Und was, fragte Ozean, stellt Hut fest – über dich?

Er stellt fest, daß ich ihn auch totgeschlagen habe. Er kann
nicht feststellen, wer ihn am meisten totgeschlagen hat.

Ersatzreifen hat ihn am meisten, sagte Ozean.

Er, ich oder ein anderer, sagte Kram.

Alibi blickte vor sich in das Unkraut und fuhr fort:

Ich sehe euch nicht mehr. Im Ernst, ihr seid Luft.
Lautlosigkeit. In der Ödnis bin ich unterwegs und rufe,
versuche zu rufen: HUT!

Elend! Elend! Elend! äffte Ersatzreifen.

Ja, sagte Alibi ruhig, Elend, Elend, Elend, das rufe ich. In
der Ödnis rufe ich, ich kann auch sagen, ich weine. Ihr sagt,
ich weine nicht, meine Augen sind trocken, aber das Weinen
ist nicht sichtbar, es kommt aus dem Loch, es kommt nicht bis
in die Augen.

Es bleibt im Loch und füllt es aus. Ihr sitzt im Sessel, aber
ich nicht.

Verdammtnochmal, schrie Alibi, ich weine!

Niemand sprach.

Dann suche ich Hut, fuhr Alibi fort. Bloß nicht die Nerven
verlieren in dieser Ödigkeit. Ach Ödigkeit. Gott hätte das
Wort leserlich neben sich in die Luft geschrieben und sich
nichts dabei gedacht. Ich versuche, in der Ödigkeit voranzu-
kommen, es geht nicht.

Es geht schon, Alibi, sagte Ozean. Sei ganz nüchtern, dann
geht es.

Bring ihn zurück, sagte Kram.

Ich bin ganz nüchtern, aber es geht nicht. Jeder Tote hier kann Hut sein, alle sehn gleich aus. Hut ist nicht mehr derselbe, ich kann ihn nicht anfassen und sagen: trink erstmal einen Schluck, das vorhin war bloß ein Witz, im Zweifelsfall immer Lokalwechsel. Es geht nicht.

Mach keinen Ärger, sagte Kram.

Hut, er heißt nicht mehr Hut, sagte Alibi. Er heißt Garnicht. Sein Gesicht ist garnicht, was soll ich machen. Garnicht. Ihr habt ja keine Ahnung!

Er stand auf und machte ein paar Schritte.

Ein Mensch und ist kein Mensch mehr. Ist ein Mensch gewesen mit dem Einverständnis seiner Freunde und ist jetzt garnicht. Da liegt er. Lokalwechsel garnicht nötig, er ist hier. Macht doch eure Augen auf, faßt ihn doch an! Ihr könnt ihn nicht mehr auf die Beine stellen, also legt euch zu ihm! Na los, legt euch zu ihm ins Gras, da ist kein großer Unterschied zwischen Hut und euch. Menschen und sind keine Menschen mehr, murmelte Alibi. Habt ihr eine Ahnung, was ein Mensch ist, mit dem Einverständnis seiner Freunde?

Ersatzreifen gähnte.

Setz dich hin, sagte Kram, mach kein Theater.

Von seinem Kranich redet er nicht mehr, sagte Ersatzreifen.

Sprich von deinem Kranich, wenn es dir hilft, sagte Ozean.

Mir hilft kein Kranich, kein Lampionfest, mir hilft kein Mensch. Nichts hilft mir, wenn ich Ersatzreifen lachen oder gähnen sehe.

Sieh woanders hin, sagte Ersatzreifen, sieh in die Luft, wo der Kranich fliegt!

Ersatzreifen, jetzt bist du still, sagte Ozean.

Nichts hilft mir, wenn ich an mich denke, und an euch und an Hut, an uns alle.

Ersatzreifen rappelte sich hoch und begann zu lachen.

Kram stimmte in sein Gelächter ein, zögernd zunächst, dann übertrieben laut.

Ich bin auch einer, der heulen könnte, sagte Ozean, aber was nützt das.

Das Weinen ist da oder es fehlt, sagte Alibi. Seine Stimme

hatte keinen Klang. Es ist da, fügte er hinzu und blickte auf die leere Straße.

Vielleicht lernst du's noch, Ozean, alter Tränensack, rief Kram.

Es ist nichts als Weinen da, sagte Alibi.

Ersatzreifen zog seine Hose zurecht und ging mit dem Kofferradio in die Baracke.

Wer kriegt das Kofferradio, rief er von drinnen.

Er knipste es an und drehte an den Knöpfen. Musik schallte aus der Baracke in den grauen Mittag.

Stell das ab! rief Alibi.

Ich mache Musik, sagte Ersatzreifen in der Baracke, und du weinst. Fang an zu weinen, das kannst du doch. Fang an, heul schon, na los, heul doch! Heul schon, du hast doch vorhin so viel davon geredet! Los, heul doch, Menschenskind! Heult doch alle miteinander!

Kranich, flüsterte Alibi.

Gesprächsstoff

Wenn der Sommertag dunkel wird, vor dem Zubettgehn, laufen sie in Räbels Hof, wo Räbel und Hanf und der Alte Windig vor der Haustreppe sitzen und reden. Vorsichtig, um nicht bemerkt und verjagt zu werden, hocken sie sich auf die abgewetzte, speckige Steinbank neben der Einfahrt und hören zu. Der leere Hof erzählt von Leuten, die vor Räbels Zeit oder mit ihm zusammen das Haus bewohnten, der tote Gundel, die kleine Frau Waschmehl, Jakob Saurehs und Franz Dinapoli, der in New York verschollen ist. Auch ist immer wieder die Rede von der Frau Holzapfel und einem Kuckuckskasten. Sie haben nie herausbekommen können, was es mit ihrem Leben auf sich hatte und was ein Kuckuckskasten gewesen ist. Haben die Leute auch selber nie gesehn, von denen hier immer wieder gesprochen wird, als hätten sie sich auf einem Spaziergang zum Friedhof verspätet und kämen gleich wieder. Wissen auch nicht, ob das Gesprochene wirklich ein Bestandteil des Ortes und also der Welt gewesen ist oder ob es ihr jetzt hinzu erzählt wird und aus welchen Gründen. Sie sitzen neben der Einfahrt und beobachten Räbels Gesicht mit den sieben darin verzeichneten Lebensaltern. Entzündete Augen hinter Brillengläsern, die Flaschenböden gleichen. Der Alte Windig, nickend mit schwerem Kopf, den der Alkohol purpurn verbrannt hat. Und Hanf, meist schweigsam, mit Zähnen, schwarz von Tabak und Nüssen.

Sie sitzen geräuschlos und horchen auf die unter Schnurrbärten langsam hervorkommenden Sätze, die laut in die hausalte Stille fallen, in die warme Fledermausluft des Augustabends, in die tote Lautlosigkeit, die sich tagsüber angesammelt hat und vertieft wird durch die Dunkelheit im Hausgang, durch die halb offenen Kellertüren und durch die leeren Korbstühle, die zwischen schwarz angelaufenen Weinfässern herumstehn und auf Räbels Freunde warten.

Vor zehn oder elf Jahren, sagt der Alte Windig, hat die Holzapfel den Kuckuckskasten mit nach Hause genommen. Eine Feder ist darin gesprungen gewesen, und sie hat darauf bestanden, die Feder durch ein Stück Draht oder durch eine

Haarnadel zu ersetzen. Sie hat sich unter allen Umständen um den Kuckuckskasten kümmern wollen und hat versprochen, den Kasten zurückzubringen, wenn er wiederhergestellt ist. Aber sie hat den Kuckuckskasten nicht zurückgebracht. Und ich habe vergessen, mich nach dem Kasten zu erkundigen, sagt der Alte Windig, jetzt ist kein Kuckuckskasten mehr da, und ich frage gar nicht, wo er geblieben ist. Kann mich auch nicht erinnern, ob die Holzapfel später noch einmal zu Besuch gekommen ist. So ist das, sagt Räbel, und Hanf stochert mit dem Spazierstock zwischen den Kopfsteinen.

Wo denn die Zeit geblieben ist, sagt Räbel.

Ja, wo sie geblieben ist, sagt Hanf.

Auf der Straße nach Mult, sagt Hanf, ist einmal ein Toter herumgelegen, und keiner hat sich die Mühe gemacht, ihn wegzuschaffen. Es hat an jenem Abend geregnet, ein senkrechter Frühjahrsregen, schwarz und zischend in den Akazien, und jeder hat gewußt, daß ein Toter auf der Straße herumgelegen hat, aber keiner ist hinausgegangen, um ihn hereinzuholen oder unter ein Vordach zu ziehn. An jenem Abend ist jeder zu Hause geblieben und hat den Regen vernommen und sich vorgestellt, wie der Regen in die Kleider des Toten eindringt, und der Tote ist schwer von dem vielen Wasser gewesen, als die Streife ihn am nächsten Tag weggeschafft hat. Übrigens ist der Tote hierorts nicht bekannt gewesen.

Das ist auch kein Wunder, sagt Räbel. Wo der Krieg durchkommt, bleibt leicht mal ein Toter zurück, ein Toter ist nicht zuviel. Es sind viele Tote zurückgeblieben, hierorts und an anderen Stellen, unbekannte Verhungerte oder Erschossene, auch halbe Kleider und einzelne Schuhe, weggeworfene Uniformen, Leiterwagen der Flüchtlinge, man hat das alles in die Häuser geholt, damit es nicht draußen herumliegt. Draußen Herumliegendes beunruhigt die Menschen, sagt Räbel. Ich selber habe einen Brotbeutel beiseite genommen, aber er hat nur Dokumente enthalten, wertlos.

Eine schreckliche Unordnung in den Menschen, sagt Hanf.

Andere Zeiten, sie sollen nicht wiederkommen.

Sie stellen Vermutungen an, wer der Tote gewesen ist, und versuchen, sich aller Toten der letzten Jahre zu erinnern, aber es sind zu viele, sagt Räbel, nur die Katastrophen-Fälle bleiben im Gedächtnis. Die in den Betten Verstorbenen prägen sich nicht mehr besonders ein. Man kennt vielleicht noch die Namen der im Steinbruch Erschossenen, sagt Räbel, aber die anderen sind einfach weg und fertig. Und sie sprechen darüber, daß Jum Frieß (jener, der am Südende des Ortes wohnt, nicht der Küfer) jetzt ein Telefon besitzt, aber er ist noch niemals angerufen worden, hat selber auch niemanden angerufen. Daß er ganze Tage in der Nähe des Telefons verbringt in der Hoffnung, das Telefon werde läuten. Daß er dabei das Trinken fast ganz aufgegeben hat. Daß seine Telefonnummer vermutlich noch nicht gedruckt ist und daß es wohl niemanden gibt, der ihn anrufen wird. Daß kein Grund gegeben ist, ihn anzurufen. Ich wüßte nicht, warum ich ihn anrufen sollte, sagt Räbel, habe selber auch kein Telefon, warum überhaupt ein Telefon. Daß Frieß sich das Telefon vermutlich nur angeschafft hat, um auf sich aufmerksam zu machen. Weil ein Mensch so schnell zwischen den anderen untergeht oder übergangen wird, sagt Hanf. Was ist ein Mensch unter Menschen, ein einzelner unter vielen. Man sieht ihn nicht, man vergißt ihn, während er noch am Leben ist und sich Hoffnungen macht, danach erst recht. Wenn einer unbemerkt lebt, ist es aus mit ihm. Man braucht nicht zu sterben, um tot zu sein, sagt Räbel.

Man braucht nicht zu sterben, sagt der Alte Windig.

Sie sprechen darüber, daß der Engländer, der im Sommer die Ambachsche Villa gemietet hat, irgendwelche Steine sammelt und die Sache handhabt wie ein Geheimnis. Daß er wohl ein Geograph, nein, ein Geologe ist. Daß er den ganzen Tag durch die Weinberge läuft mit einem Hammer und einem Sack, Steine abklopft und wegwirft oder in seinen Sack legt und nach Hause trägt. Die Villa ist schon ganz voll von diesen Steinen, hundert Seifenkartons oder mehr voll von Steinen, die er gewaschen, lackiert und numeriert hat. Seine Frau hat einen Strich durch den Salon gezogen und gesagt: bis hierher und nicht weiter. Er hat daraufhin den Keller und die Garage mit Beschlag belegt. Hunderttausend ganz gewöhnliche Weinbergsteine, wie wir sie jeden Tag in der Hand haben, sagt Räbel. Er hat eine Auswahl dieser Steine zur Begutachtung an eine Gesellschaft nach London geschickt und kürzlich den Bescheid erhalten, daß die Steine keinen Wert besitzen, aber er sammelt immer weiter. Was er denn mit den Steinen anfangen wird, am Ende des Sommers und überhaupt? Nach England schicken? Oder ob er die Steine in der Villa zurückläßt? Unverständlich. Ein Engländer.

So ist das, sagt der Alte Windig.

Ob man nun sagen soll, daß der Engländer verrückt ist?

Früher, zu seiner Zeit, ist in der Villa was los gewesen, sagt Räbel. Die Villa? Unvorstellbar. Die Feste der Familie Ambach haben gewöhnlich ein paar Tage gedauert, und die Leute sind nachts in Hängematten und Zelten, auf Bänken und unter Büschen herumgelegen.

Ich erinnere mich, sagt Hanf.

Ja, ich erinnere mich an solche Feste, sagt der Alte Windig.

Und sie fragen sich, wessen Fahrrad man einmal in der Brombeerhecke neben der Einfahrt gefunden hat, das Fahrrad ist nie abgeholt worden. Überhaupt die Villa mit den von Katzenpfoten zerkratzten Clubsesseln; die Fliegenklatschen, die Jagdgewehre, die bauchigen Schokoladentassen und die verglasten Bücherschränke. Das selbstgemachte Quittengelee der alten Dame und die Haarnadeln der jungen, die jahrzehntelang auf dem Parkett und auf den Kieswegen herumgelegen haben und heute noch in den Bodenritzen der Veranda zu finden sind.

Nun wird das Ganze vermietet, sagt Hanf.

Und Räbel erzählt von der Autobahn, die die Gegend da draußen, soviel er gehört hat, gänzlich verändert. Von den Luisengärten ist nichts mehr übrig, und anstelle des Lupinschen Hauses befindet sich jetzt eine Tankstelle. Sie stellen Vermutungen darüber an, wer die Bewohner der neuen Siedlungen am Südende des Ortes sind und wie man dort lebt, in diesen grauen eckigen Kästen.

Wie kann man es dort aushalten, sagt Hanf, in dieser Müllkastengegend.

Man kann ja nicht, sagt der Alte Windig, man muß.

Man muß und fragt nicht, sagt Hanf.

Und Räbel: Ich habe von einem Inspektor gehört, der zu einer Inspektion nach Göddes gekommen ist. Er hat immerfort nach sauren Heringen verlangt, aber man hat keine sauren Heringe dagehabt, niemand hat in der Eile saure Heringe auftreiben können. Man hat den nächsten Ort seiner Inspektionsreise telefonisch verständigt, daß der Inspektor saure Heringe will, dort ist alles voll saurer Heringe gewesen, aber der Inspektor hat nicht nach sauren Heringen, sondern nach Feigen verlangt. Nun hat man aber keine Feigen für ihn auftreiben können, und so hat man den nächsten Ort seiner Rundreise telefonisch verständigt, daß der Inspektor nach sauren Heringen und nach Feigen verlangt, aber am dritten Ort hat er weder saure Heringe, noch Feigen, sondern Salzbrezeln haben wollen. Was man davon halten soll.

So schlimm wird es wohl nicht gewesen sein, sagt der Alte Windig.

Warum man denn solche Geschichten erzählt, sagt Hanf.

Sie sprechen vom fehlenden Regen in diesem Jahr, von der Weinernte und von den Winteräpfeln, sie erzählen vom Sterben der Pappeln in Kurrus' Garten und von den Touristen in Mult und Göddes. Einer ist sogar mit einem Klavier angereist gekommen, sagt Räbel, das Klavier steht in Steiners Scheune, da steht es jetzt drin. Es darf kein Stroh in die Scheune, damit das Klavier nicht verstaubt, damit die Akustik nicht beeinträchtigt wird.

Was man dazu sagen soll.

Ärger, sagt Hanf, die natürliche Folge von allen diesen Schafsmucken.

Er hat vor ein paar Tagen den Pfarrer geschäftlich aufgesucht, sagt Räbel. Der Pfarrer ist mit seinen Zeitungen beschäftigt, sonst interessiert ihn nichts. Das ganze Pfarrhaus voll von Zeitungen, vergilbte, verstaubte, in Schnüren verpackte oder lose herumliegende Zeitungen. Die neuesten Zeitungen immer obendrauf, aber er rührt sie nicht an, die neuesten Zeitungen interessieren ihn überhaupt nicht. Ihn interessieren die alten. Er weiß vermutlich gar nicht, wo die Weltgeschichte im Augenblick steht, weil er mit Aufarbeiten beschäftigt ist. Nehmen wir an, ein Krieg kommt hier durch, sagt Räbel, der Pfarrer läßt den Krieg kommen und gehn und vergräbt sich in seinen Zeitungen. In fünfzehn Jahren liest er nach, was es mit dem Krieg auf sich gehabt hat. Er erfährt dann aus vergilbten Zeitungen, daß die Chinesen alles kurz und klein und gelb gemacht haben. Dann fällt er aus allen Wolken.

Wie leben die Menschen denn, sagt Hanf.

Jetzt ist er irgendwo im Jahr 1936. Immerhin hat er schon fünfzehn ganze Jahre durchgeackert, die Politik, die Wirtschaft, die Annoncen und die Kultur. Wenn man ihn über das Jahr 1928 oder 1936 befragt, ist er auf dem laufenden. Da weiß er alles, er hat ja auch diese Aktenordner voll ausgeschnittener Bilder auf seinen Regalen. Aber von heute weiß er nichts. Die Gegenwart läßt ihn kalt.

Es ist schon richtig, daß man die Begebenheiten der Reihe nach zur Kenntnis nehmen soll, sagt Räbel, die Weltgeschichte, eins nach dem andern.

Aber warum so weit hinten anfangen.

Ich hab das hinter mir, sagt Hanf, mit heiler Haut.

Was man denn mehr will, sagt der Alte Windig.

Vermutlich weiß der Pfarrer gar nicht, daß der Hummel kürzlich gestorben und von ihm beerdigt worden ist. Werde ich später nachlesen, stehende Redensart. Wird er also in fünfzehn Jahren nachlesen, daß er den Hummel in diesem Jahr beerdigt hat.

Ach Papierwelt, sagt Hanf, der Pfarrer soll das halten, wie er will.

Womit die Leute sich beschäftigen, sagt der Alte Windig.

Die Menschen, sagt Räbel.

Zum Beispiel Glockner, sagt Hanf. Glockner lebt ganz in seinen Möbeln. Er hat sich schon immer mit seinen Möbeln herumgeschlagen. Im vergangenen Jahr erst hat er die Fächer seiner Schränke mit Papier ausgeschlagen, jetzt ist ihm das Papier nicht mehr anständig genug, jetzt schlägt er die Fächer mit Wachstuch aus. Vor lauter Möbelrücken kommt er nicht mehr dazu, einen Blick aus dem Fenster zu werfen. Er hat seine vier oder fünf Schreibtische in das Schlafzimmer geschafft. Um für die Schreibtische Platz zu haben, hat er das Schlafzimmer ausräumen müssen und keinen rechten Platz für die Betten und Nachttische finden können. Er hat die Fahrräder, Obstregale und Werkzeugkästen aus dem Keller in die Waschküche geschafft, um Platz für die Betten zu haben. Jetzt ist aber die Waschküche überfüllt, so daß kein Platz mehr für die Kohlen da ist. Der Zugang zur Zentralheizung ist blockiert. Er wird wohl immer weiter herummöbeln. Das ist auch der Grund, weshalb er keine Mieter aufnimmt.

Ich brauche die Zimmer, brauche die Zimmer, stehende Redensart.

Man kann darüber lachen, sagt Hanf, aber ich weiß nicht.

Das ist kein Gesprächsstoff, sagt der Alte Windig.

Warum nicht, sagt Räbel, es spielt sich was ab.

Ach die Menschen, die Leute, sagt der Alte Windig.

Flacks, sein Nachbar, sagt Hanf, kriecht ständig um sein Grundstück herum und schlägt Holz auf der Grenze, obwohl es dort kaum Holz zu schlagen gibt. Er hat dem Flacks das sinnlose Holzschlagen auszureden versucht, hat es ihm schließlich grobweg verboten, aber Flacks hat geantwortet, er kenne die Grenzen des Grundstücks, er werde doch wohl die Grenzen des Grundstücks kennen! Ich, sagt er, ich schlage Holz, wo ich will, jawohl, mein Herr! In der Nacht, sagt Hanf, bin ich von geträumten Axtschlägen aufgewacht, habe mit Herzklopfen im Dunkeln gelegen und nicht mehr einschlafen können. Die Empfindlichkeit ist nicht übertrieben, denn die Holzhauerei ist stellvertretend für einen Totschlag an mir, an uns allen.

Ja, er haßt uns, sagt Räbel.

Aber man soll nicht vergessen: wie sieht es denn in so einem Menschen aus, sagt der Alte Windig. In ihm die Hölle. Er wird mit dem Leben nicht fertig, sagt Hanf.

Es spielt sich was ab, sagt der Alte Windig.

Räbel spuckt unter dem Schnurrbart weg. Hanf schweigt.

Dann ist von der Welt nichts mehr übrig. Die Kinder rutschen von der Steinbank und gehn durch das halb geöffnete Tor auf die dunkle Straße. Da ist kein Mensch mehr unterwegs. Es sieht so aus, als sei alles wegerzählt worden, die Häuser leer erzählt, die Menschen totgesprochen. Aber die Betten sind noch in ihren Zimmern, und sie schlafen in ihren Betten, bis die Nacht alles hat nachwachsen lassen für die Gespräche.

Tunifers Erinnerungen

– sometimes I catch my vague mind
circling with a glazed eye
for a name without a face,
or a face without a name –

1

Tunifers Erinnerungen, also meine. Aber ich habe nie mit
Gewißheit feststellen können, ob es tatsächlich meine eigenen
sind. Es sind vielleicht fremde, aus falschen und unpersönli-
chen zusammengesetzte, und ich habe sie mehr schlecht als
recht in meiner Vergangenheit untergebracht, die im Lauf der
Zeit (aber was heißt das: IM LAUF DER ZEIT) zu einer
Behelfsvergangenheit zusammengewachsen ist. Vergangenheit, Not-Weltbild, meine Mottenkiste voll von jedermanns
Mist, mein lastender Trödel! Erinnerungen, deren Rechte
ungesichert sind. Eigenmächtigkeit im Umgang mit unver-
trauten, sich einschleichenden oder verflüchtigenden Winter-
tagen, Frauenstimmen und Wohnungen ohne Merkmal.
Einblicke in die Unerlöstheiten anderer. Indiskretionen, die
ich nicht gewünscht habe und an denen ich folglich kein
Vergnügen finden kann, keinen Rückhalt. Bestünde nicht die
Gefahr, ungeklärten Erinnerungen aufzusitzen, wäre Tunifer
freier im Umgang mit aller Welt.

»Erinnerungen, die in mir herumliegen wie in den Brunnen
geworfene Steine.«

Zweifellos zutreffend, aber was soll ich mit ihnen anfangen, der ich nur ein Gedächtnis besitze. Wie soll ich die
falschen von den richtigen, die überflüssigen von den
notwendigen scheiden. Wie setze ich unbeweisbare Bilder
außer Kraft. Wie verstopfe ich die Löcher, durch die das
fremde Leben in mein Gedächtnis sickert, durch die sich mein
eignes verflüchtigt, unaufhaltsam. Wie werde ich der Roßtäu-
scher und Falschmünzer in meinem Gedächtnis habhaft?

2

– und ich erinnere mich an einen Morgen in jenem vogelver-
rückten wildgrünen sumpfig heißen Frühjahr, als wir allein in

einem Bungalow lebten. Wir saßen in der Küche und beobachteten durch das engmaschige, aus irgendeinem Grund geölte Fliegengitter die Kolibris in den Ulmen. Lora (oder Ana, Julia) hatte eine Flasche voll Honigwasser mit dem Flaschenhals nach unten an einem Ast befestigt und versehen mit einer Vorrichtung, die Kolibrischnäbeln das Trinken ermöglichte. Wir saßen am Küchentisch zwischen den Resten des Frühstücks (wir frühstückten lange und gut in jenem Frühjahr) und blickten in das vom Fliegengitter gerasterte Licht des noch kühlen Morgens und hörten und beobachteten die winzigen, bunt durcheinanderschießenden Vogelleiber und den waagerecht in der Flasche schaukelnden Wasserspiegel, der sich langsam senkte und im Lauf des Vormittags durch den Flaschenhals verschwinden würde, und Julia (oder Ana, Lora) machte mich darauf aufmerksam, auf welche Weise die langen Schnäbel in den Flaschenkopf stachen, und wir sahen die Flasche an Schnüren zwischen den Blättern pendeln, wenn ein Kolibri sich abstieß und wegschwirrte oder mit schwirrenden Flügeln in der Luft hing und die Flasche bewachte, und wir saßen am Tisch, bis das Licht auf die zusammengeschobenen Teller fiel, und ich erinnere mich – nein, ich erinnere mich nicht. Ich erinnere mich an die Stille jenes Morgens, an die Ruhe des Lichts, sofern ich es nicht mit dem Licht eines anderen Morgens in einer anderen Gegend verwechsle, und ich erinnere mich an eine Schabe, die später an jenem Morgen an den Küchenwänden entlanglief und gegen eine leere Weinflasche stieß, aber ich erinnere mich nicht, ob Lora Ana war oder Julia hieß. Ich könnte nicht mit Bestimmtheit sagen, ob ich mit ihr geschlafen habe und welche Farbe ihre Augen hatten und wie ihre Brüste beschaffen waren und in welcher Sprache wir uns verständigten und wie lange ich mit ihr den Bungalow in jenem Frühjahr bewohnte (falls es ein Frühjahr und falls es ein Bungalow war). Und obwohl ich so wenig Bestimmtes zu sagen vermag, kann ich jenen Morgen in der Küche nicht aufgeben. Ich will ihn behalten, obwohl er unfertig ist. Ich will ihn festhalten, weil er nur aus sich selbst zu bestehen scheint und mit nichts in Verbindung zu bringen, durch nichts zu beeinträchtigen ist. Gleichgültig wie wirklich, wie fremd oder wie eigen er ist

– ich will von ihm sprechen, auch wenn ich jedermanns Geliebte zu meinem Gebrauch erfinden muß.

3

– und ich lebte in einem Apartmenthaus am Boulevard Martinique, hielt mich aber nur selten in meiner Wohnung auf. Es war zuviel in jenem Winter los. Feste in Villen, Clubs und Tanzkellern, ich stand jede zweite Nacht auf irgendeiner Party herum, trank und redete zuviel, wartete auf Taxis in Hauseingängen, übernachtete in fremden Wohnungen, ging gleichgültige Verabredungen ein, vergeudete Zeit, verfügte über eine Geliebte, die sich für Musik interessierte, so daß ich drei von vier Abenden in Plüschsesseln langweiliger Konzertsäle verbrachte, obwohl ich von Musik nichts verstehe, während der acht oder zehn Wochen jener Liaison auch nichts dazuzulernen imstande war (das einzige, was sich mir einprägte, war die Tatsache, daß Schubert an Syphilis zugrunde ging). Ich schlief bis spät in den Tag, telefonierte nach Zeitungen und Tee, horchte auf Joans Geräusche im Badezimmer (ich sage JOAN, obwohl dieser Name nicht zu dem Gesicht zu gehören scheint, an das ich mich erinnere, zu erinnern glaube), verbrachte die Nachmittage in Cafes, diskutierte wie alle Welt über Wittgenstein (den ich nicht gelesen habe) und über Sartre (der mir gleichgültig ist), ein Leben aus Wollust, Langerweile, Verneinung, mühelos und ohne besonderen Hunger, ohne besondere innere oder äußere Verwüstungen und ohne Verlassenheit, was immer das sein mag. Und ich erinnere mich an jene Nacht, als ich (Tunifer! Tunifer!) übermüdet von einer ungewöhnlich lauten Prokofiev-Symphonie und in Begleitung Joans nach Hause kam. An der Türe meines Apartments lehnte ein Mensch, schien erschöpft und war meinem Schlüssel im Weg. Ich grüßte, erwartete Antwort, bat schließlich um Platz und erkannte einen Typ aus der Cafehaus- und Party-Clique jener Saison, das schweißnasse, sonderbar aufgeschwemmte und – wie soll ich sagen – verwischte Gesicht des beliebten Freundes und Tanztigers, der vor ein paar Monaten im Süden Mexikos gestorben und begraben worden war. Eine Täuschung war ausgeschlossen. Ich erschrak. Beklommene Momente, dann

Entsetzen und Sprachlosigkeit. Ich trat ein paar Schritte zurück und schob Joan beiseite (die ihn vermutlich für einen Betrunkenen hielt). Der Mund des Mannes öffnete sich. Unerträgliche Langsamkeit der Lippenbewegung, ein ausgetrocknetes, lebloses Loch – Plutos Lippen, wenn er nach Nahrung verlangt –, unzusammenhängende Geräusche bildeten sich, nicht menschliche, waren tatsächlich zu hören, wurden von pelziger Zunge aus dem Mund geschoben, während Schweiß am Kinn des Mannes zusammenlief und in seinen Hals sickerte. Ich glaubte schließlich, meinen Namen zu hören in Verbindung mit der Frage, ob er bei mir übernachten könne. Ich bemerkte jetzt seine Kleider, einen verbrauchten Ledermantel, naß über zu weiter Hose, ein Militärhemd ohne Knöpfe und aufgeweichte Sandalen (es war eine Nacht des Schneetreibens und der Kälte). Ich drängte mich an ihm vorbei, schloß auf, versuchte, den schlaffen Körper nicht zu berühren, hielt Joan zurück, achtete nicht auf ihren Protest, wartete, bis er langsam, unerträglich langsam, als bewege er sich unter Wasser, mit schleifenden Füßen vorausgetaumelt und in einem Sessel zusammengesunken war, folgte ihm in die Wohnung, während Joan mit heftigen Schritten an mir vorbeilief und sich im Badezimmer einschloß, setzte mich auf eine Tischkante, ohne den Mantel abgelegt zu haben, sah ihn an, wurde von ihm aus vorstehenden Augäpfeln betrachtet, richtiger: fischäugig fixiert, als erwarte er von mir eine Beglaubigung seines augenblicklichen Lebendigseins. Ich antwortete ihm gegen meinen Willen, DASS ER NATÜRLICH BLEIBEN KÖNNE, und er blieb, wo er saß oder hing, im Sessel, bewegte sich nicht, seine Lider rutschten über die weißlichen Augen, und Nässe lief aus seinen Kleidern und bildete Flecken um Sandalen und Sesselbeine.

Am folgenden Morgen war Joan verschwunden. Ich erinnere mich nicht, wie wir und ob wir die Nacht zusammen verbrachten, zu zweit, zu dritt (ich sah sie noch einmal auf einer Party und habe seither kein Konzert mehr besucht). Der Tote stand im Zimmer und blickte mich an. Seine Kleider waren in zerknittertem Zustand getrocknet. Er bat mich, ihm Geld für ein Taxi zu geben, da er nun NACH HAUSE FAHREN wolle. Er hielt mir einen Zettel hin, auf dem eine Adresse im Osten Alamandangos notiert war (in wessen Schrift?). Ich überwand mich und hakte ihn unter und schaffte ihn in den Fahrstuhl und aus dem Haus, beförderte ihn in ein Taxi, gab dem Fahrer Zettel und Geld, blickte dem Taxi nach, überlegte, kam zu keinem Ergebnis, erinnerte mich an Party-Gespräche (Standbein-Spielbein-Betrieb auf gediegenen Teppichen, unzusammenhängende Dialoge), wenn von ihm die Rede gewesen war als von jemandem, DER DAZUGEHÖRT HATTE, jetzt aber irgendwo gestorben, sozusagen aus dem Club ausgetreten war, Chefganove aus einer anderen Saison, Gesprächsstoff, nichts weiter, und ich fing an zu begreifen, daß er jetzt wieder hier war, vielleicht nicht vollständig, vielleicht nur zur Hälfte, aber doch anwesend, sichtbar, greifbar und unumgänglich einen Platz in meinem Bewußtsein beanspruchend, festgesetzte Erinnerungen zerstörend, und ich begriff, daß es nicht leicht sein würde, ihn unterzubringen bei Lebenden oder Toten, in Vergangenheit oder Gegenwart.

Den folgenden Tag über läutete das Telefon. Ein stereotypes WISSEN SIE SCHON, WAS PASSIERT IST, kam meinen Fragen zuvor, und ich erfuhr, daß der Aufgetauchte (der Tote? Halbtote? zur Not Lebende? so ein Scheusal –) bereits vor verschiedenen Türen gestanden habe und abgewiesen oder nicht wiedererkannt worden sei. Daß er verleugnet werde. Daß er aus seinem Grab im Westen Mexikos (also nicht im Süden?) ausgebrochen sei und sich, eigenem Gestammel zufolge, auf Land- und Wasserwegen nach Alamandango durchgeschlagen habe. Daß man ihm schließlich nichts schuldig sei. Daß er in einer Baracke im Osten der Stadt untergekrochen sei (UNTERGEKROCHEN sei der treffende Ausdruck), von der er behaupte, sie sei sein Zuhause, sei immer schon sein Zuhause gewesen. Daß er nur IN DER ERDE GEWACHSENES zu sich nehmen könne, also Kartoffeln, Rettiche, Rüben und irgendwelche Kürbisse. Daß Lafort ihn genau untersucht habe (wer war Lafort?) und ihn weder für besonders menschlich, noch für besonders lebendig halte. Daß man ihn in der Gegend jener Baracke weder kenne noch je zuvor gesehn habe. Daß man überein kommen solle, den

Fall zu ignorieren. Daß sich wohl niemals werde feststellen lassen, ob er seinerzeit wirklich in Mexiko gestorben sei oder ob er Mystifikationen um sich verbreitet habe. Daß er von Orten, Besitzverhältnissen und Frauen spreche (oder zu sprechen versuche), die nie mit ihm in einem Zusammenhang gestanden hätten. Daß er behaupte, Musikhistoriker zu sein, hingegen bestreite, als Großkaufmann gelebt zu haben, und so fort.

Ein paar Tage später fuhr ich in die östlichen Vorstädte, ließ meinen Wagen stehn, wo der Asphalt in Schlamm überging, und fragte mich zu dieser Baracke durch. Zwischen Abwassergräben, Waschplätzen und mit politischen Parolen bemalten Schuppenwänden des türkischen Viertels fand ich eine Baracke mit Wellblechdach und zugestrichenen Fenstern. In ihr saß Claude (ich zögere nach wie vor, seinen Namen auf ihn anzuwenden) in einem alten Gartenmöbel. Er sah hinfälliger, verfaulter, sozusagen gestorbener aus als vor ein paar Tagen, so daß ich mich fragte, wie lange er sich am Leben, in diesem Zustand, werde erhalten können. Ob sein Herz funktionierte? Er glich einem verschimmelten Götzen. Kinder umstanden ihn und sahen zu, wie eine junge Frau wäßrigen Brei in seinen Mund schob. Er erkannte mich sofort (das brachte mich etwas aus der Fassung) und versuchte zu sprechen. Obwohl ich ihn bat, sich zu schonen, brachte er gurgelnd seine Stimme in Bewegung, viehische langsame Laute, ich kannte das schon, er bat mich um die Adresse einer gewissen Nina. Ich versprach, die Adresse ausfindig zu machen, und entfernte mich mit den Kindern, als die Fütterung vorbei war. Bevor ich zu meinem Wagen zurückkehrte, wusch ich Gesicht und Hände in einer Bar.

Nach vierzehn Tagen wurde bekannt, daß Claude ein zweites Mal gestorben war. Ein paar Türken hatten sich seiner entledigt (er soll in einem der östlichen Friedhöfe unter die Erde gekommen sein). Damit schien der Fall erledigt. Man vermied es, weiterhin von ihm zu sprechen. Aber ich frage mich, wann er wieder auftauchen wird und bei wem. Die Erinnerung an ihn bleibt unabgeschlossen. Er ist noch nicht wieder gesehn worden, aber sein unsinniges Verlangen nach Leben (um was sonst könnte es sich gehandelt haben) wird

Möglichkeiten finden, noch einmal menschenähnlich in Erscheinung zu treten. Und es ist klar, daß seine Gestalt nicht erträglicher sein wird.

Klar, daß er bei Tunifer auftaucht.

4

– und ich lebte auf einer Farm am Fluß Tumah. Mein Zimmer, kalkig und eng unter schwerer Balkendecke, ging auf einen Hof voller Dambari-Bäume. Es war mein Job, den Blätterfall einer Nacht zusammenzukehren und hinter dem Wirtschaftsgebäude zu verbrennen, von wo aus man über den Fluß in das Hügelland sieht. Ich kehrte das Laub vor Tagesanbruch zusammen und weckte die Vögel, die in Astgabeln saßen oder zwischen Blättern am Boden lagen (der ständige starke Wind in dieser Gegend warf die Schlafenden nachts von den Bäumen), und als der Mittsommer kam mit heißen Nächten und warmen Winden, hingen die Bäume morgens voller Kleider, Bäume im Farmhof und Bäume am Fluß, zahllose Bäume buntscheckig von Kleidern der Liebespaare, die die Nächte in den Hügeln verbracht hatten – Hosen, Männerhemden, Schlipse, vor allem aber Röcke, Unterröcke und Mieder. Sie waren vom Wind um die Baumstämme gewickelt worden, hingen von den Ästen, schleiften mit Laub und Staub vermischt über die Lehmplätze der Farm oder lagen zerknautscht in einem windstillen Winkel. Ich verwahrte sie in meinem Zimmer (die Farmer der Gegend kümmerten sich nicht um sie). An Markttagen reiste ich über den Fluß in die Siedlung und bot die im Lauf einer Woche gesammelten Kleider zum Verkauf. Dabei stellte ich fest, daß vor allem junge Leute zu mir kamen, kleine Ganoven aus der Gegend und schüchterne Paare, auch einzelne Frauen, die sich in unbestimmter Weise nach bestimmten Kleidern erkundigten, bereit, jeden Preis zu bezahlen, amüsiert oder erleichtert, wenn die betreffenden Stücke sich fanden. Ich wurde alle Kleider los, der Wind ernährte den Laubfeger, und als der Sommer zu Ende ging, der Wind kühl und kleiderlos von den Flußhügeln kam und die Bäume nichts als Laub zu Boden warfen, waren nur ein paar Männerjacken übrig, die ich für mich selber zurückbehielt.

Ein bestimmtes Kleid hatte ich nie zum Verkauf mitgenommen. Mir war eine Frau aufgefallen, die an allen Markttagen kam und ohne gekauft zu haben wieder verschwand. Nach ein paar Wochen erkundigte ich mich, welches Kleid sie suche, und erfuhr, daß es sich um das zurückgehaltene weiße, nach Ambra duftende Kleid mit dem grauen Gürtel handelte. Ich sagte, ich könne das Kleid beschaffen, sei aber nicht bereit, es zu verkaufen. Sie gab zu verstehn, daß sie mir etwas anderes für das Kleid geben wolle, und da ich durchaus die Absicht hatte, mir geben zu lassen, was besser als Kleingeld war, verabredete ich mich mit ihr an einem Wochenende, und sie kam über den Fluß, und ich brachte sie zur Farm und zeigte ihr das Kleid in meinem Zimmer, und sie bestätigte, daß es das gesuchte sei, und von diesem Tag an lebte ich nicht mehr allein in meinem Zimmer auf der Flußfarm, sondern hier und an anderen Orten mit einer Frau, die zwei Kleider besaß und nichts anderes zu wünschen schien, als von mir aus- und angekleidet zu werden.

Ich kann mich nicht mehr an ihr Gesicht erinnern, und auch ihr Körper ist mir abhanden gekommen. Ich kann mich nicht erinnern, ihren Namen je ausgesprochen oder gehört zu haben, weiß auch nicht mehr, unter welchem Namen ich auf der Flußfarm lebte (falls es eine Flußfarm und falls ich es selber war). Ich erinnere mich an verschiedene Frauen an verschiedenen Orten, aber diese eine ist nicht unter ihnen (obwohl ich das Kleid mit dem grauen Gürtel Jahre später noch auf Hotelbetten herumliegen sah). Ich weiß nicht und werde wohl nie wissen, wieweit ich meiner Erinnerung trauen kann, doch habe ich sie – wie seinerzeit das Kleid – zurückbehalten und untergebracht in einem Sommer, als mir der Wind, vielleicht auch die Liebe fehlte.

5

Ein paar Jahre lang las ich die Erinnerungsgesuche und -angebote verschiedener Zeitungen (ich beschränkte mich auf solche, die an Orten erscheinen, in denen ich gelebt habe), weil ich immer noch hoffte, meine Lücken im Lauf der Zeit (aber was heißt das: IM LAUF DER ZEIT) ausfüllen, Tunifers Vergangenheit, also meine, endgültig einrichten zu können.

Namen und Daten – menschenlos, gegenstandslos und ohne Zahl. Farblose Erinnerungen an Julka (nicht Julia), aber wer war Julka. Julka in schwarzem Regenmantel an einem Restauranttisch in Lissabon. Halbwilde Erinnerungen an Joans breite trockene Lippen und Julias Ohrringe. Erinnerung an einen Indio, der barfuß auf einer von Maultieren und Omnibussen verstopften Straße stand (ich sage mir, das kann nur in Guanajuato gewesen sein) und AUFZIEHBARE SCHMETTERLINGE verkaufte. Es muß etwas Ungewöhnliches mit diesem Indio auf sich gehabt haben. Ich glaube mich zu erinnern, daß er einen der – vermutlich blechernen – Schmetterlinge auf seinen rechten Handteller legte und ihn mir zu überreichen versuchte, während ich in meinen Taschen nach Kleingeld suchte. Aber das ist es eben, und daran liegt es: Mein Erinnern reicht gerade noch bis zur eigenen Hand, erreicht mehr ahnend als erinnernd den Schmetterling, ist im Begriff, den Schmetterling anzufassen, um ihn Julia (oder Julka, Ana) zu schenken, und den Schlüssel – den Schlüssel – irgendwas mit dem Schlüssel – da setzt die Erinnerung aus und verweist mich an den erwähnten Brunnen voller Steine. Ich habe ein paar Erinnerungen zurückerwerben können, und es ist, alles in allem, erleichternd, sie zu besitzen – aber der Zustand, in dem sie mir übergeben, das heißt: mündlich oder schriftlich zurückerzählt wurden! Abweichungen, Kürzungen und Fälschungen, die es mir schwer machen, mich einzuleben. Der Aufenthalt in unzuständigen Köpfen hat meine Julias und Julkas verdorben und meine Schauplätze ruiniert. Julia, Julka, Ana, Lora oder Joan – wie hat man denn mit meinen Geliebten gelebt. Was für traurige Kunststücke hat man ihnen beigebracht. In was für geschmacklose Kleider hat man sie gestopft, in was für billigen Absteigen die Winternächte mit ihnen verbracht. Ein Potpourri fremdmenschlicher Zutaten, es ist lächerlich und beschämend, ich muß ausmisten, Kinder anstelle von Maitressen, Hinterhöfe anstelle von holländischen Restaurantterrassen. Ana in einer norwegischen Kleinstadt, in orangenen Hosen und gelben Wasserstiefeln! Ana, die nie Wasserstiefel besaß, nie in Norwegen war. Es ist zweifelhaft, ob ich diese Erinnerungen je wieder so hinbekomme, daß ich in ihnen leben kann. Ich habe schon ganze Provinzen ergänzen, das heißt: erfinden müssen, Kriegsschauplätze, Herbsttage, Brautkleider, Schlafzimmer, Straßenecken und Julkas, Anas, Loras Gesicht. Wiederum andere Gesichter werde ich nicht mehr los, lebe mit ihnen wohl oder übel und weiß nicht, wem sie gehören, Fettaugen-Gesichter, Stockfisch-Köpfe, wenig Schönheit im großen und ganzen. Unmöglich, sie abzustoßen. Ein Leben im Stückwerk ist das, und der Gedanke, daß ein großer Teil meiner Erinnerungen (die ich doch bräuchte für eine Gegenwart ohne Bitterkeit), daß der hauptsächliche Teil meiner Erinnerungen für immer verschleppt, verloren, verwüstet ist, weil die Zeugen gestorben sind oder in Gegenden leben, die für mich und meine Annoncen unerreichbar sind! Und der Gedanke, daß meine Vergangenheit ohne sicheren Nachweis bleiben wird, zu ANHALTSPUNKTEN eingeschrumpftes Dasein, verarmt in Suchbildern und Anekdotenkram, kleine Kuckucksunendlichkeit ohne Gewähr, meinem Bewußtsein vorausgestorben in fremden Köpfen, Zeit und Lebenszeit Verwirrgeistern stückweise preisgegeben zu Spiel und Spielverderben, grausam spielverdorbene Schätze meiner Erinnerungen –

6

– und träge ziehender Holzrauch unter den Torbogen Patzcuaros. Geruch nach saurem Wein und verbranntem Mehl. Urinflecken an einstmals weißen Mauern, salpeterzerfressenen Kirchenmauern im Kolonialstil. Marienfüße voll Unkraut und Treppen voll Schutt. Weite Plätze voll bewegungslos dösender Indios. Abendlich dunkle Bogengänge voller Maultiere, Kinder, Musikinstrumente, Ölflaschen und schlafender Katzen. Von Armenfamilien verwohnte Paläste, Abfälle, Fliegenschwärme, zerrissene Hängematten –

– und wir hörten das Lachen der Kartenspieler in der rot verglasten Veranda des Speisehauses, in dem außer uns kein Mensch je zu essen schien. Hörten Getrappel schwer beladener Maultiere, die über die Plätze getrieben wurden. Horchten auf abendlichen Lärm in zu engen Straßen und überfüllten Patios; Glockenspiele, Flöten, Süßholzmusik; schläfrige Klänge aus Trauer und Zufall; die Rufe der

Omnibuschauffeure hinter dem Hotel. Und wir lagen nackt auf dem beinlosen breiten Bett und rauchten und betrachteten die im Halbdunkel untergehenden Gegenstände, den an der Wand befestigten Wasserkanister (Julia behauptete, ähnliche Behälter in Persien benutzt zu haben), den fettfleckigen Spiegel, zu klein für Julias Frisur, die auf den Boden geworfenen Kleider, die harten Bettücher, den schmierigen Flechtstuhl und die an Schnüren baumelnden Kleiderbügel aus verbogenem Draht. Wir horchten in die Stille des stickigen Raums und dachten an – ich dachte an – vermutlich an gar nichts. Und Julia stand auf (es kann sich nur um Julia gehandelt haben), durchquerte das Zimmer, stieß die Läden nach draußen, beugte sich aus dem Fenster und sah über das mit Zigarettenkippen überschüttete Blechdach hinweg auf den Platz, der in Düsternis aus Holzrauch und Dämmerung schwamm. Sie gähnte und begann sich anzuziehn, und ich stand auf, um ihr beim Anziehn zu helfen, obgleich das Ankleiden einer Frau zu den deprimierenden Sachen gehörte, unerträglich das Ende der Liebe, das Verschwinden eben noch heißer Haut in geordneten Kleidern, die Rückverwandlung eines Körpers in seine Alltäglichkeit. Während Julias Arme in weißen Stoffen verschwanden, hörten wir Lärm in den Bogengängen unter dem Fenster, über Steinböden wischende Sandalen, rennende Schritte, Geschrei, stimmbrüchigen wutvollen Jubel, zu Boden schlagendes Holz und zerscherbendes Glas (vermutlich der umgekippte Tisch des Sodawasser-Händlers vor unserem Hotel). Und wir beeilten uns, mit den Knöpfen und Schleifen zu Ende zu kommen, Julias Kamm, Julias Haar, Julias immer noch duftende helle Hände, ihre Stöckelschuhe und die in hastigen Fingern wie Murmelspiel klickernden Halsketten. Und wir machten uns fertig und rannten über die mit Abfall überhäuften Treppen nach unten, aus dem Hotel und unter die Bogengänge, stolperten in ein schweißig zusammengeleimtes Gedränge aus Menschen, Kleidern, Stimmen, Bärten, Sombreros, Messern, Hunden, Obstkörben, Fackelfeuern und niedrig ziehendem Qualm, und Julia lief vor mir her und von mir weg, während ich versuchte, sie zurückzuhalten, an ihrem Ellenbogen, an ihrem Gürtel. Sie schien etwas Bestimmtes ins Auge gefaßt zu haben, war schon zu weit von mir entfernt, vom Gedränge weggeschoben in die alles packende, nichts mehr loslassende Wirrsal aus Augen, Händen, Zähnen (ja, Zähnen). Meine Schuhe rutschten über einen halb gebratenen Fisch (es kann sich nur um einen halb gebratenen Fisch gehandelt haben). Qualm in den Augen, Hunde und verfaulte Früchte zwischen den Füßen. Julias Haare im rauchigen Dunkel vor mir. Julias weiße Bluse, eben noch unverwechselbar schmal und leicht, ersetzt von einem Männerhemd, dann von einem Kopftuch. Julia aus meinem Blickwinkel gedrängt, Julia verloren. Und ich lief durch die Menge, schreiend nach Julia, und sah eine ungewöhnlich große Galionsfigur in Kopfhöhe durch die Dunkelheit kommen, auf Männerschultern liegend, geschleppt und geschoben, Scheitel voraus, Schwanzflossen an Säulen und Fackeln stoßend, steife Locken in Qualm, gehäufte Brüste rissig und schief (und mit Entsetzen dachte ich wieder an die Nähe des Meers, an Abschied, Umarmung und unbestimmtes Lachen). Man wuchtete die Hölzerne in den Eingang unseres Hotels, gelacktes Holz zerschabte am Verputz, splitterte an der Türeinfassung, fiel zu Boden. Man schob sie in das lichtlose, dann von Fackeln wetterleuchtende Treppenhaus, durch das wir eben noch lichtblind gelaufen waren, und ich hörte den schweren Kopf zu Boden schlagen, hörte Hieb und Schwunglaut von Äxten. Die Menge drängte nach, verstopfte den Eingang, zappelte Hals über Kopf vor vergitterten Fenstern. Axtschläge und Splittergeräusche im Innern des Hotels, widerhallend in Räumen, die es nicht gab, nicht geben konnte. Und ich suchte Julia, rannte durch Menschenmengen, die Stimme voll Julia, Julia erfindend mit meiner Stimme (es kann sich nur um Julia gehandelt haben). Lief durch verqualmte, plötzlich menschenleere Bogengänge, betrunkene Indios, stieß einen Wassersack um. Rief immer noch Julia. Fand Julia nicht. Julia nirgendwo nirgendwann je gewesen. Fand niemals mehr Julia. Hoteltreppen voll von Qualm und zerschlagenem Holz. Julia. Julia. Unvorstellbare Schiffe.

Die Vampire

Ich war auf dem Jahrmarkt und langweilte mich, da bemerkte ich zwischen Karoussellen, Tingeltangelbuden und Trinkhallen ein Transparent mit der Aufschrift: ÜBERNEHMEN SIE SELBST DAS HANDWERK GOTTES! Ich trat näher und sah eine Schießbude, auf deren Tisch Pistolen und Gewehre lagen. Ein paar Leute hatten sich vor der Bude versammelt, redeten, rauchten und standen auf Zehenspitzen, um besseren Einblick in die Bude zu haben. Aus einem Lautsprecher schallten Musik und gesprochene Texte, die der Lautstärke wegen schwer zu verstehen waren. Einer dieser Texte lautete: Meine Damen und Herren, übernehmen Sie selbst das Handwerk Gottes! Legen Sie selber Hand an Ihr Geschick und korrigieren Sie es, indem Sie Ihre Tage und Stunden in Form von Holzbällen von der Leine schießen! Schießen Sie, bitte schießen Sie, meine Damen und Herrn, und die Dame an der Kasse wird Ihnen die abgeschossene und also ungültige Zeit quittieren, ohne Umstände bekommen Sie Ihre nunmehr verbrauchte Zeit an der Kasse ausgehändigt!

Ich reihte mich unter die Zuschauer und versuchte zu begreifen, was vorging. An einer langsam in Augenhöhe durch die Bude ziehenden Leine schaukelten kleine, numerierte Holzbälle. Die Zuschauer beobachteten einen Pistolenschützen, der soeben einen Holzball mit der Nummer 67 abgeschossen hatte. Alle fünf oder sechs Sekunden krachte ein Schuß und riß einen Holzball von der Leine. Lachen und Gemurmel ging durch die Menge, als der Schütze den hundertdreiundzwanzigsten Ball verfehlte. Eine mit Harlekinkittel, Sonnenbrille und Zylinder verkleidete Gestalt klatschte Beifall und nahm dem Mann die Pistole ab. Eine krächzende männliche Stimme rief durch den Lautsprecher: Haben Sie das gesehn, meine Damen und Herrn! Hier wurde Ihnen soeben bewiesen, daß man Glück haben kann. Schon 123 Tage weniger zu leben! Mein Herr, ich gratuliere Ihnen im Namen unseres zahlreichen Publikums!

Man schob den Schützen zur Kasse. Die Dame im Kassenverschlag reichte ihm ein Papier, das er unterschrieb, zerknüllte und fortwarf. Ein älterer Herr zwängte sich nun durch die Menge an den Schießstand, neue Bälle wurden aufgezogen, er bezahlte eine geringe Summe, der Harlekin legte ihm Pistolen und Gewehre zur Auswahl vor. Der Mann wählte ein Luftgewehr und begann zu schießen sobald die Leine sich straffte und in Bewegung setzte. Nach einigen hundert fehlerfreien Schüssen lief die Leine leer vorüber, der Mann setzte das Gewehr ab und erkundigte sich, warum er nicht weiterschießen könne.

Bravo, meine Damen und Herrn, bravo, bravo! rief die krächzende Stimme im Lautsprecher, wir machen Sie darauf aufmerksam: noch ein Schuß und wir sprechen uns an der Kasse wieder! Noch ein letzter fehlerfreier Schuß dieses Herrn vor Ihnen und alle Rekorde sind gebrochen! Beachten Sie den Schützen, meine Damen und Herrn, der nun das Gewehr wieder aufnimmt und auf den letzten Ball zielt!

Die erschlaffte Leine spannte sich, und ein kleiner, nicht numerierter Holzball zog schnell durch die Schießbude. Der Schuß krachte, der Ball fiel in Splittern zu Boden. Das Publikum atmete auf; man klopfte dem Mann auf die Schulter und drängte ihn zur Kasse, aus dem Lautsprecher knatterte Tanzmusik. Die Dame im Kassenverschlag schob ein Papier durch die Schalteröffnung und der Mann unterschrieb. Er steckte das Papier in die Tasche, grüßte und wollte sich durch die Menge ins Freie drängen, blieb jedoch stehn, schwankte, verdrehte die Augen und fiel zu Boden. Zwei Harlekine, die bisher unbeschäftigt an den Seitenwänden der Schießbude gestanden hatten, rannten herbei und zogen den Toten aus der Menge und warfen ihn auf eine aus Brettern und Tüchern improvisierte Bahre, die sie eilig hinter die Dekorationen der Schießbude schleppten. Ein dritter Harlekin in Sportmütze und gelben Handschuhen trat aus den Dekorationen und fegte die Splitter der zerschossenen Holzbälle sorgfältig in einen Sack. Einige Zuschauer waren blaß geworden, andere standen unsicher herum, aber der größte Teil der Zuschauermenge schien keine Ahnung zu haben, worum es sich handelte.

Ich begab mich sogleich hinter die Schießbude. Zwischen Wohnwagen und Gerümpel standen zwei Harlekine im nassen, zertretenen Boden und stopften den Toten in eine

Kiste. Die Dame verließ den Kassenverschlag, steckte ein Pappschild mit der Aufschrift VORÜBERGEHEND GESCHLOSSEN an die Scheibe und schleppte sich hinter die Schießbude. Sie hatte Mühe sich fortzubewegen, war unglaublich alt und fett und glich einem ausgestopften Raubvogel. Sie war stark geschminkt und paffte eine Zigarette. Sie stellte sich zu den Männern, die die Kiste mit Schrauben und Nägeln verschlossen, zertrat ihre Zigarette und lächelte sparsam. Andere Harlekine und Männer in Arbeitskleidung kamen hinzu, alte, uralte Gestalten mit zitternden Beinen und nickenden Köpfen. Hagere oder dicke Männer mit welken Händen und angemalten Gesichtern, die Augen gierig und schnell oder abwesend, trübe. Sie standen herum und blickten auf die Dame. Als die Kiste verschlossen und weggeschafft worden war, zählte sie kleine Murmeln oder Kapseln aus einem Sack in die offenen Hände der Männer. Einen Rest behielt sie für sich zurück. Hierauf wurden die Splitter der zerschossenen Bälle verteilt. Die Männer gingen auseinander, manche schluckten oder zerkauten eine Murmel. Aus dem Lautsprecher schrammelte ein Tango. Das Publikum hatte sich verlaufen. Ein paar Männer waren damit beschäftigt, die Schießbude abzubrechen, und da es hier nichts weiter zu sehen gab, entfernte ich mich und ging nach Hause.

Die kleine Julie

Die Werkstatt des Schreiners, der unsre Särge macht, liegt am Rand der Gemeinde, wo die Brennesseln sind. Dort sind auch die Höhlen der Kinder, die Krähen und Marder. Dort wächst der Holunder über den Stacheldraht, und das Gras wächst über Katzenschädeln und zerbrochenen Flaschen. Es ist ein Ort, dessen Alter sich dadurch erklärt, daß kein neuer Weg in seine Richtung führt, und kein Mensch außer Schütt, dem Schreiner, dort etwas zu tun hat, und den Kindern, die Steine nach der Katze werfen.

Die Werkstatt riecht nach Farbe und harzigen Hölzern, der Schreiner steht bis zum Knöchel in Holzmehl und Spänen. Es gibt die Hobel und Fuchsschwänze, Nägel und Sägen, den Lack, den Leim und die hochgestellten Bretter. Es gibt das Meßgerät und die Wasserwaage, und den Kittel des Schreiners am Haken neben der Tür. Der Raum ist kalt im Winter, im Sommer heiß, er hat keinen Ventilator und keinen Ofen. Der Schreiner wohnt im Dorf, doch man kann schon sagen, daß er mehr in der Werkstatt als sonstwo zu Hause ist.

Das alles ist alt, viel älter als der Schreiner. Der Schreiner ist nicht alt, seine Stimme ist laut. Er singt die bekannten Schlager im Radio mit. Er beißt mit den Backenzähnen die Nägel grade und schnitzt Sandalen aus Holz für die kleine Julie.

Der Schütt hat Tische, Türen und Fenster gemacht, und Lampengestelle, Schränke, Bilderrahmen. Er hat Betten, Dachbalken, Griffe für Schaufeln geliefert und die Jägerstube im Gasthof eingerichtet. Er hat den Salon des Advokaten getäfelt und er hat die Särge für unsre Toten gezimmert. Den braunen Tannenholzsarg für den Tierarzt Wehrer; den mit Silber beschlagenen Kasten für Annie Vogel; die farblose Bretterkiste für Fräulein Riegel und die breite, schwere Kommode mit Löwenfüßen für den englischen Ethnographen, der bei uns starb. Er hat die Särge von vielen Kastanienhändlern, von mehreren Pastoren und Lehrern gezimmert und er hat in beschleunigtem Tempo, bei Tag und Nacht, den Triumphbehälter des Advokaten geschnitzt. Er hat den Sarg für Edmond Kurrus gemacht, der im Leihsarg per Flugzeug aus São Paulo zurückkam, und er hat einen weißen Kindersarg gemacht, der seit Jahren in einer Ecke der Werkstatt steht.

Wir wissen nicht, für wen er den Sarg gemacht hat. Er steht aber da und ist leer bis auf mehrere Büchsen. Es gibt sonst nichts, was hineinpaßt, erklärt der Schreiner.

Man kann die Geschichte nicht einfach weitererzählen.

Als ihm die Kinder die tote Katze brachten, für den leeren Sarg – so muß es gewesen sein. Als Julie und die andern die tote Katze brachten, da rief er durchs Fenster: Lieber eins von euch!

Nach ein paar Tagen war die Julie verschwunden. Der Schreiner scheint sie zurückbehalten zu haben, und die andern Kinder waren nach Hause gegangen, zum Abendessen im Sommer, es wurde schon dunkel. Daß danach auch der Sarg aus der Werkstatt verschwunden war, hat kein Mensch bemerkt in der folgenden Zeit.

Es wurde nach ihr gesucht, in den Bergen gerufen, es wurde gefahndet und in den Scheunen gestochert. Der Steckbrief wurde im Radio durchgegeben und das Fernsehn brachte ihr Bild in den Abendnachrichten. Die Kinder wurden verhört und wußten nicht weiter, es wurde Belohnung spendiert und kein Mensch wußte weiter. Man muß die Geschichte vom Ende her erzählen.

Der Schreiner wurde sofort in die Mitte genommen, als der Sarg, der Kindersarg – der Sarg war weg. Der Wachler Peter hat es herausgefunden, als er ins offene Fenster der Werkstatt sah. Der Schreiner ging gut gelaunt mit den Polizisten (drei alte Freunde) in unser Wachlokal. Dort hat er erzählt, was dann in der Zeitung stand. Noch während er redete, wurde der Sarg gebracht. Er kam aus der Brennesselgrube hinter der Werkstatt.

Er hat ihr den offenen, weißen Sarg gezeigt – ob Julie in ihn hineinwill, erklärte der Schreiner. Sie will nicht in ihn hinein, sie bleibt lieber draußen. Man kann in ihm verreisen, unter der Erde, aber sie wollte nicht unter der Erde verreisen. Da hat er sie zärtlich erstickt und hineingetan, den Deckel draufgeklappt und mit Nägeln verschlossen. Dann hat er Julie im Sarg auf Reisen geschickt (er hat sie im Brennesselfeld hinterm Haus vergraben). Der Sarg ist auf Reise gefahren, erklärte der Schreiner. Er ist zwischen Wurzeln und Maulwürfen durchgefahren, auf Wasseradern geschwommen, an Felsen gestoßen. Er ist mit Salamandern des Wegs gezogen und mit alten Kröten tief in die Erde gekommen. Dort hat Julie das Bewußtsein zurückerhalten, auf dem Parkplatz der Särge, neben der Stadt Tamir. Sie ist aus dem Sarg gestiegen und weitergelaufen, mehr kann man jetzt noch nicht sagen, erklärte der Schreiner, doch wenn sie zurückkommt – er war ganz stumm vor Entsetzen, weil der Sarg mit Julie nicht abgefahren war.

Reparaturwerkstatt

Sie fuhren am Meer entlang in die südlichen Berge, es war ihre dritte gemeinsame Autotour. Der Ford, ein Automatic, war neu und stabil. Sie reisten wie üblich außerhalb der Saison, und wie üblich mit wenig Gepäck der Diebstähle wegen, und verbrachten die Nächte in kleinen Hotels der Provinz.

Stürmische Tage und Nächte im frühen April, Regenschauer und abgerissene Blüten, leere Bars an den Straßen und wenig Verkehr. Auf den Bergen des Hinterlandes lag frischer Schnee. Am sechsten Tag, auf steigenden Serpentinen, ließ der Motor nach und setzte aus. Der Wagen blieb auf offener Straße stehn. In technischen Dingen hatten sie keine Erfahrung, mit einer Panne hatten sie nicht gerechnet. Sie standen verärgert und hilflos vor ihrem Wagen, dann saßen sie rauchend und wartend in ihren Sitzen. Ein Lieferwagen schleppte sie von den Bergen, zurück in den Ort der vergangenen Übernachtung. Die einzige Garage lag draußen im Land, Betongelände mit Werkstatt und mehreren Pumpen. Im Unkraut Benzinkanister und Wracks ohne Räder, verbeulte Reste von Blech und kaputte Traktoren. Der Chef persönlich sah sich den Motor an, hantierte an Drähten und prüfte die Batterie. Sie schauten dem Vorgang ohne Interesse zu und waren erleichtert, als ihnen versichert wurde, daß der Wagen am Abend wieder in Ordnung sei.

Sie gingen im Ort spazieren, zum zweiten Mal, und schauten sich in den vorhandenen Straßen um. Eine ländliche Scenerie mit Denkmal und Kirche, verschiedenen Haushaltsläden, Hotel und Bar. Ein Sportplatz, ein Schulhaus und eine Busstation, dahinter ein Hügelgelände mit Gärten und Wegen. Eine neue Textilfabrik an der Straße zum Fluß, eine Apotheke im Rathaus, ein Siedlungsbau. Verschiedene Sommerhäuser mit Pappeln und Zäunen. Stella war lustig, es schien sie zu amüsieren, den Tag zu vertrödeln an einem beliebigen Ort, ganz unerwartet, ein reizvoller Zwischenfall. Das Hotel war für seine gute Küche bekannt. Sie aßen Menü und Forelle zum zweiten Mal.

Am Nachmittag schauten sie kurz in der Werkstatt vorbei, der Chef schien sich weniger optimistisch zu äußern. Der

Schaden sah schwieriger aus, als er anfangs dachte, und was er dazu erklärte, war schwer zu begreifen. An diesem Tag jedenfalls war nichts mehr zu machen, und über die Kosten ließ sich nichts Sicheres sagen. Die Arbeitsstunden, Ersatzteile undsoweiter – das schien sich inzwischen bedenklich summiert zu haben. Es blieb nichts übrig, als wieder zu übernachten, und sie gingen mit ihren Koffern zurück ins Hotel.

Der Abend war ruhig, sie tranken, aßen Forellen, und starrten vom Bett aus in Filme und Fernsehreklamen. Nachts klatschte der Regen an ihre Fensterscheiben, sie frühstückten guter Laune trotz leiser Bedenken. Am gleichen Mittag stand fest, daß Ersatzteile fehlten, man mußte nocheinmal warten, vielleicht übernachten, ein Lehrling war unterwegs und es würde schon klappen, vielleicht noch zum Abend, auf jeden Fall nächsten Morgen. Sie gingen wieder spazieren, am Fluß, auf den Hügeln, sie aßen und tranken und übernachteten wieder, sie sahen ihr Auto in Teile zerlegt auf dem Boden, sie frühstückten wieder und gingen wieder spazieren. Die Tage wurden heller, die Mittage wärmer, sie kannten den Ort, sie grüßten und wurden beachtet, sie gingen noch immer spazieren und frühstückten wieder, sie kauften die Zeitungen der lokalen Presse, sie tranken den Wein der Umgebung und aßen Forellen, sie aßen Schokolade und starrten in Filme, sie liebten sich nachts oder mittags und gingen spazieren. Sie schauten zweimal täglich, dann einmal täglich, dann alle paar Tage in der Garage vorbei, sie sahen ihr Auto in Teile zerlegt auf dem Boden und fuhren im Omnibus zu den benachbarten Orten. Die Reparatur konnte täglich in Ordnung kommen, sie wechselten ihre Schecks, wo sie Bankhäuser fanden, sie wechselten vom Hotel in ein nettes Apartment, sie kochten und stritten und schliefen und liebten sich weiter, sie kauften Ansichtskarten, Papier und Töpfe, sie kauften Fahrräder, Wäsche und leichtere Kleider. Die Weinernte ging vorbei, nach dem Sommer kam Regen, der Rauhreif, der Hagel, die Kälte, das Laub und der Schneefall, die Zeit wurde älter, dann alt, nicht mehr festzustellen, sie kauften Wetterjacken und wärmere Kleider, sie gingen in Stiefeln spazieren und liebten sich weiter. Als Stella erkrankte wurde ein Arzt gerufen, sie verliebte sich, wurde schöner, und er lief spazieren. Er stand allein in den Bars und beschaute die Frauen, er trank in Gesellschaft und kam animiert nach Hause. Sie blieb im verschlossenen Bad und wusch sich die Haare, sie war mit Hautcreme und Illustrierten beschäftigt, verschwand für drei Tage und Nächte, dann kam sie wieder, da schlug er sie ins Gesicht und dann kam die Versöhnung, er drückte sie in die Matratze, sie ließ es sich gefallen, die Reparatur konnte täglich in Ordnung kommen, sie sahen ihr Auto in Teile zerlegt auf dem Boden, mit Öl verschmiert oder aufgebockt wie schon immer, die Reparatur konnte täglich in Ordnung kommen, die Schneeschmelze kam und die Lehrlinge wechselten häufig, die Katze starb, sie hatten auch eine Katze, dann starb der Chef, die Ersatzteile kamen selten, sie blieben aus oder waren verwechselt worden, die Forellen gingen aus und dann gab es sie wieder, der neue Chef gab sich Mühe, sie gingen spazieren, sie tranken und schliefen, vereinzelt oder zusammen, er entsann sich wieder der Witze seiner Jugend, erzählte Zoten und Stella erbrach sich vor Lachen. Man stand in verschiedenen Bars, schaffte Gäste nach Hause, man wechselte Schecks und ließ Geld aus Ressourcen kommen, dann kam der Schnee und der Sommer, der Herbst und das Frühjahr, das eine, das andre, es wurden Parties gefeiert, es wurden Straßen gebaut und Weine getrunken, Forellen gegessen, in anderen Betten geschlafen, dann wurde bereut, versöhnt und von vorne begonnen, die Reparatur konnte täglich in Ordnung kommen, die Zeit war alt und hatte nichts mitzuteilen, es wurden Häuser gebaut oder abgerissen, der Schnee, die Erkältungen und der Regierungswechsel, die Zeitung, der Schlaf und die Tage im allgemeinen, die Nacht, die Forellengräten für die Katze, die immer breiteren Bäuche und faltigen Hälse, das Schnurren der Katze und die Forellengräten, der Aperitif, die Zigarre, die Wimperntusche, die Reparatur konnte täglich in Ordnung kommen, sie sahen ihr Auto in Teile zerlegt auf dem Boden, mit Öl verschmiert oder aufgebockt wie schon immer.

Als er nachts zusammenbrach, auf der Haustreppe starb, war Stella schockiert und verschaffte sich einen Geliebten. Man verbrachte zwei Wochen im vorhandenen Bett, dann fuhr er mit ihr im eigenen Wagen fort.

ist eine Modellgeschichte. Wer sie laut liest, hat mehr davon. Wer sie mit verteilten Stimmen spielt, hat die Sache erfaßt. Die Geschichte kann laut oder leise, belustigt, verschlafen oder erstaunt, herausfordernd oder einschmeichelnd, vorwurfsvoll oder herablassend, ausgesprochen hinterhältig oder entsetzlich ernst, polizeimäßig unwirsch oder bürokratisch trocken – und in unzähligen anderen Tonarten gelesen werden. Da es, soviel ich weiß, sieben Millionen siebzig Tausend und dreihunderteinundsechzig Fragen gibt, und genau so viele Möglichkeiten, die Geschichte anzufangen oder zu beenden, und da es der Zahl nach auch ein paar Stockfische gibt – mal hier, mal dort –, kann man diese Geschichte etwa neunundzwanzig Jahre lang ohne Unterbrechung erzählen. Die Stimme des Stockfischs ist immer dieselbe. Die Fragen können von einer Stimme, oder aber von wechselnden, also mehreren oder vielen Stimmen gesprochen werden.

Die Geschichte vom Stockfisch

Schönen guten Morgen! Was ist mit dir los? Du siehst so ernst aus.

(keine Antwort)

Fehlt dir was?

Nein.

Kann ja sein, daß du noch nie so nett begrüßt worden bist. Hallo, lieber Pfeifendeckel, schön daß du da bist!

Was soll das heißen.

Das soll nichts heißen. Ich habe ins Fäustchen gelacht.

In welches Fäustchen.

Ich sehe, du bist nie auf Verdacht hin angesprochen worden – etwa von Knallerbsen, Heiligen Strohsäcken, verrückten Vögeln, krummen Hunden?

Von soetwas werde ich nicht angesprochen.

Schade. Du hast einen Frosch verschluckt.

Nein.

Ich wette, du hast einen Frosch oder sowas verschluckt. Eine Haifischgräte?

Soetwas verschluckt man nicht.

Ich sehe, du hast dich auf einen Igel gesetzt.

Ich kenne keinen Igel.

Du bist in ein Fettnäpfchen getreten.

(keine Antwort)

Du hast einen Knoten in einen Baum gemacht, und trotzdem vergessen, was du erinnern wolltest.

Man kann nicht Knoten in Bäume machen.

Schade. Und du hast nie einen Elefanten mit der U-Bahn entführt, nie ein Auto ausgestopft, keine größere Knalltüte platzen lassen im Schulhaus, nie deinen linken Schuh verborgt? Du hast keinen alten Pudel mit Senfgurken aufgemuntert? Du bist nie vom Hölzchen aufs Stöckchen gekommen?

Was soll das heißen.

Stockfisch! Stockfisch! Du weißt, was ein Stockfisch ist?

(keine Antwort)

Nein?

Und wenn schon.

Macht nichts. Aber du weißt, was ein Mistfink ist und wie er aussieht. Du weißt, was ein Bärbeißer ist, ein Holzkopf, ein Schafskopf, eine Warze mit Ohren?

(keine Antwort)

Ein Pferdeapfelfresser? Ein nasser Sack?

(keine Antwort)

Eine öde Hose?

(keine Antwort)

Macht nichts. Und die Geschichte vom dummen Peter – kennst du die Geschichte vom dummen Peter? Wie er sich zufällig in eine Rakete verirrt und aus Versehen abgeschossen wird und dann auf eine Insel runterfällt, die zufällig von Menschenfressern bewohnt ist. Und wie er dort genau in den Kochtopf fällt, und die Menschenfresser ihn überstürzt aus der Suppe holen, weil ihnen die Art, wie der Braten angeflogen kommt, doch etwas unheimlich ist?

Nein.

Schade. Aber vielleicht bist du mal die Wände hochgegangen oder unfreiwillig auf eine Palme geklettert?

Man kann nicht die Wände hochgehn.

Doch, man kann. Und dein Geburtsdatum – du hast doch

ein Geburtsdatum? Oder bist du einfach mal so auf der Welt gelandet? Und wenn du ein Geburtsdatum hast – ist es immernoch dasselbe, oder hat es den Besitzer gewechselt?

Das geht dich nichts an.

Warum nicht? Kennst du Molli Mäulchen?

Nein.

Ich auch nicht, schade. Ich sehe schon, dich interessieren keine Barttassen. Dich interessieren überhaupt nicht Tassen im Schrank und Bärte im allgemeinen, Anklebebärte, Umhängebärte, schöne, falsche Theaterbärte aus Watte, Schnurrbärte von Mäusen, Katzen oder Seelöwen, Ziegenbärte und Jesuschristusbärte, Bärte von Gammlern, Chinesen und Professoren. Vorallem interessierst du dich garnicht für die kleinen, widerborstigen Bärtchen, die manchem Menschen aus dem Nabel wachsen.

(keine Antwort)

Schade. Du hast nie Salz auf Eidechsenschwänze gestreut.

Es ist sinnlos, Salz auf einen Eidechsenschwanz zu streuen, noch sinnloser, Salz auf zwei oder mehrere Eidechsenschwänze zu streuen.

Du redest zuviel. Darf ich weiter fragen?

Nein.

Darf ich dich kitzeln?

Nein.

Kneifen?

(keine Antwort)

Schade. Dann schönen guten Abend! Auf Wiedersehen!

Ich sehe dich nicht wieder.

Ich dich auch nicht. Erfreulich, was?

(keine Antwort)

Der Sandball

Ich habe meinen Bericht zur Sache geschrieben (betreffend Fotografie des Gestirns undsoweiter), zu den Unterlagen getan und abgeschickt. Der wissenschaftlich-technische Bericht wird weder der Sache noch mir selbst gerecht. Ich selbst bin im Bericht nicht zur Sprache gekommen, ich bin in keinem Bericht je zur Sprache gekommen. Die Form des Berichts (über diesen wie jeden Fall) setzt voraus, daß keine Ansicht zur Sprache kommt. Die Überzeugungen dessen, der dokumentiert, sein Atem und seine Nerven sind außer Kraft. Gefordert ist die trainierte Intelligenz. Totalfunktion eines anonymen Gehirns.

Der persönliche Untergang bestünde darin, von Erkenntnis und Zweifel keinen Gebrauch zu machen, den Verlust von Emotion nicht mehr zu empfinden. Da ein eigener Bericht nicht gefordert und kaum erwünscht ist, also bestenfalls zu den Akten kommt, schreibe ich für mich selbst, als Gegenkontrolle. Es scheint mir notwendig, daß ich SCHREIBE (nicht etwa erzähle, was jederzeit möglich ist, unter Freundinnen oder Kollegen, auf einer Party, der Triumph des Geschichtenerzählers an einer Bar). Der geschriebene Satz gibt mir die Gewißheit, daß Vernunft und Empfindung noch lebendig sind.

Wir waren die erste Fähre, die den Sandball umkreiste, und das dritte Team im Bereich des Großen Ubrist. Die geographische Einförmigkeit des Gestirns, die Entdeckung einer sandigen Oberfläche, die sich nirgends zu Stein oder Felsformationen verfestigt, nirgends Vertiefungen oder Risse zeigt, Vulkane und Erosionen oder dergleichen, sich an keiner Stelle in Schlamm oder Wasser auflöst, die überall trockenen und grauen Ebenen, die immergleichen Mulden und Poren aus Sand, die überall gleiche klimatische Situation, erschwerten zunächst die Wahl für den Standort der Fähre. Wir beobachteten weder Stürme noch Niederschlag. Die Ausdünstung des Gestirns schien aus Sand zu bestehen, der in Pulverform, sehr niedrig, träge und schwach, in transparenten Schwaden den Ball bedeckt. Magnetische Kräfte wurden nicht festgestellt. Er durchquert die Reflexbereiche verschiedener Körper (des

Mauritiusgestirns, der Foggsgruppe und des Ubrist), ist einer direkten Strahlung nicht ausgesetzt, empfängt also unmittelbar weder Wärme noch Licht.

Die Besatzung der Fähre bestand aus neun Leuten – Technikern, Wissenschaftlern und einer Frau (Ellen Welbrock, der technische Chef des Teams). Das Bewußtsein, eine Frau an Bord zu haben, tat offensichtlich den meisten Männern gut. Die sachliche Übereinstimmung aller Kräfte schien durch sie gewährleistet und gesteigert zu werden. Der psychologische Effekt ist klar. Der einzelne ist in der Arbeit neutralisiert, das Risiko erotischer Krisen entfällt. Die Gegenwart einer Frau vermittelt Gefühle, die von Hoffnung und Illusion nicht zu trennen sind (und für die in der Ausbildung Raum gelassen wird). Eine Frau, so gut wie ein Kind, scheint zu garantieren, daß die Unternehmung gelingt, nur gelingen kann. Ich habe mich niemals ganz an den Job gewöhnt, an die Umstände und die Stoffe, an Flugzeit und Leere, an Kleidung, Technik, Metall und synthetische Nahrung. Ich habe vermutlich nie ohne Angst funktioniert, und daher vermutlich nach jedem Strohhalm gegriffen, von jeder Chance einer Selbsttäuschung profitiert, an allem festgehalten, was restmenschlich war. Die Frau in der Sache erschien als der einzige Faktor, durch den ich mit mir und der Zukunft verbunden blieb. Ein Mann kann mir diese Gewißheit nicht vermitteln. Wer vom Boden abhebt, verschwindet in Illusion.

Ich stellte fest, daß die Träume im Weltraum sich ändern. Man hofft, wie üblich, von Frauen zu träumen, und glaubt, der eigenen Erinnerung sicher zu sein. Ich setzte voraus, daß Gedächtnis und Wachtraum mir helfen, die Schauplätze eigenen Lebens offen zu halten. Ich träumte von Baumstammflößen im einzigen Weltmeer, das ununterbrochen nach einer Richtung zog, Wasser, in dem ich frierend und schluckend schwamm, von Stämmen gerammt, überfahren, zuletzt geköpft, Wasser, das ohne Inseln und Tiefe war, Weltraum aus Wasser ohne Anhaltspunkt, flüssiges, schwarzes Salz, das mich weiterzog, ohne Anfang, Ende und Ziel, in geräuschloser Strömung. In Träumen von Raumsog und Wasser wachte ich auf, verklebt von Schweiß, verstört in der lichtlosen Box.

Wir setzten die Fähre in vierzig Meter Höhe, an der östlichen Wölbung, im Lichtraum der Foggsgruppe fest. Drei Tage und Nächte (nach Greenwich-Village-Zeit) hingen wir über dem Körper vibrierend fest, schwenkten die Höranlagen und Scheinwerfer aus, die Tast- und Saugapparate, Granaten und Schaufeln. Wir stellten fest, daß der Sand in Bewegung war, rieselnd, schmatzend und schleifend, aus Poren puffend, in offenbar unablässiger Energie, sich selbst verschlingend, saugend und wiederkäuend, unendlich langsam, in zäher Lebendigkeit, aus Mangel an Nahrung, ein sinnloses Überleben. Es sah so aus, als ernähre sich der Planet und setze unsichtbare Nahrung um, erwarte Zufuhr und Nachschub für seinen Kern. Wir hatten unterernährte Materie vor uns, Gestirn am Verhungern, vielleicht schon gestorbene Substanz, die in letzten Zuckungen ohne Ernährung fraß, aus Hunger oder Gewohnheit weiterfraß. Uns wurde klar, daß das Innere des Sandballs gefüllt war, ein kosmischer Bauch, dessen Nahrung verschwunden blieb, dessen Mahl- und Verdauungssysteme an Nahrung dachten, die nicht in Reichweite kam – er kaute und schluckte. Wir versuchten uns vorzustellen, was in ihm war – Trümmer des Kosmos, von weither gesaugtes Salz, Minerale und Feuchtigkeiten anderer Körper, Weltraumfähren, Wrackteile, Instrumente, die Vegetationen und Hölzer verschollener Planeten. Die Position unserer Fähre war einwandfrei. Wir konnten von ihr aus bequem zu Ergebnissen kommen: Sandproben abziehn, Licht- und Schallteste funken, Zeichnungen, Fotografien – die gewohnte Routine.

Nach achtzehn Stunden waren die Tests gemacht. Wir ließen die Greifapparate zum Sandball herunter. Es stellte sich heraus, daß die Schaufeln versagten, die Greifköpfe waren verklemmt, nicht mehr zu bewegen. Ob der Ausfall auf Staub oder Strahlung des Sandballs beruhte – der Grund für den Schaden war nicht in der Fähre zu finden. Wir hatten noch nie vor der Entscheidung gestanden, einen Mann zur Reparatur aus der Fähre zu schicken. Ellen Welbrock war augenblicklich entschlossen (sie war Spezialistin für diesen Fall). Das Risiko wurde von allen abgelehnt. Es kam nur Antoni in Frage, ihr Assistent. Er stieg in die Schleuse, wurde ins Freie gedreht und mit den Ersatzteilen in die Distanz gefahren. In unmittelbarer Nähe des Sandes turnend, im Licht der Scheinwerfer, das in den Staubschichten gleißte, kontrollierte Antoni die leblosen Instrumente. Nach drei Minuten fiel der Sprechkontakt aus (der Grund war wieder nicht in der Fähre zu finden). Ich merkte, daß Ellen Welbrock sehr unruhig war. Sie bestand darauf, in der Notkabine zu fahren. Sie wies unsere Einwände ohne Erklärung ab. Sie gab nicht nach und wir drehten sie in den Raum.

Der Widerschein des Mauritiusgestirns verblaßte, die Wölbung des Sandballs verschwand in gedämpftem Grau. Die Kabine hing neben Antoni über dem Sand. Dann stellten wir fest, daß Antoni sich heftig bewegte und vom Kabel auf die treibende Sandfläche fiel. Sekunden später fielen die Greifköpfe ab, die Batterien und Schrauben, und Teile des Kabels. Antoni lag auf dem Bauchteil des Raumanzugs, die Beinteile unbeweglich nach oben gestreckt – die Saugkraft schien sich des Kopfteils bemächtigt zu haben. Die Notkabine – die Frau – wurde hochgedreht. Auf halber Höhe brach der Boden durch. Die Frau – im Raumanzug – schlug nicht weit von ihm auf, nachhängende Instrumente lösten sich ab und stürzten auf sie oder neben ihr in den Sand. Der Rest der Kabine wurde eingezogen und in den Isolierboxen eingesprüht.

Im Scheinwerferlicht, das weite Flächen erfaßte, verschwand die Frau (Antoni war nicht mehr da). In Massen durcheinander rieselnden Sandes verschwanden Metalle und Kabel in Schlangenbewegung. Antoni kam hundert Meter entfernt zum Vorschein, mit Resten des Raumanzugs und der Instrumente, aus plötzlich geöffneten, plötzlich geglätteten Wirbeln, und wurde vom Sandmeer wieder hinuntergeschlungen. Kabinenteile wurden hochgespuckt und schnell zurückgefressen, zerschrammt, vermahlen. Ellen Welbrock kam in Fetzen zum Vorschein, Teile des hellen Körpers und blutende Beine, staub- und sandverklebte menschliche Glieder (ob von ihm oder ihr, war nicht mehr festzustellen), ausgelaugt, immer weniger, fasernde Knochen, verteilt auf eine Fläche von zweihundert Metern. Es ging sehr schnell, der Sandball verschlang alle Reste. Nach zwanzig Minuten gab er nichts mehr her, und die Fläche beruhigte sich in trägen Wellen.

Die Beschreibung des Entsetzens hat keinen Sinn. Es teilte sich auch dem kältesten Techniker mit. Der Grund für den Unfall wurde bald entdeckt: die Analyse der Kabine ergab, daß Säure ätzend und flach um den Sandball schwelt. Wir brachten die Fähre auf tausend Meter Distanz, wo vom Säuregehalt des Gestirns nichts zu fürchten war. Die Devise lautet: Verluste sind abzuschreiben; man hält sich nicht länger als nötig mit ihnen auf.

Mir bleibt die Chance, mich in ihnen aufzuhalten. Ich habe den Job, für den ich geeignet schien, und für den ich in vierzehn Jahren trainiert worden bin

Ich habe den Job, für den ich trainiert worden bin, und für den ich in vierzehn Jahren geeignet schien

Ich habe den Job, für den ich   für den ich   ich habe

Ein Verbrechen

Die Erzählung beschwört den Regen und das Gebirge. Wochenlange Nässe verbirgt ein Geschehen, das vermutlich von Landarbeitern entdeckt wird, im frühen Sommer, und ohne Erklärung bleibt. Winterwasser stürzt auf die Hänge, zischt in Schauern durch Buchen und Tannen, fällt hundert Meter höher als Schnee in die Fichten, stäubt auf die Steine, dröhnt in die Felswannen, rutscht durch Wurzelhöhlen und Schrunden zu Tal, schießt zwischen gemauerten Bachwänden durch die Ortschaft und durch die Röhren der Brücke in den Fluß. Tagelanger Nebel verhängt das Gebirge und schluckt die Geräusche der Steinlawinen.

Es ist der durchdringende Regen des späten Winters. Die Holzplätze, Gärten und Almen sind menschenleer. Die Ortschaft, im Sommer belebt, ist zur Hälfte leer. Der Campingplatz, die Baracken der Gastarbeiter und die Häuser der Touristen sind unbewohnt. In der einzigen Bar wird getrunken und Skat gespielt. Wenige Lieferwagen stehen neben dem Denkmal, Bäckerei und Warenhandlung öffnen spät. Der Holzrauch wird flach und schnell von den Dächern gerissen. Der Fluß ist angeschwollen und schäumt durch den Kies.

Es ist eine Gegend, in der kein Verbrechen geschieht. Die Pyromanen und Wilddiebe sind bekannt. Der Schrecken ist lautlos und findet in Häusern statt: Trunksucht, Verwahrlosung, Haß, Prügelei und Inzest.

Der Ort des Geschehens ist ein leeres Haus, nicht weit von der Paßstraße, abgelegen am Berg. Wasser tropft von den schadhaften Ziegeln ins Unkraut, rinnt durch die Balkendecke ins Innere des Hauses, auf wertlose Tische und zerdellte Kannen, auf Geräte von Gastarbeitern, Schaufeln und Sicheln, die winterlang ungebraucht unter Spinnweben liegen. Petroleumlampe, Verschläge mit Strohmatratzen. Im Wandschrank Bierflaschen, Gläser und Reste von Öl.

Der Morgen ist kalt, die Luft schallt von stürzendem Wasser. Ein Klopflaut erschüttert die Tür und gibt Echo im Haus. Ein Mann bricht Laden und Fenster auf, steigt mühelos ein und verschwindet im Halblicht, setzt Ledermütze, Jacke und Tragbeutel ab, orientiert sich, friert und macht Feuer im offenen Kamin. Er packt Konserven, Tabak und Schlafsack aus, bleibt unbeschäftigt in der rauchigen Wärme, feuernd, schlafend, das Haus nur bei Notdurft verlassend. Tage und Nächte gehn unter der Nässe hin, die Zeit scheint dem Menschen keine Rolle zu spielen. Sein Bart ist unausgewachsen, die Kleidung gewöhnlich (Gummistiefel, Pullover und Leinenhosen). Er ist weder krank noch gejagt, weder hungrig noch satt, weder arm noch reich, ein Querläufer ohne Grund. Sein Alleinsein ist natürlich, fast heiter, jung. Ihm scheint nichts zu fehlen. Die Nässe beklemmt ihn nicht.

Die Umgebung des Hauses bleibt naß und menschenleer. Zweimal am Tag fährt ein Schulbus durch das Gebirge, der Verkehr ist unbedeutend und wird nicht beachtet, der Bewohner lebt ohne Befürchtung, entdeckt zu werden (einmal kauft er im Laden der Ortschaft ein). Er hat im Schrank ein paar Comic-Hefte gefunden. An manchen Abenden reißt der Himmel auf.

Fünf Tage später wiederholt sich der Klopflaut, gibt Echo im Haus, überrascht den Bewohner im Schlaf. Ein alter Mann steigt ein, durch dasselbe Fenster. Die Entdeckung, daß ein Mensch das Gebäude besetzt hat, ruft rätselhafte Reaktion hervor. Der alte Mann ist erschrocken und lustig zugleich, weniger erschrocken als bösartig froh, auf eine Weise froh, die den andern nicht freut. Der wird betrachtet mit Scheelsucht und dumpfer Gewißheit. Der junge bleibt hinhaltend höflich und wartet ab. Er weiß, wo er ist, der andere erkundigt sich. Er bietet zu essen an und der andere frißt. Er schüttet Wasser ins Glas und der andere schluckt. Er hat geschlafen, der andere ist erschöpft. Er hat keinen Nebengedanken, der andere verbirgt sich. Die Nässe erübrigt Begründung oder Erklärung für die Anwesenheit des einen und des anderen. Es versteht sich von selbst, daß ein Mensch sich Zugang verschafft, an Essen und Trinken teilnimmt, sich wärmt und schweigt.

Man sitzt in der Wärme und schweigt, dann raucht man und redet. Die füchsische Wachheit des alten befremdet den jungen. Der Eingedrungene kann eine Waffe besitzen, es genügt, daß er wenig sagt und den anderen belauert. Die

Verständigung schleppt sich hin durch zögernde Sätze. Das Ungesagte staut sich im Raum und füllt ihn, es gehört dem alten, der junge hat nichts zu verbergen. Der alte lacht unfroh und häufig, das Lachen ersetzt seine Sprache. Er redet in Andeutung von zermürbten Knochen, von Sauhatz, Nachtflucht, Verfolgung und Killerei. Er deutet an, daß er etwas zu fürchten hat. Sein Gelächter dreht Wut und Furcht in Bedrohung um. Der junge spürt Unbehagen und zieht sich zurück. Der alte nennt ihn Grünschnabel, Spucke und Schwein. Was hat er denn ausgefressen, wer ist er schon. Was kann er schon sein, im ganzen, ein kleiner Dreck. Die Augen des schimpfenden alten sind wäßrig und eng. Seine Haut ist mitgenommen, die Kleidung verbraucht.

Die Nacht fängt an, man umschleicht sich, zögernd und lauernd. Die Geduld des jungen wird weiter mißbraucht, der alte verflucht ihn. Über den Tisch weg packt er seinen Arm. Der junge schüttelt die Hand ab und warnt ihn, springt auf. Das kommt dem alten zurecht, daß der Grünschnabel aufspringt. Einer muß dran glauben, und wenn er es selbst ist. Den heiser gelästerten Sätzen ist zu entnehmen, daß er Vernichtung will um jeden Preis. Er braucht sie für sich allein, er sucht seinen Mörder. Na los, bring mich um – worauf wartest du, leg mich um. Er packt einen Prügel vom Holzstoß und haut auf die Stühle. Der junge steht an der Wand mit blutleeren Fäusten, er ahnt, daß Verteidigung sein Ende sein kann. Der alte ruft, daß er Schluß macht – oho, daß er weg will. Nicht auf die gewöhnliche Art wie die Tiere im Unkraut. Nicht auf die Art, die winselt und Frieden macht. Daß ich dir einen Mord verpasse, du. Daß du mich umbringst, Scheißkerl, das wirst du behalten. Du wirst den Mord nicht vergessen, wer umbringt, vergißt nicht. Daß ich dir Totschlag und Tod vermache. Daß du mit heulender Schnauze weiterkommst. Daß du dreckiger lebst und länger als ich. Daß du mich umlegst, es bleibt was von mir auf der Erde.

Er packt ihn am Hals und versucht zu treten, der andere zwingt sich zur Notwehr. Der alte will stürzen, den Kopf auf dem Boden zerschlagen. Er will zu Ende kommen – oho, ans Ende. Daß du mich endlich umbringst, du Miststück willst leben. Leben wirst du, aber wie – oho.

Nach einer Stunde ist der junge geschlagen, beginnt sich zu wehren, reißt den Holzprügel an sich. Ratlosigkeit, drei Schläge gegen den alten, Verzweiflung fiebernd und feucht im Gesicht. Daß ihn die Wutkraft des alten ins Unrecht setzt, er selber zuschlägt, schuldlos, das ist sein Entsetzen. Ein Faustschlag macht ihn zum Mörder, der alte stürzt; zerschlägt den Nacken an einer Bodenkante, und liegt bewegungslos, ohne Laut und Blutspur.

Der zum Mörder Gemachte ist allein mit dem Toten. Wasser gurgelt und sprüht in der lichtlosen Bergnacht. Was noch geschehen kann, geschieht, der Mörder packt ein, Tabak und Decke, vergißt die Konserven im Wandschrank. Er verläßt das Haus durch das Fenster, verschwindet im Regen, das niederbrennende Feuer verglüht in den Scheiten. Der Tote liegt kälter werdend im kalten Raum. Den Rest besorgen die Tiere und die Zeit.

Namenlose Geschichte

Er hat auf Rummelplätzen Lose gezogen (mit zwei Fingern aus einem Eimer geholt) und einmal eine Puppe gewonnen.

Unvergessenes, namenloses Ding, mit Tüll und rosa Schleifen behängte Gestalt. Die Arme und Beine waren polierte Gurken und das schwarze, in Rollen gelegte Haar war klebrig, als sei es mit Zuckerwasser gewaschen worden. Die Augendeckel klickten wie Automaten, die Wimpern waren zierliche Bürsten.

Namenloses Ding, sein Augapfel, sein Eigentum. Nur das Beste kam für sie in Frage. Sie wenigstens sollte verschont sein, atemberaubend sauber und unangetastet. Wenn er – beispielsweise – in den Graben segelte, würde er sie in die Luft werfen und, im Dreck liegend, wieder auffangen. Irgendetwas in der Art. Meine Puppe, mein schönes Ding.

Ein paar Tage trug er sie mit sich herum, konnte aber nichts Gutes für sie finden. Das für sie Beste blieb unauffindbar. Es gab für sie nichts Besseres als ihn. Es gab für sie nichts Besseres, als vom linken Arm an die Jacke gedrückt zu werden und ihn beim Straßenlaufen zu begleiten. Nässe, Staub und dreckige Nachtlager, Zigarettenasche und Rempeleien brachten den Tüll aus der Form und beschädigten den Körper. Sein Augapfel war trotz Vorsicht schadhaft geworden. Sein Eigentum, hinfällig wie er und alles. Bittere Zärtlichkeit, mein schönes Ding. Er schien nicht das Beste für sie zu sein, er war nicht mal das Erträgliche für sie.

Er beschloß, sie einem Kind zu schenken. Wo war das beste Kind für sie zu finden? Der Gedanke, ein falsches Kind könne sie besitzen – der Gedanke war unerträglich. Besser machte er sie selbst kaputt. Ihm blieb nichts übrig, als die Puppe zu behalten und das Beste weiter für sie zu suchen.

Sie wurde ihm lästig. Quälender Besitz. Lacksplitter an der Nase, aufgeweichte Finger, zerkratzte Pappschuhe. Fehl am Platz, hinfälliger von Tag zu Tag. Er war vielleicht an ihrem Besten vorbeigelaufen, ohne es erkannt zu haben. Er war nicht das Beste für sie, und sie nicht das Beste für ihn. Schöne Gestalt, süßes Monstrum, schlechter Besitz. Eines Tages schleppte er sie an den Beinen herum und da er das Beste für sie nicht fand, warf er sie auf den Müll.

Zu spät fiel ihm ein, daß er sie hätte zu Geld machen können. Er suchte sie auf allen Müllplätzen, aber sie war nicht mehr zu finden.

2

Die Zeit

1

Was verbirgt sich hinter dem langsamen Gang der Schnek-
ken? Sicher etwas Unbehagliches. Möglicherweise sind sie
von der Zeit bevorzugte Wesen. Vielleicht drängen sich
Stunden und Minuten darum, von den Schnecken gelebt zu
werden, und die Schnecken sind so eigennützig, die angebote-
ne Zeit in sich aufzubewahren. Man weiß, daß die Zeit zu
vermeiden sucht, von bloßen Beschäftigungen gelebt zu
werden, von Büchern etwa oder Vaterlandsliedern. Aber sie
drängt sich vor, wenn Tag und Jahr für ein Menschenleben
ausgesucht wird. Man kann ihr das nicht verdenken, aber was
verbirgt sich hinter ihrem Verhalten?

2

Setzte man ein paar Sekunden einzeln im Raum aus, würden
sie sogleich Ausschau nacheinander halten und sich zusam-
mentun. Sie würden, das liegt in ihrem Charakter, unaufge-
klärt und hoffnungsvoll, in Minutenformation gegen den
zeitleeren Raum zu Felde ziehn, ein tapferes Fähnlein, das
zusehn muß, jemanden zu finden, der es seiner Privatzeit
angliedert, einen Straßenjungen, einen Wirbelsturm oder
einen Vogel, der sich anschickt, das Meer zu überfliegen.

Aber es kann schlecht aussehn, der Raum kann leer sein,
und es meldet sich trotz dringender Hilferufe kein zeitbe-
dürftiges Wesen – dann hat der Raum genug Geduld gehabt,
dann zerfetzt er die Sekundengruppe und ihre Splitter (sie
geben die Hoffnung nicht auf) schleudern auf ein Gestirn, das

es sich leisten kann, mitten im Blickfeld zu hängen und Jahrtausende zu verbrauchen. Träge schüttelt sich das Gestirn, wenn der Zeitstaub auf seine Kruste fällt. Gleichgültig verleibt es die protestierenden Sekunden seinem dicken Schlaf ein.

3

Es gibt Minuten und Stunden mit einem Hang zur Nonchalance. Bloß keine Eile! Sie trödeln und bummeln und wollen nicht von der Stelle. Sie möchten Ausschau halten vor einem neuen Lebenskapitel der Erde, das sich verheißungsvoll oder drohend vor ihnen auftut. Sie möchten einen eigenen Eindruck gewinnen; dazu müssen sie stehenbleiben.

Wenn sie in ihren gleichschritthaften Vorwärtsbewegungen innehalten, werden sie sofort von ihrem Minuten- und Stundengefolge in den Rücken gestoßen, und es wird höchste Zeit, an den Vorgänger aufzuschließen. Denn Stehenbleiben oder Ausscheiden schließt ihr Daseinsrecht nicht ein. Urteile bilden über Willkommenes oder Unwillkommenes steht ihnen nicht zu.

Vorwärts marsch und ab in die Zukunft heißt es für alle.

4

Vogelzüge, die durch alle Zeiten und Zeitprovinzen vagabundieren können. Wolkenzeit wechselt um sie mit Meer- und Inselzeit, unversehens fallen sie in Waldzeiten, in herbstliche Flußzeiten ein, Großstadtzeit wechselt um sie mit der eigenen, atemlosen Zugvogelzeit, die vor lauter Zeitwechseln nicht zur Besinnung kommt.

Das Gegenteil ist mit den Häusern der Fall, die ihre Zeit noch nie gewechselt haben. Manchmal öffnen sich die Türen, alt gewordene Möbelzeiten werden sichtbar, Schränke voll Schlafmützenzeit und Privatstunden, die nach Schulbüchern und Zigarrenqualm duften. Zimmer und Korridore sehn hinaus in eine Garten- oder Hinterhofzeit, grau gewordene Tapeten blicken auf eine Gebirgszeit am Horizont oder in eine, die mit Schiffen und Straßenecken lebt.

Von Zeit zu Zeit kommen Gäste ins Haus. An ihren Kleidern, auf ihren Gesichtern haftet eine Holunderzeit, eine Fischfangzeit, eine taufrische Zeit zwischen Apfelernte und

Kartoffelfeuern, eine Schneeflockenzeit. Befremdet sehen sich dann die begegneten Zeiten an, fassungslos die Unterschiede nicht begreifend, staunend bewegt sich der Staub auf den Tapeten, überwältigt von soviel unterschiedlichen Zeiten, die ihm bisher unbekannt geblieben waren.

5

In der Zeitfabrik herrscht vorbildliche Ordnung. Was für eine Langeweile! Die Aufträge, Anfertigungen und Auslieferungen sehen sich alle gleich: Jahrhundertfrachten, Monatspakete, Stundenpäckchen, Halbstundenbriefe. Eine Sonderabteilung für Sterbestunden ist neuerdings eingerichtet worden. Es gibt auch Einzelabnehmer, aber ihre Stunden- und Minutenforderungen bedeuten der Fabrik nichts Nennenswertes.

Hin und wieder unterbricht Alarm den Betrieb. Dem Jahrhundert fehlen ein paar Sekunden, brüllen die Lautsprecher, wer hat sie geklaut, welcher Lümmel von Lehrling vergaß sie einzupacken. Panik bricht aus, denn die vermißte Zeit soll in Kürze gelebt werden.

Heftige Suchaktionen. Meinungen, Vorschläge, Entschuldigungen. Verstörte Engel tauchen auf und verschwinden wieder. Keiner ist in der Lage, die vermißte Zeit aufzutreiben. Um eine Katastrophe zu vertuschen, läßt man ein Erdbeben aufkommen, das die Uhren zerstört, ein Luftbeben aufkommen, das die Sonne zum Wackeln bringt.

6

Bei allem Stunden- und Minutenmangel gibt es immer noch Familien, deren Zeit von den Dienern gelebt wird. Ihre Hunde gehen damit durch und ihre Chauffeure bereichern sich unauffällig. Hundertjährige Hausangestellte, greise Haustiere. Es kann vorkommen, daß Familienmitglieder abends vorm Ausgehn entdecken, wie voreilig großzügig es war, den Küchenmädchen soviel Zeit zur Verfügung zu stellen. Sie selbst, mit dem augenblicklichen Zeitvorrat, würden die Theatervorstellung kaum überleben.

Daher machen sie Anleihen bei Kindern und Dienerschaften, die dann gleich schlafen gehn müssen, wenn sie nicht im Treppenhaus umfallen wollen.

7

Wenn ein Geschöpf vor der Zeit stirbt, müssen die für ihn vorgesehenen Tage und Wochen Schlange stehn und abwarten, ob sich ein anderer Verbraucher für sie findet. Während sie warten und Vermutungen anstellen, heißt es von hinten: Was ist dort vorn passiert, warum geht es nicht weiter, und ein Gemurmel der Unzufriedenheit geht durch den Wartesaal. Dann kommen die Monate, manchmal kommen auch Jahre (selten Jahrzehnte, das wäre ein unwahrscheinliches Ereignis) und schreiten als Hauptleute und Generäle ihres Fachs die Zeitreihen ab und man hört: Wir werden bald Verwendung für sie haben. Wir werden sie angliedern und zum Verbrauch weiterleiten, sobald genaue Informationen eingetroffen sind. Dann geht ein Aufatmen durch die versammelte Zeit.

Später teilt man sie auf und schiebt sie ab. Sie sind glücklich, sie haben einen Verbraucher. Dann hat man sie einem alten Landarbeiter zugeteilt oder einem Papierschnitzelgeist, dem man wohlwollend gesonnen ist.

8

Manche Minuten haben Pech gehabt. Sie sind einem Sterbenden zugeteilt worden. Man weiß, daß er nur einige hundert von einigen tausend ihm zugeteilten Minuten verbrauchen wird. Insgeheim zählt jede Minute für sich ab, ob sie noch verwendet wird oder nicht, und solche, für die keine Hoffnung besteht, verdrücken sich lustlos und nicht ohne Neid.

Wieder mal ohne Arbeit! Sie hängen sich an andere, gleichfalls enttäuschte Zeitteilchen und bilden Gruppen, Proletariate, die sich nun ein Vergnügen daraus machen, Zeitordnungen zu verwirren. Sie schleichen sich in die Vorratskammern und setzen sich zwischen ihresgleichen fest. Beim Zusammenstellen einer neuen Zeitfolge sind einige Minuten zuviel vorhanden.

Dann wird nachgezählt, nocheinmal und nocheinmal. Man kommt nicht hinter den Fehler, denn sie sehen sich, Ungelebte, alle gleich. Schließlich nimmt man, trotz ihres Widerstandes, die Verkehrten weg und sortiert sie zurück ins Lager.

Keine Ferien für Minuten und Sekunden. Sie haben sich verpflichtet, fortwährend in der unabsehbaren Schlange der Zeit zu stehen, auf einem Haufen zu sitzen, jederzeit verfügbar. Oft bereuen sie es. Oft fragen sie sich, wie es draußen aussehen mag, im Universum oder wovon sonst die Rede ist. Wäre das Durchkommen als einzelnes Zeitteilchen nicht so mühsam, wären sie nicht in den Dienst der Zeit gegangen.

Sie können auch keinen Vertreter schicken. Nein, sie müssen selbst da sein und wenn der Augenblick des Lebens gekommen und vorübergegangen ist, haben sie sich ohne Widerrede zu einer Vergangenheit zu bekennen, die ihr Massengrab ist, von der sie nur undeutliche Vorstellungen haben.

Nur wenn es ihnen gelingt, in Gehäusen kaputter Uhren unterzukriechen, ist ihr Fortkommen gesichert, sind Ferien in Aussicht. Hier kann man bummeln und trödeln und mit seinesgleichen Vermutungen austauschen über den Wert dessen, was jetzt noch Zukunft genannt wird. Hier kann man warten, bis der Mensch geboren wird, von dem gelebt zu werden sich lohnt. Hier kann man hoffen und warten und sich die Geschichte vom Uhrmacher erzählen, der sein Werkzeug verloren hat.

Manifest der Toten

1

Wer sich auf den Weg in den Bereich der Toten macht, dem stellt sich am Ende aller kontrollierbaren Wege ein großer Triumphbogen entgegen. Das ruft in der Regel angenehme Empfindungen hervor und man denkt schon an Empfänge, Ansprachen, Feierlichkeiten. Aber der Bogen hat die Aufgabe, das alles zu ersetzen, ein gefälschtes, aus unmotivierten Verpflichtungen errichtetes Aushängeschild der Totenzone. Wer sich noch die Zeit nimmt, ihn näher ins Auge zu fassen, findet ihn völlig verkommen, eine morsche Architektur mit dem Behang von welken Blumen und falschen Heldengestalten.

2

Hier ist der Boden, über den es nichts anderes zu sagen gibt, als daß er die Toten trägt. Über ihm und neben ihm, was sollte denn da sein. Nichts. Er hat keinen Himmel und keine Erde zu tragen, Sterne, Monde, Sonnen – nichts. Die Sphäre aus nichts kennt solche Schmucksachen nicht. Sie kennt die Toten, die ihr ebenso wenig bedeuten, wie sie den Toten bedeutet. Es gibt keine Kontaktmöglichkeiten; nicht, daß jemand darum wüßte. Die Toten erwarten Einrichtungen von ihrer Sphäre, Wände, Einteilungen, Begrenzungen. Sie erwartet Körper von ihnen, ein wenig Fülle und Platzeinnahme, ein wenig Unumgänglichkeit. Es ist der allerdumpfeste Mißklang, daß sich nichts von alldem findet. Worüber sollte denn da ein Kontakt zustande kommen. Man weiß auch nicht, wem man Vorwürfe machen könnte. Daher unterläßt man Vorwürfe einstweilen.

Was sich unter ihren Böden befindet? Nun, nichts. Wie gewohnt, wie üblich, wie doch überall in diesem leeren Bereich, befindet sich auch unter ihren Böden nichts.

Balustraden!

Weitgeschweifte Brüstungen, die den Toten Ausblick und Überblick über den Betrieb der Welt gestatten. Während sich

verschiedene Gruppen Gestorbener in unabsehbaren Hinter-
ländern tummeln, treten andere an die Balustrade und
vertiefen sich in das unerhörte Panorama, zu dem der Erdball
und was auf ihm geschieht, sich vor ihren Blicken ordnet.
Bliebe den Toten dieser Ausblick erspart, stünde es, das kann
man wohl behaupten, besser um sie. Sie bräuchten nicht
immer wieder zwischen der Fülle des Sichtbaren und der
Leere der eigenen Aufenthaltszone zu vergleichen. Denn
dieser Vergleich ist vernichtend für sie, die doch den Anblick
der Erde nicht entbehren können.

4

Bei den Entwürfen einer Landkarte des Totenreichs – sie
wollen endlich Gewißheit haben – kommt es zu überraschenden Meinungsverschiedenheiten. Da sind welche, die das
Gebiet gegen ein Gebirge abgrenzen wollen, andere gegen ein
Meer, wiederum andere halten es für eine Kugel. Sie können
und können sich nicht einigen. Da spalten sie sich, schwärmen aus, verstreuen sich weit in die Einöde und gehen auf
Suche. Sie machen Schwimmbewegungen, um möglicherweise Wasser festzustellen, möglicherweise von einer Woge
aufgehoben und getragen zu werden, sie hoffen fieberhaft, zu
stolpern und hinzufallen, denn das bedeutete, daß da Steine
wären, die ein Gebirge ankündigen könnten. Aber schließlich
bewegen sie sich in gewohnter Weise vorwärts, vollkommen
zufrieden in der Überzeugung, daß die Grenzen entfernter zu
suchen sind.

Die ihr Vertrauen in die Kugel setzen, bleiben zurück in
beneidenswerter Untätigkeit. Manchmal streift eine Gruppe
von Gebirgssuchern am Horizont vorbei; ihrer Eile merkt
man an, daß sie die erhofften Grenzen noch nicht gefunden
haben. Oder zitternd vor Eifer tauchen die Meersucher auf,
mit betonter Eile das Nichts durchquerend. Tausend Fragen.
Riesenhafte Wißbegierde der Tatenlosen. Und um sich keine
Blöße zu geben, geschäftig abwinkend, antworten jene: Wir
haben Spuren entdeckt, Andeutungen, Hinweise! Geduldet
euch noch ein wenig!

Es ist nicht so, daß die Toten sich immer nach freien Entschlüssen bewegen könnten. Denn es gibt die Winde. Vermutlich sind es – aber wer weiß das schon – Winde aus Privatinitiative, abgesplitterte Schnörkel irdischer Orkane, verirrte Brisen und heimatlose Luftzüge. Immerhin haben sie ihre Startplätze und Rennbahnen auch auf den Böden der Toten eingerichtet. O diese verfluchten Winde!

Kommt ein Windzipfel angefahren, eine jener unbeschäftigten Brisen, die sich, man weiß nicht warum, hier zu schaffen machen, dann heißt es: Achtung, in Deckung gehn, los, los, macht, daß ihr weg kommt; rette sich, wer kann!

Sofort schwärmen die Toten aus, rennen und stolpern und jagen über die leeren Böden davon. Nur fort, und zwar schnell, nur fort, wer nicht erfaßt werden will.

Die sich aus den Richtungen des Windes schlagen konnten, haben gut lachen. Aber Entsetzen spricht aus den Bewegungen der weniger beweglichen Gruppen, die ergriffen worden sind. Der starke Luftstrom hat sie gepackt und schleift sie nun mit, ganze Legionen von Toten, zitternde, heulende, sich windende Tote, protestierende Brisen-Anhängsel, Ohnmächtige, die sich nicht losmachen können.

Oft kommt es vor, daß ganze Legionen von Toten in einen Windschatten geraten und dort abgeworfen werden. Sie sitzen herum und warten auf neue Stürme, die sie aufgreifen und zurückwehen könnten. Aber solche Stürme kommen nicht. Unschlüssig, ob sie sich zu einer Wanderung aus den Windschatten entschließen sollen, lungern sie herum in der Hoffnung, dieser Rückkehrwind möge doch noch einmal kommen, um sie heimzuholen, heimzuholen –

O diese erbärmlichen, diese verfluchten Winde!

Wie können die Toten in die Provinz der Engel kommen? Und wie die Engel in den Bereich der Erzengel? Wie gelänge es den Erzengeln in den Bereich der Geister vorzudringen? Alle Provinzen bilden das Reich der Toten. Auch die in den höchsten Rängen, die Geister, können sich dem nicht entziehen.

Die Toten können ihre leere Niederung nach keiner Seite hin verlassen. Es gibt keine Grenzüberschreitungen für sie. Aber den Engeln ist es erlaubt, in die Niederung abzusteigen, während ihnen der Zugang zu den Erzengel-Zonen verwehrt ist. Die Erzengel dürfen zu den Engeln und Toten heruntersteigen, ohne jemals den Hochgebirge-Grat der Geister betreten zu können. Nur die Geister sind überall, obwohl sie sich wenig zeigen. Ihr lautes Gähnen und Lachen steigt und fällt durch die verschiedenen Bereiche.

Überall ist auch der Wind, der nach eigenen Entschlüssen steigt oder fällt und seine Faulenzerlaune zwischen Grat und Niederung verbummelt.

7

Wenn die Toten die Stille zu unterbrechen versuchen, macht das kein noch so geringes Luftbeben aus. Kein Ameisenlachen verursacht ein kleineres Aufsehen als ihr Versuch, laut zu sein.

Das war seit jeher und hat sich bis jetzt nicht geändert. Aber die Toten denken anders darüber. Wenn sie später einmal, denken sie, später einmal die Stille zu überwinden versuchen, dann wird man damit rechnen können, daß ihre Sprachen, Gesänge und Vaterlandslieder die Stille überwältigen werden.

Jetzt noch nicht. Aber wer weiß denn, was später sein wird. Heute gibt es nur leere Klänge, niedergefegte Stimmen, unhörbare Lieder. Ihre Stimme, die Verlautbarung ihres Manifestes ist festgesetzt auf einen Zeitpunkt, der sich bisher immer wieder verschoben hat. Zugegeben; aber was hat das schon zu bedeuten.

8

Behängt mit ausgedachten Masken wandern sie auf und ab. Ihre Vorstellungen gruppieren sich zu bizarren Possenspielen, in denen jeder eine Hauptrolle spielt. Possenspiele voller Hauptrollen, Legionen Könige, Legionen Kerle, alle lebendig.

Sie weigern sich, die Masken später wieder abzunehmen. Sie haben Angst, ihre Gesichter könnten mitgehn. Sie fürchten, der Verlust eines Gesichts, in dessen Besitz sie sich glauben, beraube sie ihrer privaten Note.

Beraube sie ihrer privaten Note aus nichts.

9

Wenn eine Gruppe wandernder Engel unerwartet auf eine Gruppe von gemeinen Toten trifft oder ein paar Tote sich, ganz gleich wo, in einen Zug von Erzengel-Ausflüglern verlaufen, sich die Mitglieder der verschiedenen Abteilungen untereinander vermischen und verwirren und es nur unter Mühen gelingt, Anschluß und Zugehörigkeit an die eigene Gruppe wiederzufinden, dann wird dieser Punkt als Kreuzung bezeichnet.

Alle sind bemüht, ihn nicht zu vergessen. Man versucht sogar, Schilder anzubringen, was natürlich nicht gelingen kann, aber man hat sich vorgenommen, wiederzukommen.

Es gibt eine Unzahl von Kreuzungen in diesem endlosen Gebiet, an denen kaum wieder zwei wandernde Haufen zusammentreffen.

10

Nach dem Vorbild eines New York oder Venedig haben sie glänzende Städte gegründet, die sie sofort wieder vergessen. Ihr Städtebau erschöpft sich in der Gründung. Woher sollten sie auch das Material haben, den Kostenaufwand für Zement und Metalle, und Steine für eine noch so kleine Ortschaft. Manchmal, wenn ihre Vorstellungen sich verdichten, in Augenblicken grenzenloser Übereinstimmung, scheint ihnen das Kopfende einer bescheidenen Gasse zu gelingen – aber nein, nichts. Und nach Beendigung der Feierlichkeiten wechseln sie geschlossen an andere Plätze über, um von neuem eine kolossale Stadt zu gründen, mit anderen Namen, Meerbuchten, Kathedralen und Boulevards.

Oftmals gründen sie Städte an einer Stelle, an der schon drei andere Städte gegründet wurden. Sie schwelgen in Namen und Architekturen und proklamieren neue Stile. Ohne Zweifel werden sie noch viele neue Städte gründen, strahlende Metropolen mit überraschenden Architekturen und klangvollen Namen, mit Schneckenhaussiedlungen und

Pyramiden, die aus Fischgräten errichtet wurden; mit Vogeldenkmälern und fliegenden Dächern, mit Bettlerpalästen und Kneipen für Könige und ihr Gesindel, mit Goldwasserflüssen, die über kupferne Brücken fließen und turmhohe Dämme gegen den Wind, wie gesagt –

Alles, um es gleich wieder zu vergessen.

11

Träume!

In geheimnisvollem Ton spricht man von der Prinzessin aus dem Grab der Nacht. Es muß etwas mit dieser Person auf sich haben, denn man hat ihren Schutzengel ihre Schönheit schildern hören und nun droht man ihm mit Folterung und Prügelmaßnahmen, sollte die Prinzessin nicht schöner sein. Sie brauchen jetzt den Glauben an eine Schönheit, auch wenn es sich um eine Hure handeln sollte, denn sie stehen an Aussichtspunkten, vor denen alles öde ist.

Gibt es diese Prinzessin unter den Lebenden, unter den Toten? Der einzige Beweis ist, daß sie einen Schutzengel hat, eine Majestät von einem Schutzengel.

Sie bestärken sich in ihrem Glauben mit einschmeichelnden Legenden, »Tatsachenberichten« und verführerischen Vermutungen. Sie sprechen mit Scheu von ihren Schneeflockenaugen, ihren Lidern und hellen Schultern. Immerwieder taucht die Frage auf: wann wird sie kommen und in welchem Fahrzeug. Sie wird doch kommen, nicht wahr, ja, sie muß doch kommen. Es steht auch ganz außer Zweifel, daß sie dann gleich in den Palast der fröhlichen Rotkehlchen kommt.

12

Dicht an dicht über die Brüstungen gebeugt, sehen die Toten ununterbrochen in den Betrieb der Welt, gepackt von Vorfällen, Ereignissen, Abenteuern. Sie sehen Massengräber sich füllen, sie verfolgen Schiffsschlachten und wohnen dem Einsturz eines Wolkenkratzers bei, sie inspizieren Überschwemmungen, Waldbrände und lauern auf Messerstechereien, Schlachtfeste, Schreie und Blut.

Sich abwenden vor soviel Greueln? Im Gegenteil. Aufpassen, ob die Massengräber voll werden, wieviele Schiffe in

Flammen aufgehn und versinken. Sie führen genaue Kontrollen. Es darf ihnen nichts entgehen von soviel abwechslungsreichen Beweisen des AUF DER WELT SEIN DÜRFENS.

13

Auf der Erde haben sie Lawinenfelder entdeckt, augenblicklich verspüren sie den Wunsch, ja, die Verpflichtung, Lawinen und Lawinenfelder in ihren Bereich zu übernehmen. Aber, wie üblich, sehen sie sich vor ungeahnte Schwierigkeiten gestellt.

Aus welchen Stoffen Abhänge errichten und Wächten baun, geschweige denn Steilhänge, Felsen, Klippen.

Gruppen Freiwilliger laufen über die Böden in der Hoffnung, abzustürzen. Aber sie stürzen nicht ab. Manche versuchen zu klettern, aber sie erreichen keine Höhe. Die sich zur Verfertigung von Schnee angeboten hatten, stehen mit leeren Händen da. Entdeckt ihr zuerst einen Abhang, heißt es, dann liefern wir Lawinen. Macht uns zuerst Lawinen, geben die andern zu verstehn, dann zeigen wir euch Abhänge, soviel ihr wollt!

14

Wenn eine bestimmte Vorstellung bei den Toten aufkommt – und man kann sagen, daß ihre Vorstellungen sich jagen und überstürzen –, dann geraten alle Toten in Tätigkeit. Es bedarf einer geringfügigen Vorstellung, die Toten aus der Fassung zu bringen und in heillose Unruhe zu versetzen.

Jetzt haben sie daran gedacht, Flugblätter abzuwerfen. Dafür wollen sie Texte verfassen, Proteste, Vorschläge, Forderungen, die an jene gerichtet sind, die den Zustand der Toten zu verantworten haben. Aber woher Papier nehmen, welche Stifte, in welcher Sprache kann man sich verständlich machen? Sie verfügen über nichts Entsprechendes. Nichts, nichts und wieder nichts; alte Leier, altes Lied, das haben sie nun immer wieder erfahren und von neuem vergessen. Immernoch glauben sie, alles könne sich ändern, auf einen Schlag.

Sie müssen es mit anderen Mitteln versuchen.

Andere Mittel aber gibt es nicht, nicht für sie. So werfen sie die ausgedachten Flugblätter unvorhanden ab im Vertrauen auf eine Selbstverwirklichung des Gewünschten, die aber nicht eintritt. – Nun ändern sie gezwungenermaßen ihre Vorstellungsmethoden.

Ein ausgedachter Wind wird die ausgedachten Flugblätter in eine aus zahllosen bunten Vorstellungen fabrizierte Großstadt werfen. Sie müssen in Kürze ankommen, denn man sieht schon verschiedene Gruppen ungeduldig auf und ab gehn und Ausschau halten. Schließlich bücken sie sich, sammeln und raffen zusammen, rennen, schichten, falten, lesen, bündeln und tragen davon – die Flugblätter, die, wie es scheint, in Mengen gekommen sind.

Während die Flugblätter niederfallen, überkommt sie plötzlich die Vorstellung, fremde Flugblätter mit unbekannten Texten in Händen zu halten. Das erhöht ihre Spannung. Sie stürzen sich auf die unerwartete Lektüre und reißen sich die Papiere aus der Hand. Wer sie so in großen Haufen herumstehn sehn könnte, müßte zu der Überzeugung kommen, daß sich unglaubliche, ganz unfaßbare Dinge ereignet haben, hier und anderswo.

15

Der Jagdgedanke hat sie überfallen, sie werden jagen! Wen sie angreifen und verfolgen, am Ende erlegen werden, steht noch nicht fest. Zunächst gibt es nur sie, die Jäger, in großen Haufen, und ausgedachte Spürhunde, Munitionen, Flinten und Jagdhörner, vorrätig in Vorstellungen riesenhaften Ausmaßes.

Dann brechen sie auf und begeben sich auf die Suche nach Opfern. Daß eine andere Gruppe ihren Eilweg kreuzt, regt sie an, die Verfolgung aufzunehmen. Sie gehen in Stellung, visieren verschiedene Punkte an, pirschen vor, getarnt von eilends ausgedachten Felsen und Höhenzügen.

Aber dann stutzen sie. Unsicherheit. Ihrer Berechnung nach müßten die von ihnen Gejagten jetzt ihr Tempo steigern, in Panik geraten und Hals über Kopf das Weite suchen. Aber sie tun es nicht. Sie haben ein Lager aufgeschlagen, um gelassen und nicht ohne Neugier die Entwicklung der Dinge abzuwarten. Ratlos ziehn sich die Jäger zu einer Beratung zurück, dann senden sie Boten aus, gleich eine ganze Tausendschaft von Verhandlungsberechtigten. Die andern gähnen, schütteln die Köpfe, zeigen Bedauern. Wir fühlen uns nicht als Gejagte, geben sie zur Antwort, und bleiben liegen.

Geschlagen?

Im Nu ist der Gedanke an eine Jagd vergessen. Nun vollkommen damit beschäftigt, nicht mehr zu jagen, überkommt sie die Vorstellung von einer beutereichen Heimkehr.

16

Der Gedanke an Karusselle hat Scharen von Toten veranlaßt, in der Luft herumzuwirbeln und Rundläufe zu bilden. Ein Drängeln und Kreiseln von Zahllosen, die augenblicklich des Glaubens sind, auf hölzernen Elefanten und Pferden Karussell zu fahren.

Andere, von jener Vorstellung nicht berührte, sehen fassungslos in den Betrieb, der kein Ende findet. Ganz besonders befremdlich ist das Ereignis für solche, die gerade des Glaubens sind, sich auszuruhn und die sich infolgedessen so unbeweglich wie nur möglich verhalten. Engel, die dazukommen, mißverstehen die Karussell-Vorstellung noch mehr. Sie sehen Wirbelwinde, in die jene Bedauernswerten geraten sind und laufen, etwas dagegen zu unternehmen.

Aber unabhängig von ihren Umgebungen und selbstvergessen steigern die Toten ihre Karussellfahrt zur Ekstase. Jene, die außerhalb stehn, warten bereits auf den Augenblick der Lockerung und Erschlaffung, der einmal eintreten muß. Dann wird man die Taumelnden auffangen, die Ernüchterten besänftigen, man wird trösten, erklären, versprechen und neue Vorstellungen leben lassen.

17

Da steht eine Schar von Toten an der Balustrade und betrachtet sich den Schiffsverkehr auf verschiedenen Meeren. Aber dort ereignet sich jetzt nichts. Sie haben einige Tanker ausfindig gemacht, die unbeirrt ihre Wasserwege einhalten. Es ist vorauszusehn, daß sie unbehelligt an ihre Küsten kommen, in ihre Häfen einlaufen werden. So sehr die Toten auch Ausschau halten – sie bemerken keinen Orkan in der Nähe, der eines jener Schiffe in spannende Verhältnisse bringen könnte. Kein Walfisch erscheint und kein Seeräuberschiff ist im Auftauchen begriffen.

Langeweile! Langeweile! Allen diesen Schiffen und ihren Kapitänen, Köchen und Matrosen ist nicht die geringste Abwechslung verheißen. Sie werden die Schiffe im Auge behalten, ohne besonderes Interesse allerdings.

Nach geraumer Zeit haben sie eine Schiffsschlacht ausfindig gemacht, die soeben in einem entlegenen Meer begonnen hat. Das weckt Anteilnahme in ihnen; Kanonen, Matrosen, Pulvergewölk, sinkende Kiele, aufrauschendes Wasser, Bergungsversuche und Flaggenparaden besonderer Art, die sie da zu sehn bekommen.

Das löst natürlich heftige Vorstellungen in ihnen aus, sie sind zu einem Grenzübertritt entschlossen. Ihre Vorstellung verfertigt in Eile ein großes Schiff, das jetzt aus einer grünen Bay auf den Horizont steigt. Es hat zehn rote Segel aufgezogen, hat siebzig Kanonen an Bord und eine nackte Frau mit schwarzen Haaren als Galionsfigur.

Ihre Vorstellungskräfte und ein ihren Vorstellungen entsprungener Admiral treiben das Schiff in die Nähe der Seeschlacht. Kanonenschüsse, abtreibender Rauch – das Schiff taucht ein in die Schlacht, die nun entfesselte Vorstellung der Toten treibt es mitten unter die Wracks und Galeeren. Doch unversehrt und mit geblähten Segeln schwebt es durch die Kanonenkugeln und entscheidet den Ausgang der Schlacht.

Später, nach Abzug der letzten siegreichen Schiffe, schaukelt es allein, von den Vorstellungen der Toten über Wasser gehalten, vor rauchverhüllten Küsten in einen wolkenlosen Vollmondhimmel.

18

Ein Trupp von Toten kann nicht mehr mithalten. Sie sind es müde, etwas sein zu wollen. Sie sind ihrer Ergebnislosigkeit endlich überdrüssig. Da gibt es keine neuen Hoffnungen mehr, die ihre immer wieder erfahrene Vergeblichkeit zunichte machen könnte. Nein, wirklich, sie sind so müde. Soll man sie doch liegenlassen, nur einfach liegenlassen.

Aber hier ist kein Platz mehr für sie, denn hier befinden sich die Aktiven, nicht die Versager und Kümmerlinge. Fort mit ihnen, heißt es. Augenblicklich drängt man sie von den Balustraden fort und schiebt sie unter Hohngelächter ab. Dann kommen gleich Engel und organisieren Transporte in die »Zone der Endgültigen«. Nur weg mit ihnen; ihr Anblick ist nicht zum Aushalten.

Hier hat man sie nun hingeschafft. Hier hält sie kein irdischer Anblick, kein atemberaubendes Ereignis mehr wach. Ihnen gegenüber befindet sich die Rumpelkammer des Universums. Verstaubte und ausgeblichene Mondschalen liegen herum, abgeworfene Engelflügel und schlaffe Wolkensäcke, durchnäßte Sterne, Winde, die ihre Triebkraft eingebüßt haben – ein Anblick, der auch den Lebenshungrigsten gähnen macht. Aber jene haben sich einverstanden erklärt, sie wollen endlich zu nichts zerfallen. Und während sie ihre letzten Vorstellungen ohne Empfindung schwinden fühlen, überkommt sie ein kalter, befreiender Hauch.

Da überfällt die Lebenshungrigen eine sonderbare Unruhe. Sie wissen nicht, wen sie mehr beneiden sollen, die Lebenden oder die »Endgültigen«.

19

Das einzige Vergnügen, das sie kennen, sind ihre Balance-Akte auf Perspektiven. Ihr Bereich ist kreuz und quer durchzogen von solchen Perspektiven, die aus den verschiedensten Richtungen kommen. Sie gehen, wie man beobachten kann, ziemlich rücksichtslos mit ihnen um, da sie sich im Besitz der Perspektiven wissen.

In Scharen begeben sie sich auf die dünnen Linien, die weder schwanken noch brechen. Eine Enttäuschung ist allerdings mit diesen Perspektiven verbunden, denn man kann ohne weiteres zu ihnen hingehn, ohne klettern zu dürfen. Freilich erspart ihnen das die Vorstellung von Schwebebahnen, Rolltreppen, Flugapparaten. Wenn sie schließlich oben sitzen, gelangen sie durchaus zu schwindelnden Höhenvorstellungen.

Zu gewissen Zeitpunkten, die so etwas bedeuten wie Feiertage, ist die Mehrzahl der Toten auf die Perspektiven übergesiedelt. Man muß aufrücken und dicht zusammen-drängen. Solche, die längere Ausflüge auf ihnen unternehmen wollen, müssen sich beschränken und dürfen nur auf kleinen freien Perspektiventeilchen auf und ab gehn. Andere, die nur auf ihnen herumsitzen, müssen ständig aufspringen, um Rekordläufern und Touristen, die immer wieder vorbeikom-men, Platz zu machen. Wohin man blickt, sind übervölkerte Perspektiven.

Manche spüren dann, daß bei solchen Massenbetrieben, die sich hier außerordentlich kompakt zeigen, das Vergnügen schnell ein Ende findet. Sie räumen die Perspektiven und überfluten die leeren Böden, als deren Entdecker sie sich plötzlich fühlen.

Doch die auf den Perspektiven verharren – es sind die meisten – sind glücklich, überschwenglich glücklich, ohne ihrer Empfindung freilich Ausdruck geben zu können. Sie sind den Böden entronnen. Den alltäglichen, öden, sattsam bekannten Böden sind sie endlich entronnen!

20

Auf zur Volkszählung, wird durchgegeben.

Sofort ereignen sich allerorten spontane und gewichtige Aufbrüche. Jeder, der dazu in der Lage ist, eilt Hals über Kopf in die Richtung, aus der der Befehl kam.

Zum ersten Mal scheint man sich mit ihnen befassen zu wollen. Sie gehn schon so weit, auf Einzelabfertigung zu hoffen.

Manche Gruppe hat bei dieser Nachricht ein überraschen-des Selbstgefühl befallen, das sich hier und dort zu erstaun-lichen Dünkeln versteigt. Das äußert sich darin, daß solche Toten auf ihren Plätzen bleiben in Erwartung einer persön-lichen Einladung, die aber nicht kommt. Sie warten. Und während sie inmitten strampelnder, drängender, rennender Knäuel von Toten sitzen, verspüren sie deutliche Klassenun-terschiede.

Inzwischen sind alle andern vorausgestürmt in der Hoff-nung, aufgehalten zu werden. Sie werden aufgehalten, werden zusammengepfercht und während sie stillstehn, geht ein Zittern der Erwartung durch die Massen. Jeder glaubt sich erfaßt, bestätigt, glaubt schon Konturen zu besitzen, Bürgerrechte, Ausweise, Genehmigungen, beinahe Privilegien.

Aber ganz unvermittelt schickt man sie wieder fort. Gleich werden Proteste laut. Die Nummern bitte, hört man Stimmchöre rufen, wo bleiben unsere Ausweise!

Die Nummern werden nicht bekannt gegeben, lautet die Antwort einiger Engel, die an der Aktion beteiligt zu sein scheinen, es gibt keine Ausweise. Beschämt und zornig gruppieren sich die Toten wieder und trotten fort, schwärmen aus. Heftige Diskussionen, tief enttäuschte Palaver. Eine Nummer wäre doch etwas gewesen, unvergleichlich mehr als dieses, wie soll man sagen. Aber nein, sie verfügen über keine Vergleiche, am wenigsten über Vergleiche mit sich selber, sie haben nun die bittere Erfahrung gemacht.

Das ist auch der Grund, weshalb es nie zu Wahlen kommt, Krönungen oder Mitgliedschaften.

21

Es spricht sich herum, daß die Engel jetzt in die Kasernen gehn müssen. Sie müssen marschieren und werden zu dreckigen Arbeiten hinzugezogen; sie kommen in die Regenmühle, wo sie Wolken ausstaffieren helfen und Gewitter in Schwung bringen müssen. Das hätten sie wohl nicht gedacht.

Sie sortieren nun Blitze mit ihren luftigen Fingern, mischen Wetterfarben, stauben Regenbogen ab und färben abgenutzte Sternbilder neu ein. Sie meutern, ballen die Fäuste, knirschen mit ihren zarten Zähnen, aber ihre Vorgesetzten, die Kontrollengel, achten schon darauf, daß sie ihren Arbeiten nachkommen.

Das hätten sie sich nicht träumen lassen. Immerhin haben sie eine Beschäftigung, und was wichtiger ist und sie letzten Endes wieder versöhnlich stimmt: sie haben Umgang mit Tatsachen, Werten, Gegenständen. Das zeichnet sie natürlich aus. Das ist ein gewaltiger Vorteil gegenüber allen übrigen Engeln und gemeinen Toten. Es gibt auch Gauner und Spaßmacher unter ihnen. Unbemerkt geben sie den Wolken Anker, den Blitzen Widerhaken mit. In späteren Gewittern werden dann senkrechte Blitze in halber Höhe hängen bleiben.

In den Aufenthaltszonen der Engel sieht es neuerdings etwas belebter aus. Sie verfügen jetzt über gewisse Errungenschaften, die sich sehen lassen können. Manche haben an ihren Plätzen Sternsplitter angebunden, die wie Luftballone über ihnen schweben. Es läßt sich nicht feststellen, woher diese Errungenschaften stammen, ob da Diebstähle, Eroberungen oder offizielle Funde zu Grunde liegen. Nunmehr sind sie regelrechter und häufig diskutierter Besitz. Da die Engel nicht, wie die Toten, in Haufen und Gruppen aufzutreten brauchen, sondern Einzelgänger-Rechte besitzen, machen sie, seit die Gegenstände auftauchten, immermehr Gebrauch von diesem Privileg. Es gibt Engel, die gleich ein paar Dinge auf einmal besitzen, zum Beispiel Vogelknochen, Windwurzeln oder Meteorzinken. Ein unübersichtliches Gefolge von Habgierigen umlauert die Besitzer, immer darauf bedacht, die Dinge in den eigenen Besitz zu bringen. Die meisten Eigentümer sind allein unterwegs und tragen ihre Schätze mit sich herum, denn wie könnten sie andern Engeln traun, da sie sich selbst vor kurzem noch auf Raubzügen befanden.

Überall gibt es jetzt Versteigerungen, Tauschhändel und schwarze Märkte. Natürlich bleiben Prellereien nicht aus. Bevorzugungen, Betrügereien. Aber sie können sich nicht beklagen. Es geht ihnen gut, solange der Handel blüht. Die Toten dürfen nie erfahren, wie gut es ihnen geht, solange der Handel blüht.

Jetzt weiß man auch, woher die vielen Gegenstände kommen. Engel, die gute Geschäfte vermuteten, haben sie aus den Rumpelkammern und Arbeitslagern mitgebracht und unter ihresgleichen kommen lassen.

Kein Wunder, daß immerwieder die Frage auftaucht, woher denn plötzlich solcher Reichtum käme. Die Gerüchte von »Geschenksendungen aus dem Paradies« klangen doch etwas unglaubwürdig.

Billige Schmuggelgeschäfte.

Wieder sind die Toten in Aufruhr geraten.

Sie laufen an die Brüstungen und beobachten, wie man auf der Erde einen Turmbau beginnt, eine Riesenarchitektur, ein schwindelerregendes Unternehmen, einen Turmbau zu Babel oder etwas in der Art. Stockwerk für Stockwerk wird aufgesetzt. Langsam, stetig wächst er den Toten entgegen.

Da regt sich eine verrückte Hoffnung in ihnen. Immer höher wird der Bau. Sobald er ihnen nahe genug ist – was sollte die Toten daran hindern, abzuspringen und aufs neue die Welt zu gewinnen, lebendig, sichtbar! Gedränge an den Brüstungen, jeder will der erste sein. Aber ganz unvermutet wird der Turmbau eingestellt. Die Steinträger und Mörtelmischer reisen ab; die Gerüste werden abgerissen; untrügliche Zeichen der Beendigung. Aber erst als ein Blitz in den Turm fährt, der Bau in Flammen aufgeht und in sich zusammenstürzt, geben sie die Hoffnung auf.

Bei jedem Turm, bei jedem Wolkenkratzer, der begonnen wird, überkommt die Toten eine neue Hoffnung. Aber woran liegt es nur, daß man nach einer gewissen Anzahl von Stockwerken den Bau aufgibt und abschließt. Bisher ist kein Turm erstellt worden, der den Toten erlaubte, abzuspringen. Und obgleich der Eiffelturm mit seinen 300 Metern seit langem als abgeschlossener Bau gilt, glauben die Toten nicht daran. Sie sind der Überzeugung, daß man eines Tages die Stockwerke hinzufügen wird, die ihnen zum Absprung fehlen.

Sie haben eine Schar von Wachtposten aufgestellt, die gleich melden sollen, wenn die Bauarbeiten wieder aufgenommen werden.

Es kommt kaum vor, daß die Zeit der Lebenden sich zum Mäzen der Toten macht, aber manchmal gelingt es ihr, ein paar Minuten zu erübrigen, von denen die Toten profitieren können. Die offizielle, zum Weltablauf gehörige, kalendertreue Zeit ist für die Gestorbenen nicht mehr verständlich. Aber es gibt Winterabende, an denen sich die Zeit zu ihrem eigenen Verdruß in langweiligen Stunden herumdrückt. Man

hat festgestellt, daß sie dann Maßnahmen trifft, den Schluß-
termin der Stunden vorzuverlegen und es kommt vor, daß sie
dabei Minuten einspart, die sie den Toten zur Verfügung
stellt.

Das liegt keineswegs an den Uhrzeigern. Würde man sie
verrücken, wäre nichts getan. Es ist keine Uhrkastenzeit,
keine Zifferblattzeit, die da beiseite genommen wird, sondern
Schaltzeit, dem Meßbaren ausgesonderter Zeitstaub, der
sogleich der Zeitleere zufällt. Schmuggelgut, von dem die
Lebenden nichts zu wissen brauchen.

26

Könnte man die Toten sehn, wie sie sich wild, verzweifelt,
rücksichtslos um die ausgeschalteten Zeit-Teilchen balgen! In
ihrer Vorstellung haben sie schon alles bereit gestellt, den
Zylinder und die Trommel, falls sie als Zirkusleute auftreten
wollen, Achselklappen, Säbel, Sporenstiefel, falls sie militärische Augenblicke zu kosten wünschen. Manche haben ein
Paar unter tausend Anstrengungen erträumte Stiefel, die
vielleicht wasserdurchlässig sein werden, neben sich aufgestellt, in denen sie durch die Gegend wandern wollen, in der
sie einmal gelebt haben.

Haben sie dann ein oder zwei Minuten ergattert, stürzen
sie sich, von Lebensgier und Erscheinungsbedürfnis gepeinigt, in ihre neuen Verkörperungen und tragen sich mit
Würde und Gelassenheit, als ob es ihnen nichts ausmachte,
durch das unverhofft, beinahe erschreckend Wirkliche.

Nicht alle erreichen es, in den Besitz dieser Schaltzeit zu
kommen. Ungeschicktere gibt es, die nur mit Mühe einen
Sekundenzipfel erwischt haben, der aber so wenig lebensfähig
ist, daß er ihnen gerade für einen Augenblick ein Auge belebt.
Dann erblicken sie vielleicht einen stürzenden Vogel, einen
halben Ofen oder ein Stückchen Himmel, und das verwirrt sie
vollends.

Das ist alles viel zu wenig geregelt, der weitaus größere Teil
der Toten hat diese Schaltzeit niemals gekostet. Wie sonderbar, wie schmerzhaft muß es für die Zurückgebliebenen sein,
wenn ihre Nachbarn aus der Wirklichkeit wie von langen
Reisen zurückkehren, in herausfordernder Haltung, um

Ahnungen und Gewißheiten bereichert. Ratlos kriechen dann die nie dem Bereich der Toten Entkommenen um die zerfallenden Schatten der Heimkehrer, die sich gleich wieder in der Leere auflösen. Während sie jene überprüfen, finden sie einen Knopf in den wieder zerfallenden Körpern stecken, eine Gewehrkugel, einen Dolch, wenn es hoch kommt einen Blumenstrauß, der gleich zerfallen wird –

Stöhnend fallen dann die nie der Leere Entkommenen in sich zusammen, von den Andeutungen des Lebens zu einem haltlosen Heulen hingerissen.

27

In einem besonders tüchtigen Land hat man besonders viele Tote hergestellt. Jetzt sammelt man sie und schleift sie aus den zusammengestürzten Häusern auf die rauchigen, mit Trümmern überhäuften Straßen. Man ist wohl im Begriff, eine Ausstellung von ihnen zu machen. Man sammelt, zählt und sortiert sie, man legt sie nebeneinander und deckt sie zu, gruppiert sie schließlich zu einer unabsehbaren Reihe oder wirft sie in irgendwelche Löcher. Manche haben halbierte Köpfe und abgebrochene Beine, ausgelaufene Augen und umgedrehte Hälse.

Aber man braucht noch mehr von ihnen. Man fahndet nach ihnen und wo man keine mehr findet, stellt man sie kurzerhand her. Mit Beilen, Bajonetten und Granaten holt man sich die Widerspenstigen, mit Explosionen reißt man sie tausendfach an sich. Die Ausstellung soll wohl eine Sammelausstellung werden. Unersättlich nach Material sieht man Totenhersteller in Haufen durch Qualm und wirbelndes Wasser klettern.

Dann hat man genug. Die Bahren und Pflasterstein-Matratzen, Lumpenlager und Knochenberge sind überfüllt. Tausendfache Auswahl an Gesichtern, aufgeplatzten Mündern und zerbeulten Köpfen. Alle Erscheinungsmöglichkeiten des Todes zeigen sich vor den prüfenden Blicken derer, die nun durch die himmeloffenen Ausstellungsräume, die blutüberschütteten Katakomben und Ruinen schlendern, zufrieden mit der gelungenen Ausstellung.

Fassungslos sehen die Toten den Totenherstellern zu. Mit

Schaudern sieht man sie ihre Geburtsstätten bewundern, beobachten, prüfen.

28

Sie wollen noch mehr sehn und ihre suchenden Blicke tasten den Erdball nach ähnlichen Herstellungsverfahren ab. Ihre Herstellungsart ist etwas ganz Neues für sie (wie gut, daß sie sich hier in Sicherheit befinden). Ihre Blicke werden von einem Ort gefangengenommen, an dem besonders viele Totenhersteller ihr Handwerk betreiben. Hier finden sie sämtliche Herstellungsmethoden immer wieder bewiesen und von neuem angewandt. Bei genauerem Hinsehn entdecken sie mehrere solcher Orte, viele Orte.

Da gibt es Hochöfen und Quetschmaschinen, automatische Prügelbänke, in Zement gefaßte Blutbäche und schnell arbeitende Fleischeinstampfer. Abgeschnittene Haare, Ohren, Nasen, ausgerissene Zähne und Fingernägel, Knochen, die zur Verarbeitung in Lagerhäusern bei den Lebenden zurückbleiben.

So also bringt man die Toten zustande! Ja natürlich, das wird seine richtigen Gründe haben, Leben ist eine Sache für sich und Totsein ist eine andere. Wer könnte von hier oben aus beurteilen, was geschieht und warum es geschieht. Wer könnte, ohne Erinnerung wie sie, die Lebenden beurteilen wollen.

Trotz allen Staunens gelingt es ihnen nicht, ihre starken Bedenken zu zerstreuen.

So also stellt man ihresgleichen her –

29

Jetzt sieht man die Masse der Toten gegen den eigenen Raum zu Felde ziehn. Es muß ein Ende haben, sie fordern ihr Leben zurück. Begeisterte Haufen, außer Rand und Band geratene Gruppen von Engeln ziehen in die unbekannten Hinterländer aus. Ödnis, Leere, Nichtsda, wie bekannt. Von nun an werden sie so lange wandern, bis sie Grenzen, Marksteine und Verbotsschilder erreichen.

Diese werden überschritten werden.

Niemand wird sich ihrer Bewegung und ihren Forderungen widersetzen können. Niemand.

30

Es gibt keinen Toten, den nicht das Fieber der aufsässigen Flucht ergriffen hätte. Immerwieder brechen neue Scharen auf, ein Vorschub und Nachschub folgt auf den andern. Die Gesamtheit der Toten ist in Bewegung und singt Carmagnolen.

Aber unversehens kommt ein Wind auf und bläst den eilenden Haufen entgegen. Zunächst wird seiner kaum geachtet, man bleibt auch, während er kälter und stärker wird, mutig bei der Sache, denn es läßt sich noch gut gegen ihn vorgehn.

Doch nach und nach verstärkt sich seine rauschende Breitseite. Trotz zunehmender Gefahr überkommt die Züge der Toten eine grenzenlose Begeisterung. Der Wind ist der Verteidiger der Ausgänge, wird durchgerufen, wir sind auf dem richtigen Weg. Aber mehr und mehr wird der Wind zum Sturm. Sie müssen sich jetzt schon gehörig ins Zeug legen, um gegen ihn anzukommen. Sie schließen sich zu immer größeren, immer dichter gedrängten Gruppen zusammen. Einzelgänger und kleine Scharen sind schon aufgerieben, abgetrieben worden.

Wachsende Schwierigkeiten.

Sie kämpfen jetzt um jeden Schritt. Eine eiskalte, lähmende Windflut flattert und bauscht sich um die hartnäckig Widerstand leistenden Toten, und ermöglicht keine weiteren Vorstöße mehr. Jetzt kommt es nur noch darauf an, sich zu halten. Schärfer und kälter wird der Gegenstrom; entmutigte Gruppen splittern ab und lassen sich zurückwerfen. Aber eine Elitegruppe kann sich noch behaupten und stemmt sich in den Orkan.

Schließlich ist die letzte Kraft gebrochen. Die scharfe schneidende Flut reißt die Gruppen auseinander und wirft die letzten der Tapferen in Purzelbäumen und lawinenartigen Haufen auf ihre leeren Böden zurück.

Vielleicht – geht ein Gerücht – haben sich einzelne Gruppen durchkämpfen können, oder es gelang ein paar kriechenden Engeln, den Orkan zu unterwandern und sich durchzuschlagen in eine andere Sphäre –

Aber davon wurde nichts bekannt.

Provinzen

– handelt es sich um Provinzen im Lande Fat.

Gebiete, mit denen keine Geschäfte zu machen, in denen keine Gewinne zu erzielen sind. Die von Autobahnen nicht berührt werden und weder Flugplätze noch Bahnverbindungen aufzuweisen haben. Aus dem Bewußtsein verstoßene Länder ohne Springbrunnen und Singvögel. Geschichtslose Gebiete, Abfallhaufen der Schöpfung –

Fat Tuwin

Und obwohl es in Fat Tuwin nichts Nennenswertes aufzubewahren, nichts Wertvolles an die Zukunft zu überliefern gibt und Schrotthändler die einzigen Großverdiener im Land sind (überall Schrotthalden, überall Schrotthändler), hat man Museen eingerichtet, die von morgens bis abends zugänglich sind; richtet man immer neue Museen ein, vielleicht, weil man von Museen anderer Länder gehört hat und nun auch eigene Museen besitzen, hinter Nachbarländern nicht zurückstehen will; wird beinahe täglich ein Museum eröffnet, neben den Schrottplätzen oder unmittelbar auf einer Schutthalde; sind Abfallgruben aufgeräumt, mit Zäunen umgeben und zu Museen erklärt worden; sind oft zehn, fünfzehn Museen in einer Siedlung angezeigt und ohne Eintritt zu besichtigen.

Was nicht zum Abfall geworfen wird, kommt in die Museen. Jedes zweite Museum zeigt Blechkanister auf einem Sockel mit der Aufschrift: GEFÄSSE ZUM AUFBEWAHREN VON TRINKWASSER. Eine Flechte schwarzen Haars in einer Schachtel: ZOPF EINES MÄDCHENS, NEUN JAHRE ALT. Packpapier, Karton und Bindfäden auf einem Haufen mit dem Vermerk: NOTHILFE-PAKET, INHALT VERBRAUCHT. Ein ausgebrannter Jeep mit der Beschriftung: TRANSPORTMITTEL, PRIVATSTIFTUNG. Konservenbüchsen, zerbissene Löffel, Tellerscherben, Glühbirnen undsoweiter – beschriftet, nach Sachgebieten geordnet und auf Brettern ausgelegt.

Alles, was Umriß, Gestalt oder Namen besitzt, kommt ins Museum, bevor es Umriß, Gestalt oder Namen eingebüßt hat. Und obwohl es nichts zu erklären gibt, hat man

FREMDENFÜHRER eingestellt, weil man überzeugt ist, daß Fremdenführer für ein Museum unerläßlich sind. Sie bezeichnen Tellerscherben als Tellerscherben, Glühbirnen als Glühbirnen und empfehlen dem Besucher, sich die gezeigten Gegenstände einzuprägen.

Kaum je besucht der Einheimische ein Museum, da er wohl weiß, daß im Museum das gleiche wie auf Schrottplätzen oder an Straßenrändern zu finden ist. Der Fremde wird kein zweites Mal ein Museum betreten. Wozu also Museen. Man braucht nicht die Toten zu besichtigen, um zu erfahren (auch die Toten werden ins Museum geschafft), was es heißt, in Fat Tuwin zu leben, gelebt zu haben. Man braucht nicht den Abfall auf einem Sockel zu sehn, um zu erfahren, daß Stoffe und Gegenstände zerstörbar sind.

Es gibt Gegenstände, die nie in ein Museum gekommen sind. Was einer zu Lebzeiten mit sich herumträgt, unter Kleidern verborgen, in Winkeln versteckt hält - warum wird es beiseitegeschafft, sobald er gestorben ist und ins Museum kommen soll? Warum leert man seine Taschen und durchsucht seinen Mund? Warum weigert man sich, so belanglose Gegenstände wie Kerzenstümpfe, Fingerringe aus Blech, Schminknäpfchen oder selbstgenähte Tabakbeutel dem Museum zu überlassen? Warum würde man den Besitz eines Gestorbenen eher zerstören als aus der Familie geben?

Schauhäuser des Lebens, Schauhäuser des Todes. Schauhäuser der Materie, die sie besitzen, die ihre Gewißheit ist, ihr Gedächtnis, ihr Rückhalt.

Fat Degell

I

Unmöglich, sich damit abzufinden, daß auch die Steine wachsen und älter werden.

Eines Morgens zeigen sich neue Spitzen auf einem Bergplateau. Man eilt an seinen Viehstall und findet eingestürzte Mauern, erschlagenes Vieh, verschüttete Brunnen. Schwere Steine kommen aus der Erde, tropfend von Grundwasser, schimmernd von Silber und Quarz. Ich selber habe gesehn, wie das Tuum-Massiv am westlichen Horizont Felsen in jede Himmelsrichtung schob und Laubwälder tagelang von den Hängen warf.

Steinschlag, gärende Erde, gestaute Flüsse. Im Raupengang sich bewegende Hügel. Verschüttete Talsohlen. Klickern und Knistern von Steinhaufen an der Straße. Nächtelanges Donnern im Innern der Berge. Detonationen im Tiefland und an der Küste. Die Erde teilt sich, und ein wachsender Stein schiebt Kanten unter dem Gebüsch vor. Unfertige Silhouetten überall, jeder Tag überrascht mit neuen Horizonten. Unmöglich, die neu entstandenen, wer weiß wie lange stehenden Berge zu zählen oder zu benennen. Unmöglich, die Übersicht zu behalten. Absterbende Bäume überall: wachsende Steine zermalmen das Wurzelwerk, zerschneiden es, schieben es aus der Erde. Vor der Küste tauchen Inseln auf. Zwischen rennende Schaumkämme schiebt sich ein Klotz (man glaubt, einen Wal gesichtet zu haben), wächst in Höhe und Breite, eckt aus, bildet Beulen und Spalten, rundet sich ab oder spitzt sich zu und erreicht erst nach Jahren einen festen Umriß. Zur Probe stellt man ein Holzhaus auf die neue Insel. Wenn man sicher zu sein glaubt, baut man den Leuchtturm.

In der Forschung spricht man von KATASTROPHE (was die Provinz und die Forschung selbst betrifft). Ambulante Laboratorien in Steinbrüchen, Bergwerken und an der Küste. Ebenen voller Isolierstationen (verdächtige Steine). Bereitschaftsposten für den Katastropheneinsatz, eine Mischung aus Staatsgewalt und Wissenschaft. Experten sind zu Hunderten unterwegs, um unausgewachsene Steine zu sichern. Jeder Landesbewohner sammelt, prüft und bestimmt die Steine auf seiner Niederlassung. Jeder einzelne Bürger ist beauftragt, die eigenen Steine in Ordnung zu halten. Man führt genaue Listen und trägt Veränderungen ein. Totschlag findet Verständnis und Freispruch, Diebstahl ist nicht der Rede wert, aber es ist bei lebenslänglicher Zwangsarbeit verboten, die eigenen Steine sich selbst zu überlassen. Und obwohl jeder Stein, der zum Bauen freigegeben wird, mit allen zur Verfügung stehenden Mitteln überprüft wurde (kein ungestempelter Stein darf verwendet werden), kommt es immer wieder vor, daß Steine in Häusern weiterwachsen, Wohnungen plötzlich in Stücke gerissen werden und der

Einsturz die Bewohner begräbt. Man hat angeordnet, daß Neubauten nicht verputzt werden dürfen. Es hat zu oft gestempelte Steine gegeben, die ruhig in ihren Mörtelschalen steckten, nach Monaten plötzlich zu wachsen anfingen und über Nacht ein ganzes Haus zerstörten.

2

Man tut, als habe man sich an die Steine gewöhnt.

Man exportiert sie in allen Größen, stellt sie als Monumente auf öffentliche Plätze (weiträumige Plätze, um sie im Notfall schnell entfernen zu können). Die Bewohner der Armenviertel sammeln Steinchen und Kiesel, lausiges Kroppzeug ohne Wachstum, und verkaufen sie säckchenweise an Touristen. Es wurden BESTIMMUNGSSTELLEN eingerichtet, dort stellt man dem Käufer Garantien aus:

Garantie, daß der erworbene Stein innerhalb einer bestimmten Zeit den derzeitigen Umfang nicht überschreiten wird.

Garantie, daß der rechtmäßig erworbene, geschenkte oder gefundene Stein sich innerhalb einer bestimmten Zeit zu einem bestimmten Umfang auswachsen wird.

Aber man weiß: es hat platzende Koffer, im Ausland berstende Güterzüge, in Hotelzimmern hinterlassene Quadern gegeben. Das hat den Tourismus eingeschränkt, bevor er sich richtig entwickeln konnte.

Wer mit den Steinen aufwächst und älter wird, wer sie, wie angeordnet, in Listen einträgt, im Notfall schnell auf die ABLAGE schafft, wer täglich den Umfang der Steine auf seinem Grundstück überprüft, bei plötzlichem Wachstum den Sprengmeister alarmiert, wer seine Mauern und Treppen im Auge behält, verspürt nicht viel von dem Entsetzen, das die Steine im Gebirge und im Ausland hervorrufen. Man hat seine Haussteine, wie man Haustiere hat. Man macht Voraussagen, schließt Wetten ab und lebt mit dem Gedanken, unter eigenem Gedenkstein begraben zu werden.

Vielleicht, daß der Stein sich als unausgewachsen erweist, das Grab begräbt und weiterwächst, der Name des Toten weiterwächst und erst nach Jahren in riesigen, unleserlichen Buchstaben feststeht.

3

Bei Revolten und Terroraktionen benutzt man wachsende Steine. Man schafft sie in Ämter, Gefängnisse und Zeitungshäuser, Regierungsgebäude und Chefetagen. Man wirft Fenster ein und freut sich, wenn fassungslose Personen zum Vorschein kommen und ohne Rücksicht auf ihr Prestige schnell wachsende Steine aus den Gebäuden schaffen.

Vergebliche Eile der öffentlichen Personen. Man sorgt dafür, daß genügend Steine in die Gebäude kommen. Zertrümmerte Villen, zusammengebrochene Kasernen, Finanzämter, Kanzleien und Parlamente. Obdachlosigkeit herrschender Leute und ihrer Hintermänner, das ist erst der Anfang. Man versteckt in Zeitungen gewickelte, in Taschen, Paketen und Koffern geschmuggelte Steine und weiß, sie werden früher oder später ihre Aufgabe erfüllen.

Ich sah ein Schauspiel, das häufig beobachtet wird. Der Mann war an einen Stein gefesselt (ungewiß, ob er ein Sträfling war). Der Stein war im Wachsen begriffen, stoßweise, krachend. Er splitterte, preßte Schutt aus den Spalten, zog den Gefesselten hin und her und versetzte ihn in die Luft. Ich sah ihn über Bäumen und Dächern hängen, unter kreisenden Vögeln sterben, während der Stein an Umfang zunahm, den Toten weiter in die Luft entfernte, bis er ein Punkt auf dem Stein, dann nicht mehr von ihm zu unterscheiden war.

4

Der Steinfresser lebt allein, trinkt wenig und ernährt sich von Steinen. Da er keine Zähne besitzt, schnappt er den Stein mit weicher Schnauze vom Boden und würgt ihn herunter. Er schleppt sich ziellos durch das Unterholz, paart sich gleichgültig, beinahe widerstrebend, hat kein Zuhause und baut kein Nest. Er befeindet keinen und wird nicht angegriffen. Seine Haut ist schweißig, sein Hals mit Poren bedeckt. Der mit Steinen gefüllte Bauch hängt durch und schleift, vom Scheuern blutig, am Boden nach. Die Beine sind stämmig und kurz, die Pfoten kalt, die Schnauze ist trocken. Lange Ohrlappen baumeln am Körper herab. Wenn der Bauch ihn am Laufen hindert, wenn er nicht mehr die Kraft besitzt, sich fortzubewegen, ertränkt er sich im nächsten Wasser. Die Steine ziehn ihn auf den Grund.

Der Steinfresser kann innerhalb kurzer Zeit sehr viele Steine fressen, er kann sich seine Nahrung aber auch einteilen. Da er ohnehin keinen Hunger hat, macht ihm das Einteilen keine Schwierigkeit. Er kommt wochenlang mit zwei Steinen aus. Wenn er haushalten will, frißt er ab und zu ein paar Kiesel. Er kann sehr alt werden, wenn er nur Kiesel frißt. Aber der Steinfresser möchte nicht alt werden. Er weigert sich, länger zu leben als unumgänglich. Die meisten Steinfresser sterben, nachdem sie gezeugt und geboren haben. Was er sieht oder hört, läßt ihn gleichgültig; Regen, Hitze, Raubtiere, Jäger – gleichgültig. Er ist damit beschäftigt, das Leben hinter sich zu bringen, das Sterben hinter sich zu bringen mit Hilfe der Steine.

Die meisten fressen große Steine, möglichst viele auf einmal, möglichst schnell. Sollten sie wachsende Steine erwischt haben – um so besser. Sie zerreißen den Leib, bevor er ertränkt werden muß.

Man weiß, daß sie nachts an die Flüsse kommen und sich zu ertränken versuchen. Mit rumpelnden Bäuchen und knickenden Beinen schleppen sie sich aus dem Unterholz ans Ufer. Die kleinen alten Augen (sie werden mit kleinen alten Augen geboren) versuchen die Tiefe des Wassers abzuschätzen. Sie täuschen sich oft, werfen sich an flachen Stellen ins Wasser oder rutschen aus und versinken im Schilf. Sie sind außerstande, sich aufzurichten, unfähig, die Köpfe ins Wasser zu tauchen, und können nicht sterben.

Man geht nachts an den Flüssen entlang und hält nach Steinfressern Ausschau. Mit Knüppeln und Stangen durchsucht man das Schilf. Man schiebt sie, sofern man sie nicht erschlägt, durch das Schilf, stemmt oder rollt die hilflosen Tiere so weit in das Wasser, daß sie versinken oder mit der Schnauze unter die Oberfläche geraten.

So verhilft man den Steinfressern zu ihrem Glück. So entledigt man sich ihrer, denn der Anblick der schweißnassen kahlen Köpfe, gebrochenen Beine und gehässigen Augen ist nicht zu ertragen. Der Tod ist nicht zu ertragen, wenn er lebendig in Erscheinung tritt.

Fat Limon

I

Auffallend die betonte Vereinzelung der Leute in Fat Limon, das Bedürfnis, im eigenen Kasten zu sitzen, zu schweigen und Zeit zu verlieren. Die Kinder mit ihren kleinen, bemalten Kästen machen sich früh unabhängig und halten sich von den Erwachsenen fern. Beginnt es zu regnen, stellen sie ihre Kästen auf Steine und warten hinter verschlossener Tür auf das Ende des Regens. Jeder verhält sich still in der Dunkelheit seines Kastens, allein mit seinem Spielzeug und seinem Vorrat (es ist nicht viel) und öffnet die Tür seines Kastens nur, wenn geklopft wird.

Klopfen ist ein Signal für den äußersten Notfall, und man muß aufmachen, selbst wenn es regnet. Vielleicht gibt man einen Brotkanten oder nimmt ein Kind auf, dessen Kasten regendurchlässig wurde. Ohne Not kein Klopfen.

Die Städte in Fat Limon sind nichts anderes als zufällige Anhäufungen von Kästen. Die Kästen, Kofferhäuser, auf Rädern befestigten Kisten sammeln sich an zentralen Plätzen und bilden Siedlungen, allerdings ganz unbelebte, da jeder grundsätzlich im eigenen Kasten bleibt. Man meidet Kontakte, Begegnungen aller Art (in den Zentren gibt es kein Klopfen, der Stolz verbietet Notzeichen). Tausende von Kästen, ständig wechselnden Kästen an Flußufern und im Windschatten der Berge. Kein einziger Kasten unbewohnt. Kastenhohe Städte, die morgen verschwunden sein werden und nichts als Abfall hinterlassen haben. Jeder Limone allein im eigenen Kasten, mit seinem Vorrat, mit seiner Flöte, mit seinem Werkzeug zum Ausbessern des Kastens. Händler bewegen sich durch die Kastenstraßen und schlagen mit Ruten gegen Klappen und Türen. Man öffnet spaltbreit und handelt maulfaul, bleibt im Kasten und läßt sich Angebote unterbreiten. Liegt betont verschlafen im Kasten und gibt zu verstehn, daß man den Handel nicht nötig hat – da man schon alles besitzt, was das Leben ausmacht: ein Kastenbrett unter dem Hintern, ein Kastenbrett über dem Kopf.

Während des Tages herrscht Lärm in den Städten. Schlagen von Kastentüren, Singen, Flöten, Husten und Handeln,

Rutenschläge und Rufe der Händler, Ankunft und Aufbruch von Mitbürgern sowie Aufräumen, Bemalen und Ausbessern der Kästen. Ganz anders in der Nacht. In der Nacht sitzt man geräuschlos in seinem Kasten und horcht, was der andere tut. Totenstille Kästen, lautlose Siedlungen. Wer nach Anbruch der Dunkelheit in eine Siedlung kommt, stellt seinen Kasten auf, schlüpft in ihn hinein und horcht, was der andere tut. Dabei weiß man, daß keiner sich einfallen ließe, etwas anderes zu tun, als stillzusitzen und zu horchen, was der andere tut. Trotzdem immer wieder die Angst, der andere könne seinen Kasten verlassen, Feuer unter beneidete Kästen legen, Kästen berauben und Kastenbesitzer töten. In den Nächten ist nur der Wind zu hören, das Knistern abkühlenden Kastenholzes, das Fressen von Ratten. Es gibt keine Ordnungshüter in Fat Limon. Jeder hütet die eigene Ordnung, die Ordnung im Kasten und um den Kasten herum. Ein Polizist hätte nichts zu tun. Er könnte lärmende Kastenbewohner verwarnen und – sehr selten – einen versuchten Diebstahl verhindern. Ein Polizist hätte geräuschlos in seinem amtlichen Kasten zu sitzen und zu horchen, wie jeder andere Limone auch.

Ich kaufte mir an der Grenze einen Kasten (gebrauchte Kästen sind dort billig zu haben) und trug ihn ein paar Wochen durch das Land. Ich lag in der Enge und Dunkelheit meines Kastens, handelte, knabberte Brot und Früchte und horchte nächtelang, was der andere tat, sprach außer mit Händlern kein Wort und versuchte dahinter zu kommen, was das Leben in Fat Limon, das in Kästen verborgene Leben ausmacht.

Vor Langeweile schlief ich häufig ein, wurde durch Klopfen geweckt und erfuhr, daß man sich bewegen muß, wenn man nicht für tot erklärt werden will. Morgens und abends muß man Zeichen geben, die Kastentür öffnen, ein Bein heraushängen lassen oder einen Händler heranwinken. Wenn sich der Inhaber eines Kastens zwanzig Stunden nicht blicken läßt, erklärt man ihn für tot und bringt ihn in seinem Kasten unter die Erde. Wenn er verschlafen hat, wird er getötet. Da ich fremd war, klopfte man an.

Und da ich ein Mensch bin, dem Schlaf mehr bedeutet als der Betrieb in den Städten, da ich Grund zu der Befürchtung hatte, im eigenen Kasten unter die Erde zu kommen (ich schlafe endlos und leise, ich schlafe tief), verschenkte ich meinen Kasten an einen Bettler (man bettelt dort nicht um Geld, man erbettelt Kästen) und ließ mich in einem Kasten zur Grenze transportieren.

2

Sie sitzen in ihren Kästen, unternehmen nichts und wagen nichts zu hoffen angesichts der Sonne, die den Tag unerträglich in die Länge zieht; angesichts der Dunkelheit, die die Nacht unerträglich in die Länge zieht. Sie sitzen in ihren lichtundurchlässigen Kästen (Fenster verboten!) und fürchten die Hoffnung, die Freude, den Übermut; fürchten, sie in sich selbst und in anderen zu wecken, durch unbedachte Handlungen und unüberlegte Äußerungen. Sie fürchten, die Hoffnung könne wie Unwetter hereinbrechen und ihr festgesetztes Leben auf den Kopf stellen. Sie bleiben der Vorschrift entsprechend in ihrem Gewahrsam und bringen das lange Leben hinter sich, das sie nicht gewünscht haben und gerne zurückgäben an – sie wissen nicht wen. An das GROSSE HOLZ, aus dem ihre Kästen gemacht sind; an die GROSSE LUFT, aus der ihr Atem gemacht ist.

Ja, wer von Hoffnung zu reden anfinge, wäre erledigt. Schon möglich, daß man seinen Kasten kurz und klein schlüge, und ihn selbst – ihn selbst kurz und klein schlüge.

Kein Wort mehr von Hoffnung. Aber aufgehoben in der Dunkelheit des eigenen Kastens brütet jeder einzeln und ohne Vergleich über unerlaubten Hoffnungen, gefährlichen Wünschen, sprachlos, machtlos. Schleichende Überzeugung, daß das Sitzen im Kasten nicht die ganze Wirklichkeit sein kann, und daß man ausbrechen müßte – zunächst aus dem Kasten und diesen zerschlagen, dann aus den Grenzen Limons und diese zerstören. Und dann?

Unterwegs sein und hingehn, wo viele Leute einen Kasten bewohnen, in großen Siedlungen miteinander essen, trinken, schlafen, streiten und flöten, und wo jeder redet, wie ihm zumute ist.

Dies alles in Fat Limon und nicht anderswo.

Eines Nachts, wenn die Limonen in ihren Kästen sitzen

und horchen, was der andere tut, wird es einmal ein Spektakel geben. In der gewohnten Stille vernimmt man, daß einer geräuschvoll aus seinem Kasten klettert, Kasten zerschlägt und weggeht, flötend oder fluchend.

Und dann?

Keiner wird versuchen, ihn aufzuhalten. Keiner wird wagen, über ihn herzufallen. Keiner wird weiter in seinem Kasten sitzen.

Und dann?

Glückliche Limonen. O Fat Limon!

Stiefbein

Vorgeschichte

Ein Schuh ging seines Wegs auf einer Straße. Welches Wegs? Gleichgültig welches Wegs, solange die Straße kein Ende nahm. Das Ende der Straße aber war nicht abzusehn. Sie führte geradewegs zum Horizont und besaß, so weit das Auge reichte, alles, was eine Landstraße von einem Boulevard unterscheidet: Schlaglöcher, Schotter, Unkraut und herumliegende Nägel.

Der Schuh war ein einzelner Schuh, anwesende Hälfte eines Stiefelpaars, los und ledig und ausgetreten, so daß nicht mit Gewißheit zu erkennen war, ob es sich um einen rechten oder einen linken Schuh handelte; er setzte auf, setzte ab, ging seines Wegs; ein herrenloser Schuh, durchlöchert und staubig; ein einstmals schwarzer, jetzt ausgeblichener Schuh; kurzum: ein Schuh. Unbekannt, ob er vermißt wurde; unbekannt, ob er den rechten oder linken, zum Paar fehlenden Schuh verfolgte, suchte oder floh.

Ich will ein Bein, rief der Schuh. Verdammt, ein Bein!

Das Unmögliche ließ ein Bein kommen und steckte es in den Schuh; ein einzelnes, weder rechtes noch linkes, weder altes noch neues; kurzum: ein Bein.

Schuh und Bein gingen eine Weile ihres Wegs, miteinander verbunden und in Bewegung, aber noch uneins, nicht befreundet.

Ich will einen Rumpf, rief das Bein, wiederholte der Schuh. Verdammt, einen Rumpf!

Das Unmögliche ließ einen Rumpf kommen und setzte ihn auf das Bein. Ein weder junger noch alter, weder heller noch dunkler; kurzum: ein Rumpf.

Schuh, Bein und Rumpf gingen eine Weile ihres Wegs, miteinander verbunden und in Bewegung, aber noch uneins, nicht befreundet.

Ich will einen Kopf, rief der Rumpf, wiederholten Bein und Schuh. Verdammt, einen Kopf!

Das Unmögliche ließ einen Kopf kommen und setzte ihn auf den Rumpf. Ein Kopf, weder alt noch jung, weder häßlich noch schön; kurzum: ein Kopf.

Kopf, Rumpf, Bein und Schuh gingen eine Weile ihres Wegs, miteinander verbunden und in Bewegung, aber noch uneins, nicht befreundet.

Ich will einen Arm, rief der Rumpf, wiederholte der Kopf, riefen deutlich Bein und Schuh. Verdammt, einen Arm!

Das Unmögliche ließ einen Arm kommen und befestigte ihn am Rumpf. Ein weder alter noch junger, weder kurzer noch langer; kurzum: ein Arm.

Kopf, Rumpf, Arm, Bein und Schuh gingen eine Weile ihres Wegs, miteinander verbunden und in Bewegung, aber noch uneins, nicht befreundet.

Ich will ein Geschlecht, rief der Rumpf, wiederholte der Kopf, riefen deutlich Arm und Bein. Verdammt, ein Geschlecht!

Das Unmögliche ließ ein Geschlecht kommen und setzte es an den Rumpf. Da war zu erkennen, daß es sich um ein männliches Glied handelte. Weder kurz noch lang, weder jung noch alt; kurzum: ein Glied.

Kopf, Rumpf, Arm, Bein und Geschlecht gingen eine Weile ihres Wegs, miteinander verbunden und in Bewegung, aber uneins, noch nicht befreundet.

Ich will ein Kleid, rief der Rumpf, wiederholten Kopf und Geschlecht, riefen deutlich Arm und Bein. Verdammt, ein Kleid!

Das Unmögliche ließ eine Hose kommen, eine Jacke, einen Hut, einen einzelnen Strumpf; weder abgetragen noch neu, weder farblos noch bunt.

Kopf, Rumpf, Arm, Bein und Geschlecht gingen eine Weile bekleidet ihres Wegs, gleichgültig welches Wegs, solange die Straße kein Ende nahm.

Es wurde Nachmittag und sie gelangten zu einem Rasthaus an der Straße. Vor dem Haus saß ein Mensch, als Halblang zu erkennen, und rief: Stiefbein, wohin?

Sie blieben stehn und blickten ihn an. Wovon redest du, fragte der Kopf, wiederholten Rumpf und Geschlecht, sagten Arm und Bein.

Willkommen, Bruder Stiefbein, sagte der Mann.

Da ging ein Erschrecken durch alle Teile. Sie erkannten sich und schlossen sich zusammen und jedes Teil bewegte sich im

Verhältnis zum Ganzen, nicht länger uneins, von nun an befreundet. Und Stiefbein ging seines Wegs, gleichgültig welches Wegs, solange die Straße kein Ende nahm.

I

Das Leben ist da; die Unterkunft fehlt.

Versuche, auf den Straßen zu leben, von der Hand in den Mund. In Parkanlagen, Hausgängen, Kellern, Geräteschuppen und Neubauten. Unauffälliges Dasein. Verschwinden vorbehalten. Radebrecher, Wasserzecher, Stolperjunge, Zitterlunge.

Streifzüge durch das Hoheitsgebiet von Leuten, die mit beiden Beinen auf dem Boden der Tatsachen stehn. Was hat er hier verloren, und was gefunden? Ja, was hat er hier verloren.

Wenn es sich vermeiden läßt, möchte er nicht im Mülleimer leben. Er möchte, wenn es sich einrichten läßt, in vier bezahlbaren, im voraus bezahlten Wänden leben und einmal am Tag eine Schüssel voll Wasser haben. Da sich die Vorstellung nicht verwirklichen läßt, hält er sich am Rand der Großstadt auf, wo das einzelne Leben sich leichter behaupten kann. Hier bewohnt er – als Gelegenheitsmensch – seine Kleider sowie seinen Schuh und weiß, was er zu erwarten hat. GEGENDEN sind von nun an sein Zuhause. Wo der Boulevard zum Bretterzaun, die Straße zur Pfütze und der Weg zum Trampelpfad wird. GEGEND, Heimstatt des Mülls und der Schüttelfrost-Kinder. Die Mietskasernen, die Abwässer und die Autofriedhöfe. Die Wellblechhütten, die nach Fischabfall stinkenden Kneipen. GEGEND, wo kein zufriedener Emil hinkommt, ohne ein paar Schritte zuzulegen.

Hier draußen, wo die Strafköpfe und die Aussortierten sich die Luft wegschnappen; wo von der Hand in den Mund und von heute auf morgen gelebt wird; wo nichts auf der hohen Kante liegt und das nackte Leben an einem Zufall hängt; wo essen ins Hungertuch beißen und Geborensein verzichten heißt; hier, wo menschlich sein über die Kräfte geht. GEGEND, wo alle Bewohner Stiefköpfe sind.

Der Abend bewirft ihn mit Staub und Wind. Er muß unterkommen. Irgendwas findet sich immer, eine Wellblechhütte, das Zuhause eines Trinkers, eine Bretterbude mit

Kanonenofen am nächsten Schrottplatz; Zeitung zum Zu-
decken oder Feuermachen, wenn alle Hoffnung ihn verlassen
hat und die flüchtigen Flammen mehr Wahrheit enthalten als
die Propheten und das Universum. Er muß versuchen, zu
Kleingeld zu kommen, einen Job erwischen, irgendein Ding
drehn. Er wird sich noch einleben, das steht fest. Wenn er sich
erst mal eingelebt hat!

Bruder Wanze. Bruder Ratte. Schwester Fliege. Stiefbruder Stiefbein.

2

Der gesunde Menschenverstand und der gesunde Stiefbeinverstand.

Der gesunde Menschenverstand und die Nächstenliebe.
Der gesunde Stiefbeinverstand und das Straßenleben.

Der gesunde Menschenverstand und das Dach überm
Kopf. Der gesunde Stiefbeinverstand und das Zeitungspapier
unterm Hintern.

Der gesunde Menschenverstand und was er besitzt oder
benötigt an Schutz und Schirm, Malz und Schmalz, Briefköp-
fen, Visitenkarten, Telefonnummern, Fahrzeugnummern,
Versicherungsnummern, Kontonummern, Hausnummern,
Mitgliedsnummern, Schuhnummern und weißer Wäsche.

Der gesunde Menschenverstand und was er ferner besitzt
oder beansprucht an Zuschüssen aller Art, an Glaubensbe-
kenntnissen, beweglichen Meinungen und festen Parolen, an
Garantien für Apparate, Maschinen, Gesundheiten, Lebens-
erwartungen und Sondergenehmigungen für den täglichen
Verbrauch von Illusionen, Vorteilen und Freiheiten.

Der gesunde Stiefbeinverstand und was er benötigt an Brot
und Kleingeld aus zweiter Hand, an Straßenecken, Bruchbu-
den, Wind um die Ohren, Musikboxen und Vogelfreiheit; an
mir nichts, dir nichts und wieder nichts.

Nichts und wieder nichts gewonnen, nichts und wieder
nichts verloren. Was er besitzt wird er immer besitzen, was
ihm fehlt, wird ihm immer fehlen. Aber die Weltgeschichte
bleibt so nicht beim alten, ohne daß Stiefbein vernehmbar
NEIN gesagt hat. Der gesunde Menschenverstand hört ihn
NEIN sagen und schüttelt den Kopf, der gesunde Stiefbeinver-

stand aber weiß: wer ihn bemerkt und ein Mensch ist, kann erkennen, daß sein Leben kein gemeintes, sondern ein leibhaftiges NEIN ist.

3

»Überall werden die fehlgeborenen Früchte des Glücks weggeworfen, damit sie stinken in den Winkeln der Welt.«

Wer je an einer Straßenecke mit Stiefbein zusammenstieß, seine Blicke auffing, wird sich an diesen Satz erinnern und sehn, daß er weiterkommt. Stiefbein aber wird nie erfahren, daß ein Satz wie dieser existiert und seinerseits ein Shanty pfeifen, das er in einer Kneipe hörte.

4

Winterbeginn. Der Abend ist schwammig und kalt. Regengüsse stürzen aus allen Wolken.

Stiefbein ist im Regen unterwegs. Etwas fehlt ihm, aber er weiß nicht was. Irgendetwas geht seinem Leben ab und das Fehlende peinigt ihn. Das gleichmäßige Pladdern versetzt ihn in Panik. Als sei ein Stau in seinem Innern gebrochen und ungeheurer Schlamm stiege in ihm hoch, vom Fuß her durch das Bein in die aufgedunsene Brust, und das in den Herzschlag zusammengedrängte, klamm gewordene Leben in ihm zögere noch, sich zu erbrechen.

Ziellos klappert er die Stadtteile ab, die Brücken, Güterbahnhöfe, Bierhallen, Fährenstellen, Suppenküchen und Absteigen. Hier ist er zuhause, aber das hilft ihm nicht weiter. Wo wäre er je zuhause gewesen, mit oder ohne Regen und Regenmantel. Irgendwo zwischen Kopf und Schuh, triefende Kleider, klebrige Haut, nasser Tabak in der nassen Tasche. Von ZUHAUSE kann keine Rede sein. Eine Wasserratte sitzt auf seinem Namen.

Überall, wo einer sich aufhalten kann, ohne Genehmigung, Ausweis und Eintrittsgeld – Geräteschuppen, Friedhöfe, Kneipentoiletten und Kirchen voll Kälte –, stellt Stiefbein sich unter und denkt, durchnäßt und von Passanten herumgestoßen, darüber nach, was er gewinnen kann und was ihm fehlt.

Von Leben kann keine Rede sein. Was ihm fehlt? Ein

einziges Wort und er wäre befreit. Ein erstes, letztes, menschenwürdiges Wort – und er wäre alle Ungewißheit los. Er würde nicht länger grundlos älter werden und ohne Orientierung in die Zukunft hinausgeraten. Er wüßte endlich über sich Bescheid. Ein einziges Wort nur. Unauffindbare Silben. Er glaubt schon, den Klang im Ohr zu haben – aber nein, nichts. Das Wort ist ihm bisher nicht näher gekommen. Sein Wort will ihm nicht im Dunkeln begegnen.

Das einzige Wort, für das er zuständig ist, das einzige Wort, das sich seiner annimmt, ihn erkennt und einmal erlösen kann, das einzige Wort, das ihm gehört, wird immer nur sein Name Stiefbein sein.

Stiefbein, und die Wasserratte auf seinem Namen. Sein Name für alles Ungeziefer.

Nichtmal der Name, der eigene Name.

5

Unterwegs, zwischen ihm und dem Ende der Straße: ein Mensch.

Soll er kommen. Er ist da und kann nicht rückgängig gemacht werden. Stiefbein ist da und kann nicht rückgängig gemacht werden. Es muß zu einer Unterhaltung kommen.

Man bleibt stehn, jener aus Neugier oder Langeweile, Stiefbein aus Höflichkeit oder gezwungenermaßen. Der ist auch einer aus den Zwischenzonen, wo das Atmen Überwindung kostet. Der weiß auch, wie ein Abfallhaufen von innen aussieht. Ja, so ist das, nichts zu machen, alter Hut. Daran liegt es, wie gesagt, das Wetter, das Loch in der Hose, der Hunger, die Krankheiten, die Fußtritte und die mageren Trinkgelder. Die Nutten, die Kneipen am Morgen, die Bullen und die Rattenbisse. Die Geschichte vom Betrunkenen, der sich in einer Garderobe verirrte und die Geschichte vom gestohlenen Pelzmantel. Die Geschichte vom Becher und vom Wein, der fehlte, und die Geschichte vom Wein und vom Becher, der fehlte. Ja, der schlechte Tabak in den Kippen, so ist das, die Kälte, das Gliederreißen, daran liegt es.

Man kann miteinander sprechen, man kann es auch lassen. Besser man spricht miteinander. Wer weiß denn, es kann doch etwas dabei herauskommen, ein Austausch von Adressen,

Empfehlungen oder Warnungen, ein Hinweis auf Schlupf und Winkel, vorallem Erleichterung beim Sprechen, ja, daran liegt es.

Ob er, Stiefbein, sich ein Haus ohne Türen und ohne Fenster vorstellen kann?

Kommt darauf an.

Worauf.

Ob er drin oder draußen ist.

Angenommen er ist drin, was dann.

Drin ist drin, ohne Fenster und ohne Türen. Keine gute Vorstellung.

Ja, das ist es, drin ist drin, daran liegt es.

Und das Haus hat weder Türen noch Fenster?

Weder Türen noch Fenster.

Ja, daran liegt es, das ist nichts für ihn, wie gesagt.

Und angenommen, er ist draußen?

Was geht es ihn an, wenn er draußen ist. Wenn er draußen ist, bleibt das Haus ihm unbekannt, er geht vorbei.

Ja, so ist es. Was geht es einen an, wenn man draußen ist. Was ginge es einen an, wenn man drin wäre.

Ja, so ist es.

Man gibt die Hoffnung unverbraucht zurück.

Ja, unverbraucht.

Und sonst?

Kopf hoch, mein lieber Stiefbein. Kopf hoch, mein lieber Halblang.

Man geht weiter und beginnt von vorn, beginnt mit sich selber zu sprechen, rennt herum wie die Maus im Laufrad, Maus im Laufrad, im Laufrad, Laufrad.

6

Lebenslange Zeit der Erwartung. Immer erwartet er etwas, er gibt nicht auf.

Vom Winter erwartet er Schneestürme und von der Zeit erwartet er, daß sie vergeht. Vom Haar, daß es ausfällt, und vom Wein, daß er berauscht. Von seinem Bein erwartet er, daß es den drückenden Schuh erträgt und Schmerz in Gleichgültigkeit verwandelt. Vom Schuh erwartet er, daß er die Bewegungen des Beins ausführt, ohne in die Brüche zu gehn.

Niemals würde er so weit gehn, einen zweiten Arm, ein zweites Bein zu erwarten.

Vom Kopf erwartet er, daß er zwei sehenden Augen und zwei hörenden Ohren widerspricht oder recht gibt. Von der Vergangenheit erwartet er, daß sie sich nicht bemerkbar macht und von der Gegenwart, daß sie vergeht. Er erwartet vom Baum, daß er blüht, Früchte trägt, welkt und an seinem Platz steht, ohne die Naturgesetze zu durchbrechen. Vom Wasser erwartet er, daß es fließt. Vom Unmöglichen erwartet er nichts.

Von seinem Schatten erwartet er keine Hilfe, von seinem Namen keine Erleichterung. Von seiner Hoffnung erwartet er wenig, weniger noch, nichts, weniger noch. Von den Menschen erwartet er, daß sie nackt oder bekleidet, schwarz oder weiß sind. Von der Zukunft erwartet er, daß sie näher kommt.

Von den Tränen erwartet er, daß sie sein Dasein erleichtern. Von seinem Atem erwartet er die Kraft, dies alles um einen Atemzug zu überleben. Von seinem Gehirn erwartet er eine Erklärung für sein Leben, für diesen Zustand, für seine so und nicht andere Einbeinigkeit. Von seinen Träumen erwartet er Kenntnisse. Von seiner Unruhe erhofft er Veränderungen und von seiner Freude erwartet er Erinnerungen an Sommertage und guten Tabak. Von nichts erwartet er Liebe.

Er hütet sich, zuviel zu erwarten. Er gäbe etwas dafür, auf Erwartung verzichten zu können.

Aber das ist zuviel verlangt. Und von sich selbst erwartet er – Luft und Leben –

7

Wörter, die durch sein Gehirn marschieren, bis er mit ihnen fertig geworden ist.

DIE GERECHTIGKEIT! DIE FREIHEIT! DIE WELT! DIE ERDE! DIE MENSCHENWÜRDE! DIE GÖTTER UND DIE GERECHTIGKEIT!

Ja, die Gerechtigkeit und ein Fußtritt. Die Freiheit und Knüppel-aus-dem-Sack. Die Welt und eine Barackensiedlung im Winter. Die Erde und einer, der sich ohne Gewißheit auf ihr herumtreibt. Ja, die Menschenwürde und sein eingeschlagenes Gebiß. Ja, die Götter und er, Stiefbein. Ja, die Unendlichkeit und Stiefbeins Leben.

Die Schönheit! Ja, die Schönheit und sein Gesicht. Die lachenden Gesichter der Melonenverkäufer auf dem Boulevard, die Mulattenmädchen im Hotel Excelsior, die Beleuchtung in den Bordellen und die Kornfelder an der langen Straße zum Meer.

Die Schönheit! Ja, die Schönheit und sein Gesicht. Die Unendlichkeit! Ja, die Unendlichkeit und Stiefbeins Leben.

8

Herbstbeginn, Altweibersommer mit seinen Fäden. Der Morgen überschüttet die Baracken mit Staniolfarben. Die Abende duften nach BAGDAD und SÜSSEM KÜRBIS. Die Straßen verschwinden im Dunst aus Benzin und Sonne, die Glasfassaden stellen den Himmel aus.

Stiefbein heißt die kurzen Tage willkommen. Träge, übermütig, selbstvergessen. Das Licht enthebt ihn aller Entschlüsse, es lebt sich von selbst, Geruch von Schinkeneiern und Kaffee wirbelt durch die Ventilatoren der Frühstückskneipen, vor den Pissoirs stehn alte Männer und rauchen.

Frauenstimmen und Fahrradklingeln in der hellen Luft. Stiefbein steckt den Hut in die Tasche und schwingt sich aufs Bein.

Er ist durch die Kneipen am Westend gezogen – Stehbierhallen, beschlagene Litergläser, Rumba-Rumba, Gelächter. Wie Glocken dröhnten die Kaufhausetagen und die Verbindungsgänge der U-Bahn. Unter dem Glasdach der Humboldt-Passage flatterte eine verirrte Taube. Die Würstchenbuden dampften im Licht. Er trank Kaffee im Bambelli und hörte die Rufe der Bettler vorm Bahnhof. Er sah die ersten Blätter durch das Licht fallen und hörte sie auf den Asphalt schlagen, ein papierner Schleiflaut. Er rempelte durch die Menschenmassen, atmete Parfüm, stand sich vor Schaufenstern undeutlich gegenüber, ging im Zenith-Hotel auf die Toilette, bat den Portier um Feuer und rauchte eine halbe Zigarre. Er sprach ein Mädchen an, stahl eine Zeitung und warf sie weg, lief über die hölzernen Hafenpromenaden, zählte die Liebespaare, die Tauben, die Fähren, die Yachten, die Schornsteine und die Telefonzellen, aß geklaute Datteln, stand in der Sonne und dachte an nichts, schwitzte, lag im Stadtpark, döste, lebte –

und mehr läßt sich darüber nicht sagen.

9

Früher, hört er in den Kneipen, war alles besser. Kein Vergleich. Der Mensch war freundlicher, die Erde geräumiger und die Leiden waren teils heroischer, teils erträglicher. Die Natur war zusammenhängender, die Tingeltangeln waren amüsanter und die Frauen zugänglicher. Die Würste wurden besser gefettet, die Biere verursachten kein Sodbrennen und die Schnäpse wirkten nachhaltiger. Die Städte waren sauberer, die Regierungen gesicherter und das Christentum war durchschlagender. Leben war leichter, Reisen weniger anstrengend und die Hoffnung stand jedermann kostenlos zur Verfügung.

Hingegen jetzt. Man braucht sich bloß umzusehn.

Und er selbst, Stiefbein? Immernoch Stiefbein, überlebenslang.

Gestern war Stiefbein, heute ist Stiefbein, gestern und heute so gut oder schlecht wie möglich. Und was die Zukunft betrifft, wird auch die Zukunft zweifellos Stiefbein sein. So wenig es einen Unterschied gab zwischen gestern und heute, so wenig wird es einen Unterschied geben zwischen heute und morgen. Er will nichts hören von Paradies, wird nicht in sowas hineingeraten. Er wird kein Gelobtes Land zu sehn bekommen, aber einmal –

Kein Begütigen. Er wird sich ausruhn.

10

Und plötzlich ist alles zu Ende, die Wanzenstiche, der Hunger, die Straßen, die Jahreszeiten und Tag und Nacht.

Plötzlich ist alles vorbei und das Bein kippt aus dem Schuh und der Schuh ist leer, ein Schuh und bedeutet nichts.

(Einbeinig gelebt und barfuß gestorben!)

Plötzlich ist alles vorbei und Stiefbein ist nur ein Wort und das Wort ist vergessen und bedeutet nichts.

(In Totenkleidern gelebt und nackt gestorben!)

Weiter gelebt, alte Gänsehaut. Mitgenommen und unter

den Nagel gerissen, was mitgenommen und unter die Nägel gerissen werden kann. Und alle Taschen vollgestopft, die Pfennige, die Flaschenkorken, die Zimmerschlüssel und die Zigarettenkippen, die Galgenfristen, die Jahreszeiten, die Nutten und die Namen der Hotels.

Hiergeblieben, alte Gänsehaut. Wasser trinken, Zigaretten drehn, stillsitzen, warten.

Mit offenen Augen sehen und mit offenen Ohren hören, wie die Zeit weniger wird. Kälter. Lautloser. Durchsichtiger. Dünner. Leerer.

II

Krankheiten, die ihm die Luft wegschnappen.

Seine Fingerspitzen schlagen wie Wünschelruten aus. Furchtbare Erkältungen im Knie, tagelang ist er gezwungen mit schiefem Bein zu gehn. Lichtangst hinter den Augen, Schwellungen im Fuß, die nicht dem Schuh in den Schuh zu schieben sind. Tagelang sitzt er auf dem Klosett und preßt Blut aus sich heraus.

Aber das ist es nicht.

Beinschmerz, Kopfschmerz, aber das ist es nicht.

Stiche von leibeigenen Wanzen und Flöhen. Sie verschwinden in seinen Kleidern und kommen nicht wieder. Man ernährt sein Viehzeug, füttert es hautwarm, und es gedeiht, gleichgültig ob man hungert, friert oder auf dem Kopf steht. Täglich verliert er Kräfte an das Ungeziefer, aber das ist es nicht.

Nasenschnupfen, Ohrenschnupfen, Augenschnupfen, aber das ist es nicht. Und der Bauch hat Schnupfen, das Bein hat Schnupfen, der Hut hat Schnupfen. Aber das ist es nicht. Und das Hirn hat Schnupfen, der Herzschlag hat Schnupfen, der Atem hat Schnupfen. Und das Haar hat Schnupfen, der Urin hat Schnupfen, die Luft, das Holz, das Wasser, der Mitmensch, die Gedanken und Selbstgespräche, alles hat Schnupfen.

Verschnupft, verschnupft. Die ganze Welt baumelt an Unsterns Nase und hat Schnupfen.

Schnupfen. Kein barmherziges Taschentuch.

Liegen, herumliegen, liegenbleiben.

Taub und stumm, Entschlüsse verweigernd, ein Haufen fehlgeborener Hoffnung, Stiefbein.

Liegen ohne besonderen Anlaß, herumliegen ohne erschöpft zu sein, zwischen Müllhalden, Brennesseln, Brandmauern und qualmenden Matratzen; von Lumpen und Unkraut nicht zu unterscheiden, unangefochtenes Liegerecht alles Lebendigen und Toten, Rattenkadaver, Pappkartons, Bierbüchsen, Brotkanten, Stiefbein.

Herumliegen zur Probe und um das Bein und den Schuh zu entlasten. Auf die Nacht warten, dann auf die Morgendämmerung, dann auf den Tag. Liegen, bis ein Grund zum Aufstehen gegeben ist und warten, daß etwas geschieht. Dann liegen, weil nichts geschah und weil kein Grund zum Aufstehn gegeben war. Liegen und warten zum Trotz, liegen aus Faulheit, Ohnmacht, Selbstverachtung und Verachtung aller Dinge, die das Auge wahrnimmt, die das Gedächtnis nicht los wird.

Liegen, um einem Anfall von Hunger vorzubeugen, um die Zeit totzuschlagen, schneller zu verbrauchen, nicht mehr zu verspüren, hinzuhalten, herauszufordern, zu sparen, schließlich zu vergessen und einzuschlafen.

Liegen, herumliegen aus Gewohnheit und in Ermangelung eines Besseren, herumliegen mit dem Blick auf das Schuttende der bewohnbaren Welt, wo keiner hinkommt, stört oder verdächtigt, außer alten Männern mit Säcken und Schaufeln, die ihn nicht wahrnehmen oder wahrnehmen wollen.

Liegen, um sorgloser, haushaltender, unangefochtener dazu sein, um endlich vom Zufall übersehen zu werden. Um sich mit der Umgebung zu vergleichen und gut dabei abzuschneiden.

Liegen, um einzugehn in die gute Gesellschaft von Holz, Erde, Metall und Feuchtigkeit, allen Peinigungen entronnen und stiefbeinfrei.

Stiefbein, von den Menschen geschieden und eingezogen in den Kehricht, kehrein, kehraus, unschuldiger Schlaf, befreiende Abwesenheit.

Liegen, herumliegen mit und ohne Stief. Herumliegen, liegenbleiben. Der Rest ist liegen.

Daß allen immerfort alles wichtig erscheint! Bedeutend, einschneidend, denkwürdig, großartig. Daß allem Tun und Lassen ein Müssen vorangesetzt ist; etwas Bestimmtes sehn oder hören, dieses ablehnen, jenes probieren, hier eingreifen, dort anwesend oder abwesend sein müssen. Wohingegen ihm nichts – oder fast nichts – so wichtig erscheint, daß er deswegen aus dem Häuschen geriete. Was er tut kann er auch lassen, und was er unterläßt im Gedanken an den Tod, kann er auch tun, unternehmen oder vollbringen, ohne daß ihm daraus ein nennenswerter Vorteil oder Nachteil entstünde.

Beschäftigt mit weitermachen und überleben, sieht er, wohin er sieht, genügend Leute, die täglich bereit sind, den Erdball von einer Ecke der Welt in die andere zu schieben. Menschenwimmelnde Kegelbahn. Unerklärliche Lärmentfaltung der Kegelbrüder. Es ist nicht nötig, mitanzufassen. Und wieviel läge ihm daran, irgendwo mitanfassen zu können.

Und dennoch, nein, ihm liegt nichts daran; da ja für ihn nichts verändert wird und jede Ecke der Welt so gut oder schlecht ist wie jede andere. Und er weiß doch: an ihm ist nichts gelegen. Er muß sehn, daß er durchkommt. Er kann sich nicht darauf einlassen, Kegel zu schieben. Er kann es sich nicht leisten, auf etwas zu warten.

Eines Abends sah er ein paar Männer auf dem Boulevard Rostock. Sie trugen bunte Jacken und saubere Hosen. Rancherhüte verschatteten ihre Gesichter. Ihr Gang war leicht, als hätten sie eben ein Bordell verlassen. Einer griff in seine Jacke und brachte eine Katze zum Vorschein. Sie kraulten die Katze und redeten mit ihr, stritten sich darum, wer sie tragen dürfe. Später sah er die Männer mit ein paar Frauen in einer Bierhalle. Sie hatten die Hüte abgenommen und die Katze saß zwischen den Biergläsern auf dem Tisch und roch an ihren Fingern, die sie in den Bierschaum tauchten.

Er muß immerwieder sagen, daß man ihm nicht auf die Beine helfen soll. Man stellt ihn aufs Bein, falls man das für menschlich hält, richtet ihn auf, ermahnt ihn und klopft ihn

ab; sofern es ihn hingeschlagen hat, nachts auf die Weinkellertreppen, wenn er betrunken ist. Man zieht ihn hoch und stellt
ihn ins Licht, obwohl er lieber in der Dunkelheit bliebe, wo
die Weinkellerkatze ölige Sprotten frißt und Zigarettenkippen leicht zu erreichen sind.

Nein. Man soll ihn liegen lassen, im lichtlosen Winkel auf
den Treppen, seine geräuschlosen Knochen, bis der Tag
kommt. Man soll seinem Schweigen kein ABC beibringen
wollen. Wo es ihn hingeschlagen hat, will er liegen, unangefochten und stumm. Er hat kein Recht, sich der Hölle zu
entziehn, und wer hätte das Recht, ihm zu sagen: aufstehn.

Er wird aufstehn, sobald es ihm möglich ist.

15

Mit leeren Händen dastehn. Eine Zigarette anzünden, damit
er nicht länger mit leeren Händen dasteht. Den Hut verkehrt
aufsetzen, damit er ihn anschließend richtig aufsetzen kann.
Den falschen Hut vom Haken nehmen, damit er umkehren,
Hüte vergleichen, Hüte austauschen und sagen kann: Verzeihung, ich hatte in der Eile nach dem falschen Hut gegriffen.

Wasser trinken, damit er sich Wein oder Kirschwasser
vorstellen kann. In einem Schuppen am Bahndamm übernachten, damit er sich Hotelbetten ausdenken kann, dicke
Federbetten und Leintücher, nach Lavendel duftend. Im
Glatteis herumrutschen, damit er sich einen Sommertag
– leuchtend und ohne Gänsehaut – vorstellen kann.

Nicht das Schwarze unterm Nagel, kein Stammplatz an
Babylons Wasser, kein Freibier und kein geborgtes Bett. Das
ABC kennt die Namen der Götter und Helden, das Gedächtnis kennt keinen. Die Menschenliebe hat sich verflüchtigt und
das Wort Glück kommt nur in der Vergangenheit vor. Es
zieht sich zurück bei Gedankenberührung und löst sich.
zwischen nichts und wieder nichts auf. Wie hübsch wäre es,
eine Freude im Gedächtnis auszusetzen, um eine andere anzulocken. Wie vernünftig wäre es, einen Verzicht auf den Strich
gehn zu lassen, um einen anderen anzulocken. Wie klug und
wie richtig wäre es, von sich selber abzusehn und Genüge
darin zu finden, Stiefbein zu sein und keine Wahl zu haben.

Möglich. Schluß mit der schönen Vernunft.

Auf die Frage, was er tut, pflegt Stiefbein zu antworten: Ich?
Ich tue nichts. Aber er steht doch am Alliance-Platz, zündet
sich eine Kippe an, poliert seinen Hut mit dem Ärmel, prüft
den Inhalt seiner Hosentaschen, spuckt aus, blickt sich um,
gähnt, zertritt seine Kippe, setzt sich in Bewegung, steht
stundenlang auf Brücken, Kreuzungen und Bahnhöfen, läuft
gedankenlos hinter Leuten her, steigt einer Frau nach, vertieft
sich in ein Schaufenster, verbringt die kalten Abende in einer
Bruchbude am Südend, die Regenzeiten, die toten Mittage
und die stürmischen Nächte im Oktober, wenn der Himmel
von Fieberanfällen geschüttelt wird und Laub in Haufen über
den Rinnstein schlittert. Er schmökert in einer Illustrierten
und fängt einen Floh, dann noch einen Floh, dann noch einen,
ist das denn nichts?

Ja, wenn man so will, ist das bloße Dasein ein unerhörtes
Ereignis. Wenn man so will, ist er immer schwer beschäftigt.
Wenn man so will, genügt das nackte Leben, ihn in Atem zu
halten, genügt das bare Leben, ihn von Grund auf zu
erschüttern.

Was folgt daraus? Stiefbein, wie verhält er sich? Wird es
nicht Zeit, das Gerede von Stief und Bein aus der Welt zu
schaffen?

Kann nicht. Hab bloß ein Bein.

17

Es ist ganz natürlich, daß der Ameisenbär die Ameise frißt.
Zerbrich dir nicht den Kopf, jedem das Seine.

Es ist ganz natürlich, daß man dir Saures gibt, dich auslacht
und in den Hintern tritt. Es ist, letztenendes, nur recht und
billig, daß sich der Mensch am Menschen, der Starke am
Schwachen schadlos hält. Ganz natürlich, Lauf der Dinge,
Gesetz der Welt. –

Aufhören! Sofort AUFHÖREN!

In seinem Namen steckt soviel Fortune wie Sonne in einem
Rattenarsch.

Aber sein Name ist nicht alles, was er besitzt. Man muß

von Name, Hut und Schuh, von Stock und Strumpf und alten Kleidern absehn, damit man ihn, Stiefbein, wahrnehmen kann.

Ist ihm bisher nicht alles zum Guten ausgeschlagen. Hat er nicht alle Hoffnung in Windeseile durchgebracht und ist jetzt frei. Besitzt er nicht soviel Freiheit, daß er das Wort Freiheit nicht immer wieder in den Mund zu nehmen braucht. Lebt er nicht unvergleichlich mit Wind und Wetter, Lückenbuße, Ach und Krach.

Ist er nicht der fidele Stief, samt Stiefbauch, Stiefarm und Stiefkopf auf eigenem Bein!

Sei nicht hochmütig: einer der Schächer wurde verdammt. Sei nicht kleinmütig: einer der Schächer wurde gerettet.

Aber er, weder zur Rechten verdammt noch zur Linken gerettet – wohin gehört er?

19

Er sitzt am Stadtkanal und schlägt mit dem Stock auf das Wasser. Das langsam strömende, von Schmutz teerfarbene Wasser kommt ihm wie flüssig gewordene Stille vor. Er überläßt sich seiner Schwere, dem sichtbaren Gewicht der Lautlosigkeit und stellt sich vor, daß diese Stille einmal aufhören wird. Der Wasserstrom endet in einer hohen Welle, fließt den Kanal hinunter und nichts kommt nach. Der Kanal bleibt stinkend zurück, voller Eimer, Schuhe, Wasserleichen und verfaulter Kähne. Die Fische zappeln im Schlamm, ihre Mäuler schnappen nach der Stille. Wenn das vorbei ist, wird auch der Wind in der Luft verschwinden und man wird die Friedhöfe der Vögel mit bloßem Auge erkennen.

Stiefbein, Wächter des Wassers, Wächter der Stille. Nichts ist so beruhigend wie das Kanalwasser; nichts – außer der Luft – so selbstverständlich und gut. Hier kann er sitzen und vergessen; hier ist er, wann immer er will, zuhause; hier findet er Frieden.

20

Manchmal wird Stiefbein, mehr aus Zufall als aus Interesse gefragt, wie es ihm geht. Unmöglich die Frage zu überhören. Ein Glöckchen schlägt an: Wie geht es ihm?

In Anbetracht dessen, daß er nur Pfennige in der Tasche, aber Flöhe im Ohr und im Pelz und vermutlich Rosinen im Kopf hat; in Anbetracht dessen, daß er lebt, atmet und sich darüber klar ist, jeden Tag von neuem der Zeit zu unterliegen, sein Dasein sekundenweise und immer schneller zu verlieren (ein Ausbluten ist das, man soll sich von der Tatsache nicht abbringen lassen); in Anbetracht dessen, daß es ihm schlechter gehn könnte, geht es ihm gut, es geht ihm stiefbeingemäß. Er könnte blutüberströmt in einem Hinterhof liegen, auf einer Polizeiwache zusammengeschlagen, von einem Menschenauflauf zertrampelt werden, was alles schon vorgekommen ist. Irgendein Spaßvogel könnte ihm seine Rechtlosigkeit durch GEBT IHM SAURES beweisen wollen. Die allgemeinen Umstände könnten schlechter, seine Einbeinigkeit könnte aussichtsloser sein. Nein, es geht ihm gut, auch wenn es ihm schlecht geht. Es geht ihm schon deshalb gut, weil es sich von selbst verbietet, irgendeinen Dreck persönlich zu nehmen.

Denn wie es ihm geht, geht es allen Stiefköpfen, in der Kälte unter der Herzwurzel, wo der Atem herkommt und das Nichts gegenständlich, die Angst ansteckend und das IN DER EIGENEN HAUT SEIN gefährlich wird. Er weiß Bescheid, er kennt die Lebensgeschichten, das nach Maulfäule schmeckende Bartgemurmel der Unzufriedenen. Er hat das Nacht für Nacht in den Kneipen gehört, das kostet nichts. Gerede um die Ohren, er hat vom Geheul genug, will nichts davon wissen, will nie mehr jemand fragen, wie es ihm geht. Zuviele Klagen, zuviel strapazierte Wahrheit von Fall zu Fall. Es ist besser, den Mund zu halten als das eigene Fehlbefinden in Form einer Stiefanekdote an unberufene Ohren abzugeben.

Wie es ihm geht?

Danke, es geht ihm gut.

Man kann von etwas anderem sprechen.

21

Wer glaubt gewonnen zu haben, ist einer Täuschung erlegen. Wer glaubt fein raus zu sein, hat es sich leicht gemacht.

Wer glaubt verloren zu haben, ist einer Täuschung erlegen. Wer glaubt verloren zu sein, hat es sich leicht gemacht.

Stiefbein, ein Goliath an Mißgeschick, ein David an

Wohlgefallen, balanciert ein Leben lang auf dieser Schneide und weiß: es wäre falsch zu leugnen, daß er blutet, und es wäre falsch, das Blut auf Flaschen zu ziehn.

Er hat gelernt, mit Irrtümern wie mit bissigen Hunden zu leben. Er hat gelernt, in der Sonne zu sitzen, ohne die Sonne zu beschuldigen, zu verachten oder steinigen zu wollen. Also schwitzt er Wasser und schluckt Blut.

Aufsässige Bescheidenheit, Unversönliche Langmut. Wie lang noch?

22

Wenig, sehr wenig Gebrauch kann einer von der Welt machen. Umsoweniger, als er ein Stiefbein ist. Da er ein Stiefbein ist, sind ihm fast alle Dinge unbekannt geblieben und werden ihm weiterhin unbekannt bleiben. Wörter und Namen – klangvolle Geheimnisse, hübsche Melodien ohne Inhalt. Hmtata Pantoffelblume, San Clemente hmtata. Schöne Wörter Tunnichtgut.

Tafelsilber, Reizverstärker, Gamaschen, Lohnerhöhung und Bologneser Hunde – was verbindet sie miteinander? Nur die Tatsache, daß sie ihm unbekannt sind. Es liegt vermutlich nicht viel daran, sie sind halb so wichtig, für ihn persönlich ohne Bedeutung, aber es wäre doch besser, wenn er sich selbst davon überzeugen könnte. Anstatt dessen steht er auf der Straße und stellt Vermutungen an, von denen er nichts hat. Welt, ein Ding vom Hörensagen, niemals gegenwärtig und niemals glaubhaft. Unzufriedenheit, Zweifel, Lückenbuße.

Sein Stück Welt, für das er garantieren kann, ist der Stadtrand, die Barackenviertel, U-Bahn-Pissoirs, Rummelplätze, Absteigen und Asyle, und es nützt ihm garnichts, wenn einer, der es wissen muß, erzählt, es sähe in Patzcuaro genauso aus, mit dem Unterschied, daß es dort Leguane und Feuerfliegen gibt. Aber die Unterschiede, die Feuerfliegen, daran liegt es. Alles liegt an diesen Feuerfliegen. Keiner soll kommen und sagen: bloß ein Detail. FEUERFLIEGEN! Wäre er doch im Land der Feuerfliegen.

Land der Feuerfliegen! Land der Haferfelder und der Schildkröten! Die Flüsse, die Wüste und die hohen Berge wird er nicht zu Gesicht bekommen. Ptolemäus, Scarabäus,

Pudu, Borschtsch, Columbia, Noledoledenduli – im Lauf der Zeit entwickeln sich solche Wörter in seinem Gedächtnis bis er merkt, daß sie, die sein Leben waren, nicht erfüllbar sind, nicht erfüllbar sein werden. Ein Friedhof von Wörtern in seinem Kopf, und er ist der Totengräber. Sie vergiften sein Gehirn, Leichname, und er kann sie nicht aus ihren Gräbern werfen. Sie liegen ihm täglich und nächtlich im Ohr und verlangen, von ihm verwirklicht zu werden. Und er ist außerstande, außerstande. Schreiende Ungerechtigkeit.

Aus Rache spricht er, wenn er sich elend fühlt, von unerhörten Sachen, rollt großartige Silben in seinem Mund und läßt wie nebenbei Wörter fallen, die man in seine Träume mitnehmen kann. Wenn ihn niemand versteht – umsobesser.

Feuerfliegen! Feuerfliegen!

Man möchte was tun, wovon selbst dem Teufel schlecht wird.

23

Im Hof eines Wirtschaftsgebäudes sieht er einen Esel. Der Esel ist an einer Leine befestigt und grast, in seiner Nähe steht ein Wassereimer. Wenn Stiefbein am Straßengitter steht in der Hoffnung, vom Esel bemerkt zu werden, hebt das Tier den Kopf, bemerkt Stiefbein und grast weiter. Auch während des Regens grast der Esel im Hof. Das Geräusch seines Rupfens vermischt sich mit dem des Regens.

Mit der Zeit hat Stiefbein das Tier auswendig gelernt. Ihn freut die Tatsache, daß es vorhanden ist. Es freut ihn zu wissen, daß der Esel jederzeit zu sehn, gewissermaßen zu erreichen ist und daß er zur gleichen Zeit wie Stiefbein lebt.

24

Wenn er ein Haus besäße!

Nichtmal im Traum würde er Bedingungen stellen, was Lage, Bauart und Zahl der Zimmer betrifft. Irgendein Haus, gleichgültig auf welchem Platz, und wenn er Wanzen in Kauf nehmen, Grundwasser ausschöpfen und Ziegel auf ein zerbrochenes Dach tragen muß.

Wenn er ein Haus besäße, würde er Fenster und Türen verschließen, damit kein Unberufener eindringen kann. Er würde riesenhafte Bestände an Holz und Kohlen, und

Streichhölzer pfundweise auf Vorrat halten. Er würde die Speisekammer füllen und ruhig das Alter auf sich zukommen lassen.

Wenn er ein Haus besäße!

Nein, ganz anders. Wenn er ein Haus besäße, würde er Schloß und Riegel abschaffen, sofort. Er wäre nicht imstand, Gleiches mit Gleichem zu vergelten und die Welt draußen umkommen zu lassen. Seine Türen Tag und Nacht geöffnet. Fenster auf!

Was für ein Kommen und Gehn in seinem Haus. Nachts wandern seine Schuhe um das Haus. Die Kleider verwandeln sich in Motten, er öffnet die Schränke und läßt sie frei, sie fliegen zum Fenster hinaus und zur Tür herein, stiefbeingroße Geschöpfe mit schönen Flügeln, die die Luft in schläfrige Bewegung versetzen. Die Bäume (er besitzt einen Garten) berichten Regen und Wind durch das Fenster; er sitzt unter eigenem Dach und unterhält seine Gäste. Herbstliche Dunkelheit dringt in den Flur, verbreitet Geruch von Laub und vernebelt das Gaslicht. Bäume kommen über die Schwelle, ziehn Erde nach und laden Früchte ab. Birnen, Nüsse und Pflaumen auf seinem Tisch. Blauer Holunder kommt zum Fenster herein, Stiefbein streift die Beeren in seinen Topf. Es kommen Tiere und schlafen unter der Treppe. Es kommen die Mädchen von nebenan, die Killroys, Nanas und Fingals von der Straße, Neger und Bettelbrüder, Stiefnasen, Käuze. Sein Haus hat Platz für alle, Fenster auf!

Was für ein Kommen und Gehen in seinem Haus. Herr Stiefbein hier, Herr Stiefbein dort. Essen und Trinken, versorgt euch, richtet euch ein.

In der Dämmerung fährt sein Bett aus dem Haus. Stiefbein schläft und wird in der Nacht geweckt. Das Bett kommt zurück, auf ihm eine Frau – schlafend und nackt, bereit geweckt zu werden.

25

Stiefbein und das Erbrochene auf der Weinkellertreppe. Stiefbein und die heulende Kellnerin auf dem Abtritt. Stiefbein und der verhungerte Hungerleider. Stiefbein und die verfaulte Nutte, die im Hausgang umfiel.

Stiefbein und das Erbrochene auf den Weinkellertreppen. Stiefbein und die heulenden Kellnerinnen auf den Abtritten. Stiefbein und die verhungernden Hungerleider. Stiefbein und die verfaulten Nutten, die in den Hausgängen umfielen.

Gott empfohlen, Stiefbein, Gottes mildem Erbarmen empfohlen. Er kann sagen, daß ihn das Ende der Welt nicht mit Schrecken erfüllt hat. Alles ist, wie es ist. Nichts ist an seinem Platz.

Stief! Stief! Stief!

Alles wie immer. Grausamer als sinnlos.

26

Zum Schluß, wenn kein Wort mehr da ist für Stein und Bein, Teeren und Federn, Läuse, Lumpen, Ladenhüter –

wenn alle Unterschiede aufgehoben sind in einer neuen Gerechtigkeit und Dreck oder Schönheit, Tod oder Hoffnung nichts mehr mit ihm zu schaffen haben –

wenn der Schmerz ihn verlassen hat, wenn seine und jedermanns Menschlichkeit in einen besseren Zustand gekommen ist (nicht daß es ihm schlechter ginge als seinesgleichen) –

wenn er vergessen hat, wovon er lebte, wird er sich an den Wegrand setzen und auf den unbekannten Stiefbruder warten, der einmal eintreffen wird, um ihm die Grüße der Genossen aus dem Lande Punt zu überbringen.

Wer behauptet, er habe den Mund zu voll genommen? Wer schmeißt den ersten Stein auf ihn!

Stiefbein soll reden.

Nachgeschichte

Stiefbein ging seines Wegs auf einer Straße. Welches Wegs? Gleichgültig welches Wegs, solange die Straße kein Ende nahm. Das Ende der Straße aber war nicht abzusehn. Sie führte geradewegs zum Horizont und besaß, so weit das Auge reichte, alles, was eine Landstraße von einem Boulevard unterscheidet: Schlaglöcher, Steine, Unkraut und herumliegende Nägel.

Stiefbein hatte die Stadt für immer verlassen. Er war allein und ohne Gepäck, wie er es von jeher gewesen war. Sein Bein war müde und sein Arm war müde; Rumpf, Kopf und Geschlecht waren müde, der Schuh war müde; Stiefbein war alt. Er war in die Welt hineingeraten und hatte versucht, sie festzuhalten. Jetzt war er allein mit sich und der Zeit.

Ich will den Namen lossein, rief Stiefbein, wiederholten Arm und Bein, riefen Rumpf und Geschlecht. Weg mit dem Namen!

Das Unmögliche jagte den Namen in den Wind und ersetzte ihn durch eine Leere im Gedächtnis. Kopf, Rumpf und Geschlecht, Arm, Bein und Schuh gingen eine Weile ihres Wegs, miteinander verbunden und in Bewegung, aber uneins, nicht länger befreundet.

Ich will den Kopf lossein! rief der Schuh, wiederholten Rumpf und Geschlecht, riefen deutlich Arm und Bein: Weg mit dem Kopf!

Das Unmögliche riß den Kopf ab und ließ ihn verschwinden. Der Hut rollte in den Straßengraben. Rumpf, Arm, Geschlecht, Bein und Schuh gingen eine Weile ihres Wegs, miteinander verbunden und in Bewegung, aber uneins, nicht länger befreundet.

Ich will den Arm lossein, rief der Rumpf, wiederholten Bein und Geschlecht, rief deutlich der Schuh. Weg mit dem Arm!

Das Unmögliche trennte den Arm vom Rumpf, ließ ihn samt Hemd und Jacke verschwinden. Rumpf, Geschlecht, Bein und Schuh gingen eine Weile ihres Wegs, miteinander verbunden und in Bewegung, aber uneins, nicht länger befreundet.

Ich will das Geschlecht lossein, rief der Rumpf, wiederholten Bein und Schuh: Weg mit dem Geschlecht!

Das Unmögliche trennte das Geschlecht vom Rumpf und ließ es verschwinden. Rumpf, Bein und Schuh gingen eine Weile ihres Wegs, miteinander verbunden und in Bewegung, aber uneins, nicht länger befreundet.

Ich will den Rumpf lossein, rief das Bein, wiederholte der Schuh. Weg mit dem Rumpf!

Das Unmögliche löste den Rumpf vom Bein und ließ ihn verschwinden. Bein und Schuh gingen eine Weile ihres Wegs, miteinander verbunden und in Bewegung, aber uneins, nicht länger befreundet.

Ich will das Bein lossein, rief der Schuh. Weg mit dem Bein!

Das Unmögliche zog das Bein aus dem Schuh und schickte es weg, warf Strumpf und Hose in den Straßengraben.

Und der Schuh war wieder allein und ging seines Wegs, war Schuh, war leer und bedeutete nichts. Setzte auf, setzte ab, ging seines Wegs. Ein einzelner Schuh, anwesende Hälfte eines Stiefelpaars, los und ledig und ausgetreten, so daß nicht mit Gewißheit zu erkennen war, ob es sich um einen rechten oder linken Schuh handelte. Ein einstmals schwarzer, jetzt ausgeblichener Schuh; kurzum: ein Schuh.

Unbekannt, ob er den rechten oder linken, zum Paar fehlenden Schuh verfolgte, suchte oder floh. Er ging auf der Straße, gleichgültig welches Wegs, solange die Straße kein Ende nahm.

Ging seines Wegs, ein Schuh, ein einzelner Schuh.

Ging seines Wegs.

Gesang vom Schurrigel

Es ist immer dasselbe: an Nachmittagen, wenn der Herzschlag nicht vom Fleck kommt, die Einöde Luft verschluckt,
die Zeit auf der Stelle tritt, wenn Grillenschnarren an
Sekunden feilt, wenn er allein ist unterm Dach überm Kopf,
einmal mehr allein mit seiner Stimme, und sein Lebtag ist von
aller Welt getrennt, er sitzt verschlossen fest in seiner Haut, in
seinem Loch bis über die Ohren und bis ihm Hören und
Sehen vergangen ist, läßt er Brot und Steine liegen, verschließt
das Haus, macht sich auf den Weg, den einzigen, der aus dem
Loch hinausführt in himmeloffene Gegend aus Straßen,
Gemeinden, Rummelplätzen und Menschen, in den Wort-
wechsel, in die Musiken und in die Ereignisse (die den
Kalender beschleunigen, ganze Jahre im Handumdrehn
verschwinden lassen); er hat kaum das Ende des Hohlwegs
erreicht, wo der erste Rauch zu sehn und bei gutem Wind die
ersten Fahrzeuge zu hören sind, als ihm etwas in die Quere
kommt.

Er wird zur Abfuhr erwartet.

Soll er umkehren? Soll er sich einmal mehr einlassen auf
Erfahrung, die er nicht nochmal zu machen braucht: daß er
hier auf einen Widerstand stößt, der ihm das Wegrecht streitig
macht, der ihn vernichtet. Daß er immer aus der falschen
Richtung kommt, von unten den Hohlweg herauf, aus dem
Unkraut, aus der Einöde, aus dem Loch. Alte Leier, altes
Lied. Einmal mehr Schurrigel aus dem Loch.

Er erscheint am oberen Ende des Hohlwegs und will in
eine bequemere Gangart wechseln, als er Veränderung in der
Landschaft bemerkt. Wo sonst Wacholder und Steine waren,
haben sich fremde Gebäude eingefunden, die längs des Wegs
eine geschlossene Ortschaft bilden. Baracken, Garagen,
Verschläge und Schienen, Reifenspuren, Geruch von Holz-
kohlenfeuer – also vielleicht eine Bergwerksiedlung. Zwanzig, dreißig Holzhäuser, die seit hundertfünfzig Jahren an
dieser Stelle im Unkraut zu versinken scheinen. In der
Gebirgswand offene Stollen (plötzlich ist eine Gebirgswand
da). Umgekippte Loren in einem Steinbruch.

Ungewißheit. Vorsicht. Bestünde nicht die Notwendigkeit, durchzukommen, würde er umkehren, die Sache sich selbst überlassen (und die Kamine zögen den Rauch wieder ein, die Häuser lösten sich Balken für Balken auf, die Loren Schraube für Schraube in der Luft, und Gras wüchse hoch, bevor die letzten Fundamente verschwunden wären). Aber er kann seinen Fall nicht sich selbst überlassen.

Als ob nichts wäre, begibt er sich in die Ortschaft. Einmal mehr Schurrigel unterwegs.

Er sieht sich schon auf der andern Seite der Ortschaft, will zwei Schritte zulegen, will schon loslaufen in die besiedelte Welt, dort gleich um die Ecke, als sich zwölf Eisenloren in Bewegung setzen. Sie kommen aus einem Steinbruch neben dem Fahrweg, ohne Schiene unter den Rädern, kippeln einzeln durch Schutt und Unkraut, hallend wie Glocken, Schurrigel, Schurrigel, leerer Fahrweg, verschlossene Häuser, hier Schurrigel, dort klappernde Loren, schleifende Räder, Staub, aus dem Boden gerissene Steine.

Aus den Augenwinkeln nimmt er wahr, daß Gesichter hinter den Fenstern erscheinen. Männer in Hemdsärmeln treten ins Freie, im Steinbruch sind Schaufeln und Brecheisen zum Vorschein gekommen. Kehrt und ab in die eigene Richtung! Schurrigelnde Beine über Dreck und Unkraut. Im Hohlweg kann er sitzen und ausruhn, während die Loren von den Steilhängen stürzen.

Daß er immer in dieselbe Richtung zurückgeworfen wird, außer Atem den Hohlweg hinunter, in das Unkraut, in die Einöde, in das Loch! Einmal mehr Schurrigel im Hohlweg. Einmal mehr Schurrigel im Loch.

2

Daß er, aus welchem Grund er auch auftaucht, immer aus der verkehrten Richtung kommt, von unten den Hohlweg herauf, aus der Versenkung, aus der Einöde, aus dem Loch.

Er ist in Goldgräberstädte gekommen und hat das Gurgeln der Bäche und Wasserschläuche, das Scheuern sandgefüllter Siebe gehört. Er hat elektrische Klaviere vernommen, Drahtgezwitscher, Gaudi, Pistolenschüsse zwischen Fassaden wie Zigarrenkisten, und er hat die Aufmerksamkeit der Goldsucher erregt. Ein harter Sack ist ihm übern Kopf geschlagen worden, und er hat Goldstaub in Haaren und Kleidern den Hohlweg hinunter getragen, stolpernd und kriechend.

An verschiedenen Tagen hat er verschiedene Gasthöfe vorgefunden, ist von immer anderen Betrunkenen in Handgreiflichkeiten verwickelt worden und dreckverschmiert in den Hohlweg abgeschoben worden.

Einmal ist er an eine Bahnstation gekommen. Er hat das Pfeifen der Lokomotive gehört und sich zu den Reisenden an das Gleis gestellt. Vor Ankunft des Zuges ist ihm ein Stoß in den Rücken versetzt worden und er ist sich mit sausenden Ohren und schmerzenden Knochen im Hohlweg wiederbegegnet.

Oder ein Bettler hat heulend am Weg gesessen, ihm die Krücke ins Genick geschlagen, und Krücken sind (woher so viele) um seine Ohren geflogen, im Hohlweg zerbrochen und auf den Bäumen hängengeblieben.

Waldarbeiter haben versucht, einen kaputten Traktor aus dem Weg zu schieben, haben um seine Hilfe gebeten, ihn umgelegt, seiner Schuhe und Kleider beraubt und einmal mehr in den Hohlweg geschmissen.

Unmöglich, sich zur Wehr zu setzen. Aber er hat den Versuch nicht aufgegeben.

Daß er sich immerwieder in dieselbe Richtung zurückzieht, kurz und klein geschlagen den Hohlweg hinunter, in die Versenkung, in die Einöde, in das Loch.

3

Einmal mehr Schurrigel im Loch. Einmal mehr aus dem Loch heraus. Das Blut trocknet, die Wunden wachsen zu, das Ohr setzt sich über das Ohrensausen, der Kopf über den Kopfschmerz hinweg.

Er wird von nun an gewitzter vorgehn.

Er wird sich ans obere Ende des Hohlwegs begeben und schleichend Ausschau halten nach seinen Schindern: Männer, die sich rauchend die Zeit vertreiben, Fingernägel mit Taschenmessern putzen und auf ihn warten. Im Unterholz sitzend, wird er sich den Charakter des jeweiligen Unternehmens einprägen und seinerseits Maßnahmen treffen.

Wenn eine Jagdgesellschaft am Feuer steht und erlegte Wildschweine zählt (die aus seinem Loch gekommen sind), wird er umkehren, das Gewehr vom Nagel nehmen und in Stiefeln, Schlapphut und wattierter Jacke zum Vorschein kommen. Ein paar erschossene Wildtauben in der Hand, wird er sich zu den Jägern ans Feuer stellen, die Zigarette am brennenden Holzscheit zünden. Auf diese Weise, unerkannt, wird er mit seinen Abfertigern ins Gespräch kommen. Er wird von alten und neuen Jagden berichten, vom arktischen Sommer, Schneehühnern in Kuskin-Babaldo, und später, als sei er in Gedanken versunken, wird er sich beiläufig auf die Socken machen.

Es ist immer dasselbe: er wird mit Ohrensausen im Hohlweg liegen. Er wird die Teile seines Gewehrs zusammensuchen und Beulen abtasten am Kopf ohne Schlapphut.

Daß er immer in derselben Weise zurückgeworfen wird, mit zugeschwollenen Augen den Hohlweg hinunter, in die Versenkung, in die Einöde, in das Loch.

4

Es ist immer dasselbe: Schurrigel im Loch.

Es ist das Loch und es ist seine Wohnstatt im Loch. Es ist der Hohlweg und es ist das Erwachen im Hohlweg. Es ist der verborgene Sitz im Unterholz, es ist die Verzweiflung, die Geheimpfade ausdenkt. Es ist das Täuschungsmanöver, es ist die Hoffnung.

Nein, es ist nicht die Hoffnung. Er gibt die Hoffnung unverbraucht zurück, er verschenkt sie. Es ist das AUGE UM AUGE und ZAHN UM ZAHN, es ist die Zuflucht zur gemeinen List, es sind die Verkleidungen aus Notwehr und es ist die Notwendigkeit, einmal einen ganzen Himmel einzuatmen.

Wenn es ihm eines Tages gelungen ist, das Loch zu verlassen, wird er nicht in das Loch zurückkehren. Sein Haus im Loch für die Tiere, den Regen, den Schnee und den Steinschlag. Das Loch für den, der es sucht, für ihn das Leben.

An Nebeltagen macht er sich unsichtbar. In milchiger Dunkelheit klettert er den Steilhang hinauf. Tief unter seinen Füßen das Loch. Gestein löst sich ab, rollt unter ihm weg, nasse Zweige kratzen in sein Gesicht. Dieses Mal wird er mit ihnen fertig. Fertig wird er mit ihnen, er schwört es. Er tastet sich hangaufwärts von Baum zu Baum. Niemand wird ihn in der Wildnis vermuten.

Zwielicht verbirgt ihn in der Weglosigkeit. Im Klatschen des Regens, im Zischen des Schneesturms ist er nicht zu hören, und die ihn erwarten, Kaffee trinkend in einem Gasthof, oder mit hochgeschlagenen Mantelkragen nach ihm Ausschau haltend am Eisblumenfenster einer Straßenbarakke, werden sich umsonst die Zeit vertreiben.

Durch triefendes Holz, auf verhangenen Abwegen wird er einen Bogen um seine Schinder schlagen, und er wird –

– er wird Hundegebell zu hören bekommen, hinter sich, vor sich, es wird auf ihn geschossen, während er in einer Astgabel feststeckt oder, unfähig sich zu schützen, über eine offene Schotterhalde klettert. Wird ihm ein Unbekannter den Weg vertreten, ein andrer den Arm auf den Rücken drehn. Wird ihn ein Dritter mit dem Gewehr den Abhang hinaufstoßen, wo Komplizen mit vorgeschobenen Kinnladen warten. Wird man in seinen Kleidern Geschenke finden, für jene bestimmt, die auf der Höhe leben, auf der anderen Seite, in der Menschenwelt.

Wird man ihn fertigmachen, einmal mehr. Wird man ihn gründlich schurrigeln wird man.

Es ist das Loch und es ist seine Wohnstatt im Loch. Es ist der Hohlweg und es sind die zerschlagenen Arme und Beine im Hohlweg.

Nein, es ist nicht die Hoffnung. Es ist das Loch.

5

Als man ihn einmal mehr festhielt, seinen Kopf zurückdrehte und ihm zeigte: aus diesem Loch kommst du, in dieses Loch kehrst du zurück, und man nahm ihn mit, stieß ihn unter verräucherte, grundlos niedrige Stubendecken eines Gasthofs, der am Weg eingesunken war (für die Dauer der Abfertigung vorhanden), sah er in der überfüllten Gaststube, zwischen Essern und Trinkern alte Bekannte sitzen, Bierkrüge vor sich, Köpfe in Tran und Fusel, fischäugige Gesichter, hustend im Halbschlaf. Und sie erkannten ihn nicht, erkannten ihn nicht, Leute aus Menschenwelt, Freunde, Brudergesichter von jenseits des Hohlwegs, erkannten ihn nicht, obwohl er leibhaftig vor ihnen stand, ihre Namen nannte. Erkannten ihn nicht wieder, schüttelten seine Hand ab und schoben Krüge vor ihre Gesichter.

Er sah andere Leute, an anderen Tagen, an anderen Orten, seine Vertrauten, mitlebende Leute. Er sah sie hinter Türen am Boden liegen, wie abgestürzt oder hingeworfen, mit geöffneten Lippen, durch die die Schmeißen ein und aus flogen (man schien sie ihm zeigen zu wollen in diesem Zustand).

Man gab ihm zu trinken, er wehrte sich, man gab ihm zu trinken. Er schlug um sich, erbrach sich, warf Gläser und Tische um. Es folgten Eintrichterungen, schlechte Flüssigkeit. Er schluckte, er trank, es wurde ihm schwarz und übel. Bewußtlosigkeit.

Bis später! Bis zum Hohlweg! Bis zum Ohrensausen! Bis zum Loch!

Jetzt weiß er, warum die anderen nicht zu ihm durchgekommen sind, warum sie, die ihn besuchen, vielleicht beschenken wollten, ihn weder besucht noch beschenkt haben. Abgefertigte wie er, Zurückgeworfene, in den menschenleeren Monaten, schindludergesichtigen Jahren, Zeitaltern der Einöde, die seinen Herzschlag stillgelegt haben. Liegen sie in dreckigen Winkeln am Weg, damit er sich ihre Gesichter einprägen kann. Liegen sie, unfähig ihn zu erkennen, außerstande, sich zu erkennen zu geben. Lassen sie es bei dieser Erfahrung bewenden, bleiben in ihren Wohnstätten, kommen nicht wieder.

Das Blut trocknet, die Wunden wachsen zu, aber das Ohr setzt sich nicht über das Ohrensausen, der Kopf nicht über den Kopfschmerz hinweg. Denn es ist das Loch, sein Zuhause im Loch. Es ist die Abfertigung und es ist der Tod.

Schurrigel, Schurrigel einmal mehr im Loch.

6

In der Abgeschiedenheit bildet sich sein Gesicht. Die Steine erkennen es an seiner Kruste. Er bewegt sich im Kreis, läuft den Hohlweg hinauf und hinab, macht fußkalt Schritte durch seine Behausung, in dem die Sonne nie, auch nicht verkleidet,

Unterschlupf suchte oder Heimstatt fand. Er läuft durch das Loch, im Loch herum und denkt darüber nach, welche Art von Lebewesen er zu seiner Gesellschaft heranbilden könnte. Er sitzt im Gestrüpp und ruft die Steine zu Zeugen auf: ihr habt festgestellt, daß mehr Blut auf der Haut als in mir drin war, wenn ich den Hohlweg herunter kam.

Tiere stehn abseits und sehn ihn vorübergehn. Er ist nicht ihr Futtermeister und nicht ihr Jäger, aber er hat sich verändert, man sieht es, er kriegt keine Luft mehr. Seine Zunge bildet sich schon zurück.

7

In der Behausung bleiben, im Loch, im Gestrüpp, und geschehn lassen, was geschieht. Am Ende des Hohlwegs soll man auf ihn warten und sich fragen, ob er es am Ende doch geschafft hat. Seine Verbraucher, mit Schlagringen spielend, ohne ihn. Schurrigel, Schurrigel. Geräuschlosigkeit. Und das Unkraut vor seiner Tür, die Steine der Reihe nach, die Fallwindnächte und die Tiere, die im Schutz der Blätter an sein Haus kommen? Gleichgültigkeit. Vielleicht, daß ein Habicht mit den Flügeln schlägt, und Schurrigel ruft: nicht wegfliegen, durch das Fenster in die Wärme!

Die Wärme?

Da fällt ihm ein, daß er Holz schlagen muß, bevor die Luft im Regen ausrutscht und durch das Dach fällt.

Wie die Leute ausgeblieben sind, werden auch die Tiere eines Tages ausbleiben. Kein Wildwechsel mehr zwischen den Blättern. Geschlossene Grenzen. Einsiedelnde Stille. Dem Stein wachsen Füße, er macht sich davon. Er wird Mühe haben, zwei oder drei Steinkäuze davon zu überzeugen, daß sie bei ihm aufgehoben sind. Ein paar Habichte und ein paar Mäuse Habichtfutter, ein paar Motten. Der Kuckuck zieht sich in seinen Namen zurück und überläßt ihm, Schurrigel, seine Abwesenheit. Am Ende des Hohlwegs wird man auf alles feuern, was sich zwischen Blättern und Steinen bewegt (das Echo der Schüsse fliegt gegen die Felsen, er hört es). So wird man ihn einzuöden versuchen mit seiner Quellrinne, seinen letzten Konserven, seinen unruhigen Steinen.

Morgens befingert der Fallwind die Blätter, ob sie schon

Laub sind oder noch leben, Schurrigel. Er lebt noch, heute und einmal mehr. Die Blätter, sie leben noch vielmal mehr.

Aufstehn vom Tisch und das Fenster schließen, wenn der Tau seine schimmernden Murmeln ablegt, einzeln jede, auf das Fensterbrett und auf die Steine.

Atmen und Zeit verbrauchen für sich selbst, um den Herzschlag sammeln, was ihm geblieben ist.

Was ihm geblieben ist?

Da fällt ihm ein, daß er Holz schlagen muß, solange der Himmel trocken ist.

8

Daß er, wie stark er sich auch zur Wehr gesetzt hat, immer in gleicher Weise zurückgeworfen wurde, mit sausenden Ohren den Hohlweg hinunter, in die Versenkung, in die Einöde, in das Loch.

Daß er, wieviel er auch eingesteckt hat, immer von neuem aufbrechen wird, mit Händen und Füßen den Hohlweg hinauf, aus der Versenkung, aus der Einöde, aus dem Loch.

Bis er einmal Stimmen und Schritte hört, und er denkt: die andern sind durchgekommen. Bis man einmal zu ihm ins Loch steigt, an seine Türe schlägt.

Schurrigel zu Hause?

Aufmachen! Aufmachen!

Schurrigel zu Hause. Schurrigel zu Ende. Keinmal mehr Schurrigel im Loch.

Halblang

Halblang stand in der Menschenmenge und beobachtete einen Mann, der einen großen Stein auf dem Rücken trug. Die Menge machte Platz, denn der Mann sah aus, als werde er gleich zusammenbrechen oder den Stein fallen lassen. Sein Blick war stumpf, seine Kleidung verbraucht. Er lief mit schwankenden Beinen, in angstvoller Hast.

Halblang machte sich an ihn heran und erkundigte sich, was mit ihm los sei.

Einen Berg, keuchte der Mann, bring mich zu einem Berg, schnell.

Gibt hier keinen Berg, antwortete Halblang. Er begleitete den Mann im Trab und stieß Leute beiseite.

Es muß einen geben, rief der Mann, überleg doch mal, er muß nicht hoch sein.

Vielleicht ein Ziegelberg, bei den Schutthalden draußen, sagte Halblang, ein Trümmerberg, vielleicht sowas?

Egal, rief der Mann, wenn es nur ein Berg ist, mit einem anständigen Abhang.

Halblang schleuste den Atemlosen aus dem Zentrum zu einem nicht sehr hohen Berg aus Trümmern und Abfall. Der Mann ließ den Stein vom Rücken fallen und begann sofort, ihn den Abhang hinauf zu rollen. Halblang bot seine Hilfe an, aber der Mann wollte seine Hilfe nicht haben. Ein paar Umdrehungen unterhalb der Spitze rutschte der Stein aus seinen Händen und rollte, Abfälle schleudernd, den Berg hinab.

Ich will mich ja nicht einmischen, sagte Halblang, aber was willst du mit dem Stein da oben.

Er muß rauf, sagte der Mann.

Und wenn er nochmal runterrollt, fragte Halblang.

Der rollt nicht nochmal runter.

Na ja, sagte Halblang, mein Stein ist das nicht.

Der Mann wartete nicht, bis der Staub verflogen war; er wälzte seinen Stein und schwitzte und fluchte.

Zu was soll das gut sein, rief Halblang, ruh dich doch erst mal fünf Minuten aus!

Tu mir einen Gefallen, sagte der Mann, und denk nicht drüber nach und laß mich in Ruh.

Meinetwegen, sagte Halblang, ich mach dir bestimmt keinen Ärger.

Halblang besuchte ihn oft in der folgenden Zeit und sah ihm, wie viele Leute, bei seiner Tätigkeit zu. Der Berg wurde flacher von Tag zu Tag. Die aufgerührte Asche flog mit dem Wind. Der vom rollenden Stein in Bewegung versetzte Trödel breitete sich in der Gegend aus. Eines Morgens stürzte die Kuppe zusammen und verschüttete den Mann mit seinem Stein. Als er – mit Halblangs Hilfe – sich und den Stein herausgegraben hatte, war der Berg nur noch ein flacher Haufen.

Kein Abhang zum Steinewälzen mehr. Halblang versuchte, dem Mann gut zuzureden, aber der Mann wollte keine Zurede haben. Er saß auf seinem Stein und grübelte, saß nach drei Tagen immer noch da.

Er leistete keinen Widerstand, als die Polizei ihn mitnahm.

2

Halblang stand auf dem Feld und beobachtete einen Vogel, der fünfzig Meter über ihm in der Luft hing und auf der Stelle flatterte.

Was ist los, rief Halblang, warum fliegst du nicht weiter.

Weiß nicht was los ist, antwortete der Vogel, ich komme nicht weg, ich komm nicht mehr vorwärts.

Versuch es mal nach hinten raus, rief Halblang.

Geht nicht, schrie der Vogel, habe mich festgeflogen.

Festgeflogen in der leeren Luft, dachte Halblang.

Der Vogel schüttelte sich, warf die Flügel hoch, drückte den Steiß nach hinten durch, seine Beine zappelten – umsonst. Er preßte sich mit gestrecktem Hals, mit geöffnetem Schnabel nach vorn – umsonst. Er steckte tatsächlich in der Luft fest, Halblang konnte sich stundenlang davon überzeugen. Der Vogel schrie, gab aber keine Antwort, als Halblang sich erkundigte, was der Vogel vorhabe. Sein Pfeifen und Schreien, unerträglich in die Länge gezogen, hörte nach ein paar Stunden auf und seine Bewegungen wurden sparsamer. Er war wohl ziemlich mitgenommen. Seine Beine und seine

Flügel hingen wie abgestorben in der Luft. Er verhielt sich so ruhig wie möglich, vielleicht sammelte er Kräfte.

Kann er sich einfach in der Luft rumhängen lassen, dachte Halblang.

Ich werde was unternehmen, leicht gedacht. Halblang warf Steine in die Luft, vielleicht daß der Vogel loskam, wenn er getroffen wurde. Aber es gelang ihm nicht, den Vogel zu treffen. Die Steine gingen glatt durch die Luft, solang sie entfernt vom Vogel flogen; aber sobald sie in seine Nähe kamen, flogen sie langsamer und blieben in der Luft stecken.

Nach ein paar Stunden war der Vogel von hängenden Steinen umgeben. Ab und zu fiel ein Stein herunter. Gedacht, getan und Steine geworfen – umsonst. Der Vogel bewegte sich nicht.

Was ist los, rief Halblang gegen Abend, als es dunkel wurde und der Vogel nicht mehr von den Steinen zu unterscheiden war. Steckst du immer noch fest?

Das siehst du doch, antwortete der Vogel.

Jedenfalls, ich bleibe heut nacht hier, rief Halblang, ich meine, daß jemand da ist, für alle Fälle.

Der Vogel gab keine Antwort.

Vielleicht fühlte er sich besser, jetzt wo er im Dunkeln unsichtbar und so gut wie nicht mehr vorhanden war. Halblang ging während der Nacht auf dem Feld herum und erkundigte sich alle halbe Stunde, was oben geschah, bekam aber keine Antwort. Ab und zu fiel ein Stein herunter. Wenn die Steine sich lockerten und herunterfielen – warum sollte nicht auch der Vogel herunterfallen. Halblang suchte am Boden, fand aber nur Steine. Steine sausten durch die Dunkelheit und schlugen auf den Boden, in seiner Nähe.

Als es hell wurde, hing der Vogel an gleicher Stelle, knapp über dem Sonnenaufgang.

Lebst du noch? rief Halblang.

Der Vogel bewegte einen Flügel, die kleine Bewegung schien ihm Mühe zu machen. Jedenfalls lebte er noch.

Ich bleibe noch hier, rief Halblang, bis du von dort oben weg bist.

Er schimpfte auf die Luft und war ratlos. Hatte der Vogel Schuld an seiner Lage? War er unüberlegt geflogen? Und war es nicht besser, den Vogel sich selbst zu überlassen? Sollte er bleiben? Konnte er endlich gehn? Wie oft er auch rief, der Vogel gab keine Antwort. Aber seine ermatteten Bewegungen zeigten, daß er noch lebte und wegkommen wollte.

Jedenfalls, solange er lebt, dachte Halblang, werde ich hier unten ein bißchen aufpassen.

Er hatte gehofft, der Morgenwind würde den Vogel losbekommen, die verhärtete Luft um ihn herum auflösen, seine Gefangenschaft erleichtern oder beenden. Aber der Morgenwind war gekommen und gegangen und hatte nicht mehr bewirkt als das Herunterfallen einiger Steine.

Am Abend schien der Vogel gestorben zu sein. Er gab keine Antwort und gab kein Zeichen; leblose Flügel. Ja, der Vogel war wohl gestorben, denn Halblang konnte erkennen, daß der Wind die Flügel hob und fallen ließ.

Jetzt kann ich hier weggehn, dachte Halblang.

Aber er blieb auf dem Feld, bis alle Steine heruntergefallen waren. Er blieb weil er hoffte, daß der Vogel jetzt endlich herunterfallen würde, da die Luft doch erreicht hatte was sie wollte. Aber die Luft hielt den toten Vogel fest. Jedenfalls, ich bleibe noch hier, dachte Halblang.

Nach ein paar Tagen lösten sich die Federn vom Vogel. Einzeln und langsam fielen sie zu Boden oder trieben im Wind ab. Halblang lief herum und sammelte sie ein. Der Vogel war kahler und kleiner, bestimmt auch leichter geworden und Halblang rechnete damit, daß der nächste Windstoß ihn herunterschmeißen werde. Aber der Wind erreichte nichts und der Vogel steckte an seiner Stelle fest.

Halblang blieb auf dem Feld. Die Vogelhaut trocknete, löste sich ab und verschwand in der Luft. Das Innere des Vogels verdorrte und fiel in kleinen Mengen herunter. Der geschrumpfte Vogel hing durchsichtig vor dem Himmel und war immernoch als Vogel erkennbar. Mit der Zeit lösten sich auch die Knochen und fielen einzeln auf die Erde, zuerst die Krallen, zuletzt der Kopf. Halblang sammelte die Reste vom Feld und steckte sie in seine Tasche. Jetzt hatte er einen Grund nach Hause zu gehn, egal ob er ein Zuhause besaß oder nicht. Jetzt verließ er das Feld, denn er hatte den Beweis in der Tasche und die Luft war leer.

Am Flußufer, stadtauswärts, wo die Parkwege aufhören und die Kohlenlager anfangen, stieß Halblang auf einen Engel. Er lag auf dem Rücken, nah am Wasser, und atmete laut durch den offenen Mund. Als habe er eine Pfeife verschluckt, so laut. In seinem Mund waren große gelbe Zähne und eine trockene Zunge. Seine Augen blickten unruhig in den Himmel. Die Haut war dünn und dunkel, naß von Schweiß. Saubere Haare, tadellose Flügel, alle Federn dran. Der sah nicht aus wie einer, der aus Ufersteinen sein Kopfkissen macht.

Halblang schob seinen Kopf zwischen den Himmel und die Augen des Engels und erkundigte sich, warum er hier auf dem Boden liege.

Ich sterbe, sagte der Engel. Aus dem erschöpften Mund puffte Atem in Halblangs Gesicht.

Na, sterben, sagte Halblang, warum gleich sterben.

Er hockte sich neben den Engel auf das Kopfsteinpflaster und dachte nach.

Wie fühlst du dich, fragte Halblang.

Garnicht, sagte der Engel so gut er konnte, ich sterbe.

Die wenigen Wörter hatten seinen Atem durcheinandergebracht; ein Hustenanfall riß den Kopf vom Boden.

Jedenfalls, ich bin im richtigen Moment gekommen, dachte Halblang. Stimmt womöglich, daß er stirbt. Ja er stirbt, dachte Halblang. Luftschnappen wie ein Fisch und schwitzen wie ein Pferd, das sind die sicheren Zeichen.

Soll ich jemand holen, fragte er.

Wen denn, sagte der Engel.

Ja, wen denn, überlegte Halblang. Wenn der Engel keinen weiß, ich weiß sowieso keinen. Und schließlich, ich bin ja hier. Irgendeiner genügt in dem Fall.

Bist du noch da, fragte der Engel.

Was hab ich gesagt, dachte Halblang, es paßt ihm, daß einer in sein Sterben hineingeraten ist.

Noch da, sagte er laut.

Gut, flüsterte der Engel.

Es war gegen Abend zu, rauchige feuchte Dämmerung im April. Der Berufsverkehr ging laut über die Brücken, aber hier unten am Fluß waren keine Leute. Bis zu den Kohlenlagern ging keiner zu Fuß, an einem trüben Abend sowieso kein vernünftiger Mensch. Der Ort war unsauber, steinig und still.

Na, ich werde dich von hier wegbringen, sagte Halblang.

Wohin denn, flüsterte der Engel.

Ja, wohin denn, auf eine Bank vielleicht? Halblang sah sich in der Gegend um. Bei den Brücken oben waren Bänke, vielleicht schon hinter den Brückenpfeilern hier unten am Ufer; aber die Bänke waren zu weit weg.

Bänke sind zu weit weg, sagte Halblang.

Keine Bank, flüsterte der Engel, liegen ist besser, einfach liegen, hierbleiben.

Ist das denn freiwillig, fragte Halblang, ich meine: sterben, auf so eine Art?

Der Engel versuchte Antwort zu geben, war aber zu schwach.

Überfallen worden?

Der Engel versuchte den Kopf zu schütteln.

Runtergefallen womöglich?

Der Engel schluckte und schwieg. Er hatte selbst das Kopfschütteln aufgegeben.

Jedenfalls, du hast Glück, daß es nicht regnet, sagte Halblang.

Der Engel lag und atmete, sonst nichts.

Womöglich bringt er sich selber um, dachte Halblang, aber Selbstmord bei dem, gibt es denn sowas.

Er saß auf den kalten Steinen und wußte nicht weiter. Der Engel sagte nichts, das Atmen nahm alle Kraft weg.

Ist auch egal, überlegte Halblang, aber kein guter Platz. Man müßte ihm einen anständigen Platz zum Sterben besorgen. Sterben oder abkratzen, nicht dasselbe. Geht aber schneller vielleicht, wenn es unbequem ist.

Der Engel lag auf dem Hinterkopf und blickte senkrecht in den Himmel. Sag was, flüsterte er.

Was soll ich sagen, antwortete Halblang. Wenn das hier vorbei ist, geh ich was essen.

Gut, sagte der Engel.

Ja, ich freu mich schon drauf. Ich freu mich jeden Tag auf das Essen und Trinken, überhaupt auf alles mögliche.

Kann er sich sowas vorstellen, dachte Halblang, in diesem Zustand.

Was ißt du, flüsterte der Engel.

Kommt auf die Speisekarte an, und auf den Hunger natürlich. Am liebsten großes Steak mit Zwiebeln und Salat, Bier dazu, hinterher Kaffee und paar Zigaretten; willst du übrigens eine?

Kann jetzt nicht rauchen, flüsterte der Engel.

Ich rauch mal eine, oder?

Ja, rauchen, sagte der Engel, der Geruch ist gut.

Halblang zündete sich eine Zigarette an und pustete vorsichtig Rauch über das nasse Gesicht des Engels.

Schön, flüsterte der Engel und hustete.

Wie heißt du, fragte Halblang.

Egal.

Ja, spielt keine Rolle, sagte Halblang. Er rauchte und schwieg.

Bist du noch da? fragte der Engel nach einer Weile.

Na klar.

Sag was.

Kann ich wirklich nichts machen, fragte Halblang, überleg doch mal: Kognak holen, jemand benachrichtigen?

Dableiben, sagte der Engel mit dem Rest seiner Stimme.

Er schwieg und hatte schwer mit dem Atem zu tun. Halblang pustete Rauch in den Himmel und warf die Kippe ins Wasser.

Dableiben, hörte Halblang den Engel sagen.

Na klar, ich bleib schon da, keine Bange. Kannst du mich sehn?

Nein.

Aber hören kannst du mich noch?

Ja.

Hörst du den Verkehr da oben, auf den Brücken?

Weiß nicht. Der Engel stöhnte.

Da oben ist heute abend vielleicht ein Verkehr, sagte Halblang. Immer über die Brücken weg, in alle Richtungen. Und die Vögel! Hörst du die Vögel? Alle Bäume hier voll von Vögeln. Ab und zu kommt mal einer über das Wasser und schwirrt hier herum. Kann man schlecht sehn, zu grau überm

Wasser. So ein Abend wird immer schnell dunkel. Aber über deinen Augen, da müßten eigentlich Vögel fliegen.

Keine Vögel, flüsterte der Engel.

So viele Amseln an diesem Abend, sagte Halblang.

Etwas später lag der Engel ohne Geräusch da. Halblang beugte sich über den Mund und horchte. Kein Atem rein, kein Atem raus.

Er hat nichts mehr gesehn, überlegte Halblang. Er hat nichts mehr gesagt, vielleicht hat er nichts mehr sagen wollen. Weiß nicht, was soll aus dem werden. Liegen lassen? Wen benachrichtigen? Polizei, damit sie mit Sirene hier angefahren kommt? Ins Wasser rollen?

Halblang saß neben dem Engel und sonst nichts.

Keiner soll kommen und sagen: halb so schlimm.

Kraut und Gehilfe

Kraut und sein Gehilfe treten in Erscheinung, sie sind schon eine Weile unterwegs. Rauchend, redend, tippelnd lungern sie auf Straßen und Plätzen herum, und ihr Gesichtsausdruck gibt zu verstehn, daß mit dem Leben, wie man es besitzt, ohne weiteres nichts anzufangen ist. Was soll man tun? Flöhe jagen, Fliegen erschlagen, einander verprügeln? Kleingeld betteln, Zeit verzetteln, den Sommer im Baumschatten verbringen und die Welt einen alten Hut sein lassen? Hier ist die Straße, und dort sind die Häuser, die warmen Öfen, die gemachten Betten. Hier sind Ratten, Mülleimer, Abwässer, Abfälle, Staub und verschlossene Türen. Dort sind Menschen, Wochenendhäuser, Tagesordnungen, Stundenlöhne, Gespräche und volle Schüsseln. Hier lebt man in deutlichem Gegensatz zu dort, läßt sich Zeit damit und redet über Gott und Welt, was beides unklare Begriffe sind, weshalb man immer wieder ins Reden kommt. Man redet sich täglich sein Leben zusammen, aber das genügt nicht, man muß etwas unternehmen. Man muß sich sein Leben in irgendeiner Weise überhaupt erst zu eigen machen.

Lästiger Gedanke, sich deshalb den Kopf zu zerbrechen. Lästige Vorstellung, deshalb täglich und immer wieder etwas unternehmen zu müssen.

Lästige Verpflichtung. Störender Umstand.

Könnte man, beispielsweise, einen Sack mit Erbsen ausleeren und dem Gehilfen sagen: Na los, auflesen! Und man hielte sich den Bauch vor Lachen beim Anblick des Gehilfen, der im Bewußtsein, etwas Unvermeidliches zu tun, zwischen Kisten und Steinen auf allen vieren läge, den Boden mit schleifenden Jackenzipfeln abstaubte, Erbsen zwischen Daumen und Zeigefinger hochhielte – einzeln jede – und in den Sack legte. Könnte man ihn die gesammelten Erbsen zählen lassen und sich den Bauch halten vor Lachen über die vom Hundertsten ins Tausendste rollenden Erbsen, die verzählten, vergeblich gezählten, von neuem wegrollenden Erbsen, die nur langsam im Sack sich häufenden Erbsen und über das vor Anstrengung graue Stockfischgesicht des Gehilfen. Sieh nach, ob alle Erbsen aufgelesen sind. Keine Erbse mehr in den Bodenspalten. Keine Erbsen mehr dort, wo Erbsen nicht sein sollen. Alle Erbsen wie vorher im Erbsensack. Eingesackt, gezählt, beiseite gestellt.

Zum Teufel mit dem Erbsensack. Wo bekäme man überhaupt einen Erbsensack her, einen Sack voll Erbsen. Kraut nicht, der Gehilfe nicht, man lungert herum und kommt auf öde Gedanken. Nein, mit diesem Hundeleben läßt sich ohne weiteres nichts anfangen. Man muß es sich erst zu eigen machen.

Lästiger Gedanke, sich deshalb abzustrampeln.

Unvorteilhafte Aussicht, täglich und immer wieder von vorne anzufangen. Fragwürdige Unternehmung. Verflixte Lage.

2

Der Gehilfe ist da. Genaueres läßt sich nicht behaupten.

Wenn Kraut ihm etwas sagt, läßt der Gehilfe es gesagt sein, und fertig. Er ist da, er ist weiterhin da, er ist immer noch da. Seine Tätigkeit besteht offenbar darin, anwesend zu sein und Kraut den Kopf zu zerbrechen.

Warum hat Kraut einen Gehilfen überhaupt zu sich genommen. Warum hat er sich eingelassen auf diesen unklaren Zustand von Mensch zu Mensch. Wobei könnte der Gehilfe ihm behilflich sein, wobei wäre er ihm je behilflich gewesen. Was könnte er, Kraut, dem Gehilfen beibringen?

Anwesend sein und nichts sonst, schöne Bescherung. Er kommt Kraut in die Quere, läuft ihm vor die Füße und steht ihm im Weg. Hat man dazu einen Gehilfen. Genügt dazu nicht auch ein Stein oder Hund, ein natürliches Hindernis gewissermaßen. Aber nein, er, Kraut, hatte beim Anblick des Gehilfen die Idee, sich diesen Gehilfen zuzulegen. Zu spät hat er bemerkt, daß er einen Gehilfen weder braucht noch beschäftigen kann.

Wenn Kraut lacht – der Gehilfe weiß nicht, warum; er schweigt und kaut an seinen Fingernägeln. Kraut macht sich auf den Weg – der Gehilfe läuft ihm sogleich hinterher, ohne sich zu erkundigen, warum man aufbricht und wohin es geht. Kraut kneift den Gehilfen, der Gehilfe sagt »Au!« und fertig. Ja ist der Gehilfe denn überhaupt ein Mensch?

Filialwesen! Beschränkte Haftung! Blöder Aushilfskerl! Existenzminimum! Zu allem, was Kraut ihm an den Kopf wirft, schweigt der Gehilfe, nickt, oder kratzt sich am Kopf.

Wer oder was soll Kraut bei der Handhabung des Lebens behilflich sein, wenn nicht ein Gehilfe!

Lästige Tatsache, für einen Gehilfen aufkommen zu müssen.

Ärgerliche Vorstellung, ihn täglich und immer wieder vor der Nase zu haben, in den Hintern zu treten und nie mehr loszuwerden.

Undurchsichtige Beziehung. Irritierender Zustand.

3

Hunger, Katzenjammer, November der Seele. Das Hirn setzt Eis an, die Hoffnung friert ein. Man schickt seinen Gehilfen zum Betteln fort. Er bleibt ein paar Stunden oder ein paar Tage unterwegs und kommt unverrichteter Dinge zurück. In der Zwischenzeit ist man fast krepiert, in einem Dreckloch am Hintern der Welt, Husten, Hunger, November der Seele. Der Gehilfe tut so, als habe er den Auftrag zu betteln falsch verstanden; er zeigt seine leeren Hände. Als habe er einen Spaziergang machen sollen.

Da hilft kein Bittblick, Kraut vermöbelt den Gehilfen. Mich abkratzen lassen, fade Sau! Mich anscheißern!

Und er geht selber betteln, für seinen Gehilfen. An den großen Straßen stellt er sich auf mit seinem Hut, ungern, da er doch ein Mensch ist, sich jedenfalls erinnert, einmal einer gewesen zu sein, und hält seinen Hut in die lebendige Menge. Einen übrigen Pfennig, nicht für mich! Eine kleine Aufmerksamkeit für meinen Gehilfen! Und es regnet einen unscheinbaren Regen von Geldstücken, der Klang der Geldstücke ist gering, aber Kraut wird nicht mit leeren Händen dastehn. Am Abend wird er unter das Obdach kriechen und dem Gehilfen eine Handvoll Geld ins Gesicht werfen. Lästige Tatsache, den Kram nicht einfach hinschmeißen zu können.

Demütigende Vorstellung, täglich und immer wieder den Gehilfen durchfüttern zu müssen.

Endlose Last. Gewaltige Dummheit.

4

Einmal gerieten Kraut und sein Gehilfe in einen Basar, dort bot man Augen an zu billigem Preis. Kraut erkundigte sich, was die Augen gesehn hätten und ob es alte oder junge wären. Er erkundigte sich nach der Herkunft der Augen, erhielt aber keine Antwort.

Füße wurden ihm angeboten, Ohren, Hände, Nasen, auch Zungen (zu billigem Preis). Sie lagen in Schüsseln und hingen an Haken, Probieren kostenlos, schnelles Zugreifen empfohlen. Er erkundigte sich, welche Wegstrecken die Füße zurückgelegt und was die Ohren vernommen, die Hände angefaßt, getragen, gestaltet, vielleicht umgebracht hätten. Und was die Nasen gerochen hätten, daß man sie so billig und in großer Zahl zum Kauf anbiete. Er erhielt keine Antwort. Man sagte ihm: Kauf oder verschwinde.

Kraut befahl seinem Gehilfen, eine Nase anzuprobieren, der Gehilfe wehrte ab und- lief weg. Die Verkäufer rieten Kraut, selbst ein Paar Ohren anzuprobieren, aber Kraut weigerte sich. Ob denn sicher sei, daß sich die Ohren wieder abnehmen ließen, und was er zu hören bekommen werde unter Umständen. Was ist das für eine Welt, sagte Kraut, in der es Leute gibt, die ihre Augen billig abgeben wollen, weil sie den Anblick nicht mehr ertragen können, den Anblick wessen?

Beispielsweise meine Hände, sagte Kraut. Ich könnte nicht leben mit dem Gedanken, daß ein anderer sich mit meinen Händen abzuplagen hätte. Unausdenkbarer Gedanke.

Unerträgliche Vorstellung, täglich und immer wieder mit fremden Ohren hören zu müssen Geräusche des Traums und höllisches Hickhack von diesseits und jenseits.

Grausamer Witz. Heimtückischer Einfall.

Er hat sich gelegentlich überlegt, den Gehilfen zu vermieten, an Farmen zur Erntezeit, an den Straßenbau. Er würde ihn auch verkaufen, wenn einer käme, der ihn haben wollte. Aber die demütige Anwesenheit des Gehilfen hat ihn immer wieder davon abgehalten, seine Überlegungen wahr zu machen. Obwohl doch gerade die Demut des Menschen schwer zu ertragen ist. Bescheidenheit, mausgrau und stumm, verkrochen in einem Bittblick: Brich mir die Knochen nicht. Diese Dankbarkeit, überhaupt zu leben, diese grenzenlose Genügsamkeit ist es, was Kraut am meisten aufbringt. Noch im Schlaf verkörperte Demut: lautlos atmen, nicht schnarchen. Meinungslos, hoffnungslos, weder Ja noch Nein, lebt er beschränkt auf seine geringste Möglichkeit. Er ißt, trinkt, atmet und furzt, aber alles in kleinsten Mengen und bemüht, keinen Anstoß zu erregen. Wenn einer den Gehilfen anspricht, blickt der Gehilfe Kraut an und hofft, dieser möge für ihn antworten. Ist das eines Lebewesens würdig?

Aber so einer kommt durch! Man hört ihn nicht und nimmt ihn, wenn überhaupt, nur aus den Augenwinkeln wahr. Wenn für Kraut eine Gefahr eintritt, ist er verschwunden. Solange es etwas zu verantworten oder zu entscheiden gibt, steht er abseits und blickt in die Luft. Mit halbem Hintern setzt er sich an den Tisch, wenn von Essen die Rede ist. Die Vorstellung, der Gehilfe könne ihn überleben, versetzt Kraut in Wut. Eines Winternachts, gegen Morgen zu, stirbt er in einem Dreckloch an der Landstraße, in dem sie untergekrochen sind, um zu überwintern, der Gehilfe legt sein Ohr an Krauts Lippen, die Stille des reglosen Leibes ermutigt ihn, der noch nie Mut zeigte; er nimmt Krauts Kleider an sich, seine Decken, Schnapsflaschen, Schuhe, seinen Krims und Kram, läßt Kraut liegen, nackt auf dem nackten Boden, geht unauffällig seiner Wege, verkauft Jacke wie Hose und profitiert auch noch von seinem Absterben.

Unerfreulicher Gedanke, einem Gehilfen überantwortet zu sein im Tod. Unbehagliche Vorstellung, täglich und immer wieder jemanden auf dem Hals zu haben, dessen Absichten unbekannt sind.

Undurchsichtige Lage. Schlechte Aussicht.

6

Leben ist das allen Gemeinsam, und Sterben ist das allen Gemeinsam. Der Hunger, aber nicht das Brot und die Sattheit, der Durst und das Wasser, aber nicht der Wein. Die Notdurft ist das allen Gemeinsame, aber ein sauberer Abtritt steht nur wenigen zur Verfügung.

Er kann es drehn und wenden, wie er will, das Ergebnis bleibt dasselbe: Er, Kraut, ist unzufrieden. Er hat einen Gehilfen, und ein Gehilfe, sollte man denken, ist etwas für die wenigen, ein Gehilfe gibt was her. Aber was besagt ein Gehilfe in seinem Fall, in diesem Fall von Ausweglosigkeit und kalten Füßen.

Er wird niemals dahin kommen, zu sagen: In Ordnung, es wird besser, ich leb mich noch ein, ich arrangier mich mit Unglück, Kälte und Rechtlosigkeit. Er ist nicht von der Sorte, die an Biertischen rumsteht und so tut, als sei das menschliche Hundeleben ein Ding, über das man sich einigen könne von Fall zu Fall. Er kann sich nicht einigen, er besteht auf klaren Verhältnissen, niemand soll kommen und sagen: Halb so schlimm. Er gibt, wenn nötig, zu verstehn, daß man ihn und seinen Gehilfen nicht einfach zu sich in einen Sessel setzen und mit einem Teller Suppe trösten kann. Er hilft niemandem, sein Gewissen zu erleichtern. Er gibt, wenn nötig, zu verstehn, daß man ihn und seinen Gehilfen nicht einfach vor die Türe setzt. Er raucht seine Kippe zu Ende, in jedem Fall, setzt den Fuß zwischen Tür und Schwelle und macht sich auf die Socken, wenn die Zeit gekommen ist.

Unschöne Sache, dieses Hundeleben.

Lächerliche Vorstellung, sich täglich und immer wieder in derselben Lage zu befinden und auf eine Verbesserung der Lage zu hoffen.

Unglücklicher Zustand. Gewaltiger Reinfall.

7

An Winterabenden laufen sie durch die Städte und suchen Zerstreuung. Kraut schleppt den Gehilfen hinter sich her, sie gehn geräuschlos durch Straßen und Höfe, dringen in private Gärten ein, postieren sich an sicheren Plätzen im Dunkeln, blicken in erleuchtete Häuser, und Kraut sagt: Sieh dir die Leute an, sieh sie dir gut an, und denk dir was Besseres aus. Nicht übel, wie sie da auf dicken Teppichen beieinander stehn, Zigarren rumreichen und Weingläser vors Gesicht halten. Die Knöpfe an ihren Hemden und Hosen sind vollzählig, sie haben gut gegessen, soweit ist alles in Ordnung. Die Teller brauchen nicht unbedingt aus Gold zu sein. Sie machen keinen schlechten Eindruck, sie haben auch immer was Angenehmes zu erzählen. Ihren Haustieren geht es noch besser als ihnen, Wanzen sind ihnen aus Bilderbüchern bekannt. Es geht ihnen bestimmt nicht schlechter als uns. Die wirft auch nichts um, sie bleiben in jedem Fall auf sicherer Höhe. Eine feste Burg ist ihre Selbstgerechtigkeit. Sie wissen nicht, daß sie ahnungslos sind. Sie sind das Verbrauchen gewohnt, und das Verbrauchen ist eine gute Sache, solang man nicht selber aufgefressen wird. Sie halten ihr Leben für angemessen. Die Welt ist ihre private Umgebung, oder sie ist nichts. Der Mensch ist eine ergiebige Sache, oder er ist nichts. Solang er nicht in ihre Nähe kommt, kann er ein bißchen draufgehn, das macht nichts. Erzähl ihnen die Geschichte vom kleinen Haus, das von siebenhundert Leuten bewohnt war. Erzähl ihnen von dem Dreck da drin, von der Enge, von den Messerstechereien, von der Unzufriedenheit und von der Verzweiflung. Falls sie dir zugehört haben, werden sie antworten: Scheußlich, zugegeben, aber ist das wirklich so wichtig.

Sieh sie dir an, sagt Kraut, und denk dir was Besseres aus. Sieh uns an, und denk dir was Besseres aus.

Sie stehen bis tief in die Nächte, der Nebel stört sie nicht, und die Kälte bleibt unbemerkt. Sie hören Gelächter dort drin und Tellerklappern, sie stehen in strömendem Regen und hören Musik. Wenn Gäste abfahren, Beleuchtungen ausgeschaltet und Fensterläden geschlossen werden, macht Kraut sich davon, er ist erschöpft. Der Gehilfe folgt ihm wie immer, und schweigt wie immer.

Schöner Gedanke, in festen Häusern zu leben, zu lieben und Feste zu feiern. Betörende Vorstellung, ein Mensch zu sein in seiner Menschenwürde, ohne dickes Fell und goldene Knöpfe.

Ohnmächtige Träume. Aussichtsloses Leben.

8

Alles durchgesprochen, sagt Kraut zu seinem Gehilfen. Wir haben alles, was uns betrifft, im Lauf der Tage und Nächte durchgesprochen und sind fertig damit. Was nach uns lebt und zugrund geht, ist nicht Inhalt unserer Gespräche, insofern könnten wir schweigen von nun an. Da wir aber im Besitz unserer Stimmen sind, wird aus dem Schweigen nichts werden. Obgleich doch alles durchgesprochen ist, die Jahreszeiten, die wechselnden Tapeten und der Mundraub. Der Futtermangel, die Krankheiten, der Haarausfall und der Tod. Die Menschen, die Frauen, die Betten, das Süßholz – durchgesprochen. Die Gefängnisse, die dreckigen Witze, das ganze Drum und Dran samt Ach und Krach, die stürmischen Herbstabende, die geschwollenen Füße und dein Zähneklappern, mein lieber Freund. Wir haben, scheint mir, nichts übriggelassen. Wir könnten jetzt stumm in der Sonne sitzen und Tag und Menschenwelt sich selbst überlassen, das kopflose Dasein, die Zeit sich selbst überlassen und das feindosierte Hinsterben in ihr. Was uns betrifft, wir sind fertig und können gehn.

Worüber also reden. Und fertig womit?

Lästiger Gedanke, daß alles täglich und immer wieder von vorne anfängt. Lästige Vorstellung, täglich und immer wieder dieselben Gedanken mit denselben Wörtern und demselben Gehilfen durchzukauen.

Unerfreuliche Bedingung. Sinnlose Geschichte.

9

Er findet sich ab mit seinem Gehilfen und der Gehilfe findet sich ab mit Kraut. Kraut findet sich ab mit der Unruhe in seinem Kopf, mit den kaputten Zähnen, mit den hohläugigen Nächten. Er findet sich ab mit Laus und Leber, mit den Löchern in der Hose und mit der Grundlosigkeit allen Tuns und Lassens. Er findet sich ab, ein Kraut und ein Unkraut zu sein. Leere Hände, Nüchternheit, Langeweile – er findet sich ab. Er findet sich ab mit seiner Vereinzelung inmitten des Gewimmels von Menschen und was ihnen ähnelt. Leben und sterben lassen, Hunger, Husten, Kopflastigkeit, Trauer um nichts und Ärger um einen abgerissenen Knopf – er findet sich ab. Er hat sich abgefunden mit seinem Leben.

Er rundet es auf und rundet es ab. Rundet es auf, rundet es ab, den Gehilfen immer mitgerechnet. Er schüttelt es, preßt es aus, schnauzt es und fleht es an, wirft es schließlich von einer Überlegung in die andere, bis es in seinen Kram paßt.

Sein Kram?

Kram, Kram, Krims und Kram.

Der Gehilfe blickt Kraut an und schweigt. Kraut blickt den Gehilfen an und schweigt. Sie stehen auf der Straße herum, es fehlen die Worte.

Er hat sich abgefunden mit seinem Leben?

Trauriger Gedanke, den Kram nicht einfach hinschmeißen zu können.

Lästige Vorstellung, täglich und immer wieder den Gehilfen samt Krims und Kram auf dem Hals zu haben.

Langweilige Aussicht. Reizloser Zustand.

10

Tage und Nächte hingebracht mit der Gewohnheit zu leben und mit der Gewohnheit zu sterben. Jeden Tag begonnen in der Hoffnung, mit dem Leben davonzukommen, und zu Ende gebracht in der Hoffnung, nicht vor die Hunde zu gehn, bevor die letzte Freude das Fleisch verlassen hat.

Wir sind weit hinter dem Menschenbild zurückgeblieben, sagt Kraut. Der Sommertag schmerzt mit Mohnblüten, Sonne und warmem Wind. Die Luft ist seidig und bunt und flimmert von Flügelschlägen. In unsere Kälte dürfte kein Sommer einbrechen. Der kaputte Schuh soll keinen vollkommenen Schuh zum Vergleich haben. Das Licht brennt Löcher in die Augen, der Wind duftet nach Heu und Anis, das ist gefährlich. Selbstvergessenheit und helle Tage begünstigen Träume und machen betrunken. Irgendwas stimmt nicht bei diesem guten Wetter. Ein Genuß ist das Atemholen, ein Genuß!

Am Straßenrand unter Bäumen steht Kraut, Platanenblätter hängen wie Scheuklappen um seinen Kopf. Abend aus Fledermausluft und verstaubtem Himmel. Nur dieses einen Tages Abend!

Von nichts anderem sprechen und von nichts anderem leben. Der Gehilfe geht weiter, er hat nichts wahrgenommen.

Einen Augenblick noch, schöne Gefahr! Nur eine Sekunde!

Dann wieder die Nacht, die Kälte, der endlose Zustand, Krims und Kram und was sonst noch durchgesprochen ist.

Trillnas

Von den Tätigkeiten, die Trillnas gelegentlich ausübt (oder auszuüben versucht, um sich zu zerstreuen), ist die Tätigkeit als Bewohner für ihn am bequemsten. Wo man einen Menschen als Wärter braucht (Tag- und Nachtwächter, Haus- und Ladenhüter), pflegt Trillnas zu erscheinen und sich als Bewohner vorzustellen. Sein ruhiges Auftreten (Zeugnisse hat er auch) scheint alle Bedenken zu zerstreuen. Man hält ihn, meistens, für den geeigneten Typ, in vorübergehend leeren Häusern zu wohnen.

Am Abend vor der Reise erscheint Trillnas (Ohne Gepäck? Einstweilen, ohne Gepäck –) im Haus, das er zu bewohnen hat mit der Aufgabe, Abwesenheiten zu überbrücken, Zufällen vorzubeugen und Sicherheiten zu garantieren. Man gibt ihm die nötigen Hinweise, erklärt ihm Beleuchtungssysteme und Heizungsanlagen, am folgenden Morgen trägt er Koffer, Kinder und Kinderspielzeug zu startbereiten Limousinen, man händigt ihm Schlüssel aus und läßt ihn allein.

In menschenleeren Gebäuden, weiträumigen Villen (die in Gärten stiller Nebenstraßen versinken) führt Trillnas ein dem Leben entzogenes Dasein. Er ist an Selbstgespräche im Freien gewöhnt – und erschrocken, wenn seine Stimme von lautlosen Zimmern verschluckt wird. Tagelang wandert er durch teppichbelegte Etagen, überläßt sich dem Studium von Möbeln und Küchengeräten. Unbegreifliche Masse von Gegenständen, die unter einem Dach versammelt wurden, ohne daß man den Grund erfahren könnte. Hauspantoffeln, Schuhspanner, Tischklingeln, Topfblumen und Bilder, Fotoalben, Bibeln und Comic-Hefte; Himmelbetten, Schminktische, Spiegelanlagen; Badewannen für Hunde, Papierkörbe aus Marmor, Briefbeschwerer in Form von Kupferlöwen, und Stereoanlagen aus Teak oder Kunststoff. Das alles scheint man erfolgreich besitzen zu können. Stundenlang betrachtet er Fotografien (silbergerahmte auf den Schreibtischecken) und setzt sich über die Gesichter hinweg. Leute, was gehn ihn die Leute an, solange sie unter sich bleiben. Immer wieder Leute derselben Art. Und immer wieder die gute, alte

Gewißheit: daß er mit ihnen nur in Berührung kommt, wenn sie im Aufbruch begriffen oder abwesend sind.

Schleichende Zeit, unterbrochen vom Dröhnen des Eisschranks (in dem er den täglichen Sandwich aufbewahrt). Aufgaben, die er zu erfüllen hat: Kohle in Öfen schaufeln, Schalter bedienen, Wasser nachfüllen und Staub vernichten; Fensterläden nach Zeitplan öffnen und schließen, Telefonate notieren, Briefkästen leeren, Topfblumen gießen und Rasensprenger in Gärten kreisen lassen; Haustiere füttern und sauber halten, Abfall beseitigen, Schnee entfernen, und Vertreter oder Bettler an der spaltbreit geöffneten Tür abweisen.

Trillnas ist nie auf den Gedanken gekommen, sich in eines der weiß bezogenen Betten zu legen. Er richtet sich auf dem Sofa ein, rollt sich unter der eigenen Decke zusammen. Katzenpfoten scharren an der Tür, im Garten fallen Äpfel und Fichtenzapfen, ein Unbekannter geht an der Küche vorbei und eines Morgens klopft ein Gärtner an (von dessen Erscheinen ihm nichts gesagt worden war). Immer mal wieder gelangweilt oder erstaunt, steht Trillnas hinter dem Fenster und überzeugt sich, daß die Gartentür geschlossen, der Swimmingpool leer ist.

Das Bewohnen ist angenehm und bekommt ihm gut. Sein Reichtum ist, daß er nichts zu verlieren hat, und die auf Täuschung gegründeten Lebensweisen, die der Ordnung und Sauberkeit bedürfen, um ein paar Jahre durchgehalten zu werden, die in allen Häusern zum Gesetz erhobene Leugnung des Todes und der Ratten, der Asseln und der Abwässer, der Ansteckung, des Auswurfs und der Vergiftung durch Angst, Hunger, Alptraum, Kälte, Zähneklappern, Wut und Aberwitz (er glaubt, sich auszukennen, er kennt sich aus) und all dessen, was komplizierter als eine Zentralheizung und gefährlicher als eine Schlaftablette ist, hat ihn bald davon überzeugt, daß diese Leute nicht beneidenswert sind.

Was ihn betrifft – er wird sich kein Bein für sie ausreißen. Er wird sich auf ihre Kosten amüsieren. Er wird Telefone in Badewannen versenken, Zimmer unter Wasser setzen, Fenster verkleistern und Schreibtische in den Regen stellen; er wird Kartoffeln in Kleiderschränke füllen und ihre Goldfische in den Eisschrank tun.

Nichts davon. Er wird sich sorglose Tage machen, ihre Liegestühle und Sessel benutzen, ihre Wintergärten und Fernsehanlagen. Er wird in der Sonne am Swimmingpool liegen und rauchen, ungehindert den eigenen Gedanken nachgehn. Er wird das alles lassen, wie es ist, er wird ihrem Untergang nicht vorausarbeiten. Am Ende kassiert er sein Geld und verschwindet.

Kommt nicht wieder.

2

Wintertage und Winternächte voll Schnee. Schnee, wie morsches Holz unter den Schuhen krachend, Schnee in geräuschlosen Massen, Schnee überall, als würden Zeitungen in Schnitzel zerrissen, unaufhörlich zerrissen und weggeworfen, Zeitungen aller Großstädte, Kreisstädte und Kleinstädte samt Extrablättern und Sonderbeilagen; würden die Zeitungen der mit neuesten Nachrichten verfolgten Welt zerrissen, und die Nachrichten kämen als Papierschnee geflogen, leicht und langsam, in endlosen Wirbeln zu Boden, und bedeckten die Erde weiß und buchstabengrau.

Winter, große Saison des Zeitungzerreißens, und Trillnas stünde im fallenden Papier, Zeitungen in kleine Teile reißend; Trillnas von Haus zu Haus unterwegs, um Zeitungspapier in eigenem Auftrag zu sammeln, an den mit Papierschnee bedeckten Kiosken zu stehlen, um die zum Zerrissenwerden bestimmten Papiere zentnerweise zum ZEITUNGSVERNICHTUNGS-AUSSCHUSS zu tragen, wo zahllose Trillnasen beschäftigt wären, die haushoch gestapelten Zeitungen zu zerreißen, in Stücke zu reißen und in die Schleuder zu werfen, die die Papierflocken in den Himmel jagt.

Und die Luft schallt vom Raatschlaut einhelligen, schweißtreibenden Zerreißens, und lautlos, lichtlos, gewichtlos fällt das in kleinste Teile zerfetzte Papier über die Städte und deckt sie zu; über die Küsten und Landschaften, deckt sie zu; und die Luftschleudern pumpen Papierschnee in den Himmel, der Nordwind übernimmt die Papiermassen, zieht sie in alle Richtungen fort, und der Schneesturm, Papiersturm, Zeitungssturm fällt in die papierweißen Städte ein, wirbelt Papier und Papierstaub durch alle Ritzen, pufft sie tonnenweise im

Kreis herum; wer kalt hat, sammelt Papierschnee für seine Öfen, die neuesten Nachrichten enden in Qualm und Geprassel; und die Reporter der im Schwinden begriffenen Zeitungen waten durch die City (die Plätze verstopft, die Fahrzeuge steckengeblieben), kämpfen sich zum AUSSCHUSS durch, erfragen die zuständige Stelle, also Trillnas, erbitten Stellungnahmen, er schüttelt den Kopf (wie immer unentbehrlich, ganz groß in Form), atmen Papierstaub, husten und spucken Papierschnee, verschlucken sich an selbstverfaßten Sätzen, beschreiben in Eile den unerhörten Vorgang, laufen papierbedeckt und schwitzend in die Redaktionen, um ihre Artikel, Leitartikel und Bilder der Woche, des Monats, des Jahrhunderts bevorrechtigt in Druck zu geben, während die Zeitungen vernichtet werden, allesamt zerfetzt und zerrissen werden, von Trillnas und seinen Leuten zerrissen werden, die eben in Umlauf gebrachten Sonderausgaben, die exklusiven Katastrophenberichte, die im Namen der Öffentlichkeit formulierten Proteste, die Papier- und Trillnasattacken zerrissen werden, ungelesen und restlos zerrissen werden.

3

Nie wieder aufs Land, keine Ausflüge mehr auf die Dörfer, wo alles stillsteht und mit Wiederkäuen beschäftigt ist, die Rinder, die Jahreszeiten und die menschliche Kondition; wo sich die Kettenhunde auf Trillnas stürzen, an Ketten hinter sich her schleifend, was sie zu bewachen haben (und woran sie, zu seinem Glück, gekettet sind) – Farmen, Scheunen, Schulen, Gendarmerien und Pfarrhäuser; Kettenhunde, hechelnd auf Trillnas' Spuren, mit wutvoll verengten Augen und tropfenden Gebissen, Scharen bellender Kettenhunde, die, von seiner Erscheinung aufs Blut gereizt, ganze Ortschaften vom Platz gerissen haben, Gehöfte mit schlagenden Türen und wackelnden Dächern, schlingernde Scheunen, die Gehölze zerreißen, und flüchtende Rinder, die Maisfelder niederstampfen, an Eisenketten tanzende Villen, die Rosen, Taxus und Wein in den Boden schmirgeln, alte Gasthöfe, die durch Bachbetten klappern und neue Pfarrhäuser, die über Landstraßen schrammen, Bibeln und Vorratskammern verlierend, während Trillnas am Horizont zu entkommen versucht; splitternde Wassertürme und berstende Küchen, dröhnende Milchkannen, Mülltonnen, Waschmaschinen, Totes und Lebendes stoßweise durcheinander; und die Ochsen brüllen in ihren geborstenen Ställen, und die Federbetten, die Traktoren, die Bienenstöcke und die Bienen, die Schweine und die Familien, die Öfen, die Beichtstühle, die Misthaufen und die Hühner – und die Bierfässer rund von den Böcken gerollt und eckig geborsten, die Telegrafendrähte und Zäune zerrissen, die Deichseln und Leitern in den Boden gerammt, und die Ratten, die Tauben, die Gänse, die Spinnen, die Katzen und die Ziegen, und das Heu und die Heuwagen, die Speckseiten und die Konserven, die Schnapsgläser und die Eisschränke, die Ölkännchen und die Garderoben – Staub und Scherben schleudernd gehäuft in eins; und die Kettenhunde mit wundgescheuerten Hälsen, im Wettlauf hinter dem fassungslos laufenden Trillnas, Felder und Gärten verlassen im Hinterland, Häuser und Scheunen auf der Strecke geblieben, und die Kettenhunde wer weiß wieviele, und die Farmer, die Witwen, die Lehrer und die Pastoren, die Schulbänke und die Kanzeln, die Kohlköpfe und die Rinder – krachend, heulend, krähend, splitternd – und die Rathaussirenen, die Feuerwehrwagen, die zerrissenen Hundeketten, die qualmenden Scheunen – und Trillnas, der in den Bahnhof gelaufen und auf den nächsten Zug gesprungen ist.

4

Im Hotel Atlantik speist Trillnas zu Abend. Unter pompösen Stuckdecken sitzt er, dezent beleuchtet, am reservierten Tisch, verschwindet in der Speisekarte und überlegt Bestellungen. Zunächst vielleicht einen Bourbon, danach Burgunder, und anschließend Sekt; dann Kaffee mit Kognak, darauf einen Weißwein, danach, zum Auffrischen, einen berühmten Champagner; später kann man ein Bier versuchen. Man läßt sich Schildkrötensuppe und Schnecken bringen, Salate, Froschschenkel, Karpfen und Chateaubriand, die Folge kann nach Belieben geändert werden; er braucht nur mit dem Finger zu winken.

Während er seine Suppe löffelt, ist ein Knistern in der Decke zu hören. Ein Stückchen Gips (die Spitze eines

Schnörkels) löst sich und fällt in den Teller einer Dame. Nasses Gemüse spritzt auf den Tisch und befleckt den hübschen Ausschnitt der Fassungslosen. Ihr Begleiter will zum Protest ansetzen, als weitere Gipsklumpen von der Decke stürzen, einer davon in eine Suppenterrine. Breite Streuung von Suppeninhalten, durch Puderschichten rinnende Feuchtigkeit. Die Decke knackt und scheint sich verschieben zu wollen, Spalten schießen von Wand zu Wand, zerschneiden die Ornamente, zerbröseln den Stuck. Es beginnt zu krümeln, ein staubiger Niederschlag. Weiße Batzen begraben ein Cordon bleu. Teller, Schüsseln und Weingläser splittern, Fett auf Herrenhemden und Tafeldecken. Anschwellendes Murren, dezentes Bekunden von Unmut, man speist jedoch weiter. Nicht betroffene Tische scheinen sich zu amüsieren. Ein Geschäftsführer oder dergleichen läßt KEINEN GRUND ZUR BEUNRUHIGUNG vernehmen. Ein Herr schiebt den Stuhl zurück, ergreift seine Dame und tritt ab. Das Krümeln und Kleckern nimmt zu, Gipsbomben schlagen auf Echo gebende Tische ein. Es gibt keine nichtbetroffenen Tische mehr. Trillnas allein sitzt verschont am Rand und trinkt seinen Sekt.

Suppen und Soßen färben sich weiß, dann grau. Blumenkohl rollt vom Tisch und wird zertreten, Bratenstücke springen wie Frösche zu Boden. Splitter, Schlamm und Pfützen auf dem Parkett, umgekippte Sektkübel, Rutschgefahr. Ein fröhlicher Koch irrt in den Speisesaal und wird von einer Schwingtüre weggewischt. Im Foyer wird telefoniert, diskrete Stimmen, Sabotageverdacht. Herrengepolter an verschiedenen Tischen, Beruhigungsversuche beherzter Damen. Ein durchnäßtes Ehepaar fordert Schadenersatz. Mit nicht mehr sauberen Servietten segelt die Kellnerschaft durch den Saal, von Händen, Stühlen und Tischkanten aufgehalten, und gerät in Hitze bei dem Versuch, die weiß oder fettig gewordenen Gäste zu säubern. Zahlreiche Herren haben ihr Aussehen eingebüßt, verschiedene Damen sehen beklagenswert aus. Detonationen von Gips, vermischt mit landregenartigem Rieseln in Weiß. Gegenseitige Beschuldigungen, den Gips mißbraucht, an Nachbarärmeln abgewischt, auf andere Teller geschoben und in der Soße verrührt zu haben. Verfärbte

Frisuren, verschüttete Scheitel, es werden Brillen, Broschen und Pelze vermißt. Mit Bürsten, Siphons und Servietten beeilt sich die Kellnerschaft so zu tun, als könne der Schaden behoben werden. Die Saaltüren sind, wie es scheint, verschlossen worden. Die Luft im Speiseraum ist feucht und weiß, man hustet, zunächst mit vorgehaltener Hand. Hier und dort, auf Schultern und Köpfen, beginnt der verschmierte Gips zu trocknen. Mancher Herr trägt einen weißen Bart. Es gibt Personen ganz in Weiß und andere, die noch gemischte Farben tragen. Die Kellnerschaft ist mit Verschmieren beschäftigt, verschiedene Herrschaften sind in Gips erstarrt. Trillnas, inzwischen mit einem Filet befaßt, wohnt der Entstehung eines Panoptikums bei.

Später klatscht er in die Hände, winkt die Kellner zu sich und verteilt Geld. Räumen Sie die Herrschaften weg. Bon soir!

5

Am Sommerabend, vor Dunkelwerden, sind die Höfe der Mietskasernen voll spielender Kinder. Eines ihrer Spiele heißt OCHS AM BERG. Ein Kind, meist ein langsames oder dickes, wird fünfzig Schritte weit fortgeschickt. Dort stellt es sich wie der Ochs vor dem Berg, das heißt: mit dem Rücken zur Kindermenge auf. Schnell oder zögernd, wie es ihm einfällt, ruft es vernehmlich einmal OCHS AM BERG! Solang es mit Rufen beschäftigt ist (Vokale dehnt oder Silben schnurrt), versucht man den Ochsen im Wettlauf zu erreichen. Ist der Satz verhallt, dreht der Ochse sich um und betrachtet die Kinder, eine nähergerückte Front im Schritt erstarrter, wie zufällig hingestellter Ochsenanwärter mit angehaltenem Atem und lachenden Blicken. Wer beim Rennen und Hüpfen ertappt wird, scheidet aus. Wer den Ochsen als erster erreicht, durch Berühren im Satz unterbricht, hat gewonnen und darf Ochse sein.

Trillnas, der gern in der Kindheit geblieben wäre, geht zu den Kindern und sieht ihren Spielen zu. Ihr Geschrei weckt Erinnerungen, er weiß nicht welche. Wie wäre es, überlegt Trillnas, wenn er selbst als Ochs vor dem Berg stünde und den herausfordernden Satz riefe – OCHS AM BERG! Und hinter ihm klappern Sandalen, rascheln Schritte, nackte Füße auf dem staubigen Teer, zwitschernder Übermut, unterdrücktes Lachen, und er dreht sich um und sie stehen da, Spielfiguren, aus allen Wolken gefallen, erregte Augen, gerötete Gesichter, bereit, sich beim nächsten Ruf auf den Ochsen zu stürzen, schnelle Schritte, Rufen und Schweigen zu spät, ein kurzes, nicht mehr abwendbares Getrappel – und eine Faust stößt in seinen Rücken.

An einem Wintertag läuft Trillnas an der Stadtbahn entlang, deren gelbe Waggons sich im Zwielicht verfolgen, ihr Pfeifen bricht in den Straßenschluchten zusammen, die Brandmauern sind mit frostigem Weiß überzogen, der Himmel ein farbloser Gallert. Während er Pfützeneis zu Scherben zertritt, hört er ein widerhallendes OCHS AM BERG! (Es weckt Erinnerungen, er weiß nicht welche.) Am Ende der Straße, wo sich die Schneeluft verdunkelt, scheint irgendwer auf sich aufmerksam zu machen. Er unterscheidet (aber er kann sich täuschen) einen Schatten im Zwielicht, vielleicht ein Kind. Er stellt sich auf die Straße und ruft (oder denkt nur) ein langsames OCHS AM BERG!, dreht sich um und sieht: zwischen ihm und dem Zwielicht liegt ein Kopf auf der Straße, das Kinn auf dem Pflaster, ein graues Gesicht, mit unbeweglichen Augen und offenem Mund.

Trillnas erkennt in dem Kopf sein eigenes Gesicht.

Sag was! ruft Trillnas. Der Kopf bewegt sich nicht. Na los! ruft Trillnas. Das Maul gibt keine Antwort. Leere Augen blicken ihn an. Die Nase dampft.

Auf beiden Köpfen sträuben sich die Haare. Soll er weiterspielen, OCHS AM BERG? Er schreit (oder denkt nur) OCHS AM BERG, dreht sich um und sieht: Der Kopf hat einen halben Körper bekommen, ist näher gerückt und sieht ihn an, die kurzen Arme auf das Pflaster gestemmt, als sei er im Begriff, aus dem Gully zu steigen.

Sag was! ruft Trillnas. Der andere bewegt sich nicht. Er scheint zu warten, daß Trillnas weiterspielt.

Trillnas dreht sich um und macht, daß er wegkommt. Hinter ihm schwerer Atem und stampfende Schritte. Er wirft seine Jacke weg und rennt – und rennt – wirft Zigaretten und Feuerzeug weg, Taschentuch, Kleingeld, Brille und Hut.

Ungeheures Muhen schwillt hinter ihm an. Atemstöße.
Schnapplaut. Schlag in den Rücken.

Adieu Trillnas.

Körper

Ich sitze stundenlang ohne Bewegung im Dunkeln, weil ich vermute, daß meine Zehen sich befreien wollen. Ich habe die Schuhe ausgezogen und weggestellt, die Strümpfe ausgezogen und weggelegt.

Und die Schuhe stehen in der Dunkelheit, sind Schuhe und leer und bedeuten nichts. Die Strümpfe liegen in der Dunkelheit, sind Strümpfe und leer und bedeuten nichts.

Dunkelheit. Sie ermutigt die Zehen, sich selbständig zu machen. Sie ersetzt das Blut, fließt kalt durch das Fleisch und stockt, steht still.

Stockt, steht, stockt und steht und still.

Das ist der Augenblick für die Zehen. Sie stoßen sich von den Füßen ab und rennen mit schimmernden Fußnagelgesichtern aus der Reichweite meines Körpers. Die Finger reißen sich von den Händen los und verschwinden mit blinkenden Fingernagelgesichtern in der Dunkelheit. Dunkelheit, sie kann nicht dunkler werden.

Geräuschlos bewegt sich die Zeit in der Dunkelheit und umkreist meinen Körper in der Absicht, schnell, immer schneller mit ihm fertig zu werden. Sie umkreist die Strümpfe und Schuhe, ohne Ergebnis (sie bedeuten nichts in der Hierarchie der zum Untergang bestimmten Sachen), kommt zurück und vergewissert sich, daß ich auf dem Stuhl sitze und ohne Unterbrechung älter werde.

Die Zeit vergeht, ich vergehe mit ihr, sie vergeht mit sich selbst und hat keine Folgen zu tragen. Sie umkreist mich, umkreist mich, will mich hinter sich bringen, weg mit dem Fleisch. Sie macht das ohne Unterstützung, und ohne einmal auf die Uhr zu sehn. Während sich Zehen und Finger in Sicherheit glauben.

Wartezeit.

Warten, daß die Zehen um Hilfe rufen.

Warten, daß die Finger mit eingerissenen Nägeln zurückkommen und ihre Plätze einnehmen.

Warten, vergeblich warten, daß auch die Zeit einmal müde wird, das Interesse verliert.

Warten auf eine Dämmerung, damit ich die Zehen einsammeln kann, die entmutigten Finger, die unbekümmerten Schuhe, die gleichgültigen Strümpfe.

2

In meinem Körper hält sich ein Lebewesen auf.

Geschöpf von verblüffender Beweglichkeit, unabhängig von Fleisch, Knochen und Blut, doch offensichtlich von meinem Körper ernährt. Fremdkörper, Feindkörper, unbekanntes Es.

Ich verhalte mich still und warte, daß es aus dem Hinterhalt kommt. Während ich mich schlafend stelle, bewegt es sich im linken Fuß und wartet ab. Mein Körper und ich, wir warten ab. Es rennt durch das Bein in die Hüfte, stößt gegen Knochen (ich schließe daraus, daß es jung ist, ohne ausreichende Kenntnis der Anatomie, aber ich kann mich täuschen). Es erschrickt, hält still, beginnt zu kratzen und verursacht Juckreiz, dann heftigen Schmerz.

Rastlose Energie.

Wenn ich mich, müde geworden, auf die andere Seite lege, schießt es in die Lunge. Ein Hustenanfall vertreibt es, es zwängt sich durch die Organe, drückt sich am Herzschlag vorbei oder springt gegen ihn an. Mein Herzschlag, der macht ihm zu schaffen, mein Herzschlag. Es macht, daß es wegkommt, schlägt sich durch in eines der Beine, dann schlafen wir beide (das kommt selten vor).

Ich habe keine Erklärung für meinen Bewohner, seine fortwährende Eile, die heftige Energie. Manchmal glaube ich, seine Stimme zu hören, glaube seine Stimme gehört zu haben, in der Gegend des Herzens, aber ich bin nicht sicher.

Immerhin habe ich die Genugtuung, es zu irritieren. Durch Husten, Singen, Fluchen und Rennen kann ich es gewaltig irritieren. Meine Herztätigkeit irritiert sowieso.

Das alles geht nicht ohne Schmerzen ab. Und falls es wachsen sollte – welche Art von Schmerz wird mir noch bevorstehen.

Wer oder was ist es, das in mir lebt, sich in mir verwirklicht, und mit oder ohne Bewußtsein sein Wesen treibt, rücksichtslos in meine Materie hinein, und mich ermüdet. Schnauze,

Pfoten, Saugnäpfe, Stacheln – wie sieht es aus. Wird es größer, frißt es, was frißt es. Frißt es mich leer und richtet mich fressend zugrunde. Und mein Körper wird nichts anderes gewesen sein als Nahrung für den unsichtbaren Verbraucher. Wenn einer gegen den anderen lebt, der Körper gegen den Fremdkörper, der Fremdkörper gegen den Körper, also gegen mich – wer überlebt wen. Wer wird am Ende auf der Strecke bleiben. Ist es gutartig oder ist es tödlich.

Fragen, Fragen.

Es ist noch zu früh, ihm einen Namen zu geben.

3

Gesetzt den Fall, ich überlebe es, und stelle nach ein paar Nächten fest, daß sich nichts in mir rührt. Totenstille des Körpers, es liegt gestorben in mir, vielleicht von selbst krepiert, vielleicht auch von mir zur Strecke gebracht, unwissentlich, durch starke Bewegung, durch Krankheit oder falsche Ernährung. Es liegt gestorben in mir, klein und unauffindbar. Es gerinnt, verfault, oder löst sich auf, und nach einiger Zeit kommen seine Organe zum Vorschein, von Körpersäften ausgelaugte Häute, winzige Zähne, Miniaturteile einer unnachvollziehbaren Anatomie, ich erbreche sie oder sie gehn in den Abtritt.

Oder es überlebt mich. Es rennt durch den kaltgewordenen Körper und versucht, sich seiner zu entledigen (er ist nicht länger als Unterkunft geeignet), es muß sich so schnell wie möglich von mir befreien, rennt durch das stillgelegte Fleisch, kennt die Ausgänge nicht und scharrt wutvoll hinter den Augen.

Oder es springt versehentlich aus meinem Mund und verfällt in Panik, da es mich – meinen Körper – wahrnimmt, die ungeheure Außenseite seines gärenden, lichtlosen Universums. Es erstarrt, leistet keinen Widerstand, läßt sich auf die Hand nehmen und in eine Büchse setzen, in der es stehn oder liegen bleibt, ein Rest seiner selbst, langsam zugrunde gehend am wahnsinnig machenden Licht und an der Tatsache, daß es kein Zurück gibt in meinem Körper.

Und ich sitze meinem Bewohner gegenüber, komme aus dem Kopfschütteln nicht heraus: das also war es. Das also war mir beigegeben. Und ich habe Zeit, einen Namen für ihn zu suchen.

Ja, wenn es eines Nachts aus meinem Mund springt und sich sichtbar mir gegenüber aufhält, ich beobachte es und es ist da. Und wir sind bereit, uns zu ruinieren, zu gleichen Bedingungen, Auge in Auge, auf die schnelle oder die langsame Art, jedenfalls unversöhnlich, jedenfalls restlos. Mit dem unbedingten Willen, zu überleben, und sei es für die Dauer eines Gelächters, oder für eine schnelle Obduktion.

Wenn es hier draußen ist und von mir zu unterscheiden, wenn ich in ihm ein Gegenüber besitze – wer weiß, es stellt sich vielleicht heraus, daß wir miteinander auskommen. Es ist vielleicht nicht auf mich angewiesen, sondern froh, von mir losgekommen zu sein. Es macht sich davon und kommt nicht wieder. Wir bewahren Unabhängigkeit für die Lebensdauer des einen oder des anderen, jeder in einer anderen Ecke des Hauses.

Inzwischen liege ich im Dunkeln mit offenem Mund, wartend, daß einer von uns sein Ende findet.

Sieben kurze Stücke

1. Möglichkeit

Ich stehe gern unbeweglich da, um den Dingen Gesellschaft zu leisten. Es ist mir dabei noch immer gelungen, mich von ihnen überzeugen zu lassen.

Einem Standbild vergleichbar stehe ich auf freiem Feld und lasse geschehn, was geschieht. Und ich stelle mir vor, daß es nicht schwer zu sein bräuchte, mich in diesem Stand zu verlieren, sofern es mir gelänge, mit Ausdauer auf einer Stelle zu stehn und mich der Zeit zu überlassen. Bei gutem Wetter ist alles in Ordnung. Ich stehe im Einklang mit Wille und Vorstellung und spüre, wie die Zeit – vergeblich – versucht, sich in meinem Körper gegen mich durchzusetzen. Bei schlechtem Wetter ist das schon komplizierter. Warme Mäntel und feste Schuhe helfen, ich befestige einen Regenschirm an mir und bleibe trocken, solange das möglich ist. Aber irgendwann später setzt sich das Wetter gegen mich durch und der Hunger erinnert mich an meine Pflichten.

In meiner Wohnung ist es nicht besser. Ich stehe oder liege zwar unabhängig vom Wetter, aber dann kommen Hunger und Notdurft und machen alles kaputt.

Meine Vorstellung ist es, von einer nicht sehr belebten Gegend als Gegenstand akzeptiert zu werden, etwa als Anschlagsäule. Es kämen Leute, um Zettel oder Plakate an mir zu befestigen, andere kämen, um die Plakate zu lesen, man stünde vermittelnd zwischen den einen und andern, ohne mehr zu tun als da zu sein.

Besser noch die Vorstellung vom Standbild.

Mit einem Standbild verwechselt zu werden, ein Standbild zu sein und zu bleiben – diese Vorstellung hat etwas Betörendes. Meine Lieblingsvorstellung. Ich stünde an einem geeigneten, also gleichgültigen Platz, ohne etwas zu tun oder zu berücksichtigen, zu erklären oder zu begründen, ohne Bewußtsein von Zeit und Bewegung, ohne Name und Hinweis, ein beliebiges Ding. Ich stünde im Einklang mit Wille und Vorstellung, in gänzlicher Übereinstimmung mit der Gleichgültigkeit einer Umwelt und überließe alles Weitere sich selbst. Und alles Weitere bliebe aus, das eben wäre das

Gute daran. Ich wäre die Biographie auf anständige Weise los und uneingeschränkt in der Lage, da zu sein oder schmerzlos beseitigt zu werden. Man hat genug erlebt, das heißt: hinnehmen müssen, um nicht nach etwas anderem bedürftig zu sein. Man möchte jetzt von der eigenen Vorstellung leben. Zum Fremdkörper seiner selbst geworden, wäre man seinen Unannehmlichkeiten nicht länger im Weg. Den Annehmlichkeiten nicht länger im Weg. Man stünde als Standbild in der richtigen Dimension, würde besichtigt, ohne erkannt zu werden und hätte den Vorzug, komisch zu sein.

2. Aus dem Schneider

Winterlang lebte ich im verdunkelten Zimmer und versuchte, mir einen Schatten zu schneidern.

Geschlossene Fensterläden, die Welt war weg. Staubig durchdrangen sich Stille und Dunkelheit. Ich hatte meinen Angestellten auf einen Hocker neben den Lichtschalter gesetzt, damit er – in kritischen Momenten – das Licht aus- und einschalte. Blind im Dunkeln saß ich mit knarrender Schere und schnitt in der grenzenlosen Schwärze herum.

Ich versuchte, als erstes, die Schatten der Beine zu schneidern. Nach Tagen ließ ich Licht machen. Ergebnis meiner Bemühung: etwas Ähnliches wie zwei Zaunpfähle. Augenblicklich ließ ich das Licht wieder löschen.

Danach versuchte ich mich an meinem Kopf, später am ganzen Menschen, in einem Stück, aber die Ergebnisse des Stocherns und Nähens beschämten mich derart, daß ich die Fragmente zerstörte. Licht aus! rief ich. Nie wieder Licht an! und verwünschte mich, den Angestellten und die Schere. So geht das nicht, sagte ich. Man muß gründlicher Maß nehmen, dann inspirierter im Dunkeln sitzen.

Ich vermaß mich im Licht von Kopf bis Fuß. Tagelang saß ich im Dunkeln, nähte einmal mehr Teile zusammen. Als ich das Flickwerk unter die Glühbirne hielt in der Hoffnung, meinem Ebenbild entgegenzutreten – etwas Unbrauchbares war entstanden, in der Art eines Kinderschrecks, bei gutem Willen.

Es gibt keine Möglichkeit, sagte ich. Es besteht keine Hoffnung, aus der Finsternis passende Schatten zu schneidern. Warum auch passende Schatten für mich. Ich brauche keinen passenden Schatten im Dunkeln, und was die Sonne betrifft – aussichtslos, ihr etwas vorwegzunehmen.

Von da an schnitt ich aus und nähte zusammen, was meinem Angestellten und mir in den Sinn kam: Vögel, Schiffe, Menschen, Götter, Maschinen, Gebäude und Fahrzeuge. Wir hängten die Schatten ins Licht und stellten fest, daß uns die Sache Vergnügen machte – ganz anders als Flickschneiderei an eigener Gestalt. Man machte windige und krumme Sachen – grandios! Keine lästigen Gegenstände mehr.

3. Wunsch

Nicht, daß man fliegen möchte, ich muß nicht fliegen, aber es wäre angenehm, die Beine hochziehen zu können, ohne Anstrengung, beiläufig, die Beine in die Höhe ziehen zu können samt Schuhen, Strümpfen und Hosenbeinen, geräuschlos vom Boden weg, an den Körper hinauf, die Beine jederzeit einziehen zu können, um auf diese Weise einen Abstand zwischen sich und die Erde zu bringen.

Etwa einen halben Meter über dem Boden schwebte man in der Luft, in unveränderter Haltung den Dingen gegenüber, ohne weiteres aufgenommen in den Raum, tatsächlich so, als wäre nichts geschehen, als hätte man seine Beine nicht eingezogen, wisse nichts von eigenen Beinen, von Beinen überhaupt, wäre für vorhandene oder abwesende Beine nicht verantwortlich zu machen und wäre erstaunt, falls man auf die fehlenden Beine, die nicht vorhandene Verbindung zwischen Boden und Körper hingewiesen würde.

In unveränderter Haltung und gleichbleibender Höhe, in sorglosem Gleichgewicht schwebte man ohne Unterbrechung über dem Standort, dem zurückgelassenen, ehemaligen Platz auf dem Boden, jetzt aber erleichtert, weil ohne Druck von unten, den furchtbaren Druck des Bodens, der einen in die Luft hineinpreßt, senkrecht in den Raum, in den immer offenen, gleichmäßig verteilten Himmel, der geeignet ist, alle möglichen Dinge aufzunehmen, der auf nicht immer eindeutige Weise dazu einlädt, sich in ihn hineinzubegeben und unbemerkt verschwinden zu lassen.

Also schwebte man mit eingezogenen Beinen über dem Boden, dem bewegungslosen Grund, auf den zurückzukommen kein Problem wäre, der sich in keiner Weise verändern, verflüchtigen oder entziehen könnte, schwebte man zufrieden, sich dem Druck der Erde, dem nie nachlassenden, in die Schädeldecke stechenden Schmerz entzogen zu haben, über dem Boden, über Gräsern, Steinen, Sandflächen und Bodenplatten, Bergspitzen und Treppenstufen, Tribünen und Podien, über den mit gestreckten Hörnern eilenden Schnecken, schwebte man frei und unverdächtig, einen Fleck auf dem Boden beschattend, doch nicht belastend, mit seinem Schatten nicht länger verbunden, die Lebewesen dort unten und die Ameisenstraßen nicht weiter störend, schwebte man über Mäusen, Schlangen und Fröschen, schwebte man.

Und wenn es am Boden raschelte, stieße man plötzlich die Beine nach unten.

Stieße man die genau zwischen Körper und Boden passenden Beine nach unten.

Stößt man die Beine senkrecht nach unten und zermalmt die Kröte mit einem Tritt.

4. Pastorale

Hier auf dem Land, wo man zu übernachten gezwungen ist, hinterm letzten Eselsohr der Landkarte, zwischen Rüben und Melkmaschinen.

In der Küche jodeln die Kaffeekannen.

Warten auf den Abend, auf die Lautlosigkeit und auf das Ende der Zeit. Warten, daß die Bratkartoffeln gesegnet und aufgefressen, die dreckigen Teller in den Himmel geworfen werden. Warten, daß der Tote im Bierfaß zu heulen aufhört und sich die Augen eindrücken läßt.

Warten, daß die Familienhäuser unter die Platanen geschoben werden, das Laub zu Broschüren geheftet und ins Rathausarchiv gebracht wird.

Warten, daß die Glühbirnen ausgeteilt und die Vögel eingesammelt werden. Warten, immernoch warten, daß Katzen und Kirchenglocken nichts mehr bedeuten. Warten auf die Verfaulung des Brotes und das Ende der Dämmerung.

Das letzte Stück legt der Tag im verspäteten Omnibus

zurück. Wenn nichts mehr zu sehen und zu hören ist, kommt die Serviererin, schließt das Fenster und räumt es weg.

5. Lange Sache

Im Vorbeigehn schellten wir an seiner Tür, wollten bloß mal fragen wie es ihm geht. Er schob die Dachluke über den Kopf und rief: Komme runter!

Wir warteten vor der verschlossenen Tür, warteten unter dem Regen und hinter dem Licht, warteten, warteten immernoch. Das Haar wuchs endlos, wurde dicht, brach ab. Wir aßen mehrmals seinen Garten leer. Zählten die Steine vorm Haus, zuerst die großen, zuletzt die kleinen, machten noch Witze darüber. Erzählten uns was, um bei der Sache zu bleiben. Warteten, blieben da. Immernoch da. Als er das Loch öffnete, taumelten wir in sein Haus, alte Rauschebärte mit lockeren Knochen. Längst vergessen, was wir ihn fragen wollten. Er aber schien sich immernoch zu freuen und rief: Großartig! Was kann ich für euch tun!

6. Statue

Im Innern der Statue befindet sich – ja was befindet sich im Innern der Statue.

Eine Maus?

Die wäre demnach gestorben, ohne Ausschlupf. Wie das Meer in der Muschel rauscht, so rauscht im Innern der Statue – ja was rauscht im Innern der Statue. Dunkelheit, sie befindet sich nicht, sie rauscht nicht. Nimmt nichts an und gibt nichts her. Dunkelheit. Um die Statue herum der Alliance-Platz und im weiteren die ganze Welt. Daß es auf dem Alliance-Platz eine Sache gibt, in die nichts hineinkommt, ganz und garnichts hinein, weder Licht noch Laut, weder Ungeziefer noch Staub – diese Tatsache hat etwas für sich.

Man begibt sich auf den Alliance-Platz und geht um die Statue herum, immer wieder um die Statue herum, umkreist die Statue, versetzt sich in das Innere der Statue, beginnt unversehens zu meditieren, geht um die Statue, denkt nach, denkt nach, immer wieder um die Statue, denkt, um die Statue, denkt.

7. Der Fliegende Holländer

Der Fliegende Holländer, wird berichtet, sei während starker Stürme unterwegs gewesen, doch die Spinnweben in seiner Takelage hätten sich nicht bewegt.

Das mag einer Wahrheit entsprechen oder auch nicht, aber es ist gleichgültig. Gleichgültig, denn es führt zu nichts und trägt zu nichts bei. Es verändert, verhindert, ermöglicht nichts. Erleichtert nichts und hat keinen Wert. Geht uns nichts an.

Und trotzdem. Der Fliegende Holländer ist während starker Stürme unterwegs gewesen, und die Spinnweben in seiner Takelage haben sich nicht bewegt.

3

Dunkler Sommer und Musikantenknochen

Einen Sommer lang habe ich mich nun herumgetrieben. Die Hundstage sind vorübergegangen und haben ihr Gold in meinem Gedächtnis vergraben. Ich bin etwas älter als vor fünf Monaten, der Herbst kommt mit allen Winden geflogen, ein hühnerfederngeschmückter, pflaumenstürzender Indianersommer zieht morgens Nebel vor die weiße Sonne; gestern fand ich eine tote Schwalbe auf dem Balkon, aber das hat nichts mit der Jahreszeit zu tun. Die Mittage sind fett von alter, betrunkener Bläue, ich bin von Reisen und Vagabondagen zurückgekehrt zu einem Teil meines Besitzes und meiner Dinge, zu Spätburgunder, Radiernadeln und ollen Kamellen, ich habe eben zu schreiben begonnen, dies ist der Anfang von etwas, das noch keinen Namen hat. Der Wind kommt aus dem Elsaß und schubiakt in den Birken und Apfelbäumen, die Burgundische Pforte ersäuft in schwarz dampfenden Gewittern; es ist auch Post gekommen, viel Literarisches mit hochachtungsvollen Grüßen; ein Verlag braucht ein paar Verse, nicht zu lang, nicht zu kurz, denn er hat ein ausgeprägtes Kunstverständnis, das er auch auf Gedichte auszudehnen bemüht ist. Alles ist wie es ist und es ist so gut wie betrunken. Siebenhundert großer Bücher Zorn und Weisheit umgeben mich ruhig, in Winkeln und auf Bretterborden gehäuft, gereiht, getürmt, verstaubt und zerlesen. »O Lieblichkeit, blaues Septemberauge ...« – Hätte ich zu Höltys Zeiten gelebt, wäre das möglicherweise von mir; wie die Dinge aber stehen, ist es von niemand und nur an den Rand geschrieben. Die Äpfel fallen von den Bäumen und zerschlagen braun und saftig im kurzen Gras des stoppelköpfigen Hügels. Das ist eine Provinz hier und es gibt Leute, die in sie zurückkehren, weil sie schön ist und verzaubert. Und es ist ein Haus voller Möbel und nutzloser Dinge, in dem ich eingemietet bin; der Herr Vogeler, Hausbesitzer und Junggeselle, klopft eben an, er freut sich, daß ich mal wieder hier bin, sagt er, und führt mich in seine Waschküche, dort zeigt er mir Zuber und Waschtröge, Wannen und krachblecherne Eimer voll sommerüber gesammelten, waschechten Regenwassers und bittet mich, ihm seine zehn ererbten, echten und unechten Perserteppiche vom Dachboden herunterholen zu helfen, er will sie, sagt er, im Regenwasser waschen. Er ist ganz zufrieden im Gedanken, daß er etwas zu tun haben wird, das wichtig und nützlich aussieht, das freut mich, denn ich kenne ihn, wir steigen auf den Dachboden und wuchten die langen, in Zeitungspapier gewickelten, elastischen Teppichröhren in die Waschküche. Er hat nämlich ein System entwickelt, wie er sämtliches Regenwasser, das auf das Dach seines Hauses fällt, ohne einen Tropfen Verlust in seine Waschküche ableiten kann. An verschiedenen Stellen seiner Regenrinnen, erklärt er, hat er Löcher gebohrt und Gummischläuche angebracht, die das Regenwasser direkt in seine Wannen und Zuber leiten. In den Regennächten rauscht und platscht die Waschküche zum Entzücken ihres Besitzers, der, munter um den Schlaf gebracht, in der Türe der Waschküche lehnt und dem sprudelnden Wasser zusieht. Und während ich diese Prosa verfasse, wird er in alter Militärjacke und kanadischen Stiefeln tagüber nachtüber und zeitvergessen, ein alter geschlagener Odysseus und Ostfrontkämpfer, Teppiche in Regenwasser tunken, uralte Großväterteppiche kneten und pressen, rollen und winden, und wenn es sein muß, barfuß glatt und sauber treten, dann in das übersonnte Gras hinter das Haus legen, warten bis sie getrocknet sind und mich schließlich bitten, sie auf den Dachboden zurücktragen zu helfen. So wird er schließlich zufrieden sein in dem Gedanken, das Seine getan zu haben, er wird einen Humpen voll eiskalten Himbeersaftes und ein Fuder Leberwurstbrote linksseits an das Kopfende seines Bettes stellen und das blaue Ende September mit Kriminalromanen von Upfield und

Chandler hinter geschlossenen Läden verbringen und von seinen alten Weltreisen träumen, die nun sein Märchen sind und seine Reserve. Und während er amerikanisch fluchend, denn er hält auf sich, und dankbar beschäftigt, farbenfrohen Teppichen Farbe und Qualität erhält, sitze ich und schreibe diese Prosa, aber warum? O ein ganzer herrlicher Sommer ist mir verlorengegangen und ich weiß nicht, wo er geblieben ist. Ich habe mich herumgetrieben und nun ist nichts mehr da, woran ich mich halten könnte außer einem Konfettihaufen wirbelnder Erinnerungen und der Gewißheit gelebter Zeit. Sie bringt mich, wie der Herr Vogeler bemerkt, noch einmal um. Das mag so sein, aber vorher, denke ich, soll sie mir noch eine Weile Ruhe gewähren und mich schreiben lassen, was mir septemberlich, unvorhergesehen, koppheister und sonstwie in den Kopf kommt, vielleicht ein Gedicht, eine Erzählung, vielleicht einen Brief an wen auch immer, und kuchenkrümelnde Notizen, pflaumenblaue Sätze, kuhglokkenbimmelnde Frechheiten und Intermezzi, Sorgen, Mitternachtsaphorismen und was ich weiter nicht preisgeben will. »Genug der Weisheiten, genug der Katerpoesie – wir wollen Orangen essen und Gedichte verfassen ...« Das soll Goethe gesagt haben, und Goethe, mag mancher denken, hat heuer immernoch das letzte Wort.

Aber ich bin nicht dieser Ansicht. Ich denke, das letzte Wort habe ich, und innerhalb meiner Verfassertätigkeit habe ich es doppelt und jedenfalls, und da ich das erste Wort und das letzte habe, steht mir nichts im Weg zu behaupten, was immer ich behaupten will. Aber ich will nichts behaupten; es geht mir vielmehr darum, die Krümel und Brocken des goldenen, betrunkenen und verlorenen Sommers einzusammeln um zu sehen, ob sich daraus nicht ein Backwerk ergibt, das Appetit machen könnte und Hunger auf dergleichen mehr und ewig und nie genug. Ich bin in Zürich gewesen, in Rom, Paris, in Kleinholzen, Châlon und Brüssel und in Berlin, ich bin auch in Amsterdam gewesen, das war vor ein paar Wochen und es würde mir Spaß machen, dies jemandem zu beweisen, der unverschämterweise daran zweifelt. Im stockfleckigen Brouwerhotel am Singel bin ich abgestiegen, in einer kleinen Tapetenstube hoch über Puppentreppen und

Hühnerleitern mit schwarzklebrigem Geländergewinde und zertretenen Zigarettenkippen auf der engen, einstmals polierten Treppenspindel. Dort erzählte mir jemand die Geschichte vom Hündchen der Dame Van Den Bergen, das nur Thunfisch von der Gabel frißt, was, wenn es nicht offensichtlich den Tatsachen entspräche – der empörte Ton der Erzählung bewies mir das – wenigstens ein guter Einfall gewesen wäre. In Amsterdam ging ein Teil meines unwiederbringlichen Sommers dahin. Ich bat eine Dame, die ich liebte, mich zu besuchen, aber vielleicht meinte ich das nicht ganz ernst, denn ich schrieb ihr:

»Schöne Magelone! Ich lade dich ein, diesen Sommer mit mir Ebènda zu verbringen. Wenn du hier ankommst, achte auf die großen Drehorgeln, die Tag und Nacht durch die Stadt ziehen und Musik verbreiten. Es sind fahrende Spieldosen, bunt und breit wie Touristenomnibusse, und wo immer du dich aufhältst, wirst du ihre Musik hören, denn sie ist laut und hat keine Scheu vor menschlichen Ohren. Bei der größten und schönsten Orgel wirst du mich finden, ich ziehe hinter ihr her, ich kann von den Musiken nicht lassen, ich bin im Zauber; ein graues abgeschabtes Äffchen taktiert mit einer sopranen Autohupe, sehr eigenwillig, und ein veteranärer, anonymer Mozartmensch in alten Tennisschuhen und unrasiert, dazu im Besitz eines Holzbeins, schlägt den Takt mit dem hölzernen Knöchel gegen einen zerdellten Blechkanister, so daß für den Rhythmus der Musik gesorgt ist, was auch immer sie an Mäusepfiffen, Raubtiergähnen, altjüngferlichen Schluchzern und antimelodischen Halalis im widerhallenden Kasten produziert. Dort wirst du mich finden, ich ziehe schon ein paar Tage hinter dem Kasten her, ich bin im Zauber, und gestern oder vorgestern passierte es, daß dem Musikchef, der Holzbeinbesitzer, Holländer, Kurbeldreher, Äffchenpfleger, Geldeinsammler, Leierkastenmechaniker – und Transporteur in seiner hochwürdigen Person vereint, die untere Hälfte des Holzbeins aus dem Hosenbein fiel. Er hielt sich an der Kurbel fest, die wehmütig grunzend in den Baß rutschte und verklang, bestrumpft und gestiefelt lag das Holzbein vor seinem Besitzer auf dem Trottoir, er schüttelte den Kopf und konnte sich nichts erklären, erklärte aber, die

Knieschraube sei ihm herausgefallen. Er zog ein Klappstühlchen aus dem Unterbau seines Vehikels, ließ sich mit gebotener Vorsicht darauf nieder und forderte die Zuhörer im Namen seiner Musik und seiner Liebe zu ihr auf, ihm beim Suchen der Knieschraube zu helfen. Und während sich ein halbes Dutzend von Musikliebhabern halbgebückt zwischen zielgerichteten Passanten hin und her drängte, hing das leere Hosenbein des Herrn Mozart Kauderwelsch Anonymus hin und her schaukelnd über dem am Bordstein stehenden Geldteller. Eine Knieschraube fand sich nicht, vor allem nicht die spezielle, gesuchte, wohl aber eine reiche Anzahl von Nägelchen und Schräubchen, Schräubchen und Nägelchen, Eisenteilen en miniature und kleinmetallenem Abfall, vor allem ein blindschleichenlanges, eckig gebogenes Stück Draht, mit dem der Chef, unterstützt von einem Freundlichen, der möglicherweise ich selber war, in einer Caféstube verschwand, wo er, auf der Toilette vermutlich, die untere Hälfte des Holzbeins mit der oberen wieder verband, denn er erschien nach einer Weile, skeptisch auftretend, aber offensichtlich zufrieden, klappte den Klappstuhl zusammen und begann von neuem zu kurbeln; die Musik kletterte vorsichtig aus dem verraunzten Baß in ihr normales freudig-friedliches Schlepptempo und es war alles, alles gut. Wenn du also nach Ebènda kommst, findest du mich an der großmächtigen Zentralmusikorgel, und allein deine Küsse mögen es fertig bringen, mich von den Musiken Tandaradei zu befreien ...«

Dies schrieb ich einer Dame, die ich liebte, aber wer weiß, ob ich es wirklich geschrieben habe. Es kommt mir eigentlich, für meine Verhältnisse, ein bißchen zu überkandidelt vor. Vielleicht ist alles erfunden – wer will mir etwas beweisen? An so vielen Orten bin ich gewesen in diesem Sommer, in so vielen Hotels habe ich gefrühstückt und Zeitung gelesen und aus dicken Porzellantassen Milchkaffee getrunken zwischen betropften Theken, speckigen Telefonbüchern, echten und falschen Blumen und Spitzendecken, obligatorischen Jahreskalendern der Lebensversicherung und ochsenblutroten Kognakreklamen. Ich bin den Tagen entgegengegangen und habe sie willkommen geheißen und mich des Verses entsonnen, der meines Urgroßvaters Lieblingsausspruch war:

>O schreckliche Welt
in die ich fröhlich gekommen bin ...«

Und nun? Ich habe vor, dies, was ich hier schreibe, allen denen zu widmen, die wissen, daß sie meine Freunde sind. Das ist eine vertrackte Widmung und mir eben recht, denn was meine Freunde und mich betrifft, so sind wir erwachsene Leute und haben unsre Musikantenknochen weniger am Ellenbogen als im Gehirn. Und bei manchem mag die Widmung anschlagen, ein wenig, und den verflixten Knochen zum Klingen bringen und vielleicht zum Schmerzen. Wie dem auch sei, ich sitze über meinen Papieren, während der Herr Vogeler seine Teppiche wäscht und im spinnwebüberzogenen Gras in der Sonne ausbreitet, und ich überlege mir, ob ich nicht eine Geschichte mitteilen könnte, die mich lebenslang begleitet hat und auch heute noch, denke ich, zu mir gehört; ich habe sie niemals mitgeteilt, und bevor ich sie einmal verliere, vergesse oder sonstwie fallen- und fahrenlasse, will ich sie lieber erzählen, aber wem? So mag es genügen, daß ich sie mir selber erzähle und gut genug dem Papier anvertraue, und vielleicht überreiche ich sie dem verehrten Herrn Wolff in Friedenau und er druckt sie, weil er ein wenig Freude damit hat.

Als ich acht oder neun Jahre alt war und noch nicht überall Lawinen rollen und Zähne klappern hörte, war ich meinem Onkel Mononclegilbert in Ferien gegeben. Es war die Zeit, als ich in Büchern zu lesen anfing und mich um Bilder und die Werke der Dichter zu kümmern und zu bekümmern begann. Der Arbeitsraum meines Onkels Mononclegilbert (dies war sein Familienrufname) war ein von schweren Vorhängen in ununterbrochenem Halbdunkel gehaltenes Gehäuse voll Staub- und Papiergeruch, Lautlosigkeit und tagfremdem Lampenlicht, das Papiere und aufgeschlagene Bücher, Schreibzeuge, Zirkel, feine Stifte und über drei Tische verteilte Baupläne, Skizzen und Zauberstab-Lineale beleuchtete. An den Wänden standen Bücherborde voll angedunkelter und schief zusammengedrehter Planrollen, verglaste Buchschränke stellten die Zimmerwände weit zurück in ungefähre und unbegrenzte Dunkelheit; ein kupferner

Aschenbecher mit drei Löwenfüßen stand zelebral und finster wie ein Memento mori auf einem kniehohen Spezialtischchen, und eines Tages sah ich zu, wie Mononclegilbert den Aschenbecher ausleerte. Er griff mit abgewandtem Kopf durch die Vorhänge, öffnete das Fenster und schüttete, während die Vorhänge dicht verschlossen blieben, die Asche aus dem Fenster in den überwältigenden, fremden, ungeliebten und ein für allemal aus seinem Leben verbannten Tag, und in den Vorgarten, wo die Asche, wie ich später entdeckte, zwischen Tulpen und Kürbissen einen schwärzlichen Berg gebildet hatte. Ich erinnere mich nicht, daß mein Onkel je das Haus verließ. Sein Zimmer, Rumpelkammer, Architektenbüro und Bibliothek, war das letzte Bollwerk eines Pensionärs, der sich Träume wie Tarnkappen überzog und in ihrem Schutz lichtscheu, tagfern und menschenlebenungnädig sein altes Leben verbrachte, über Projekte gebeugt, die keines Menschen Auge erblickt hat, und der, stiefbrüderlich dem Prediger Salomo verbunden, insgeheim sagen mochte: »Es ist alles ganz eitel, außer dem, was ich tue und was niemand zu würdigen imstande ist –.« Vielleicht entstanden hier Entwürfe zu ozeanischen Großstädten und unterweltlichen Regierungspalästen in erstaunlichem Stil und überwältigendem Geschmack, mächtig, himmelergreifend und unbewohnbar. Der Raum meines Onkels erschien mir als die ruhende, von nichts bewegte Mitte der Zeit, und hätte mich einer gefragt, wie ich mir die Zeit vorstellte, hätte ich geantwortet: Sie ist eine unendliche, unaufgehaltene Linie, die ohne Ziel und Umweg sich fortbewegt und einmal auch in das Haus meines Onkels kommt. Sie zieht eine feierliche und respektvolle, langsame, sehr langsame Schleife durch die verdunkelte Bibliothek, entzieht sich durch die geschlossenen Vorhänge und setzt gelassen ihren geraden Weg fort. Wenn ich bei meinem Onkel anklopfte und auf einen undeutlich zustimmenden Laut hin bei ihm eintrat, sah ich seinen über den Schreibtisch gebeugten dunklen Rücken, der den tief zwischen die Schultern versunkenen Kopf halb verdeckte. Das Lampenlicht erzeugte kupferne Reflexe auf der mondrunden Unbeweglichkeit seines hängenden, kahlen Kopfes, und was immer Mononclegilbert dort erarbeiten, hervorbringen und

alleingelassen ausbrüten mochte mit verschleierten Augen
und bei Zigarren und zimmertemperiertem Sprudelwasser,
erschien mir nebensächlich im Vergleich zu dem Einen und
Einzigartigen, das er für mich verkörperte: Er war der
Bibliothekar eines magischen Bezirks voll ungeheuerlicher
Bücher und ihrer Geheimnisse. Wenn ich ihn besuchte,
geschah das, um ein wenig von der einsamen, dunkelbraunen,
abgestandenen Papierluft einzuatmen, ein wenig Geheimnis
zu wittern und mir ein paar seiner unzähligen Bücher zu
borgen. Er entstieg seinem Sessel, rieb sich das Kinn, schob
Tische und Planrollen beiseite, ging langsam und nachdenklich an den Buchwänden entlang und übergab mir gewöhnlich
zwei oder drei langbreitschwere Kunstbücher; ich nahm sie
in beide Arme, drückte sie gegen den Bauch, Mononclegilbert
begleitete mich durch den Raum, lächelte hoch herab aus
freundlicher Ferne und schloß die Tür lautlos hinter mir. Im
Garten, eine vogelraschelnde Haselnußhecke zwischen mir
und der Sonne, schlug ich die hochgeachteten Bücher auf, ein
warmes Gewebe von Schattenflecken tanzte über Texten und
Bildern und während ich hart auf den Holzrippchen des
grüngestrichenen Gartenstuhls saß, während aus Nachbargärten hinter Haselnußhecken und Glyzinienmauern unbekanntes Blumenspritzen, Teetrinken und Tennisspielen melo-
disch und schläfrig im Hochsommerlicht verklang, begann
ich für die Dauer eines Nachmittags in magischen Bildern zu
träumen und auszuwandern in eine Großwelt aus Rathäusern
und Kathedralentürmen, Barockengeln, Sebastiansmartern
und Marienleiden, Palästen und Wasserschlössern. Der Zauber bewirkte, daß ich schließlich in Bücher und Bilder umzog
und die tatsächliche Welt, das Haus meines Onkels, meine
Ferien und was immer mich umgab, beschäftigte und
herausforderte, traumwandelnd überging zugunsten der
Frage: Wo befinden sich die Kathedralen und Bauwerke? An
welcher Stelle der Welt sind Rom, Mykene und Konstantino-
pel, Quedlinburg, Murbach, Oberried und Delft vorhanden?
Waren sie alle auf einem Haufen oder etwa verstreut, über
viele Gegenden verteilt, so daß man Eisenbahnen, Flugzeuge
und Ozeanriesen brauchte, um sie miteinander zu verbinden?
Langsam kam ich dahinter, daß wohl alles mehr oder weniger

unregelmäßig über die Welt verteilt sein müsse, denn in den Orten, die ich kannte, gab es die Bauwerke nicht, von denen ich las, und der Ort beispielsweise, in dem mein Onkel wohnte, enthielt zwar Rathaus und Kirche, Omnibushaltestelle und Fußballplatz, aber keine einzige der in Büchern abgebildeten Besonderheiten. Alle diese Dinge waren weit weg von mir und ich war weit weg von ihnen, doch befanden wir uns, sowohl ich wie sie, innerhalb einer zugänglichen und erreichbaren Menschenwelt. Phantastische Landkarten entstanden in meinem Kopf, Siebenmeilenräume voll zaubrischer Zusammenhänge, und später, als der Umgang mit Büchern und ihren Inhalten mir zur Gewohnheit geworden war, als ich wußte, welcher Name zu welchem Bauwerk gehörte und begriff, daß man Name und Sache zusammenhalten muß, als sonore Erklärungen meines Onkels Entfernungen festlegten, Städte, Kirchen und Museen für immer und unverrückbar nach Norden und Süden, nach Frankreich, Ägypten und vor oder hinter den Kaukasus in die Welt verteilten, die offenbar nur aus fernen, entlegenen Ausländern bestand, war ich zufrieden, die Welt voller Dinge zu wissen, die man aufsuchen konnte in der Gewißheit, sie jedenfalls dort zu finden, wo ihr Name auf der Landkarte stand.

Aber nach allen Lektüren und Schuljungenstudien blieb ein Name übrig, der nirgendwo in der Welt zu bestehen schien. Auf den meisten Seiten der Bücher meines Onkels erschien unter Namen und Städten und Museen der Name Ebènda, oft mehrmals untereinandergedruckt und jeweils mit einem Bild versehen, das selten etwas Ganzes zeigte (das war seltsam), sondern Teile oder Ausschnitte wie Glockentürme, Engelköpfe, Portale, Springbrunnen, dreiviertel Dome und halbe Paläste. Die Bücher waren überfüllt mit Ebènda und mehr als alle anderen Orte enthielt dieser eine unauffindbare Ort Bilder und Bauwerke aller Epochen und überhaupt alles, was es an Kunstwerken gab. Wie viele Rathäuser mochte Ebènda haben? Ebènda mußte, das war keine Frage, von altersher die schönste, größte und unzerstörbarste aller Städte sein. Ich frage mich, warum ich Mononclegilbert niemals nach Ebènda fragte. Ich dachte vielleicht: Wenn das alles stimmt, wenn die Welt ein Gelände ist, auf dem man die Dinge selber zusammensucht, wenn man einmal weiß, wo welches Bild in welchem Hause hängt, wenn es also Verhältnisse gibt, auf die man sich verlassen kann, die man studiert, im Kopf behält und wiederfindet, dann ist Ebènda jedenfalls ein Ort, den ich allein herausfinden werde. Ebènda, das liegt vielleicht im Urwald, es ist von Brasilien oder sowas umgeben, eine Parade von steinernen Löwen ist vor den Stadttoren aufgestellt, und vielleicht treffe ich mal einen, der gerade von Ebènda kommt und er erzählt mir mehr davon. Es gibt dort Posaunenengel, die auf geheiligten Wildschweinen am Flußufer auf und ab reiten, Gottes Ferienhäuschen steht in Ebènda, dort wohnt der hundertprozentigste aller Päpste, gegen den der römische nur ein kleiner Klacks ist. Und als Sommerende und Ferienende gekommen waren, als die Haselnußhecke mehr Sonne durchließ als zuvor und die Sonne selbst klein, weiß und dünn im Regen verschwand, als meine Tante, die es schließlich im Hause meines Onkels Mononclegilbert auch noch gab in Gestalt einer eilfertigen, dicken und immerfreundlichen Haushalts-Herbstzeitlose, den Ofen in der Bibliothek anfeuerte und mein Onkel gereizt und hustend des Rauches wegen vor seinen Arbeitstischen auf und ab ging, als Tennisspielen, Teetrinken und Rasenspritzen in den Nachbargärten seltener wurde und einmal ganz aufhörte, reiste ich ab, hinterließ ausgelesene Bücher, entlarvte Geheimnisse und nahm die Stadt Ebènda mit im Gedanken, ihren Standort selber herauszufinden.

Dachte ich wirklich Gedanken solcher Art? Ich weiß es nicht mehr. Ich habe meine Gedanken nachträglich erfunden. Wer soll noch parat haben, was er vor zwanzig Jahren dachte, in einem Alter, wo Gedanken eher Abenteuer sind als Gedanken. Vielleicht stellte er sich besser eine Pistole vor als ein geheiligtes Wildschwein und eher ein Stück Schwarzwälder Kuchen als eine Windrose. Da Erinnerungen ihn trügen und ein falscher Glanz von alten Monden herkommt, ist er auf Erfindungen angewiesen und das einzige, auf das er sich verlassen kann, sind die Meropsvögel der Phantasie. Heute ist ein anderer Tag als gestern. Wie einfach sich das feststellen läßt. Etwas will nicht mehr mitgehn, will nicht mehr hier sein, ist saumselig abwesend, nicht mehr zu haben, und wer dazu neigt, kann es heute schon betrauern. Das macht einen ungewissen, nicht geheuren Umtrieb hinter seinem Rücken und knausert ihm seine Zeit ab, immer hinter ihm her mit der mörderischen, hohlklingenden Sammelbüchse für die arme Ewigkeit. Heute ist schon der dritte Tag, an dem ich dies schreibe, nachdem ich zurückgekehrt bin aus einem in dunkler Vergangenheit verlorenen Sommer. Der Herr Voge- ler, scheint mir, hat einen Ruhetag eingelegt, es sieht so aus, er verbringt ihn im Bett und liest australische Kriminalromane, da braucht er sich nicht zu rasieren, das erleichtert ihn, seine auf Schrankinhalte, Teppiche und Regenwasser gerichtete Drangsal hat Schalttag und die gewaschenen Teppiche damp- fen und schmoren in der mittäglichen Sonne hinterm Haus. Gestern abend erhielt ich Besuch von R. und wir tranken Wein in der Dämmerung unter den Kastanienbäumen des Wirtshausgartens in Egerten. Sonst ist, was mich betrifft, nichts vorgefallen, und wenn ich heute in meiner Geschichte fortfahre, was werde ich schreiben?

Die Stadt Ebènda, Metropole aller Dinge unter der Sonne, Tresor der unverwüstlichen Welt – was werde ich weiter über Ebènda schreiben?

Sie ist in die Brüche gegangen. Ein paar Wochen trug ich sie mit mir herum und konnte sie nirgendwo finden, und sie war, die Gewaltige, schließlich so überfüllt mit unbeweisbaren Wirklichkeiten und St. Nimmerleinskathedralen, Höllento- ren und Palästen der vier heiligen drei Könige, mit Namen wie Dongpuli und Seromene, Alabamba und Soliferno, was Herrschersitze, Armenviertel, Lunaparks, Gebirge, Flüsse und alles und nichts bedeuten konnte, daß sie schließlich, zu schwer geworden, aus allen Gedanken brach, und ich wandte mich an den Herrn Nossberg, ehemaliger Wachtmeister aus Ostpreußen, Flüchtling und Untermieter im großelterlichen Haus in der Humboldtstraße, und fragte ihn, wo ER Ebènda vermute und was ER darüber wisse. Der Herr Nossberg wußte nichts, obwohl er aus einer Gegend kam, die fast so etwas wie Ausland war. Er setzte seine Brille auf und ab, doch machte ihn das nicht klüger, und als ich ihm ein geborgtes Kunstbuch vorlegte, auf dreimal untereinandergedrucktes, dreimal bebildertes Ebènda mit dem Finger wies, ganz im Recht und viel beschlagener als er, nahm er die Brille ab und erklärte, wahrscheinlich mit Dialekt: Mein lieber Junge, du bist belesen! Aber das Ebènda ist nichts als ein Fussel in deinem Kopf. Und er fuhr fort: So etwas gibt es nicht, das ist nun mal so. Jeder, den du fragst, wird dir dasselbe sagen. Das Ganze ist nichts als ein Wörtchen, das du, mein Lieber, falsch betont hast. Wenn du es richtig betonst, dann heißt das eben-da, du kannst auch sagen: dortselbst, oder: am gleichen Ort. Es ist so ähnlich wie mit dem Wort Erblasser. Heißt das Erblasser, weil der Tote erblaßt ist, oder heißt es Erb-lasser, weil er denen, die ihn überleben, ein Erbe hinterläßt? Du weißt es nicht und ich weiß es nicht, obwohl ich es wissen sollte und wenn ich ein Lexikon hätte, gewiß auch wüßte. Und dein Ebènda, das liegt auch nicht in Brasilien, das heißt nichts weiter, als daß ein Bild unter dem eben-da gedruckt steht, zu dem Bild vorher gehört, wo vielleicht Münster in Westfalen oder Siena daruntersteht. Dies ungefähr erklärte mir der Herr Nossberg, mit Dialekt, mit Pausen und vielem Brillen auf- und absetzen, und es war das Ende meiner Stadt Ebènda. Bin ich, wie sie, ausgelöscht und vernichtet? Was macht man mit einer Stadt, die es nicht mehr gibt, weil einer das beweisen kann. Was macht man, wer immer man sei, mit einem Besitz, den ein andrer in den Wind schlug?

Legt sich der eine hin und sagt: Ich steh nicht mehr auf, keine Lebensfreude, denn das war es, worauf es mir ankam.

Sagt der andre: Ich geh erst mal fort, und schließlich – was schert mich die Abhandengekommene.

Sagt der dritte: Hin ist hin, das ist philosophisch, und daran will ich mich halten.

Was sagte ich selber? War zu klein um etwas zu sagen, wurde älter und immer älter, sagte kein Wort. Erst jetzt, während Laub wie Drachenschuppen auf den Balkon schlägt, während der Herr Vogeler schläft und die Postfrau am Briefkasten klappert, am leuchtenden Septemberende des Jahres, welches immer es sei, sage ich: Immer noch auf der Suche nach Ebènda.

Und unterwegs ein Leben lang, zusammensuchend das seit jenem Tag in alle Winde und alle Welt Verstreute, Vorhande-

nes, Gedachtes, Vergängliches, Unsterbliches, Nicht mehr
– und Niemals Vorhandenes, und auch : T'Allerfijnste Backet
in Blechkästen im Brouwerhotel und Eierkoeken Portugees-
jes eben da! Küsse und Flohstiche, dunkler Sommer, Gedichte und olle Kamellen, Chimären und Tode, Posaunenengel,
Teppiche und Bierlokale à la Mittelstädt an der S-Bahn
Wilmersdorf, Schöne Magelonen, Engelleitern und weithin
Unsichtbares – das rauscht und rumpelt gegen den Musikantenknochen und bringt ihn zum Klingen und Schmerzen,
anhaltend, mächtig und ohne Ende. Das erhält seinen Platz in
der Stadt Ebènda, die ich in meinem Kopf gegründet habe,
Große, Unsichtbare, Herrliche, in die ich einziehe als König,
die ich aus vielerlei Wirklichkeit zusammenbaue, die mich
gewähren läßt und zugrunde richtet, mich, Herrscher meiner
Vergänglichkeit, Demiurg meiner Träume, Berauschter von
eigenen Gnaden und Jagdhund und Bettler.

Dies ist die Geschichte. Wie es scheint, hat sie hier ein Ende
und wir wollen mal hoffen, daß sie stimmt. Vielleicht ist alles
erfunden und hat keinen Grund, keinen Anfang und kein
Ende. Vielleicht ist mein Onkel Mononclegilbert ein andrer,
hat ein Parteiabzeichen getragen, ist ins Gefängnis gesteckt
worden, in Wirklichkeit Gemischtwarenhändler in Zerbst an
der Nute oder sonst ein Despot oder Trottel; und ich selber
sitze nicht, wo ich zu sitzen und zu schreiben behaupte,
sondern bin in der Rue Pot de Fer zu Paris und habe Mühe,
den Besitzer des Grand Hotel Cahors zu einem Aufschub der
Miete zu bewegen? Wie dem auch sei, ich bezahle nichts, lasse
alles anschreiben, Mieten und Küsse, Flohstiche und Gedichte, weil ich etwas weiß, das alles dies und viel mehr noch
bezahlen wird? Was sollte das sein? Vielleicht aber bezahle
ich alles in bar, sofort und pünktlich, aber womit? Dunkler
Sommer, meine verlorene Zeit! Ich bin zurückgekommen
von Reisen und Vagabondagen, Kopf und Koffer voll von
Scherben, Aschen und funkelnden Fetzen meines König-
reichs Ebènda, mit klingendem Musikantenknochen und
fröhlich. Hinter mir schlägt die Zeit zusammen und der
Sommer verdunkelt sich in der Erinnerung, ein schwarzer
Azur, und ist schon vergangen. Der Herr Vogeler, höre ich,
ist unterwegs, er hat sich aufgerappelt und radelt nach Basel

ins Kino. In der vergangenen Nacht hatte er, wie häufig, eine Auseinandersetzung mit dem Hund des gegenüberliegenden Hauses. Das Gebell des Hundes, ausgehungert, haßerfüllt, voll stechender Schärfe, von Mondlicht, fremden Passanten und dem korrespondierenden Gebell benachbarter Hunde zu bestialisch wimmernder Klage gesteigert, trieb den Herrn Vogeler aus seinem Siebenwolldeckenbett. Im Bademantel ging er über die Straße, blieb vor dem Hund stehen, beruhigte ihn mit Geflüster und warf ein Stück Wurst, das der Hund vom Boden schnappte und verschlang. In das zweite größere Wurststück hatte er Schlaftabletten gedrückt – das hatte er schon mehrmals gemacht, es war die Erfindung seiner Schlaflosigkeit – er prüfte, ob das Fettgewebe der Wurst die Tabletten hielt, warf sie dem Hund ins Maul und kehrte in sein Bett zurück, um zu schlafen. Nach einer Stunde war der Hund still geworden und wird nun zwei Tage und zwei Nächte ruhig, müde und ohne den Wunsch zu bellen in seiner Hundehütte verbringen. Das ist so und es scheint, daß es so weitergehen kann und wird. Wie dem auch sei, ich habe die Sätze geschrieben, wer weiß, warum und für wen. Der Altweibersommer zieht Fäden über den Hügel, hier werde ich eine Weile bleiben, und wenn eine Geschichte zu Ende ist, soll man keine Worte mehr machen.

Die ganze Welt und ein paar Zeichenfedern

I

Ich habe ein paar hundert Radierungen gezeichnet und abgezogen auf einer alten Acht-Zentner-Presse (Herkunft unbekannt; Tischgröße 100 × 50 cm; Walzendurchmesser 30 cm) und einer kleinen neuen Kupferdruckpresse, die sich auf Autorücksitzen transportieren läßt und die ich vorübergehend auf einer mit Gerümpel gefüllten Kiste festgeschraubt habe. Die schwere Presse stand zuerst in einer Freiburger Waschküche, wo ich die ersten Radierungen machte, und steht jetzt in Oetlingen / Südbaden im Haus meines Freundes, des Bachelors und Weltbummlers Ernst Vogel. Die leichte Presse steht in einem Landhaus in Suzette, Vaucluse.

Ich besitze kein eigenes Atelier und keine komplette Werkstatt. Ich arbeite, wo ich Platz finde, am liebsten in Rumpelkammern voll ausrangierter Kommoden, Gießkannen und Obstkisten. Ich ziehe gebrauchte Dinge den ungebrauchten oder neuen vor, aus diesem Grund benutze ich die alte Presse lieber als die neue. Mein bester Arbeitsraum war eine Abstellkammer zu ebener Erde mit Obstbäumen vorm Fenster, mein bester Arbeitstisch eine alte Türe auf Holzböcken.

Da ich keine eigene Werkstatt habe, bin ich auf Gebrauchsgegenstände angewiesen, die ich in der Umgebung auftreiben kann. In Oetlingen benutze ich einen kleinen, sehr unpraktischen elektrischen Kocher zum Erhitzen der Druckplatten, in Berlin einen Gasherd, in Suzette einen qualmenden Ofen, für den ich das Holz aus den Windbrüchen hole (tote Bäume und ausrangierte Telefonmasten).

Ein Teil meiner Druckplatten ist verlorengegangen oder in feuchten Kellern oxydiert, aus Sorglosigkeit, im Vertrauen auf langes Leben. Meine Auflagen sind klein: die höchste Auflage beträgt zehn Exemplare. Ich drucke meine Abzüge selbst, weil ich die Platten kenne und überzeugt bin, daß auch der beste Drucker meine Platten nicht besser drucken kann als ich selbst.

Mein Kupferdruckpapier beziehe ich von einer Firma in Hamburg; mein Zinkblech (Kupfer wäre zu teuer) kaufe ich in verschiedenen Eisenhandlungen in Berlin-Kreuzberg und schneide es mit der Blechschere selbst zurecht. Asphaltlack, Kupferdruckfarben und Kupferdruckfirnis beziehe ich von einer Firma in Berlin-Tempelhof. Terpentin und Salpetersäuren kaufe ich in der nächsten Drogerie, am liebsten in ländlichen Pharmazien, die nach Lavendelöl oder Weinessig riechen. Den Lack zum Grundieren der Zinkblechplatten koche ich selbst nach einem Rezept aus dem achtzehnten Jahrhundert. Das Rezept vermachte mir ein sehr guter Münchner Drucker unter der Bedingung, daß ich es für mich behalte. Der Lack, den ich herstellen kann, ist besser als jeder andere, den ich probierte. Schusterpech und venezianisches Öl spielen bei der Herstellung eine Rolle.

Meine Radiernadeln sind einfache Schreibfedern. Als Filz benutze ich die Unterlage meiner Schreibmaschine.

Während zehnstündiger Arbeit wird die Haut naß und der Mund trocken. Es ist daher angenehm, bei der Arbeit zu trinken. Tee mit Kognak, Bier oder Wein, am besten Wein. Faßwein aus dem Gasthaus zum Ochsen in Oetlingen, Flaschenwein (Gutedel, Literflaschen, ältere Jahrgänge) aus der Küferei Krebs in Binzen und Rotwein aus provenzalischen Kellereien; Bier aus einer Berliner Eckkneipe oder kaltes amerikanisches Büchsenbier; nach Möglichkeit Wein. Er schmeckt am besten, wenn man ihn trinkt wie ein bedächtiger Schwarzwälder.

Es ist angenehm, am frühen Morgen zu drucken oder in den Nächten, wenn das Käuzchen im Baum vor dem Fenster schreit, die Motten durchs offene Fenster taumeln und sich auf den feuchten, harzig riechenden Druckbogen niederlassen. Es ist angenehm, bei der Arbeit Musik zu hören – im Winter, wenn das Fenster geschlossen bleibt –, Blues und Evergreens aus der Ragtime-Zeit, Schallplatten, die ich in Straßenkästen englischer und französischer Musikläden gefunden habe: O DOWN BY THE LEWEE und SKOKIAAN. Es ist angenehm, nach der Arbeit zu rauchen und die frischen Drucke bei gutem Licht zu betrachten.

Die ganze Welt und ein paar Zeichenfedern!

Weinfässer, Trinker, Esser und Bauernschädel, traurige dunkle Beizen der Bowery, Kognakgesichter am Wintertag in Coney Island, rauchend vor Kälte, getaucht in grünen Meerdunst. Mischpoken, Ganoven und Weiße Westen der Gesellschaft, eine heruntergekommene Mona Lisa im Gay-Hotel und Engelchens Sonntagsgesicht mit Hut und Schminke. Highways, Absteigen, Boulevards am Morgen, Wind und Wüste, Oaklandbridge im Gegenlicht eines weißen Abends und genuesische Hafenschuppen. Puppenstroh, Samoware, Kerzen, Mäuse und Menschen. Städte und Vorstädte, Kanonen, Uniformen, Friedhöfe, Kirschbäume – ich zeichne alles.

In bekannten und unbekannten, gesehenen und vorgestellten Landschaften bin ich, täglich und nächtlich, unterwegs. Ich habe Lebewesen in ihnen getroffen, die ich nicht kenne und einzufangen, so schnell wie möglich zu zeichnen gezwungen bin, damit die Erscheinungen mir gehören, damit ich mit ihnen umgehen kann. Figuren mit Reißzahn und gepanzerten Armen (sie überwältigen mich, eine feindliche Phalanx), die fremde Gestalten nach sich ziehen, nicht geheure Geschöpfe zwischen Tier und Mensch, die näher der Schöpfung zu hausen scheinen als ich. In ihrem Gefolge treten Jäger auf, mit Hundemeute, Pferden und Proviant. Es tauchen Revolverhelden und Fahrzeuge auf, Saltimbankerte, tanzend auf einem Bein, bewaffnet mit Kerzen und Musikinstrumenten. Ich weiß nicht, aus welchen Regionen sie stammen. Die spitze Feder hält ihre Konturen fest.

Und ich steige hinunter in die fremden, unerschöpflich sich ausbreitenden Landschaften. Zeichnend markiere ich meine Spur, ich setze mich, zeichnend, in der Wildnis fest. Dort behaupte ich mich, ich muß mich behaupten, unbefestigt, in meinem vereinzelten Camp, durchaus, es gelingt mir, verläßliche Skizzen zu machen. Mit offenen Augen bewege ich mich fort, leichtsinnig, langsam oder mühevoll. Die Zeit vergeht und gibt meinen Bildern recht. Einmal stoße ich an eine Grenze – Nebelbank, in der die Bilder ersticken –, unüberschreitbarer Rand der magischen Welt, deren erster und einziger Fallensteller ich bin. Ich kehre zurück an den Ausgangspunkt, arbeite die Notizen durch, rüste eine Expedition aus, besorge Zentnerpakete von Kupferdruckbogen, Gaze, Filz und Makulaturpapier, Nadeln, Federn, Asphaltlack und Terpentin, und säge Holz für den höllisch rauchenden Ofen, auf dem die Zinkblechplatten bearbeitet werden. Dann bin ich am Tisch und an der Presse verschollen, bis ich perfekte Drucke in Händen halte: erste Ausbeute meiner Expedition.

Ich höre das Kratzen der Feder auf Zinkblech, das Handgelenk ist entzündet, die Schulter schmerzt. Die Expedition hat zwei Jahre in Anspruch genommen, ich bin der Reiter übern Bodensee. Ein Zyklus von sechzig Blättern liegt auf dem Tisch, getrocknet, geordnet und duftend, Privatbesitz. Der Zeichner, denkt man, könnte zufrieden sein. Katergesichtig streicht er um seine Papiere, beschaut das eine oder andere Blatt, das kaum noch ihm gehört, und beginnt von vorn.

Der Brand

Im Jahr 1944 lebten wir, meine Mutter, meine Brüder und ich (mein Vater war zu jener Zeit vermißt) in Littenweiler. Das ist ein Vorort von Freiburg, eine Trambahn fährt hin, Scheunen, kleine Gehöfte und ländliche, von Gärten umgebene Familienhäuser ziehn sich längs steiler Straßen aus den Wiesen des Dreisamtals in eine Bergmulde hinauf, wo der Schwarzwald beginnt mit Bächen und Tannenwäldern. Bereits am frühen Nachmittag wirft der Kybfelsen seinen Schatten über den Eichberg, an dem wir wohnten. Unser Haus gehörte der alten Emely Holzapfel in Freiburg, wir aber lebten in ihm. Wer bei uns eintreten wollte, mußte an einer Glocke ziehen, die an einem Baum überm Gartentor hing. Durch unsern Garten floß ein von wildem Gras verhängter Bach. Wir besaßen eine Schaukel, einen hölzernen Brunnen ohne Wasser und ein achteckiges Gartenhäuschen, das mit Efeu behangen war. Eine wacklige Brücke aus Birkenstämmen führte zu ihm; unter der Brücke wuchs ein Brennesselbusch. Um einen Baum stapelte sich gespaltenes Holz im Kreis; ein Dickicht aus Stachelbeerbüschen und Haselnußhecken umschloß unsern Garten. In seinem entlegensten Teil hatte ich mir aus Pappe, Blättern, Stöcken und alten Bettvorlegern einen Schwarzwaldhof erbaut. Er hielt dem Regen stand und barg getrocknetes Gras für meine Kühe und Pferde aus Tannenzapfen. Streichholzschachteln waren meine Heuwagen und ausgehöhlte Holzscheite meine Brunnen. Wir sammelten Pilze und Himbeeren; bei einem Bauern kauften wir Ziegenmilch.

Der 27. November dieses Jahres war sonnig und klar. Ich ließ meinen Viehbestand im Garten weiden und sah in großer Höhe zahllose Geschwader über Freiburg fliegen. Metall funkelte in der Sonne, das Brummen der Motoren verklang im Himmel, ich hatte das schon häufig gesehen und gehört und wußte, daß große Städte im Osten Deutschlands zerstört wurden. Leipzig, Berlin und andere Orte, deren Namen die Erwachsenen, wenn vom Krieg die Rede war, mit sonderbar gedämpfter Stimme aussprachen. Gewöhnlich überflogen die Flugzeuge von Osten kommend oder nach Osten fliegend, die Stadt, an diesem Tag aber kreisten sie in weiten Schleifen über dem Breisgau. (Und man sagte später, es seien dieselben gewesen, die ein paar Stunden später Freiburg zerstörten und sie hätten, bevor sie westwärts weiterflogen, den Schauplatz der bevorstehenden Vernichtung besichtigt.)

Kurz vor acht Uhr abends heulte die Sirene. Ich warf einen Mantel über den Schlafanzug, zog in Eile meine Schuhe an, und wir liefen in den Luftschutzkeller des Nachbarhauses. In unserem Haus war nur eine kleine Waschküche zu ebener Erde, und da wir häufig in den Keller des Nachbarhauses rennen mußten, hatten wir dort unsre festen Plätze. Meine Mutter besaß einen Liegestuhl, meine Brüder, beide kleiner als ich, schliefen in Waschkörben, und ich selbst lag auf einem Stapel von Kisten unmittelbar unter der Kellerdecke, hatte den weiß gekalkten Beton vor Augen und dachte: Wenn eine Bombe auf das Haus fliegt, stürzt die Decke herunter und ich werde als erster zerdrückt. Mein Kopf bricht ab und rollt in einen Waschkorb, meine Beine fallen in die Kanalisation, und alles übrige liegt tot herum, und irgendwer rutscht auf mir aus wie auf einer zermatschten Pflaume. Ich hatte Trümmer und Tote genug gesehen und konnte mir eine Vorstellung davon machen, denn hin und wieder waren einzelne Bomben in Littenweiler gefallen, eine Scheune im Dreisamtal war abgebrannt, einige Häuser in der Nähe des Eichbergs waren zerstört, und wo es Krach und Feuer gegeben hatte, war ich augenblicklich hingerannt, hatte mit einem Stecken in Gerümpel und Asche gestochert, die Tücher vom Gesicht der Toten gezogen und verstreuten Kram wie Briefkasten, Topfdeckel, Granatsplitter und Tapetenfetzen in Räuberwinkel und Spielhütten beiseite getragen. Wir hockten und lagen im verdunkelten Keller des Nachbarhauses zwischen Marmeladengläsern und Kartoffeln, es brannten Kerzen, meine Brüder schliefen, leise sprach meine Mutter mit den Nachbarn, der Boden schütterte von fernen Detonationen, das Röhren der Flugzeugmotore näherte und entfernte sich. Wir saßen und lagen eng zusammengedrückt, horchten und redeten leise, bis zwanzig Minuten später die Entwarnung kam.

Die Erwachsenen atmeten auf, ich kannte das schon, ich

atmete ebenfalls auf, das heißt: ich beeilte mich, von meinem Kistenstapel herunterzuklettern. In so kurzer Zeit kann nichts geschehen sein, sagten wir. Wir zogen die Mäntel über und gingen hinaus in die Nacht. In Littenweiler war keine Bombe gefallen, aber mir war unbehaglich zumute, denn ein nie gesehenes Licht, ein schmutziger, unangenehmer Schimmer zitterte über die Berge in den Himmel. Bäume, Hauswände und Gartenhecken waren matt beleuchtet, durch das Dreisamtal brandete eine Springflutwelle roten Lichts. Während meine Mutter die Brüder nach Hause brachte, rannte ich mit Nachbarskindern den Eichberg hinab in die große Kurve, von wo aus man Freiburg zwischen den Ausläufern des Schwarzwaldes in der Ebene liegen sieht. In der Kurve waren Menschen zusammengelaufen, eine Unruhe aus Gemurmel, Gerede und unterdrücktem Gewimmer ging um, Menschen standen und hasteten in einem lodernden Licht. Und an der Stelle, wo, einige Kilometer entfernt, die Silhouette Freiburgs gewöhnlich zu sehen war, brannte eine einzige, gewaltige Flamme. Die Bergwände waren überflutet von zuckendem Feuerschein, die Täler seitab versunken in schwarzen Schatten, deutlich traten die Tannen an den Hängen des Roßkopfs hervor. Fetter, orangefarbener Rauch schäumte hoch hinauf in die Nacht, wälzte sich gefräßig über die Bergköpfe und verschlang alles Dunkel. In ungeheurer Stille vollzog sich der Untergang Freiburgs, die Stille war so groß, daß ich vor Beklommenheit lachte. Die Ebenen hinter Freiburg waren ausgefressen von Glut, das Feuer schien sich selbst zu wiederkäuen und mit Qualm und Gefackel bis an den Weltrand fortzusetzen. Das Münster ist zusammengekracht, dachte ich, der Alte Friedhof, Salzstraße, Wenzingerhaus, Schwabentor, das dunkle, schiefe Buttergäßchen – bis auf den Boden heruntergebrannt und weg. Die Türme liegen wie Baumstämme umgekippt quer über den Straßen, die Steine sind zerkrümelt, ich möchte nicht dort sein, alles liegt auf einem Haufen, und das Feuer macht übelriechende Asche daraus. Doch was auch immer ich mir vorstellen mochte, war nebensächlich im Vergleich zu dem Gedanken, daß dieses Feuer nur der Anfang eines weit größeren Feuers sein müsse. Dieses Feuer, sagte ich mir, breitet sich in rasender Eile nach allen Seiten aus, es frißt sich durch die Welt und wird auch mich, gleich zu Anfang, in seine Mitte nehmen. Es kriecht zischend und knallend das Dreisamtal und den Eichberg hinauf, leckt die Wiesen weg, frißt unser Haus, den Garten, das Gartenhäuschen, es frißt auch mein Schwarzwälderhaus, meine Pferde, mein Heu. Dann kommt Kappel an die Reihe, dann Kirchzarten, dann Himmelreich, dann der Schwarzwald und schließlich alles übrige. Dem widersprach, daß das Feuer lautlos an seiner Stelle stand, sich nirgendwohin ausbreitete und alle Glut in den Himmel schickte. Hier oben am Eichberg war alles unverändert. Die Häuser, Gärten und Bäume standen an ihrem Ort, und es gab viel gute und sichere Dunkelheit. Ein Schluchzen in meiner Nähe schreckte mich auf. Ich merkte, daß ich an Händen und Füßen fror. Wenn so absonderlich geweint wurde, ließ sich nicht recht abschätzen, was eigentlich geschehen war. Da fiel mir ein, daß das Feuer nicht allein mich und eine Stadt aus Steinen betraf, sondern daß Freiburg ein Ort war, in dem Menschen lebten und daß diese Menschen nun inmitten des Feuers waren. Was mochten sie in diesem Feuer tun? Ich dachte an die alte Emely Holzapfel und ihren Schwarzwälderladen am Münsterplatz. Was war mit ihr und ihrem Laden geschehen? Wen kannte ich noch in Freiburg? Mir fiel keiner ein. Emely Holzapfel war wohl der einzige Mensch, den ich dort kannte. Das Schaufenster ihres Ladens ist jetzt zersplittert, dachte ich, da ist nichts mehr übrig. Die honiggelben Kerzen sind zerschmolzen, die schönen hölzernen Engel mit den gelackten Flügeln, die Glottertäler Hüte mit den roten Knollen verkohlt. Die Webstühle und ihre langen Zöpfe aus Schafswolle, die Holzschatullen, Zinnteller, Schwarzwälder Uhren, die bunt bemalten Kirschwasserflaschen – alles zerscherbt, vom Feuer verkohlt und weg. Und Emely Holzapfel selbst war vielleicht auch verbrannt, oder aber sie kroch, sofern sie noch lebte, unter dem Feuer fort und schleppte Taschen voller Zinnteller und Schwarzwälder Uhren irgendwohin, wo kein Feuer war, vielleicht den Roßkopf hinauf in die Tannenwälder? Was machte der Glöckner im Münsterturm? War er vielleicht in eine Glocke gekrochen oder lag mit dem Turm am Boden?

Ich erinnere mich nicht, ob Worte wie TOD oder UNTER-

GANG meinen Gedanken in jener Nacht zur Verfügung standen, aber ich erinnere mich, daß ich über alle Worte hinaus dachte: Dieses Feuer muß etwas Wirkliches sein, das gibt es und damit ist zu rechnen; und das Feuer selbst ist vielleicht nur der geringste Teil einer Sache, die ohne Sinn geschieht. Ich stand, in die Straßenhecke gedrängt, zwischen unbekannten Menschen, auf deren Gesichtern der Schein des Feuers tanzte und spürte eine große Kälte. Die Nachbarskinder waren wohl schon nach Hause gegangen. Eine fremde Dame nahm mich bei der Hand und führte mich in ein Haus, das oberhalb des Eichbergs hinter Bäumen verborgen stand. In diesem Haus, das ihr gehören mochte, brannte Licht, in den Zimmern war Ruhe und Wärme, ein uralter Mann saß in einem Sessel am Fenster und nickte mir ernst und freundlich zu. Die Dame gab mir eine Tasse Milch zu trinken und riet mir, nach Hause zu gehen, da meine Mutter gewiß auf mich warte. Ich kann jetzt nicht nach Hause gehen, sagte ich, das Feuer brennt doch! Das Feuer wird noch lange brennen, antwortete die Dame, du kannst nicht so lange warten, bis es niedergebrannt ist. Wird es denn niederbrennen, fragte ich, bleibt das Feuer denn, wo es ist? Die Dame versicherte mir, daß das Feuer gewiß an Ort und Stelle niederbrennen werde. Sie führte mich auf die Straße und riet mir noch einmal, nach Hause zu gehen. Ich fror und ging zögernd den Eichberg hinauf. Der Widerschein des Brandes flammte über den Gärten, die Berge standen dunkel vor rauchigem Licht, die Schluchten des Kybfelsens waren finster und still, die Nacht enthielt sich der Stimme. Zu Hause war alles in Ordnung. Im Garten murmelte der Bach, mein Schwarzwaldhaus stand unversehrt im Gras, meine Brüder schliefen.

Am folgenden Tag kam Emely Holzapfel zu uns; da merkte ich, daß unser Haus ihr gehörte. Sie kam ohne Zinnteller und Glotteräler Hüte, weinte und warf uns ohne Umstände aus dem Haus. Wir packten und gingen fort. Ich hatte mein Schwarzwaldhaus zerstört und seine Teile in den Bach geschmissen. Im Morgengrauen standen wir am kleinen Bahnhof in Littenweiler und reisten ab.

Ein roter Faden

Koppheister auf drei Beine gestellt, betrunken und fabelhaft nüchtern, verantwortungsvoll und leichtsinnig, von poetischen Taranteln gestochen (ich steche zurück mit der gigantischen, schwarz glänzenden Tuschfeder), von Kinderbuchteufeln mit der Mistgabel gejagt (ich bringe Konfetti und Kerzen in Sicherheit), von Sirenengesängen bezaubert, gepeinigt, gefoltert (ich werde mich mit Gedichten revanchieren), von der Chimäre mit dem Wasserspeiergesicht im Tagtraum laut lachend geäfft, und vom Seegang unablässig auf- und absteigender Zeit zu dieser Prosa verführt, lasse ich mich nieder auf den weinfleckigen Flechtstuhl am sonnenüberfluteten, tanzenden Tisch, und stecke für den, der dies liest (und zu meinem Vergnügen), Fähnchen auf die Landkarte meiner Vagabondagen, Raubzüge und festen Burgen auf Abruf.

Es ist ein windiger Morgen Mai im Süden Frankreichs. Die Stille zwischen den Windstößen zählt jeden Hahnenschrei, und der vom Meer kommende, in azurnen Blasbälgen geborene Wind blättert in Laubfolianten am Rand der Wälder. Die Bläue steigt auf den Singflügeln der Grille gen Mittag. Kopfhängend, von Hitze betäubt, steht der Flieder im Windschutz der Hauswand.

Ich nehme das erste Fähnchen und stecke es in den Gebirgsschatten, worin ich das Haus vermute, in dem ich bin, und wer weiß wielange sein werde: es liegt auf der steinigen Höhe und bewahrt die Kühle des südlichen Winters in abgedunkelten Räumen voller Chaisen und gespensternder Zinnteller, Ofenkacheln und Kirschholzbuffets, ein Gehöft über Weingärten und Kirschbäumen, vor Jahrhunderten staatliche Brieftauben-Station zwischen Grignan und Crillon-le-Brave. Pferdefuhrwerke, beladen mit Kisten voller Brieftauben, polterten den Felsweg herauf. Ein taubenväterlicher Tartarin und Postmeister stand im fensterlosen, von Wind und Taubengurren erfüllten Turm und band die Billette der Madame Sévigné an zierlichen Vogelbeinen fest, Einladungen zum Souper und parfümierte Damenkorrespondenz; und die Sévigné stand auf ihrer Terrasse im Wind, umflattert von Wollshawl und aufgelösten Locken, und heftete, assistiert vom herbeigerufenen Verwalter, ein delikates Papier an den Fuß einer Taube.

Heute sind die Brieftauben-Verschläge in Lagerböden für Spargel und Kirschen verwandelt. Monsieur Tourtelin, Besitzer des Hauses, listige Freibeuterseele mit ungeklärter Vergangenheit, kantapert brummend zu seinen brummenden Hunden, die den Tag im Schatten der Fliederbüsche verbringen, und serviert seinen schläfrigen Bettelblütlern Bratpfannen voll Nudelsuppe und feuchtes Brot. Er schiebt die Mütze in die Stirn und kratzt sich am Kopf, ihm ist ein erfreulicher Gedanke gekommen, sein Gesicht hellt sich auf, wie man sagt, hintersinnige Lachfalten erscheinen um seine Augen, er macht kehrt und schlurft, gefolgt von den Hunden, hinter die Eberesche am Felsweg. Ein ausgedientes Gemüseauto versinkt dort im staubigen Gras (er hat sich seinerzeit des Vehikels bedient, um die Märkte von Carpentras und Orange zu beliefern), er setzt sich hinter das Steuer und beginnt, unsichtbar für die Augen seiner pantoffelschwingenden Madame Küchenschabe, in freudiger Gelassenheit zu rauchen. In den zerrütteten Lederpolstern des einstmals modernen Chauffeursitzes befindet sich sein schlechtes Gewissen: ein geheimgehaltenes, ständig nachgefülltes Arsenal von zehn bis fünfzehn verschiedenen Zigarettenschachteln. Dort sitzt er und bläst den Rauch durch die glaslosen Autofenster in den Baum. Er läßt sich Zeit, denn hier vermutet ihn keiner. Er ist herzkrank, aber was will das heißen. Das Rauchen ist ihm untersagt, dann unter schauerlichen Prophezeiungen verboten worden – aber, du lieber Himmel! Während ihn Stille und blauer Dunst umhüllen, sinkt er vornüber mit der Kippe im Mund; im Halbschlaf stützt er den Arm auf das klebrige Steuer, der Arm rutscht ab und drückt auf die Hupe. Zwischen zwei Windstößen ertönt ein verklemmtes Geschepper, die Hunde heben den Kopf, der Hahn springt auf und wirft einen Spankorb um. Verärgert schleicht der Alte aus seinem verratenen schlechten Gewissen und stiehlt sich fort zu den Büschen am Waschplatz. Er steckt den Kopf in das windige Grün und raucht, von einem Bein auf das andere tretend, in bald wiedergefundener Ruhe seine neunzehnte Bastos, und wer will, kann zwischen Gras und Blättern seine fleckigen Hosenbeine betrachten.

Währenddessen erscheint Marius, le domestique, mit geschulterter Hacke am Felsweg. Er steigt aus den Weingärten auf, um das erste Glas Rotwein zu trinken. Nicht schlecht gearbeitet, sagt er und setzt sich zu mir an den Tisch, nicht schlecht gearbeitet, croyez moi! Er nickt und greift nach dem Glas, seine Finger zittern. Aber, sagt er, nicht immer à la campagne, bei diesen Besitzern – diable! – nicht immer hier. Früher – unterwegs bis nach Spanien und in die Normandie. Früher – mit einem Zirkus auf Reisen, mit Löwen und Tigern zusammengelebt, Marius, der Tierbändiger, gut bezahlt – pas vrai? Nicht schlecht gearbeitet, keineswegs wie hier – den ganzen Tag – pour rien. Wochenlang kein Fleisch gegessen – Raubtiere werden durch Fleischgeruch gereizt. Mit Tabak und Essig eingerieben, am ganzen Körper, täglich, die Haare und Kleider. Dann zu den Tieren in den Käfig, und den Kopf in ihren Rachen gesteckt.

Sagt er, Marius. Aber wer weiß, ob das stimmt. Man behauptet, die Chimäre Phantasie habe den Knecht am Wickel. Wer also könnte beurteilen, was er da sagt. Und ob er der enorme Kerl ist, von dem er erzählt. Er lacht ein stilles Lachen verschütteten Stolzes und dreht sich, froh, einen Zuhörer gefunden zu haben, aus Tabac gris eine krümelnde Zigarette, die er des Zitterns wegen kaum festhalten kann. Aber Monsieur – sein Lächeln geht unter in den geduldigen Augen – die Zeiten wechseln und so bin ich hier.

Ich nehme ein zweites Fähnchen aus der lebenslang geschüttelten Schatzkiste und befestige es auf dem Namen NESSELLACHEN. Vom Wind über die Höllsteige getragenes Kuhglockenläuten schellt leise und vielstimmig über die Hänge des Hochtals, das in den weißen Fiebern des Augusttags zittert. Am Rand des Tannenwaldes ist eine Schindelhütte zu sehen. Ein barfüßiger Junge erscheint, der Milchkannen vom Weberhansenhof den Berg hinauf durch das Haferfeld trägt. Geruch von Wacholder und wilder Möhre hängt im staub- und steintanzenden Höllentäler Wind. Der Auerhahn rührt sich in den bemoosten Bäumen. Die Sonne stolpert auf buttergelben Flüssen über Disteln und Tannenspitzen himmelabwärts in den Westen, wo, wie er weiß, die Ebenen Frankreichs sich meerhin im Licht verlieren. Die Hände und

Mundwinkel des Jungen sind fleckig vom Saft der Blaubeere, und seine Augen sind fröhlich. Nachts liegt er im Strohbett hinter der Schindelwand, an der die niederhängenden Äste scheuern, und der große Wind, der ihn sein Leben lang begleiten wird, der in den Tannen pfeifende, große Wind ist Erzählung verschollener Dinge und Ahnung zukünftiger Versmusik.

Eh, qu'est ce que vous voulez! Der alte Tourtelin reibt sich, um Unannehmlichkeiten vorzubeugen, den nach Nikotin riechenden Mund mit Thymian und Lavendel. Er zwinkert in Richtung zur Küchentür und hebt souverän die altersschwachen Schultern. Muß man nicht tun, was man für richtig hält? Sind nicht fünf Jahre Wein und Tabak besser als zehn Jahre Gesundheitstee? Ein aufsässiges Lachen keckert aus seinem Hals, er wirft vernichtende Blicke zum Himmel und schleppt sich brummend zu seinen brummenden Hunden. Der Mittag siedet über dem Felsweg, die Hunde rücken dem wandernden Baumschatten nach. Meine Landkarte verliert sich in Nacht und Mittagslicht unzähliger Zeit, und die Fähnchen rascheln auf dem schattenbedeckten Tisch. Ein siebtes, zwölftes, wer weiß wievieltes Fähnchen – wohin? In welche Wirklichkeit und welche Zeit? Fähnchen, Gedichte, Bilder und viel mehr noch hab ich verschwendet, und aufgesteckt an den Haupt- und Nebenwegen, über die der rote Faden läuft, den ich hinter mir herziehe, den ich festhalte, der mir folgt. Eine feste Schnur, verschlungen, verknäult und verknüpft, ein undurchdringliches, zähes Wurzelgeflecht, Purzelbäume schlagend und tanzend, tanzend, leicht oder schwer zu ziehen, ohne Anfang und Ende, und wer ein versierter Fadenzieher ist, weiß, wie man ihn spinnt, zerreißt und zusammenflickt.

Ich nehme ein wer weiß wievieltes Fähnchen aus der Kiste und stecke es in die finnischen Wälder; ein Fähnchen auf den Boulevard Arago, und zwischen die hölzern musizierenden Karusselle des Sommerabends in Saint Cloud; und stecke eins an der schottischen Küste fest und eins in der festlich lärmenden Dämmerung Roms; und stecke eins auf die Insel Fünen und eins in die Venti-Settembre-Allee; ein zweites oder vorletztes Fähnchen in den Schnee am Wannsee oder am Landwehrkanal. Eines wenigstens stecke ich in den Bombentrichter, auf die Kohl- und Rübenfelder am Rande Erfurts, und ein anderes zwischen die zerschossenen Panzer, auf das Laubgrab des verfaulten Soldaten, im kriegsbeschädigten Wald an der Arnstädter Chaussee. Ich habe Fähnchen genug für zertrümmerte Städte, zugige Mansarden und Totenhäuser, Fähnchen für Stacheldrahtplätze und Trampelpfade, Gräber und Höhlen voller Fledermäuse. Ein Fähnchen ist da für die Polenbaracke am Naßen Esch, wo in Staub und Würden die Brennessel wächst, und ein anderes bezeichnet ein Bildstöckl nahe Bamberg; auf grauer Säule steht die Madonna, mit bemoosten Füßen und süßer Bittgebärde, und streckt den Leib wollüstig im stäubenden Regen. Und eine Hand voller Lieblingsfähnchen (aus der Königsgalerie meiner Lieblingsfähnchen) steckt neben Atlantik, Ägäis und Ostsee, in den Regennächten Lapplands, in den namenlosen Weinschenken Iraklions. Der Heitere Platz über Zofingen, kleine Bahnstationen in Mittelengland oder Sizilien, die Steinbänke provenzalischer Flüsse und schwedischer Älfe – ich stecke ein Fähnchen auf und weiß, wo ich bin. Auch hab ich diverse kunterbunte Fähnchen in das Mitternachtsgestein Venedigs gesteckt, und entlang der winterlichen Autobahnen Deutschlands. Vom Oberrhein winkt ein geschnörkeltes, altbadisches Sonderfähnchen aus Zwiebelschale und Mottenflügeln, und ein gewichtiges Doppelfähnchen flattert an den morgendlichen Hängen des Ätna.

Kein Ende mit den Bezeichnungen, Namen und Orten. So weit ich Ausschau halte, wohin ich mich wende: überall Fähnchen. Sie sind, die kostbaren oder wertlosen, aus immer wieder wechselndem Stoff gemacht: aus Spinatblättern der Kindheit und erwachsenem Briefpapier, aus Habichtfedern und Salamanderhaut, aus Weinflaschen-Etiketten und Frauenhaar, aus Manuskripten und geschöpftem Bütten. Abschiedstaschentücher von der Gare de l'Est hab ich verwendet mit leichter Hand, Fettpapier, Treibholz, Bohnenstroh, und glänzende Efeublätter der Villa Adriana. Das Laub des Markgräfler Herbstes ist so geeignet wie die schimmernden Flügel der Bienen von Epidaurus.

Marius schleppt sich berauscht den Felsweg hinab in den Weinberg. Die Hunde knurren, wenn er vorübergeht. Der

Abend kommt und die Berge treten aus perlmutternen Schleiern in die Ebene. Hinter den Kirschbäumen schreit das Käuzchen. Großvaterfrösche orakeln am versumpften Bach, wo die verbrannten Olivenbäume stehen. Der alte Tourtelin verzieht sich, an seinen Tabakfingern riechend, widerwillig in die Küche zum Aperitif. Es ist Zeit, Licht zu machen und die Weinflasche zu öffnen, denn ich sitze immer noch am tanzenden Tisch, und ein hoher Haufen von Fähnchen ist übrig geblieben, Landkarten voller Kontinente hinter den Wörtern und Windrosen, wo die Bärte der Märchenerzähler flattern im Wind und die Schiffsglocken der Meerfriedhöfe zum Taifun zusammenläuten. Ja, ich habe Fähnchen nicht nur für den Erdball und seine Namen, oder um sie hinter den Spiegel zu stecken. Andere gibt es für Liebe und Tod und namenloses Besitztum jenseits meines Erinnerns. Fähnchen für Orte, an denen ich nie war. Die grünen Omnibusse von Paris tragen meine Fähnchen auf dem Verdeck, weit hinab über die ohrenbetäubend donnernde Weltend-Avenue.

Eines besitze ich, das (bevor die Nacht den Felsweg heraufkriecht) in die Savannen und Urwälder Afrikas kommt. Hinter Onitscha dröhnt Regen in den verfinsterten Busch. Unter den Blättern wälzt sich die Riesenschnecke. Die Nacht dampft um das verwanzte Mayfair-Hotel, das vom Lachen der würfelspielenden Stewarts hallt. In der Bay of Benin bricht sich die Brandung des Atlantik mit kurzem, dumpfem Keulenschlag – und klar und frisch ist der Morgen auf dem Niger. Zwei Jungen trödeln über die stockernde Fähre und bieten englische Comics zum Verkauf, Shakespeare komplett in großen Geflügelkörben. Tek dis, Massta! O dis is gud for ju! Luk cher, luk cher! Tek dis wandaful buk! Der Wind reißt das kleine Geschrei von ihren Lippen und verweht es über dem Wasser, das schwer und verschlammt zu den flachen Ufern rollt. O Königsgelächter, eiskaltes Starkbier und dröhnende Grammophone in den Bretterhotels an der langen, langen Piste nach Pambegua! Heiser schnattern und widerhallen die abendlichen Märkte im Busch, gehüllt in den Duft von Holzrauch, Schweiß und verbranntem Fett. Unruhig sitzen die Geier im Mangobaum. Lastende Finsternis verbirgt die Augäpfel der Götter. Die Nacht ist zermartert vom Höllgeschrei der Insekten, und der Tag wirft würgende Weißglut auf die abschüssigen Weiten der Savanne. Betäubend riecht der heiße Benzindunst auf den Flugplätzen an der Küste, und die Piste nach Pambegua nimmt kein Ende. Die Tage fallen vom Himmel, God is so good. Im Norden regt sich der Harmattan, fegt Aasgestank und Krallen toter Geier zwischen die Zeilen ungeschriebener Gedichte. Ich nehme eine Handvoll Fähnchen, gemacht aus Meeresleuchten und Schlangenhaut, und stecke sie auf das regenrasselnde Blechdach des Königspalastes in Akure.

Die Nacht hat begonnen. Marius steigt müde vom Weinfeld herauf und läßt die Hacke in den Fliederbusch fallen. Monsieur Tourtelin geht an den brummenden Hunden vorbei in den Weinkeller. Im Licht seiner Taschenlampe plätschert Wein in die schimmernde Karaffe. Er wird den Abend am Küchentisch verbringen, Fingernägel mit dem Messer schaben, und trinken. Mit abweisendem Gesicht und unzufrieden, wenngleich reinen Gewissens, studiert er Le Dauphiné und Super-Torro-Special, während der rote Faden seines zu Ende gehenden Lebens bei den Zigarettenpackungen im Sitz des Gemüseautos verfällt. Und während er über die Brille hinweg in der Zeitung liest, Marius seinen roten Faden im Rotwein sucht, steckt Madame Toutelin ihres Lebens einziges gültiges Fähnchen auf den Herd, einen aus Bettuchabfällen geizig zusammengenähten Topflappen, zerschneidet ihren graugewordenen roten Faden mit der Nagelschere in kleine Regenwurmschwänze, und seufzt.

Im Nebenhaus schließt die Kiste voller Fähnchen derjenige, der die Erzählung geschrieben hat. Seine Landkarte verliert sich im Dunkel hinter den Kerzen und Fliedersträußen, und die aufgesteckten Fähnchen leuchten von dort, wo seine Sätze an der Leine liegen, damit das Schweigen nicht gebrochen wird. Sternbildsysteme von Fähnchen und Namen steigen im Halbdunkel auf, er kennt die Orte, die sie bezeichnen, und die unbeleuchteten Strecken zwischen ihnen. Er kann seinen roten Faden nicht durch ein Nadelöhr ziehen, und es ist, wenn er auf ihm balanciert, kein Netz aufgespannt für den Fall, daß ihm schwindelt. Sein sicherer und willkommener Platz ist der Flechtstuhl, auf dem er sitzt, während der Nachtwind die Bäume nach schlafenden Vögeln durchwühlt, und was er in Händen hält, ist nur das Schreibzeug und ein Glas Wein.

Die Hunde unter dem Flieder knurren und schütteln sich. Marius taumelt aus dem Weinkeller, eine neu gefüllte Flasche schlägt gegen sein Schienbein. Er murmelt von trüben Räuschen entstellte Flüche und wirft die Küchentür hinter sich zu.

Was übrig bleibt, ist das vom Wind gestimmte Kuckucksecho nächtlicher Zeit. Die an der Leine liegenden Sätze sind still und lassen es unangefochten durch alle Dinge gehen.

Wunschblatt für den Kalender einer Malerin

An einem Sommermorgen liegt sie auf ihrer blauen Decke und überlegt, was sie an diesem Tag tun wird.

Sie ist aufgewacht wie an Halleluja-Tagen ihrer Kindheit, etwa so, als habe sie auf dem Wind geschlafen, sie kennt die Geschichte von der Prinzessin auf der Erbse, aber es geht ihr besser an diesem Morgen, sie hat auf der Feder des Goldenen Vogels gelegen. Ihre Hände sind leicht, vom Traum ist nichts übrig, der Schlaf hat das alles zurückbehalten. Da ist schon das Licht hinter der Gardine, der staubige weiße Morgen eines Hundstags, er schenkt ihr das Wort Glück, sie kann es gebrauchen. Sie ist früh aufgewacht, ihre Augen sind offen, aber das Wort bleibt bei ihr, es scheint ihr zu gehören – für eine Weile, für diesen Morgen oder auch länger –, es bleibt bei ihr, weil sie es nicht ausspricht und vielleicht überhaupt nicht für sich in Anspruch nimmt.

Während der Wind die Gardine ins Zimmer stößt oder durch das Fenster ins Licht hinauszieht, hört sie (aus einem Grund, den der Tag ihr verheimlicht) das Geräusch über den Boden gezogener Kornsäcke, das sie vor zwanzig oder dreißig Jahren hörte, an einem Ferienmorgen in Ostpreußen, wo sie aufwachte, wenn die Pferde schon getränkt waren und die zahllosen polnischen Verwandten Kaffee tranken in der Küche des Gutshauses auf dem Weizenhügel, der rund und groß und gelb wie die Sonne war oder ist. Sie hört auch (aus einem anderen Grund, den nur der Morgen oder die vergangene Nacht weiß) die Eisenbahn hinter den Laubengärten im rauchigen Osten Berlins und die Zwei-Zentner-Schritte ihres Vaters, der sich auf den Weg in sein Kaffeegeschäft macht. Und sie hört den Wind, der jetzt, an diesem Morgen, wirklich, in den Windbrüchen hinter dem Haus an zerrauften Bäumen reißt. Vielleicht aber hört sie nichts, ganz einfach: nichts. Oder doch fast nichts; die vollkommene Stille eines Sommermorgens im Gebirge, voll Licht und Bienen.

Während das Teewasser heiß wird, stellt sie den Korbstuhl auf die Unkrautterrasse vor dem Haus, genau an die Stelle, von wo sie den Berg und auf der anderen Seite die etwas tiefer liegenden Felsen sehen kann, die an Regentagen die Farbe dunklen Tees annehmen und an den Abenden aus Silberpapier sind. Da ist etwas Mohn und Ginster in der Nähe des Korbstuhls, weiß gewordener wilder Hafer am gestorbenen Kirschbaum, weiter weg die Bruchsteinwand des verfallenden Wirtschaftsgebäudes, das zum Farmhaus gehört und die Nistplätze der Vögel, sichtbar zwischen den zerbrochenen Rundziegeln. Gleich unterhalb des Unkrautplatzes geht die Straße vorbei, kaum breiter als ein Feldweg und wenig befahren. An manchen Morgen kommt der Farmer aus dem benachbarten Gehöft mit dem Pferdewagen vorbei – der letzte Pferdewagen in dieser Gegend – und sie sieht den kleinen, glöckchenbehängten Hund zwischen den Wagenrädern und den alten Mann mit Schnurrbart und mürrischem Säufergesicht. Weiter unten, vor dem Sommerhaus des Landadvokaten, kann sie die hohen Silberpappeln sehen, staubig weiß, wenn der Wind die Blätter umdreht, an diesem Morgen aber windstill, ein mattes Grün. Noch weiter unten ist das Dorf und dahinter die Ebene, weit und undeutlich im Dunst des Morgens und also gut zum Hineindenken und Heraussuchen von Dingen, die sie sehen möchte, weil sie nicht da sind.

Eine Weile geschieht nichts. Sie ist da, der Morgen steht still; mattweißer Rauch aus der Teetasse fädelt sich in das Licht. Sie hat also Zeit, sich das Licht anzusehn, den mit Wolken schwer bepackten oder klaren Berg, die schnurgerade flitzenden Vögel, die Weingärten oberhalb der Straße und die an jedem Morgen andere Beleuchtung der Landschaft, die sie besonders gern hat im September, wenn träge, mehlige Tage kommen und es schade ist, den Tag im Haus zu verbringen.

Sie stellt sich vor, daß – etwas später am Morgen – der Bäcker durch die Kurve unterhalb des Hauses fahren wird, laut singend in seinem Lieferwagen voller Rosinenbrötchen und nie verkaufter Keksschachteln, und sie denkt, daß es schön ist, ein paar Dinge über Leute zu wissen, die sie kaum kennt – etwa zu wissen, daß der Landadvokat erbittert und ratlos gegen die Mäuse in seinem Haus ankämpft, weil sie seine Bettdecken auffressen.

Sie wird nun ins Haus gehen und etwas tun. Da ist das Unkraut an der Türschwelle, das hohe Treppenhaus mit den staubigen Stufen, das Eisengeländer von neunzehnhundert, die Bücher, Lexika und Zeitungen auf dem Treppenabsatz. Oben zu rechter Hand ist schon ihr Zimmer, das Licht liegt, von der Gardine gedämpft, auf ihrem Tisch. Da sind die Papierbögen, die Stapel großer und kleiner Bilderrahmen, die sie im Lauf der Zeit auf Umwegen durch Antiquariate und Berliner Trödelläden gesammelt hat. Auf dem Hocker der Haufen begonnener und nicht beendeter Aquarelle, die aufgeklappte griechische Truhe, in der sie die eigenen Bilder aufbewahrt, die mexikanische Decke und der Holzkamm aus Tlaxcala, das blau-weiße Gewürz-Komödchen (Briefmarken im Salz und Zeichenfedern im Majoran), die alte, zum Haus gehörige Kommode, auf der die Spieldosen, Spiegel und bunten Holzkästchen stehen; da ist auch ein Sträußchen Lavendel, schwärzlich vor Trockenheit, eine Wasserkaraffe aus L'Isle sur Sorgue, zur Hälfte voll Kognak, vier oder fünf dazu passende Schnapsgläser und eine Kupferglocke mit zerkratztem Holzgriff. Nah am Fenster die unübersichtliche Menge von Pinseln, Wassertöpfen, Farbnäpfen und Aquarellkästen, etwas weiter vom Fenster weg überfüllte Bücherregale und an den Wänden die zuletzt gemalten Aquarelle in wurmstichigen, gelegentlich vergoldeten Rahmen.

Von ihrem Platz aus sieht sie auf einen Teil des gesprungenen Schwimmbeckens voll Efeu und auf den Grasweg, der von der Straße zum Haus heraufführt, und sie sieht die hohen Kastanien hinter dem Farmhaus und blickt weit über die Tiefebene nach Süden. Sie wird jetzt etwas zu malen beginnen, zuerst aber noch Briefe schreiben, denn das Postauto wird bald hier sein, sie kann es bereits hören, es kurvt langsam die steinige Straße herauf, hupt an den Landhäusern, die etwas zurück in den Hügeln liegen, wird zuerst sichtbar am Farmhaus, ein gelber Fleck zwischen den Kastanien, kommt dann den Grasweg herauf, wendet im Unkraut und hält mit laufendem Motor. Sie wünscht sich jeden Tag ein Viertelpfund gemischter Post, Belegexemplare gezeichneter Bücher, Briefe von Freunden aus München, Berlin, Brasilien und dem Ländchen Vaduz, und unerwartete gute Nachrichten von unbekannten Menschen, die ihre Malerei kennen. In jedem Fall kommt die Zeitung, sie beendet den Morgen und verzögert den Beginn der Arbeit. Sie setzt sich in den Schatten der Hauswand an den großen Tisch, der auf Holzböcken im Gras steht, die Hitze ist jetzt stark und das Licht ist maßlos geworden; sie liest Briefe und Zeitung; Zeitung – das bedeutet Nachrichten, die ihr das Wort Glück nicht bestätigen (sie hat es niemals verlangt); eine Zeitungsnotiz teilt mit, daß Paustowski gestorben ist; sie hat seine Bücher gelesen und es bedeutete ihr etwas, daß dieser Mann lebte – und nun diese karge Notiz. Sein Tod beschäftigt sie, sie möchte darüber sprechen. Der Tag wird heller und älter, die Hitze nimmt zu und sie hat immer noch nicht mit ihrer Arbeit begonnen.

Sie überlegt nun, daß sie den ganzen Tag lang arbeiten wird, aber so, daß der Rücken nicht schmerzt und die Augen nicht müde werden. Sie wird also, während frisch bemalte Papiere auf dem Fensterbrett trocknen (sie hat sie des Windes wegen mit Steinen beschwert), einen Spaziergang hinter dem Haus machen, etwa auf dem schmalen Weg durch das Gehölz, wo im Juni die Kuckucke rufen; dort hängt auch die Hängematte, dort verblüht jetzt der Ginster, dort beginnt die Wildnis mit Bruchholz und großen Eidechsensteinen. Sie wird eine Melone essen, nach Zigaretten suchen, vielleicht im Alten Brehm blättern auf der Suche nach einem Hefalumpentier, das sonst nirgendwo zu finden ist, oder sich an eine Stelle in der Prosa Robert Walsers erinnern, die sie sofort wieder nachlesen möchte; sie sucht die Monografie über Tschechow heraus, weil sie früher mal darin gelesen hat, es müsse etwas VERNÜNFTIGERES ALS GLÜCK geben.

Im Flur findet sie einen toten Nachtfalter, der Wind hat Sand und trockene Äste über die Schwelle geweht. Ihre Vorstellung von dem, was sie weiter tun wird, ist undeutlich, denn die Arbeitsstunden am Tisch sind sich alle gleich, nur das Licht wechselt, es zieht über ausgebreitete Papiere und beleuchtet in Streifen die ovalen Miniaturen an der Zimmertür. Die Zeit verflüchtigt sich, hinter ihrem Rücken, vor ihren Augen, sichtbar. Sie malt an einem kleinen Format, arbeitet daran schon seit gestern und es ist immernoch nicht sicher, ob das Bild ihr gelingen wird. Sie malt vielleicht an verschiedenen Bildern gleichzeitig. Während das eine in der Sonne trocknet, nimmt sie ein älteres wieder vor, an dem sie seit Monaten gepinselt und gewaschen hat – aber was ist das, was sie da malt, womit ist sie überhaupt beschäftigt, Bilder und Farben, das sieht nach Ferienbeschäftigung aus, könnte man denken, und der Hintergrund ihrer Bilder, der fortwährend so dunkel ausfällt, unerwartet? Und das Personal, das die Bilder bevölkert und so aussieht als sei es mit linker Hand gemalt – aus dem Ärmel geschüttelte lustige Kerle, windschiefe Paradiesvögel, Laubenpiper mit Stock und Pfeife, Bruder Schornsteinfeger KLECKS-MICH-MAL, einbeinig tanzende Knilche und Landschaften für lustwandelnde Totenkerzen; enge dunkle Spielhäuser für Lampionkinder, die erschrocken auf einem Bein stehen und Licht in die Höhe halten? Was hat sie da eigentlich sichtbar gemacht, was stellt sie an mit der Welt und wer braucht ihre Bilder, wer liebt buntpapierne Regenschirme für das hauslose, otterngesichtige Glück, und Hummels Garten, Kopfstehn und Lachen, einen Schuppen für die zu Fuß gehende Sonne, Obstbäume, wenn es früh dunkel wird im scheckigen Oktober und Regen ins Heu auf den Wiesen am Fischinger Hügel.

Am Nachmittag wird sie ihre Arbeit unterbrechen, der Rücken schmerzt und die Augen sind müde geworden. Sie wäscht ihre Pinsel aus und legt das vom Malen wellige, fertige oder unfertige Papier unter einen Glasrahmen, damit sie es prüfen kann und damit es gepreßt wird. Der Abend steht bevor, aber es ist noch früh, es ist immernoch hell, erst sechs Uhr vorbei, die Sonne geht auf den breiten Bergrücken hinter dem Kuckucksgehölz nieder, da bleibt sie noch eine Weile sitzen. Sie kann jetzt die zehn Kilometer in die Landstadt fahren, Einkäufe in dunklen kleinen Läden machen und Tee trinken im Platzcafé unter den Platanen, dabei beobachten, wie die dickbäuchigen Farmer in ihren Vehikeln aus den Dörfern kommen und die Schulkinder nach Hause trödeln.

Dann kommt die Gebirgsnacht mit Eule, Wind und vollkommener Schwärze. Sie macht Licht im Flur und in den verschiedenen Zimmern, Nachtfalter stoßen an die Scheiben, im Farmhof bellen Hunde. Die Dunkelheit bringt Menschen und Gespräche ins Haus, schlägt Bücher auf und atmet melonenduftende Stille. Man kann jetzt Wein trinken, Feste feiern und Zeit verbringen. Die Ruhe ist köstlich. Da sind auch die Zikaden, sie hört sie erst jetzt, obwohl sie den ganzen Tag geschrien haben. Es ist Nacht und die Zeit verliert sich, aber daran denkt sie nicht, denn der Tag hat gerade angefangen und ihr steht mehr bevor als der Mittag und das Glück.

Ode an mächtige Mannschaften

Schlagt die Fenster nicht ein: sie werden offen stehn,
denn vor euch ist schon immer der Wind bei mir gewesen
und hat in meinen Zeitungen geblättert,
bevor er auf die Berge ging und das Strauchwerk schürte.

Schlachtet meine Fische und Papageien
und prüft, wie tief unter Wasser die Eisberge fahren,
und hängt, was ihr findet, an eure großen Glocken,
das alles kostet euch nichts.

Beliebt es euch, kriecht in meine Hundehütte
und sucht eure Beute in allen Kuckucksuhren –
auf meinem Teppich hat nie ein Engel geschlafen,
und meine Koffer sind leer von Vogelnestern.

Reißt das Sägmehl aus meinen toten Eulen
und grabt, beliebt es euch, unter dem Apfelbaum,
reißt das Sägmehl aus meinen toten Eulen
und grabt, beliebt es euch, unter dem Apfelbaum –

Das Gedicht entstand im Sommer 1957 oder 58 in Oetlingen/
Südbaden, ich veröffentlichte es 1959 und habe es zum
erstenmal wieder gelesen. Der Autor hat sich von seinen
Strophen entfernt, doch ein objektives Erkennen gelingt ihm
nicht. Es entspricht der Wiederbegegnung mit einem Freund
aus der alten Lateinstunden- und Indianerzeit. Man wird eine
Weile im Zweifel sein, ob Du oder Sie die geeignete Anrede
sei; und man wird sich so taktvoll wie möglich bemühen, die
unsichtbaren Fühler spielen zu lassen. Das Gedicht macht
dem Autor keine Schwierigkeit. Er sieht: es ist ein einfacher
Gegenstand. Der Umgang mit dem Verborgenen ist ihm
vertraut (es scheint ein zentrales Motiv seiner Verse zu sein).
Der von sich schreibt, hat ein gutes Verhältnis dazu, er scheint
es an seiner Stelle belassen zu wollen. Es scheint nicht seine
Sache zu sein, das Verborgene an den Haaren herbeizuziehen.
Er läßt es am Ort, von dem er weiß oder annimmt, daß er dem
Unsichtbaren Wohnrecht gewährt, und niemandem ohne

weiteres zugänglich ist, gestiefelten Leuten so wenig wie falschen Propheten, am wenigsten Männern mit Durchsuchungsbefehl. Da das Gedicht, wie ich glaube, einfach ist, also weder verschlüsselt noch gepanzert erscheint und kein Versteckspiel mit SINN und BEDEUTUNG macht (es sei denn, man erwarte an dieser Stelle, daß ich dem Motiv einen Namen gebe, was ich tun würde, wenn ich, als Literat, dem Geheimdienst von Akademikern nahestünde), will ich das Interpretieren, Durchforschen und Prüfen, Beweisen, Infragestellen und Widerlegen, die gewitzte Stilanalyse dem überlassen, den der Umgang mit Versen weniger schlaflos macht, und unterzutauchen versuchen im Stoff jener Zeit, der den Anlaß gab, das Gedicht zu schreiben. Ich bin in der Kindheit, sieben Jahre alt (was sich den Versen hinzufügen läßt, kann nur Beschwörung oder Erzählung sein) und erkenne die mächtigen Mannschaften, denn es ist Krieg. Ich stehe im Gartentor an der ländlichen Straße, es ist ein funkelnder Morgen im Schwarzwälder Frühling, und sehe der Deportation eines Mannes zu. Ich habe seinen Hühnerstall ausgemistet, regelmäßig, für ein paar Groschen am Tag, und Milch oder Limonade mit ihm getrunken, in der Anbauküche der Villa unter den Tannen. Jetzt wird er, ein alter Igel mit pfiffigen Augen, von mehreren Militärs in die Mitte genommen, am Garten vorbeigeführt und kommt nicht zurück. Niemand erklärt mir, was das bedeuten soll. Dann sind es gestiefelte Leute in anderen Orten. Es sind die Befreier, Soldaten aus USA, sie fahren in Jeeps und Lastwagen vor, mit Maschinenpistolen und Rucksäcken voller Konserven, unerbittlich Platz schaffend, Kaugummi kauend, und durchsuchen das Haus meiner Großeltern, ohne Grund. Die Familie wird evakuiert, das Haus von Negern besetzt, und als ich nach Wochen wieder zu Hause bin (wir haben in fremden Wohnungen überlebt), sieht das Innere des Hauses wie geschlachtet aus. Die Türen sind ausgerissen, zur Hälfte verschwunden, die Teppiche angekohlt, voller Scherben und Abfall. Geschirr und Papiere sind durcheinander geworfen, die Möbel schauerlich in die Brüche gegangen, die Ledersessel zerschnitten, die Schränke durchwühlt, die Bücher durchnäßt, verschmutzt oder nicht mehr vorhanden. Zwei Monate später kommt DER RUSSE ins Haus. RAZZIA – wer auf die Straße geht, wird erschossen. Das Haus, wie alle Häuser der Straße, wird bei Tag und Nacht auf fremden Befehl hin durchsucht. Die gehüteten Holz- und Kohlehäufchen im Keller werden von Stiefeltritten zusammengekippt. Die Kleider, aus allen Schränken gezogen, segeln durch Zimmer und Korridore zu Boden. Glyzinien und Efeu, die das Haus bewachsen, werden von roten Fäusten heruntergerissen. Ein Offizier gräbt unter dem Apfelbaum und stochert, vergeblich, in den Kartoffeln herum. Der Lebenskram meiner Großeltern unter dem Dach, goldwert, altgeordnet und friedlich verstaubt, wird ins Licht geschleudert und auseinandergerissen, Kilopakete vergilbter Ansichtskarten (Weltausstellungen, Harzreisen, Ostseebäder), Briefe, Hochzeitsschleier und Kleider der Toten – verstreut, zertrampelt und ungeduldig durchwühlt. Ich weiß nicht, und keiner weiß, was bei uns gesucht wird. Zuletzt soll mein Großvater mit auf die Kommandantur, man hat Dokumente in seinem Schreibtisch gefunden. Abtransport, wer verschwindet, kommt nicht zurück. Seine Zigarrenstimme trompetet im Garten, er steht zwischen Sommermöbeln und Blumenkästen, widersetzt sich, zeigt Unterlagen und bleibt zu Haus. Meine Großmutter geht geduldig im Zimmer herum, ein gestorbenes Lächeln auf dem Kriegsgesicht. Ihr Nähtisch, ein empfindliches Holzgestell, mit hauchzarten Ausziehfächern und dünnen Beinen, wird trotz der Versicherung, es enthalte nur Knöpfe, achtlos aufgerissen und umgelegt. Knöpfe platzen aus runden und eckigen Schachteln, kreiseln übers Parkett und unter die Schränke, verschwinden in Bodenritzen und Teppichfransen, und es ist, wie beteuert wurde, nichts anderes da. Keiner weiß, was gesucht wird, warum und wielang noch. Schreibmaschine, Koffer und Kleiderbügel – von wechselnden Mannschaften aus dem Haus geschleppt, Briefmarkensammlung, Nippes und Porzellan, eine Puddingschale in Fischform, ein Teeservice. Man nimmt die Hauspantoffeln des Großvaters mit, der verlassen, auf zitternden Beinen, im Hausflur steht.

Wir sind, wie alle, verdächtig – wer lebt, ist verdächtig. Wessen Eigentum nicht gänzlich zerbombt und verbrannt ist, bleibt doppelt verdächtig, solange es RAZZIA gibt. Durchsuchungen, Überprüfungen und Kontrollen, nachdem das Gedicht geschrieben wurde. Ich sehe zivile und militärische Hände, die meinen Paß beiseite legen, um Auto, Koffer und Manuskripte zu prüfen. So schrieb ich zwölf Jahre nach der ersten Bekanntschaft mit verschiedenen mächtigen Mannschaften dieses Gedicht, in dem mit anderen Worten geschrieben steht: Nicht nötig, das Haus zu zerschlagen, die Tür steht auf. Durchsuchen, vernichten und plündern – das führt nicht weit. Das Gesuchte befindet sich außerhalb aller Stoffe, wo das Unsichtbare seine Macht verteilt, und die großen, rebellischen, heiser bellenden –

Hier entzieht mir das Gedicht jedes weitere Wort und weist mich an, den Mund zu halten. Ich bin erleichtert und gebe ihm recht, ich unterwerfe mich der bescheidensten Strophe. Das Gedicht geht seiner Wege und läßt mich zurück. Wir sind im guten geschieden und beide frei.

Pinocchio

I

Zahllosen Leuten sind denkwürdige und lebenslang lebendige Begleiter aus ihren Tagen Milch und Blut geblieben: Huck Finn und Robinson, Lederstrumpf, Don Quichote, Gulliver, Münchhausen, Struwwelpeter und Alice im Wunderland sind, fest verpackt in ihre Namen, auf kinder- und narrensichere Weise unvergänglich, zu Vorzeigefiguren und Ladenhütern, zu Krimskramsgespenstern der Phantasie, zu auswendig gewußten Urbildern, Sinnbildern, Vorbildern und zu Verkörperungen früher Welterfahrung geworden. Gestalten der Weltliteratur sowohl wie Mitglieder persönlicher Wahlverwandtschaften, gehören sie jedem, der sich ihrer Unverwechselbarkeit zu bemächtigen weiß, sie sind von jedem Kind, das mit Büchern umgeht, privatisiert worden, und könnte man alle die von Privatgebrauch strapazierten und umgebildeten Don Quichotes besichtigen, einsammeln und zählen, käme man zu dem Ergebnis, daß soviele Don Quichotes wie Don Quichote-Leser vorhanden sind. Millionen von Don Quichotes existieren in Millionen Köpfen und jeder Don Quichote ist von einem andern Sancho Pansa begleitet und kämpft gegen eine andere Windmühle. Illustrationen aus Jahrzehnten und Jahrhunderten, Stahlstiche, Holzstiche und minutiös gestrichelte Ansichten im guten alten Vignetten- und Guckloch-Stil haben zwar von fast jeder Figur so etwas wie eine Grundansicht, ein Klischee, geschaffen, aber Kinderköpfe in aller Welt sind an der Arbeit, die Hauptansichten zu jeweiligem Gebrauch zu verändern, und an ein Ende der weltweiten Metamorphosen ist nicht zu denken.

Neben Gulliver, Tom Sawyer und diversen Taugenichtsen aus verschiedenen Weltwinkeln, neben Bucklicht Männlein und Max und Moritz taucht auch Pinocchio aus eigener Überlieferung auf, hölzernes Gezappel in zahllosen Kindheiten und Vorlesestunden, und auch er scheint immer noch das Zeug zum ständigen, beständigen Begleiter zu haben. Sein Klickediklacke-Schritt hat zählebige Echos hervorgerufen. Die lange Nase des Hampelmanns und seine verkohlten Füße sind Fixpunkte in der Erinnerung an frühe Lektüren. Die naseweisen Frechheiten und erfrischend unfolgsamen Herumtreibereien des mutterlosen Einzelgängers scheinen jedes Kind zu überzeugen. Gutmütig, leichtgläubig und etwas kopflos, laut und launig, ermahnt, zerknirscht und um Verzeihung bittend – das Hölzerne Bengele scheint – wenigstens in den Augen Erwachsener – der selbstverständliche Doppelgänger jedes Kindes zu sein.

Unübertreffliche Bilder haben sich eingeprägt: Pinocchios Mütze ist aus Brotrinde, seine Schuhe sind aus Baumrinde, seine Kleider sind Papier. Mit der Kerze auf dem Kopf erscheint die Schnecke, als Pinocchio nachts im Regen an die Türe der guten Fee klopft, und eilt neun Stunden lang durch das Treppenhaus, um ihm zu öffnen. Beim Weintraubenstehlen tritt das Hölzerne Bengele in ein Schnappeisen, er wird vom Besitzer des Weingartens an die Kette gelegt und als Hofhund gehalten. Das Schulferien feiernde Spielzeugland ist ein erstes Orplid. Dort wacht Pinocchio eines Morgens auf und stellt fest, daß ihm, weil er faulenzte, Eselsohren gewachsen sind. Er hat Eselsfieber und das bedeutet: er wird sich sogleich in einen Esel verwandeln. Der alte Geppetto, Pinocchios ermüdend gutherziger Vater, sucht das abhandengekommene Bengele und wird von ihm im Bauch des großen Haifischs gefunden.

Zahllosen Leuten ist die Bildkraft der für Kinder erzählten Abenteuer und der holzschnitthaft einfache, gelegentlich grob zusammengezimmerte Zauber der Szenen im Gedächtnis geblieben. Wer das Buch später nicht wieder zur Hand nahm, wird auf seinen ersten Eindruck vertrauen und überzeugt behaupten, der Pinocchio sei aus herrlichem Holz geschnitzt; auf seine Weise sei er unvergänglich. Aber es gibt andere Erinnerungen, die den Rohstoff der Erzählung auf empfindlichere Weise festgehalten haben. Wer als Kind nicht einfach im Vordergrund der sperrangelweit offenen Bilder steckenblieb (ihre Wirksamkeit funktioniert sicher wie eine Fallgrube), wer trotz Holterdipolter-Magie und Ruckzuck der Hampelmann-Laufbahn den Grundton der Geschichte in Ohr und Bewußtsein oder sonstwie aufnahm, den beschlich – er wußte nicht warum, er war ja ein Kind, ihm wurde vorgelesen – eine langsam wachsende und anhaltende Bedrückung, vielleicht sogar Widerwillen gegen ein IRGENDWAS STIMMT NICHT, das jeder Seite des Buches beigemischt war. Wer den Pinocchio auf diese Weise kennenlernte, erinnerte sich später mit vermischten Gefühlen. Ein schwer faßbares, beinahe bösartiges, gewiß bedrohliches Element, eine düstere Atmosphäre umgab diesen eindrücklichen Bengel und machte das Buch, wenn auch vielleicht nicht das Hölzerne Bengele selbst, fragwürdig. Dumpfe Nachwirkung ICH WEISS NICHT WAS. Um klarzustellen, was es mit dem Unbehagen auf sich gehabt habe, nahm er später das Buch nocheinmal vor.

Er stellte fest, daß das Hölzerne Bengele aus gutem Holz geschnitzt war. Was für ein Einfall: der alte Geppetto findet ein Lebewesen in einem Stück Brennholz vor; er verarbeitet das Holz zu einem Hampelmann, und noch während er schnitzt, streckt ihm der Kerl die Zunge heraus. Wäre der Verfasser des Buchs nicht ein mahnender Zeigefinger, sondern ein Kerl gewesen, hätte sich da ein souveräner Mensch anstelle eines in Scheuklappen eingeklemmten Moralisten der Holzfigur angenommen, wäre aus Pinocchio am Ende ein kleiner Bruder des Candide geworden.

Nichts davon. Die unbehagliche Nebenwirkung des Buches stellt sich von neuem ein und der Grund – er geht sofort ins Auge – ist DIE MORAL VON DER GESCHICHT. Unbehagen wird zu Enttäuschung und Ärger, schließlich zu Bedauern. Verführerische Bildwelt im Frondienst der Moral! Finsterer Schatten der bunten Scenen: Kindfeindlichkeit. Niederdrückender Klebstoff der Handlungselemente: rigorose Erziehungsmoral des neunzehnten Jahrhunderts. Die Denkfehler in diesem Buch scheinen nie entdeckt, die sprachlichen, psychologischen und moralischen Zumutungen nie aufgezeigt, die Absichten und Funktionen der Bilderfindung nie analysiert worden zu sein. Traurig hast du deine Kindheit hingebracht, mein armer Pinocchio. Traurig, traurig, diese beschränkte Herkunft aus einem selbstgerechten Vorsteher-Hirn. Lehrmeister-Tinte verdunkelt dein Leben und du weißt nichts davon. Du bist das Opfer rückschrittlicher Lebensauffassungen; mit großem Aufwand an Denksprüchen und seelischen Schikanen wirst du einem grotesk reduzierten

Menschenbild angepaßt. Daß die Erwachsenen achtzig oder hundert Jahre lang den Methoden zustimmten, mit denen du fertiggemacht wirst, ist ein Skandal. Wie bitter ist dir die Sorglosigkeit heimgezahlt, die Kindlichkeit ausgetrieben worden. Wie siehst du aus am Ende und was hast du gelernt!

Nach dem Willen des Verfassers mußt du Seite für Seite Verhaltensmaßregeln wiederkäuen beim unnatürlichen Erlernen von Anstand und Pflicht. Du verstrickst dich in einen klitzekleinen Unfug und mußt dir sagen lassen: »Wehe, wenn sich Kinder gegen ihre Eltern auflehnen und aus Mutwillen das väterliche Haus verlassen! Es wird ihnen auf dieser Welt nie gut gehen, und sie werden es, früher oder später, bitter bereuen!« Wie schnell wird dir eine Strolcherei als Auflehnung angekreidet. Mit welcher Anmaßung werden dir niederträchtige Motive unterstellt. Der Verfasser gibt zu verstehen, daß er recht hat, und mutet dir täglich und stündlich Einsichten zu, die deinem Wesen fremd sind. Ihm und erwachsenen Leuten zuliebe mußt du dich von Selbsterkenntnissen peinigen lassen und weinerlich ausrufen: »Wieviel Pech habe ich doch schon gehabt! Und ich hab's verdient, denn ich bin ein starrköpfiger, aufbrausender Hampelmann, immer will ich meinen Kopf durchsetzen und nie auf die hören, die mich gern haben und tausendmal vernünftiger sind als ich. Aber ich nehme mir vor, von jetzt an ein braver und folgsamer Junge zu sein. Ich hab's ja auch erfahren, daß ungezogene Kinder immer den Schaden haben und ihnen auch garnichts gelingt.« Wie leichthin gelingt es dem Verfasser, dir Starrsinn und Bosheit zu unterstellen, wenn dich Neugier übers Ziel schießen ließ. Einmal darfst du aussprechen, wie du dir dein zukünftiges Handwerk vorstellst: »Essen, trinken, schlafen, mich vergnügen und von morgens bis abends das Leben eines Vagabunden führen.« Sogleich wird die hundertjährige Grille, die in Geppettos Armenstube wohnt, dich mahnend bedauern und einen HOLZKOPF nennen. Diese alte trockne Tante Grille sagt: »Merk dir, alle die dieses Handwerk betreiben, enden stets im Krankenhaus oder im Gefängnis.« Wen wundert es, daß du die Grille mit dem Hammer erschlägst.

Deinetwegen opfert Geppetto seine Flickjacke und friert.

Um dich, seinen verlorenen Sohn, zu retten, stolpert er im kalten Tag herum und versinkt schließlich mit seinem kleinen Kahn im Meer (was nicht nötig gewesen wäre, wenn der Verfasser Geppetto hätte wissen lassen, daß eine Kahnpartie über den Ozean nicht möglich ist). Er, das selbstlose, gute VÄTERCHEN ist das Opfer deiner Durchtriebenheit. Deinetwegen, mein Lieber, wird die gute Fee todkrank; deine winzigen Flegeleien, die dreikäsehohen Sprünge deiner Unbekümmertheit brechen ihr das Herz, sie siecht dahin. Du bist es, der die Erwachsenen, die erfahrenen, ernsten, richtigdenkenden, mit Kummer belastet und an den Rand des Grabes bringt. Nimm Rücksicht auf warme Herzen und eiserne Prinzipien. Werde dir endlich darüber klar, daß du ein HOLZKOPF bist und kein Mensch. Reue, guter Vorsatz, Zerknirschung und Einsicht in deine Schuld – das wird man wohl von dir erwarten können. Gutmütigkeit wird dir zwar zugestanden, aber wie eigenwillig, störrisch und unfolgsam, wie aufrührerisch ist dein hölzernes Hirn. Dein Betragen ist weder häuslich noch nützlich noch sonstwie solid, du bist nicht gesellschaftsfähig, was soll aus dir werden. An dir muß gearbeitet werden. Du mußt endlich lernen, zu parieren. Die Liebe zum Guten, Holzkopf, wird dir noch eingetrichtert werden.

Schuld, Schuld und abermals Schuld wird der Stein auf deinem Strolchherzen sein. Wenn du Lust und Laune eingebüßt hast, wenn deine Lebendigkeit am Boden zerstört, dein natürliches Temperament ausgelöscht, dein Wille gebrochen ist, wenn dir dein Recht auf Gutgläubigkeit, Spiel, Gelächter, Händeklatschen, Traum und eigene Entscheidung genommen ist, wenn nur das von alteingesessener Erwachsenenwelt diktierte Wahre und Tüchtige Raum in dir hat, wenn du restlos angepaßt, lieb Kind und unterworfen bist, wenn du dich von jedermann nicht mehr unterscheidest, wenn du den Vorschriften der Greise, den Übereinkünften der Timiden, Humorlosen und Totgeborenen folgsam gerecht wirst, wenn du endlich in den von Überlieferung, Erstarrung und Unterwerfung eng gefügten Rahmen paßt, wird dir eine Belohnung zuteil werden: Eines Morgens erwachst du als Junge. Von nun an, sagt der Verfasser, bist du ein Mensch. Das Hölzerne Bengele lehnt klapprig am Stuhl, du bist es nicht mehr. Du stellst dich vor den Spiegel und siehst dich an. Der Verfasser gibt dir ein neues Aussehen, das wohl oder übel hingenommen werden muß: »Er sah nämlich nicht mehr das gewohnte Ebenbild des hölzernen Hampelmanns, sondern das eines lebhaften, klugen und hübschen Jungen mit kastanienbraunem Haar, blauen Augen und einem fröhlichen und festlichen Gesicht.«

Und dem Verfasser sowie erwachsenen Ohren zuliebe mußt du abschließend »voller Genugtuung« sagen: »Wie komisch war ich doch als Hampelmann! Und wie froh bin ich, daß ich jetzt ein richtiger Junge bin!«

2

Da steht er, er ist jetzt ein Mensch unter Menschen, und alles was für wahr und gut gegolten hat, trifft auf ihn zu: er ist hilfreich, redlich, brav, zufrieden, gesund, fleißig, aufmerksam, nützlich, anstellig, ergiebig, folgsam und bei alledem gut gelaunt. Kein Grund zur Klage. Er ist die Freude seines alternden Vaters; Begierde zu lernen erfüllt ihn; er fällt nicht aus dem Rahmen. Seine Kleider sind sauber, er wäscht sie vermutlich selbst. Mit freudiger Empfindung des Dienens und Wiedergutmachens reinigt er die Kleider seines Vaters, putzt seine Schuhe und schiebt ihn an schönen Tagen im Rollstuhl durch die Straßen. Die Stellungnahme der Öffentlichkeit ist klar: er hat schwer lernen müssen, der gute Junge, jetzt hat er die innere Viecherei überwunden. Mit Ausdauer und Freude gibt er sich seinen Schulpflichten hin. Sollte die hundertjährige Grille auferstanden sein, wird sie ihn loben und mit seiner Vergangenheit necken. Die Lehrer setzen große Stücke auf ihn, denn er hält sich von Gammlern und langhaarigen Raffzähnen fern. Er ist ganz Ordentlichkeit und gezähmte Empfindung. Er liegt rechtzeitig im Bett, um zu vermeiden, daß der Vater sich Sorgen macht. Ich liege bereits im Bett, ruft er aus sauberer Kammer, wenn Geppetto abends die Türe verschließen will. Lehrer, Freunde und Nachbarn beschließen übereinstimmend, daß Pinocchio ein Handwerk erlernen, seinen Mann stehen und den Vater ernähren wird. Er geht in die Lehre bei Meister Anton, dem Tischler und

Freund Geppettos. Gern erledigt er alle Arbeit, die man ihm aufhalst, macht freiwillig Überstunden und legt den größten Teil seines Einkommens für Geppetto auf die hohe Kante. Er erregt keinen Anstoß. Wer ihm trotzdem ins Gesicht schlägt, wird nachsichtiges Schweigen von ihm erfahren. Wer ihn, vielleicht gereizt von soviel Selbstzufriedenheit, vor den Latz knallt, tut es ohne Risiko, denn der Jüngling Pinocchio läßt sich nicht in Affairen verwickeln, deren Ausgang ungewiß ist. Sein Umgang ist einwandfrei. Es gibt keine dreckigen Witze, keine Pubertät, keine Saufereien, Diebstähle, Amouren und kein Milieu. Er raucht nicht, er verschwendet keine Zeit, er tanzt, falls er tanzen kann, eher konventionell. Bordelle und Rauschgifte und dergleichen sind ihm kaum vom Hörensagen bekannt. Sollte er sich je ernsthaft verlieben, wird es keine Schwierigkeiten geben. Das – ohne Zweifel tugendhafte – Mädchen wird, wie er, die Freude des von Todesfrieden umstrahlten Geppetto sein, und er, Pinocchio, wird sich ohne Umstände in die Familie der Braut einfügen lassen und dort in Tüchtigkeit verbleiben. Falls ihm je ein Glaube nahegelegt worden sein sollte, wird er ihn gewissenhaft auf sich genommen und zur Zufriedenheit aller ausgeübt haben; Herrn Pinocchios Amen paßt hinter jedes Gebet.

Da hat die Welt wieder einen, wie sie ihn alle Tage im Dutzend billig haben kann: er hat keine bestimmte Vorstellung von ihr und ist folglich für nichts zuständig. LEBEN ist, alles in allem, ein Begriff, den andere unter sich auszumachen haben. Welt, Gesellschaft, Fortschritt, Politik – das sind und bleiben vorwiegend unklare Sachverhalte außerhalb seines blitzblanken Gesichtskreises, man läßt sie besser nicht an sich heran. Man beugt vor, sichert sich ab, lebt seinen Stiefel in kleinen Raten und richtet sich maßvoll im Bereich des Möglichen ein. Der Mensch ist wie er ist, im Grunde drängt er zum Guten, die Welt ist leider in ungenügendem Zustand. Wer fragt, hat sich die Folgen zuzuschreiben. Wer aufbegehrt, der ist gerichtet. Und wenn es hochkommt, sind es siebzig Jahre Beschränktheit gewesen.

Stellt sich die Frage, ob DIE ABENTEUER DES PINOCCHIO das zwanzigste Jahrhundert überleben werden.

3

Ich will das Hölzerne Bengele wiederhaben!

Seit ein paar Monaten teilt Pinocchio – er ist jetzt ein Mensch – mit Vater Geppetto Ordnung, Friedfertigkeit und gute Sitten. Die Grille sitzt im Winkel, ihr schnarrender Jubel – PINOCCHIO GERETTET! – füllt das Zimmer aus. Sommer, die Tage sind hell, das Licht ist leicht, Pinocchio steht hinter dem Fenster und sieht neidlos krakeelenden Kindern zu. Der hölzerne Hampelmann hängt an der Wand, Geppetto staubt ihn einmal im Monat ab. Wenn Pinocchio auf der Straße spielt, hält er sich in der Nähe der Haustür auf und kommt rechtzeitig zu bescheidenem Mahl nach Hause.

Aber irgendwas stimmt mit ihm nicht. Pinocchio erkennt es an einer Unruhe, die heimlich, aber deutlich spürbar und immer häufiger hinter dem eigenen Rücken zum Vorschein kommt. Die pausenlose Fügsamkeit ist nicht mehr so recht auszuhalten, der ewige Frieden ist ihm lästig geworden. Nachts liegt er mit Herzklopfen im Dunkeln und erinnert sich an seine alten Wegstrecken. Irgendwas an seinen früheren Irrtümern kann nicht ganz falsch gewesen sein. Bestimmte Erinnerungen sind ihm keineswegs unangenehm. Das Geschrei von Kindern während der Dämmerung, das Rufen von Namen, die rennenden Schritte draußen im seidenweichen Abend verursachen ihm Kummer. Der Singsang der Grille reizt ihn auf. Er wäre gerne dabei, wenn die Kinder zum Meer hinunterlaufen, Weintrauben stehlen oder Blechbüchsen an Katzenschwänzen befestigen. Er hätte nichts dagegen, Prügel auszuteilen und einzustecken. Er hätte manchmal nichts dagegen, Geppetto Salz ins Bett zu streuen. Er hätte, verdammtnochmal, gern eine Hose, mit der er sich unbekümmert in den Dreck setzen kann.

Eines Morgens bleibt er im Bett, er hat ein Recht dazu, er fühlt sich krank. Sonderbares Gliederreißen beunruhigt ihn, Schwindel kreist in seinem Kopf, Arme und Beine, Hände, Finger sind über Nacht steif geworden und verhärten sich von Stunde zu Stunde mehr. Die Gelenke knacken. Der Hals ist trocken und schmerzt und der Kopf läßt sich nicht bewegen. Die Nase, die Nase, die Nase ist elend lang und den Augen im Weg. Ob etwas mit der Verwandlung nicht geklappt hat? Die

Haare sind so kümmerlich, die Arme so dünn und kurz geworden, und die Ohren, die Ohren, die Ohren sind zu kleinen Knorpeln zusammengeschrumpft.

Geppetto erscheint am Bett und erkundigt sich mit bewährter Sorge, warum Pinocchio nicht aufgesprungen und längst in die Schule gelaufen sei. Ob mit der Verwandlung, denkt er, etwas schiefgegangen ist? Pinocchio stöhnt (gemäßigt) und klagt (in Grenzen). Er fühle sich, als habe er Holz gefressen und werde nun inwendig hart. Und Geppetto: Ob er nicht doch versuchen wolle, ein klein wenig aufzustehen, vorsichtig? Und Pinocchio: Nein, er wolle es nicht versuchen, er bleibe im Bett und es gefalle ihm hier. Geppetto macht sich eine Weile im Zimmer zu schaffen, äußert noch einmal Besorgnis und geht, weil er nicht anders kann, an die Arbeit.

Inzwischen ist Pinocchio ungefähr klar geworden, was mit ihm vorgeht. Ist er nicht seinerzeit im Spielzeugland von Eselsfieber befallen worden? Was war die Folge? Verwandlung in einen Esel. Auf seinen augenblicklichen Zustand übertragen, bedeutet dies, daß er Holzfieber hat. Folge? Er wird sich in ein Stück Holz verwandeln. Er hebt den Kopf so gut er kann und sucht das Hölzerne Bengele an der Wand. Es hängt nicht mehr dort. Der Hampelmann ist verschwunden.

Jedenfalls, überlegt Pinocchio, werde ich nichts unternehmen, um das Holzfieber künstlich loszuwerden.

Das Gliederreißen hat sich in Unbeschwertheit verwandelt. Wird man im Bett liegen, wird man sehen. Er hebt die steifen Hände vor das Gesicht: sie sind aus Holz: das kann lustig werden!

Aber die Vorstellung, Geppetto könne in der Apotheke ein Fiebermittel, ein bitter schmeckendes Stehauf-Mittel besorgen und ihm verabreichen wollen, jagt altes Entsetzen durch seinen Leib. Er springt auf und fällt platt vor das Bett. Ein hölzerner Knall fliegt durch das Zimmer. Das Schnarren der hundertjährigen Grille bricht ab. Stille. Pinocchio liegt auf dem Boden, sein Atem geht schnell. Aufregung, Angst, das Holzherz knistert.

Denn nun wird alles wieder von vorne losgehen. Das schrille Gerede der Tante Grille, das Haarraufen Geppettos, die Vatertränen und die maßlos bekümmerte Stimme der guten Fee. Das eigene Zähneknirschen, das heulende Elend und das AM KRAGEN GENOMMEN WERDEN, das AN DER EHRE GEPACKTSEIN. Keine Möglichkeit, sein hölzernes Befinden zu erklären, keine offenen Ohren, keine Möglichkeit überhaupt, mit Erwachsenen zu sprechen. Nein! Nie wieder Grille, nie wieder Geppetto! Die Grille darf nicht zu sprechen anfangen (sie soll es lieber bleiben lassen). Geppetto darf garnicht erst ins Zimmer kommen (er soll es lieber bleiben lassen). Niemand soll ungestraft auf ihn einreden dürfen. Niemand soll hier eintreten und sagen: da ist ja schon wieder der Holzkopf! Schnell muß geschehen, was längst entschieden ist.

Er rappelt sich hoch und stellt sich mit gespreizten Beinen ans Fenster. Er wird die Gelenke bald wieder eingearbeitet haben. Bengele-Holz ist ein tolles altes Holz, wer einmal drinsteckte, vergißt nicht, wie es funktioniert. Die Nase, die Nase, die Nase stört nicht mehr.

Die Grille ist offenbar in Verlegenheit, sie verhält sich still. Kostbar der Augenblick, da niemand redet. Auf die Beine! Immer der langen Holznase nach!

Er rennt im Klickediklacke-Galopp aus dem Haus. Echo klopft seine Schritte an die Mauern. Mittag, die Straßen sind leer, der Tag ist hell, unter Arkadenbögen raschelt die Stille mit alten Blättern. Arme und Beine bewegen sich leicht, und angenehm geht der hölzerne Leib durch die Luft.

Im leeren Zimmer beginnt die Grille zu zetern.

Willkommen, mein lieber Pinocchio!

Laubregen

»Wir stellen uns ein musikalisches Leben vor, und haben recht. Sanglos klanglos in der Patsche sitzen wir nicht. Wir schnüren unser Notenbündel, schwingen uns auf einen grünen Zweig und spielen Katzenhagelkonzerte, windig aber gelungen. Man versteht uns nicht, will nichts davon wissen, aber wir lassen von uns hören, so gut es geht, und es geht immer besser.«

Was immer das heißen soll, es ist fast ein Gedicht, und ich lebe von neuem im Laub, denn es ist Oktober. Weinlaub an den Dorfmauern, beschlagene Wagenfenster, Blätterregen und Laubverrott unter den Bäumen, raindrops, Wasserstiefel im quietschenden Moos und die in Mappen geschichteten Zeichnungen eines halben Jahrs – DAS IST DER HERBST, DER BRICHT DIR FAST DAS HERZ, aber mir nicht, obwohl die Zeile lyrisch ist, von Nietzsche stammt und allerlei Leute erschüttert haben soll. Als ich heute morgen aus dem Haus kam, rutschte ich im taunassen Unkraut aus und ließ eine volle Weinflasche fallen, die von mir weg hangabwärts rollte und in den Schotterhaufen an der Landstraße verschwand. Als ich mit Stock und Hand in den Löchern fischte, fand ich nur noch ein paar nasse Scherben, das hat mich mehr als Nietzsches Lyrik beeindruckt, denn die Flasche stammte aus der Markgrafschaft Baden, ein alter Wein, und war die vorläufig letzte in meinem Besitz. Die Tage sind leicht und hell, die Abende grün und das Land ist voll Laub. Herbst, die Welt ist wieder eine Sache ohne Tourismus, aber das ändert nichts an ihr. Das ist hier eine Provinz in Frankreich, aber ein Idyll ist es nicht, obwohl, wer Provinz sagt, damit rechnen kann, als Ladenhüter bezeichnet zu werden, mir ist das recht. Ich lasse die Idyllik auf mir sitzen, da sitzt sie bequem und kann sich von den Mißverständnissen ausruhen. Die Pappeln am Kiesfluß stehen durchsonnt im Streukreis ihrer Blätter, standhafte Zinnsoldaten der Natur sozusagen, Hunderte von Pappeln in sieben Tälern, Geriesel honigfarbener Blätter im Wind, über die Wasserarme und die Bienenhäuser in der Niederung, über den Friedhof mit den Schlehdornbüschen und über den Bagger, der seit Monaten auf einer Kiesbank rostet. Vor den Lavendelmühlen fault das ausgekochte Kraut in braunen Haufen, die schiefen Blechschornsteine schimmern im Laub. Es gibt hier Maulbeerbäume an den Straßen, das sind die ersten Bäume, die Farbe bekennen, sie sind schon im September gelb wie die Post. Wenn es geregnet hat, löst sich Geröll am Steilhang hinter dem Haus, geräuschlos spauzen die Füchse hangaufwärts weg, das knackt und rollt und rugelt in der Nacht aus Sintflutunfall und undichten Ziegeln. Der Tag danach ist warm und gestochen klar. In blauen Jacken, Kofferradio neben sich, sitzen die alten Männer auf der schnurgeraden Ufermauer am Fluß und kommentieren den Lokalverkehr, also auch mich und mein nicht von hier stammendes Nummernschild (zweifellos ein autobiografischer Satz). Hinter den Häusern werden Nüsse gewaschen, in Henkelkörben geschwenkt und auf Bretter geschüttet, da werden sie bleichbraun in der Sonne trocken. Jetzt kommt auch wieder die Zeit, wo Monsieur Alain zu beobachten ist, wie er im Lastwagen nach Rosans fährt, um Säcke voll Viehsalz für den Winter zu holen, kurvenschneidend, kaugummikauend, eine Cowboy-Chimäre im Gehirn. Später liegen die Säcke gestapelt in der Nähe des immer qualmenden Schuttplatzes an der Straße nach Nyons, wo sich zuerst in der Gegend, oft schon im Oktober, Eis in den übelberüchtigten Kurven festsetzt. Vor einem Jahr ist der pensionierte Schiffskoch betrunken vom Steg gefallen und im Dorfbach erstickt, das wäre nicht passiert, sagt Monsieur Rothschild, wenn der Bürgermeister die geforderte Straßenbeleuchtung am Ortsausgang hätte anbringen lassen, was er bisher nicht nur nicht getan, sondern offensiv verhindert hat, so daß der hintere Teil des Orts, also der obere Bach, der Steg, das Waschhaus, das Pfarrhaus und die Fertighäuser, hinter der Quittenallee weiterhin im Dunkeln liegt. Einmal mehr erfährt man auf diese Weise, was für ein Schwein der Bürgermeister ist. Er spart, unter anderem, eine Dorfbeleuchtung, er zahlt zu knappe Löhne in seiner Schafsverarbeitung, er nimmt den Bauern die Wiesen und Fahrwege weg, dafür kauft er sich wiedermal einen neuen Wagen, ganz abgesehen davon, daß er auch noch Landrat und der reichste Gangster im Umkreis ist. Bald wird hier kein Mensch mehr freiwillig leben wollen, sagt Monsieur Rothschild, er hat sich ein Haus in Deauville gekauft.

Ich stelle mir ein musikalisches Leben vor, und habe recht. Das ist hier eine Provinz, da sitzt man nicht sanglos klanglos in der Patsche, und zum Weintrinken ist man rechtzeitig geboren worden. Das Licht über den Bergen ist betäubend hell, wie von Inseln herüber, eine saubere Luft, man sieht durch sie hindurch bis ins Vercors, wo die Berge senkrecht von den Bahnlinien aufsteigen, nacktes Gestein mit den Schneezungen in der Bläue. Seit ein paar Wochen ist wieder die Jagd im Gang, das Tontaubenschießen am Fluß war ein dröhnender Zauber mit Picknick unter den Bäumen und Rock 'n' Roll, aber die Jagd in den Bergen ist nicht enorm, aus Ermangelung an Wild wird auf Mäuse und Tauben gefeuert, wer ein Karnickel erwischt, läßt sich tagelang feiern, an den Straßenschildern baumeln erschossene Füchse. Sonst ist nicht viel los. Der Bäcker hat sich eine neue Hose gekauft, im Gemischtwarenladen faulen die letzten Melonen, der Platanenplatz am Fluß widerhallt von den Schreien der Schwalben und Kinder. Hinter zugezogenen grünen Läden, eingestaubt von Insektenpulver, mümmeln alte Frauen Klatsch und Kekse. Monsieur Bébert sitzt schlafend neben seiner Benzinpumpe und läßt geschehen was geschieht, was soll schon geschehen. Im SLAVIA trinken und reden die Gastarbeiter, dort sind sie zuhause, wo sollten sie sonst auch hin. Der frühe Abend riecht nach Holzrauch und Holundersäure, das hat er so an sich während des ganzen Jahrs. Madame Ambrose brät die Familienwäsche auf dem Freilichtofen vor ihrem Dreckfinkenpalast, während ihre Hunde die Schafe hüten und ihr Sohn, um Geld reinzuholen, einen Tankwagen voll Wein nach Lyon chauffiert. Wer als Nachbar in ihre Küche kommt, trinkt Nußwein am wachstuchbespannten Tisch und bekommt einen Korb voll süßer Birnen geschenkt. Weiter oben auf den Nußböden, mit Ausblick auf Madame Ambrose, ist der alte Armand mit Ziegenhüten beschäftigt, das macht er nicht gern. Zum Ausgleich verbringt er den Abend vorm Fernsehapparat und frißt das ganze Hollyday-on-Ice-Programm bis Mitternacht.

Ich stelle mir ein musikalisches Leben vor, und habe

immernoch recht. Was ich schreibe, schreib ich für später, und sei es auch nur für die Zeit nach dem nächsten cafard. Gestern schrieb ich für heute und kann's nicht mehr lesen, Katzenpfoten-ABC, Papierkorbblätter, mein persönliches Laub, und heute schreib ich für morgen, leicht gesagt. Leicht gesagt – das wäre das beste. Leicht gesagt, noch leichter, womöglich so beiläufig, daß der professionelle Flottgeist sich fragt, was das Ganze soll. Der Trüffelhund von Monsieur Fernand ist mal wieder ausgerissen, in der Nacht läuft Fernand von Haus zu Haus und sucht sein spezialisiertes Geschöpf, kommt mit der Taschenlampe hintenherum durch das Gras zu mir, erschrickt wie immer beim Anblick der zahllosen Bücher, dann trinken wir Wein am papierbeladenen Tisch (ich habe Manuskripte vom Stuhl geräumt) und überlegen, was man da tun kann. Der Hund (er heißt Fanfan) ist seine viertausend Francs wert, und es soll schon vorgekommen sein, daß solche Hunde gekidnappt wurden. Ob Fanfan von einem Durchreisenden auf die Paßstraße gelockt und in einen Kofferraum gestopft wurde? Nicht sehr wahrscheinlich. Wahrscheinlicher ist, daß Fanfan, wie in jedem Herbst, von alleine wieder zurückkommen wird. Aber das sagt nicht Fernand, das sage ich. Während wir Wein trinken, horcht er mit deprimiertem Gesicht auf das Hundegebell in den Bergen und gibt keine Antwort auf meine Frage, ob seine Nüsse schon geerntet sind.

Leicht gesagt, es geht immer besser, windig aber gelungen, während das Laub im Fallwind gegen die Mauern schlägt und Fernand mit der Taschenlampe über die Nußböden fackelt. Ich wäre jetzt gern in New York, im Greenpark an einem grauen Nachmittag, im Gasthaus zur Traube in Irdisch-Unkraut, und im Irrhain des Pegnesischen Blumenordens. In der unentwegten Zeit ein entwegter Augenblick, ein Lachen ohne Grund, eine Zeichnung ohne Titel. Der neue Wein im badischen Oberland, der alte in Nyons, und dazu die Nüsse von überall. Ich wäre ganz gern in Patzcuaro am See, oder gestern auf dem Col de la fromagère, im Laubregen unter den Pappeln von Arnayon und im Buick auf den roten Ebenen Arizonas. Ich wäre gern so bedenkenlos wie ich bin, fortgeschritten in einem musikalischen Leben, wohnhaft in einem Gedicht ohne Flickwörter. Ich bliebe gern, wo ich bin, in der Oktobernacht voll Regen und klatschendem Laub. AFTER ALL, THIS IS MY HOME, und der Papierkorb gibt mir recht.

Holen Sie mich doch einfach ab

Nebel und Rauhreif im Dezember. Lautloser Tagbeginn auf dem Land. Die badischen Obstgärten hochzeitlich weiß, kristallweiße Weinberge des südlichen Schwarzwalds und das Dorf Sankt Ulrich lichtlos hell verschollen.

An einem solchen Tag besuchte ich Marie Luise Kaschnitz in Bollschweil.

Autofahrt durch den Nebel, die schlohweißen Bäume.

Am Morgen dieses Tages war in den Radionachrichten gesagt worden, daß der Schriftsteller Günter Eich in Salzburg gestorben sei (»bekannt geworden durch seine Verdienste um die Hörspieltechnik«). Ruhig und schön war das Teetrinken in der Schloßwohnung der großen alten Dame, während das Rauhreif-Glänzen draußen erlosch. Ich kannte die Dame aus mehreren Sommern, in der Zwischenzeit war sie fast zur Greisin geworden. Sie saß schief im Sofa, mit weißlicher Gesichtshaut, und lächelte unbestimmt. Ihre Mundwinkel waren müde, aber die Augen waren klar und belebten sich im Gespräch. Neugier und Interesse machten sie jung. Sie sagte: Es könnte alles etwas frivoler sein, finden Sie nicht? Erzählen Sie doch, was Sie inzwischen gemacht haben. Einen Roman geschrieben? Sie schreiben ihn noch? Erzählen Sie! Haben Sie neue Gedichte mitgebracht? Dann saß sie lautlos da und hörte zu. Später fragte ich, ob sie wisse, daß Günter Eich gestorben sei. Sie hatte noch nichts davon gehört. So? sagte sie ohne Ausdruck, und nach einer Weile: Er war wohl sehr krank.

Mehr sagte sie nicht; momentlang war ich enttäuscht.

Man hätte sich jetzt an ihn erinnern, man hätte erzählen und bezeugen können. Aber das war nicht der Fall. Der Gestorbene wurde nicht wieder erwähnt, das Gespräch ging weiter.

Am Abend begleitete ich sie durch den im Dunkeln noch glänzenden Rauhreif die Straße hinunter zum Ortsausgang. Dort stand das aufgegebene Gasthaus zum Schwanen. Sie ging leicht eingehängt neben mir auf der leeren Straße und sagte: Holen Sie mich doch einfach ab, wenn Sie wieder in der Gegend sind. Könnten Sie mich nicht zu einem Spaziergang abholen? Ich komme so selten aus dem Haus. In Sankt Ulrich bin ich seit Monaten nicht mehr gewesen.

Wir gingen durch den unbeleuchteten Hof des Schwanen, schwarze Stallwände und zertretener Schnee. Sie kannte dort eine Tür und tastete im Dunkeln nach der Klingel. Nach zwei Minuten erschien eine junge Frau und ließ uns ein. Die Gasträume waren eisig und dunkel und rochen sauer nach nichts. Wir kletterten die Treppe hinauf (die Dame war mehrmals an den Hüftgelenken operiert worden). Oben gab es bewohnte Zimmer, die Werkstatt von Spielzeugmachern, junge Leute. Es wurden Puppen und Tiere hergestellt, Hampelmänner, vorallem Karusselle, kostbar, bunt und raffiniert; sie bewegten sich nach einem Geklimper, das hier von einem freundlichen dicken Amerikaner komponiert wurde. Stoffreste, Holzteile, Scheren und alte Musik. Auf dem Tisch ein Buch: Erzähler der Romantik. Die Nachbarin Kaschnitz war hier schon bekannt. Wir blieben eine Stunde in der überheizten Werkstatt, die Dame bestellte einen Hampelmann. Sagen Sie, welcher Ihnen am besten gefällt! Ich suchte den einfachsten Hampelmann aus, einen kernigen Antigracioso mit viel Zinnober. Genau denselben möchte ich haben. Dann saß sie schief auf einer Couch und trank ein Glas Wein. Nebensächliches schien ihr Freude zu machen.

Sie sagte: Sagen Sie, wann Sie gehen wollen.

Von den Möglichkeiten des Sprechens und Sagens habe ich vor allem das Nicht-Gesagte behalten; also ein Schweigen, sofern dieses Wort nicht eine Verfälschung darstellt. Nicht-Gesagtes. Antwortlosigkeit. Das umständliche Anzünden einer Zigarette nach der Frage: auf welche Weise der Sommer vergangen sei. Von allen möglichen Sätzen ist der nicht gesagte Satz der gefährlichste. Ich weiß, was die Dame nicht gesagt hat. Sprache, gesagt, geflüstert oder geschrien, Wörter und Sätze, wortreiche Selbstbehauptung, verbaler Ausdruckstanz, Sprechblase und Lautverstärker, smalltalk, statement und Interview, Diskussion und Gespräch, enormer Aufwand an Persönlichkeitsgeräuschen – alles, um das Wirkliche nicht zu sagen. Ungeheure Stille hinter den Sätzen. Die einzige Chance: nicht darüber zu sprechen. Vielleicht der letzte mögliche Versuch, die gähnende Kröte in den Boden zu drücken.

Es scheint der unwiderrufliche Punkt zu kommen, wo etwas gesagt zu haben bedeutet, gleichermaßen zuviel und zuwenig gesagt, mit Sagen und Schreiben, Mund oder Papier, irgendetwas falsch gemacht zu haben. Wo der Sprache, gesprochen oder geschrieben, keine Bedeutung mehr zukommt, das Gewicht von Wörtern lästig und jede weitere Äußerung überflüssig oder widerwärtig wird. Wo ein Lachen beim Teetrinken überzeugender ist als sämtliche Stellungnahmen zur Weltgeschichte und ein Spaziergang im Schnee, eine Stunde Schlaf mehr bedeuten als Wortgewalt, Bekenntnis oder Argumentation.

Alles Nicht-Gesagte meiner Freunde und Toten. Alles Nicht-Gesagte zusammengenommen. Ich brachte die Dame zum Abendessen zurück ins Schloß. Dort wurde wieder alles mögliche gesprochen, es wurde Wein getrunken und wurde gelacht. Alles mögliche gut und schön und ihre Bemerkung beim Anzünden einer Kerze: Sind denn keine Streichhölzer im Haus? Mit einem Feuerzeug ist mir das nie gelungen. Sind denn keine Streichhölzer im Haus? Mit einem Feuerzeug ist mir das nie gelungen.

Totenrede für Günter Bruno Fuchs

Ein genialer Mensch ist gestorben, das ist leicht gesagt
die Freunde kommen und sind mit ihm einig
die Freunde aus der DDR sind mit ihm einig und können
    nicht kommen
sie telefonieren, daß sie nicht kommen können und lassen
    sagen, daß sie anwesend sind
es kommen auch ein paar Leute, die man nicht sieht
es kommt Peter Hille mit dem Papierschnitzelsack und sagt:
    Fuchs, mal ganz ehrlich, hältst du es für möglich, daß
    irgendein Mensch in dieser weltweit verlorenen Stadt weiß,
    wer wir sind?
es kommen Olescha, Babel und Sostschenko, sehen sich die
    Trauerfeier an und haben vom Tod nichts anderes erwartet
auf altem Knickebein kommt Don Quichote und hängt einen
    Windmühlenflügel an den Baum
es kommt Quirinus Kuhlmann und bittet um Wunderkerzen,
    es kommt Andreas Gryphius und dankt für ein paar
    berechtigte Fragen
es kommt Ringelnatz und bedankt sich für die kinderleichte
    Abschaffung wortkargen Tiefsinns und wortreicher Ideo-
    logie
der unbekannte Lyriker klettert von seinem Denkmal und
    überreicht einen Orden für die Reinigung der Sprache von
    poetischem Falschglück und illusionärem Schwindel
es kommt der bewährte Dick und der kluge Doof, sie lüften
    den Hut, mehr brauchen sie nicht zu tun
es kommt Buster Keaton und sagt: wir haben das gut
    zwischen uns aufgeteilt: du lachst, ich verzieh keine Miene,
    beides täuscht
es kommen Brendan Behan und Dylan Thomas, es kommt
    Günter Eich und schweigt sich aus
es kommt Carl Michael Bellmann und ruft von der Straße: du
    hast tüchtig lange ausgehalten, reiß dir den Morgenstern
    runter ins Kohlenloch!
mit dem Nachtzug aus Frankfurt kommt VauO Stomps; es ist
    das erste Mal, daß er nicht am Bahnhof Zoo abgeholt wird,
    aber das macht nichts, sagt er, ich habe einen guten Morgen

mitgebracht, der genügt für zwanzig Bücher und ein
ganzes Leben

es kommt Bobrowski und nickt mit dem Fallada-Kopf; unser
Begräbnislied kennst du ja, sagt er, Abel Babel, Gänse-
schnabel, Engelfüßchen schmecken süßchen

und er fügt hinzu: Offener Himmel Wolke/ tiefer die Vögel
ein Fluß/ der kleine Mann im Papierschiff/ hat einen Bauch
er ruft/ hinauf zu der Schwalbengirlande/ und winkt den
Kindern und schwenkt/ den Papierschirm steig aus kleiner
Mann

es kommt das Pferdchen Krause aus der Admiralstraße, dann
geht es nicht weg, dann bleibt es immernoch da

es kommen die Kinder vom Buddelplatz und die Kellerkinder
vom Hof, danken für Bilder und Reime vom dicken Mann
und haben nicht erst heute von ihm gehört

es kommt der Abgeordnete des Berliner Hausmeisterverban-
des und überreicht das aus Sperrholz und Knete zusam-
mengepunzte Modell einer Berliner Mietskaserne, mit
kollegialen Grüßen für den Kenner dieser und anderer
Verhältnisse

es kommt ein Vertreter der Polizei und hinterläßt die
Pappimitation eines Stiefels, dann geht er wieder weg und
das ist das einzige, was man von ihm erwarten kann

das Finanzamt hat auch schon davon gehört; der Gerichts-
vollzieher ist in eine Spendierhose gezwängt worden und
überreicht einen symbolischen Sargnagel

es kommt Jacques Prévert und verspricht, die Berliner
Haikus herauszugeben im siebten Himmel, ein bißchen
Kuckucksewigkeit kann garnichts schaden

es kommt ein Vertreter der deutschen Kritik, verschwendet
eine Krokodilsträne und bittet im Namen seiner Kollegen
um Nachsicht für Versäumnisse in zwanzig Jahren; ob die
Nachsicht gewährt werden kann, hängt davon ab

es kommen Schneekönige und Trebegänger, Zauberkünstler,
Rentner und Stiefnasen aller Art und danken für die
poetische Wahrnehmung ihrer Interessen

es kommt Johannes Hübner und überreicht ein Gedicht mit
handgeschriebenen Grüßen von Apollinaire

es kommen ein paar mittelgroße oder kleinere Veranstalter

der Literatur. Wir haben Sie, heißt es, seit jeher in die engere Wahl gezogen, aber so einfach ist das nicht mit der Preiswürdigkeit, seriös, seriös, erwachsen werden, und außerdem hat das alles noch Zeit (der alte Fontane darf das garnicht erfahren)

es kommen Vertreter der Verlage und laden verramschte Bücher ab.

Leider, heißt es, müssen wir Ihre Hoffnung unverbraucht an Sie zurückgeben; Ihre Spiele sind uns nie richtig abgenommen, geschweige denn aus der Hand gerissen worden, schöne Ladenhüter, sagen Sie selbst

es kommt der Redakteur des Reimlexikons, dankt für die gute Zusammenarbeit und ruft:

VORZUWEISEN/

ORCHIDEE/

ABSTELLGLEISEN/

HUNGERKLEE

aus sonntäglichen Kaffeegärten am Wasser kommt Onkel Pelle und bittet um unverwüstliche Bilder für seine Kundschaft

es kommt der Herr Friedrich Sandboppel aus Berlin-Britz und behauptet, sich eingelebt zu haben in seinem Gedicht

Arm in Arm mit dem Eckensteher Nante erscheint Glassbrenner und sagt: du bist so ziemlich der einzige, von dem wir noch was gelernt haben, aber das bleibt unter uns

es kommen Zille und Chodowiecki und laden ihn in ihre guten Stuben ein

es kommen die Bildermacher aus Neuruppin und erklären ihn nachträglich zu ihrem Vorbild

es kommt Hans Arp, nimmt Fuchs beiseite und sagt: das mit der Doppelbegabung, schön und gut, aber wir beide sind da doch ziemlich allein auf weiter bilderreicher Flur

es kommt der Buchhändler Wolff aus Friedenau und bittet um eine Illustration zu Oblomovs Traum

es kommt der Maler Werner Held und möchte von ihm, nur von ihm, die Mauer gezeigt bekommen

es kommt eine Vertretung der Leserschaft Ost-West und

überreicht einen Fragebogen: wer oder was ist Günter Bruno Fuchs? Können Sie uns das schlüssig erklären?

ist er ein Dichter, ein Poet oder eine pittoreske Haut?

wo bleibt der gute alte Unterschied zwischen Kneipe, Kunst und Leben?

ist er nun der Melancholiker mit Grübchen oder der Elegiker mit Kinderpistole? Ist er ein vegetarischer Pazifist, ein Geschichtenerzähler mit epischem Wurmfortsatz?

trifft es zu, daß er ideologische Klippen mit einem Papierboot umschiffte, ohne zu wissen, was ihm da möglich war?

ist es richtig, daß sein Werk sich als KLEINVIEH MACHT AUCH MIST-Panorama darstellt, oder als Welttheater mit märkischem Sonderzuschlag?

ist er tatsächlich der Moralist, der den eigenen Zeigefinger verschluckt und verdaut hat?

ist er Miniaturist oder Gaukelbursche?

Ist er der geborene Volkskünstler, nach dem wir uns seit Otto Nagel so unumwunden sehnen?

Ist er ein Papageno aus Kreuzberg oder ist er ein Litaipo aus der Sternhagelfülle?

Ist er ein Romantiker oder was ist er? Macht er das freiwillig? Spielt er was vor?

Ist etwas Wahres an der Behauptung, daß Paul Scheerbart ihm seinen Flaschenöffner vermachte und ist etwas Wahres an der Behauptung, daß er vorübergehend als Ghostwriter für Theodor Kramer tätig war?

ist es zutreffend, daß Metaphorik und Rotwelsch dieses Autors vom preußischen Bänkelsang mehr als beeinflußt wurden?

ist es richtig, daß der Verfasser des Schwejk seine Prosa schätzt und ist es richtig, daß La Fontaine seine Fibelgeschichten ins siebzehnte Jahrhundert übersetzen will?

ist er nun Zeichner oder Dichter, das eine mehr, das andere auch, oder beides zur Hälfte?

aus wievielen Bruderschaften setzt sich seine Ästhetik zusammen?

langsam langsam

und was noch?

Wau Wau, sagt unser Hund, ich gehe nach Bremen und
   stürme das Räuberhaus!
und was noch?
Behaltet die Formel, die aus Särgen alter und neuer Langeweile Kleinholz macht. Bettet den Freund und den Feind, die
   nicht mehr nach Hause kommen, wenn der Totengräber,
   der Staub, zu wandern beginnt.
und was noch?
Guten Morgen!
und was noch?
adieu.

Mein Garten Eden

Mein Garten Eden läge oberhalb süddeutscher Weingärten, aber am Meer, und hätte keinen Zaun.

Ich käme den Hohlweg von der Küste herauf, im dichtgeschlossenen Schatten des Holunder, vorbei an den Weinkellerhöhlen in der Wegwand, den schiefen Brettertüren, dem Unkraut davor, ich liefe wieder barfuß auf stäubendem Lehm und sähe, höhersteigend, das badische Meer mit den Weinschiffen und den elsässischen Inseln.

Durch das Fernglas sähe ich die Hafenanlagen von Eimeldingen, das alemannisch klappernde, letzte Storchenpaar auf dem Bootshaus in Märkt und die zu Fischhallen umgebauten Scheunen nach Basel hin. Ich überblickte den Schwarzwälder Golf bis Straßburg, die Kaiserstuhl-Inseln in der Wärme des himmeloffenen Mittags und sähe den Flaschenpostverleih am Tuniberg, die Spezial-Schwimmschule für Hochschwarzwälder und das Altersheim für die Seeleute aus Schliengen, also das Wasserschloß mit den Gräben voll Wein in Bamlach; daneben das Geburtshaus des Hansjörg Gmelin, der die markgräfler Nationalhymne komponiert hätte und in Anerkennung seiner Verdienste mit einem Heimatmuseum bestraft worden wäre.

Dann endete der Hohlweg im Brombeergestrüpp und ich sähe die Kirschbäume auf den Hügeln und hörte den Westwind, kalte strömende Brise voll Salz und Laub und das Glockengeläut der Meerdörfer.

Am Weg erschiene die Oetlinger Schreinerwerkstatt, das Gasthaus zum Ochsen mit Terrasse und vergoldetem Blechschild, der weiße Leuchtturm in Glattackers Weinberg, dann die Nußböden am Hang, die Zäune in den Brennesseln und das Gras in den Gärten, das für das Bettzeug der Engel dort wächst. Nach ein paar Schritten wäre ich da: mein Garten Eden wäre ein Kirschgarten auf dem Hügel.

Ich käme Anfang Juni dorthin zurück, das ist die Zeit, in der ich geboren bin und ist noch immer die Zeit der glänzenden Blätter. Ich sähe den Mohn in den Wiesen, blutende Ketzerwunden über dem Gras. Der Kuckuck soufflierte mir seinen Namen, ich hätte ihn früh in allen

Sprachen gelernt und nicht vergessen. Unter den hundert Kirschbäumen meines Gartens wäre ich da, mehr wäre nicht zu tun, und es gäbe nichts anderes zu sagen. Ein Kirschenesser wäre unter Kirschbäumen da, und dieser Kirschenesser wäre ich.

Mein Garten Eden stünde in keinem Paradiesprospekt, er wäre weder gepachtet noch eingemeindet, ihn besäße keiner, ich selber besäße meinen Kirschgarten nicht, doch ich käme auch nicht als Kirschdieb am frühen Morgen. Unter den Bäumen des Gartens wäre ich da.

In Sichtweite gäbe es die Eden anderer Leute, sie wären unter ihren Bäumen da, und selbst Julia wäre in ihrem Eden zu sehen, herübergespiegelt aus sieben Himmeln der Liebe, spazierenlaufend im weißen Regenmantel, unerreichbar für meine Rufe und namenlos, während in meinen Garten die Heuzeit käme, ein Bauer wäre unter den Bäumen da, Albin Haferstecher mit seiner Sense. Er mähte das Gras um meine Füße herum und ich bliebe auf einer Grasinsel zwischen dem Heu, im warmen, scharfen Geruch geköpfter Brennesseln, im taunassen Unkraut; dann wäre ein Heuwagen da und das Heu auf ihm drauf; dann wär schon die Zeit der Kirschernte gekommen.

Da wär auch die Kirschenernte schon im Gang.

Aus den Meerdörfern käme, wer wollte, mit seinem Korb und kletterte auf die Leitern; die Kirschkerne würden in den Himmel gespuckt und ich sähe sie hängen in der hellen Luft, Kirschkern-Sternbilder über den Bäumen.

Es käme der Grasbeißer-Paul und ich schenkte ihm einen Kirschbaum, es käme Radnoti und ich schenkte ihm einen Kirschbaum; es kämen die Toten aus meinem Grabkalender und ich schenkte ihnen die Hälfte meines Eden. Es kämen Susa, Dole und Feuerchen, und es käme der betrunkene Eisenbahner mit seiner Geliebten. Der Herr Vogeler käme auf dem Fahrrad durch die Luft, und selbst Julia hätte etwas gemerkt und käme im wehenden Mantel vor Dunkelheit. Die oberbadischen Seebären kämen auf gestohlenen Traktoren den Hohlweg herauf und der arbeitslose Herr Burgmair käme aus Versehen, Ausweis und Führungszeugnis in der Aktentasche.

Mein Garten Eden ist mir nicht bekannt. Er ist das Wort, das ich verspiele und streiche, wir schulden uns nichts. Mit geschlossenen Augen sehe ich Kirschgärten auf einem Hügel, aber sie fehlen mir nicht in dieser Versenkung. Mein Garten Eden ist das, was ich lebend nicht brauche. Ich gebe ihn frei.

Brennesseln

Als die Gäste gegangen waren, gegen Morgen zu, fielen mir wieder die Brennesseln ein.

Es war jetzt still in der Wohnung, die Weinflecken auf dem Tisch getrocknet, das Fenster geöffnet. Eine Amsel schrie im Schnee und ich dachte wieder an die Brennesseln.

Brennesseln, trocken und staubig, die brennenden Blätter; nüchterne Fülle, der Vergeblichkeit gewidmet wie Mohn – aber der Mohn hat das Glück zu leuchten im Sommer; wie der Brombeer, aber der Brombeer bringt Früchte im Herbst. Kraut, das weder gesät noch geerntet wird. Nesselkraut, das schöne Finger verbrannte.

Ich sage: das ist ein plutonisches Gemüse, aber es nützt nichts. Es wächst im Hof zwischen eingestürzten Mauern und reicht bis zur Hüfte. Es wächst durch die Spalten der Brettertür, die mit Draht am Eisenhaken befestigt ist, es wächst unter dem Faulbaum und macht das Kellergewölbe unzugänglich. Es wächst um den Pfeiler der verschwundenen Remise und es wächst an der steinernen Einfassung, wo die Papiere verbrannt wurden. Es wächst, mit Brombeer vermischt, unterm Mandelbaum. Der Hof ist für Frauenfüße nicht mehr betretbar. Ich betrete ihn in Regenstiefeln und sehe hangabwärts die Mirabellenbäume an der Straße, die Dächer der Höfe mit dem blauen Rauch und die tiefer gelegenen Nußböden, dahinter die Straßenkurve, das Gehölz in der Niederung und den grünen Fluß. Es ist ein Tag im September, die Brennesseln duften, die Pappeln im Stromtal beginnen sich zu verfärben, von der Gendarmerie steigt Rauch auf, dahinter der senkrechte Felssturz, die ineinander geschobenen Bergkuppen und die Spitze des Roustans mit dem Mast der Wetterstation. Dort zieht sich der Horizont auf den Steinkanten hin, dort springt der Nordwind über die Klinge und zischt, dort seh ich das Mittagsgewölk und die Ruhe des Lichts. Das Herbstwasser stürzt aus der Bergwand, ein Habicht kreist, aber ich werde nie sein, wo ich bin.

Der Hof ist nicht mehr betretbar. Das Nesselkraut sät sich aus und wächst in die Zufahrt, es wächst vor der Tür und erstickt die Malven an der Hauswand. Wer es niedermachte,

fände die Scherben der Weingläser und ein paar Katzenschä-
del. Let me guide myself with the blue, forked torch of his
flower, down the darker and darker stairs, where the blue is
darkened on blueness, even where Persephone goes, just now,
from the frosted September to the sightless realm where
darkness is awake upon the dark and Persephone herself is but
a voice – und dagegen ist kein Kraut gewachsen.

Die Freiheit der Bücher

Als ich neun Jahre alt war, während des Kriegs, sah ich Bücher in Gefangenschaft. Das waren die Bücher im Buchschrank meines Großvaters. Es war ein schwarzbrauner schwerer Eichenholzschrank mit Glasfenstern, beichtstuhlähnliches Ungebilde, das sich raumverschlingend im überfüllten kalten oder überheizten Wohnzimmer ausdehnte. Dieser Bücherfriedhof war fest verschlossen und der Schlüssel fortgelegt in einen Behälter, der unerreichbar anderswo war. Zugeholzt von misanthropischen Möbeln, eingeledert von Sesseln und unbegreiflich leseunlustig verstellte der Großvater mir den Weg zu den Büchern. Auf welche Weise war es möglich, die durch das grüne Glas gesehenen, wie unter Wasser fischfern vorhandenen Bücher zu erreichen und herauszuholen in meine buchstabierende, schnörkelschrifthungrige Freiheit? Es blieb der Umweg über das Lexikon. Ich sammelte Wörter, Begriffe und Namen, die meines Wissens nach Erklärung verlangten und veranlaßte den Großvater, die Lexika auferstehen zu lassen für die Dauer einer gemeinsamen Begriffsforschung, die sich unkundig, bebrillt und mit angefeuchtetem Finger in tausend bebilderten Seiten zu orientieren versuchte. So kamen für einen Abend erwachsene Bücher in meine Hand. Sie nahmen teil am Leben auf dem Tisch, neben Servietten, Messerbänkchen und leeren Zuckerdosen waren sie Gegenstände, die man benutzen konnte. Sie verschwanden wieder in ihrer Versenkung und ich stand vor dem grünen Glas und hoffte auf später.

Wenig später, in der Nachkriegsbibliothek meines Vaters, sah ich Bücher, die in Freiheit lebten. Sie lagen – improvisierte, babylonische Türme – auf Tisch und Teppich, standen gereiht und geordnet, aber nicht gezählt, auf sieben mal sieben Regalen und waren das halbe Leben. Die Hand nahm, was dem Auge gefiel, aus dem altgrauen, neubunten Défilé der Buchrücken und verschleppte Belletristik haufenweise in die private Lesefestung. Aber die Freiheit der Bücher war zeitlich begrenzt, also nicht vollkommen. Kein Buch durfte fehlen, solange mein Vater in seinem Zimmer arbeitete (mit zwei Fingern Brotarbeit in die Schreibmaschine klopfte), es sei denn, es fehlte mit seiner Zustimmung. Mit seiner Zustimmung durften die Klassiker fehlen, Goethe, Schiller und Goethes Mutter, Fontane und Stifter. Vor allen Dingen der von ihm geliebte und empfohlene Stifter durfte in allen Werkausgaben fehlen und sich bei mir ansammeln, aber gerade dieser eine betraf mich noch nicht. Die Klassiker waren entfernte Verwandte, halbtot gerittene Schulbuchpferde oder solide Hausgeister, die ich schon kannte und wiederlas, aber gleichsam mit gerümpften Augen; sie betrafen meinen Vater und seine Überzeugung vom überzeitlichen Wert der Dichtung, mich betrafen sie nicht. Ich suchte Bücher aus dieser Zeit, die, ruiniert und chaotisch, schon meine war. Ich verlangte Unruhe, Anarchie, Witz, Wahnsinn, Utopie und Provokation, querschlagende Sprache, Unmögliches, Herrlichkeit. WIR SASSEN AUF DEM KLOSETT UND TRÄUMTEN / HIMMEL VIOLETT UND MEERE DIE SCHÄUMTEN – das gefiel mir schon besser, dort fing mein Begreifen an, und am besten gefiel mir, was ich noch kaum verstand, aber akustisch und körperlich bis zu Schmerzen aufnahm: die gefährlichen, vollen, hinein- und hinunterreißenden Strophen von Heym, Benn, Eliot und Lautréamont.

Sobald mein Vater die Wohnung verließ, verschwand ich in seinem Zimmer, ging unter die Bücher und vergrößerte ihre und meine Freiheit für eine halbe Nacht. Das war viel Freiheit, aber doch nicht genug. Ich kam zu der Überzeugung, daß man ein Buch nicht nur lesen, sondern vor allen Dingen besitzen müsse. Nur im ungeteilten Besitz war die Freiheit der Bücher vollkommen. Das eigene Buch begleitete lange Reisen, verzauberte Jackentaschen und machte Schulmappen erträglich. Nur das im Besitz befindliche, auf der Haut getragene, von eigenem Geld gekaufte, womöglich gestohlene Buch war eine brauchbare Grundlage für weiterführendes Lesen. Überhaupt war ein Buch nur dann von Wert, wenn man es schlecht behandeln, leidenschaftlich mißhandeln konnte mit Fettflecken, Anstreichungen, Ausrufezeichen und Eselsohren, und am wertvollsten waren die unaufgeschnittenen, französischen Bücher, weil sie Umstände machten, während man las. Ich rückte ihnen mit kleinem Messer auf den Leib, schnitt sie auf und eroberte sämtliche

Seiten. Das war die Verwirklichung des Lesens. Das brachte die Bücher und ihre Inhalte restlos und unwiderruflich in meinen Besitz und befreite sie vom Mitbestimmungsrecht anderer (ich schrieb meinen Namen auf die erste Seite). Nichts rief je den Wunsch nach Besitz hervor, außer Büchern und Schreibzeug.

Raubritterliches Lesen war nicht genug, die eingeschränkte Freiheit nicht länger tragbar, die Nachkriegsbibliothek meines Vaters zu schnell erschlossen. Auf eigene Anregung hin verlagerte ich mich schüchtern, dann anmaßend und schließlich störend in die Stadtbibliothek (die alterslosen Damen dort kannten mich bald, dünnhaarige Karteiteufel, und wurden nicht pomadiger, als ich von Gerhart Hauptmann nichts wissen wollte). Die Stadtbibliothek war ein ochsenblutroter Klosterbau in der Freiburger Schneckenvorstadt, umgeben von Kopfsteinpflaster und alten Kastanien. Ich durchsuchte gründlich alle Kataloge, erwartete Antwort auf fachungerechte Fragen und drängte mich vor: Ich, der wichtigste Bücherleser der Welt! Ich verlangte vom Hörensagen gekannte Namen: Conrad, Melville, Flaubert, Tolstoi und Puschkin, das waren Namen, die es im Zimmer meines Vaters nicht gab. Es gab dort weder Rosa Luxemburg noch das Manifest der kommunistischen Partei. Ein Gespenst geht um in Europa – das war ein alter, unerhörter Text und eine für mich ganz neue Tatsache, die sich schockartig – ein Erkenntnisgewitter – auf alles gegenwärtige und zukünftige Lesen auswirkte (und noch heute habe ich vor, das Manifest zu illustrieren oder richtiger: kritisch zu bebildern mit kleinen, präzisen, verflixt pointierten Gravüren). Ein Buch der Stadtbibliothek gehörte mir für drei Wochen, das war gestempelt und eingetragen und war ein erkennbarer Fortschritt von Freiheit. Ich las das kommunistische Manifest im Alten Friedhof, Swift und Voltaire bei Glockengeläut im Freiburger Münster, ich las auf dem Fußweg nach Hause, an Kreuzungen wartend, und manches Buch war zur Hälfte gelesen, wenn ich verspätet zum Nachtessen eintraf. Die langen Fußwege gehörten zur Bücherbefreiung, es gehörte dazu das Trambahntrödeln zu Leuten, die unausleihbare Unikate besaßen und broschierte Lyrik, von der die Bibliothek nie etwas erfuhr und die ich abschrieb in karierte Hefte.

In der Stadtbibliothek entdeckte ich die Gedichte von Georg Trakl. Gleichermaßen bewußt und betäubt las ich den Karl Kraus gewidmeten PSALM (ES IST EIN LEERES BOOT, DAS AM ABEND DEN SCHWARZEN KANAL HERUNTER TREIBT) und erfuhr wie vorher nur von Hölderlin, was lyrische Sprache war und mein Element. Was ich in Trakls Sätzen las, das gab es auch wo ich war, das lebte ich selber: Glocken, Gärten und Musik in Zimmern, reicher Sommer, Föhn und Fülle des Herbstes, alter Friedhof und Schenken auf dem Land, das Brot, die Nüsse und immerwieder: der Wein. Trakls Salzburg war mein Geschwisterort und Freiburg, obwohl zerstört, ein Ort von vergleichbarer Fülle. Aus diesen Gedichten erfuhr ich, daß ich selber in einer SCHÖNEN STADT und viel mehr noch in einer alten Welt zu Hause war, die ihr Grodek kannte und ihren Untergang. Gleichzeitig entdeckte ich die GRAS-HALME von Walt Whitman. Im hellen, offenen Pathos weiträumiger Verse las ich die Überwindung der Einsamkeit, Bejahung des Menschen und der Geschichte, unzerstörbare Hoffnung und Wille zur Zukunft. Bei Trakl und Whitman las ich mein ungeschriebenes Leben, frei schwebend und sprach-los unter der Schädeldecke. Trakl und Whitman waren die ersten Dichter, deren Bücher ich kaufte, schmale billige Auswahlbände der Nachkriegszeit, freie Bücher, die ersten in meiner Freiheit.

Billett für Rudolf Dischinger

Rudolf Dischinger, Zeichner und Maler, fünfundsiebzigjährig, in Freiburg lebend. Heute erkenne ich, daß er vor fünfundzwanzig Jahren mein Lehrer war.

1954, achtzehnjährig, studierte ich Grafik in Freiburg. STUDIUM – das war die offizielle Bezeichnung für chronischen Schlendrian befreundeter Studenten an einer kleinen, in der Provinz versteckten Akademie. Dischinger war dort Professor der Grundklasse und stellte im Klima genialischer Bummelei so etwas wie ein eisernes Rückgrat dar. Während verschiedene Professoren für halbe Tage anreisten, war er täglich und nachdrücklich anwesend, strenger Beobachter seiner Schüler (in seiner Abwesenheit wurde Wein getrunken). Seine Ansicht von STUDIUM war orthodox. In seiner Klasse wurde zeichnen gelernt, die Anatomie alles Gegenständlichen bloßgelegt. Pünktlich, prosaisch, regelrecht. Sein Begriff von ARBEIT war sachlich und hatte mit Leistung und Kunstwerk nichts zu tun. Es wurde Erkenntnis durch gründliches Sehen gefordert. Es wurden Gliederpuppen und Kisten gezeichnet, Töpfe, Büsten und Cäsar-Köpfe aus speckigem Gips. Es wurde mit Kohle, Pinsel und Bleistift gezeichnet (mit weichen Brotkugeln wurde Graphit verrieben). Es wurde auf Freiburger Straßen gezeichnet, im Naturkundemuseum und im botanischen Garten. Klappstuhl-Stunden in einer öffentlichen Anlage, während der Lehrer, Hosenklammern am Bein, zwischen verstreut plazierten Studenten hin und her radelte und mit eigenem Stift ihr Gezeichnetes auf Kreise, Quadrate und Romben reduzierte. Seine Hand steckt in meinem Gedächtnis fest. Großzügig, hart und nervös riß er die hilflosen oder auf Wirkung hin schraffierten Versuche seiner Schüler auseinander. Seine Energie war mir unbehaglich. Mit Sympathie für den Schüler, doch ohne Konzilianz, zerschmetterte er jeden Ansatz von Schönmacherei. »Ich schätze Ihr Talent, aber Sie müssen arbeiten.« Das war der Refrain, den jeder zu hören bekam.

Ich hockte vor historischen Fassaden und ließ sie im Gewebe aus Strichen verschwinden. Der Professor ergriff mein Papier, zog eine starke Linie durch meine Bemühung und wiederholte: »Sie müssen sich für EINE Linie entscheiden.« Ich denke an diesen Satz und erkenne wieder seine elementare, vom Lehrer elementar vermittelte Wahrheit. Mit Schönheit und Unschärfe war es vorbei. Zunehmendes Unbehagen zwang mich aus der Verträumtheit und veranlaßte mich, auf hochtrabend bürgerliche Vorstellungen von Kunst zu verzichten. Dem Unbehagen, das der Professor hervorrief, verdanke ich Unnachgiebigkeit und klare Optik.

Hemmungslose, schöne Illusionen. ARBEIT hatte ich meines Wissens nicht nötig, und LERNEN erschien mir als Umweg, zeitraubend, lästig. Mit emphatischem Dilettantismus wollte ich in die Kunst, aus Traum und Hoffnung direkt zu signierten Bildern. Die Akademie verzeichnete fünfzig Schüler, die runde Zahl war für ihr Weiterbestehen erforderlich. Der Zahl zuliebe wurde aufgenommen, wer einen Stift auf Papier bewegen konnte. Es wurden ältere Damen aufgenommen, die aus Kieseln und Klebstoff Plastisches fabrizierten. Es wurden hübsche Mädchen aufgenommen, strebsame Autodidakten und Anthroposophen. Rudolf Dischinger beschäftigte sich mit allen, zunächst ohne Rücksicht auf die Fähigkeit oder Unfähigkeit einzelner. Mir gefiel die Verschwendung seiner Energie, das gerecht auf alle verteilte Interesse, das gleichbleibend Unnachgiebige seiner Korrektur, die Beharrlichkeit seiner pragmatischen Intelligenz. Das Temperament des Professors, wechselnd zwischen Unrast, Genauigkeit, Zorn und Melancholie berührte mich wider Willen. Seine heftige Sachlichkeit war nicht zu bezweifeln. Er verkörperte Mühe und Fairness, selbstlos für andere.

Rudolf Dischinger gehörte zu den jüngsten Künstlern der NEUEN SACHLICHKEIT. Schüler von Hubbuch, und mit Bissier befreundet. Er hat vehemente Präzisionen gezeichnet, meisterhafte Blätter dieser Epoche, Mischtechnik, Zeichnung und Pinzelzeichnung. Es kamen Abstraktionen hinzu, die geometrische Grundformen variieren.

SEHEN (wie hören und lesen) kann vielerlei sein. Es gibt ein Sehen aus Angst. Der Blick des Beobachters aus der Defensive saugt sich am bedrohlichen Gegenstand fest. Saugnapf-Optik, etwa bei Kafka und Dalí. Es gibt das zusammenfassende und das detaillierende Sehen. Es gibt Panorama-Optik und gründliches, grübelndes Festhalten eines Reiskorns. Wilhelm Leibl zerschnitt seine Bilder, weil das Detail ihm die große Form verstellte.

Das Sehen Rudolf Dischingers ist elementar. Es radikalisiert die Form und verbildlicht die Anatomie des Gegenstandes. Ein Grammophon, eine Puppe, ein Quadrat. Ungegenständliches ist ihm nicht bekannt. Sein sachlicher Blick skelettiert das Motiv. Er bemächtigt sich seines Innenraums; er vermißt Charakter, Umfang und Umriß seiner Erscheinung. Er seziert die Materie, legt sie bloß und weidet sie aus. Die Zeichnung setzt die Erkenntnisse zusammen. Sie baut den durchschauten Gegenstand auf.

Das logisch-destruktive Sehen entspricht der logisch-konstruktiven Maßnahme genauen Zeichnens. Der Gegenstand wird ohne Hinweis auf Bedeutung, Sinn oder Wert auf dem Papier befestigt und nackt sich selbst überlassen.

Er ist ohne Aura und Mythos da.

Er ist so rigoros auf sich selbst versetzt, daß er den Bildtitel zu verfremden scheint.

Hundert Stunden für eine Zeichnung, bis ihre Penetranz vollkommen ist. PENETRANZ – ein Begriff Dischingers.

Er war als Lehrer und ist als Zeichner der Vernichter von Mythos, Schnörkel, handwerklicher Hochstapelei und romantischer Beleuchtung. Die Beleuchtung, in der seine Gegenstände erscheinen, ist das gleichmäßige, wesenlose Licht der Glühbirne.

Die Bedeutung des Schnörkels in der bildenden Kunst (wie die des Gamsbartes in der Mode) ist umstritten. Wenn ich einen Schnörkel zu Papier brachte, war mir der Mörder aller Verzierungen gegenwärtig. Aber sein zweifelndes Lachen verdarb mir nichts.

O Nonsens! Doodle!

Die Beharrlichkeit meines Lehrers erscheint mir bäurisch. Etwas Holzfestes.

Was 1930 der Epoche voraus war, gilt heute, im Défilé unzähliger Richtungen, als klassisch und verschwindet unter Stempeln wie VERISMUS oder NEUE SACHLICHKEIT. Rudolf Dischinger hat alle Stempel überlebt. Er hat an Wegbereitungen teilgenommen und sein Leben lang an ihnen festgehalten. Ich erinnere mich: Er stand zwischen seinen Schülern und sagte: »Wenn Picasso der Papst ist – wer sind dann wir? Kirchenmäuse?«

Jetzt kann ich ihm antworten, daß er DISCHINGER ist.

Wissen Sie, wie Caravaggio gestorben ist?

Wissen Sie, wie Caravaggio gestorben ist?

Das ist für die Kunstgeschichte unerheblich. Es ist nicht unerheblich für mich.

Unmöglich, das Dasein – also Zeitgeschichte, Lebensgeschehen und Tod – von den Bildern der Maler und Zeichner zu trennen, deren Werk mich was anging.

Die Depressionen van Goghs und die eintönigen Mahlzeiten Pontormos, täglich aufgezeichnet im Tagebuch; die urbane, Smoking und Masken tragende Selbstüberheblichkeit Max Beckmanns und die Trunksucht von George Grosz waren mir nicht gleichgültig. Ich vergaß nicht die Heiterkeit des alten Matisse, und der Selbstmord Staëls ließ, jedenfalls für mich, Rückschlüsse zu auf Werkzusammenhang, Entwicklung und Arbeitsweise.

Dann sah ich den David von Caravaggio, den abgeschlagenen Kopf des Riesen in der Faust Davids, ein Selbstbildnis des dreiunddreißigjährigen Malers, und er verfolgte mich in der Schlaflosigkeit. Während einiger Wochen in Rom ging ich täglich in die Villa Borghese und sah mir den David von Caravaggio an, dieses eine Bild, ein optisches Auswendiglernen. Nie mehr vergaß ich die verbrauchten, auseinander stehenden Zähne, die Kinnlade hängend und blutig, den wutvollen Mund des Geschlagenen, Wasserspeiergesicht, versauter Engel, barbarische Unschuld.

Menschlichkeit im Abort der Schöpfung. Abgrundgesicht. Nachtschattenvisage. Maudit.

Und ich dachte: so muß einer aussehen am Ende der Niederfahrt, in der Konsequenz eines subversiven Lebens, in Aufruhr, Protest, Anarchie einer produktiven, gegen jede Norm gerichteten Verkörperung. Die Selbstbildnisse von Rembrandt, Goya, Beckmann, van Gogh und Dix – das war es. Für jeden, der weniger als die totale Ansicht wollte, hatte ich keine Geduld, und das Dasein von Laureaten ging mich nichts an.

Caravaggio – das waren zunächst die Bilder, die ich in Rom, Florenz oder Cleveland sah. Souveräne Malerei, kompakt und glanzvoll. Caravaggio ein großer Bildregisseur.

Seine Licht- und Beleuchtungstechnik eine fundamentale Erfindung in der Malerei. Lichteinfall, der gewitternd und blitzhaft, gefährlich bleich oder kalt die greifbar realen, fleischlichen Figuren bestrahlte. Nicht festzustellen der Ursprung saturnischen Lichts in den religiösen Scenen. Gewaltsame, aber genaue Dramaturgie der Komposition (die Brustwarze des David liegt wenig unterhalb der geometrischen Mitte des Bildes und stellt sein optisches Zentrum dar). Das ideale Menschenbild existiert nicht mehr. Es gibt jetzt unverwechselbare Gesichter und handelnde, leidende Körper. Die wurmstichigen Äpfel seines Stillebens (FRUCHTKORB) waren um 1600 unerhört. Die übereinandergeschlagenen Beine und dreckigen Fußsohlen des Heiligen Mathäus entrüsteten die kirchlichen Auftraggeber, sie lehnten diese FIGUR OHNE WÜRDE ab. Caravaggio war die Überwindung des olympischen Figurenkanons, durch ihn kam die Straße ins Atelier (die Modelle für seine Apostel waren Handwerker, Bauern, Straßenjungen und alte Leute, die er verkleidete aber nicht verschönte). Eigenmächtigkeit eines Createurs, der auf die Vorstellungen seiner Auftraggeber keine Rücksicht nahm. Caravaggio war Unterwelt, Rebellion und Ironie, funkelnde Exzentrik – aber Caravaggio war auch die Biographie des ersten modernen Menschen in der Malerei.

Wissen Sie, wie Caravaggio gelebt hat? Ist das von Belang für die Kunstgeschichte?

Furioser Melancholiker. Narben im Gesicht.

Artistisches Hirn.

Unangenehmer Patron und wechselhafter Charakter.

Kriminelles Genie. Plutonischer Ganove. Spötter. Chaotiker. Lebemensch. Provokateur.

Möglicherweise Dandy in den Kneipen. Aber ein Dandy stilisiert sich und braucht Zeit zur Selbstpflege; diese Zeit besaß Caravaggio nicht.

Prozesse, Geld – und Gefängnisstrafen, Beleidigungen und Jähzornshandlungen. Gerichtliche Urkunden über Schlägereien, immer wieder Schlägereien und schwere Verwundungen, die er einstecken muß oder anderen zufügt, dann Wundenlecken in einem von Gönnern gewährten Versteck. Totschlag an einem gewissen Ranuccio Tomassoni anläßlich eines Ballspiels in Rom am 29. Mai 1606. Er versteckt sich, selbst schwer verletzt, in Zaragoli, Paliano und Palestrina.

Flucht aus Rom, Neapel, Malta, Syrakus, Messina und Palermo. Kein Ort, den er auf gewöhnliche Weise verläßt.

Sein Dasein ein Querschlag.

Die Haut, das Hirn, die Aufträge sind zu eng. Die Welt ist zu eng. Caravaggio ein Leben auf der Flucht vor gerichtlicher Verfolgung. Ausbruch aus dem Kerker, Ortswechsel und Amnestie, aber er hält die Ruhe nicht durch. Seine erkannten, anerkannten Fähigkeiten als Maler machen ihn zum gefragten Künstler der Zeit. Er erhält die Ritterwürde in Malta (sie wird ihm nach seiner Flucht wieder aberkannt), Ordenskreuz, Goldring und zwei muselmanische Sklaven. Die Skandale wechseln mit vergleichsweise ruhigen Zeiten der Arbeit. Er ist ein konzentrierter Handwerker, unerhört sicher, zupakkend, schnell. Es gibt trotz des gejagten Lebens keine unvollendeten Bilder, allenfalls ein paar weniger gut gemalte.

Nach vorausgegangenen Selbstbildnissen, dem Gesicht der Meduse mit den beißenden, sich selbst zerbeißenden Schlangen aus dem Jahr 1600 (er stellt sich dar mit aufgerissenem Mund, lustvoll entsetzlich, das Blut stürzt literweise aus dem Hals) und dem wenig später gemalten Martyrium des Mathäus, wo er als Nebenfigur erscheint (es ist die gequälte, Schmerz empfindende Physiognomie eines Mannes ohne Alter), malt Caravaggio den David um 1606, vier Jahre vor seinem Tod. Das Bild ist 125 × 101 cm groß, also ein Tafelbild gewöhnlicher Größe. Die Farbskala variiert zwischen weiß, grau und braun. Vor der restlosen Dunkelheit des Raums (die Andeutung eines Vorhangs – traditionelles Versatzstück bildlicher Inszenierung und einziges Requisit dieses Standbildes – scheint mit schlechtem Gewissen gemalt) steht David und hält in der Faust den abgeschlagenen Kopf Goliaths, das Selbstbildnis Caravaggios, sein Selbstbekenntnis. Der Einfall Goliath = Caravaggio macht aus der alttestamentarischen Geschichte den persönlichen Stoff, das persönlichste Bild und Selbstbild Caravaggios. Es wurde behauptet (ungewiß ob es stimmt), der David sei ein Bildnis des jungen Caravaggio. Dann wäre der David ein Doppelbildnis, rigoroser Vergleich zweier Lebensalter desselben Menschen, Anfang und Ende einer Karriere, die kaum zwanzig Jahre umfassende Spannweite zwischen Schönheit und Abnormität, Sanftmut und Entsetzen, Mitleid und Wut. David hält das Schwert in selbstbewußter Pose, aber das Gesicht drückt Schwermut aus. Ein überzeugter Sieger ist das nicht. Merkwürdig still, merkwürdig betroffen. Wie komme ich zu diesem Triumph?

Muß ein Sieg die Schlachtung zur Folge haben?

Warum ein Sieg, warum eine Niederlage? Warum denn ich? Warum dieser andere?

David scheint den Besiegten zu kennen. Er begreift und bedauert sein Opfer, liebt es vielleicht. Das ist eine abgründige Verständigung, und es ist das menschlichste, menschennächste, kreatürlichste Bild, das Caravaggio gemalt hat. Es gibt hier keinen Überlegenen, sondern zwei Darsteller einer Tragödie. In ihr scheint die Schuldfrage außer Kraft gesetzt, nicht aber der Vorwurf Caravaggios gegen sich selbst: wer bin ich geworden.

Unbedingte Rechenschaft.

DAS BIST DU.

Unchristliche, saturnische Visage, aber ein Märtyrer nicht.

Der Narzißmus Caravaggios ist in der Rücksichtslosigkeit seiner Selbstdarstellung überwunden.

Es ist das unmaskierteste Selbstbildnis, das ich kenne.

Es ist, als Komposition und peinture, sein einfachstes Bild, und es ist sein kompliziertestes als Psychogramm.

Es ist das todbewußte, lebensspiegelnde Finale seiner privaten und öffentlichen Existenz.

Caravaggio, vierunddreißig Jahre alt, flieht aus Palermo nach Neapel. Dort verwickelt er sich wieder in eine Schlägerei und wird verletzt. Im Oktober 1609 verbreitet sich die Nachricht von seinem Tod, aber es handelt sich um eine Falschmeldung. Er bleibt in Neapel und erholt sich von seinen Verletzungen. Die unwiderrufliche Nachricht von seinem Tod trifft am 28. Juli 1610 in Rom ein. Ein zeitgenössischer Bericht lautet:

»Er schiffte sich mit wenigen Sachen und dem, was er sich noch verschaffen konnte auf einer Feluke ein, um nach Rom zu fahren, wohin er auf das Wort des Kardinals Gonzaga zurückkehrte, der mit Papst Paul V. seine Begnadigung verhandelte. Am Strand (von Port'Ercole) angekommen, wurde er aus Versehen von der spanischen Besatzung gefangengenommen, ins Gefängnis gesteckt und zwei Tage dort einbehalten. Nach seiner Freilassung fand er die Feluke nicht mehr, so daß er wütend und verzweifelt unter der Gewalt der im Zeichen des Löwen stehenden Sonne am Strande entlang lief, um zu sehen, ob er auf See noch das Schiff mit seinen Sachen erblicken konnte. Schließlich stieß er am Strande auf einen Ort, wo er sich mit bösem Fieber ins Bett legte und innerhalb weniger Tage ohne menschliche Hilfe so schlecht starb, wie er nicht einmal schlecht gelebt hatte.«

Schlecht gelebt und schlecht gestorben – das sagt der Sinn für solides Fortkommen. Das sagt die Kirche und die Aristokratie. Was Caravaggio dachte, ist nicht bekannt. Es ist denkbar, daß er sein Leben noch für zu hell, für zu harmlos gelebt hielt. Haben Villon und Rimbaud schlecht gelebt? Sind ihre Todesarten schlecht? Empfanden sie selber ihre Leben als verfehlt, schlecht gelebt oder falsch?

Schlecht sagt der Bürger, der sich nicht exponiert.

Der Kuchenfresser sagt es, der Pharisäer, der Würdenträger und der Beamte.

Der Staubfresser sagt es nicht. Kleist sagt es nicht und Brentano sagt es nicht. Robert Walser sagt es nicht. Pontormo sagt es nicht und Verlaine sagt es nicht. Pascin, Soutine, Gauguin, Genet, Beddoes und Lowry verlieren darüber kein Wort.

Wütend und verzweifelt. Das ist es.

Nicht verzweifelt über sich selbst, sondern wütend und verzweifelt über den lebenslang vorbereiteten Zufall, der eine sinnlose Situation zur Folge hat. Caravaggio der Lächerlichkeit preisgegeben, der Defensive ausgesetzt und der Sonne, ohnmächtig und schließlich krank. Ein Zustand, aus dem sich nichts machen läßt. Verzweiflung über den Zufall. Verzweiflung darüber, daß ein Zufall seine Augen und Hände ausschaltet und Verzweiflung über die Anonymität dieses Vorgangs.

Wut gegen den Tod.

Die Bilder, die Bücher, die Bilderbücher

Der letzte Mohikaner und Gullivers Reisen, Max und Moritz oder Struwwelpeter – Bücher, die ich las, besaß und liebte, aber sie waren nicht mein A und O. Ich versuche, mich zu erinnern und komme nicht weit. Vor die Bilder, Bücher und Bilderbücher schieben sich Menschen, Orte und Katastrophen. Was ich wollte, war nicht in Büchern zu finden: Landschaften, Straßen, Musik, Gesichter und Stimmen, die Vogelbeerbäume am Weg nach Albersbach, die verschatteten Kurven und das Moos in den Gräben, der Viehgeruch in den Kleidern, der Schnee in den Tannen. Unerschöpflicher Vordergrund der wechselnden Schauplätze und beweglichen Bilder. Die ernsten Gesichter, als mein Vater vermißt war; die Mundfäule und das Zimmer im Krankenhaus; das Geklingel der Eisenbahnschranken in der Nacht; die getarnten Panzerwagen am Brombeerkopf. Irgendwo dahinter befand sich der Krieg. Er besetzte den Vordergrund und fraß ihn auf. Er zerstörte die Welt und mein Vertrauen in sie. Ich vermute, daß der Krieg mein Bilderbuch war.

In ihm war überwältigend abgebildet, was Hunger, Feuer, Flucht und Entsetzen hieß. Ich selber war täglich in ihm abgebildet und konnte gewaltsam umgeblättert werden. Zugeklappt mit einem feurigen Knall. Falls der Herrgott (es gab ihn eine Weile) das Buch wieder aufschlug, fand er mich konserviert, eine Illustration in Sandalen und Trainingshosen. Wer konnte wissen, ob ihn der Tod interessierte.

Im Haus meiner Großeltern gab es unsterbliche Möbel, Sofa-Festungen, Baukästen, Zinnsoldaten – und einen Schreibtisch mit verschlossenen Fächern. Es gab einen zierlichen Schlüssel zu entdecken, der mir den Inhalt heimlich zugänglich machte; Briefe und Fotos in verschnürten Paketen und eine Sammlung unzähliger Ansichtskarten. Das waren Weltausstellungen, Eiffeltürme, Seebäder, Automobile und Aeroplane, Leute auf Plätzen, Stränden und Promenaden, Damen in Toilette und Herren auf Rädern, kuriose Schaubudenwelt der Matrosenanzüge, an Leinen geführte Möpse und Kriegsdenkmäler. Briefmarken, Stempel, geschnörkelte Kalligraphie, bräunlich verblaßt und alt, mein Showmasterkino.

Dort gehörte die Frisur meiner Großmutter hin (grauer Damenknoten, ein Haarnadelkissen), ihr geschlechtsloser Kleiderschrank und das Teeservice, die Zigarre des Großvaters und die Bridgepartien, die Hutschachteln, Fuchspelze, Muffs und Reisekoffer. Danach entdeckte ich alte Naturkundebücher, Pflanzen, Tiere und Steine aller Art, die Ebenbilder der Dinge auf Papier, Papageien, Schlangen und Bären, ausländisch alles, Echsen, die Bäume fraßen, Reptilien und Fische, die zart koloriert und lateinisch bezeichnet waren. Die Genauigkeit der Zeichnungen ließ mich nicht los. Magie der exakten Details und präzisen Konturen (alles genau Gemachte bezauberte mich). Ich kopierte die Gegenstände auf Pauspapier, betört von der milchigen Glätte und Transparenz. Der gespitzte Bleistift wurde mein Instrument, der Zirkel im Kästchen aus Samt und das Lineal. Tierskelette, Korallen, Vogelfedern! WENN ICH ERWACHSEN BIN, MACHE ICH ALLES SELBST.

Ich las die Bücher und ihre Wörtlichkeit und versuchte zu lesen, was hinter der Wörtlichkeit war. Ich las durch die Handlungen, Reime und Sätze hindurch, sie schienen Häute und Kleider von Rätseln zu sein. Alles, was Sprache war, schien Geheimnis zu sein. Es gab die Romane, Bibeln und Kinderbücher, papierene Schatzbehälter mit Eselsohren, nach Leim und Staub und getrockneter Farbe duftend; alle Substanzen wirkten verführerisch: Gewicht und Umfang der Bücher, die Schriften und Titel, die Tatsache, daß es Verfasser und Vorwörter gab, Jahreszahlen, Exlibris und Interpunktionen, Bearbeitung, Übersetzung und Inhaltsverzeichnis, Seidenpapiere über den Illustrationen und das wie AMEN klangvolle FINIS am Schluß. Am interessantesten schienen Bücher zu sein, die die Dinge zeigten und über sie Auskunft gaben. Technische Ratgeber, Stilfibeln, Lexika; Baedeker, Reiseführer und Kochrezepte; Illustrierten-Jahrgänge und Bauernkalender; Darstellungen alter Schlachten und Schiffsuntergänge; Fluten, Lawinen, Erdbeben, Raubüberfälle. Löwen zerrissen Dompteure und Flugzeuge platzten, Züge entgleisten und Könige wurden enthauptet, Städte in Brand gesteckt und Damen gerettet – Handlungen dieser Art und vergleichbare Bilder entsprachen dem Lebensgefühl, der

Verletzung durch Krieg. Idyllen und Sonntagsgeschichten blieben mir fern. Sie betrafen mich nur, wenn Stille in ihnen war, unheimlich, zu Tränen erschütternd: das gab es hier nicht. Nils Holgerssons Flug mit den Gänsen über ein Land, das unzerstörbar und schöner als Märchen war, durch die Vorlesestimme der Mutter im kriegskalten Haus, durch das einzig geheizte Zimmer bei Kerzenlicht, während draußen Ruine, Bombe und Winternacht waren: in Gegensätzen wurden die Träume zerrissen, circensische Ahnungen, Schönheit, die quälend war.

Wichtiger als die einzelnen Bücher und Bilder war ihr Ensemble und Vorhandensein. Daß sie jederzeit zu erreichen waren, wegzuräubern und in die Höhle zu tragen, war die Hälfte alles Lesens wert. Die Anwesenheit der Bücher beruhigte mich. Sie waren da wie ich selbst und für mich geschrieben. Die Bücher und ich, das war ein verschwiegenes Bündnis, eine raffinierte Verschwörung ohne Zeugen. Wir hatten alle Zeit, uns kennenzulernen, und falls wir uns kannten, einander wiederzusehen.

Dieser Traum, die Überzeugung der Kindheit: daß die Bücher und Bilder mich kennen könnten, anreden könnten, Gedanken und Ängste verstünden, Wörter und Sätze an mich verschenken könnten, buchstäblich nur an mich, in den Mund zu nehmen.

Gegenstände, Landschaften, Menschen und Tiere, alles Vorhandene fand sich in Büchern wieder. Unruhe und Bezauberung durch den Vergleich. Die Krähe im Tierkundebuch und die Krähe im Garten – was unterschied sie, die doch dieselben waren. Die Krähe im Garten gehörte sich selbst. Sie teilte sich krächzend und fliegend mit; unmöglich eine Beziehung aufzunehmen. Die Krähe im Buch war ein haltbarer Gegenstand, ich ging mit ihm um, wie es meiner Neugier entsprach. Das verfügbare Bild, der wiederholte Vergleich, die persönliche Aneignung durch Gebrauch der Bücher, das war meine Chance in dem rätselhaften Kontrast. Das war die Lebendigkeit der Romanfiguren: ich selber setzte unsere Beziehung fest. Sie schienen realer als Menschen und Leute zu sein. Ein Mensch machte Sachen, die ich nicht verstand. Er lachte, fluchte, verreiste, betrank sich und starb, er wurde verschleppt oder stürzte vom Apfelbaum. Mein Anteil an ihm war unklar und oft gleich Null. Der ungemütlichste Schurke im Bilderbuch war mir näher als die gemütlichste Patentante.

Neunzehnhundertachtundvierzig, unterernährt und zwölf Jahre alt, kam ich mit Sondergenehmigung in die Schweiz. Für ein paar Monate, ZU ERHOLUNGSZWECKEN, aus Familiendepressionen und deutscher Zerstörung, in die einwandfreie, gesunde, dicke Schweiz, zur Familie Wanner in das Lateinschulhaus. Es befand sich in Zofingen (Kleinstadt in der Provinz) und wurde zum Eldorado der Friedenserfahrung. Dort hatte es weder Ruinen noch Tode gegeben, die Welt schien haltbar und gut, unfaßbar gut, das alles war menschenmöglich auch für mich. Die Verse Paul Gerhardts und die Blumensträuße, das Weißbrot, die Sahne, die Freßlust im Kuchenstaat, der Bonbonautomat und die hallenden Plätze am Abend, der HEITERE PLATZ auf dem Hügel mit hohen Platanen, die Freundlichkeit in den Familien, das Gleichmaß der Tage. Ich lernte begreifen, daß dies wirklich war. Diese Wirklichkeit war mein Recht, mein Glück, mein Rausch. Ich atmete sorglos in einer Freude, die unfaßbar leicht und selbstverständlich war. Ich schrieb ERLEBNISSE auf und begann zu zeichnen, unangefochten, in Freiheit mit mir selbst.

Der Herr Direktor Wanner war pensioniert, ein solider Herr, der mich streng zu beobachten schien, Brisagos rauchte und an Likörgläsern nippte, die Schnauzbartwürde des Menschen behagte mir nicht. Uhrkette, Samtweste, Ausgehstock, ein gerechter Pädagoge und Antichrist, und ich begann ihn zu lieben, als ich begriff, daß dies die Panzerung seiner Güte war. Er zeigte mir seine Bibliothek und wies darauf hin, daß hier nicht jedes Buch zu empfehlen sei. Er schlage vor, behutsam zu verfahren, mit den Jugend- und Heimatromanen anzufangen, dann schrittweise zu den Klassikern überzugehen. Ich verehrte ihn dafür, daß er nichts verbot, durchschmökerte alle in Leder befestigten Werke, die empfohlenen und in Frage gestellten Volumen und gab den Rest der gedruckten Wunder preis für ein einziges Buch, das DER GRÜNE HEINRICH hieß. Die erste Frauengestalt der Literatur,

Judith, die mich verstörte und schlaflos machte, zu Tagtraum und nächtlichen Phantasien verführte. ROMEO UND JULIA AUF DEM LANDE, die Möglichkeit, zu lieben, schien ihnen verwehrt. Sie hatten weder den Ort noch die Zukunft dafür, sie glitten vom Heuschiff und verschwanden im Fluß. Ich weiß nicht, was der Herr Wanner dazu bemerkte. EIN HAUCH DER WAHRHEIT BERÜHRTE MICH.

Die Grenzen der Freiheit setzte ein Visum fest. Ich mußte in das kaputte Deutschland zurück. Das Gepäck war schwer von Geschenken und Souveniren, Luxusmassen an Kaffee und Tabak. Der Herr Wanner steckte den GRÜNEN HEINRICH dazu und begleitete mich im D-Zug zur Grenze nach Basel. Dort erwartete mich mein Vater, der Antipode, eine Nachkriegsgestalt in erschütternd grauer Verfassung. Die Herren standen, getrennt durch Verbot und Zoll, in den unvergleichbaren Ländern vis à vis, begrüßten einander über die Sperre hinweg (Verbeugungen, Winke, ein geschwenkter Hut) und ich verschwand, wo ich hergekommen war.

Der Tisch

Auf dem Grundstück wurde ein Tisch hinterlassen. Er stand, als ich kam, unter Pappeln im Schatten der Hauswand und war mit Weinflaschen, Spielzeug und Brot beladen. Ich hatte mir nie einen Tisch gewünscht. Seit ich ihn besitze, weiß ich, daß er mir früher gefehlt hat. Ich würde ihn vermissen, wenn er verschwände – ja, es würde mich kratzen, wenn er gestohlen oder verfeuert würde. Ich werde versuchen, ihn zu erhalten, doch braucht er weder geschont noch gepflegt zu werden. Mein Tisch ist ein Gebrauchsgegenstand, er wird benutzt und im Lauf der Zeit verbraucht. Daß er verbraucht wird ist sein gutes Recht. Das Antiquariat ist kein Platz für ihn, er ist im Handel kein brauchbarer Gegenstand. Daß er nicht dauerhafter als haltbar sein soll, daß EWIG kein Wort für seine Bedeutung ist, daß besondere Absicht ihn nicht belastet, kein Nebengedanke Funktion oder Form verfälscht – das macht ihn vertraut und tut mir gut. Er wurde mir hinterlassen im Gedanken, daß ich ihn brauche und zu gebrauchen weiß. Es erhöht seinen Wert, daß ich weiß, wer ihn gemacht hat, und daß der Betreffende mir nicht gleichgültig ist.

Es ist ein einfacher Tisch. Die Länge beträgt hundertfünfzig, die Breite sechzig, die Höhe fünfundsiebzig Zentimeter. Er ist aus hartem, schwerem Holz gemacht und muß von zwei Personen getragen werden. Daß ich die Holzart nicht bestimmen kann, bringt mich, als Handwerker, in Verlegenheit. Ich sollte es besser wissen und weiß es nicht. Die Platte besteht aus vier längsgerichteten Brettern, die nicht ganz fugengenau zueinander passen, das heißt: die Bretter wurden von Hand gesägt, mit Sandpapier geschliffen, gebeizt und poliert. Alles an ihm ist vierkant und eckig, rauh und praktisch, gebräuchlich und fest. Die Platte weist verschiedene Astlöcher auf, die schräg oder senkrecht wie verkorkt erscheinen. Die Maserung ist schwach, die Farbe hell, ein honiggelber, natürlich warmer Ton. Er besitzt keine Schubladen oder Zwischenräume, Geheimfächer, Aufbauten oder Zusatzteile. Keine Verzierung manipuliert seinen Wert (Beschläge, Scharniere, Intarsien und farbiger Lack). Er wird nicht in Teile zerlegt und zusammengeschoben. Er wird von gewöhnlichen Nägeln zusammengehalten.

Der Tisch ist unentbehrlich und daher kostbar, er ist das zentrale MEUBLE des täglichen Lebens. Er kann in verschiedene Zimmer getragen werden, und bei jedem Wetter im Freien stehen. Man erinnert sich vor dem Schlaf, daß er draußen steht, so wie man an Steine denkt, die in Hausnähe liegen. Er steht im Gras zwischen Brombeeren, Nesseln und Malven, und wird dem Schatten nach durch den Hof getragen. Er ist in der Küche unersetzlich geworden (wenn ein großes Nachtessen vorbereitet wird), und er wird benutzt zum Anschauen von Federn und Steinen, die in den Bergen der Drôme gefunden wurden. Auf ihm wird Teig ausgerollt und Papier beschrieben, auf ihm erscheinen die Spuren hausierender Katzen. Die Tücke des Objekts scheint ihm nicht geläufig, er scheint in jeder Hinsicht verträglich zu sein, den Menschen und Tieren in gleicher Weise gewogen. Er beißt weder Kinder noch Frauen und stellt kein Bein, er rächt sich nicht mit Splittern und Nagelköpfen. Eigenheiten und Nachteile hat er nicht, er besitzt also keine schlechten Eigenschaften, daher sind die guten und nützlichen unbegrenzt. Er braucht keine Haut, keine Schutzschicht und kein Make up, er nimmt jeden Schaden ohne Verluste auf sich, man kann ihn nicht stören und in Verlegenheit bringen, er ist nicht verwundbar, sondern geschlossen und fest. Er wird ohne Unterbrechung tätowiert von Hitze, Kälte, Nässe und Trockenheit (unschuldige Mißhandlung, die täglich verübt wird). Auf ihm werden Zwiebeln und Auberginen geschnitten, Tomaten, Käse und Schinken, Brotlaibe und Kuchen. Es werden Zitronen halbiert und Gewürze zerkleinert, Kartoffeln, Orangen, Spargel und Äpfel geschält, es werden Nüsse mit Fäusten aufgeschlagen und Mandeln mit einem kleinen Hammer gespalten. Vom Hammer bleiben eckige, schiefe Winkel und von den Nußschalen Kerben und Dellen im Holz. Löcher von Zirkeln, Nadeln und Gabelspitzen, Kratz- und Schnittspuren zahlloser Messerarten – Brotmesser, Obstmesser, Fleisch- und Holzschnittmesser, Geflügelscheren, Fuchsschwänze, spitze Zangen, und von Kinderzähnen zerkaute Löffelränder. In Rissen, Rillen und Ritzen, in

Kratzern und Schrunden, sammelt sich Feuchtigkeit aller Jahreszeiten. Schneewasser, Regen, Tau und schmelzender Hagel, Säfte von Feigen, Melonen, Holunder und Knoblauch, Säure von Vogelmist und Schleim von Insekten; Urin von Siebenschläfern und Kinderspeichel. Reste von Mahlzeiten dringen in ihn ein, es setzt sich auf ihm der alltägliche Abfall fest; zerriebenes Fett und Rost von Pfannenböden, Teiche von Rotwein, Kaffee und Tinte, Terpentin und Öl, Papierleim und Tränen; Reste von allem, was stäubt und verschüttet wird: Zucker und Salz, Gewürzstaub und Puder, Pfeffer und Milch, Zigarettenasche und Mehl. Zwischen den Brettern sammeln sich Elemente, die mikroskopisch klein, fast unsichtbar sind: Katzenhaare, Tabak und Bleistiftspitzen, Blumensamen, Spinnfäden, farblose Pollen, und ein kaum greifbarer roter Staub, den der Südwind – Shirocco – im Sommer aus Afrika bringt. Es haben sich Landkarten auf dem Tisch gebildet (schwach erkennbare, nur mit der Lupe zu finden), mäandrische Abstraktionen und Sternbildsysteme, ungreifbar zarte Reliefs von Schnitten und Krusten, Punktierungen, Ätzungen, Schatten und Schlieren; imaginäre Grundrisse, Baupläne, Chiffren, Gartenanlagen und Flußläufe, Inseln und Wüsten. Dort unten, tief unten auf dem geduldigen Holz, aus unendlicher Vogelperspektive betrachtet, breitet sich eine flache Weltscheibe aus, auf der sich ungeheure Erosionen bewegen.

Er ist der Tisch, an dem ich mich festsetzen kann. An ihm kommt zur Sprache, was sich mitteilen läßt, gelegentlich weniger, manchmal mehr, das meiste, wenn nachts an ihm getrunken wird. Er ist in Gesprächen kompakt und geräuschlos vorhanden (es läßt sich nicht feststellen, welche Rolle er spielt). Er braucht nicht begründet oder erklärt zu werden, er ist ohne Frage, Antwort und Anlaß da. Andere Tische bringen mich in Verlegenheit, der Bauart, des Standorts und der Verwendung wegen, vorallem weil ihre Besitzer verfehlt erscheinen; nicht jeder Tisch gibt mir die Gelegenheit, mich in der gewohnten Weise an ihm zu äußern; nicht alle Tische sind so harmonisch gebaut, daß der Sitzriese neben der Greisin Würde bewahrt. Daß die Kinderfrage nach seinem Namen immer gleich mit TISCH beantwortet wird, ist angenehm und läßt keinen Zweifel zu. Ich bin an realen Verhältnissen interessiert und daher zufrieden, daß der Tisch sich nach keiner Seite im Raum verliert, im Dunkeln faßbar bleibt und mir nichts verbirgt; daß Körper, Gesichter und Hände, die an ihm erscheinen, nahe genug und zu unterscheiden sind, daß die Stimmen sich mit natürlicher Lautstärke äußern und daß, was an ihm geschieht oder unterbleibt, gewöhnlich dem eigenen Temperament entspricht: Eßgewohnheit, Ausdrucksweise und vieles mehr. Der begrenzte, doch unbestimmbare Raum über ihm, der Bereich des Atmens, Sprechens, Schweigens und Sehens, steht jedem in gleicher Weise zur Verfügung. Die unbeachtete Zone unter ihm, wo Schuhe verloren und Schenkel berührt werden, hat keinen je in Verlegenheit gebracht. Er kann ohne Mühe von Schmutz gereinigt und mit Landkarten, Büchern und Bildern beladen werden. Er kann sich, mit Decken und Fliegengaze behangen, als labyrinthisches Spielhaus für Kinder bewähren. Er ist in verlassenem Zustand nicht verödet, in ungebrauchtem nicht nutzlos oder im Weg. Mit oder ohne Buch, Brot, Teller und Schreibzeug, Staub, Weinfleck und Seife, gebraucht oder nicht gebraucht – er ist immer derselbe. Selbst dieser und jener Dame gelingt es nicht, das Meuble in einen Putztisch zu verwandeln. Auch wenn ich nicht an ihn denke, weiß ich von ihm. Er wird uns überleben, behauptet Fernand.

Er wurde vor ein paar Jahren in Frankreich gezimmert, doch läßt sich sein Alter nicht ohne weiteres bestimmen. Das Werkstatt-Datum entspricht nicht dem Alter des Holzes. Herkunft und Alter seiner Form, die Vorstellung von Gebrauch oder Nutzeffekt, die Idee, die ich von ihm habe, sind älter als alt (nichts kann an seinem Ursprung befestigt werden). Gedankenspiele, die wir schätzen und lieben. Der Tisch als Schlachtbank, Opfertisch oder Altar, wo Blut aus zerschnittenen Vogelhälsen getrunken und ungesalzene Bären verschlungen wurden. Tische, auf denen Pokale zertrümmert, Potentaten enthauptet und Frauen geschändet wurden. Tische voller Flacons und Blumensträuße, Totenschädel, Bibeln und Zauberbücher, Briefbeschwerer, Servietten und Mikroskope. Man kann, wenn man Zeit hat, äußerst umfangreiche, immer weiter wachsende Bücher verfassen, Enzyklopädien und Kataloge, mit Zitaten, Beschreibungen, Versen und Illustrationen, die den Tisch (nichts andres als TISCH) zum Gegenstand haben – den Tisch in seiner Funktion als Hochzeitstafel, die Historien von Katzentisch, Nachttisch und Billardtisch, die Toilettentische der großen Maitressen und die grob gehobelte Werkbank des Herrn Domas, die Korrespondenzunterlage der Sévigné und Feuerchens Schlafzimmerbrett voller Ringe und Kerzen. Man kann ausführlich die Frage räsonieren, ob der Tisch vor dem Stuhl, der Stuhl vor dem Tisch, das Bett vor dem Tisch und der Tisch vor dem Bett entstand. Man kann sich solchen Gedanken mit Leidenschaft widmen, man kann ganze Lebensläufe in ihnen verlieren, und man kann, wie der Dr. Armand Cottet, ein gesetztes Leben lang glücklich sein in der Frage, welchem Stil- und Funktionswandel LE BÜRO in der Ära Metternich unterworfen war.

Daß ein Gegenstand (in Für und Wider) den Fachmann (und Dilettanten) beschäftigt – das Verdienst bleibt nicht auf den Tisch beschränkt. Der Schuh, die Windel, der Korkenzieher, die Haarspange, die Gardine, das Kopfsteinpflaster, die Stelze, das Uhrwerk, die Scheuklappe oder das Sieb – alle gemachten und alle vorstellbaren, wertvollen, wertfreien oder ad acta gelegten, verwendbaren oder nutzlosen Gegenstände stehen in offener Konkurrenz von Wert und Bedeutung mehr oder weniger gleichberechtigt da. Es scheint an der Klugheit des Spezialisten zu liegen, zu welcher Bedeutung ein Gegenstand gelangt. Man weiß von Feuerwehrleuten und Klarinettisten, die an der Sozialgeschichte des Fahrstuhls schreiben; ich kenne Bürgermeister und Professoren, die über Bauart und Nutzen der Sanduhr streiten, das alles ausführlich und ohne Augenzwinkern. Es mehren sich die vom Hölzchen aufs Stöckchen gehüpften, immer von neuem Luft verlagernden Köpfe, die gleichsam das Holzmehl im Baum der Kultur erzeugen, gefräßige, immer weiter fressende Würmer, die (ich halte an der Stilblüte fest) in den ausgehöhlten Wänden des Welthauses bohren, immer weiter bohren und weiter klopfen, unbegreiflich sachliche Filigranisten, die vor keinem Gegenbeweis an Vernunft verlieren und zu wunderfitzig intakten Ergebnissen kommen. Wichtiger ist, daß ich gestern, ohne zu suchen, schwarzes Haar in einer Brettspalte fand. Wir saßen im Freien und tranken Wein (an meinem Tisch wurde ununterbrochen gelacht), als die Flasche taumelte und zu Boden fiel. Das Glas zersprang auf den Steinen, der Wein lief ins Gras. Es wurde gefragt, wessen Rausch verantwortlich sei. Der Tisch, sagte Silvia, hat einen Buckel gemacht, das Tischbein hat nach der Flasche ausgeschlagen. Später erfuhr ich, daß er unschuldig war – er hatte ein Erdbeben weitergegeben. Mein Freund, der Tisch, hatte Wein und Scherben geopfert.

Ein Wort

*»und keine Fackeln mitgebracht
aus dem lustigen Herbst«*

Tag im September, Michaeliszeit – da stellt sich ein schwebendes Befinden ein, da werden die unbrauchbaren Verse gemacht. Durchsonnte Verschleierungen, geräuschlose Luft, das Lebensgefühl steigt mit dem Morgennebel – Atemholen, Erwachen am Ende des Sommers. Das ist die Provinz der Schafs- und Felsennasen, wo Füchse schrotdurchsiebt an den Ortsschildern hängen. Siebenschläfer, nachts im Unterholz pfeifend, verschlafen die Tage, im Ofen zusammengerollt. Taunasse Bienenkästen am Gebirge. Pappellaub auf der Straße nach Pommerol.

LEBENSGEFÜHL – ein Wort, das sich einstellen könnte, in allen Jahrzeiten möglich ist, am besten immer und überall möglich wäre. Es scheint sich um eine kostbare Sache zu handeln, empfindliches Gleichgewicht zwischen Ah und Oh, Ach und Krach, Immer und Nie. Ein Spitzentanz, ein geflügelter Sachverhalt. Es hat sich in diesen Tagen nicht eingestellt. Es macht sich bemerkbar, weil es fehlt. Stella entzieht sich, wenn ich das Wort erwähne, sie ist vernünftig und braucht solche Wörter nicht. Daß ich es ausspreche, scheint verfehlt, es gibt bestimmtere Sachen zu sagen, unverfängliche, die man beantworten kann. Der Echoraum des Wortes bleibt taub, die Krankheiten nehmen zu, ein kaltes Entbehren. Verfängliche Sätze, die Antwort bleibt aus.

Michaelis, ENDMOND ALLER FLAMMEN – dies Jahr hat mich der Herbst im Stich gelassen. Das ist sein Recht, er tut es einmal mehr, das ist mir überall und schon immer passiert, das ist in Berlin und Djakarta vorgekommen, hat weder Selbstvertrauen noch Hoffnung verletzt. Es ist, seit ich von mir weiß, Bestandteil des Wissens, es hat die frühen Vernichtungen überlebt. Es hat überlebt, woran meine Freunde starben, es hat Geschichte und Biographie überlebt. Es hat die Zukunft schon immer in Anspruch genommen, es hat schon immer sich selbst und nichts anderem vertraut. Aber in diesem Herbst bleibt die Freude aus.

Das Wort und was ihm gehört, scheint nicht wiederzukommen.

Vor ein paar Tagen, im Restaurant in Verclause, hat Monsieur Rothschild mir mitgeteilt, daß in Valdrôme, dreißig Kilometer entfernt, eine Mülldeponie zu erwarten ist (mit anderen Worten: eine Atomstation), und daß der Transport durch unsere Ortschaft geht. Der alte Herr ist kein empfindsamer Mensch, doch ist ihm die Sache, also das Wort, vertraut. Er hat es an mehreren Plätzen überlebt, in Untergrund, Folter, Flucht und Fremdenlegion, es ist ihm in deutschen Lagern abhanden gekommen. Und seither, sagt er, ist nichts mehr dasselbe, nie wieder wird ETWAS GEWÖHNLICHES glaubhaft sein. Das Fehlende schleicht sich in alle Verhältnisse ein, unterhöhlt die Tatsachen, laugt die Gewißheiten aus, läßt Leute und Sachen beziehungslos erscheinen, er wäre noch heute imstand, seine Frau zu verlassen – das alles aufzugeben, was könnte ihn halten. Er ist der geschlagene linke Anarchist, und er ist der einzige Schriftgelehrte am Ort. Die Leute kommen zu ihm und er freut sich darüber, er setzt ihre Briefe an den Fiskus auf, bestreitet mit ihnen die lokale Macht, er ist der kluge Gerechte, und ist nicht hier. Wie immer spricht er freundlich aus der Distance, ohne das Wort für sich in Anspruch zu nehmen. Er kommt mit dem Obstkorb aus den Gärten ins Dorf, liest LE DAUPHINÉ in der Bar, und das kann er tun. Ich habe ihn selten nach seinem Befinden gefragt. Die Antwort ist immer dieselbe: es geht ihm gut.

Wie erkennt man, nach diesem und jenem, den Erdball wieder. Wie bringt man die Pappeln an ihren Ort zurück. Was hat man mit Pappeln und Bienen noch gemein. Man ernährt seine Wörter – womit; ernährt seine Wörter. Und schreibt sie neu in die Luft und hält sie fest, man atmet in ihnen, Ersatzteile nicht vorhanden. Dem alten Herrn braucht das nicht erläutert zu werden. Es verschwinden mehr Dinge als vorhanden sind.

Inhalt

* *Erstveröffentlichung*

*Fliegen im Bernstein, Wunschblatt für den Kalender einer Malerin,
Die Vampire* und *Die Geschichte des Negers* aus: Christoph Meckel,
»Werkauswahl«, mit freundlicher Genehmigung der Nymphenbur-
ger Verlagshandlung, München.

Christoph Meckel
im Carl Hanser Verlag

Nachricht für Baratynski
160 Seiten

In den vergangenen Jahren hat sich der Autor Meckel auf eine erstaunliche Weise weiterentwickelt, verändert: seine letzten Bücher haben an Ernsthaftigkeit, intellektueller Schärfe, formaler Strenge gewonnen – man scheut sich, das Wort »Reife« auszusprechen. Aber es ist schon bewundernswert, wie sich Meckel gesteigert hat, wie er gerade als Erzähler sich seine eigentliche schriftstellerische Identität erarbeiten konnte – mit den Romanen »Licht« (1978), »Suchbild / Über meinen Vater« (1980), »Nachricht für Baratynski« (1981) und zuletzt »Der wahre Muftoni«. *NDR*

Meckels Buch legt sich quer zu den gängigen Einteilungen der Literaturkritik: es ist weder eine Biographie noch eine Monographie, weder Erzählung, noch Essay, kein Roman und auch kein Gedicht, obwohl von all dem etwas in ihm steckt. Es ist angesiedelt an der Nahtstelle zwischen Poesie und Prosa, und das macht zugleich den Reiz dieses kleinen Buches aus, dessen Verfasser Maler und Dichter, Romancier und Grafiker zugleich ist und sozusagen schon von Berufs wegen Grenzen überschreitet, und zwar nicht allein geographische: Christoph Meckel ist in vielen Epochen und in vielen Kulturen zu Hause. (…) eine Lektüre, die nicht nur Kennern und Liebhabern der russischen Literatur zu empfehlen ist. *SFB*

Was Meckels Buch als Ganzes auszeichnet, ist der gelungene Versuch, den vergessenen russischen Dichter aus den nur dürftigen trockenen Daten und Fakten der lexikalischen Biographie herauszuholen und lebendig zu machen als einen, von dem sich der Leser wünscht, Bücher in Händen zu halten. Daß der subjektive Entwurf einer Biographie Baratynskis gelingt, ist freilich auch eine sprachliche Leistung. In knappen Zeichnungen gelingen Meckel vollständige Bilder mit deutlich empfindbarer Atmosphäre. Ein Plädoyer für Sprache und Poesie sowie alle zu Unrecht vergessenen Dichter.

Deutsches Allgemeines Sonntagsblatt

Der wahre Muftoni
Erzählung. 140 Seiten

Leicht ist dieses Buch, wunderbar leicht: alles erinnert an den frühen Meckel – das Alltagsmärchen, das rauschhafte Lebenstempo, die beständigen Euphorien und Aufbrüche, die wilden Sommer. Ein Liebesroman als Schelmenroman: winzig klein, aber ständig wachsend – und die erotische Anspielung ist unüberhörbar – tritt der Held aus einem Weinfaß in das Leben seiner Geliebten, um nach einem exzessiven leidenschaftlichen zwischen Orten und Existenzen hin und her wechselnden Leben wieder zusammenzuschrumpfen, verkorkt in eine Weinflasche ins Meer fortzuschwimmen, obwohl ihn seine Geliebte lieber bei sich, in sich behalten hätte... Liebe, als Zaubermittel gegen die Wirklichkeit, als Traum, gemeinsam unverletzlich zu sein.   *NDR*

Hier werden Vagabundagen erzählt für Leser, die den faszinierenden Sprüngen der Phantasie Wahrheiten zu entnehmen wissen, die sie vielleicht betreffen könnten.

Neue Zürcher Zeitung

Es liegt auf der Hand, daß dem Thema nur sprachlich beizukommen ist, und hier, im Bereich der Sprache, ist alle Sprödigkeit verschwunden, erweist sich Meckel – wieder einmal – als Autor, der präzise sagt, was er meint, der »die Grafik der Dinge« erkennt, Bescheid weiß über rhythmische

Systeme, Balance und Melodik von Sprache, der ihre Ausdrucksfähigkeit extrem vorantreibt: »Rücksichtslosigkeit ist die Chance des Gedichts. Sie ist die Aufklärung der poetischen Sprache.« In diesem Sinne ist Meckel rücksichtslos, war es Baratynski. Das macht den Wert des Buches aus und zugleich seinen Zauber.   *Esslinger Zeitung*

Anabasis
88 reproduzierte Radierungen
mit einer Vorbemerkung des Künstlers
184 Seiten

Anabasis ist der erste von fünf Zyklen, die im Zentrum einer vor 25 Jahren begonnenen und mittlerweile mehrere hundert Blätter umfassenden *Weltkomödie* stehen. »Sie zeigen«, schreibt Christoph Meckel in einer Vorbemerkung, »mit wechselnden Schauplätzen und Figuren, in jeweils anderen Geschichten und Epochen, die immer gleiche epische Bewegung: Züge von Horden, Mannschaften, Konquistadoren; Fluchtwege, Kämpfe und Eroberungen; Vorgeschichte, Geschichte und Gegenwart; Vergangenheit, Zukunft, Legende und Utopie; Macht, Ohnmacht, Verbrechen; Revolte, Gelächter und Traum.«
Zusammengenommen sind sie – darin vergleichbar Balzacs La Comédie Humaine – ein in Art und Umfang wohl einmaliges Unternehmen, der Versuch, sich von der Welt ein Bildnis zu machen.